庆 祝 中 国 共 产 党 成 立 一 百 周 年

中國戲劇家協會

—— 百部 ——
优秀剧作

典藏

1921—2021

2

作家出版社

目　录

逼上梁山　　　延安中共中央党校俱乐部大众艺术研究社集体创作 / 001

血泪仇　　　　　　　　　　　　　　　　　　　　马健翎 / 069

白毛女　　　　　延安鲁迅艺术学院戏剧音乐系集体创作

　　　　　　　　　　　　执笔：贺敬之　丁　毅 / 151

升官图　　　　　　　　　　　　　　　　　　　　陈白尘 / 233

战斗里成长　　　　　　　　　　　　　　　　　　胡　可 / 301

刘巧儿　　　　　　　　　　　　　　　　　　　　王　雁 / 361

将相和　　　　　　　　　　　　　　翁偶虹　王颉竹 / 413

花木兰　　　　　　　　　　　　　　陈宪章　王景中 / 463

梁秋燕　　　　　　　　　　　　　　　　　　　　黄俊耀 / 493

·京 剧·

逼上梁山

延安中共中央党校俱乐部
大众艺术研究社集体创作

人　物（以出场为序）　李老、李铁、李母、青年甲、中年夫、高俅、家
院、高五（高衙内）、太监、门官、朝臣甲、朝臣乙、朝臣丙、
朝臣丁、歌妓、中军、李小二、小头目、禁卒甲、禁卒乙、陆
谦、林冲、将士甲、将士乙、众兵卒、王进、老军、孙孔目、曹
正、伙计、富安、张氏、张老、锦儿、城官、鲁智深、徒弟甲、
徒弟乙、徒弟丙、徒弟丁、徒弟戊、高虎、酒家、公差甲、公差
乙、校尉甲、校尉乙、校尉丙、校尉丁、王先生、邻老、青年
乙、府尹、董超、薛霸、店家、王氏、老黄、公差丙、管场、农
甲、农乙、公差丁、公差戊，群众、州将、州兵若干。

第一幕

第一场　动乱

〔李老带小包裹，李铁扶李母上。

李　老　（唱【二黄摇板】）

地租科差压榨紧，

背井离乡去逃生，

一路萧条无处奔，

穷人哪里可安身？

老汉李福，河南陈州人氏，务农为生，只因天遭荒旱，官府科差
粮款，逼迫甚紧，只好全家逃荒出来。原想找一安身之地，佣工
受苦，也好度日；谁知到处灾荒，连饭也无处去讨。铁牛儿，你
看我们逃往哪里去呀？

李　铁　爹爹！你看我们走了多少府县，也找不到安身之地，早依孩儿之
见，在陈州和弟兄们抢些大户，何至背井离乡，受这穷罪！

李　母　哎呀！铁牛儿，不要任性。为娘只饿得头昏眼花，浑身疼痛，先
到前面要些汤水充饥，再想办法。

李　老　铁牛儿搀扶你娘慢慢地走吧！（唱【二黄摇板】）

　　　　　一家人离乡里到处逃难，

李　铁　（唱）看我们贫穷人有谁可怜！

〔中年夫妇、难民青年甲背包挑担上。

青年甲　（唱）挨饥忍冻把路赶，

中年夫　（唱）又只见老乡在道边。

　　　　乡亲们，你们往那里去呀？

李　老　俺从陈州逃难出来，这位乡亲你知道哪里可以做一安身之处哇？

中年夫　前边就是东京，那里是天子脚下，帝王之都，或者有些办法。

李　铁　这个……

青年甲　我说不行，你们看：这一路到处灾荒，官府的粮款哪能少交一点？我看透了，这些官府比蝗虫还厉害，专喝老百姓的血！到了东京还不是那回事？你看人家，成群搭伙，上山头、抢大户，倒能弄得个衣食饱暖，我看咱们也快打主意吧！

李　老　安分守己，天理自有公道，这年景不好也是常事，打劫抢粮岂不犯了王法？

李　铁　爹爹！你不看那官府今日要粮，明日要款，就是无有灾荒，穷人也难以生存，还讲什么天理公道！

李　老　嗯！

中年夫　占山头、抢大户哪这般容易！离此不远就是东京，到那里若无办法，另行商议也还不晚。

李　老　是啊！铁牛儿，你看你妈妈病得如此光景，还是先到东京，再做道理。

李　铁　好，就依爹爹。

青年甲　走！碰破了头，你们就明白了！

众　人　走哇！（唱【二黄摇板】）

　　　　　大家且把东京奔，

李　老　（唱）但愿得此去可安身。

〔众人下。

第二场　升官

〔高俅内声："嗯哼——"上。

高　俅　（念）今日虽得出身地，

抓权还得费心机。（坐）

〔家院暗上。

高　俅　下官，高俅，是我自从投靠王驸马，得待端王，端王十分宠爱，
　　　　命我为御官之职。这端王府内，事无大小，都须经我之手，才得通
　　　　过。昨日端王进宫，三两日才能回府，故我回转官舍。哎，今日虽
　　　　得到这样一个出身，还不知何日才能飞黄腾达。家院，伺候了！

家　院　有。

〔高五上。

高　五　（唱【西皮散板】）

到处飘流莫奈何，

来找高俅我二哥。

　　　　我高五，是我到处飘流，总混不出名堂。听说我同堂二哥高俅，
　　　　钻进了端王府内，当了官啦。我得找找他，大小弄个差事；打听
　　　　了半天，说是住在这里。让我问问——咳，里边有人吗？

家　院　喂，什么事？

高　五　有个高俅可住在这儿吗？

家　院　喂，要叫高老爷。

高　五　（背白）哟，高老爷啦，真当了官啦！

家　院　你是谁呀？

高　五　我是他叔伯兄弟老五。（笑）

家　院　原来是五爷到了，你先外边等一会儿。（向高俅）启禀老爷，
　　　　门外来了一个人，说是老爷的第五位叔伯兄弟，前来求见。

高　俅　命他进来。

家　院　请五爷进去。

高　五　哟！二哥你真当了官啦！

高　俅　（不高兴）哼——家院，命你去到端王府，看看王爷回府没有，
　　　　速报我知。快去！

〔家院下。

高　俅　老五，你到此何事？

高　五　这还用说吗，一来给二哥你贺喜来啦，几天没见，你成了端王面前最得宠的红人啦，真了不起呀，你瞧，连耳朵都这样长了。二来呢，我到处飘流总混不上个名堂，如今既然二哥当官啦，兄弟我还愁没有饱饭吃吗？（笑）

高　俅　这里是官府，比不得家里，你要吃饭么，嘿嘿！还要拿出些规矩来。

高　五　嗜，这吃饭还有什么规矩呢？反正我不偷你的筷子不就完了吗？

高　俅　你看这里来往的俱是文武官员，你又没有什么官职，出入甚为不便，我看给你几两银子回家去吧，从此不可再来。

高　五　（发脾气）哟，好大的架子呀，你忘了哥儿几个在赌场里混光棍的时候啦，每日里凭着坑蒙拐骗，弄他一个吃喝嫖赌，如今刚当了一个豆大的官，就忘了凭哪块坟地发家的了！再说我也不是叫化子，给俩钱就打发走啦。高二你可放明白点！我大小是个混光棍的，你可别跟我装孙子，我可不吃你这一套，说什么给几两银子从此不可再来，好哇！我从此不再来啦，可是我从此也不再走啦！（坐在地下）

高　俅　（起身）啊，老五，你一定要留在这里？

高　五　我就是这个主意。（立起）

高　俅　你我兄弟相称，甚是不便哪。

高　五　既然不便，你就修改一下好啦。那倒不是什么原则问题。

高　俅　照你我这年岁看来，最好是父子相称。

高　五　那么谁当爹呀？

高　俅　自然是我了哇。（坐）

高　五　你有那么大德行啊？（背白）怎么着，叫我当儿子，唉！这真是"当权的王八大三辈，倒霉的君子受鳖欺"。为了穿衣吃饭、升官发财，当儿子也认啦。（对高俅）得，就那么办啦！

高　俅　你我还得演习一番哪。

高　五　还得演习！那就演习吧！

高　俅　（站起）啊，那边来的敢是我儿！

高 五	那边来的敢是二——
高 俅	哼。
高 五	爹。呸!
高 俅	这便才是，可是你要"诚于中而形于外"!
高 五	马马虎虎，这就是咱哥儿们的"礼义廉耻"。
高 俅	后面更衣去吧!

〔高五得意下。

〔家院上。

家 院	参见老爷。
高 俅	命你打听王爷进宫之事，怎么样了?
家 院	老爷大喜了!
高 俅	这喜从何来?
家 院	是我去到端王府，王爷连夜未归，刚才听说哲宗皇帝晏驾，端王登基，老爷马上就要禄位高升，岂不是大喜吗?
高 俅	此话当真?
家 院	句句实言。
高 俅	哈哈哈……

〔太监内声："圣旨下——"

家 院	老爷，圣旨下。
高 俅	香案接旨。

〔吹牌子。太监捧旨上。

太 监	圣旨下，高俅跪。
高 俅	（跪）万岁!
太 监	听宣读："诏曰，朕今嗣位，钦命高俅为太尉都元帅之职，钦此。"望诏谢恩!
高 俅	谢主龙恩，万万岁!（起身）更衣伺候。

〔更衣。分宾主坐下。

高 俅	不知公公驾到，未曾远迎，当面恕罪。
太 监	岂敢，岂敢。今日高大人荣任太尉都元帅之职，咱家一来是宣读圣旨，二来是恭贺您老的禄位高升哪。
高 俅	岂敢，酒筵摆下。

家　　院	是。
太　　监	朝中事忙，咱家告辞了。孩子们，带马，回去（音"客"）啦。
高　　俅	送公公。
太　　监	免。（下）

　　　　〔门官上。

门　　官	启禀大人，满朝文武前来贺喜。
高　　俅	动乐相迎。
门　　官	动乐相迎。（下）

　　　　〔文武朝臣甲、乙、丙、丁上。

文武朝臣	（相见入门对揖）今日高大人荣任太尉都元帅之职，真乃可喜。 大人，请受下官等一拜！（拜）
高　　俅	本尉也有一拜。（拜）酒筵摆下。

　　　　〔家院斟酒。

　　　　〔宾主坐，饮酒。高衙内，即高五，上。

高　　俅	我儿见过列位大人。
高衙内	参见列位大人。
朝臣甲乙	下官等奉献太尉朝服冠带全袭，外有黄金千两。

　　　　〔下人抬冠服过场。

朝臣丙丁	下官等奉献太尉歌妓一队，并有乐器百件。

　　　　〔歌妓抱乐器过场。

高　　俅	列位大人盛意，本尉愧领了。（唱【西皮原板】）

　　　　　　圣天子，坐江山，风调雨顺，

　　　　　　全凭着，文武臣，辅保朝廷。

　　　　　　吩咐那，众歌妓，歌舞来进——

　　　　〔歌妓舞。

歌　　妓	（唱【夜深沉】）

　　　　　　轻移步，出兰房，

　　　　　　看花影，上纱窗。

腰肢怯，整罗裳，

云鬓乱，懒梳妆。

金钗坠，双凤凰，

为昨宵，阳台梦长，阳台梦长。

〔歌舞毕，歌妓用袖撩文武朝臣，文武朝臣忘形，朝臣丁倒地；末一歌妓目挑高衙内，下，高衙内失神举杯追下。

高　俅　（接唱）这才是，富贵家，歌舞升平。

　　　　请。

　　　　〔内饥民群众哭介，唱【楚歌】：

　　　　"天灾人祸无生路，

　　　　饥饿流亡活不成。"

高　俅　（与众朝臣举杯，闻哭声惊）门外何事喧哗？

家　院　门外何事喧哗？

　　　　〔中军上。

中　军　启禀大人，现有数千灾民流落街头，啼饥号寒，故而喧嚷。

高　俅　（怒）有这等事。现在新皇登基，普天同庆，若惊动宫廷，那还了得？吩咐禁军，将所有灾民，一概驱出城外，不得有误。

中　军　得令。（下）

高　俅　列位大人。

众朝臣　大人。

高　俅　这些灾民实实地可恨啊。

朝臣乙　是啊，当今圣王有道，国泰民安，哪里来的灾民，这分明是一些暴徒乘机捣乱，实实地可恨哪。

　　　　〔众朝臣附和，笑。

高　俅　列位大人请酒。

　　　　〔传来喊叫声，众人大惊。

　　　　〔中军上。

中　军　启禀大人，灾民众多，驱之不走。

高　俅　（惊）这个……

　　　　〔众朝官起身。

朝臣甲　这灾民如此顽强，在京都中倘若发生事故，那还了得？太尉你要小心处理才是！下官等告辞了。

高　俅　奉送。

　　　　〔众朝官仓惶下。

高　俅　中军！

中　军　在。

高　俅　分调禁军，将灾民驱逐出城，传令开封府严守城门，不得有误！（下）

中　军　得令！（下）

第三场　捕李

　　　　〔官军驱灾民过场。

　　　　〔李老内唱【西皮倒板】："乱棍之下忙逃命——"

　　　　〔李老、李铁扶李母上。李老跌倒。

李　老　（起叫）好赃官啊！（唱【西皮散板】）

　　　　　　将穷人看作眼中钉！

　　　　　　棍打足踢心太狠，

　　　　　　活活打坏我这年迈人！

　　　　咳呀！我们一群灾民，原想来到东京寻求生路，谁知这万恶的官府，不但不加救济，反而下令殴打，难道我们灾民就犯了王法不成？

李　铁　这些官军对待人民如此凶狠，将爹爹打得这等模样，爹爹你且看守我娘，待孩儿上前拼他几个！

李　老　且慢，你一人哪是他们的对手，倘若有些长短，我二老依靠何人？你看你老娘，肚内无食，遭此惊吓，病体越发沉重，还是先到小巷躲避一下，找些汤水，与她充饥，也好另找生路啊……

　　　　〔李小二开门上。

李　铁　爹爹，你看这家家关门闭户，叫孩儿哪里去讨？

李小二　现在官府下令，驱逐灾民，你们坐在此地，倘被官军看见，那还了得？

李　铁　这位大哥，你看我爹爹被官军打伤，我娘有三日未曾吃饭，遭此惊吓，不能行走，想讨些汤饭充饥，才好走路。

李小二	既然如此，先到我店中用些茶饭便了。
李　铁	如此多谢！

〔李小二引李家人入店中，关门，取饭给李母吃。

李　老	这位掌柜真是大大的好人！
李小二	俺不是掌柜，也是农家出身，贫穷失业，流落东京，在这店中充当伙计。
李　铁	唉，只有穷人才知穷人的苦处。
李　老	请问这位小哥尊姓大名，是哪里人氏？
李小二	俺叫李小二，乃河北沧州人氏。你们从哪里逃来？
李　老	我们是河南陈州人氏，年遭荒旱，逃避地租苛税，只想京都之中必然有些出路，谁知这里官府更是狠毒。李小哥，此去哪里可以安身？我们父子两人，帮工打短，也好糊口度日啊！
李小二	这个……听说河北沧州一带，年成尚好，到那里或者有些办法，但也不是长久之计。
李　老	只要暂混一时，将来还可回乡。铁牛儿……搀扶你老娘，我们出城往河北去吧！
李小二	且慢，今日官府驱逐灾民甚紧，下令商民人等，不准留藏灾民，你们就此出城，还要多加小心。
李　老 　铁	多谢！

〔李小二开门，李老、李铁、李母出。禁军小头目带两禁卒上。

小头目	那边查过啦，查这一边，给我搜，一个也不准跑了！（见李老等人）哈哈！这两个老家伙，到这儿舒服来啦！给我抓起来！
李　铁	打死你这王八日的！（欲打小头目）

〔李老拉住李铁。

小头目	你还要打人，给我抓！

〔禁卒甲暗示李铁逃走。李小二一面暗示李老等逃走，一面阻拦小头目抓人。李老拉李铁扶李母逃下。

李小二	他们俱是灾民，叫他们出城也就是了，为何苦苦殴打！
小头目	哈，你这小子竟敢违抗命令，窝藏灾民，还发横，你懂王法不懂啊！

李小二　你们殴打灾民，王法何在！

小头目　这小子！你们掌柜的呢？

李小二　掌柜外出不在。（欲进门）

小头目　抓起来。

　　　　〔禁卒乙捕李小二下。

第四场　献策

　　　　〔高俅和家院上。

高　俅　（唱【西皮散板转流水】）

　　　　　　恼恨灾民扰都城，

　　　　　　禁军弹压不认真。

　　　　　　将身且把二堂进，

　　　　　　传来陆谦问分明。

　　　　传陆谦进见。

家　院　陆谦进见。

　　　　〔陆谦上。

陆　谦　来也！钻进权门内，气焰也熏天。陆谦参见大人。

高　俅　罢了，一旁坐下。

陆　谦　太尉在此，哪有小人的座位。

高　俅　赐座当坐，好来叙话。

陆　谦　谢座。太尉大人呼唤小人有何吩咐？

高　俅　老夫下令禁军驱逐灾民，这灾民再三驱逐不走。禁军做事如此不
　　　　力，将来老夫怎能威镇朝纲？陆谦，你乃禁军虞侯，禁军详情，
　　　　你且讲来。

陆　谦　大人，今日禁军驱逐灾民，大半是敷衍了事，依小人看来，其中
　　　　确系有人捣乱哪！

高　俅　但不知是何人从中捣乱？

陆　谦　这个……（向两边看）

高　俅　两厢退下。

　　　　〔下人退。

陆　谦　这禁军的教练，全在教头之手，教头中如林冲、王进等辈，平日

结交绿林匪徒，颇得士兵的爱戴，此番驱逐灾民，就是他们从中捣乱，扇动禁军士兵，对太尉将令深为不满哪。

高　俅　如此说来，禁军实是不稳，必须早日除去这些奸党，以防不测。陆谦，你乃本太尉心腹之人，要好好筹划才是。

陆　谦　欲加之罪，何患无辞，太尉就在阅兵点卯之时，抓上他们一点过错，办他个违犯军令军纪，谁敢不服？其余人等，威胁利诱，依次收买，自然可以成功。只是不可操之过急，须要慢慢从事，各个击破啊！

高　俅　此计甚好。陆谦，传令下去，明日阅兵点卯伺候。正是：一朝权在手——

陆　谦　排除异己人。

　　　　〔高俅、陆谦下。

第五场　阅兵

〔四兵、林冲上。

林　冲　众家弟兄！（见众应）校场去者。

　　　　〔众应。

　　　　〔转场。

林　冲　（念）智勇兼全世无双，

　　　　　　　教练禁军保边疆；

　　　　　　　英雄何日能得志，

　　　　　　　万里封侯美名扬。

　　　　俺，姓林名冲，人称"豹子头"，在这东京府，充当八十万禁军教头。昨日新任高太尉传下将令，今日要来校场观操。众家弟兄！（见众应）少时太尉到此，大家要小心操练者。

　　　　〔众应，下。林冲下。

　　　　〔二将士上。

将士 甲乙　今日太尉阅兵点卯，你我两厢伺候。（分下）

　　　　〔四龙套，二兵、二牢子手执军棍，高衙内、中军、高俅上。

　　　　〔吹【点绛唇】，高俅登将台。

〔二将士、林冲、陆谦上。

林冲等 参见太尉。

高　俅 站立两厢。

林冲等 啊。

高　俅 （念）做了都元帅，

走上点将台，

大权握在手，

一切要独裁。

本太尉高俅，今蒙圣恩，钦命为太尉都元帅之职，前来教场观操。众将官！

〔众应。

高　俅 人马可曾齐备？

将士甲乙 俱已齐备。

高　俅 点名上来。

〔中军点名，被点到者依次应声。

中　军 （呼）前营！后营！左营！右营！长枪手！短刀手！镰刀手！虞侯陆谦！教头林冲！教头王进！

将士甲 王进未到。

高　俅 这王进为何不到？

将士甲 因病请假，故而未到。

高　俅 哪里是因病请假，这分明是瞧本太尉不起，托故不来。左右！

〔众应。

高　俅 拿我令箭，将王进抓来见我。

众兵卒 得令。（下）

〔众兵卒带王进上。

王　进 忽听将令传，带病赴帐前。（上前）参见大人。

高　俅 你就是王升之子王进吗？

王　进 小人便是。

高　俅 想那王升乃是使拳弄棒卖膏药之徒，懂得什么武艺？凭着哪家门路，钻进我这禁军营来？这且不提，我来问你，今日本太尉初点大卯，你为何不到？

王　进　　小人因病告假，有告假状在。

高　俅　　既然有病，你为何又来！

王　进　　大人有令，焉敢不来？

高　俅　　咄！你这分明是瞧本太尉不起，故而托病不来，这样故意违犯军纪，哪里容得！左右——（等众应了）推出斩了。

众　人　　大人开恩。

陆　谦　　启禀大人，今日点卯吉期，斩人不利，望大人开恩。

高　俅　　也罢。看在左右与你讲情，死罪已免，活罪难饶。左右，（等众应自己）拖下去重打。

　　　　　〔二牢子押王进下。内做打的效果。林冲向内望，焦急不已。

　　　　　〔二牢子扶王进上，进帐跪。

王　进　　谢大人责。

高　俅　　左右，将王进叉出营门！

　　　　　〔一兵卒推王进出。

林　冲　　王进兄，此事因何而起？

王　进　　林教头有所不知，当年我父子在街上卖艺，那时他乃一无赖泼皮，上前敲诈，我父怒恼，一拳将他打倒，因此结下冤仇。如今他官为太尉，专权霸道，不但我这性命难保，只恐禁军之中从此多事了！

林　冲　　王兄，且请回家休养要紧。

王　进　　请。（下）

高　俅　　唤林冲。

中　军　　唤林冲！

林　冲　　在。

高　俅　　吩咐开操！

林　冲　　得令——开操！

　　　　　〔操演：一、长枪，二、短刀，三、锹头铁镐演"穿沟战法"。

林　冲　　林冲交令。

高　俅　　林冲，我来问你，这叫什么战法？

林　冲　　这叫作"穿沟战法"。

高　俅　本太尉听说，自古以来，作战只有刀枪剑戟，却不曾听见用什么
　　　　锄头锹头的。

林　冲　大人容禀，这"穿沟战法"，起于五代时节。那时石敬瑭投降契
　　　　丹，耶律德光进犯中原。那契丹的骑兵，甚是凶猛，将中原农田
　　　　踏为平地。是我中原百姓，抗敌兵起，将这农田遍地挖成沟渠，
　　　　随处设有埋伏。那敌兵，到处遭受袭击，因此他不敢再犯中原。
　　　　若要制胜外寇，非此"穿沟战法"不可，请大人详参。

高　俅　林冲！你不要以为本太尉不懂兵法，你就来标新立异。倘有错
　　　　失，圣上降罪下来，哪个担待？以后有老夫将令，你要按老夫将
　　　　令教练；无有老夫将令，不准你胡乱教练。你要小心本太尉的军
　　　　令军纪。

高衙内　爹呀，我想这八十万禁军，不过是为了镇守京师保卫皇帝的，摆
　　　　摆样子也就算了。什么锄头锹头，都是乡下佬刨庄稼的家伙，摆
　　　　在皇帝面前也不好看哪！就算有个冲锋打仗，也不过是剿伐个盗
　　　　匪，什么外寇不外寇的，这不是胡说嘛！

高　俅　我儿言之有理。林冲，目前金国强盗，眼看就要南下灭辽，辽亡
　　　　之后，这燕云土地，岂不归我大宋所有！故而朝廷定了这联金之
　　　　策，金宋和好，哪个还敢侵犯我邦！

林　冲　大人，此言差矣！想那辽国衰弱，无力南侵，金寇强大，颇有吞
　　　　并中原之意，望大人详察。

高　俅　林冲！你不过是一个小小教头，懂得什么军国大事。金宋亲善，
　　　　乃是既定国策。似你这等，金寇长金寇短，岂不妨碍邦交？今后
　　　　不许你们这样胡乱议论军国大事，违令者斩。左右，带马回府。
　　　　（上马）

林　冲　送大人。

高　俅　免！（下）
　　　　〔众随下。

高衙内　林冲，你还得送送我呀。

林　冲　你是何人？

高衙内　太尉的大少爷嘛！

林　冲　原来是公子。送公子。

高衙内　免。嘻嘻嘻！（下）

林　冲　老哥哥，吩咐散操。

老　军　散操！

　　　　〔林冲徘徊寻思。

老　军　林教头，你在这里想什么？

林　冲　我有心事啊！

老　军　你有什么心事啊？

林　冲　啊，老哥哥，听说这高太尉原是一泼皮出身，他怎么做了当朝太尉……

老　军　你说这家伙？（望）谁不知道他是园社的高二，外号高俅，靠着踢球打弹，拍上了端王，端王如今做了皇上，这一下子人家就起来啦！现今是大权在握，一手遮天。你想这个世界还有什么公道哇？

林　冲　唉！（唱【西皮摇板】）

　　　　　　怪不得讲战法遭他责骂，

　　　　　　他本是小人得志把权抓。

老　军　林教头，你有才干，热心肠，你对这种自私自利的家伙，讲什么抵挡外寇、什么兵书战法，这不是对牛弹琴吗？

林　冲　（接唱）实指望大展才能把外寇打，

　　　　　　不曾想禁军营内遇见了他。

老　军　禁军弟兄们要提起打外寇，人人高兴。可是高太尉一上任就让弟兄们打灾民，你想咱们禁军弟兄们谁不是庄稼户出身？谁下得去手打自己的父母兄弟呀？他要是这么下去，我们就给他一个不服从军令，看他怎么办吧！

林　冲　（接唱）这愤怒暂且压心下——

　　　　　　带马！（上马）

　　　　〔老军下。

林　冲　（接唱）闷闷忧忧转回家。

　　　　　　催马来在大街下，

　　　　　　又是何人戴锁枷？

　　　　〔孙孔目、公差押戴着手铐的李小二上。

李小二	（唱【西皮摇板】）

　　　　　在街中为灾民路见不平，

孙孔目	（唱）这才是仗正义反成祸根。

　　　　那旁林教头来了，这就好了。

李小二 孙孔目	林教头。

林　冲	原来是孙孔目、李小哥。（下马）李小哥，为何落得这般光景？
李小二	只因前日在店中照应买卖，大街之上，禁军殴打灾民，是俺上前劝阻，怎奈他们人多，将俺捉往开封府内，就要问罪。
林　冲	孙孔目，此案如何可了？
孙孔目	若有得力保人，自然可了。
李小二	只是此案重大，谁肯作保？
林　冲	如此说来，俺林冲作保。

〔公差除李小二手铐。

李小二	多谢教头。
林　冲	李小哥，今后意欲何往？
李小二	东家见我惹出是非，得罪官府，将我辞退，我只好到河北山东一带，另谋出路。
林　冲	这路上的盘费？
李小二	这个……
林　冲	小弟送纹银十两，以作路中之用。（付银）
李小二	多谢了。（唱【西皮摇板】）

　　　　　只说是监牢受苦灾，

孙孔目	（唱）教头相救又转来。
林　冲	（唱）李小哥切莫挂心怀，

　　　　　扶危济困理应该。

林　冲 李小二 孙孔目	请。（下）

〔公差随下。

第六场　肉市

〔曹正上。

曹　正　（念）杀猪又宰羊，

爱习刀和枪。

俺曹正，曾拜教头林冲为师，学得一身本领，在这东京地面，开了一座肉铺，大家见俺剔筋剁骨一套好手艺，人称"操刀鬼"。只是官府捐税太重，生意艰难。可恨高衙内，倚仗殿帅府势力，强放阎王账，息上加息，利上滚利，听说猪羊肉又将官卖，这小本生意实在难以支持下去，只有混上一时，再做道理。伙计！

伙　计　干什么？

曹　正　那口猪可曾刮洗干净？

伙　计　好了，就等着卖了。

曹　正　你在前面照应买卖，现钱交易，概不赊欠。我到后面收拾收拾。

伙　计　好啦！

〔曹正下。富安带小家院上。

富　安　（念）越有越放账，

越穷越吃不上。

我富安，高太尉府中的管家。大爷派我出来到各铺户收账，催讨利息。还有，我们大爷今晚上要大摆筵席，饮酒作乐，叫我备办酒席，来此已是曹正的肉铺，他使着我们大爷的钱哪，顺便弄他几斤肉再说。我说伙计，有好猪肉吗？

伙　计　有，刚杀好的。

富　安　给我切上十斤臀尖。

伙　计　（切肉）切好了。

富　安　再切上十斤肥瘦。

伙　计　（再切）切好了。

富　安　拿来。（将肉交小家院）

〔小家院拿肉下。

伙　计　还没给钱哪。（拉富安）

富　安　这还用问，记上账吧！

伙　计　现钱交易，概不赊账。

富　安　这是太尉府要用的。

伙　计　什么太尉府，朝廷要用也得现钱！

富　安　咳！你这小子，好不识抬举，我打你个婊子养的！（互打介）

〔曹正上。

曹　正　富安，你为何打我的伙计？

富　安　我说曹正，今天太尉府要用二十斤猪肉，这是你们的差事到啦，再说你借我们大爷的钱，用你们点猪肉，这不是赏你的脸吗？怎么，这小子竟说要现钱！真他妈不识抬举！

曹　正　我的差事，早已送过，欠你家银钱从未拖欠，这零买零卖定要现钱！

富　安　怎么着，要现钱？我们大爷说啦：你欠我们的钱，从今天起，又涨了利钱啦！这点肉还不够利钱哪！给我拿钱来！

曹　正　你们倚仗官府势力，强行放账，月月增息，天天加利，这小本生意，如何受得下去！

富　安　受不下去，你们关门呀！

曹　正　哎，你们不要在此打扰，你要晓得"操刀鬼"的厉害！

富　安　厉害怎么着？你还敢怎么样？

曹　正　着打！（打富安）

富　安　好！你打人，等着吧！大爷来啦。

〔高衙内带四家人上。

高衙内　（念）闲来无事大街游，

　　　　　　逛遍茶楼逛酒楼。

　　　　富安，这是怎么啦？

富　安　您不是吩咐我备办酒席吗？我在曹正这儿拿了点猪肉，叫他记账，他不干。大爷他不是还欠咱们的钱吗？

高衙内　这还用问哪。

富　安　他不打听这东京地面哪一家大小买卖不使大爷的钱？哪一家大小买卖不诚心诚意地孝敬大爷呀！

高衙内　这是真话！

富　安　拿他点猪肉，这小子就非要现钱不可！还把我打了。他妈的抗债不交，殴打债主，照他这样就该查封肉铺，送交开封府问罪，大爷您说是不是呀？

高衙内　你等我问问他。我说曹正啊，你知道你这种行为就叫反抗官府吗？

曹　正　俺曹正一不欠差，二不欠税，什么叫作反抗官府？你们仗着高俅的势力，加差加税，压榨百姓，强迫我使用你们的本钱，利上加利，晚交一日，非打即罚。照你们这样横行霸道，老子的肉行买卖关门不做了！

高衙内　不做正好，大爷我正想开官肉铺哪！小子们，把他抓起来！

曹　正　我跟你们拼了吧！

高衙内　你反啦?！小子们给我打？

〔高衙内带四家人与曹正及其伙计互打，高衙内被曹正打倒，狼狈不堪。

曹　正　你们哪个敢来?！伙计，快快随我逃走！

〔伙计随曹正逃下。

〔高衙内一伙儿爬起。

高衙内　富安哪，这曹正仗着谁的势力，敢这么撒野呀？

富　安　曹正就是林冲的徒弟。

高衙内　真他妈的，有混蛋师父就有混蛋徒弟！富安，咱们回去跟老高说一声，从明天起，这东京城内大小肉铺都给我关门，大爷我开官肉铺啦！

富　安　大爷您别生气啦，这小子跑了，肉铺归咱们了！

高衙内　马上告诉开封府给我严查四门捉拿曹正！

富　安　他跑不了！得啦，大爷您今天受惊啦，明天城外天齐庙有庙会，少不了红红绿绿大姑娘小媳妇的，咱们逛逛去。

高衙内　好哇，搀着大爷回府吧。

〔众人下。

第七场　家叙

〔张氏上。

张　氏　（唱【西皮原板】）

　　　　　　我的夫做教头英雄志量，

他只想练禁军保卫家邦。

那一日新太尉阅兵校场，

废除了穿沟战法他烦恼失常。

〔丫环锦儿上，与张氏共坐做针线。

张　氏　（接唱）几日来家中坐精神不爽，

倒教我闷悠悠无有主张。

〔张老上。

张　老　（唱【西皮摇板】）

解甲归田鬓似霜，

老来勤苦务农桑。

离开家园城内往，

探望女儿叙家常。

女儿开门来。

〔锦儿开门。张老进，张氏迎。

张　氏　爹爹来了。

张　老　女儿。（坐下）

张　氏　参见爹爹。

张　老　女儿少礼，一旁坐下。

锦　儿　参见爷爷。

张　老　罢了。女儿，你近日可好？

张　氏　女儿好。爹爹你可好？

张　老　我倒好。啊，我那贤婿哪里去了？

张　氏　他只因前者阅兵之时，与新任太尉争论几句，这几日总是家中闷
　　　　坐。锦儿，快去请出教头！

锦　儿　（向内）娘子有请教头。

〔林冲上。

林　冲　（念）时乖不遂男儿愿，

报国空怀壮士忧。

啊，岳父大人来了，小婿参拜。

张　老　贤婿少礼请坐。闻听贤婿日来常常忧闷，不知为了何事？

林　冲　岳父大人有所不知，只因新任高太尉废了"穿沟战法"，故而

忧虑。

张　老　啊，竟有这等事！想这河北地势平坦，一旦废了"穿沟战法"，倘若外寇内侵，怎生得了？听说近日京城中殴打灾民，也是这位太尉所为，不知是也不是？

林　冲　正是这高俅的将令，他只要粉饰太平，哪管人民痛苦，似这等奸邪当道，大宋江山，真不堪设想！

张　老　世道既然如此，贤婿何不辞去教头，老汉家有几亩薄田，小女也能勤俭持家，省吃节用，还可度日，何必屈在这小人之下，受此闷气呀！

林　冲　岳父大人，话虽如此，只是小婿年轻力壮，正当报效国家，怎好退守田园？

张　氏　我夫既然不做退守打算，那高俅如此专权霸道，你今后还要忍耐小心，多加提防才是。

　　　　〔曹正慌张跑上。

曹　正　师父！

林　冲　（起身）曹贤弟为何这等惊慌？

曹　正　方才高衙内带领恶奴在我店中敲诈，是我将他们暴打，因此丢弃肉铺，想往外乡逃走，特来辞别师父。

林　冲　你闯此大祸，怎能轻易逃走！不如在此暂避一时，再做道理。

曹　正　徒弟在此，恐连累师父，告辞。

张　老　且慢！如今城门出入甚紧，你此去恐有不便。

曹　正　这个……

张　氏　曹贤弟不必惊慌，明日城外天齐庙会，我等装作进香模样，送你出城，料也无事。

林　冲　如此甚好。锦儿你去购买香烛，快去快回。

锦　儿　是。（下）

林　冲　曹贤弟，随我后面改装去吧。（引曹正下）

第八场　救曹

　　　　〔城官率两役上。

城　官　奉了命令，把守城门。来呀，伺候了。

〔两役分守左右城门，城官坐。林冲、张老、张氏、锦儿，偕化了装、头戴毡帽、手提香篮的曹正上。

林　冲　（唱【西皮摇板】）

　　　　乔装前去把香进——

　　　　（看城门，回头对曹正，接唱）

　　　　来到城门要小心。

〔张老上前以身挡住曹正。

城　官　（见林冲，起身）林教头请了!

林　冲　请了!

城　官　教头哪道而去?

林　冲　今日城外天齐庙会，携带一家老小前去进香。城官，今日城门为何这等紧严?

城　官　教头不知道，这是奉命严禁灾民入城!昨天曹正打了高衙内，弃铺逃走，奉了太尉府命令，盘查行人，捉拿曹正。

林　冲　（笑）如此说来，你看我这家小之中可有曹正在内?

城　官　教头别取笑了，请吧!

〔林冲一家人带曹正出城。城官下。

曹　正　来此已是城外，徒弟告辞了。（丢去毡帽，唱【西皮摇板】）

　　　　多谢师父忙上道——（下）

林　冲　（唱）逼走了年少一英豪。

〔林冲一家人下。

第九场　菜园

〔鲁智深上。

鲁智深　（念）不愿吃素与念经，

　　　　　　爱习拳棒打不平。

洒家鲁智深，人称"花和尚"。曾在延安老种经略麾下，充当提辖。前在渭州路见不平，三拳打死"镇关西"，官家捉拿甚紧，逃亡在五台山落发为僧，只因醉打山门，犯了什么清规，智真长老，写了书信一封，就来到这东京相国寺。本寺长老见我不能做执事僧人，就派我在酸枣门外看守菜园。在此地招聚了一班流亡失业的汉子，他们帮助洒家种些菜蔬，洒家教他们使拳弄棍，以备后日之用。前几日，数千灾民俱被官府殴打出城，扶老携幼，啼饥号寒，这百姓灾难几时得了。

〔徒弟甲、乙、丙、丁、戊上。

徒弟甲　（念）一条肥狗，

徒弟乙　（念）一桶老酒。

徒弟丙　（念）使拳弄棒，

徒弟丁　（念）大家动手。

徒弟戊　对，大家动手。

众徒弟　参见师父。

鲁智深　罢了。

徒弟甲　师父，今天我们杀了一条肥狗，买了一桶老酒，特来孝敬师父。

鲁智深　有劳众位弟兄。我们先使弄拳棒，然后畅饮一番。

众徒弟　好，练起来！（演习拳脚）

鲁智深　哈……

〔林冲、张氏、张老、锦儿上。

林　冲　（唱【西皮摇板】）

　　　　　忽听院内拳脚声，

　　　　　隔着墙头看分明。

张　氏　我夫为何不走？

林　冲　这院内有人习武，我想在此观看片刻。

张　老　好，贤婿在此等候，我等去去就回。

〔张老、张氏、锦儿下。

鲁智深　弟兄们！抬过洒家六十二斤镔铁禅杖，洒家使弄一回，也好松动松动身子。

〔二徒弟下，抬禅杖复上。鲁智深接杖舞动。

林　冲　好！

鲁智深　外边何人呐喊？

徒弟甲　何人呐喊？

林　冲　林冲在此。

徒弟甲　原来是林教头。教头在此少待。（向鲁智深）启禀师父，外面说话的是东京八十万禁军教头。

鲁智深　敢是那"豹子头"？

徒弟甲　就是他。

鲁智深　洒家闻听此人甚是英雄，快快请来一见。

徒弟甲　待我去请。有请林教头。

　　　　〔林冲入。

徒弟甲　师父，这就是林教头。教头，这是我家师父。

林　冲　师父。

鲁智深　教头。

林　冲
鲁智深　啊，哈哈哈……

鲁智深　请坐。

林　冲　请问师父上姓！

鲁智深　洒家姓鲁名达，原来在延安府老种经略麾下充当提辖。

林　冲　原来提辖到此，失敬了！

鲁智深　岂敢。

林　冲　啊，这些何人？

鲁智深　这是众家弟兄。来，见过林教头。

　　　　〔众徒弟见礼。

林　冲　林冲还礼。

徒弟甲　林教头，你不知道，我们都是被迫失业无家可归的穷人。自从师
　　　　父到这儿，我们就帮助师父种菜，师父就教我们使弄拳棒，这样
　　　　我们就成了一家人啦！

林　冲　原来如此，素闻提辖大名，但不知因何至此？

鲁智深　一言难尽！（唱【西皮原板】）

　　　　　　延安府当提辖疏财仗义，

　　　　　　遇见那不平事咱便不依。

　　　　　　在渭州遇见着金氏父女，

　　　　　　她被那贼郑屠恶霸所欺。

　　　　　　怒恼了洒家心头火起，

　　　　　　三拳打死镇关西。

　　　　　　　　因此上逃亡五台寺，

　　　　　　（转【快板】）落发出家换了僧衣。

　　　　　　　　吃斋念佛咱不取，

　　　　　　　　醉打山门犯清规。

　　　　　　　　师父差我到东京地，

　　　　　　　　来在这相国寺暂把身栖。

林　冲　啊！（唱【西皮摇板】）

　　　　　　　　听罢言来心欢喜，

　　　　　　　　盖世英雄果不虚！

徒弟甲　（得意）林教头，要提起我们师父的本领，那真是武艺超群。就说昨天的事吧，我们在那棵大柳树下喝酒，树上一窝老鸦不断吵闹，我们想把它摘下来，还没等我们动手，我们师父走过来啦，上下一看，挽起袖子，两只胳膊这么一抱，哼的一声，就把这棵柳树拔起来啦！你想一个人要没有千斤的力量，你就连动也不能动啊！

林　冲　（笑，假做不信）我却不信。

徒弟甲　你要不信，就顺着我的手儿瞧，那棵大柳树的根，不是朝上长了吗？

林　冲　师父真乃当世英雄。

鲁智深　夸奖了。教头，这里现有酒肉，你我畅饮一番。

林　冲　且慢，教头王进，也是自家弟兄，何不请来一叙？

鲁智深　洒家正要结识江湖弟兄，快快请来！

徒弟甲　待我去请。（下）

林　冲　师父，你看这东京府情况如何？

鲁智深　洒家看这东京府也是贪官污吏当道，压榨百姓，前日禁军驱逐灾民，不知是何人的主张？

林　冲　这个……

　　　　〔徒弟甲上。

徒弟甲　林教头，那王教头不知为了何事，连夜逃出东京去了。

林　冲　啊，他……逃出东京去了。

鲁智深　教头，这是为何？

林　冲　师父有所不知，那高俅当年原是一无赖之徒，到处敲诈，曾被王进之父一拳打倒，如今他身为太尉，官报私仇，借故责打王进，那王进唯恐他不肯甘休，因此逃出东京去了。就是那殴打灾民之事，也是老贼的将令！

鲁智深　好恼哇！（唱【西皮摇板】）

闻一言来怒填胸，

殴打灾民理难容，

官报私仇太毒狠，

这奸邪当道怎太平！

〔锦儿上。

锦　儿　有请林教头。

徒弟甲　做什么的？

锦　儿　找林教头。

徒弟甲　林教头，外面有人找。

林　冲　待我看来。丫环到此何事？

锦　儿　教头快去吧！

林　冲　何事惊慌？

锦　儿　夫人到了天齐庙，碰见一群坏小子，要行无礼！

林　冲　你且先行，我随后就到。师父，小弟有事改日再会。（下）

徒弟甲　师父，你听见了吗？林娘子在天齐庙，碰见一群坏小子，要行无礼！

鲁智深　有这等事？徒弟们，随洒家前去厮打！（率众徒弟下）

第十场　庙门

〔高衙内、富安、四家人，追张氏、张老跑上，圆场。

高衙内　小子们，告诉那漂亮娘们儿，叫她不要害怕，就说大爷我有意将她接进府去，共享荣华富贵。

富　安　喂！老头儿，你看见了吗？这就是我们大爷，高太尉亲生公子。这娘们儿长得不错，我们大爷看上了，有心将她接进府去，同享荣华富贵，你看怎么样啊？

张　老　嘻！这是我家女儿，林教头的娘子，你们不要胡言乱语。

富　安　（低声地）大爷，这是林教头的娘子。

高衙内	林冲的……这林冲还不是靠咱们爷儿们吃饭的嘛！
富　安	是啊。
高衙内	喂，这一娘子，提起你丈夫也不是外人，就在大爷我手下当差，今天大爷我请你的客啦。（笑）
富　安	马上跟我们走哇！
张　老	尔等不得无礼！
高衙内	什么无礼呀！滚开吧！
	〔林冲急上。
林　冲	你们是哪里来的？光天化日之下，竟敢这样大胆横行！
富　安	大爷！林冲来了！
高衙内	林冲来啦……林冲来啦，你怕什么？
富　安	（大声地）不怕呀！
高衙内	让我看看。我说这不是林冲吗？
林　冲	原来是高公子。（生气，忍耐）
高衙内	我说林冲，这娘们儿与你什么关系呀？
林　冲	贱内！
高衙内	什么贱内贱外，我看不见得吧！
林　冲	不见得又怎样？
高衙内	我看你还是少管闲事！
林　冲	我看你还是放规矩些！
高衙内	哟！我老子还没有教训过我，你倒教训起我来啦！我看你走你的，把这娘们儿给我留下，没有你的事！
林　冲	公子，你你……不要欺人太甚哪！
高衙内	什么欺人太甚哪！小子们，给我抢！
	〔鲁智深率众徒弟上，打高家人，以禅杖压高衙内。
林　冲	仁兄慢动手。
鲁智深	（指高衙内）你是何人？
林　冲	他乃高公子，小弟在太尉麾下吃粮，将他打伤，恐有不便。看在小弟面上，权且让他一次！
鲁智深	看在贤弟面上，暂且寄下你这条狗命！滚开！
	〔高衙内下。

林　冲　岳父、娘子，前来见过鲁师父。

张　氏
　　老　　多谢师父搭救。

鲁智深　洒家还礼。

张　氏　师父啊！（唱【西皮摇板】）

　　　　　高贼做事理不当，

　　　　　掠夺民家女娘行；

　　　　　幸得师父把祸挡，

　　　　　救命之恩永不忘。

张　老　（唱）他父是虎子赛狼，

　　　　　倚仗官势把人伤；

　　　　　师父仗义来抵挡，

　　　　　这侠义的名儿天下扬。

鲁智深　老丈——（唱【西皮摇板】）

　　　　　老丈不必多夸奖，

　　　　　患难相助理应当。

　　　　　要是那贼不自量，

　　　　　这禅杖要他一命亡。

林　冲　（唱【西皮摇板】）

　　　　　辞谢仁兄回家往，

　　　　　改日再来叙衷肠。

　　　　〔林冲、张氏、张老、锦儿下。

鲁智深　徒弟们，回寺去者。

　　　　〔鲁智深与众徒弟下。

第十一场　设计

〔家院、富安引高衙内上。

高衙内　哎哟……快请陆先生。

富　安　有请陆先生。

　　　　〔陆谦上。

陆　谦　来也。参见公子。

高衙内　罢了，坐下吧。哎哟！

　　　　〔陆谦做惊讶状。

高衙内　老陆，你不知道，今天我逛天齐庙去了，碰见了一个漂亮娘们儿，说是林冲的老婆。就说是他的老婆吧，送给大爷我当个礼物，也是应该的，谁知林冲他偏偏地不肯，又来了一个胖大和尚，拿着一把大铁铲，带了一群二流子，连打带闹地把大爷我弄成这个样儿，你看我还活得了么！哎哟……

陆　谦　若是别人的娘子也好办，那林冲身为教头，武艺高强，我看公子还是忍耐了吧！

高衙内　挨了顿打，我倒忍了，可是这娘们儿太漂亮了，总得弄到手啊！

陆　谦　此事么，哼，实在有些难办哪。

高衙内　怎么，老陆，你肚子里那么多主意，为什么对这事这样消极呀？这么办，老陆，你把这事给我办好了，我给老高说一说，叫你再高升一级。

陆　谦　此事必须请出太尉大人，方好行事。

高衙内　那就把他弄出来吧。

陆　谦　请了出来。

高衙内　不用管怎么出来的。

陆　谦　有请太尉。

　　　　〔高俅上。

高　俅　何事？

陆　谦　公子有请。

高衙内　哎哟！

高　俅　我儿为何落得这等模样？

高衙内　（指陆谦）你问他吧。

陆　谦　只因公子去到天齐庙进香，遇见林冲的娘子，和她口角几句，谁知林冲全不看大人金面，引了一群地痞流氓，将公子几乎打死啊！

高　俅　有这等事，我儿且到后面休养，为父自有道理。

　　　　〔高衙内带家院、富安等人下。

高　俅　啊陆谦，前次我命你收买林冲之事怎么样了？

　陆　谦　那林冲，生性顽强，小人已用尽心机，难以收买。自从太尉废除

"穿沟战法"，他是大大不满，在禁军之中，散布流言。昨天他徒弟曹正在街上殴打富安，今天又将公子暴打，其中定有用意。此人若不早除，必生大患。

高　俅　我看趁此机会正好下手。只是上次责打王进，禁军之中甚为不满，这次定要妥善处置。

陆　谦　小人倒有一计在此，保管将他害死，还落得个名正而言顺哪！

高　俅　计将安出？

陆　谦　（与高俅耳语）……这要借大人宝刀一用。

高　俅　此计甚妙，但凭于你。（下）

陆　谦　高虎走上。

　　　　〔高虎上。

高　虎　忽听先生唤，上前问根源。参见先生。

陆　谦　罢了。

高　虎　先生呼唤，有何使用？

陆　谦　高虎我且问你：教头林冲他可认识于你？

高　虎　他并不认识于我。

陆　谦　如此甚好。高虎，太尉有令，（看左右）附耳上来。（与高虎耳语）正是，二人定下宝刀计——

高　虎　千万莫走漏消息。

　　　　〔陆谦与高虎下。

第二幕

第一场　刀诱

〔林冲上。

林　冲　（唱【四平调】）

　　　　鲁仁兄为人真豁达，
　　　　立志为百姓解锁枷。
　　　　扶危济贫他志量大，
　　　　天下英雄数着他。

适才拜访鲁仁兄而回，他劝我辞去这八十万禁军教头之职，以防不测。此事还要与娘子做一商议。唉！想俺林冲空有一身本领，屈居这小人之下，真难言也。（接唱）

　　　　这世间真有难言隐，

　　　　英雄有志不能伸。

　　　　移步儿且把大街进——

〔陆谦内声："林教头慢走，鄙人来也。"

林　冲　（接唱）那一旁呼唤是何人？

〔陆谦上。

陆　谦　（唱）叫一声教头前面等，

　　　　　　走上前躬身礼相迎。

　　　鄙人这厢有礼。

林　冲　原来是陆先生，这厢还礼。啊，陆先生哪道而去？

陆　谦　鄙人看今日天气晴和，闲游散闷而已；得遇教头，真幸遇也！

林　冲　岂敢。小弟家中有事，改日再会。

陆　谦　教头说哪里话来，教头每日在教场操练人马，为国效劳，实难得见你的金面哪！今日机会，我要请教头痛饮三杯。

林　冲　小弟实在有事，不能奉陪。

陆　谦　慢来，教头莫非看小生不起么？

林　冲　这样说么，只好叨扰了。

陆　谦
林　冲　请啊！

陆　谦　（唱【二黄摇板】）

　　　　　　林教头为人真爽快，

林　冲　（唱）叨扰先生理不该。

陆　谦　酒家。

〔酒家上。

酒　家　二位敢是要吃酒？

陆　谦　正是要吃酒。可有清静房屋？

酒　家　有，请上楼！

032　陆　谦　（上楼，坐下）取上等酒菜来。

林　冲　陆先生不必太客气了。

陆　谦　今日得遇教头，真是三生有幸，焉敢慢待！

酒　家　酒到。

陆　谦　教头请。

林　冲　先生请。

陆　谦　想教头乃当世英雄，高太尉常常提起。当此国家正在用人之际，
　　　　将来攻打胡儿，定然立下汗马功劳，少不得封侯之位，那时不要
　　　　忘了小生哪！哈哈哈……

林　冲　陆先生太夸奖了。

　　　　〔高虎上。

高　虎　（念）设下牢笼套，
　　　　　　　前来卖宝刀。
　　　　来此已是，待我叫卖起来——卖刀呀宝刀！可惜我这口宝刀，竟
　　　　遇不着识家！

林　冲　酒家，楼下何人喧嚷？

酒　家　等我看看。

高　虎　卖刀呀宝刀！

酒　家　是卖刀的，还说是什么宝刀。

林　冲　是卖宝刀的么……

陆　谦　何不唤来一看哪？

林　冲　酒家，唤卖刀人进来。

酒　家　卖刀的上楼。

　　　　〔高虎上楼。

高　虎　二位敢是要买刀么？

林　冲　正是，拿来我看。（看刀）真乃一把好刀。

陆　谦　果然是一把好刀。

林　冲　你要卖多少银两？

高　虎　此刀乃俺传家之宝，只要得遇识家，这价钱倒可商量。

陆　谦　你要卖与识家么？喏喏喏，这就是东京八十万禁军的林教头，是
　　　　第一个识家呀！

高　虎　既然教头要买，此刀也算货遇识主，要你一千五百贯钱也就不多了。

林　冲	这一壮士，你这口宝刀哪里得来？
高　虎	说也惭愧，我祖上乃是军功出身，只因家中贫寒，流落京都，只好卖它度日。
林　冲	既然如此，我就与你一千五百贯，刀钱随我家中去取。陆先生，鄙人酒已够了，多谢先生。
陆　谦	酒家，酒银在此。
林　冲	哈哈哈！（唱【二黄摇板】） 　　从来英雄爱宝刀， 　　不由林冲喜上眉梢。 　　将身且奔家中道， 　　见了娘子说根苗。 　〔转场。林冲叩门，示意卖刀人门外稍待。
林　冲	开门来。 　〔张氏、丫环锦儿上。
张　氏	我夫回来了。
林　冲	娘子请坐。今日十分幸运，买得一把宝刀。锦儿，取一千五百贯钱付与卖刀人。 　〔锦儿取钱给高虎，高虎暗喜，下。
张　氏	我夫今日拜访鲁仁兄，不知讲些什么？
林　冲	那鲁仁兄，劝我辞去禁军教头之职，不知娘子意下如何？
张　氏	鲁仁兄所见甚是，我夫做何打算呢？
林　冲	高俅虽然为官不正，但国家之事，也未必由他一人专权下去。我想观看一时，再做道理。 　〔二公差上。
公差甲乙	（念）离了太尉府， 　　　来到林冲门。 有人吗？
锦　儿	（出门）做什么的？
公差甲乙	太尉府公差要见林教头。

锦　儿　等着。（入门）太尉府公差求见。

林　冲　唤他进来。

锦　儿　（出门）进来！（引二公差进门）

公差甲乙　参见林教头。

林　冲　罢了。来此何事？

公差甲乙　高太尉听说林教头买得一口宝刀，请林教头拿去赏识赏识。

林　冲　你们先行，我即刻前往。

〔二公差下。

林　冲　啊，高太尉知道得好快呀。

张　氏　我夫还是去也不去？

林　冲　太尉相请，哪有不去之理。娘子在家少候，我去去就回。（下）

锦　儿　教头刚刚买刀回来，太尉府就来相请，这刀恐怕来路不明吧？

张　氏　是啊，其中恐有缘故。你快求人将爷爷请来，也好前去打听。

锦　儿　是。（下）

张　氏　唉！（唱【二黄摇板】）

　　　　　一见我夫出门口，

　　　　　可叹他身在公门不自由。

　　　　　将身儿回至在闺房等候，

　　　　　但愿他此一去平安回头。（下）

第二场　白虎堂

〔二公差引林冲上。

林　冲　烦二位禀报太尉，林冲在此等待。

公差甲乙　太尉请教头内厅叙话，随我来。（进门）进大门，进二门。

林　冲　二位公差，俺身为教头，去至内厅，恐有不便。

公差甲乙　这是太尉吩咐，请教头少待，等我进去通禀。（下）

〔幕启，现出白虎节堂布置。

林　冲	（徘徊）公差进去许久，为何不见出来？（见白虎节堂匾）呜呼呀！来此已是白虎节堂，想这白虎节堂，乃是军机要地，无故擅入，就有一项大罪，这、这便怎处？
	〔四校尉引高俅急上。
高　俅	统率禁军八十万，军法军纪不容宽！左右，堂下站立何人？
校尉甲	教头林冲。
高　俅	唤他上来！
校尉甲	林冲上堂。
林　冲	参见大人。
高　俅	咄！好一大胆林冲，你竟敢擅入白虎节堂，是何道理？左右，与我搜！
校尉甲	宝刀一口。
高　俅	林冲！你暗带兵刃私入禁地，莫非要刺杀本太尉不成？
林　冲	适才二位公差，传太尉将令，要赏识俺林冲宝刀，故而带刀进见。
高　俅	本太尉府中有的是宝刀宝剑，哪个要看你的宝刀！
林　冲	请太尉传二位公差一问便知！
高　俅	我的手下人俱在堂下，你去看来。
林　冲	不必看了，想俺林冲，身为教头，奉公守法，从无过错，焉能持刀擅入白虎节堂。这分明是有人定下宝刀之计，陷害于俺，我看这宝刀就出在你这殿帅府！
高　俅	呀呀呸！你身犯国法，不来认罪，反而巧言折辩，林冲，小奴才！（唱【西皮摇板】）

　　　　好一大胆小林冲，

　　　　暗带兵刃来行凶。

　　　　将你送往开封府，

　　　　严刑拷打问真情。

左右，将林冲锁拿开封府，严刑拷打问出真情，速报我知，退堂！（下）

〔四校尉绑林冲。

林　冲	唉！（唱【西皮摇板】）

　　　　才知道狗奸贼暗下毒手，

他为了禁军事结下冤仇。

也是我未提防身入虎口，

这时节倒叫俺怒气难收！

〔张老上，与林冲对面，四校尉拥林冲下。张老急下。

第三场　刺配

〔孙孔目上。

孙孔目　（念）猛虎不得志，

　　　　　　　反被犬羊欺。

我，孙定，在这开封府充当孔目，适才听得殿帅府将林冲押送前来，说什么他要谋刺高太尉。我想林冲平日为人，焉能做出此事？不免找王先生设法搭救，就此前往。

〔张老急上。

张　老　（念）见婿遭陷害，

　　　　　　　到处求人情。

咳呀孙孔目！

孙孔目　老丈为何这样惊慌？

张　老　我儿婿遭人陷害，你要设法搭救才是呀！

孙孔目　但不知此事从何而起？

张　老　只因儿婿教练"穿沟战法"，得罪高太尉；前在天齐庙进香，那高衙内调戏我女儿，我婿又与他争吵几句，他们结下冤仇，下此毒手。孔目，你要多多帮忙申雪才是呀！

孙孔目　原来如此。老丈请回，我正要设法搭救。

张　老　你要多多费心哪！

孙孔目　那是自然。

张　老
孙孔目　请。

〔张老下。孙孔目进衙。

孙孔目　有请王先生。

〔王先生上。

王先生　哪一位？原来是孙孔目。孔目有何话讲？

孙孔目　林冲之事，王先生可曾知晓？

王先生　是啊！此事好生奇怪，其中定有隐情。

孙孔目　这其中吗，（与王先生耳语）就是为了此事。想林教头平日待我们做公的十分恩厚，少时府尹审问，他的生死就在眼前，我们焉能见死不救哇？

王先生　只是现有殿帅府公文在此，是如何的救法？

〔邻老、青年乙上。

邻　老　啊王先生、孙孔目，那林教头之事怎么样了？

王先生　案情重大，殿帅府公文说他是私入节堂谋杀太尉，少时就要开审。

邻　老　这是哪里说起！林教头刚刚买了一口宝刀，太尉就差人请去赏识，怎样反说他谋刺太尉呀？

青年乙　听酒保说的，这卖刀的就是高府的家人。这分明是个圈套嘛！

王先生
孙孔目　哦，这就是了！

邻　老　孙孔目，王先生，那林教头从来忠厚耿直，此事发生，引起街坊四邻纷纷议论，心怀不忿，你们这开封府必须要秉公处理才是啊！

青年乙　反正有凭有据，不能冤枉好人！

王先生
孙孔目　二位请回，待我等设法营救就是。

〔邻老、青年乙下。

孙孔目　王先生，你看此事如何处理？

王先生　照方才大家所说，高俅是借刀杀人，想要林冲一死，府尹生性懦弱，此时还不知奸谋，少时升堂，我们从旁力争，判他个活罪，快快决断，高府纵然弄鬼，也就措手不及了。

孙孔目　如此甚好，府尹升堂你我伺候了。（与王先生下）

〔锣鼓升堂作暗场。

〔府尹内声："将林冲当堂刺了金印，董超、薛霸以为长解，刺配沧州，即日起程，不得有误。退堂。"

〔薛霸、董超上。

董　超　这回又是咱们俩人的事儿了。

薛　霸　来，回去收拾收拾吧。（与董超下）

〔陆谦上。

陆　谦　（念）离了太尉府，

来到府尹衙。

那旁敢是薛霸？

〔薛霸上。

薛　霸　原来是陆先生，有什么事？

陆　谦　林冲之事怎么样了？

薛　霸　府尹断他刺配沧州，即日出城。

陆　谦　怎么断得这样快呀——不知是哪个的长解？

薛　霸　就是我和董超。

陆　谦　这事就托付你们，这个……（与薛霸耳语）这是高太尉的命令，黄金十两，你二人去分，事成之后，还要提拔你们！

薛　霸　这事交给我好了，没有错儿，回头见。（下）

陆　谦　林冲啊林冲，我教你明枪容易躲，这暗箭最难防！（下）

第四场　长亭

〔孙孔目、王先生、邻老、青年乙上。

众　人　教头要充军，大家来送行。

邻　老　孙孔目，你看林教头为人忠厚，仗义疏财，竟落得这样下场，这世上么还有什么公道哇！

孙孔目　但愿教头早离东京，免去杀身之祸，也就是了。

青年乙　高俅这小子分明是设下圈套，陷害好人！

王先生　常言道"不怕官，只怕管"，他如今有权有势，你还能把他怎么样啊？

孙孔目　不必争论，那旁林教头来也。

〔董超、薛霸押林冲上，林冲颈戴枷锁。

林　冲　英雄遭毒手，刺配去沧州。

众　人　林教头你受委屈了。

林　冲　林冲有何德能，敢劳列位盛意饯行。

孙孔目　（对董超）董超，我们大家凑了几两银子送与二位，一路之上务须好好照顾林教头。

董　超　（笑）那是自然，这太客气啦！

　　　　〔薛霸扯董超不要他收。董超还是收下。二人下。

邻　老　街坊邻舍与你送行，但愿教头此去冤屈申雪，早还故乡，请饮
　　　　一杯。

　　　　〔林冲饮酒。

王先生　林教头，我等做公的凑了一些散碎银子，送与林教头做路费吧。

林　冲　多谢了！（唱【西皮流水】）

　　　　　　未曾开言心惨伤，

　　　　　　列位的盛意怎敢当。

　　　　　　这太平世界休妄想，

　　　　　　遍地吃人有豺狼。

　　　　　　莫听他口头仁义讲，

　　　　　　要提防他是人面兽心肠。

众　人　教头不必过于烦恼，还要保重才是。那厢敢是林娘子来也。

　　　　〔张老、张氏、锦儿急上。

张　氏　夫君，我夫！喂呀！（唱【西皮摇板】）

　　　　　　一见我夫上了刑，

　　　　　　怎不叫人痛伤情。

　　　　　　遭陷害刺配沧州郡，

　　　　　　我的夫哇！

　　　　　　家事自有我担承。

林　冲　（哭）娘子啊——（唱【西皮二六】）

　　　　　　娘子不必泪满腮，

　　　　　　拙夫言来听明白。

　　　　　　奸贼当道任独裁，

　　　　　　天下黎民受苦灾。

　　　　　　"穿沟战法"惹祸害，

　　　　　　奸贼的毒计巧安排。

　　　　　　我如今刺配到沧州界，

　　　　（转【快板】）不知回来不回来。

　　　　　　丢下我妻一人在，

那贼一定起祸灾。

左思右想愁难解——

也罢！（接唱）

倒不如死别生离两丢开！

林　冲　想俺林冲遭此陷害，此行恐也是凶多吉少，倒不如随娘子你自讨方便去吧。

张　氏　喂呀夫哇！你我恩爱十载必能重新团聚。为妻我自有担待，你、你就安心上路去吧……（哭）

张　老　贤婿呀！说哪里话来，我家女儿乃是烈性之人！断乎辱没不了贤婿。就是老汉我，虽然年迈，也不肯屈服于那贼子淫威之下。贤婿我们后会有期，你就不要挂念了吧。

张　氏　喂呀！（哭）

〔老军急上。

老　军　哎呀，林教头，你遭了这样的陷害，我们全禁军营里的弟兄们都气得不服，都想来看看你，营里的管束太严啦，不能出来，弟兄们趁着我出来买菜的工夫，叫我来看看教头。弟兄们太穷啦，买不起什么东西，给我带几个馍馍，拿着路上当干粮吧！

林　冲　老哥哥如此热心，林冲就愧领了。（唱【西皮摇板】）

老哥哥跑来长亭下，

不由林冲泪如麻。

急切难说知心话，

我有一言你记心下——

莫看那贼势力大，

那也是一座冰山一定倒塌。

弟兄们同心协力似铁打，

任何奸邪不怕他。

老哥哥呀，回去之时，你对众家弟兄言讲，俺林冲此番刺配沧州，但有一线生路，决不会忘了众家弟兄，我们是一条心，你我后会有期！

老　军　林教头的话我回去一定一句一句地告诉弟兄们。林教头，你一路保重了！

〔董超、薛霸上。

薛　霸　你们这样唠唠叨叨，哪里有这么多的话哪！林冲，我们上路哇！

〔众人骚动，青年乙要打。

董　超　薛霸，你让他们多说几句吧！

薛　霸　你懂得什么？这是公事！走！走！

〔薛霸拉林冲下。董超随下。

张　氏　我的夫啊！（哭）

孙孔目　林娘子不必啼哭，回家去吧。

〔众人下。

第五场　追林

〔鲁智深上。

鲁智深　（唱【西皮摇板】）

世间狭小天地大，

禅杖打开这锁枷。

〔徒弟甲急上。

徒弟甲　启禀师父，大事不好。

鲁智深　何事惊慌？

徒弟甲　林教头被高俅陷害，刺配沧州去了。

鲁智深　你待怎讲？

徒弟甲　林教头刺配沧州去了。

鲁智深　哇呀呀——（唱【西皮摇板】）

听一言来气冲牛斗，

口中大骂贼高俅。

果然贤弟遭毒手，

只恐他此去一命罢休。

且住，我想高俅设计，要害林贤弟一死，这一路之上定遭不测。
也罢，洒家只得星夜赶上前去，暗加保护，搭救林贤弟的性命便
了。徒弟们——

〔众徒弟上。

　鲁智深　看洒家的禅杖戒刀过来。

〔众徒弟抬禅杖给鲁智深。

鲁智深 （唱【西皮摇板】）

改换行装佩上刀，

救人不怕火焰高。

提杖急奔阳关道，

搭救贤弟走一遭。

徒弟们，洒家此去，多则半月，少则十天，你们在此看守菜园。

洒家去也。

众徒弟 送师父。

鲁智深 免！

〔鲁智深、众徒弟分头下。

第六场　宿店

〔林冲内唱【西皮倒板】："心中恼恨——"

〔董超、薛霸押林冲上。

林　冲 （接唱）贼高俅。

薛　霸 我说林冲你老是这样慢腾腾地走，我们什么时候才能到沧州？

董　超 老薛，你看林教头他是受了刑的人，又戴着这样重的枷锁，我们将就他一点，也是做点好事啊。

薛　霸 你懂得什么！

林　冲 二位呀——（唱【西皮原板】）

恨贼子他与我结下冤仇。

实指望练雄兵抵抗外寇，

又谁知遭陷害刺配沧州。

一路上饥民到处有，

（转【西皮流水】）路旁饿殍无人收。

这才是水深火热谁援手，

怎不教人气满胸头。

薛　霸 不知道你哪里钻出这些啰唆话。

董　超 我说老薛，看天色不早，咱们该住店啦。

薛　霸 前边打店去吧。

董　超　店家，店家。

〔店家上。

店　家　来啦！客官要住店随我进来。

薛　霸　店家有严紧房子没有？

店　家　有。

薛　霸　把这个犯人给我锁起来。

〔店家引林冲下。

薛　霸　老董过来，我告诉你，你看林冲乃是高太尉的对头，早晚我们要他一死。

董　超　他是犯人，我们是解差，我们送他到沧州，死不死我们管他呢！

薛　霸　老董，我告诉你，我们临行之时，高太尉派人送来黄金六两，你三两我三两，叫你我在路上将林冲害死，回去之时，还另有提拔啦。

董　超　这个我不知道啊。老薛，你想林教头遭了这样的冤屈，我们不能救他，反倒去杀他，这于心何忍哪，这个我做不了。

薛　霸　做不了也得做，这是高太尉的命令！

董　超　我也不会呀！

薛　霸　你不会，我教给你。你看，这林冲乃是有名的英雄好汉，不但你我，就是有十个八个使拳弄棍的也斗不了他。

董　超　那怎么办呢？

薛　霸　总得想法子折磨他。

董　超　折磨他？

薛　霸　今天走了一天路，十分疲乏，今儿晚上打点酒将他灌醉了，烧一盆开开的热水叫他洗脚，就把他一双脚往盆里这么一按……

董　超　那不把他的脚烫烂了吗？

薛　霸　就是要把他烫烂了，以后就好办啦。

董　超　到底怎么办？

薛　霸　明天再走三十里就是野猪林，此地僻静，人烟稀少，那个地方就是给林冲送终的地方。（拿出黄金）这是金子，咱俩分。

董　超　你叫我做个杀人的奸细，我不是这个材料，我说老薛，这金子我也不要啦，请你另找别人吧，我不行。

薛　霸　啊，吃了皇家饭，就要受皇家管，不干也得干，这是太尉的命令，你要违抗命令，我就先把你杀了。干不干？说！（抽刀威胁介）

董　超　我……不……

薛　霸　干不干？

董　超　……

薛　霸　烧水去。（下）

第七场　野猪林

〔曹正、难民等过场。

曹　正　诸位父老，我等抗捐抗粮，放火烧了狗贼的县衙，官府必定捉拿你我，我等逃往二龙山再做道理！（下）

众　人　好！（随下）

〔鲁智深内喊："走哇——"上。

鲁智深　（唱【二黄摇板】）

　　　　我本江湖一豪侠，

　　　　披星戴月走天涯。

自从林冲贤弟刺配以后，是我沿路跟随，暗加保护。昨夜在旅店之中见两个公差鬼鬼祟祟，又打听得这前面野猪林一带地势十分凶险，今早出得店房，他们在前面走，我在后面跟，看看走进林内，洒家绕至前面，隐在大树背后，看这奸细怎样行事，觑便搭救林贤弟便了。（接唱）

　　　　任他奸细诡计大，

　　　　不如洒家暗地查。

　　　　隐隐藏藏往前踏——

（钻入林内，接唱）

　　　　野猪林内等着他。（下）

〔董超、薛霸押林冲上。林冲脚烫伤了穿草鞋。

林　冲　（唱【二黄摇板】）

　　　　走了一程又一程，

　　　　两足疼痛实难行。

董　超　林教头，你怎么不走啊？快点，快啊！

林　冲　你们将我两足烫伤，十分疼痛，难以行走。

薛　霸　老董，你看天气炎热，我也走不动了，我们到树林里凉快凉快再走吧。

董　超　这……我们慢慢地走好啦。

薛　霸　实在走不动啦，我们在树林里靠一靠。林冲，你就在这里靠一会儿，我得把你绑上。

〔薛霸、董超缚绑林冲。

林　冲　你们这是何道理？

薛　霸　万一我们睡着了，你要跑了，我们怎么交代呀！唉，林冲呀林冲，我老实告诉你吧，要你死也叫你死个明白，我们这是奉了高太尉的命令，要在这里将你杀死。我们这是"上命差遣，概不由己"，没有别的说的，我说林冲呀林冲，送你去到鬼门关，要想活命难上难！（持刀欲杀林冲）

〔鲁智深急上。

鲁智深　哇呀呀……（打落薛霸手中的刀）

〔薛霸、董超皆被鲁智深打倒在地。

董　超　师父，饶命吧，这都是他干的，没有我的事。他是奸细，我是好人……

林　冲　仁兄暂勿动手，我有话讲。

鲁智深　看在林贤弟分儿上，暂且寄下你这两条狗命，滚起来，将林老爷缚绑锁枷解开！

〔董超、薛霸爬起，解林冲缚绑。

林　冲　多谢搭救之恩。

鲁智深　此乃分内之事。贤弟今后意欲何往？

林　冲　这个……

〔曹正、难民等跑过场下。

鲁智深　林外何事呐喊？

林　冲　我看后面一人好像我徒弟曹正模样，待我冒叫一声。呔，前面敢是曹正？

〔曹正上。

　曹　正　来也。原来是师父。参见师父。师父为何落得这等模样？

林　冲	我被高俅老贼陷害，刺配沧州，行至这野猪林，险被公差杀害，多蒙智深师伯搭救。来，来，见过智深师伯。
曹　正	师伯在上，曹正有礼。
鲁智深	洒家还礼。
林　冲	贤弟因何至此？
曹　正	师父有所不知，自俺逃出东京，在外乡佣工半载，此地人民抗捐抗粮，放火烧了县衙，因此我等奔往二龙山，以求生路。
林　冲	贤弟真乃有智有勇。
曹　正	师父意欲何往？
林　冲	我么，仍欲去沧州一行。
曹　正	师父！我看山东河北各处人民，到处逃难，四路英雄纷纷起事，在这少华山、桃花山、梁山泊一带，俱有人招聚为首，师父何不将这两个公差杀死，一同上山？
鲁智深	林贤弟，现今当权者无道，压榨百姓，四路英雄个个摩拳擦掌，此时不干尚待何时？这叫作官逼民反，不得不反！
林　冲	仁兄啊！（唱【二黄原板】）

　　　　鲁仁兄言语细盘算，

　　　　造反二字且慢言，

　　　　虽然刺配边州远，

　　　　英雄立志可撑天。

　　　　但愿到沧州观看事变，

　　　　见机而行又何难。

鲁智深	（唱）林贤弟主意也太差，

　　　　洒家言来听根芽：

　　　　高俅专权太毒辣，

　　　　压榨百姓无力挣扎，

　　　　四路英雄势力大，

　　　　宋室的江山一定倒塌，

　　　　今日的天下是谁家天下？

　　　　劝贤弟把此事仔细详查。

林　冲	仁兄之意小弟尽知，我想沧州乃边防重地，将来金人南犯，定可

兴起大事。小弟还是先到沧州观看情形，再做计较。

曹　正　师父前去，有此两个公差，徒弟是放心不下！

鲁智深　贤弟既然执意要去沧州，洒家送你前往。

林　冲　（对曹正）我此去有智深师伯照护，不必挂虑，贤弟前途努力，你我自有相逢之日。

曹　正　既然如此，师父保重，徒弟前往二龙山去了。告辞。（下）

鲁智深　（对公差）呔，我且嘱咐与你，教头此去，你们一路之上要好好伺候，如有差错，要你们的狗命！

林　冲　有劳了。（唱【二黄摇板】）

　　　　多谢仁兄来搭救，

鲁智深　（唱）洒家送你到沧州。

　　　　（叱董超、薛霸）走。（下）

　　　　〔董超、薛霸恐惧随下。

第八场　回报

　　　　〔高俅、陆谦上。

高　俅　（念）为了专权霸道——

陆　谦　（念）就要机巧权谋。

高　俅　陆谦，害死林冲之事怎么样了？

陆　谦　董超薛霸去了一月有余，尚未回转，我已差富安前去打探，必有回报。

　　　　〔富安上。

富　安　忙将林冲事，报与太尉知。参见太尉。

高　俅　罢了。命你打听林冲之事，怎么样了？

富　安　林冲在野猪林遇救，解到沧州，董超、薛霸畏罪潜逃啦。

高　俅　那林冲未曾害死，养虎必有后患，传我将令，将林冲抓来东京处死，也就是了。

陆　谦　慢来，若将林冲抓来东京处死，必招禁军不满。

高　俅　依你之见——

陆　谦　不如小人亲去沧州，将他暗暗害死，以遮众人耳目。再说沧州乃是边防重地……

高　俅　嗯……

陆　谦　上次金国来信，不知太尉如何答复？

高　俅　这个……必须设法办理才是。

陆　谦　不如趁此机会小人前去沧州，也好答复金国的要求。（附耳对高俅悄声地）……这叫一举而两得之计。

高　俅　此计甚妙。陆谦，就命你带领富安前去沧州，相机处置，只是你要小心谨慎了。（下）

陆　谦　那是自然。富安，更衣。（更衣）带马。（唱【二黄摇板】）

　　　　　　一计不成施二计，

　　　　　　排除异己费心机。

　　　　　　富安带路沧州去，

　　　　　　一举两得立功绩。（下）

第三幕

第一场　酒馆

〔王氏上。

王　氏　（念）生在沧州下，

　　　　　　卖酒度生涯。

　　　　　　自幼习弓马，

　　　　　　人称女豪侠。

　　　　我，王氏，配夫李小二，夫妻二人在这沧州城外开了一座小小的酒馆，清晨起来，不免将店房收拾起来便了。（唱【南梆子】）

　　　　　　夫妻们在沧州开设酒馆，

　　　　　　结交了天下的四路豪贤。

　　　　　　清晨起将店房打扫干净——

　　　　（打扫，挂酒店招牌，接唱）

　　　　　　回头来叫当家照应店面。

　　　　我说当家的，店面收拾好了，你出来照顾买卖吧。（下）

〔李小二内声：“来也。”上。

李小二 （念）曾在东京受颠连，

恼恨赃官只爱钱。

流落江湖为好汉，

开设酒店结豪贤。

俺李小二，沧州人氏，曾在东京充当伙计，只因救助灾民，得罪官府，将我捉往开封府内问罪，多亏林教头替我了结公案，辗转来到沧州，娶妻王氏，在此开了一家酒馆，常有江湖弟兄往来。今早浑家已将店房收拾完毕，我不免去到外面照应一番。（下）

〔林冲上。

林　冲 （唱【西皮倒板】）

英雄落魄在沧州，

颠沛难忘报国仇。

今朝未展屠龙手，

谁知豪杰林教头。

俺，林冲，刺配沧州，四月有余，今日无事，不免到城外走走。

（唱【西皮散板】）

心中烦闷城外走，

见一酒家在村头。

那边有一酒家，我不免进去痛饮三杯。啊，酒家哪里？

〔李小二上。

李小二 客官吃酒请进。

林　冲 （进门，坐）酒家，自俺进门以来，你不断上下打量于我是何道理？

李小二 客官莫非那东京禁军教头林武师？

林　冲 你莫非东京李小二？

李小二 正是。教头因何落得这般光景？

林　冲 哎呀李二哥！只因我得罪高俅老贼，将俺刺配到此，多蒙柴大官人照顾，管营派我看守天王堂。李二哥，你怎生来到此地？

李小二 自从教头帮助，免去监牢之苦，辗转回到故乡，在此开设酒馆度日。浑家哪里？

〔王氏上。

王　氏	什么事？
李小二	这就是我常提起的恩人林教头，快快见过。
王　氏	参见林教头。
林　冲	林冲还礼。
李小二	取上等酒来。
王　氏	（取酒）教头请酒。
李小二 林　冲	请。
林　冲	啊呀，真乃是久旱逢甘雨——
李小二	他乡遇故知。哈哈哈……
林　冲	李二哥，你的光景如何？
李小二	这酒店生意原本勉强过得去，只是官府科差太重，日子也就难过得很！
王　氏	林教头！你看像我们做买卖的，贵买贵卖，贱买贱卖，多少还有点活动；要像庄稼汉，就得死打死挨。到处成千上万的饥民，这个世界要是不翻身哪，我们穷人可怎么活呀！
林　冲	唉！我从东京到此，一路之上看见百姓扶老携幼，流离载道，到处俱是一样，天下之事，真不堪设想。
王　氏	林教头至此，高俅老贼岂能善罢甘休。
林　冲	他怎肯放过于俺，此番发配，他还买通公差在中途将俺谋害，幸有鲁智深仁兄搭救，才护送到此。
李小二	这鲁智深敢莫是那江湖上人称"花和尚"的？
林　冲	正是！
李小二 王　氏	此人现在何处？
林　冲	送我到此，他又回东京去了。
王　氏	那高俅为人奸诈，教头还要多加提防。
李小二	正是，那王进教头被高俅陷害，逃往延安老种经略麾下，如今又被高俅逼往少华山落草去了。
林　冲	（哦）！（唱【西皮原板】）

　　　　王进兄投奔少华山上，

不由林冲暗自思量。

朝廷昏乱残害良将，

空有大志难做主张。

李小二 （唱）林教头还要自忖量，

天下大事仔细端详。

百姓痛苦不敢言讲，

贪官污吏赛虎狼。

众英雄纷纷山寨上，

少华山、梁山泊积草囤粮，

杀贪官诛恶霸兵强马壮，

到将来天下事咱做主张。

林　冲 李二哥言之有理，常言道单丝难成线，孤木不成林，这天下之事一人岂能做主？

李小二 俺在此结识一班弟兄，大家同心聚首，情同手足，教头如有呼唤，定可相帮。

王　氏 林教头这沧州不比东京，这儿是山高皇帝远，江湖弟兄来来往往的不少。教头有事情，尽可说话，咱们有的是人。

林　冲 多谢了。（唱【西皮摇板】）

闻听此言心欢畅，

李二哥果然志气强。

江湖豪杰结识广，

扶危济贫有主张。

天色不早回城往——

（辞别，下）

李小二 （唱）林教头英名四海扬，

劝他同把梁山上，

杀尽贪官夺取朝堂。（下）

第二场　借粮

〔李铁背粮袋上。

052　李　铁 （念）离了陈州又一年，

穷人到处受艰难。

俺李铁，原是陈州人氏，只因遭了荒旱，随双亲逃到东京，谁知官府下令殴打灾民，辗转又逃至这沧州地面。不幸老娘亡故，我替人帮工打短，爹爹租种二亩田地，勉强度日。只是官府科差太重，这秋季草料催得甚紧。是我去到李二哥酒店借来四斗粗粮，回去告诉爹爹知道便了。（唱【二黄散板】）

　　到处官府科差紧，

　　实实难死受苦人。

　　身背粗粮朝家奔，

　　见了爹爹讲分明。

爹爹哪里？

李　老　啊，我儿回来了，借粮之事怎么样了？

李　铁　多蒙李二哥帮忙，东拼西凑，凑了四斗粗粮，我且留在家一半，（做倒粮动作）交纳二斗也就是了。

李　老　他们使用大斗大秤，你交去二斗只好算一斗八升，仍然是不够哇。

李　铁　他们使用大斗大秤，新旧庄户人人不服。今日我们穷户都已商妥，要他一律按公平斗秤交纳，他若不允，我们就聚众抗粮。爹爹看守门户，孩儿去也。（欲出门）

李　老　且慢！（拦住李铁）方才有两个公差前来，道是朝廷有令，御花园要明年五月修齐，因此加紧抓丁。我们虽然出钱两次，他们又不承认，定要抓你前去。我看你还是躲避一时，不可出门。交粮之事，由为父前去便了。

李　铁　如此爹爹保重了。（转交粮袋）

李　老　（背粮袋，唱【二黄摇板】）

　　庄户人受尽了牛马苦，

　　层层压榨几时除！

　　身背料粮出门去——（出门）

〔李铁下。

李　老　（接唱）完纳课税到官府。（下）

第三场　草料场

〔老军老黄敲小锣上。

老　黄　（念）为着吃口粮，
　　　　　　看守草料场。

我，老黄，在这沧州军营，吃了一份口粮。上司见我年纪大啦，就派我看守这大军草料场。秋季粮草，从九月到如今，三个月啦，还没收齐。管场的说了，催四乡的百姓限期交清。那些穷庄户人家连饭都吃不上，哪里来的粮草交公？唉！我看又到了逼死人的年头了。早晨起来，看看有交粮草的没有。

〔公差丙引林冲上。

林　冲　奉了管营命，来守草料场。

公差丙　老林，这就是草料场，随我进来。（在门口见老黄）老黄，管营的吩咐，调你进城去看守天王堂，把这里的差使交给林冲啦。这是公文，赶紧办交代吧。

老　黄　噢，好，换个年轻人也好，我上了几岁年纪，腿脚也不大灵便啦。老林。

林　冲　老哥哥。

老　黄　这是本草料账，还有仓房的钥匙。我点给你：瞧那些草垛是五十万斤干草，这几间仓房里是三万石料粮。睡觉就在这间草房里。

林　冲　老哥哥，你看这几间仓房如此破烂，屯积料粮，岂不遭受损失？老哥哥为何不修理修理？

老　黄　唉！谁不是这么说！可是人家上边从府尹大人那儿起，到管营、管场的，成天只知道搂银子、搂钱，别说草料，就说这人住的房子，墙都裂开这么大的缝子，要把咱们压死，还不是活该吗？

林　冲　这草料乃是军需要物，怎能如此忽视？倘若一旦边防紧急，这还了得！

老　黄　哈！你这吃粮的志气倒不小！我说你是什么出身哪？八成来沧州不久吧？

林　冲　俺姓林名冲，原是东京八十万禁军教头，只因奸臣陷害，刺配到此，才四月有余。

老　黄　噢！怪不得呢，你在东京做教头的，不明白这沧州的情形，你说这草料是军需要物，可人家当官的是"千里为官只为财"。这兵荒马乱的年头，做这边防的官，谁不知道是赶紧搂把点子，但有风吹草动，拔腿就跑。就拿这草料场来说，还不是打着个招牌，好挤老百姓的油水吗？军需不军需，人家才不管那一套呢！

林　冲　照你这样说来，难道这草料场也是压榨老百姓的不成？

老　黄　唉！你想大堂之上，一不种高粱，二不长黑豆，不压榨老百姓他们吃什么？这征收草料的规矩是每亩地料粮五升，干草十五斤，你还不知道，这场的斗是大着二升，秤是加三大秤。这还不算，那交草料的户要是不先在管场的那儿花点钱哪，他叫你等三天也不收。你再看这草料场里边都成了什么啦？草料堆在那儿，潮了、烂了，他们私自盗卖塞入了腰包能行，可是老百姓少交一点也不行！

林　冲　唔唔，原来如此。

老　黄　唉！这里的事说不完。今天管场的也许来，收草料的时候，你还是少管闲事，只要早晚看好了门，别失了火就行啦。要是着了火哇，那可是杀头之罪呀！你在这儿伺候着吧。可是你吃饭的家什带来没有？

林　冲　俱已留在天王堂了。

老　黄　那正好。咱们是对调差使，那咱就换着使用得啦。我这锅盆碗筷都有，这儿还有一个酒葫芦，我也不带它啦。你要喝酒的话，到前村酒店，掌柜的都认识这个葫芦，零钱方便不方便的都能打酒。就该收草料啦，看，管场的来啦。

〔管场上，坐下，精神疲惫。

老　黄　参见管场。他叫林冲，从天王堂调来的。我的差使交啦。

管　场　交代清楚啦？你去吧。

老　黄　（对林冲）没事到天王堂坐。（下）

管　场　林冲，时候不早啦，该收草料啦。这地方是穷地出刁民，常常聚众抗粮，要是有个捣蛋的，你就给我打。没错！

〔传来吵闹声。公差丙推李老、农甲、农乙上。

农　甲　怎么不够？交多少算够呀？

农　乙　再没草料可交啦！

公差丙　走走，去见管场去。管场老爷，这几户都没交够。

管　场　你们三番五次交不够，是想挨板子了？

农　甲　交过几次啦，还不够吗？

农　乙　我一家的口粮，都当草料交啦，还说不够。

管　场　没有那些废话，欠下的草料，限你们明天一律交齐，再不交齐，就抓你们坐大牢啦。

李　老　要了这样许多草料，还使用你们的大斗大秤。

管　场　你这老家伙，料不足斗，草不足秤，这明明是抗拒科差，还说我们大斗大秤！

李　老　老汉我租种二亩薄田，既要交租，又要交粮，自己糊口尚且不够，是俺求亲告友，东拼西凑，凑足了你们的数目，可是过了你们的斗秤，这二斗粮变成了一斗八升，这岂不是你们的斗秤太大了吗？

管　场　什么我们斗秤太大，我们还能吃了你的马料吗？这样说话就得先打二十板子。林冲啊，给我打！

林　冲　请问管场，这草料按规矩应当征收多少？

管　场　这个你就不用管！

林　冲　这国家的课税，要按规矩征收才是。

管　场　嘿！这边防吃紧的时候，什么是规矩呀！都按规矩征收，那我们吃什么？喝东北风呢，还是喝西北风？

林　冲　这征收草粮，也该使用公平斗秤。

管　场　什么公平斗秤？难道我们管家的斗秤还不公平吗？

林　冲　我看这草料还是照数收的好哇。

管　场　不行，这是沧州的规矩，谁也不能改变！

林　冲　我看从今天起就改变了吧！

管　场　啊呀，你好大胆子！还以为你在东京当教头哪？竟敢改变我们沧州的规矩！这哪是来办公事啦？简直是来砸我们饭碗子来啦！还不给我滚！

〔管场推林冲，自己反而先摔倒。

056　　众　人　打，打他！

管　场　啊，你们打人？

林　冲　众家父老不必动手，这粮草照数收清，有事俺林冲一人担待。

管　场　好！你担待也好！（爬起，逃出门）你这个小子勾结刁民，捣乱场规。在这儿我斗不了你，我去报告管营去，回来跟你算账。你等着……（逃下）

李　老　这位哥哥尊姓大名？

林　冲　俺姓林名冲。

众　人　林大哥，这样帮助穷人，我们真感谢不尽。

李　老　啊，林大哥，这大军草料原是国家所用，年年屯积已不知烂掉了多少穷人血汗。说什么边防吃紧，这不过是骗人而已。那些管营、管场之辈，趁这年遭荒旱、粮米高贵之际，盗卖国家粮草，肥了他们的腰包，哪像哥哥这样正直公道！

农　乙　咱那大庄主、活阎王就是私买草料场的料粮，强迫借给我们穷苦庄户，到明年就得还他加倍的细粮。这些有钱有势的，专跟穷人作对，穷人还活得下去吗？

林　冲　哎，诸位父老兄弟呀！（唱【西皮摇板】）

　　　　　都只为大小豺狼俱当道，

　　　　　吸尽民脂与民膏。

　　　　　要把这世界翻转了，

　　　　　还须得枪对枪来刀对刀。

　　　　　父老请回家中道，

　　　　　这风云变色就在明朝。

〔众人下。

第四场　结盟

〔沧州二公差携锁链上。

公差丁　（念）为了花石纲，

公差戊　（念）跑得两腿忙。

公差丁　我沧州公差，只因当今皇帝要修盖御花园，高太尉下令要河南、河北、山东等地百姓前去江南搬取太湖石，公事很紧。

公差戊　是啊。

公差丁　可是这李铁哥，老躲避差役，找不着他，今天再找找他去。

公差戊　走，走。

公差丁　到了。这家伙有两下子，你到那边照应着点，别让他跑了。

公差 丁 戊　李铁在家吗？

　　　　〔李铁上。

李　铁　爹爹去交粮，未见转回还。

公差 丁 戊　李铁！

李　铁　来了。（开门）二位公差到此何事？

公差丁　你装什么呀？为了你，我们挨了几十板子啦！今天可碰见啦，走吧，到衙门去！

李　铁　为了花石纲之事，我父已出钱买过两次，你们为何又来找我？

公差戊　你出钱不出钱，我们管不着！带着走！

　　　　〔公差戊欲锁李铁，被李铁踢倒，公差丁上前又被打倒。

李　铁　你们哪个敢来！（下）

　　　　〔李老上。

李　老　啊，二位公差，这是为何？

公差丁　你儿子把我们打成这样，你还"为何"呢！

李　老　我家铁牛儿哪里去了？

公差戊　你装什么老糊涂呀？铁牛儿跑了，跑了和尚跑不了庙，就把这个老家伙带上！走，走！

李　老　你们为何这般无理？真是……

公差 丁 戊　你们打了人，还说我们无理！（走至李小二酒店门口）

　　　　〔李小二上。

李小二　你们为了何事？

李　老　小二哥有所不知，只因花石纲之事，要黎民百姓前去江南搬太湖石。你想老汉偌大年纪，耕种艰难，全靠铁牛儿扶养，这铁牛儿怎能前去呀？再者，我已交钱两次，大老爷已经恩准我家铁牛儿不再前去了啊！你们为何又来要人？！

公差丁 戊	你交钱不交钱，谁看见啦？不行，带上走！
李小二	且慢，你看这老伯十分穷苦，二位还是方便方便吧。
公差戊	李二哥，这可不行，这回不比往回，上边紧得很。
李小二	这话么，不是这么讲法，都是穷苦人，常言说得好，与人方便自己方便，（暗地塞钱给公差丁）暂且缓他两天，不误你们公事也就是了。
公差丁	得啦，看在李二哥的面上，再缓两天。
公差戊	可是后天若没有人的话，那我们也无办法了。（与公差丁下）
李　老	多谢小二哥，可是这两天以后，又将如何？
李小二	老伯暂且回去，叫李铁哥到我店里暂避一时，再做道理。
李　老	多谢。（下）
	〔李小二进门。王氏上。
王　氏	外边什么事啊？
李小二	官府公差为了花石纲之事，捉不到李铁哥，要捉拿李老伯前去，是我上前说了几句好话，出了点钱，才答应缓两天再来要人。
王　氏	那么李铁哥怎样办哪？
李小二	我叫他到我们酒店暂避两天再做道理。
王　氏	算了吧，今天也逼，明天也逼，躲两天又该怎么办哪？我看还是替他赶早打主意吧！
李小二	等他来了，再做商量。
	〔林冲上。
林　冲	小二哥。
李小二	林教头，请进。
林　冲	唉！
李小二	教头为何这样感慨？
林　冲	李二哥有所不知，今日管营调俺来看守大军草料场。想这沧州乃边防重地，一旦金人南犯，这草料本是军需要物，谁知这些贪官污吏，反而借此敲诈百姓，真正令人可恼！
李小二	教头你想这班贪官污吏，你不叫他敲诈百姓，还指望着他解救百姓不成吗？

王　氏　是啊，还指望他们解救老百姓不成吗？

林　冲　二位兄嫂，俺林冲来到沧州，本想在此边疆了我报国之愿。如今看来，奸贼到处横行，报国岂非梦想？

〔李铁上。

李　铁　李二哥，方才之事，多亏了你，只是两天之后，将如何处理？

李小二　自家弟兄，不必客气，林教头在此，大家商议！

李　铁　（进门）林教头！

林　冲　李铁哥何事惊慌？

李　铁　只因花石纲之事，我父已出钱买了两次，如今又不承认，一定要抓我前去，只好到李二哥店中暂避一时。

林　冲　李铁哥，今后又将如何处理？

李　铁　这个——

〔李老急上。

李　老　啊，李二哥，方才两个公差又行前来，定要明日锁拿铁牛儿前去。这便如何是好？

李　铁　他们既然如此逼迫，待俺凭了一身武艺，去与他们拼了！

李小二　且慢！你一人前去，哪里是他们的对手？徒然送命，死之无益！

众　人　这便如何是好！

李小二　我看李铁哥只有一条出路——

众　人　什么出路？

李小二　投奔山东梁山泊。

众　人　噢！梁山泊……

李小二　这梁山泊：四面高山，三关雄壮，芦花荡荡，水泊汪洋。现有一班英雄聚义山寨，招纳四方豪杰，杀官劫府，扶困济贫，官府不敢侵犯，周围百姓，人人得过。除此以外，别无出路。

李　铁　只是爹爹年迈……

李　老　有俺众家弟兄在此，老伯生计不必挂虑。

李　铁　如此兄嫂请上，受小弟一拜。

李　老　儿啊，这事不宜迟，明日清晨即刻前往。去到梁山泊上，日后遇见贪官污吏，与我多多杀上几个！为父去也。（下）

林　冲　今日奸贼当道，残害百姓，世界必将天翻地覆，你我弟兄何不就此结拜，患难相助，共图大事？

众　人　好！就此结盟。

李　铁　香烛血酒伺候。（焚香，行礼，割鸡血酒中，与众人同饮）

众　人　哈哈哈……（唱【黄龙滚】）

　　　　　　恨今日奸贼当道，

　　　　　　恨今日奸邪满朝。

　　　　　　百姓的痛苦受不了，

　　　　　　反抗的火焰高烧。

　　　　　　反抗的火焰高烧，

　　　　　　携起手打开笼牢！

林　冲　今日结拜真好幸会。看天色已晚，你我兄弟就此作别了吧。（唱
　　　　【西皮摇板】）

　　　　　　辞别弟兄回家下，

众　人　（唱）义气相投是一家。

〔众人分头下。

第五场　察奸

〔陆谦偕富安上。

陆　谦　（唱【西皮散板】）

　　　　　　任你林冲英雄汉，

　　　　　　逃出我掌心难上难。

　　　　　　富安前面把路带，

　　　　　　沧州酒馆在面前。

　　　　啊，富安，前面有一酒家，可是此处？

富　安　正是此处。

陆　谦
富　安　酒家哪里？

〔李小二上。

李小二　二位莫非吃酒？

陆　谦　正是。可有僻静的房屋？

李小二　有，请进。（引陆谦、富安入，请落座）二位用何酒菜？

陆　谦	我们要等二位朋友，先来清茶一壶。
李小二	是。（下）
富　安	我们来了半个多月了，我看跟本州盖大老爷说说，把他治了也就算了。
陆　谦	唉，我听盖大老爷言道，他在此有柴大官人关照，又有众人防护，无故治罪，多有不便哪。
富　安	那个……

〔李小二上。富安不语。

李小二	茶到。

〔管场同公差丙上。

管　场	（念）有钱使得鬼推磨，
公差丙	（念）推磨才能有酒喝。
管　场	酒家，里边可有二位客官等候？
李小二	现在里面。（进门）
管　场	参见先生。
陆　谦	罢了，请坐。酒家，着上等酒菜过来。

〔李小二下。

陆　谦	此人可是已经调过来了？
管　场	调过来了。

〔李小二上。

李小二	酒到。（站在一旁）
陆　谦	啊，酒家你且下去，唤你再来。
李小二	浑家哪里？

〔王氏上。

王　氏	什么事？
李小二	看这二人说话东京口音，言语鬼鬼祟祟，与本地管场勾到一处，定是官家爪牙，你我两厢听来。（与王氏两边暗听）
陆　谦	（附耳向公差丙）……高太尉……（向管场）……火……草……（给银子）事成之后，还有大大的升赏。
管　场	告辞。（与公差丙下）
陆　谦	酒家，酒钱在此。（放钱，与富安下）

李小二	浑家走上。
王　氏	来了，你听见什么啦？
李小二	我听那人言道什么"高太尉"，莫非高俅老贼派人暗害林贤弟不成？
王　氏	我也听见啦，那人说什么草、什么火，莫非要火烧草料场？
李小二	你且收拾店门，通知众家弟兄，待我追上前去，报与林贤弟知道便了。（取刀）正是：若要人不知——
王　氏	除非己莫为。

〔二人分头下。

第六场　山神庙

〔大雪飘飘。林冲枪挑酒葫芦上。

林　冲　（唱【一枝花】）

不提防，仓促起祸潮，

白虎堂，陷入牢笼套；

野猪林，险把性命抛，

苦奔波，颠沛沧州道，

只落得看守草料。

望家乡，去路遥，

北风起，雪花融，行旅萧条；

这冤仇怎禁得怒气冲霄——

啊哈！（接唱）

何日这血海冤仇得报！

适才在酒店结盟，甚是欢喜。是俺回到草料场，不想草房被大雪压倒，险遭不测。今晚无处安身，这便如何是好？（想）有了，俺不免去山神庙躲避一宵，明日再做道理。（转场）来此已是，待俺推门进去……（入门，关门，四下看）此处有些柴草，待俺生火取暖。（生火，坐）想俺林冲遭此迫害，流落至此，思想起来，怎不令人气恼，高俅贼子啊！（唱【四平调】）

耳边厢听谯楼把初更敲，

不由人心中似火烧。

我心中实把高俅恨——

狗奸贼呀!(接唱)

不杀奸贼恨难消。(饮酒)

想当初在野猪林中,智深仁兄与徒弟曹正劝俺上山落草,那时我还想来到沧州了此公案,再图报效国家。今日看来,奸佞当道,百姓俱在水深火热之中,纵俺林冲一人得救,这天下之事怎生得了也。(唱【四平调】)

又听得谯楼二更来,

弟兄们言语记心怀,

这世界是官逼民造反,反了吧!

这浑身的枷锁才能打开,

才能打开。

(醉)啊,这神帐之上,好像有些字迹,待俺映着火光看来。

(看)啊——"农夫背上添心号,渔父舟中插认旗",这分明是要百姓大众招聚山寨,才能推翻压迫,打开生路,此时不做,等待何时?(唱【四平调】)

又听得谯楼三更敲,

壮士手把杀人的刀,

四路英雄上山寨,上山寨呀!

闹他个海沸与山摇,

啊,海沸山摇。(醉)

哎呀,说什么闹他个海沸山摇,今晚俺住在这山神庙,草料场看守人少,倘有疏失,那还了得?我不免前往巡视一番,再来安息。(拿枪与葫芦开门出去)哎呀,(感到冷与落雪)外边是漫天大雪,这一夜之间难道还有什么差错不成……也罢,待等天明回去,也还不迟。(推门进去,葫芦落地介,关门睡下)

〔李小二上。

李小二　林贤弟草房已被大雪压倒,寻找半夜不见,他、他、他往哪里去了?(急躁,向前走,踢葫芦)啊,什么?酒葫芦。贤弟葫芦在此,想必就在庙内。(踢门进庙,看见林冲)贤弟醒来。

　林　冲　(醒)你是何人?

李小二　李小二。

林　冲　李二哥到此做甚？

李小二　自从贤弟走后，店中来了两人，说话东京口音，与本地管场勾到一处，行动鬼鬼祟祟，我与浑家窗外听来，那人言道什么"高太尉"……莫非高俅派人陷害贤弟？浑家也曾听得那人言道什么草、什么火，莫非他们要火烧草料场？

林　冲　二人做何打扮？

李小二　前一人师爷打扮，后一人做公模样。

林　冲　前一人正是陆谦，他既然前来，岂肯与我甘休！待我追上前去。（欲出门）

〔上场门有火光。人声嘈杂。陆谦、富安、管场、公差丙上。

〔李小二阻止林冲，闭门倾听。

富　安　烧得好！这火就得这样放，这回火可放好啦！他怎么也跑不了。

陆　谦　这火纵然烧不死他，也要断他个死罪。

富　安　可是要留神他畏罪潜逃！

〔林冲、李小二开门出。李小二追公差丙下。林冲杀死富安。陆谦逃下，林冲追下。

第七场　除奸

〔群众甲敲锣急呼跑过场。

群众甲　草料场失火啦，救火呀！

〔群众多人持农具、水桶、武器叫上。

群众甲　救火呀，草料场失火了，救火呀！（跑过场）

〔草料场门内烈火灼烧，群众进门救火。李铁等四人持武器从门内跳出。

李　铁　草料场失火，必有奸细，你我分路搜查。

〔李铁等四人下。

〔林冲、李小二、李铁等人追陆谦，跑圆场，最后，踢倒陆谦。

李　铁　你是何人？

林　冲　这是高俅的心腹陆谦。我来问你：为何火烧草料场？

众　人　说，不说就杀！

陆　谦　好，我说。只因林教头刺配沧州以后，那高衙内将林娘子抢到府中逼迫而死。此事引起禁军哗变数次。高太尉恐教头在沧州养虎成患，因此特地派小人前来火烧草料场，害教头一死。这都是高太尉的主意，与小人无干。饶命呀饶命！

李　铁　你们要害林冲一死，易如反掌，何必又火烧草料场？

陆　谦　这个——

众　人　快说！

陆　谦　说，说。高太尉与金人素有来往，此次火烧草料场，一来是害死林教头，二来是破坏边防，便利金人进攻。小人是句句实言，饶命啊饶命！

林　冲　像你这样卖国奸贼，外通敌寇，引狼入室，怎能饶你！（杀死陆谦）

李　铁　林贤弟快想脱身之计。

林　冲　想俺林冲，到处被奸贼陷害，又到处遇父老兄弟搭救，今后俺只有与众位同心协力推翻无道昏君，杀尽奸邪，打开生路。

〔战鼓声。

〔李老急上。

李　老　城里派兵来了，小二哥，城里派兵来了。

李　铁　城里派兵来了，你我迎上前去。

〔众人转场。

第八场　上梁山

〔州将、四州兵、管场、公差丙上，与群众对垒。

州　将　尔等暴徒放火烧了草料场，杀死朝廷官吏，放走重犯林冲，莫非造反？

李　铁　我等在此救火，捉拿奸细，哪个造反？

李　老　你们这班狗官，通敌放火，还要诬赖百姓……

州　将　看刀。（杀李老）

林　冲　卖国奸贼，通敌放火，残杀百姓，休走看枪！

州　将　你是何人？

林　冲　林冲。

众　人　杀。

〔起打。林冲先下。李铁等随下。

州　将　追。

〔州兵、管场、公差丙跑过场，追下。

〔众复上。李铁等杀州兵、管场、公差等。

〔李铁战州将。林冲上，打倒州将。众人杀州将。转场。

林　冲　众家父老兄弟，我等杀死州将、陆谦，那些贪官污吏岂肯甘休？不如一同奔往梁山泊去者！

众　人　好！梁山泊去者！

〔幕落。

——剧　终

《逼上梁山》由延安中共中央党校俱乐部大众艺术研究社集体创作，1943年原作由杨绍萱执笔，1944年改作由齐燕铭、金紫光、王禹明、邓泽、齐瑞堂执笔。初稿取材于《水浒传》第七回到第十一回中有关林冲的故事，并参考了一些有关的历史资料和有关的文艺作品，如杨小楼的《英雄血泪图》，明代传奇《宝剑记》与《灵宝刀》。1943年11月中央大礼堂试演，1944年元旦在延安公演，导演组以齐燕铭为主，主要演员有金紫光、李波、王琏瑛等。

·秦　腔·

血泪仇

马健翎

时　　间　1943年。

地　　点　从河南经关中到陕甘宁边区。

人　　物　王仁厚——五十多岁，老农民，为人耿直果断。

　　　　　王老婆——五十多岁，王仁厚妻，操劳过度，软弱无能。

　　　　　王东才——二十七八岁，王仁厚子，农民，为人老实。

　　　　　桂　花——十二三岁，王仁厚小女，活泼伶俐。

　　　　　狗　娃——七岁，王东才子。

　　　　　东才妻——二十四五岁，为人忠厚。

　　　　　田保长——三十岁，是一个贪财爱利的小人。

　　　　　刘　荣——联保主任的心腹，保丁。

　　　　　郭主任——四十岁左右，联保主任，大烟鬼，奸猾恶毒。

　　　　　孙副官——三十岁左右，国民党军队的副官，凶残、腐化、奸险。

　　　　　保丁甲——很凶残。

　　　　　保丁乙——性颇良善，有良心。

　　　　　韩排长——孙副官的心腹，坏蛋。

　　　　　兵　甲——国民党军队的班长，姓侯，兵痞，很坏。

　　　　　兵　乙——国民党军队的士兵。

　　　　　壮丁一——三十岁左右，农民。

　　　　　壮丁二——二十多岁，农民。

　　　　　老　冯——国民党统治区的一个老农民，为人忠厚。

　　　　　兵　丙——国民党军队的士兵，坏蛋。

　　　　　兵　丁——国民党军队的士兵，稍有良心。

　　　　　兵　戊——国民党军队的士兵。

　　　　　县　长——三十五六岁，陕甘宁边区县长。

　　　　　白科长——三十多岁，边区县府科长。

　　　　　小勤务——十三四岁，边区县长的勤务。

　　　　　团　长——三十多岁，八路军团长，左臂因受伤直而不能曲。

　　　　　勤务员——十三四岁，团长的勤务员。

乡　　长——三十七八岁，边区乡长，忠厚朴实。

指导员——三十多岁，边区乡指导员，很坚定，农民出身。

工作员——边区县政府工作人员。

女工作员——边区县政府工作人员。

吴老二——二十七八岁，农民，自卫队的班长。

吴得贵——孙副官的勤务兵。

胡　　老——老农民，性强，几年前逃来边区的难民。

张老婆——五十六七岁，边区农村的老婆婆，很进步。

刘二嫂——边区农村进步妇女，纺织组组长。

张虎儿——二十多岁，张老婆的儿子，勇敢。

黄先生——四十多岁，八字胡，穿长袍，医生，隐蔽在边区的汉
　　　　　奸特务。

善　　牛——十二三岁，少先队员。

党先生——国民党统治区的老先生，正直，斯文。

任医生——三十岁左右，八路军团部医生。

祁连长——国民党军队的连长。

刘　　三——二十多岁，边区农民自卫队队员。

高连长——八路军的连长。

兵　　子——八路军的士兵。

兵　　丑——八路军的士兵。

兵　　寅——八路军的士兵。

兵　　卯——八路军的士兵。

何　　大——边区农民。

第一场　议丁

〔田保长上。

田保长　哎！（唱）

　　　　　这几日把人忙坏了，

　　　　　每天起来到处跑，

　　　　　只要把钱弄到手，

哪管他百姓哭号啕，哭号啕。

（进门）郭主任，郭主任。

〔刘荣由下场门上。

刘　荣　噢！田保长来啦，快坐下。

田保长　联保主任呢？

刘　荣　出去啦！

田保长　出去啦，现在还不到晌午，平时这时候他还没有起床呢！今天有啥要紧事吗？

刘　荣　啥事都没有，人家昨天晚上就没有回来。

田保长　哪里去了，今天得回来不得回来？我忙得很，等不得。

刘　荣　我给你叫，走不远，跑不出这圈子的。（轻浮地笑）

田保长　噢！我明白咧。（轻浮地笑）

刘　荣　你明白啥咧？你不得明白。

田保长　我不得明白，他跟曹三家媳妇睡觉去啦，你说是不是？

刘　荣　看，我知道你不明白，咧媳妇多得太呢！

田保长　媳妇多，再没啥好的。

刘　荣　没啥好的？我问你，杜拴的媳妇还不美吗？

田保长　（惊讶）主任把那弄到手咧？

刘　荣　唉！

田保长　美！美！真好！（猛然想起）我给你说，你们要小心，咧杜老头子凶得太呢！只有一个儿子，还抓了壮丁，再把他的媳妇教谁霸占了，咧敢跟你拼老命呢！

刘　荣　把你愁的，他再凶，还能比这（指身上带的枪）凶？告诉你，联保主任说他抗交公款，把老驴日的送到县政府咧！

田保长　哎，这还好。主任真是有福气，有办法。（表示庆祝联保主任的成功）

刘　荣　你要见联保主任，是交款子吧？

田保长　是的。

刘　荣　款子收得怎么样？

田保长　唉，收得不好，刚够数。

刘　荣　你不要骗我，联保处给你保上摊了三万元，你下去摊了三万五，老百姓还敢少出一个钱吗？（高声地）你不要骗我，我又不要你的！

田保长 好我的你哩！声低一点。你有困难，我哪一回不帮助嘛，不怕，下一回你到我保上来，我总不教你空回。

刘　荣 我跟你说笑呢。

田保长 快请主任去。

刘　荣 好，你等一会儿。（下）

〔郭主任疲乏地走上。

郭主任 哎！（唱）

昨夜晚我在那杜家睡觉，

那媳妇直哭得两眼红桃。

虽达成美事然心中不快，

懒洋洋只觉得难以展腰。

（揉眼打呵欠，进门）

田保长 （轻浮地）郭主任。

郭主任 （品麻，落座，又打呵欠）你来得早。

田保长 我来一会儿咧！

郭主任 款子收齐了吧？

田保长 收齐啦！

郭主任 好收不好收？

田保长 唉，难得太呢，旱灾水灾，老百姓都没办法，非打不给钱！

郭主任 能打出钱来，就算不错；不打不行，胆子放大。

田保长 （拿出一个小包交郭主任）这一回的三万元，如数收到。

郭主任 （接过钱，笑）你也能搞几个吧？

田保长 （笑）我不敢多搞，弄得够跑路钱就是了。

郭主任 （笑）哼……没有关系，你就多搞一点怕啥呢！

〔刘荣内喊："报告！"急上。

刘　荣 来了个副官带两个士兵。

郭主任 快给我拿湿毛巾。

〔刘荣取湿手巾一块，郭主任忙乱地擦了一下脸。

〔孙副官傲然带勤务兵吴得贵上。

〔郭主任笑嘻嘻地迎出，田保长随其后。

孙副官　你就是联保主任？

郭主任　（恭敬地）是的。

孙副官　你姓郭？

郭主任　是的，请到里边坐。（引孙副官进屋）

〔刘荣摆凳子。

郭主任　副官请坐。

〔孙副官落座后，审视周围。

郭主任　（恭敬地给孙副官纸烟，擦火点着）副官到这里是……

孙副官　我是师部政训处的政训员，我到这里的任务是要调查惩办坏分子。听说你们这一带的老百姓，因为旱灾水灾死人不少，好多人不满意咱们的政府和咱们的军队，非把这些坏东西铲除干净不可。

郭主任　是的，是的，老百姓非压迫不可。

孙副官　以后你要多留意，调查这里有没有共产党，他们总是主张改善民生坚决抗日；你应当明白，这对于我们是不利的。

郭主任　是的，是的，我们应当小防。

孙副官　（瞪起眼来）什么，小防？

郭主任　（赔笑脸）我们应当镇压屠杀他们。

孙副官　我告诉你，不消灭共产党，做什么都不方便。

郭主任　是的，是的。

孙副官　还有，你们县上的壮丁是派给我们部队里的，师管区教我来催，县上让我直接到你们联保处要。（拿出几封公文交郭主任）

郭主任　（看了一下）噢，这一次是八十名壮丁。

孙副官　怎么，你觉得多吗？

郭主任　不多，不多，国难当头，国家要用人么。

孙副官　本来按平日，你们每一联保每月抽壮丁四十名，不过，我们这一师，要大大地补充，所在这一次你们要多出壮丁，一定要办到。

郭主任　那是自然的。不过，这几年来，这地方旱灾水灾老百姓苦得很，副官还得另眼看待。

孙副官　国难当头，老百姓苦一点算什么。

郭主任　咱们都是一个领袖，事情商量着办，天理国法人情，都叫有着。

孙副官　这是国家大事，不能随便，我们当军人的说一不二，不讲情面，少一个都不行！

田保长 副官，我们实在难为得很呢。

孙副官 不要多讲，公事公办。

郭主任 好，我马上召集各保长计划计划，副官请到上房休息休息！

孙副官 （起立要走）事情要很快地办，我可不同别人，马马虎虎是不行的。你们要是随便抓几个人，买流氓，违法欺天，小心！

郭主任 不能，不能。我也是战干团受过训的，哪能不晓得国家法律。

〔郭主任把孙副官送下，复上。他不安地徘徊着。

田保长 郭主任，八十名壮丁，一个也不能少，不抓不买，杀人都办不到。

郭主任 你不要担心，上边要的少，我们有小办法；上边要的多，我们有大办法。

田保长 我看这个孙副官好像不爱钱。

郭主任 世上没有不爱钱的人。

田保长 你看，这个神气不对，凶得咿样子！

郭主任 凶，凶是要的钱多！

田保长 （愉快起来了）你说这一回花钱还能行？

郭主任 你简直没见过啥。我告诉你，不管是县政府，还是军队，吃钱吃得嘴都油油的，看见咿洋钱票子，比我都馋。

田保长 只要他们也肯要钱，咱就有办法。

郭主任 你听我说，这一次八十名壮丁，按理你们保上应抽十名，你回去派上十四名，能出钱的壮丁按一万元，实在不行的七千八千都可以，你看着办去。一个钱都拿不出来的穷小子，把驴日的绑起来，送到联保处。

田保长 现在是抓人容易，弄钱难。

郭主任 你应当知道我们为的是啥？

田保长 当然我知道多搞几个钱好，可是这几年，一年不如一年，老百姓的钱难搞得很！

郭主任 我问你，你说老百姓怕死不怕？

田保长 当然怕死么。

郭主任 怕死，就有办法，你逼着叫他死，看他花钱不花钱。

田保长 自然，要是硬打硬上，钱是能搞到的。我就怕弄得寻死上吊，风声一大，上边知道了，咱们受不了。

郭主任　呸！把你干了几年公事，胆小的咻尿相！你知道上边是个干啥的？县长、专员、主席、团长、旅长、师长，哪一个不发财，哪一个不是在老百姓身上弄钱，你懂得个啥！

田保长　那你说不要害怕？（得意）

郭主任　不要害怕。孙副官还是师部政训处的政训员，老百姓里边要是谁敢反抗，就按共产党办。

田保长　你说不害怕，我就不害怕；不害怕了，就有办法。

郭主任　由着你办。（下）

田保长　好！（唱）

　　　　　　　辞别主任忙回转，

　　　　　　　这一回又能发大财。（下）

第二场　派丁

〔王仁厚上。

王仁厚　唉！（唱）

　　　　　　　遭兵荒遇水灾天又大旱，

　　　　　　　河南人一个个叫苦连天；

　　　　　　　这样粮那样款摊个不断，

　　　　　　　眼看着老百姓就要死完。

〔狗娃慌张跑上。

狗　娃　爷！快走。田保长进庄了。

王仁厚　（大惊）田保长又来了？

狗　娃　来啦！还带着保丁、绳子、棍子，我怕，咱们快走。

王仁厚　（抚狗娃头）孩子，不要怕，不要紧！

〔田保长带保丁甲、保丁乙气汹汹地上。

保丁甲　（急拍门）开门！

〔狗娃吓得缩到王仁厚怀中。

王仁厚　（惊疑）谁？

保丁甲　保长来啦，快开门！

王仁厚　（稍示惊慌犹豫，安慰狗娃）孩子，你到后边去。

　　　　〔狗娃下。王仁厚环视周围。

保丁甲　（猛拍门）快！

王仁厚　（惊缩一下）这就来。（开门）噢，田保长，快请屋里坐。

　　　　〔田保长等凶狠狠地进去。田保长坐下。

田保长　为大家办事——（冷笑）就是这样。

王仁厚　保长真是太辛苦。

　　　　〔狗娃扶王老婆由下场门暗上，偷听。

田保长　王仁厚。

王仁厚　保长。

田保长　这一次又叫大家难为，你要给我帮忙！

王仁厚　保长有什么使用，我绝不推辞。

田保长　这一次上边派的壮丁多，公事紧，没法子，你的儿这一次可非去
　　　　不可！

王仁厚　保长，你忘了吧，上一次我卖了十亩地，花了八千元，买过壮丁
　　　　了，（从腰里掏出一个纸单）这是收据。

田保长　前几天县政府派委员重新登记户口，以前买壮丁"替"名字的都
　　　　不算啦，又要重来。（接过纸单没有看就装在衣袋里了）

王仁厚　保长，这不对，你要想办法！

田保长　上边的命令，谁也没有办法，你敢违抗委员长吗？

王仁厚　这简直不讲道理，要老百姓的命！

田保长　（大声斥责）混蛋！什么不讲道理，国难当头，老百姓的命算
　　　　啥，把你的儿子交出来！

王老婆　（站立不定，跌倒地上，大哭大喊）天哟，又要人的命了！东
　　　　才，快跑！

　　　　〔王仁厚、田保长等闻声呆愣一会儿，保丁紧张地握枪捏棍。

　　　　〔王东才跑上，扶住母亲。

王东才　妈！什么事！

田保长　（命保丁甲、保丁乙）抓住！（踢王老婆）不准叫！

　　　　〔桂花、狗娃悄悄出来将王老婆拉回。

　　　　〔保丁甲、保丁乙拉定王东才，王东才浑身打战，目瞪口呆。

王仁厚	保长老爷！要是把东才拉走，我这一家人就完了。
田保长	国难当头，委员长的命令，我管不了，你自己想办法。
王仁厚	保长老爷，你看我把地要卖完了，地方都让水推了，我有什么法子可想？
田保长	什么，你一点办法都没有？
王仁厚	实在没有。
田保长	（示意保丁把王东才捆了）捆了！

〔保丁甲、乙捆王东才。

王仁厚	（急得抖）保长！
田保长	拉着走。

〔保丁甲、乙拉王东才要走，王仁厚拉住田保长。

王仁厚	保长，你要救我，你要想办法！
田保长	你没办法，我哪里来的办法！（大声地）拉着走！
保丁 甲 乙	（大声地）是。
保丁甲	（用力击王东才背）走！
王仁厚	（向保丁甲、乙作揖，哭诉）你们先不要拉走。（转身向田保长）田保长，（跪下）你恩宽恩宽，容小人一时，我还是想办法就是了。（起立，唱）

　　　　拉我儿把我的心肝痛烂，
　　　　田保长他好比催命判官。
　　　　保丁们一个个凶气满面，
　　　　我的儿只吓得胆战心寒。
　　　　前一次买壮丁卖地一片，
　　　　丢下了十五亩靠它吃穿；
　　　　这一次逼得我还要出卖，
　　　　顾不得全家人日后安然。

　　（转身向田保长，接唱）

　　　　转面来对保长话讲当面，
　　　　我还是卖田地情愿花钱。
　　　　田保长怜念我多行方便，

念起我全家人常受饥寒。

田保长　（变笑容，唱）

王仁厚莫要哭一旁立站，

你听我言和语细说心间。

并不是我保长做事太坏，

政府里有命令我也为难。

这一次我与你多寻方便，

买壮丁我替你出力周全。

如今的东西贵啥都不贱，

买一名壮丁费一万二千。

王仁厚　（唱）听一言吓得我浑身打战，

从哪里能搞出一万二千？

我这里把保长一声呼唤，

这一回还要你格外恩宽。

田保长　走！（唱）

王仁厚你莫要那样打算，

听我把话对你言。

拿出钱来事好办，

拿不出钱来送当官。

王东才　老爹爹！（唱）

我这里忙把爹爹唤——

我的老爹爹哪……老爹爹……啊……（接唱）

听儿把话说心间。

十五亩地不敢卖，

卖了全家无吃穿。

儿情愿当兵上前线，

为一人害全家儿心不安。

王仁厚　唉，儿哪！（唱）

我儿莫要胡盘算，

为父心中自了然。

当兵打仗还犹可，

壮丁几个活命还?

咱家中老小无能耐,

全靠我儿你动弹。

为父心中有主见,

我儿低头莫多言。

田保长,反正尽我的家产变卖,我一定花钱买就是了。

田保长 这就好。我得先把东才拉到保上。

王仁厚 保长,你把他留下,他不会跑,我一定把钱送来。

田保长 这是手续,钱送来一定放回,你放心。

王仁厚 保长,你知道我们是本分人。

田保长 (不耐烦)看你,这不是你一家,无论谁都是这样办,你懂不懂?

(瞪视王仁厚)

〔王仁厚低头不敢言。

田保长 拉着走!

〔保丁甲、乙拉王东才,王东才难为地看王仁厚一眼,低头而下。

王仁厚 (焦灼地目送田保长等人下,恨得骂)田保长,你害人的贼!(唱)

官家做事太无理,

把百姓全不在心里。

有一日百姓全做鬼,

看你们做官再靠谁!

越思越想越流泪,

无奈何卖地走一回。(下)

第三场 交款

〔田保长手里提一大包钱上。

田保长 (唱)出门来只觉得身轻脚快,

拉壮丁耍心眼从中赚钱。

见主任我对他细讲一遍,

管叫他哈哈乐喜笑颜开。

(进门)郭主任,副官。

〔郭主任带着刘荣，孙副官带着吴得贵上。

郭主任　怎么样？

田保长　还好，就是高二栓跳井死咧，再没有出什么事。

郭主任　我问你钱怎么样？

田保长　很好，一共搞到六万五千元，只有常家李家两家和赵家一家，一点办法都没有，在保里押着，就连王仁厚我把老驴日的还坑出了七千元哩！

郭主任　（高兴地看孙副官）你看怎么样？

孙副官　好的，好的，有办法！

郭主任　七个保，已经有五个保办得不坏，那几个保我想也不成问题。（向田保长）照你说那三家搞不出钱来？

田保长　不行，穷得太不像样子，赵家把一个娃都饿死啦！

郭主任　那就绑起来，交给副官。你把钱暂时交给文书，回头再细算！

田保长　是！

〔田保长立起走出门来，郭主任跟出来。

郭主任　田保长！

田保长　（转回）主任。

郭主任　你们保上赌博"头子"为什么还不交来？

田保长　那容易，马上就可送到。

郭主任　没有钱送二两大烟土也成。

田保长　对。

〔郭主任向田保长使眼色，意思要知道收到多少壮丁费的确数。田保长捏手码七与八，露出得意的表情。

〔郭主任高兴地点头进门。

〔田保长下。

郭主任　事情就是这样，心硬，胆大，就有办法。

孙副官　按现在的情形，大概只能搞二十人左右，回去不好交代。

郭主任　报一些开小差的，吃一些空名字就行了。

孙副官　你倒什么都懂得。

郭主任　告诉你，就是师部军部咻鬼，哪一件我不晓得？

孙副官　无论咋说，二十名有点太少。

郭主任　我知道，你带的是兵，有的是枪，路上有的是人，还愁抓不下三十二十？

孙副官　你真是个内行。我要跟你商量一件事。

郭主任　什么事？

孙副官　（示意吴得贵与刘荣）你们下去。

　　　　〔吴得贵与刘荣下。

孙副官　我告诉你，这一次我们师部的意思，钱要弄，人也要弄，我自己也当然不能空回。

郭主任　那是自然么。

孙副官　因此抓人补数是难免的，倘若路上抓了你保上的老百姓，要是没有什么关系，你可不要向我要。

郭主任　那不成问题，你肯帮助我，我还能不给你带面子？

孙副官　那就好，咱们出去打牌走。

郭主任　好！（与孙副官下）

第四场　上坟

　　　　〔桂花扶王老婆，东才妻拖狗娃上。

王老婆　（唱）清早间老头子去保上，

东才妻　（唱）为什么这时候还不回乡？

王老婆　（唱）莫不是钱少没希望，

东才妻　（唱）等爹爹回来问端详。

　　　　〔王仁厚与王东才上。王东才垂头，脸色不好看。

王仁厚　（唱）在保上哭哭啼啼哀求保长，

　　　　　　　好容易将我儿带回家乡。

王老婆　（一见王仁厚父子回来，惊喜非常）噢，你们回来咧！

狗　娃
桂　花　（跳上去抓王东才）爸爸
　　　　　　　　　　　　　哥哥！（望王东才的脸）

　　　　〔王东才难受地用手抚狗娃、桂花的头。

王老婆　（走上前审视）我娃去了两天把脸都黄了，他们打你没有？

王东才　（哭）没有，妈！（用手擦泪）

王仁厚　唉，人是回来了，日月光景怎么过？你们大家都坐了，听我说。
　　　　〔大家都落座。

王仁厚　咱家里辈辈受苦，只靠三十亩地过日子，现在是都卖完了，完全
　　　　是穷光蛋了。在这河南地面，东边是日本鬼子捣乱，地方上欺负
　　　　穷人，军麦征粮各种款子，谁能支应得起。人越穷了，越发吃
　　　　亏，怎能活下去。我已经打定主意，向西边逃难去，你们愿不
　　　　愿意？

王老婆　逃荒出去又怎么办？

王东才　我看到哪里都一样，出去还不是没有办法。

王仁厚　唉！这都是没办法的办法，你们看咱河南人死了多少，人吃人，
　　　　犬吃犬，简直不能活下去了。我就不信咱中国到处都没有穷人
　　　　路，也许西边好一点。

王老婆　咱们现在穷得要命，连路途盘费都没有。

王仁厚　我一辈子没有道谎，这一次我求保长的时候，没说咱卖地卖了八
　　　　千元，（掏腰）总算剩下一千，（交王老婆）你先藏在身上，这就
　　　　算咱的路途盘费。

王老婆　这能吃几天？这不够。

王仁厚　唉！穷要打穷主意，我们说走明天就要走，多一天，说不定上边
　　　　还要摊下什么款子来。东才！

王东才　爹爹！

王仁厚　我们就要远离家乡，不知道什么时候才能回来！咱父子这就到街
　　　　上买上几份香纸，去到坟茔把王门祖先祭得一祭。唉，（哭）把
　　　　祖先祭得一祭，算尽了后辈儿孙的孝心了。（唱）

　　　　　　全家人就要离家院，

　　　　　　但不知回来回不来；

　　　　　　叫东才随父坟茔去，

　　　　　　到坟前痛哭一声祭奠祖先。

　　　　〔王仁厚、王东才下，王老婆等坐哭。

　　　　〔保丁甲上。

保丁甲　（唱）经征处要保长催收陈欠，

　　　　　　不觉得来在了王家的门前。

（进门）王仁厚。

〔王老婆吓得呆视不敢言，孩子们缩到大人怀里。

保丁甲 （生气）王仁厚在家不在家？

王老婆 他出去了。你有什么事？

保丁甲 你们还有五斗征粮陈欠，经征主任催得紧，快送去！

王老婆 哎，老总，你们保里知道，我家里穷得什么都没有了。

保丁甲 不行，国难当头着呢！国家的征粮谁敢不出。委员长的命令，违抗征粮就是汉奸。

王老婆 （走上前拉保丁甲，连说带跪）老总，你给保长说，我们实在没办法！

保丁甲 我管不了。（把王老婆摔倒）明天交不出，看你受了受不了。（凶气满面地下）

〔桂花和东才妻扶起王老婆。

王老婆 （拿出票子）天哪！天哪！这一千元还不得够啊！（唱）

又是壮丁又是粮，

穷人活得无下场。

等他们回来讲一讲，

全家人舍命逃他乡。

〔众人下。

第五场　抓丁

〔传来皮鞭抽打声、斥责叫骂声、疼痛叫喊声。韩排长带兵甲、乙，押三个被绳捆绑连在一起的壮丁上。

兵　甲 （用枪托打第三个壮丁）走！

〔第三个壮丁倒，其他亦倒。

兵　乙 （用皮鞭乱打）装鬼，走！

韩排长 （正在乱打乱叫之际，发现前边有人）你们暂时躲在那里，前边好像又来人啦！

〔兵甲、乙推壮丁三人于下场门桌旁，韩排长也隐在一边等着。

〔王仁厚与王东才上。王东才手提小筐。

王仁厚　（唱）祭祖先哭得我肝肠裂断,

王东才　（唱）父子俩一路上眼泪不干。

王仁厚　（唱）但愿他年回家转,

王东才　（唱）全家老少祭祖先。

韩排长　（挡定王仁厚、王东才）你们从哪里来?

王仁厚　我们刚才上坟去,祭奠祖先回来。

韩排长　（指王东才）他是你什么人?

王仁厚　他是我儿子。

韩排长　老头子,你不要胡说,我认得他,他是我们队上的逃兵。

王仁厚　啊哟,老总,他是我儿子,你认错了,他不是兵!

韩排长　（拿出枪）不准叫!

　　　　〔王仁厚、王东才呆立不敢动。

韩排长　来一个人。

兵　乙　（走上前）韩排长,有什么事?

韩排长　（指王东才）这也是一个逃兵,跟他们捆在一起。

兵　乙　是。（抓王东才）

王仁厚　老总,这……

韩排长　（逼近）不准叫!

　　　　〔王仁厚呆立,王东才打战,由兵乙摆布,把他和其他的壮丁捆
　　　　在一起。

兵　乙　报告排长,捆好啦!

韩排长　拉着走!

兵　乙
兵　甲　是!（推打带喊）走!

王仁厚　（不顾一切地奔上去）东才,东才!

韩排长　（一脚将王仁厚踢倒）驴日的再来就要你的命!（与兵甲、乙押壮
　　　　丁下）

王仁厚　（唱）昏沉沉只觉得三魂不在,

　　　　　　　蒙眬眬强挣扎头儿难抬。

　　　　　　　我这里拼老命将身立站——

　　　　（挣扎起而复倒数次,接唱）

　　　　　　不见我儿在那边。

　　　　　　哭了声东才难相见——

　　　　那，那是东才呀，父的儿……啊……（接唱）

　　　　　　大料我儿命难全。

　　　　　　迈大步我把主任见——

　　　　（绕一个圈子，接唱）

　　　　　　来到了联保处大喊屈冤。

　　　　冤枉，冤枉！

　　　　〔刘荣急上。

刘　荣　什么事？

王仁厚　快请联保主任，我有话讲！

　　　　〔刘荣下，引郭主任上。

郭主任　什么事？

王仁厚　（跪下）啊哟，联保主任，我只有一个儿子，前一个月，我买了壮丁，这一月又买了壮丁，还……还让他们抓去了。

郭主任　谁抓走啦？

王仁厚　队……队伍上。

郭主任　哪部分？

王仁厚　我不晓得，他们穿黄绿军衣。

郭主任　那有什么办法，政府管不了军队上的事。

王仁厚　啊哟，联保主任，你不能不管，我买壮丁给你们花了一万多块钱呢。

郭主任　混账！你给谁花钱？花钱还不是为了你们自己。大声喊叫什么？滚蛋！（气忿忿地下）

王仁厚　（呆呆地望着）啊哟，我的天哪！（唱）

　　　　　　王仁厚有难向谁告？

　　　　我的天哪……老天爷……啊……（接唱）

　　　　　　急得人无泪放声号！

　　　　　　强挣扎忙往家中跑，

　　　　　　回家去老的哭小的叫怎么开交！（下）

第六场　逃难

〔桂花扶王老婆，东才妻拖狗娃上。

王老婆　（唱）日落月上天色晚，

东才妻　（唱）为什么他们不回还？

王老婆　（唱）将身儿打坐小门外，

东才妻　（唱）单等爹爹早回来。

〔王仁厚内唱："王仁厚心中似火烧——"上，跌倒，爬起。

王仁厚　（接唱）走一步来跌一跤，

　　　　　　　浑身打战往前跑——

〔全家一见惊慌，搀王仁厚进门，老少齐叫。

王仁厚　（接唱）叫一声姥姥——

　　　　（看见王老婆及儿媳）不……不好了！

王老婆
东才妻　（惊异）什么事？

王仁厚　（接唱）我与东才正前行，

　　　　　　　中途路遇见了土匪兵。

王老婆
东才妻　（大吃惊）怎么样？

王仁厚　（接唱）横行霸道不讲理，

　　　　　　　把咱的东才……

　　　　（看全家，接唱）

　　　　　　　他……他抓了逃兵。

〔全家放声大哭。

王老婆
东才妻　啊哟，不好！（唱）

　　　　　　　听一言把人的肝肠裂断——

王老婆　那……那是我的东才儿……娘的儿啊……（接唱）

　　　　　　　狗娃大狗娃大，

　　　　　　　这一回性命难保全！

忙把老老一声唤，

听我把话对你言，

你就该去联保处告状！

王仁厚　我见了联保主任龟孙子，他不管就是了，还把我骂了一场。

东才妻　就该到县政府去告。

王仁厚　啊呀，咱们这里，穷人只有受屈，哪有申冤的地方？你们晓得前庄里殷老二的儿子，去年也是路上让军队抓去，他到县政府里去告状，到如今人死财散，有什么下场?!

〔东才妻长叹一声，拭泪。

王老婆　谁也不要怨，单怨姓魏的不是好东西！你舍出一条老命，跟他拼命去！

王仁厚　哪一个姓魏的？

王老婆　派款、征粮、抓壮丁，他们哪一回都说是姓魏的搞的，难道你就没有听见吗？

王仁厚　他叫魏什么？

王老婆　你糊涂了，他叫"魏员长"。

王仁厚　哎，你不懂！委员长，就是蒋委员长蒋介石，他好比从前的皇上，（发狠）大大的昏君！

王老婆　那你说我们怎么得了？

王仁厚　咋？事到如今，我们只有（看狗娃、桂花）将这两个小孩子抓养成人，就算好了。（严肃庄重地）狗娃娘！媳妇……

东才妻　爹爹。

王仁厚　今天我要把话说明，你看东才让人抓走，回来回不来，活了活不了，大半凶多吉少，王门就是（指狗娃）这一小根苗，我们只有去外边逃难，也许能活下去，你……你愿意不愿意？

东才妻　爹爹不要多心，你们到哪里，我就到哪里。（哭）我要把狗娃抓养成人！

王仁厚　（感动，哭音）你当真愿意？

东才妻　愿意！

王仁厚　你不怕受苦受罪？

东才妻　（哭）爹爹，你不要担心，我不怕受罪！

王仁厚　唉，说是狗娃，狗娃，小孙孙，你还不与你娘跪了。

〔狗娃向东才妻跪下，桂花也跪下，全家人沉痛。东才妻抱狗娃哭，王老婆半昏落座。

王仁厚　（唱）全家人直哭得肝肠断，

受苦人直落得这样可怜。

并不是穷人无能耐，

怨只怨官家横行霸道欺压百姓杀人贼。

发海誓离开这河南地面，

全不信普天下没有老天。

叫媳妇你莫哭将身立站，

到明天全家人逃往外边。

你们不要哭了，今晚收拾行李，明天我们就要上路。

王老婆　明天保上要收征粮陈欠。

王仁厚　什么，他们今天催过了？

王老婆
东才妻　催过了！

王仁厚　如此，千万不敢等到明天，赶快收拾！连夜逃走！

〔东才妻提包袱一个，王仁厚担一担，一边是破被，一边是烂东西。

王仁厚　（唱）立逼得今夜晚就要逃走，

离家乡忍不住热泪交流。

（用手拖狗娃，接唱）

叫媳妇扶你娘随在身后，

这一去全家人冒闯冒游。

〔众人下。

第七场　活埋

〔孙副官带吴得贵上。

孙副官　韩排长。

〔韩排长上。

韩排长　有！

孙副官   这几天没有跑什么壮丁吧？

韩排长   上边那一排房子，前天跑了几个，我们下边这几个房子没有跑一个。

孙副官   上边有命令，队伍要开走。

韩排长   往哪里开？

孙副官   西边几个师都要出动。

韩排长   我明白啦，包围边区，是不是？

孙副官   不准随便说。

韩排长   那咱是不是和日本讲和咧？

孙副官   （生气）你不要管这些。监视壮丁，新兵行军，是很麻烦的事，你们要留神！

韩排长   是！

孙副官   （指壮丁房）这里有病号没有？

韩排长   有。

孙副官   重不重？

韩排长   重得很！

孙副官   是不是走不动啦？

韩排长   不行，连站都站不稳！

孙副官   那就干脆，就在今天晚上抬出去活埋了。（向吴得贵）所有的重病号都要这样办，你到下边传达去！

吴得贵   是！（下）

孙副官   看严一点。

韩排长   是！

〔三人下。

第八场 指路

〔王仁厚内唱："一家人无依靠逃门在外——"引全家上。

〔东才妻、桂花扶王老婆。王仁厚一条破被子搭在肩头，将狗娃拖过来，到中场全家对视哭，一边走一边唱。

090   王仁厚   （接唱）讨的吃要的喝好不为难。

　　　　　离家后到如今无处立站，

　　　　　走到处贫寒人有谁可怜。

　　　　　白昼间讨饭吃无人怜念，

　　　　　到晚来憩古庙冷冻难挨。

　　　　　可怜我全家大小泪满面，

　　　　　一个个直饿得骨瘦如柴。

　　　　　最可恨保丁联丁军队警察太短见，

　　　　　把穷人当作了猪狗奴才。

　　　　　我只说离河南世事改变，

　　　　　谁料想到陕西越发可怜。

　　　　　这才是走投无路把谁怨，

　　　　　一家人哭啼啼哪里安排。

　　　　　大路小路有千万，

　　　　　逃难人该走哪一边？

王老婆　（呻吟，唱）

　　　　　开言我把老老怨，

　　　　　咱不该逃难到外边。

　　　　　全家人离家乡胡跑乱窜，

　　　　　难道说跑来跑去死外边！

王仁厚　（唱）姥姥不要把我怪，

　　　　　　　有饭吃谁肯到外边。

　　　　　　　你我全家逃难，

　　　　　　　在家不还是个泪涟涟。

东才妻　（唱）老娘莫把我爹怨，

　　　　　　　万般出于无奈间。

　　　　　　　恨只恨如今世事坏，

　　　　　　　穷人到处哭皇天。

王老婆　（唱）一阵阵只觉得身乏体软，

　　　　　　　浑身无力难向前。

　　　　　　　老老莫走且立站，

　　　　　　　咱全家老少歇一歇。

我们走了半天，我浑身疼痛两腿困酸，歇一歇再走！

王仁厚　（左右探望了一下）好，我们歇一歇再走。

狗　娃　爷爷，我饿了。

王仁厚　（抚狗娃头）我娃饿了，不要紧，前边有村庄，到了那里，我给
　　　　你要点东西吃。

狗　娃　不，我等不得，我要吃……（哭）

王仁厚　狗娃不要哭，我给你找东西吃。

狗　娃　我就要吃！我就要吃！（跳，擦泪，哭）

东才妻　（拉过狗娃）狗娃，不要哭，到了前边就有吃的。

狗　娃　我等不得，我就要吃，把我饿死了！（跳，哭）

东才妻　（打狗娃屁股）你总是不听话，再哭，再哭！

　　　　〔东才妻拉着狗娃左膀，转圈子，狗娃越哭越凶，她越打越急。

王仁厚　（拉过狗娃）说是媳妇，媳妇，你莫打他，小孩子当真的饿坏了。

　　　　〔狗娃一跳，躺在地下打滚，放声大哭。

王仁厚　（将狗娃抱在怀里，唱）

　　　　　　　　叫媳妇莫把狗娃打，

　　　　　　　　小孩子年幼不懂啥。

　　　　　　　　几天没有吃饱饭，

　　　　　　　　他怎能不哭不怨咱？

　　　　〔老农民老冯上。

老　冯　（唱）正行走来抬头看，

　　　　　　　　红日又要落西山。

王仁厚　老大哥到哪里去？

老　冯　走亲戚看我女儿去。

王仁厚　老大哥，你身上带不带吃的，你看，我有个小孙孙，两天没有吃
　　　　饭了。

老　冯　（看王仁厚全家）你们是逃难的？

王仁厚　是的，我们从河南跑到这里。

老　冯　唉，如今的可怜人太多了。（从腰里掏出一个大黑面馍给王仁厚）

王仁厚　多谢老大哥！狗娃，不要哭了，这给你吃。

　　　　〔狗娃接馍大吞大嚼。

老　冯　（审视王仁厚全家）你们此地有亲戚朋友没有？

王仁厚　没有。

老　冯　没有，你这一家人怎么得了？

王仁厚　老大哥，你看你们庄上，是不是用人？（指王老婆、东才妻）她们可以缝纫作线，两个小孩子可以侍候人，我虽然上了年纪，还能受苦种地。只要有人用，不图工钱，有一碗稀饭吃，饿不死就是了。

老　冯　唉，你不晓得，如今人人都为难，我们这里粮重款子多，常常拔壮丁，十家有九家穷，水推龙王庙，吾身顾不了吾身，谁还顾得用人呢！

王仁厚　唉，你说我们该咋办呀？

老　冯　（看周围无人）听说边区里好，那里粮也轻，款也少，老百姓日子过得好，你们河南逃难的，到那里去的不少，都有办法。

王仁厚　边区在哪里？

老　冯　往北走，两天就到了。

王仁厚　那里是谁家管？

老　冯　那里是共产党八路军的世事。

王仁厚　共产党？我们保长常说，共产党杀人不眨眼。咱们敢去吗？

老　冯　哎，你还不明白，保长嘴里没有好话，你只管去，不要紧。

王仁厚　（低头想）噢！保长不做好事，哪里来的好话？

老　冯　对着呢，快到边区里去吧！（唱）

　　　　　　我们都是老百姓，

　　　　　　因之对你说实言。

　　　　　　我要走，你们——

　　　　（临走再指路，接唱）

　　　　　　到边区往北走两天。（下）

王仁厚　（唱）老大哥与我讲一遍，

　　　　　　诚心实意露真言。

　　　　　　从此一直往北走，

　　　　　　到边区也许有青天。

　　　　〔兵丙、丁上。兵丙夹一只鸡。王老婆、东才妻、桂花、狗娃怕得缩作一团。

兵　丙　（唱）前村后村搜庄院，

兵　丁　（唱）见啥拿啥不出钱。

兵　丙　（向兵丁）妈日的，老百姓穷得连啥东西都搜不出来。

兵　丁　老百姓也就是可怜。

兵　丙　（向王仁厚等）你们是做啥的？

王仁厚　我们是逃难的。

兵　丁　一定又是河南人。

兵　丙　不准你们到北边去。

王仁厚　老总，南边没有办法。

兵　丙　（端起枪）你敢不听话，嗯！

兵　丁　莫管咻些，你就教他们去。

兵　丙　不行！

兵　丁　你就太……

兵　丙　哎，你是啥意思呢！

兵　丁　这……这可有啥意思呢！

兵　丙　你小心！

兵　丁　小心啥呢，我犯了法了是不是？

兵　丙　我看你人就不对路！

兵　丁　你凭啥说我不对路？嗯，你凭啥说我不对路？

　　　　〔韩排长上。

韩排长　什么事？

兵　丙　有几个难民，想往边区跑呢。

韩排长　哼！

　　　　〔韩排长走近，王仁厚等怕得躲闪。韩排长发现东才妻，伸手摸
　　　　她的脸，她一把推开，转过身去。

韩排长　（从冷笑转为残酷）你们又是想到边区里送死去，是不是？

王仁厚　不是的，我们在这里讨饭。

韩排长　哼，不是的？你们不到边区去，跑到北边做啥呢？往南边去！

王仁厚　南边没有办法，我们才到这里来的！

兵　丙　放屁！（踢王老婆等）起来，到南边去！

王仁厚　老总，到南边我们就要饿死！

兵　丙　（把枪端起）不准你说话，到南边去！

　　　　〔王仁厚无奈，退了回去。

　　　　〔韩排长招手叫来兵丙和他耳语。

兵　丙　对对对！

韩排长　盯好。

兵　丙　是。

　　　　〔韩排长下。

兵　丁　哎，良心要紧。

兵　丙　要良心，像你一辈子发不了财！

兵　丁　我就不想发财！

兵　丙　少说几句，小心你的命！

兵　丁　唉！

　　　　〔兵丙、丁下。

第九场　龙王庙

　　　　〔王仁厚内唱："可恼军队太无理——"引全家上。

王仁厚　（接唱）立逼我全家又转回。

　　　　　　只见红日向西坠，

　　　　　　一家人今夜晚住在哪里？

东才妻　爹爹，天黑了，我们今夜晚该在哪里住？

王仁厚　你们站在这里，（哭）待我到高坡望一望吧。（走了几步，脚尖点
　　　　地探望）那里大路旁边有一座旧庙，咱们就到那里休息一夜了。

王老婆　唉，我还不如早死了好！

王仁厚　不要那样说，随着我来。（转圈，唱）

　　　　　　姥姥莫要多言语，

　　　　　　小孩子听了太伤悲。

　　　　　　我们此地暂躲避，

　　　　　　等机会全家人逃往边区。

　　　　原来是龙王庙，我们就在庙里躲避一夜再说。

〔全家人进庙，压门，坐的坐，躺的躺，不时长叹。

〔兵丙、戊，做黑夜摸行状上，后随韩排长。

兵　丙　（低声地）韩排长，就在这里。

韩排长　好，你们把她带到前边树林子里来。（下）

兵　丙　是。（示意兵戊）不要害怕，不要心软。

兵　戊　（打门）开门！

〔王仁厚全家人大惊，老少缩作一团。

兵　丙　快！

王仁厚　你……你们是什么人？

兵　丙　清查户口的。

王仁厚　我们是逃难的百姓。

兵　丙　不管逃难不逃难，快开门！

王仁厚　（紧压门）饶了我们吧，这里有女人娃娃，他们害怕。

兵　丙　（生气，用力踢门）他妈的！

〔王仁厚正在压门，被兵丙一脚将门踢开，王仁厚跌倒在地，小孩惊叫，王老婆和东才妻急忙把他们搂抱，不使作声。

兵　丙　（踢王仁厚一脚）为啥不开门？

王仁厚　我正要开门，你把门踢开咧。

兵　丙　哼，这里有几个人？

王仁厚　大小五个人。

兵　丙　（走到王老婆等跟前）这婆娘是你的什么人？

王仁厚　她是我的儿媳。

兵　丙　前庄上有一个女人跑咧，我们把她拉去，教人家看是不是。

〔兵丙拉东才妻，她死坠住不走，王老婆拉住她。

王仁厚　（求告）老总！

兵　丙　（向兵戊）把他挡过去！

兵　戊　（将王仁厚拉过）不准动！

〔王仁厚不敢动。

兵　丙　（踢王老婆一脚）放手！（抽出枪指东才妻）走！

〔王仁厚等吓得不敢动，兵丙逼着东才妻走出门，下。

　兵　戊　不准你们出来，出来就要开枪。（下）

王老婆　（哭叫）唉，天哟！这是什么世事，我们不得活，我们不得活……

　　　　〔王仁厚一家小的、老的大放悲声，忽听后台有打人、骚动、喊叫声。

　　　　〔韩排长内喊："你们不要拉，她咬着我不放。"

　　　　〔兵丙内声："韩排长，你拿刀子。"

　　　　〔东才妻内声："哎哟！"

王仁厚　（站起）你们等着，我出去看看。

王老婆　（拉王仁厚）小心！

王仁厚　我还怕什么？

　　　　〔王仁厚连说带走，一头碰在门墙上，一边揉，一边昏沉颠倒地出门摸着走。东才妻露臂，满脸血，臂上有血点，也昏沉颠倒地摸着走出来。王仁厚、东才妻相碰，二人惊叫，狗娃、桂花闻声大叫，紧抱在一起。

王仁厚　你……你是谁？

东才妻　你……你是老爹爹？

　　　　〔王仁厚上前将东才妻架定拖回。

　　　　〔东才妻回庙昏过去，全家喊她。

东才妻　（苏醒，唱）

　　　　　　我只说老少难见面，

　　　　　　谁知又能转回来。

　　　　　　强打精神睁开眼——

　　　　（抓住狗娃）我的……狗娃……（看桂花）小妹妹，罢了，爹娘啊！（接唱）

　　　　　　浑身疼痛实难挨。

　　　　　　爹娘多把狗娃看，

　　　　　　儿媳性命难保全。

　　　　　　讲话中间好气喘——

　　　　〔一家老少叫东才妻。

东才妻　（气喘挣扎）老娘，爹爹，妹妹，（强抱狗娃一下）我的狗娃！（接唱）丢不下年迈二老小儿男。

　　　　（跌倒死去）

〔全家叫，东才妻不应，大放悲声，狗娃伏在妈尸上哭，王仁厚呆坐一旁抖颤。王老婆急疯。

王老婆　（唱）我一见媳妇把命断——

　　　　（哭叫）东才的媳妇……我、我的好媳妇哪……啊……

〔狗娃、桂花开哭。

王老婆　（接唱）怎忍心丢下了老少儿男！

　　　　　　年幼的狗娃谁照管，

　　　　　　我二老年迈能活几天？

　　　　　　不由得我把东才唤——

　　　　那、那是东才儿呀，娘的儿呀……啊……

〔狗娃、桂花和之。

王老婆　（接唱）不知我儿在哪边。

　　　　　　一家人直落得人死财散，

　　　　　　老的老小的小疼烂心肝，

　　　　　　死的死活的活太过伤惨，

　　　　　　我不如碰头一死也心甘。（碰死）

〔王仁厚见老婆碰头时，急忙上前阻挡，没有来得及，将老婆尸扶住叫唤。狗娃、桂花都起立叫唤。王老婆倒地后，王仁厚疯了似的，摸一摸老婆尸，摸一摸东才妻尸，看一看狗娃、桂花，此时狗娃伏东才妻尸，桂花伏王老婆尸哭叫，忽然放声大哭。

王仁厚　啊哟我的天哪！（唱）

　　　　　　媳妇姥姥都把命丧——

　　　　那、那是媳妇，那、那是姥姥，啊……（哭）

〔狗娃、桂花亦哭。

王仁厚　（接唱）好似钢剑刺胸膛。

　　　　　　死的死亡的亡，

　　　　　　丢下一老少一双。

　　　　　　天黑地黑明星朗，

　　　　　　两个孩子都哭娘。

　　　　　　难民无势难告状，

　　　　　　哭声天，叫声地，

　　　　　　我、我……我无有主张。

　　　　（思忖）唉！（接唱）

　　　　　　王仁厚收住泪两行，

　　　　　　事到了万难要硬心肠。

　　　　　　死的死了她……她……她们无希望，

　　　　　　活的活着还要活。

　　　　（手拖狗娃、桂花起，接唱）

　　　　　　你们莫哭听我讲，

　　　　　　哭死了你们她……她还是不能再活。

　　　　　　咱老小此地把她们葬，

　　　　　　埋葬了她们再商量。

　　　　狗娃！

狗　娃　爷爷。

王仁厚　桂花。

桂　花　爹爹。

王仁厚　你们不要哭了，哭上个什么？我们把她们掩埋了吧。

　　　　〔在悲哀的音乐声中，俩小孩不时啜泣拭泪，将王老婆、东才妻抬了放在早就铺好的大单上，然后三人拿起单子遮盖。王老婆、东才妻下场。下边放两个小凳，单子放上去如坟丘状。

王仁厚　（向狗娃、桂花）来！跪下叩头。

　　　　〔桂花、狗娃叩头。

王仁厚　（手拖上桂花、狗娃）咱们走！

狗　娃　爷爷，就是咱们走？

王仁厚　就是咱们走！

狗　娃　妈妈，（向后看坟，放声大哭）妈妈不跟咱来么？我要妈妈哩！

　　　　（连跳带哭）

王仁厚　（紧抱狗娃）狗娃、狗娃，我的小孙孙！你那妈妈死了，死了能活了？她再也不能跟着我们来了。唉！

　　　　〔在锣声中，狗娃跳在坟上挖土，意欲要妈出来，王仁厚将他拉住抱在怀里。

王仁厚　（叫）狗娃，狗娃，不明白的狗娃，糊涂的小孙孙，你再莫要傻

099

想，莫要挖土，就是把你娘挖了出来，她也是不会讲话了。（唱）

　　　　手拖孙、女好悲伤，

　　　　两个孩子都没娘——

（看桂花，接唱）

　　　　一个还要娘教养，

（看狗娃，接唱）

　　　　一个年幼不离娘。

　　　　娘死不能在世上，

　　　　怎能不两眼泪汪汪。

　　　　庙堂上空坐龙王像，

　　　　背地里咬牙骂老蒋。

　　　　你是中国委员长，

　　　　为什么你的文武官员联保军队赛豺狼？

　　　　河南陕西都一样，

　　　　走到处百姓苦遭殃。

　　　　看起来你就不是好皇上，

　　　　无道的昏君把民伤！

　　　　我不往南走往北上——

（拉狗娃、桂花，接唱）

　　　　但愿得到边区能有下场。

〔三人下。

第十场　进边区

〔边区县长与白科长及工作人员二名掮镢上。

县　长　（唱）生产热潮真高涨，

白科长　（唱）党政军民齐开荒。

县　长　（唱）又丰衣又足食人民兴旺，

白科长　（唱）边区的老百姓喜气洋洋。

　　　　〔众人取手巾擦汗。

　白科长　县长，我看你今天下午该休息休息，这几天太累啦。

县　长　不要紧，我是受苦出身的，你看咱白科长从小念书念大的，现在
　　　　挖地开荒满有劲，真是模范。

工作员　看，那山上的女同志也开荒哪！

白科长　嘿！今年很多妇女开荒都出名咧。

县　长　我实服咱们毛主席的计划，咱们边区这么穷的地方，这几年大家
　　　　生产，竟然搞得公家百姓都过好光景；顽固分子封锁咱们，心想
　　　　咱们吃不到穿不上，教那些东西到咱这里看一看！

白科长　哎，国民党反动派只晓得挖苦老百姓，升官发财，一点都不给老
　　　　百姓想办法，老百姓实在受不了！

县　长　你等着看，把老百姓逼得太不像样了，迟早老百姓会不受的。

　　　　〔小勤务上，向县长、白科长敬礼。

小勤务　县长，你们快回去吃饭，都等着你们呢。

县　长　今天靠你们小鬼做饭，我看一定搞不好。

小勤务　咦，回去看一看，我们的萝卜菜，比他们平时还切得细，我们还
　　　　要争取模范呢！

县　长　看！那里好像又来难民啦，咱们等一等。

　　　　〔王仁厚带着两个小孩上。

王仁厚　（唱）昨晚偷过封锁线，

　　　　　　　　是不是来到了边区里边？

　　　　〔县长等迎上去，王仁厚等畏缩退后。

县　长　老人家，你不要害怕，你从哪里来的？

王仁厚　老总，这……这是什么地方？

县　长　这是边区。

王仁厚　你……你们是八路军？

县　长　唉，我们是八路军。老人家，你从哪里来的？要到哪里去？

王仁厚　唉，我是逃难的人呵！（拉两个小孩走上前，唱）

　　　　　　　　我姓王家住在河南地面，

　　　　　　　　天荒旱无收成少吃缺穿。

　　　　　　　　那里的联保军队行事坏，

　　　　　　　　公粮公款任意摊。

　　　　　　　　百姓死了有大半，

有人把自己亲生儿女杀死充饥寒。

我全家出于无计奈，

连夜逃走进潼关。

一家人逃出五条命，

只有三人活命还。

昨夜偷过封锁线，

但愿得到这里能把身安。

县　　长　（唱）听罢言来好凄惨，

外边的百姓太可怜。

转面来我把小鬼唤，

快叫乡长这里来。

小鬼。

小勤务　有。

县　　长　请乡长到这里来。

小勤务　是。（下）

〔王仁厚疑心地上下打量县长。

县　　长　老人家不要伤心，咱们这里，优待难民，一定要给你想办法。

王仁厚　外边的老百姓都说你们这里好。

〔县长拉狗娃，狗娃畏缩。

县　　长　小孩子不要怕，怕啥呢？

〔乡长上。

乡　　长　（唱）县长派人将我唤，

急急忙忙走上前。

县长，你还没回去吃饭？

王仁厚　（惊讶）嗯，你是……

白科长　他是县长。

王仁厚　（连忙跪下叩头）你是县长老爷，你看我还不晓得！

县　　长　（急忙扶起王仁厚）老人家，不要这样，咱们都是一样的人，咱们边区人人平等，再不要这样。乡长，你吃过饭了吧？

乡　　长　吃过啦。

县　　长　老人家（指王仁厚）是河南逃难来的难民，可怜得很，我看就分配到你们乡上，找地方，借给粮。（向王仁厚）老人家，你能受苦吧？

王仁厚　能么，我就是受苦种地的人么！

县　长　很好，很好。（向乡长）老人家上年纪啦，给搞一些好地，大家多帮助。

乡　长　有办法，现在咱们群众都热心帮助难民，什么问题都好解决。

县　长　好，你把老人家引去。

乡　长　（向王仁厚）你不要担心，不能叫你受困难。

县　长　乡长，老人家刚从外边来，不习惯，有困难不好意思说，你们要多关照。

乡　长　那是自然的。好，（拉王仁厚）咱们走。

王仁厚　县长老爷，这就实在……我忘不了你的恩！

〔王仁厚跪下叩头，县长急忙扶起王仁厚。

县　长　老人家，再不敢这样，这样就不对啦！

乡　长　你不晓得，咱们边区，做官的跟老百姓是一家人常在一块儿呢，咱们走。

县　长　好，再见，过几天看你来。

〔县长同白科长由上场门下。

〔王仁厚惊讶、感激，随着乡长走，不时回头瞧，下。

第十一场　互助

〔团长担一担饭由下场门上，一头是馍，一头是汤，还有碗勺筷等。勤务员随其后，提一桶菜。

团　长　（唱）战士们开荒上山去，

　　　　　　我给他们送饭到山里。

　　　　　　军民人等多种地，

　　　　　　丰衣足食笑嘻嘻。

〔乡长带王仁厚等由上场门上。

乡　长　（惊奇地问团长）哎，你送饭呢？

团　长　（扬左臂）我因为这一只胳膊打仗带花咧，不能拿镢头挖地，所以我做饭给他们送，生产是大家的事么。这位老人家又是逃难的？

乡　长　　是么，可怜得很，一家人死了几口，好容易才跑到咱们边区来。

乡　长　　唉，外边把老百姓不当人。（放下担子，拿出两个馍给王仁厚）给娃娃吃去。

〔王仁厚不敢接，看乡长。乡长接馍转交王仁厚。

乡　长　　不要紧，给娃吃。

〔王仁厚接馍，分给两个娃，两个娃吞吃。勤务员把菜给两个娃夹馍。

团　长　　（取出碗勺，盛汤给狗娃）来！喝一碗汤。

〔狗娃不敢接。

乡　长　　（向狗娃）不怕的，你喝。

〔狗娃怯怯不前，边走边看王仁厚，展手欲接。团长以为狗娃接住了，把手一松，连碗带汤倒在团长脚上。

团　长　　咈咈！（揉脚）

王仁厚　　（急得推狗娃一把）你做啥呢！（向团长）老总，对不起，烫着了吧！（拾起碗，欲给团长揉脚）

团　长　　（接过碗，阻止王仁厚）老人家，不要紧，娃才从外边来，看见军队就害怕呢，不要紧。

〔团长说着又另取出一个碗盛了汤，把狗娃拉过来，交到他手里。团长一边擦脚，稍表示烫痛。狗娃喝起汤来，又给桂花喝。

团　长　　老人家放心，到咱边区来的难民，政府帮助，老百姓也帮助，大家给你想办法。（向乡长）你们乡上粮要是一时不方便，我们可以给你借一些。

乡　长　　现在群众都热心帮助难民，什么问题都好解决。

〔桂花将碗筷放在筐内。

团　长　　你们乡上安置了多少家难民？

乡　长　　已经安置下二十多家啦，都有地种。

团　长　　很好，很好。（担起担子）你们在，我就走了。（唱）

外边的世事真可叹，

到边区——

老人家！（接唱）

　　　　你把心放宽。

　　　（与勤务员下）

王仁厚　他是咱们八路军的弟兄？

乡　长　他是咱们八路军的团长呢。

王仁厚　团长？

乡　长　团长。

王仁厚　就是带领营长连长的团长？

乡　长　唉。告诉你，咱们的团长带领的人马，比外边咧团长还多。

　　　〔王仁厚转过身，向团长去处远望。

乡　长　（拉王仁厚）老人家，咱们走。（绕一圈）

王仁厚　唉，人家也是团长！（唱）

　　　　　王仁厚听言泪满面，

　　　　　想不到那人是军官。

　　　　　怪不得人人都说边区好，

　　　　　到边区另是一重天。

　　　〔吴老二上。

乡　长　吴老二！

吴老二　唉，乡长，有什么事？

乡　长　这位老人家是刚逃过来的难民，你家里能不能腾出一个窑洞，让
　　　　他三口住下？

吴老二　行，能成！老人家，就到我家里去，我给你找地方。

王仁厚　这就教你老兄难为。

吴老二　不要紧，人么，谁都有个一灾二难哩！到咱们边区，就跟一家人
　　　　一样。

乡　长　好，你找地方，我再动员大家帮助。（向王仁厚）老人家，你先
　　　　跟他去，我还有事。

王仁厚　你……你走呀。

乡　长　我就来。（下）

吴老二　先在这里坐一会儿。（引王仁厚等进门，找几个馍出来）你们先
　　　　吃一点，我给你们腾地方去。（下）

王仁厚　（将馍分给两个娃）孩子，咱们到了好地方啦！

桂　花　（掰一块馍给王仁厚）爹，你吃。

王仁厚　你们吃，我不饿。

狗　娃　（也掰一块给王仁厚）爷爷，你还没有吃东西呢，快吃！

王仁厚　（接过两块馍吃着）孩子，记住这里就是边区，这里就是共产党八路军的地方。

　　　　〔老农民胡老，拿一个铁锅上。

胡　老　（唱）听说又有难民到，

　　　　　　　　借给他个铁锅把饭烧。

　　　　（进门）你老兄就是刚逃难来的？

王仁厚　是的，你老人家有啥事？

胡　老　我借给你一个锅子，你好做饭。

王仁厚　老人家，你真是好，我忘不了你的恩！（作揖）

胡　老　看你老兄，不要这样，咱们这里不同外边，政府极力地招护老百姓；政府一好，老百姓就变成一家人啦。我是前年逃难来的，政府给我粮吃，大家都帮助我，种二十亩地，三年不出公粮，五年不出租子，外边把能过日子的人都弄得没法活，这里把多少穷人都搞得有办法，这里是咱们老百姓的天下。

王仁厚　这里好，这里做官的和老百姓都好。

胡　老　咱们这里做官的，都是咱老百姓推选的，是咱们自己人。

　　　　〔张老婆手拿两个碗、两双筷，还带两个馍上。

张老婆　（唱）手拿两碗两双筷，

　　　　　　　　急忙送与难民来。

　　　　（进门）胡老，你倒先来咧，你给人家借啥呢？

胡　老　我送来一口锅。

张老婆　正好，我送来两个碗。（向王厚仁）这两个孩子都是你的？

王仁厚　她是我的女儿，他是我的小孙孙。

张老婆　好娃么，亲亲的。来，我给你们拿来两个馍。（拖过两个娃，给了馍，问狗娃）你几岁咧？

狗　娃　七岁咧。

张老婆　（问桂花）你几岁了？

桂　花　十二岁啦。

张老婆　你会不会纺线?

桂　花　会哩,我在家纺过线。

张老婆　会纺线就有办法,我给你寻纺织组组长刘二嫂子,叫公家给你借
　　　　上一个纺线车子,纺一斤线子可赚得钱不少哩!

桂　花　怕人家不借给我呢!

张老婆　嗯——你还不晓得,咱们这里公家,一天忙来忙去,就是给咱老
　　　　百姓办事呢,纺线车子公家给你借,棉花公家都给你发。(向王
　　　　仁厚)你不要愁,你种地,(指桂花)你纺线,能下苦的,在咱
　　　　们这里不要愁过不好日子。

　　　　〔乡长背一袋米上。

胡　老
张老婆　乡长也来了。

乡　长　哎,你们真好,把东西都送来咧。

张老婆　你当就是你好。你背的啥东西?

乡　长　我从乡政府借的一斗米。吴老二呢?

　　　　〔吴老二内声:"唉!"跑上。

乡　长　地方弄好了没有?

吴老二　弄好啦。

　　　　〔指导员很匆忙地上。

指导员　乡长!

乡　长　哎,指导员,你有啥事呢?

指导员　我听说来难民啦,跑来看一看。

乡　长　(给王仁厚介绍)老王,这是咱们乡上的指导员,单故儿跑来看
　　　　你的。

王仁厚　(感激,连跪带说)这就实在担当不起……

指导员　(连忙扶起王仁厚)老人家,不敢这样。你到这里来,大家想办
　　　　法,不能叫你老少受饿。(向大家)你们给老人家借啥东西?(看
　　　　大家把自己借的东西一一展示)你们都好,实在,全中国的老百
　　　　姓,都是一家人,应当互相帮助。

乡　长　好。(向王仁厚)这是政府给你借的一斗米,你暂时(向吴老
　　　　二)住他的地方,过几天你也参加变工队。大家帮助,给你开一

块荒地。

王仁厚 我是五六十岁的人咧，没有见过这样好的地方，没有见过这么多的好人，你们边区真好。

胡　老 老大哥，这是咱们的边区。

吴老二 唉，是咱们的边区。

乡　长 老人家，看你说的，咱们是一家人。

王仁厚 你们不嫌弃我？

指导员 老王，世上受苦的穷人都是一家人。

王仁厚 （笑）咱们是一家人？

众　人 一家人。

王仁厚 （感动得掉泪）唉，你们都是我的恩人！（向众人作揖，唱）

　　　　王仁厚来泪满面，

　　　　众位恩人听我言。

　　　　我离家逃难有半载，

　　　　走到处穷人受可怜。

　　　　眼看老小难存在，

　　　　大家救我活命还。

　　　　外边的政府军队行事坏，

　　　　多少人饿死大路边。

〔张老婆擤鼻子，擦起泪来。

乡　长
指导员 你哭啥哩嘛！

张老婆 （哭）我哭啥呢，民国十八年逃难到这里，那时候这里还是国民党，看不起穷人，受他们多少欺负，把我三岁的二女娃，活活地饿死。那时节要有咱边区政府、八路军，大家招护，我的娃就不会死的，活到现在（指桂花）比这娃还长得大呢！

乡　长
指导员 好啦，好啦！你现在儿也有，孙也有，不愁穿不愁吃，还哭上个什么？走，（推张老婆）咱们大家帮助老王把地方搞好，走！

〔众人下。

第十二场 派差

〔孙副官上。

孙副官 （唱）政训主任对我讲，

他言说那边有暗藏。

要我找人去帮助，

叫出排长细商量。

勤务兵！

〔吴得贵上。

吴得贵 有。副官！

孙副官 请韩排长。

吴得贵 是。（敬礼，下）

〔孙副官拿出纸烟抽。韩排长上，敬礼。

韩排长 副官，有什么事？

孙副官 坐下。前几次派出去那几个到边区里做破坏工作的人，有什么消息没有？

韩排长 还没有得到什么消息。

孙副官 政训处刚才又通知我，这里的联保处高主任说，对过的边区边界上，有咱自己一个人，做特务工作，是河南人；他自己在那里不好行动，要求这里再派一个帮手。联保主任要咱们派一个河南人去，你看派上谁合适？

韩排长 （想）河南人里边可靠的人……哎，有一个新兵叫王东才，虽然没有多干事，这个人还老实，好利用，副官看怎么样？

孙副官 叫来咱们谈一谈。

〔韩排长下，引王东才上。王东才不知何事，害怕。

韩排长 来！（进门）

〔王东才怯怯地进门，不自然地脱帽行礼。

韩排长 副官，他就是王东才。

孙副官 你叫王东才？

王东才 是。

孙副官　你家在河南吗？

王东才　是。

孙副官　你想家吧？

王东才　唉，副官，我家里离开我，一家人就不得活。

孙副官　你家里有什么人？

王东才　我家有老父亲、老母亲、一个小妹妹、我的婆娘，还有一个小
　　　　娃。老的老，小的小，离了我就没办法。

孙副官　（拿出日记本，一边问一边记）你父亲叫什么？

王东才　叫王仁厚。

孙副官　你母亲的娘家姓什么？

王东才　姓张。

孙副官　你女人的娘家姓什么？

王东才　姓吴。

孙副官　你妹妹叫什么？

王东才　桂花。

孙副官　你的孩子叫什么？

王东才　叫狗娃。

孙副官　你家里穷吧？

王东才　家里本来就穷，现在把地都卖完了。唉，非饿死不可！

孙副官　那不要紧，你有胆量多做点事，赚许多钱给你家里捎回去，不很
　　　　好么？

王东才　唉，我能做啥哩么！

孙副官　只要你肯实心实意给咱们办事，有我照护你。

王东才　只要副官照护我，我还敢不干么？

孙副官　你愿意干？

王东才　愿意。

孙副官　王东才，这可是你自己说的话，是不是？

王东才　（疑虑）是！

孙副官　好。边区那边有咱们自己一个人，是一个医生，姓黄，他也是河
　　　　南人，你回头打扮成一个摆小摊做买卖的人，到他那里去，就说
　　　　你们是表兄弟，到那里，他叫你干什么你就干什么。

王东才	到那里干什么呢？
孙副官	到那里，你假装成担担背包做买卖的人，调查那边有多少军队，把每条路都记清楚，常常回来报告情况。
王东才	副、副官我……我不敢去，人、人家……
孙副官	不要紧，那一位黄先生在那里，人也熟，地也熟，你听他的话，担保不会吃亏。
王东才	副官，我不敢去！
孙副官	混蛋！

〔王东才吓得哆嗦了一下。

孙副官	这是命令，你敢不听命令？

〔王东才害怕得不知怎么好。

韩排长	王东才，你应当想开一点，做这事又能升官又能发财，这是很好的事。再说，军队里，长官叫你干什么，你还敢不服从吗？
王东才	（想了一下）副官，韩排长，我愿意去，但有一件，我回来以后，请求官长们能放我回家去！
韩排长	回家可不能，咱们……
孙副官	（挡住韩排长的话头，瞪了韩排长一眼）那成么，为什么不能？（看王东才）只要你搞得好，回来以后，我让你带很多的钱回家去。
王东才	那我就感你们的恩，你们就算救了我一家人。
孙副官	要干就要实干，要是不实干，不但要你的命，连你家里的老小都活不了，你知道不知道？（指本子）你家里的人都在这里边记着呢！
王东才	嗯！
孙副官	到那里，人家黄先生教你干什么，你就干什么，不能说一句二话，是不是？
王东才	是！
孙副官	（站起来，向王东才表示亲热）好好地干，干好啦，一定叫你回家，一定叫你带上好多的钱回家。

〔王东才没有答应，但也不敢表示不赞成。

孙副官	到那里不要叫真名字，把你名字改成——（稍想）何三，记牢！
王东才	是！

孙副官　回头打发你走，你先下去。

　　　　〔王东才拟走。

孙副官　不准告诉人！

王东才　是。（行礼，下）

孙副官　韩排长。

韩排长　副官。

孙副官　你要放灵活一点，我们用这一类的人，就要顺着他的心眼走，任务完成了以后，他还能跑得出我们的手么？

韩排长　是的，是的。

孙副官　下去把一切的手续搞好，多给他说些有利的话，还要教他知道不干就不得了。

韩排长　那是自然的。

孙副官　路口上谁放哨？

韩排长　侯班长。

孙副官　可以告诉他。

韩排长　是！

孙副官　好，下去马上就办！

韩排长　是。

　　　　〔孙副官由下场门下，韩排长由上场门下。

第十三场　放哨

　　　　〔兵甲与壮丁一上，壮丁一穿上了军衣，背步枪，没有精神，兵甲带短枪。

兵　甲　（唱）每日里路口把哨放，

　　　　　　　来往行人要严防；

　　　　　　　若能碰到好机会，

　　　　　　　要一个心眼弄大洋。

　　　　刘老大，看你咻乏样子，一点精神都没有。

壮丁一　好班长呢，人常吃不饱饭，肚子里饿着呢么，哪里可来的精神？

兵　甲　胡说，哪一顿不给你吃饭。

壮丁一　哎，你没吃那饭，不晓得是什么米，闻都闻不得，连一点菜都没有，谁能吃饱呢。

兵　甲　以后这些话不准随便说，国难当头着呢，谁都要吃苦呢！

壮丁一　（无可奈何地把兵甲看了一眼，叹气）唉……

〔王东才打扮成一个商人样，担一担货上。

王东才　（唱）打扮商人做买卖，

　　　　　但愿能够早回来。

壮丁一　站住！

王东才　刘大哥，是我。

壮丁一　呃，是你，王东才么，（转过看一下兵甲）你……

王东才　咳！人家叫我到边区去呢。

壮丁一　你去边区做啥呢？

王东才　孙副官说，那里有个姓黄的……

兵　甲　不要胡说。（把壮丁一与王东才瞪了一眼）王东才，自己为自己，心放毒一点，心善的人发不了财，你明白不明白？

王东才　噢！对，对。

壮丁一　（向王东才）呵，你做坏事去呀！

兵　甲　（打壮丁一一个耳光，骂）什么叫坏事？（又打壮丁一一个耳光）

〔壮丁一忍受，不敢动。

兵　甲　（向王东才）一切手续，可不敢忘了。

王东才　记着呢。

兵　甲　好，你去吧！

王东才　是！（对壮丁一有点同情，难为情地下）

兵　甲　走，跟我到那边去看一看。（下）

〔壮丁一随后咬牙发狠下。

第十四场　纺棉

〔奏起幽雅的丝弦。桌上放瓷盆，盆内有勺，旁边有碗筷，预先在地上放好一个线兜子。

〔桂花衣服换新，上身穿粉红衫，脸色也干净好看，拿笤帚簸箕，扫地倒土，端出纺线车子，洗手，卷花后，开始纺线。

桂　花　（唱）王桂花在窑内转轮纺线，

　　　　　　　只觉得一阵阵好不喜欢。

　　　　　　　来边区还不到六月半载，

　　　　　　　我一家三口人有了吃穿。

　　　　　　　老爹爹开荒地三十亩半，

　　　　　　　又种谷又种豆又种花棉。

　　　　　　　我每日能纺线五两半，

　　　　　　　交到工厂能赚钱。

　　　　　　　狗娃年幼也能干，

　　　　　　　拦羊放牛照庄田。

　　　　　　　我三人劳动不偷懒，

　　　　　　　到明年吃肉吃面还要把好衣穿。

　　　　〔刘二嫂上，夹着棉花和线穗包子。

刘二嫂　（唱）身带棉花又拿线，

　　　　　　　我要把纺线的细查一番。

　　　　　　　前庄里走来后庄里转，

　　　　　　　不觉得来到了王家门前。

　　　　　　　不进门我这里偷眼观看——

　　　　　　哎，好娃！（接唱）

　　　　　　　王桂花在那里正在纺棉。

　　　　　　　窈窕小手把轮转，

　　　　　　　身穿一件粉红衫；

　　　　　　　红光满面真好看，

　　　　　　　教人越看越喜欢。

　　　　　　　小小年纪真能干，

　　　　　　　选她个纺织模范理当然。

　　　　　　　我在此间莫久站，

　　　　　　　进门去与她把话谈。（进门）

桂　花　（对刘二嫂非常欢迎，很活泼地）哟！刘二嫂子来咧！（放下纺车，跳起来）快坐下。

刘二嫂　你真是好孩子，能劳动。

桂　花　（拿勺碗忙舀饭）刘二嫂子，吃点饭！

刘二嫂　（夺碗相拒）我刚吃过饭。

桂　花　刘二嫂子，你看我能吃你的馍馍，你就不能吃我们的饭？

刘二嫂　我是饱着呢，你当我是客气的不敢吃你的饭。（四周上下看）你
　　　　们的屋子真干净，这地是谁扫的？

桂　花　我扫的。

刘二嫂　你真是好孩子，脸也干净，手也干净，地方也干净！

桂　花　嗯……（愉快，撒娇）我还干净啥哩些。

刘二嫂　（拉桂花手比自己的手）你看，你的手比我的白净得多呢。

桂　花　我是刚才洗的，纺线子不洗手，把线子弄脏了，织出布不好看。

刘二嫂　你比我想得都周到。把你纺的线拿来我看。

桂　花　（从纺车上卸下线穗子给刘二嫂）刘二嫂子，不要见笑，我纺得
　　　　不好！

刘二嫂　（拿线端详）咦！你这小鬼真巧，纺出来线子又白又细，谁敢说
　　　　不好。

桂　花　嗯，我不会纺线，好啥哩些。

刘二嫂　你一天能纺几两线？

桂　花　我现在每天要抬水做饭，刁空纺线，能纺五两半。

刘二嫂　你真有本事，年纪小事情忙，纺的线子又多又好，（从包内又取
　　　　出一个线穗子）你看，比她们的都好。

桂　花　嗯，我哪里比人家的好。

刘二嫂　我告诉你，区政府教我检查纺线的呢，咱区上给你们纺线好的发
　　　　奖呢，我看你就是第一名！

桂　花　比我好的人多着呢。

刘二嫂　你不信咱们走着看，第一名定跑不了你！

桂　花　刘二嫂子就爱说笑话，说得人家怪不好意思。

刘二嫂　这有啥不好意思，你要是得了头名奖，连我这纺织组的组长都是
　　　　光荣的！

桂　花　刘二嫂，咱们边区对我们穷人真是好，你看我们来到这里不够半
　　　　年，政府帮助，大家帮助，现在搞得有吃有穿。刘二嫂，我永远

忘不了你的恩。

刘二嫂　咱们都是一样的人，我们从前还不是穷得要命么，共产党闹起革命，我们才翻身的。哎，咱们只顾谈话，耽误了你的纺线，你快纺线去。

桂　花　不要紧，刘二嫂子，咱们再多谈几句。

刘二嫂　咱们往后再谈，我还有事，我就去了。（唱）

　　　　　我要去，你纺线，

　　　　　许多的话儿改日谈。

　　　　　二斤好花交当面，

　　　　　我还要到那边检查一番。

　　　　（取棉花交桂花）桂花！你把棉花收好，我还要到乔大娘家里去呢。

桂　花　你不再坐一会儿？

刘二嫂　（出门）不坐啦！过几天再来。

桂　花　（送出门）过几天一定要来！

刘二嫂　一定来，你快回去！（下）

桂　花　哎！（唱）

　　　　　刘二嫂与我把话讲，

　　　　　桂花心中有主张。

　　　　（进门，坐车旁，纺线，接唱）

　　　　　从此后把线更多纺，

　　　　　才不负人家好心肠。

　　　　〔王仁厚上，脸色比过去好看多了，拿旱烟袋，掮锄，笑容可掬。狗娃随后，红光满面，手提水罐；二人穿的衣服整齐干净。

王仁厚　（唱）八路军帮助百姓来锄地，

　　　　　一个个和和气气笑嘻嘻。

　　　　　这才是国家的好军队，

　　　　　普天下要算第一的。（进门）

桂　花　爹爹回来了。

王仁厚　回来了。（把锄放在桌后）

狗　娃　姑，饭做好了没有？

桂　花　好了，你快吃去。

王仁厚　来，大家一齐吃。

　　　　〔桂花停纺，站起来。三人一边吃饭一边说话。

桂　花　爹爹，你们把阳洼地锄完没有？

王仁厚　今天的地锄了个美，连后沟条的地都锄完了。

桂　花　嗯，我就不信。

王仁厚　你不知道，今天八路军帮助老百姓锄地，真好，八路军无论做官
　　　　的还是当兵的，真好！

桂　花　那你为什么不叫人家来咱家吃饭呢？

王仁厚　人家不吃么，谁家的饭都不吃。做官的、当兵的把我抬举得就和
　　　　老人一样，我心上实在不得过去。

狗　娃　爷，我听见变工队队长给吴老二说，你今年开荒开得多，锄草锄
　　　　得好，又肯给大家帮忙，众人要选举你当劳动英雄呢。

王仁厚　这话可不敢给旁人说，自己说自己好，人家笑话呀！

桂　花　（得意）爹，今天纺织组组长刘二嫂子到咱家来检查我纺线呢，
　　　　她说我纺得好纺得多，还说我是第一名，给我发头等奖呢。

王仁厚　嗯，说这话的人多哩，我娃纺的线就是不错。边区真是好，把老
　　　　百姓看得和亲生儿女一般！

狗　娃　爷，你们都劳动英雄，我算啥呢？

桂　花　你还小呢。

王仁厚　（开玩笑）我要是劳动英雄，你就是劳动孙子。

狗　娃　我不要，劳动孙子不好！

　　　　〔指导员上。

指导员　（笑眯眯地唱）

　　　　　　王仁厚年虽老努力劳动，

　　　　　　他的女王桂花纺线出名；

　　　　　　他二人男女老少都信任，

　　　　　　许多人要举他劳动英雄。（进门）

王仁厚　哎，指导员，快坐下。

狗　娃　指导员，（跑上去）八路军明天再锄草来？

指导员　（拖狗娃）还锄。你看八路军好不好？

狗　娃　好，他们给我教唱歌呢。

王仁厚　指导员，快坐下！

〔桂花将车拿起，往桌后放。

指导员　坐么。（一边落座，一边看着桂花，微笑）桂花这个小鬼，纺线出了名啦。

桂　花　（笑）我纺线纺得不好。（羞涩下）

王仁厚　她还小呢，不行！

指导员　能成，人人都夸奖呢！

王仁厚　指导员，有什么事？

指导员　团部叫咱们政府访问你们，调查军队帮助老百姓锄草怎么样？

王仁厚　咦，好么，咱们的军队又和气又出力，完了连饭都不吃，真是跟自己人一样。

指导员　也许有一个两个不好好搞，你只管说。咱们这里不同外边，政府军队是老百姓自己的，有不对处就批评，不要怕！

王仁厚　我说的是实话，都好！

指导员　咱们八路军就是这样，前方打日本救中国，后方生产学习帮助老百姓。

王仁厚　我活了这一辈子都没见这样好的军队。

指导员　老王，你和桂花都准备着。

王仁厚　准备啥呢？

指导员　变工队要选你劳动英雄，妇女们说桂花纺线纺得好，政府要给她发奖呢。

王仁厚　指导员，我们担当不起，你给大家说，不要这样。

指导员　大家都说你们好，我说你们不好也不行。劳动英雄很光荣，你们果真好，有啥担当不起。

王仁厚　你看我们逃难到这里，全靠政府帮助，大家帮助，搞得我们能吃能穿，这就了不得咧，你们再要抬举我，我实在担当不起。

指导员　政府应当帮助你，大家应当互相帮助，咱们边区就是这样，谁肯劳动，努力生产，帮助大家，谁就是劳动英雄！

王仁厚　劳动生产，为自己么，与自己也好么，大家还为什么要这样抬举呢？

118　指导员　我告诉你，全边区的人，都能很好地劳动，咱们边区就有办法；

要是全中国的人，都能很好地劳动，全中国就有办法。咱们劳动的人有了办法，毛泽东最喜欢。

王仁厚　毛主席这个人，真是老百姓的救星！

指导员　老王你们准备着，将来选举出来，开大会，给你们发奖，你还要上台讲话呢！

王仁厚　唉，我连台子下边都不敢讲话，还敢在台子上边讲话，决不敢……

指导员　不讲大家不让。

王仁厚　我实在讲不了。

指导员　有啥讲不了，咱们老百姓的话，老实话，心里有啥就说啥。

王仁厚　心里有啥就说啥？

指导员　噢。

王仁厚　那我心里有话哩！

指导员　你当讲话还讲啥呢？

王仁厚　我当讲话要讲文话呢。

指导员　嘿，咱们就讲心里的老实话。（唱）

　　　　　　　大家都说你们好，

　　　　　　　生产劳动比人高。

　　　　　　　劳动英雄跑不了，

　　　　　　　两面旗挂在你们的窑。

　　　　你们在，我走啦。（起立出门）

王仁厚　指导员，你要常来呢。

　　　　〔全家出门送指导员。

指导员　对，你快回去。（下）

王仁厚　唉！（唱）

　　　　　　　边区真爱老百姓，

　　　　　　　穷人个个能翻身。

　　　　　　　想起外边咬牙恨，

　　　　　　　逼死了多少好人民。（进门）

　　　　〔众人下。

第十五场 投军

〔张虎儿内唱："听说是顽固派又来捣乱——"背一袋粮，拿一支土枪上。

张虎儿 （接唱）不由我一阵阵咬紧牙关。

到政府我把乡长见，

要参加自卫队打倒汉奸。

〔张虎儿气汹汹地连走带唱，几乎碰倒急急忙忙上、背一捆菜给军队送的胡老。

胡 老 哎……

张虎儿 （急忙扶定胡老）哎，胡大伯，你到哪里去呢？

胡 老 （急喘着）我心里急，我看你也心里急得很。

张虎儿 你老人家心里急啥呢？

胡 老 听说国党坏蛋顽固分子要打咱们边区，狗日的太可恨！咱们八路军开来咧，人家都送公粮呢，捐钱哩，我背了一捆菜，给咱们军队吃得美美的，把狗日的国民党坏屃打得远远的，好狗日的又想欺负咱们。

张虎儿 胡大伯，你看，（出示土枪）我要到乡政府报名去，参加自卫队，国民党狗日的胡调皮，教他狗日的吃家伙。

胡 老 对，好小伙子，打！教狗日的知道咱们边区老百姓的厉害。走，咱们走！

张虎儿 走！

〔张虎儿在后扶胡老的菜捆，二人下。

第十六场 接头

〔黄先生上。

黄先生 （唱）前几天去信高主任，

为什么还不见来人？

在家里只觉得心神不定，

出门去望一望路西路东。

（出门瞭望）

〔王东才担担上。

王东才 （唱）一边走一边问，

莫非他就是黄先生。

老先生，有一位姓黄的黄先生，在哪里住？

黄先生 你是不是他的亲戚？

王东才 是么，我是他的表弟，他是我的表兄。

黄先生 哎，你看几年不见，我就把你认不得咧！快回屋里去！

王东才 你就是表兄？

黄先生 是么！

王东才 你姓黄？

黄先生 （挤眉弄眼，东张西望）是的，你快进去。

〔王东才怀疑地看着黄先生，进门，将担放下。

（黄先生向两边看了一下，进门，稍停，听外边有什么声息没有，然后才说话。

黄先生 你带的东西呢？

王东才 我就担一担货！

黄先生 不是问这东西，手续。（最后二字发出重音）

王东才 噢。（从袜子里取出一个小纸包交黄先生，然后呆然地上下打量黄先生与屋子里的一切）

〔黄先生接过纸包，打开看信后，走近王东才耳语。王东才点头。

黄先生 你坐下。

〔王东才落座。

黄先生 你以后还是背着货包出去方便一点。

王东才 对。

黄先生 从明天起你先到西沟里卖东西，咻里边驻八路军着哩，你看他们住多少地方，约莫有多少人。

王东才 西沟，西沟在哪里？

黄先生 你今天到这里，路上看见一座关帝庙没有？

王东才 看见啦。

黄先生　就在咐关帝庙西边，不是有一条大沟吗，里边有区政府，八路军就在那一带呢。

王东才　噢。

黄先生　西沟转上几天，就在边界上转着卖货，把大路小路记在心上，捎来带去刁空往井里放毒药。

王东才　噢，黄先生！往井里放毒药，会毒死人的，我……

黄先生　上边不是要你听我的话吗？

王东才　他们没说叫我下毒药害百姓么！

黄先生　我叫你干啥，你就得干啥，要是不干，不光是你，连你家里的人一个也活不了。中央军把你没办法，就不会派你到这里来，你明白不明白？

王东才　我……我知道。

黄先生　我们这里还有几个人呢，教你做啥你不做，有人会报告我的，那时候不要怪我无情。

王东才　对，对，我听你的话。

黄先生　每天下午太阳快落的时候，一定要回来，这是最要紧的。

王东才　对。

黄先生　干这一种事，最要紧的是守规矩，不能大意一点，出了岔子，不敢说实话，不敢咬旁人；说了实话，八路军要活剥了你的皮，咬出旁人，有人会要你的命，知道不知道？

王东才　知道！

黄先生　（起立）好，到里边吃饭，晚上慢慢地细谈。

〔王东才懒洋洋地随黄先生下。

第十七场　政府忙

〔吴老二背一袋粮上，王仁厚背一袋粮随后上。

吴老二　（唱）心儿里可恼国民党，

王仁厚　（唱）走到处害百姓太无天良。

吴老二　（唱）军粮军草准备好，

王仁厚　（唱）替人送来救国粮。

〔二人将粮放下。

吴老二　（进门）乡长！

〔乡长上。

乡　长　哎，你倒送粮来啦，好的，真快！

吴老二　当然要快么，咱们八路军为了保护老百姓，说话就开下来啦，咱们的粮，当然要送快呢。（出门，同王仁厚将粮背进来）

乡　长　哎，老王，你怎么送粮呢？不要你们难民出粮。不敢这样，我知道你没有啥粮么。

王仁厚　唉，我就可恨我自己没有粮，我是帮助他送粮呢。

乡　长　你是上了年纪的人，背那么多的粮受不了。

王仁厚　不咋，人心里有劲，气力就大。

吴老二　乡长，你还不知道，这几天老王简直疯咧，走到处说国民党，把多少人说得都流眼泪哩。我不让他背，他非背不行。

王仁厚　乡长，我着急我没有东西给咱们公家拿出来，咱们的政府军队是老百姓的恩人。国民党狗日的是什么东西，他们不晓得害死多少老百姓，他们放着日本鬼子不打，跑到这里打咱的边区。从前我不懂啥，现我明白咧，有咱们共产党八路军，世事就有办法，我再也不害怕他狗日的。咱们有八路军，咱们老百姓，打！把狗日的坏尿杀！你不知道，中国人快教他们害完咧！

吴老二　狗日的，自己做坏事，还不让人家做好事，看见咱们边区老百姓日子过得好，狗日的眼红呢。

〔张虎儿背粮急上。

张虎儿　（唱）急急忙忙往前行，

　　　　　　　不觉来到政府门。

　　　　（进门）乡长，这是我家的公粮。

乡　长　啊哟，大家都齐心，咱们的粮一定能按时完成。

张虎儿　乡长，我报名参加自卫队。

乡　长　自卫队可要脱离生产呢！

张虎儿　当然，我知道。国民党狗日的想来欺负咱们，瞎了他狗日的眼！漫说咱们的八路军，就咱们老百姓，也够他狗日的拾掇，狗日的不服就来！

乡　长　好的，少年英雄，咱乡上的青年差不多都报名了。（写了一个字
　　　　条给张虎儿）你找自卫队连长去。

张虎儿　对。（接过条子，气虎虎地下）

乡　长　老王，你还不知道呢，咱们边区的老百姓是打出来的好汉。国
　　　　民党顽固分子要是跟咱干起来，你看，老百姓都是赵子龙、杨
　　　　七郎。

　　　　〔王仁厚捏着拳头，咬着牙，低头沉思着。胡老背菜上。

胡　老　（唱）一边走，一边喘，
　　　　　　　　不觉得来到了政府门前。

　　　　（进门）乡长，咱没有好东西，给咱八路军送来一背菜。

乡　长　老胡，政府不让你们难民出东西，你一身一口，光景不大好。

胡　老　老天爷在上，我不敢说光景不好，从前在外边，饿死老婆，卖了
　　　　女儿，还是活不下去；现在有吃有穿，国民党狗日的又想来欺负
　　　　咱。乡长，我也要参加自卫队。

王仁厚　哎，乡长，我也参加，我要是看见国民党的军队，我非打死他们
　　　　个不可！

乡　长　不行，不行，你们上年纪啦，不合政府规定。

　　　　〔王仁厚欲说，被胡老抢先了。

胡　老　能打死人的，就该让参加！

王仁厚　乡长，我能打死人，能！能！

乡　长　好啦，好啦，政府的规定，你们要服从。

王仁厚　乡长，那我就太对不起咱们边区，粮出不上来，人也出不上来，
　　　　你要给我寻事情干。

胡　老　给我也寻事情干！

乡　长　对，有你们干的事情。

　　　　〔张老婆夹一只鸡，提一筐蛋上。

张老婆　（唱）送来鸡，送来蛋，
　　　　　　　　见了乡长说一番。

　　　　（进门）乡长，我家的公粮送到没有？

乡　长　送到啦，一早就送到啦。

张老婆　我再没啥好东西，把这一只鸡一筐蛋送给咱八路军，把国民党打

在十八层地狱里边，教它永辈子不能翻身。

乡　长　你老人家真好，做啥事都要跑在人前哩。

张老婆　乡长，我永忘不了革命的好处，革命救了我全家人，我的儿女，都是革命扶持大的，国民党又来反咱们的革命，又想叫咱们老百姓受罪，不行，我就不让。

　　　　〔黄先生背一袋粮上。

黄先生　（唱）为了调查见乡长，

　　　　　　　我也送来一袋粮。（进门）

乡　长　哎，黄先生，辛苦，辛苦！

黄先生　不要紧，咱们政府待我真是好，我给咱们军队送粮是应当的。

乡　长　黄先生，你看国民党反动派可恨不可恨，把河防上挡日本的军队调来打边区，又要搞内战呢。

黄先生　我看不要紧，打不起来，难道他不怕日本过黄河来吗？

乡　长　哎，你还不明白，他们根本就不认真打日本，国民党顽固派的坏军队在华北华南许多地方，跟日本军队商量好打咱们八路军、新四军，简直不是中国人。

黄先生　真是要不得，咱八路军是好军队么，为什么要打呢？

乡　长　国民党反动派，想投降日本，当汉奸，自己做坏事，见不得咱们这些好人。

黄先生　唉，你说这打起来，实在不好，这些东西，真混账！我就担心他们的人多，咱们，唉……

胡　老　人多？还有咱老百姓多？

王仁厚　咱们八路军一出头，外边的老百姓都要起来跟他们算账呢，你不要怕他们人多。

张老婆　黄先生，你到边区才两三年，你还不知道革命的厉害呢，打起仗来，你看，咱们老百姓都是兵，比他还多。

乡　长　我给你说，咱们从前闹革命，三个人才有一支烂步枪，两颗子弹，还有一颗是塌火的，不能用，就那把国民党反动派打得落花流水；现在咱们八路军枪也好炮也好，顽固分子来了非消灭他不可！

黄先生　只要打倒国民党，比啥都好，我赞成！

　　　　〔指导员急上。

指导员　乡长!

众　人　唉，指导员，这几天真把你忙坏了。

指导员　做革命工作，应当多出力!（看见粮菜等）唉，你们都是好样的，送粮送菜。大家不要担心，这一次国民党反动派若是公开投降日本，搞内战，我们非打倒它不可。乡长，区上来人啦，你快到我屋里开会去。（向大家）好，你们在，我还有事。（匆忙地下）

众　人　指导员真好，常是一头汗一头水地为大家办事。

乡　长　东西暂时放在这里，明天你们取袋来，我要开会去。

〔众人出门，只有黄先生向上场门去，走了几步停下偷听。

胡　老　乡长，有什么事我能干的，你只管说。

乡　长　对。

张老婆　乡长，我娃报名参加自卫队，验上没有?

乡　长　验上啦!

张老婆　对，教娃们把反动派杀完，咱们子孙万代再不受人的欺负。

王仁厚　乡长，我心里难受得很，家里没有人能参军，唉! 东才! 东才!

乡　长　老王，不要太伤心，有咱们共产党八路军，不怕报不了仇!

〔众人齐下，黄先生亦下。

乡　长　哎!（唱）

　　　　　　　边区都是好百姓，

　　　　　　　大家团结一条心；

　　　　　　　反动派若要胡扎挣，

　　　　　　　那好比飞蛾扑火活不成。（下）

第十八场　放毒

〔桌裙下放一木瓢。王东才背一包货，手拿货郎鼓上。

王东才　（唱）一边走一边看，

　　　　　　　见一口水井在面前。

　　　　　　　撒毒药害人我不情愿，

　　　　　　　不撒药又怕有人背地观；

　　　　　　　我把毒药撒一半，

害人不死心里宽。

〔王东才向四方瞧了一下，取出药包，几次欲解药包而不忍，终于打开药包，四下张望，手颤抖地撒了一点，将纸包揉成一团丢了，呆呆地站了一会儿。忽听后边有人唱的声音，急忙摇鼓而下。

〔吴老二担一担水桶，随随便便哼着小曲子，到井边，弄了两桶水担下。

〔桂花、狗娃二人，抬一水桶上，用木瓢舀了一桶水，二人抬水，调皮地下。

第十九场 中毒

〔桂花上，手拿鞋子，一边唱一边纳。

桂　花　（唱）手拿鞋帮穿针线，

要与军队做好鞋。

八路军穿上把贼赶，

赶走了国民党大家安然。

〔狗娃上，手提一罐饭，罐上放一个碗。

狗　娃　（唱）手里提着饭一罐，

送给我爷到深山。

姑，我给爷爷送饭去呀！

桂　花　今天不送饭。

狗　娃　为啥不送饭？

桂　花　今天你爷给军队送柴去了，回家来吃饭呢。

狗　娃　我还不知道，我倒先把饭吃了。

桂　花　吃了就吃了，把饭倒在锅里，你爷回来热热的好吃。

狗　娃　对。（转身，忽然肚子疼）哎哟。（把罐子放在一边，用手按肚，疼痛）

桂　花　（急忙扶狗娃）狗娃，你咋啦？

狗　娃　我肚疼得要命，哎哟，疼死我了，快，不得活了……（要倒的样子）

桂　花　不要怕，不要怕，等你爷回来给你请医生。

127

狗　娃	哎哟，疼死我了……

〔桂花一边安慰，一边给狗娃揉肚。王仁厚上。

王仁厚　（唱）适才送了柴一担，

　　　　　　　　转回家中用饭来。（进门）

桂　花　爹，快看，狗娃肚疼得要命呢！

王仁厚　（把斧绳一丢）什么病，快来我看。

狗　娃　爷爷，我不得活了，肚子疼得要命。哎哟！疼死我了。

王仁厚　（问桂花）什么时候得病的？

桂　花　早上还好好的，吃了饭就不对了。

王仁厚　（揉了一阵，没办法）桂花，你先瞧着，我出去问一问人家，看有什么办法。

桂　花　好。

〔王仁厚一出门就看见乡长与团部任医生来了。

王仁厚　唉，乡长，我的孙子，今天早上还好好的，吃了一顿饭，忽然肚子疼得要命哩。

乡　长　没有错，又是一个中毒的。

任医生　小孩子，你把口张开。

〔狗娃张开口。

任医生　不要紧，毒中得很轻。

乡　长　他妈的，非把这些汉奸特务抓到手不可。

任医生　（取出两包药）小孩子，把这一包药吃下去，晚上再吃一包。

〔狗娃吃药后稍静。

王仁厚　（向乡长问任医生）这一位同志是……

乡　长　这是咱们团部的医生。有坏东西给咱们井里边放毒药啦！咱们庄上中毒的人很多，任医生治好了几个啦。

王仁厚　咱们的军队真是好！

任医生　以后你们在水缸里边，放上一只青蛙试验水里有毒没有毒。（向乡长）公共用的水井，要派专门人照看。

乡　长　对。

王仁厚　（问任医生）同志！你看这孩子要紧不要紧？

任医生　不要紧，待一会儿一吐就好了，好好地躺几天，吃点软的东西就好啦！吃了药有时还要疼痛，不要害怕。

王仁厚 这就实在多亏你救命！

任医生 老人家，这没有什么，咱们军队、人民是一家人。乡长，咱们再转几家，看还有中毒的没有？

乡　长 对。（拟走，又站定）老王，狗娃不要紧，你放心。这里有一封信，赶快地送给区政府，通知各乡，教大家都注意，这是很要紧的事！

王仁厚 对，（接信）我就去。（拿草帽和红缨枪匆忙下）

任医生 （向桂花）你把小孩扶到炕上睡下好一点。（与乡长下）

〔桂花扶狗娃下。

第二十场　逼刺

〔黄先生上。

黄先生 （唱）适才间见老王西沟送信，

要转回至少过二更。

他每日到处宣传连哭带说，

惹得大家把国民党恨。

气得人心中冒火星，

今夜晚定要送了他的命，

谁敢再骂中央军。

〔王东才背货包上。

王东才 （唱）日落西山天将晚，

背着货包儿转回还。（进门）

黄先生 今天怎么样？

王东才 转了许多路，刚才过路，给东边那个井里把药撒进去啦。

黄先生 好的，撒了一个是一个。何三，你升官发财的机会到啦。

王东才 唉！我能回家就对啦，升啥的官，发啥的财呢。

黄先生 真的，这一次是好机会，今天晚上我派你过去，给长官送个信，能立一功。你的运气好，今晚偏有个老头子，手拿红缨枪，从区政府回来，一定要路过关帝庙，你先到那里藏好，等他过来，猛

129

不防弄死他。我将给你开证明，能得一份大赏呢。

王东才　黄先生，你叫我送啥我就送啥，杀人的事，我没干过。

黄先生　你是嫌钱多了咬手哩，是不是？

王东才　我不能杀人。

黄先生　（严厉地）何三，你应当明白你是个干啥的，简直不像话啦，竟敢违抗命令。

王东才　黄先生，这……

黄先生　就是这事，非干不可！干，能发财；不干，小心你的命！干不干？

王东才　那要是等不上那个人呢？

黄先生　当然，等到三更还不见那个人，你就不再等啦，连夜过那边去。

王东才　好，我干。

黄先生　你情愿？

王东才　情愿。

黄先生　我知道你情愿。人么，还能见利不取吗？

王东才　那你给我办手续，办路条子！

黄先生　好，你等一会儿。（下）

王东才　哼！（唱）

　　　　　　　　王东才好为难，

　　　　　　　　活在人下把头低。

　　　　　　　　动不动要我犯大罪，

　　　　　　　　我不从来他不依。

　　　　　　　　暂且答应免受气，

　　　　　　　　岂肯杀人把心亏。

　　　　　　　　到了那边苦哀告，

　　　　　　　　求官长容我把家回。

　　　　〔黄先生复上。

黄先生　（唱）各样手续办齐备，

　　　　　　　　大事成功在眼眉。

　　　　何三，手续办好啦，到后边吃一顿饭，马上就去，不要误了大事。

王东才　对。

　　　　〔二人下。

第二十一场　遇父

〔王东才背货包上。

王东才　（唱）糊里糊涂由人调，

　　　　　　　　此事不做第二遭；

　　　　　　　　恨不得一步跳过关帝庙，

　　　　　　　　过边境放开大步跑。

（忽听前边有人咳嗽而来，连忙躲闪一旁）

〔王仁厚上。

王仁厚　（唱）区政府送了封信，

　　　　　　　　月光下面转回程；

　　　　　　　　一路走得身乏困，

　　　　　　　　抽一袋旱烟再动身。

（坐下取烟袋）

〔王东才用惊讶的神情追随在王仁厚的后边。王仁厚坐下了，他也把货包放下，仔细端详。王仁厚擦火点烟，王东才终于认出来了。

王东才　你……

王仁厚　（吓了一跳，猛立退步，直喊三两声，手拿红缨枪对着王东才）谁?

王东才　（浑身打战，要抓王仁厚的样子）你……你……

王仁厚　嗯，你……

王东才　（一把抓住王仁厚）你是爹爹!

王仁厚　东才。

王东才　（大哭）爹爹。（下跪，紧抱王仁厚腿）

〔王仁厚一时也不知说什么好，抚摸王东才。二人稍沉静一会儿。

王仁厚　东才，东才，你抬起头来看一看。

王东才　（抬头）爹爹，我是东才。

王仁厚　（细看王东才后，怀疑地看天，看周围）这……这是梦吧?

王东才　爹爹，不是梦，我当真是东才。

王仁厚　你……你……你还活在世上?

王东才　是的，爹爹，我没有死。

王仁厚　你……你怎么能到这边来？

王东才　爹爹，我……我是……

王仁厚　你……你怎么能到这边来？

王东才　我……我是开小差，做……做小买卖到这边来。爹爹你看，那就是我的货包子。

王仁厚　（看了一下）你……你站起来。

　　　　〔王东才站起，王仁厚抓住他的两肩细看。

王东才　爹爹，我是东才。

王仁厚　你……你是东才？

王东才　我是东才。

王仁厚　你……你回来啦！

王东才　我回来啦！

王仁厚　（大声地）好！参加咱们八路军，报仇！

王东才　爹爹，你怎么来到这里？

王仁厚　我……我走遍了天下，受尽了痛苦，好容易才走到这个好地方来。这里是共产党的地方，是咱们老百姓的天下。

王东才　爹爹，我娘来了没有？

王仁厚　你娘？

王东才　我娘怎么样？

王仁厚　你娘……你娘也来啦，咱们一家人都在这里。走，跟我回！

王东才　（将货包背好）爹爹，走。

王仁厚　（拉王东才）走，回，参加咱们八路军，报仇！

　　　　〔王东才怀疑地随下。

第二十二场　全家哭

　　　　〔桌上点油灯一盏，桂花扶狗娃上。

桂　花　（唱）爹爹去了未回转，

　　　　　　　等得桂花不耐烦；

　　　　　　　放下狗娃出门看，

（出门眺望，接唱）

　　　　月光下望不见爹爹还。

（进门，坐狗娃旁做鞋）

〔王仁厚、王东才上。

王仁厚　（唱）手拖我儿泪汪汪，

　　　　　　　低下头儿心内伤，

　　　　　　　他妻他母不见面，

　　　　　　　全家人难免哭一场。

〔王厚仁与王东才进门。

桂　花　（惊奇地看王东才）爹爹。

王仁厚　狗娃，你看谁回来了。

〔狗娃抬起头看王东才。

王东才　狗娃。

桂　花　你是哥哥。

狗　娃　（连哭带叫）爹爹！（扑在王东才怀中）

王东才　（抚摸狗娃，哭）狗娃！

狗　娃　（仰起头看王东才）爹爹，我妈教人家砍死了，我要妈呢。

王东才　嗯？

桂　花　哥哥，你回来了，咱妈不在了。妈！（伏在桌上放声大哭）

王东才　嗯？爹爹，究竟怎么一回事？

王仁厚　嗯……

王东才　爹爹！爹爹！

王仁厚　嗯！（唱）

　　　　　　　孩子们哭娘亲放声叫喊，

　　　　　　　到如今伤心事不得不言。

　　　　　　　叫东才听为父细讲一遍，

　　　　　　　你莫要太伤心咬紧牙关。

　　　　　　　自那日咱父子上坟祭奠，

　　　　　　　拉走你一家人逃往外边。

　　　　　　　有一天龙王庙休息一晚，

　　　　　　　来两个坏军队口出胡言。

133

将你妻拉出了荒郊旷野，

用钢刀砍得她血染衣衫。

你的妻转回来痛哭一遍，

一霎时咽了气命丧黄泉。

你的娘直哭得浑身打战，

她一头碰死在龙王庙前。

哭了声姥姥媳妇难得见面——

那……那是姥姥，那……那是媳妇……啊……

〔全家哭。

王仁厚　（接唱）丢下了小儿女好不可怜。

想起了龙王庙教人心颤，

你的娘临死时叫你几番。

王东才　（唱）听罢言来浑身颤，

我的娘我的妻死得可怜。

哭一声老娘难相见——

那……那是儿的娘，那……那是我的妻呀……

〔全家叫哭。

王东才　（接唱）好似钢剑把心剜。

我只说全家人都在，

有朝一日大团圆。

闻人说韩排长庙里行短见，

原是我妻被他奸。

回营见了他的面，

我定要杀贼报仇冤。

转面我把爹爹唤，

你三人到后来怎样安排？

王仁厚　唉，儿呀！（唱）

听人说边区好难民优待，

因此上我三人逃到这边。

到此地政府里十分招待，

又借粮又借款各样周全。

众同胞一个个相亲相爱，

好一似一家人骨肉相连。

我三人到边区不过半载，

不愁吃不愁喝不愁衣穿。

共产党为人民寸步打算，

八路军同百姓兄弟一般。

好军队好政府真是少见，

中国人全靠它收复河山。

国民党到处把人害，

多少百姓受可怜。

如今越发行事坏，

不打日本这里来。

我儿今日回家转，

你参加八路军报仇冤。

〔狗娃忽然呕吐喊叫。

王东才　爹爹，狗娃怎么样了？

王仁厚　唉，这都是国民党的罪孽。它暗地里派来汉奸特务，狼心狗肺，水井里撒毒药害百姓，狗娃中了毒了。

王东才　（疯了似的一把抱起狗娃）啊哟，狗娃！狗娃！

　　　　〔王东才看一下王仁厚，看一下桂花，急得乱跺脚。王仁厚、桂花莫名其妙，唯恐狗娃掉下来，两边招架着。王东才最后将狗娃扔下，昏死过去了。

桂　花
　　　　（一边扶狗娃，一边叫王东才）哥哥东才！
王仁厚

王东才　（醒，唱）

　　　　听一言人把心急坏，

　　　　浑身无力难起来。

　　　　我强打精神睁开眼——

　　　　（看王仁厚、桂花、狗娃，放声大哭）啊……（接唱）

　　　　气得人鲜血满胸膛。

　　　　咬牙关骂一声国民党，

你把我王东才变成狗狼。

你害我贤妻老母把命丧，

又逼我狼心狗肺把人伤。

共产党爱护百姓人敬仰，

你为何明打暗算丧天良？

到如今我成了什么模样，

害大家害自己坏了心肠。

若还我把实话讲，

唯恐怕全家老少遭祸殃。

若还不把实话讲，

雪地埋人难隐藏。

对不起边区共产党，

对不起同胞帮助我的全家老少好心肠。

左难右难难心上，

思前想后无下场。

王东才我低下头再思再想——

有了！（接唱）

忽然想起好主张。

回去先杀韩排长，

不顾生死闹一场。

活着投降共产党，

死了报仇也应当。

为人生在尘世上，

大仇不报脸无光。

真言实话不敢讲，

满腔怒火暂隐藏。

狗娃，我对不起你。

王仁厚　狗娃吃过药，不要紧了。

王东才　爹爹，我……我对不起你们，我……我对不起……我对不起大家！（哭，低头落座）

136　　**王仁厚**　东才，你不要太伤心，我现在把世事看明白了：共产党八路军是真正救中国的人，有它，把日本鬼子就能打下去；有它，咱们老百姓就能活。你回来就好，明天我带你参加八路军，打！把那些苦害老百姓丧尽天良的国民党坏东西，见了就打，报仇！

王东才　爹爹，我……

王仁厚　你怎么样？

王东才　我、我……（低头哭）

王仁厚　我告诉你，从前我们走到处受国民党的压迫，老百姓不敢说一句话，现在有共产党八路军，我们什么都不怕了。你不要怕当兵，当兵当了八路军，救国救家救人民，才是真正的光荣。东才，八路军是咱们老百姓的。

王东才　爹爹，我……

王仁厚　你怎么样么？

王东才　我……我……

王仁厚　东才，事到如今，你还贪生怕死吗？告诉你，我这么大的年纪，要是看见国民党的军队，我非打死他们几个不可，你们是青年人怕什么？

王东才　唉，我好难也。（唱）

　　　　　东才难来难又难，

　　　　　话到口边不敢言。

　　　　　老爹爹那里催得紧，

　　　　　说一套假话离家院。

　　　　爹爹，我愿意参加八路军，只是我还有些东西货物丢在外边，我要将它拿了回来。

王仁厚　你把东西丢在国民党那边了么？

王东才　我……丢在……

王仁厚　要是丢在民党那里，东西不要，小心吃亏。

王东才　就……就在这边，不远。

王仁厚　那就好，明天给咱买肉，好好地吃上一顿，再去取东西，早一点取回，早一点参加八路军。

王东才　爹爹，我一定要报仇！

王仁厚　好的，我们要报仇。

王东才　爹爹，你老人家休息了吧。

王仁厚　好，大家休息。

〔大家做睡状，王东才不时睁眼看王仁厚等，见他们都睡了，叫了几声不应。

王东才　唉！（唱）

全家人直睡得昏迷不醒，

王东才心有事坐卧不宁。

老爹爹见儿回欢喜不尽，

哪知晓儿本是犯罪之人。

天不明我就要翻山过境，

到那里杀仇人不顾死生。

平日里想家常做梦，

今夜晚相见不相逢。

残灯燃烧心头恨，

不杀仇人气难平。

这一去吉凶祸福说不定，

父子们团圆杳无踪。

（看父抚子依恋不舍，忽听鸡叫连声）唉！（接唱）

耳听得雄鸡连声唤，

王东才不敢多留恋。

舍不得年幼妹妹还有小儿男，

恨只恨国民党做事太短见，

害得我全家不团圆。

忍泪吞声离家院，

不杀仇人不回还。

（低声哭）爹爹，妹妹，狗娃，我去了，我要报仇去。（出了门，又探头进来，看了一下全家，下）

王仁厚　（醒来，向空一望）天明了，东才，东才。（不见王东才，出门去叫了几声，转回来自言自语）唉，这孩子心太急了，忙什么。桂花！

〔桂花醒来看窗，吹灯。

王仁厚　快起来，做饭。

桂　花　（不见王东才）爹爹，哥哥怎么不见了？

王仁厚　他寻东西去了，就会回来的。（拿起锄头）好，你就准备饭，把咱的鸡杀上一只，给你哥吃。我们变工队今天帮助咱们军队锄草，我就去了。

　　　　〔桂花扶狗娃下。

王仁厚　（唱）手拿锄头心喜欢，

　　　　　　　想不到我儿转回还。

　　　　　　　回来后引他把团长见，

　　　　　　　参加了八路军报仇冤。（下）

第二十三场　回营

　　　　〔王东才上。

王东才　（唱）王东才来泪汪汪，

　　　　　　　有家难归好心伤。

　　　　　　　幸喜一路无阻挡，

　　　　　　　回营来等机会大闹一场。

　　　　〔兵甲当王东才上时，也从下场门慢腾腾地上。

王东才　侯班长。

兵　甲　哎，你回来咧？

王东才　回来咧。

兵　甲　怎么样？

王东才　我要报告副官！

兵　甲　好，你来。

　　　　〔二人转一圈。吴得贵由下场门上。

吴得贵　做什么呢？

兵　甲　回去报告副官，就说王东才回来了，有事报告！

吴得贵　等一会儿。（下）

　　　　〔孙副官上，吴得贵随其后。

孙副官　你回来啦？

王东才	（立正）回来啦！
孙副官	（向兵甲）你先下去。
兵　甲	是。（敬礼，下）
孙副官	你带回什么东西没有？
王东才	有。（从怀里取出一纸包交孙副官）
孙副官	（看了一下，笑）好得很，你和黄先生都有功，这一回就有把握啦！我们就要袭击他们的乡政府，要你引路，下去换衣服去。
王东才	是。（出门，咬牙愤恨而下）
孙副官	（向吴得贵）叫韩排长去。
吴得贵	是。（下）

〔韩排长上，吴得贵随其后。

韩排长	副官。
孙副官	今天你可以带一部分人，袭击对过乡政府。
韩排长	副官，听说八路军开来不少。
孙副官	怎么，你害怕吗？
韩排长	（立正）不害怕！
孙副官	上边给我有指示，在没有进攻以前，我们要经常部分扰乱他们，破坏他们。
韩排长	听说有一次，他们的一个班，把咱们一个营打死了二十几个人。
孙副官	那是因为我们中了人家的埋伏。这回你看……（取出黄先生的情报给韩排长看）
韩排长	（看情报）这当然有把握了，他把啥情况都给咱弄清楚啦。不过，要万一人家那里有准备，该怎么办呢？
孙副官	不要紧，我可以告诉三营第一连连长，教他们也准备，要是你们遇到八路军的抵抗，他们会来接你们退回的，这你就放心了吧。
韩排长	好。
孙副官	快去。
韩排长	应当怎么搞？
孙副官	怎么搞？见地方就烧，见东西就抢，见人就拉。你应当明白，一来我们要破坏他们，二来还能让咱们白干不成？放大胆！
韩排长	好，那我就去。（敬礼，转身）

〔二人分头下。

第二十四场　爆炸

〔韩排长上，吹哨子。上场门跑上王东才、兵丁，下场门跑上兵
甲、壮丁一、壮丁二，都穿军衣带手榴弹，拿步枪，兵甲带短
枪。

兵　甲　（敬礼）报告排长，什么事？

韩排长　我们马上要过边区那边搞他们一下，大家不要害怕，我们有情
　　　　报，没有危险。大家准备好，到了那边，大家都有好处。（向王
　　　　东才）王东才！

王东才　（立正）有。

韩排长　要你引路，我们先搞乡政府，抓乡长。

王东才　是！

韩排长　好，下去把子弹枪支准备好，听哨子立刻集合。

众　人　是。（分两边下）

韩排长　侯班长。

兵　甲　（转身立正）有！

韩排长　你先到我屋里谈一谈。

　　　　〔韩排长与兵甲进门落座，王东才从上场门暗上偷听。

韩排长　这一次是我们发财的机会，你们可以见人就拉，见东西就抢，随
　　　　便搞！

兵　甲　（高兴地）上边让么？

韩排长　上边的意思，就是为了破坏他们，要把他们搞得一塌糊涂才好。

　　　　〔王东才咬牙发狠，向左右看有没有人。

兵　甲　那就有办法，能这么样，咱们的弟兄就不要命啦。

韩排长　侯班长，你要留神，碰到漂亮姑娘，你们不要随便……

　　　　〔王东才早就拿出手榴弹，咬牙切齿，浑身打战，听到此处，揭
　　　　盖套圈，东张西望。

兵　甲　（高兴，笑）那自然么，好的总要给排长么。

韩排长　（得意地点头称赞）哎……

兵　甲　哈哈……

　　　　　〔正在他们得意忘形之际，王东才将手榴弹摔了进去，霹雳一声，放火一把，韩排长与兵甲倒地，兵甲躺下未动，韩排长挣扎要滚。王东才走了进来，用力踏韩排长三脚。后台有人跑的脚步声，王东才立刻拿出另一个手榴弹，去了盖，将引线套在指上，两臂向后背，紧张相待。兵丁由上场门跑上，壮丁一、壮丁二由下场门跑上，手里都端着枪。

众　人　什么事？

兵　丁　（见尸首）嗯，你……

　　　　　〔众人欲拉拴上子弹，王东才紧握手榴弹，逼近一步。

王东才　（大喊）不准动！

　　　　　〔众人惊愕，不敢动。

王东才　把枪放下！（盯着众人把枪放下）弟兄们！我们哪一个不是可怜人，我们教人家拉了壮丁，人家不把我们当人看，我们受过多少罪；国民党欺负我们家里人，日本鬼杀了中国多少人，他们不打日本，他们叫我们打边区，打共产党。弟兄们，我刚从边区过来，共产党八路军是最好的人，不压迫老百姓，跟老百姓是一家人。多少难民到边区都有吃有穿，我家里的人，从河南逃难，遇着韩排长这狗日的，把我的老婆强奸、杀死，把我的老娘急死，我父亲带了两个小孩，跑到边区，人家那里公家帮助，老百姓也帮助，现在有吃有穿。孙副官逼我到人家那里做坏事，叫我往井里放毒，叫我暗杀好人。（越说越颤，连哭带说，说得大家也擦泪）弟兄们，我们是干什么的，我们有没有良心！国民党把我们害得不像人了！难道我们情愿做坏事吗？

　　　　　〔孙副官内喊："什么地方随便打枪？"急急忙忙上。

孙副官　你们干什么哪？

　　　　　〔众人有点畏惧。

孙副官　（看见尸首）嗯！（取手枪）

　　　　　〔王东才扑上去，紧抱孙副官两臂，厮打起来。

孙副官　（大声喊）造反了，造反了……

　　　　　〔众人拉孙副官腿，孙副官与王东才齐倒，王东才夺孙副官枪。

〔壮丁一向孙副官打一枪。

孙副官 （大叫）啊哟！（挣扎起）

〔兵丁再打一枪，孙副官躺下不动。众人围孙副官，看他死了没有。后台像有好多人急奔，与吹唢呐声相和着。

王东才 弟兄们！咱们投降八路军去。

众　人 对！

王东才 走！跟我来！

〔众人一齐跑下。

第二十五场　见尸

〔祁连长手提短枪，带兵乙、兵丙、吴得贵及兵戊端枪跑上，把三具尸首翻着看。

吴得贵 （向后瞧）报告连长，那边有我们的队伍向边区跑。

祁连长 追！

〔众人跑。

祁连长 开枪打！

〔枪声不断。众人下。

第二十六场　追赶

〔王东才等人跑，向上场门一边打枪一边走，退入下场门。

〔祁连长带众人一边打一边走，追入下场门。

第二十七场　自卫队

〔后台枪声不断响着。自卫队吴老二提快枪，张虎儿提土枪，刘三左手提红缨枪，右手握手榴弹，指导员提手枪，四人一拥而上。

吴老二 哪边响枪？

张虎儿 东边。

〔四人向下场门远望。

指导员	上东山！
张虎儿 刘　三	对！

〔四人跑下。

第二十八场　布防

〔八路军高连长，带兵子、丑、寅、卯，端枪跑上，四面张望。

兵　子　报告连长！敌人从东边一直往边区跑来。

高连长　同志们！绕弯跑过去，（用左手指）压在左边山腰里，跑步！

〔众人一齐跑下。

第二十九场　二老碰

〔后台枪声正在响着。胡老手提红缨枪从上场门跑上。

〔王仁厚手提红缨枪从下场门跑上，与胡老相撞，倒地。

王仁厚　（先起立）谁？

胡　老　（也起立）我。

王仁厚　胡老。

胡　老　你哪里去？

王仁厚　国民党的军队打来咧，我非把狗日的"攘"死几个不可。

胡　老　东边响枪呢，走！

王仁厚　走！（跑下）

〔胡老绊了一跤，起，跑下。

第三十场　击退

〔后台枪声还响着，自卫队跑上，张虎儿站在桌上翘望。

张虎儿　狗日的向咱们跑来啦！

吴老二　（喊张虎儿）趴下。（用手拉张虎儿）

144　　**指导员**　（站起压倒张虎儿）趴下，你不要命啦！

〔四人伏下探头张望，准备开枪。后台脚步声愈响愈大，枪声愈响愈亮。

指导员 前边跑的好像是逃兵。

（王东才、壮丁一、壮丁二、兵丁一边向后望一边跑上，向上场门打枪。张虎儿拟向王东才等放枪。吴老二挡张虎儿不许动。

壮丁二 （中弹）啊哟！（倒地）

兵　丁 卧倒，盯住打！

〔兵丁、王东才、壮丁一卧下，向上场门打枪，被祁连长带众一步一步逼近这几人才退。

指导员 瞄准，开枪！

兵　乙 （中弹）哎哟！（倒地）

祁连长 卧倒，打！

〔此时逃兵打追兵，民兵打追兵，追兵打逃兵和民兵。

祁连长 注意，那里只有几个老百姓，不要害怕，（指中间桌子）我们爬到上边去。

〔高连长带众跑上桌，刚碰到兵丙、兵戊上桌子，高连长等连打带踢，兵丙等滚了下去，一阵乱闯乱碰乱叫。

祁连长 （站起来，急得乱叫）快跑，往回跑！

高连长 （瞄准祁连长放枪）哪里跑！

祁连长 啊哟！（腿上中弹，倒地）

〔祁连长连喊带爬地下。他的兵连滚带跑地随下。

〔王东才拿着枪，向两边望。八路军向国民党军队跑处打了一阵枪，高连长令止，遥望。

兵　子 狗日的跑过去了。

兵　丑 咱们追！

高连长 不要去，咱们现在为了团结抗日，我们还是忍让他们一下，不到他们那边去。

兵　子 （发现王东才等人）这里还有！

〔高连长等瞄定王东才等，王东才等怕得两手举枪，将身斜着。

高连长 干什么的？

王东才等 我们投降八路军……

吴老二　（站在桌上）唔唔……不敢开枪，他们是逃兵，听见没有？他们是逃兵。

高连长　（点头，扬手一指）听见了。（向王东才等）你们把枪支架到那里！

〔兵丁、壮丁一先架，王东才也把枪架起。王仁厚从下场门上，连喊带说，扑了上来。

王仁厚　打！打！狗日的哪里跑！（照住王东才的头猛刺一枪）

王东才　哎哟——（倒地）

〔王仁厚把枪"攘"进地里，拔出来，又准备"攘"下去。

〔中桌上兵卯放哨。

高连长　喊老人家，不敢打！（跑来）

〔高连长捉住王仁厚枪杆。王东才等怕得举起两手不敢动。

高连长　老人家，他们是好人。

〔胡老亦上，被吴老二等下桌挡住。

王仁厚　好人？我认得他们是国民党的军队。

王东才　（脸上带伤，猛起抓住王仁厚）爹爹！

兵　子　（抓住王东才）不准动！

王东才　爹爹！

王仁厚　嗯？（上前细看）你是东才，你是怎么一回事？

王东才　（哭诉）爹爹，我对不起你老人家，（向众人作揖）我对不起大家，我……

王仁厚　（拉住王东才的肩）你到底是怎么一回事？

王东才　唉，我……我对不起大家。（哭）

王仁厚　（紧握王东才的肩）你到底是怎么一回事！

王东才　唉！我……我……

高连长　老人家，他心里像是难受得很，慢慢再谈，把他的伤揉一揉。

王仁厚　（急得很厉害，给王东才揉伤）哎，你把我弄糊涂了。

〔王东才半痴半癫地呆着。后台许多人，愉快地夸奖八路军，紧接着，张老婆得意地提一筐馍馍，善牛提一块肉，另一农民何大担一担馍和慰劳品上。兵卯向后看笑了一下，瞧前边仍放哨。

张老婆　国民党狗日的"胡宁瓷"，看它碰钉子不碰钉子！（见高连长）高连长，你们有本事，胜利万岁！大家快吃馍。

高连长　老人家，谢谢你们！

张老婆
何　　大
善　牛　这算什么，咱们八路军、自卫队，保护大家，我们应当慰劳你
　　　们！（将馍分给八路军、自卫队和王东才等）

〔黄先生提一筐馒头上。

黄先生　高连长，好的，胜利！我慰劳你们。

高连长　黄先生，你太费心啦！

王东才　（盯着黄先生）嗯！

〔黄先生与众人都怔住，不知怎么一回事。他随后上下打量王东
　才，觉得事情不好，打算脱逃。

黄先生　（转身）好，你们在！

王东才　（上前一把揪住黄先生的领口，大喊）汉奸！

黄先生　（强硬地）你胡说！

王东才　你……

黄先生　我怎么样？随便咬人，小心你的命！

高连长　同志，你认得他吗？

王东才　（在要开口时，又看高连长等，恐怕说出自己也不得了，所以又
　　　急又为难）他……

高连长　（看出王东才的矛盾）同志！你有什么话只管说，不要害怕，只
　　　要你很好地坦白，我们欢迎你，绝对不会难为你的。

众　人　欢迎坦白。

王东才　（看高连长及众人，再看王仁厚，犹豫）我……我……

王仁厚　东才，你不要害怕，有什么话只管讲，咱们边区政府、八路军最
　　　欢迎说老实话的人，不要害怕，快说。

众　人　欢迎坦白！（鼓掌）

王东才　（连哭带喊）同志们！你们大家不知道，我知道，他叫我给你们
　　　井里放毒，他教我杀人。你们不要吃他的馍，有毒！有毒！（更
　　　用力地扭住黄先生）狗汉奸！狗特务！

高连长　捆起来！

〔兵子、兵丑把黄先生手背绑起来。

王东才　（向大家作揖，哭诉）唉，我对不起大家，你们处罚我，国民党把我害了，我对不起大家。

高连长　同志！你不要害怕，不要难受，你能坦白说出来，就是好的，我们欢迎你。

王东才　（还有点害怕）我……我该死……

王仁厚　（安慰）东才，你不要害怕，坦白了好，多少做坏事的人向边区政府、八路军真心坦白，大家都欢迎，你不要害怕。

〔王东才放心了，很受感动。

张老婆　（向黄先生脸唾一口）把你一天还当个人呢，要脸不要脸？

王仁厚　（抓住黄先生就打）你是什么东西！

胡　老　（用枪杆敲黄先生）把狗日的砍了。

众　人　把狗日的砍了。

〔众人乱吵乱骂，非常激愤。

高连长　（挡住大家）同志们！咱们回去开大会欢迎这几位同志（指王东才等），同时公审这个特务。（指黄先生）

众　人　（应声如雷）对！

高连长　好，（向王东才等）你们到这边来，咱们就是同志，我欢迎你们，请到前边走！

〔王东才等有点不好意思。八路军上去握手，很亲热地拉扯着他们往前走。

高连长　（生气地向众人示意，对黄先生）拉着走！

兵　子　五　走！

〔高连长笑嘻嘻地安慰王东才，并拉着他同走，其他八路军携兵丁和壮丁一等同下。

〔老百姓有的骂，有的推，把黄先生拉下去了。

——剧　终

《血泪仇》创作于1943年，创作材料是作者在过去（旧社会里生活时）和后来看到听到的，报章杂志里看到的人物与事件。同年陕甘宁边区民众眉碗团首演。后由鲁艺以及延安和各解放区的艺术团体演出，传播很广，影响极大。

作者简介

马健翎 （1907—1965），名飞雕，字健翎，男，戏曲作家，陕西米脂人。1938年在毛主席的指示下，与柯仲平共同筹建陕甘宁边区民众剧团（陕西省戏曲研究院前身）。1944年，被陕甘宁边区政府授予"特等奖状"和"人民群众的艺术家"荣誉称号。代表作品有《游龟山》《游西湖》《赵氏孤儿》《窦娥冤》《血泪仇》等，其中很多作品都是自导自演。

·歌　剧·

白毛女

延安鲁迅艺术学院戏剧音乐系集体创作

执笔：贺敬之　丁　毅

人　物　杨白劳——五十余岁，地主黄世仁家之佃农。

喜　儿——十七岁至十九岁，杨白劳之女。

王大婶——五十余岁，杨家紧邻，农妇。

王大春——二十岁左右，王大婶之子。

赵老汉——五十岁上下，杨白劳之老友，佃农。

李　栓——四十余岁，农民。

大　锁——青年农民。

黄世仁——三十余岁，地主。

黄　母——五十余岁，黄世仁母。

穆仁智——三十余岁，黄家的管账先生。

张二婶——四十余岁，黄家女仆。

大　升——二十余岁，黄家的佣人。

区　长——三十多岁。

虎　子——青年农民。

黄家打手甲、乙，农民甲、乙、丙、丁、戊、己，农妇甲、乙，群众若干。

时　间　第一幕　1935年冬。

河北某县杨格村，村前平原，村后大山。

第一场　除夕晚上。

佃户杨白劳家。

第二场　当晚。

地主黄世仁家，靠客厅之一偏房内。黄世仁家门口。

第三场　当晚。

村边道上。杨白劳家。

第四场　次日早上。

杨白劳家门前。

第二幕

第一场　旧历元旦。

地主黄世仁家，黄母佛堂中。

第二场　一个月后。

王大婶家门前。赵老汉家门前。

第三场　数日后晚上。

黄家院内。黄母卧室。黄家院内。黄世仁书房门口。黄世仁书房。

第四场　次日早。

黄家院内。黄世仁书房外间。

第三幕

第一场　七个月以后，秋天。

黄母房内。张二婶房内。黄家院内。

第二场　黄母房内。

第三场　当晚。

黄家后门外。野外，山旁，河边。

第四幕

第一场　一年后，1937年秋，抗战开始后，某日。

河边山丛中。

第二场　次日。

村头大树下。

第五幕

第一场　1938年，春天，某日。

村头大树下。

第二场　当晚。

奶奶庙中。山道上。山洞中。

第三场　次日上午。

黄世仁家祠堂门口。

第一幕

〔1935年冬。

〔河北省某县杨格村，村前平原，村后大山。

第一场

〔幕启。

〔除夕。天降大雪。

〔佃户杨白劳之女喜儿手拿玉茭子面在风雪中上。

〔音乐奏第一曲。

喜　儿　（唱第二曲）

北风吹，雪花飘，

雪花飘飘年来到。

爹出门去躲账整七天，

三十晚上还没回还。

大婶子给了玉茭子面，

我等我的爹爹回家过年。

（推门进屋）

〔屋中穷苦简陋，内有一灶，旁有灶神，柴禾及盆罐散放在角落里，锅台上放一油灯。

喜　儿　啊，今儿年三十啦，家家都蒸黄米糕、包饺子、烧香、贴门神……过年啦。爹出门七八天啦，还没回来，家里过年的东西什么也没有。（稍停）家里就是我爹跟我两个人啦，三岁上就死了娘，爹种了财主黄世仁家六亩地。爹种地，我跟后，风里来，雨里去……年年欠东家的租子，一到快过年的时候，爹就出去躲账了。今儿年三十晚上，天这么黑了，爹怎么还不回来？（焦虑）唔，刚才我到大婶家去，她给了我一些玉茭子面，我再掺上些豆渣，捏上几个窝窝，等爹回来好吃。（舀水，和面，做窝窝）

〔音乐奏第三曲。

〔风把门吹开。喜儿跑去看，无人。

喜　儿　啊，是风把门吹开了。（唱第四曲）

　　　　　风卷雪花在门外，

　　　　　风打着门来门自开；

　　　　　我盼爹爹快回家，

　　　　　一脚踏进门里来，

　　　　　一脚踏进门里来。

　　　爹是挑着豆腐担子出去的，要是卖了豆腐，称回二斤面来，那还能吃上一顿饺子哪。（接唱第五曲）

　　　　　我盼爹爹心中急，

　　　　　等爹回来心欢喜；

　　　　　爹爹带回白面来，

　　　　　欢欢喜喜过个年，

　　　　　欢欢喜喜过个年！

　　　（继续做窝窝）

　　　〔杨白劳身上落了一层雪，挑着豆腐担子，披着盖豆腐的布，跟跟跄跄地上。

　　　〔音乐奏第六曲。

杨白劳　（唱第七曲）

　　　　　十里风雪一片白，

　　　　　躲账七天回家来；

　　　　　指望着熬过这一关，

　　　　　挨冻受饿，我也能忍耐。

　　　（一面畏缩地看看四周，一面打门）喜儿，开门！

喜　儿　（开门，惊喜）爹！你回来啦？

杨白劳　嗯。（以手急止喜儿不要大声）

喜　儿　（给杨白劳打身上的雪）爹，外面的雪下得真大，你身上落了这么厚一层……

杨白劳　（急切地）喜儿，我走了这几天，少东家打发人来要账了没有？

喜　儿　二十五那天，穆仁智来了一回。

杨白劳　（一惊）怎么？来过一回！他说什么来着？

喜　儿　他看你不在家就回去了。

155

杨白劳　后来呢?

喜　儿　后来再没有来过。

杨白劳　（半信半疑）真的?

喜　儿　真的，爹。

杨白劳　（还是不大相信）啊?

喜　儿　那谁还哄你呢，爹!

杨白劳　（放下心来）唉，这就好了。喜儿，你听听外面风刮得这么厉害!

喜　儿　雪下得那么大!

杨白劳　天也快黑了。

喜　儿　道儿也难走，爹!

杨白劳　我看穆仁智这回不会来啦。咱欠东家这一石五斗租子，二十五块钱驴打滚的账，这回总算又躲过去啦。

喜　儿　（欢喜地）又躲过去啦，爹!

杨白劳　喜儿，掐把柴禾叫爹烤烤火。

　　　　〔音乐奏第八曲。

杨白劳　（审视，看锅台）怎么这点儿玉茭子面还没吃完?

喜　儿　早就吃完了，这是刚才王大婶给的。（抓柴禾）

杨白劳　怎么这么冷的天，你一个人上山去打柴了?

喜　儿　是我和大春哥一块儿去的。（点起柴禾）爹! 你饿了吧?

杨白劳　（烤火）爹饿了，饿了。（喜悦地）哈哈……

喜　儿　窝窝捏上了，我去蒸去。

杨白劳　等一等，喜儿，你看这是什么?（从怀中掏出一个口袋）

喜　儿　（惊喜地抢过来）什么，爹?

杨白劳　（唱第九曲）

　　　　　　卖豆腐赚下了几个钱，

　　　　　　集上称回了二斤面。

　　　　　　怕叫东家看见了，

　　　　　　揣在怀里四五天。

喜　儿　（唱第十曲）

　　　　　　卖豆腐赚下了几个钱，

　　　　　　爹爹称回来二斤面。

　　　　　　带回家来包饺子，

　　　　　　欢欢喜喜过个年。

　　　　　　哎！过呀过个年！

　　　　爹，我去喊王大婶过来包饺子。

杨白劳　再等会儿。喜儿，你看这又是什么？

喜　儿　什么，爹？

杨白劳　（从怀里掏出一个多层的小纸包，一层层剥开，唱第十一曲）

　　　　　　人家的闺女有花戴，

　　　　　　爹爹钱少不能买，

　　　　　　扯上了二尺红头绳，

　　　　　　给我喜儿扎起来！

　　　　　　哎！扎起来！

　　　　〔喜儿跪在杨白劳膝前，杨白劳给喜儿扎红头绳。

喜　儿　（唱第十二曲）

　　　　　　人家的闺女有花戴，

　　　　　　我爹钱少不能买，

　　　　　　扯回来二尺红头绳，

　　　　　　给我扎起来。

　　　　　　哎！扎呀扎起来。（起立）

杨白劳　哈哈，喜儿，转过来叫爹看看。

　　　　〔喜儿转身。

杨白劳　好，一会儿叫你大春哥和王大婶子也过来看看。

　　　　〔喜儿羞涩又撒娇地一扭身。

杨白劳　唔，爹还请了两张门神来，把它贴上吧。（取门神）

喜　儿　门神？

　　　　〔杨白劳、喜儿一起贴门神。

喜　儿　（唱第十三曲）

　　　　　　门神门神骑红马，

杨白劳　（唱）贴在门上守住家；

喜　儿　（唱）门神门神扛大刀，

杨白劳　（唱）大鬼小鬼进不来。

157

杨白劳 喜　儿	（唱）哎！进呀进不来！
杨白劳	唔，叫大鬼小鬼进不来。
喜　儿	叫那要账的穆仁智也进不来！
杨白劳	好孩子，叫咱们过个平安年。

〔杨白劳和喜儿关门。

〔王大婶子上。

〔音乐奏第十四曲。

王大婶	今儿大春从集上称回二斤面来，我去看看他杨大伯回来了没有，要是回来了，喊他们爷儿俩过来包饺子。（到杨白劳门口一看）啊，准是他杨大伯回来了，看那门神都贴上啦！（打门）喜儿，开门！
喜　儿	谁呀？
王大婶	你大婶子嘛！

〔喜儿开门，王大婶进门。

喜　儿	大婶子，你看我爹回来啦。
王大婶	他大伯，你多会儿回来的？
杨白劳	才回来一袋烟的工夫。
喜　儿	大婶，我爹称回二斤面来，我才说喊你过来包饺子，你可就先来了，你看！你看！
王大婶	好孩子，你大春哥也称回二斤面，二升米还换了一斤肉，我是喊你爷儿俩过去包饺子的。
喜　儿	就在这儿包吧！
王大婶	还是过去包吧！
喜　儿	就在这儿包嘛，大婶子。
杨白劳	咳，就在这儿包嘛。
王大婶	看你们这爷儿俩！这还能让到外人去吗？（转身，悄声对杨白劳）他杨大伯……过了这个年，喜儿和大春都大了一岁了，我还等着你的信儿呢！
杨白劳	（怕喜儿听见，又要让喜儿听见）她大婶，你先不要着急，只要等上个好年月，咱就准给孩子们办，咳……

喜　儿　（故作不知，打断话头）大婶过来和面嘛！

杨白劳　唔，唔，快和面去吧，快和面去吧！

王大婶　（笑）哈哈哈……（去和面）

　　　　〔穆仁智上，手提红灯，灯上面有"积善堂黄"四字。

穆仁智　（唱第十五曲）

　　　　　　　　讨租讨租，

　　　　　　　　要账要账，

　　　　　　　　我有四件宝贝身边藏：

　　　　　　　　一支香来一支枪，

　　　　　　　　一个拐子一个筐——

　　　　　　　　见了东家就烧香，

　　　　　　　　见了佃户就放枪。

　　　　　　　　能拐就拐，

　　　　　　　　能诳就诳。

　　　　今儿晚上，我们少东家叫我到佃户杨白劳家里去给他办一件事，一件心事，一件不叫人知道的事。少东家给我定下一计，叫杨白劳到我们少东家家里谈谈。（到门边打门）老杨，开门！

杨白劳　谁啊？

穆仁智　我，穆仁智。

众　人　（一惊）啊？

　　　　〔王大婶和喜儿急把面盆等物藏起。

穆仁智　老杨，快开门啊！

　　　　〔杨白劳无法，只得开门。穆仁智进屋。众人哑然。

穆仁智　（持灯照屋内一圈，见喜儿躲在王大婶背后）老杨……（异乎寻常地和气）预备好过年了吧？

杨白劳　咳，穆先生，还没动烟火呢。

穆仁智　唔。老杨，麻烦你一下，我们少东家请你去一趟，有事商量商量。

杨白劳　啊！（惊）这，这，穆先生，我打不起租子，还不起账啊！

穆仁智　哎，不是，这回少东家叫你去，一不打租，二不要账，有要事商量。今儿年三十啦，少东家心里高兴，有话好说，有事好办。走一趟吧！

杨白劳 （哀求）我……穆先生……

穆仁智 （指门）没有什么，走一趟。

〔杨白劳只好跟穆仁智走。

喜 儿 （急切地）爹，你……

穆仁智 （用灯照喜儿，轻薄地）唔，不要紧，喜儿，少东家给你花戴，
叫你爹给带回来。嘿嘿……

王大婶 （把豆腐包给杨白劳披上）他大伯，披上吧，外面雪又下大了……
你到了那里，给少东家多跪上会子，总不能不让咱过这个年啊。

穆仁智 是呀！（推杨白劳出门）

〔杨白劳走出，又回头。

喜 儿 爹……

〔音乐奏第十六曲。

杨白劳 咳……

穆仁智 快走吧。（推杨白劳下）

喜 儿 大婶，我爹……（哭）

王大婶 （安慰）你爹一会儿就回来啦。走，先到大婶家和面去吧！（挽喜
儿下）

〔幕闭。

第二场

〔幕启。

〔地主黄世仁家，靠近客厅的一间偏房。桌旁有椅子，桌上放着
一个高台蜡烛，烛光之下照着账本、算盘、砚台、水烟袋等物。

〔音乐奏第十七曲。幕内一片欢笑豁拳碰杯的声音。

〔黄世仁微醉，心满意足地别着牙齿上。

黄世仁 （唱第十八曲）

花天酒地辞旧岁，

张灯结彩过除夕，

堂上堂下齐欢笑，

酒不醉人人自醉。

我家自有谷满仓，

　　　　哪管他穷人饿肚肠。

　　　　〔大升端漱口水上。

黄世仁　（漱口）大升，去告诉老太太，说我头痛，不能陪客人们喝酒啦，叫她老人家陪他们吧。

大　升　是。（下）

黄世仁　我黄世仁这辈子总算没有白过，家有良田十五顷，每年要收上千石的租子。自幼我就学会了大斗进小斗出，里里外外都是能手，这几年家产越闹越发达了。去年我女人死了，娘要我续一个，其实，没有一个在家里，我倒反而自在一些。女人嘛，那还不就是墙上的泥坯，扒了一层又一层，我要是想要谁，比如今天晚上这个吧，那还不是很容易的事情！

　　　　〔穆仁智领杨白劳上。

杨白劳　（畏畏缩缩地，唱第十九曲）

　　　　廊檐下红灯照花了眼，

　　　　这叫我老汉心不安，

　　　　不知道这一去是何事？

　　　　喜儿等我快回还。

穆仁智　老杨，少东家在这儿，这儿走。（领杨白劳进屋）

黄世仁　（客气地）唔，老杨来了，请坐！（示位）

　　　　〔杨白劳不敢坐。

穆仁智　（倒茶）喝茶，喝茶。

　　　　〔杨白劳不敢喝。

黄世仁　老杨，家里的年货办齐全了吧？

杨白劳　咳，少东家，你不知道啊，大雪屯门十几天，家里没柴没米，几天都没动锅了。

穆仁智　哎，我说老杨，你不用在这里哭穷啦，少东家不是外人，他还能不知道。

黄世仁　是啊，老杨，你家里不宽裕我也知道，可是这一年又过去啦，租子嘛还是要麻烦你一下。（翻账本）你种我家是六亩地，去年拖下了五斗租，今年夏天是四斗半，秋天再加五斗五……

穆仁智　（打算盘）一五得五，二五一十……

黄世仁　还有你欠我的钱，你记着：我父亲在的时候，你老婆死了买棺材，借了我五块钱，前年你有病，打发王大春来借了两块半，去年又一个三块整，当时同人言明是五分利，这利打利、利滚利一共是……

穆仁智　（打算盘）利打利、利滚利一共是……五五二十五，二五一十，四退六进一……一共二十五块五毛，一石五斗租子。

黄世仁　一共是二十五块五毛，一石五斗租子。对不对，老杨？

杨白劳　是，少东家……对……

黄世仁　老杨，你看这是白纸黑字写得清清楚楚的，一丝不差，一毫不错。老杨，今儿是年三十啦，这账是不能再拖啦！你要带来了的话，那就当面交钱，立地勾账；要没带来，那出去想个办法，叫穆先生陪你走一趟。

穆仁智　两条道叫你拣，叫我跑腿也情愿。怎么样，老杨？

杨白劳　（哀求）咳，穆先生……少东家……我求求你，再让过我这一回吧。我实在没钱，打不起租子，还不起账啊！（呜咽）少东家……穆先生……

黄世仁　咳，老杨，不要这样子嘛，你过年，我也过年，你为难，我更为难。今儿这笔账是一定要清了。

杨白劳　（趋前哀求）少东家……

黄世仁　（不耐烦地）咳！人啊，有理走遍天下，无理寸步难行！今儿你欠我的账，说到天上也要还呀！

穆仁智　老杨，今儿我们少东家的话是说下啦，少东家说一是一，决不改口。老杨，你一定想个法子。

杨白劳　少东家，我有什么法子呀，我这个孤老头子，没有亲朋贵友，叫我到哪儿想法子去呀？少东家……（苦苦哀求）

黄世仁　（看时机已到，向穆仁智示意）咳……

穆仁智　（对杨白劳）咳，我说老杨，有个办法了，我们少东家给你指下一条阳关大道，看你走不走……

杨白劳　（不解）穆先生，你说……

穆仁智　你回去，把你闺女喜儿领来顶租子，怎么样？

杨白劳　（晴天霹雳）啊？

穆仁智　回去领喜儿来顶租子！

杨白劳　（下跪，哀号）少东家，这可不行啊！（唱第二十曲）

　　　　　　猛听叫喜儿顶租子，

　　　　　　好比晴天打霹雳！

　　　　　　喜儿可是我的命根子，

　　　　　　父女俩死也不能离！

　　　　少东家我求你……（接唱）

　　　　　　我求求少东家大发慈悲，

　　　　　　再让我老杨这一回，

　　　　　　我一生只有这一个女，

　　　　　　人不到难处不落泪……

黄世仁　（愤然起立）咳，我这是为你着想啊，老杨。把喜儿领到我家来过几年好日子，不比在你家少吃没穿受罪好得多吗？再说，喜儿来了，我还能亏待她？这么一来，你的账也就勾了，这不是两全其美的事吗？

杨白劳　少东家，不……可不行啊……

穆仁智　哎，老杨，听我说，穷生奸计，富长良心，少东家这是一片好心，为你一家啊。你想想：喜儿要来了，还不是享福来了，这以后，吃好的，穿好的，饭来张口，衣来伸手，不比在你家少吃没穿强多啦！再说叫喜儿受那个罪，咱们少东家看了也过意不去呀。咳，我看就这么办吧！

杨白劳　咳，少东家，穆先生，喜儿这孩子是我的命啊，她三岁上就死了娘，我一泡屎一泡尿把她拉扯大的，一滴水一滴汗把她养活大的。我老杨这么大年纪，就这么一个丫头，这丫头就当是我一个儿啊，我怎么也不能离开她……（向黄世仁）少东家……

黄世仁　哼！（不答理杨白劳）

杨白劳　（向穆仁智）穆先生……

　　　　〔穆仁智也不答理杨白劳。

黄世仁　（少顷）老杨，我可不能再等啦，两条路你自己拣吧：给人，还是还账？

穆仁智　老杨，今儿少东家蛮高兴的，不要得罪少东家吃不了兜着！

163

黄世仁　（怒）不要给他讲了！快给他写个文书，叫他明天把人送来！（怒，欲下）

杨白劳　（上前拖住黄世仁）少东家，你可不能走啊！

黄世仁　去你的！（推开杨白劳，急下）

穆仁智　好，就这么办吧，老杨。（到桌旁写文书）

杨白劳　（疯狂地拦住穆仁智）你……你不能啊！（唱第二十一曲）

　　　　　　我杨白劳犯了什么罪？

　　　　　　立逼着卖我的亲生女！

　　　　　　受苦我受了这一辈子，

　　　　　　想不到我落到了这步田地！

穆仁智　老杨，想开点，不要糊涂一时，今儿这个事是答应也得答应，不答应也得答应！（推开杨白劳，拿笔写文书）

杨白劳　（拉住穆仁智的手）啊！（接唱第二十一曲）

　　　　　　老天单杀独根草，

　　　　　　大水尽淹独木桥。

　　　　　　我一生只有这一个女，

　　　　　　离开了喜儿我活不了！

穆仁智　（大怒）你别糊涂了！一会儿少东家生了气可不是玩的！

杨白劳　我……我……我找个说理的地方去！（欲冲出门去）

穆仁智　（拍案）哪里说理去！县长和咱们少东家是朋友，这就是衙门口，你到哪里说理去！

杨白劳　（惊住）我……我……

穆仁智　（缓和地）老杨，不行啊，胳膊抗不过大腿去，我劝你写个文书按个手印，不就结了吗？（写文书）

杨白劳　（又去拦穆仁智）你……你……

　　　　〔黄世仁急上。

黄世仁　（声色俱厉）怎么还嘴硬？！杨白劳！告诉你说：今儿行也得行，不行也得行！（对穆仁智）快给他写文书！

杨白劳　（愣住）啊？

穆仁智　（写文书，念）"立约人杨白劳，欠东家租子一石五斗，大洋二十五块五毛，因家贫无法偿还，愿将亲生女喜儿卖与东家，以人顶账，两厢情愿，决不反悔，空口无凭，立此为证……立约人黄世仁、杨白劳，中人穆仁智。"（写毕）好啦，说话为空，落笔为实，来，老杨，按个手印吧。

杨白劳　（疯狂地）少东家，可不行啊！

黄世仁　（恫吓）怎么？好，那叫刘三黑把他捆起来，送到县上去！

杨白劳　（大惊，颤抖着）啊？把我送到县上去……少东家！

曾仁智　（拉住杨白劳的手）按上个手印吧！（按手印）

杨白劳　（看有墨迹的手指，惊）啊？（倒地昏迷）

穆仁智　哈，一个手印还了几十年的账……（把文书给黄世仁）

　　　　〔黄世仁向穆仁智示意。

穆仁智　（用手试杨白劳鼻吸，向黄世仁）没什么。

黄世仁　杨白劳，你也该回去啦，明儿把喜儿送过来。（对穆仁智）把那一张文书给他带上。

穆仁智　（扶起杨白劳）这一张是你的，给。（将文书交给杨白劳）明儿送喜儿来给少东家拜年，叫她到这儿来，过个好年，去吧！（推杨白劳出门，反手关门）

　　　　〔杨白劳出门不支，倒地。

黄世仁　老穆，明儿一早多带几个人去，不要叫老头子回去一闹不认这个账，跑了的话，那可落个人财两空。

穆仁智　是。

黄世仁　还有，千万不要把风声闹大了，大年初一，不太好看。叫那些穷人闹出去，有理也说不清。有人问就说老太太要看看喜儿，领喜儿来给老太太拜年的。

穆仁智　对。（下）

黄世仁　哼！杀不了穷汉，当不了富汉；弄不了杨白劳，就得不到喜儿。

　　　　（满意地下）

　　　　〔黄世仁家门口。

杨白劳　（苏醒过来，爬起）老天啊，杀人的老天啊！（唱第二十二曲）

　　　　　老天杀人不眨眼！

　　　　　黄家就是鬼门关！

杨白劳，糊涂的杨白劳啊！（接唱）

为什么文书上按了手印?

亲生的女儿卖给了人!

喜儿呀,你爹对不起你啊!(接唱)

你等爹回家来过年,

爹怎能有脸把你见?

(踉跄下)

〔暗转。

第三场

〔村边道上。

〔赵老汉挎一小篮上,里面有一小块肉一壶酒。

赵老汉 (唱第二十三曲)

大风大雪吹得紧,

十家灯火九不明。

人家过年咱过年,

穷富过年不一般:

东家门里有酒肉,

佃户家里无米面。

〔隐约传来地主家里欢闹声。

赵老汉 唉!富家主儿过年乐也乐死啦,穷人过年苦也苦死啦!老杨哥出去躲账七八天了,也该回来啦。我打上四两烧酒,到他家喝上两盅,心里有话,呱啦他一顿,也算是过个穷年。(唱第二十四曲)

官向官来民向民,

穷人向的是穷人,

我找老杨过三十,

四两水酒一片心。(下)

〔杨白劳上。

杨白劳 (唱第二十五曲)

杨白劳昏沉沉如醉酒,

这么大的风雪往哪里走?

怀揣着文书杀人刀,

　　　　　杀了自己的亲骨肉。

　　　　　哎……喜儿你在哪里？你不知道你爹……（倒下）

　　　　　〔赵老汉上。

赵老汉　（发现有人跌倒，上前搀起一看）老杨哥，是你？

杨白劳　你，你是谁？

赵老汉　我是老赵！

杨白劳　唔，老赵兄弟……

赵老汉　（把杨白劳搀起）老杨哥，你这是怎么回事？

杨白劳　啊？（一下子发狂似的，但又压了下去）没……没有什么，刚才
　　　　　我到财主家去啦……

赵老汉　唔，又是在财主家受了气啦。雪下大啦，先回去吧，回去好好地
　　　　　说，痛痛快快地说。（扶杨白劳走）

杨白劳　说……说……好好地说……痛痛快快地说……

　　　　　〔杨白劳家。

赵老汉　到了。怎么门还搭着？（开门搀杨白劳入）怎么灯也不点？（摸火
　　　　　点灯）喜儿哪？

杨白劳　（听赵老汉提起喜儿，不自禁地大声惊呼）啊，喜儿呢？喜儿！

赵老汉　（感到有些异样）你怎么啦，老杨哥？

杨白劳　（压制自己平静下来）没什么，喜儿是到她大婶家包饺子去啦。

赵老汉　唔，今天过年还有饺子吃，孩子也该喜欢喜欢啦。老杨哥，你看
　　　　　我给你送来了一斤肉，留着明天你爷儿俩吃。我还打了这四两
　　　　　酒，今晚上咱哥儿俩喝两盅。（烧火，暖酒）

杨白劳　（应付）唔，喝……喝两盅，喝……两盅。（烤火）

　　　　　〔杨白劳、赵老汉两人喝酒。

赵老汉　老杨哥，刚才你到东家那里去到底是怎么回事？

杨白劳　那……没有什么……老赵……

赵老汉　到底是怎么回事？给我说，我是老赵，不是旁人。

杨白劳　唉，说……

赵老汉　快说嘛，老杨哥，在这里还怕什么呢？

杨白劳　我……

赵老汉　（急切地）真急死人啦！你先前有话不对旁人说，总是闷在肚子

里，可是咱哥儿俩，从来就是说的一个心里的话，今晚上可不能低头打闷雷，说，老杨哥，说。

杨白劳 （不安地）唉，我说。我今儿个躲账才回来，穆仁智把我叫到财主家里去啦。

赵老汉 唔。

杨白劳 少东家翻开账本，穆仁智打着算盘，当面逼我还账，我还不起，他……

赵老汉 他怎么样？

杨白劳 他就要喜儿顶租子！

赵老汉 （一惊）啊？（急追问）你答应没有？

杨白劳 我……我……（紧快地）我没有！

赵老汉 （兴奋）好！老杨哥，你办得对呀，叫喜儿到财主家顶了租子，那是把孩子推到火坑里去啦！俗话说：佛烧一支香，人争一口气。咱就争的这口气。老杨哥，你做的有志气！（举杯）来，老杨哥，再喝。

杨白劳 （内心极度痛苦，不知如何应对）老赵……老赵，你不知道，财主家明天，不，明年，明年还是叫咱们的喜儿去呀！

赵老汉 明年？哎，老杨哥，我心里琢磨这么个事：明年咱不在这里蹲啦，咱到口外去！

杨白劳 哪里？口外去？（恍惚）唉，穷家难舍，热土难离呀，到了外头还不是要饿死……

赵老汉 我看也兴饿不死吧？在这儿种东家这二亩嘎咕地，光叫租子逼得也活不成啦。今年我给财主打了五十天短工，还没还清他那五亩瓜地的租子，昨儿还逼我哪。咳！我这没儿没女的孤老头子，一辈子就死在那儿亩嘎咕地里啦？我看，咱还是一块儿带上喜儿到口外去混混，把喜儿拉扯成人。咱们这把年纪还能活几天？咱们死了没什么，可不能害了孩子。

杨白劳 （伤心，重复赵老汉的话）咱们死……死了没什么，可不能害了孩子……

赵老汉 老杨哥，你琢磨琢磨是这么个理儿吧？我看咱明年一开了春，就拾掇着走。（又举酒）再喝。

〔杨白劳默不作声。

〔王大婶、喜儿、王大春端饺子上。

王大婶　大春，你大伯真回来啦？

王大春　我看见他从财主家门口出来的。（对喜儿）喜儿，路不好走，我端吧。

喜　儿　我能端，大春哥。

〔杨白劳听见门外话语声，急忙揩干眼泪，故作无事。

喜　儿　（走近，见门缝有亮光）大婶，你看我爹真回来啦！

〔王大婶、喜儿、王大春进门。

喜　儿　（惊喜地）爹，你回来啦！

王大春　大伯你回来啦！

王大婶　他赵大叔，你也在这儿……

赵老汉　我们哥儿俩早拉了有一会子啦。

王大春　大伯，你到财主家里去，怎么样啦？

杨白劳　（吞吞吐吐地）我……我去啦，打不起租子，还不起账，他……

众　人　他怎么样？

杨白劳　不……我……我就给他跪了会子，没有什么，我就回来啦。

王大春　大伯，是真的？

喜　儿　是真的？爹，真没什么？

杨白劳　真的，孩子，我哪回哄过你……

赵老汉　（肯定地）可不是真的！

王大婶　（擦泪）咳，谢天谢地，这就好啦，咱们总算过了个年。（向赵老汉）他赵大叔，亏了这几斤面还没叫财主家拿去，包了些饺子，他大伯，你赵大叔，来吃饺子吧！

赵老汉　（亲近地）好，吃！

杨白劳　（敷衍）吃……

王大婶　大春，把蒜臼子里的蒜倒出来。把这碗端给你大伯。喜儿，这碗端给你赵大叔。

王大春　（把碗端给杨白劳）大伯，吃吧。

〔杨白劳接碗。众人吃饺子。

喜　儿　（唱第二十六曲）

爹爹躲账回家转——

王大婶春 （唱）包上饺子过新年。

众　人 （唱）一家大小团团坐，

　　　　　　　欢欢喜喜过个年。

　　　　　　哎！过呀过个年！

王大婶 （唱）大雪屯门十几天，

众　人 （唱）一家总算能团圆。

王大婶 （唱）盼望着孩子都长大，

众　人 （唱）平平安安过几年。

　　　　　　哎！过呀过几年！

喜　儿 爹，你快吃吧。

杨白劳 吃，吃……

赵老汉 （触景生情，回忆）大春，喜儿，今儿过年吃饺子啦，你听大叔说过去有一回吃饺子的个事儿，那是民国十九年上，五月十三，关老爷磨刀那天，天上下着麻秆子小雨，从南边山上来了一起子队伍，叫作红军……

王大婶 你赵大叔，你又说这些啦，快吃吧。

喜　儿 大婶，你让赵大叔说吧，我喜欢听。

赵老汉 唔，身上披红挂红，腰里缠着个红疙瘩，个个都是红脸大汉，这就叫红军。红军来到了城南赵家庄，那会儿我就在那儿。红军一来，就把那个赵阎王赵财主给杀了。后来就给穷人放粮分地，五月十三，家家穷人都是几簸箩几簸箩的白面，都包饺子吃。那会儿，我到哪家哪家都拉我吃饺子……哈哈哈哈……

王大春 （关心地）大叔，后来红军上哪里去啦？

赵老汉 后来到城里去啦。唉，占了不长时间，又来了起子绿军，红军就上了大北山，再没下来。红军走了以后，穷人就又遭了殃啦！

王大春 大叔，你说，那起子红军还来不来？

赵老汉 （半晌，满怀希望地）我看，要来的。

喜　儿 （急切地）大叔，你说他们多咱来？

170 赵老汉 （意味深长地）九九归一，有一天，到了关老爷磨刀的那一天，红军还会来的。哈哈哈……

　　　　〔王大春、喜儿笑。

王大婶　别老说啦，快吃吧。（对杨白劳）他大伯，你吃呀，还有哪！

喜　儿　爹，快吃。

杨白劳　（手端着碗难以下咽，痛苦地，半晌）唔，喜儿，你看你大婶好不好？

喜　儿　大婶子好。

杨白劳　你大婶，你看喜儿这孩子好不好？

王大婶　好孩子嘛！

杨白劳　喜儿，我再问你，你看爹好不好？

喜　儿　看你，爹好嘛！

杨白劳　（痛苦已极，别有用意地）好……好……爹不好……

王大婶　（一惊）唉，你看你杨大伯是怎么啦，说这话做什么？

赵老汉　（解释）刚才我们哥儿俩喝了两盅，八成是醉啦……哈……那还用说，你们都好呀，喜儿，大春，（暗示）快啦！哈哈！

　　　　〔喜儿害羞地转身。

王大婶　别说啦，吃吧。

杨白劳　吃……吃……

　　　　〔众人又吃饺子。

喜　儿　（唱第二十七曲）

　　　　　　爹爹躲账回家转，

王大婶
春　　　（唱）包上饺子过新年。

众　人　（唱）一家大小团团坐，

　　　　　　欢欢喜喜过个年。

　　　　　　哎！过呀过个年！

王大婶　（唱）大雪屯门十几天，

众　人　（唱）一家总算能团圆。

王大婶　（唱）盼望着孩子都长大，

众　人　（唱）平平安安过几年。

　　　　　　哎！过呀过几年！

171

〔杨白劳坐立不安，最后偷转向一个角落，以颤抖的手伸向怀中，掏卖身文书。

王大婶　你大伯，你掏什么，快吃吧。

杨白劳　（惊慌）我掏，我掏……（掩饰）唉，袄里子扯啦。我腰里连一个钱也没有啦，想给孩子两个压岁钱，都不行啦。

王大婶　算了吧，有顿饺子吃还不好？他大伯，你快吃吧。

杨白劳　我……歇一会儿再吃。

王大婶　他赵大叔，吃嘛。

赵老汉　我可是吃好啦。

王大婶　（对王大春、喜儿）你俩呢？

王大春
喜　儿　吃饱啦。

王大婶　那咱收拾碗筷吧。

〔众收拾碗筷。

王大婶　你大伯今儿在外头跑了一天，累啦，该歇啦。

杨白劳　（机械地）该歇啦。

王大婶　家常话说不完，明儿再说，明儿叫大春给你拜年。

赵老汉　我也要走啦。喜儿，好好照护你爹。老杨哥，明儿我过来给你拜年，我走啦。

杨白劳　老赵，你好走……

〔赵老汉下。

王大春　大伯，我们也走啦。

杨白劳　大春，好好照护你娘回去吧。

喜　儿　大婶，你走啦？

王大婶　唔。

〔王大婶和王大春出门，喜儿去关门。

王大春　（在门口向喜儿）喜儿，大伯累了，叫他早些歇吧。

喜　儿　嗯！（关门）

〔王大婶和王大春下。

杨白劳　喜儿，你歇去吧。

喜　儿　你也歇吧，爹。

杨白劳 （无可奈何地）爹……爹要守岁……

喜　儿 那我也要守岁。

杨白劳 那就再抓把柴禾烧点火……

〔音乐奏第二十八曲。

〔喜儿烧火。杨白劳和喜儿烤火。

杨白劳 （咳嗽）咳……咳……喜儿，爹老啦，不中用啦。

喜　儿 （给杨白劳捶背）爹，你说这干什么？快烤火吧。

〔杨白劳和喜儿烤火，空气沉静压抑。

〔屋外落雪。半晌。

杨白劳 喜儿，睡着了？

喜　儿 没有，爹……

杨白劳 叫爹把灯挑亮一点。（挑灯）

〔又一会儿，灶上小油灯渐暗。喜儿渐渐入睡。

杨白劳 （看灯）捻儿点完了。油也没了。（灯灭）灯也灭了。（轻呼）喜儿！

〔喜儿已经睡熟。

杨白劳 睡着啦。喜儿，喜儿！（唱第二十九曲）

喜儿喜儿你睡着了，

爹爹叫你你不知道。

你做梦也想不到啊，

你爹有罪不能饶！

喜儿呀，爹对不起你。她王大婶子，我对不起你。老赵兄弟，我对不起你。我写了文书，按了手印呀……喜儿她娘呀，你死的时候说："好歹把喜儿这孩子拉扯大……"我把她拉扯大啦，喜儿跟我风里雨里受罪受了十七年，今天……喜儿她娘，我对不起你，我卖了她啦！明天财主要把喜儿带走呀！你们活着的，死了的，你们是人，是神，是鬼，你们都不能饶我。我糊涂，我有罪呀！我不能叫你走！我要和他们拼！（疯狂地冲出门去，风雪迎面扑来）啊，县长，财主……狗腿……衙役……我哪里去？哪里走啊？（手抓文书）唉……（唱第三十曲）

县长，财主，狼虫虎豹！

我欠租欠账，

还有你们逼着我写的呀——（接唱）

　　　卖身的文书。

　　　北风刮，大雪飘，

　　　哪里走？哪里逃？

　　　哪里有我的路一条？

（昏迷地，稍停，决心已定）唔，我还有点点豆腐的卤水，我喝了它吧……（喝卤）我再喝点凉水……（喝水，脱下身上棉衣给喜儿盖上，跑出门外，跌倒在雪地里，死去）

〔音乐奏第三十一曲。

〔一连串的鞭炮声在村上响起来，大年初一到了。

〔暗转。

第四场

〔王大春在鞭炮声中兴奋地上。

王大春　杨大伯，杨大伯，给你拜年来啦！（脚下突然触着尸首）啊？（看见地下杨白劳的尸首，拂去死者脸上的雪花，认出是杨白劳）啊，杨大伯，是你呀？这是怎么啦？（急走到门口打门）喜儿，喜儿，快开门！（又急转向幕内）娘！娘！快来呀！快来呀！

喜　儿　（从睡梦中惊起）爹！爹！（不见杨白劳）

王大春　喜儿，（一下推开了门）喜儿，你看你爹……

喜　儿　我爹怎么啦？（跑出门外，一下发现杨白劳的尸首，扑上去，大哭）爹啊！爹！

王大春　喜儿，这是怎么啦？

喜　儿　（唱第三十二曲）

　　　昨天黑夜爹爹回到家，

　　　心里有事不说话。

　　　天明倒在雪地里，

　　　爹爹爹爹为什么？

王大春　（不知所措，又向幕内）娘，你快来！

〔王大婶上。

王大婶　大春，怎么啦？

王大春　娘，你看杨大伯，他……（指尸首）

王大婶　你杨大伯怎么啦？（在尸首边跪下来，掐了又掐，希望使死者活转）大春，快去叫你赵大叔他们来！

〔王大春下。

王大婶　（知道死者已僵硬，早无活转的希望，哭号）他杨大伯，他杨大伯！

喜　儿　爹！（哭）

〔王大春引赵老汉、李栓、大锁上。

赵老汉　这是怎么啦？

大　锁　大春，怎么回事？

李　栓　这是老杨？

王大婶　（哭诉）他大叔们哪，夜儿晚上回来还好好的，谁知道今儿一早就……（说不下去）

赵老汉　（伏下身去看了看情形）是喝了卤啦！

喜　儿　爹呀！

赵老汉　（看见杨白劳紧握的手）啊？

〔赵老汉用手掰杨白劳的手，王大春和大锁一起帮助赵老汉掰开杨白劳紧握的手，取出了卖身的文书。

李　栓　（念文书）"立约人杨白劳，欠东家租……因家贫无法偿还，愿将亲生女喜儿……卖与……"（念不下去，契约落地）

〔众人悲痛填胸。

王大婶　天哪！这是……

喜　儿　（大哭）爹呀！（唱第三十三曲）

　　　　　猛听说把我卖给人，

　　　　　好比烈火烧在身！

　　　　　莫非爹爹不疼儿？

　　　　　莫非嫌我不孝顺？

赵老汉　（悲愤地，对死者）老杨哥，昨晚上你只把话给我说了一半呀！你不该死啊，你离不开那二亩地，你是叫人逼死的！

大　锁　（气愤）昨晚上把我的驴拉走了，今儿这两颗租子就逼死了杨大叔，这还有穷人活的？不行！（气极，说不下去，向后冲去）

王大春　（怒不可遏）逼死了大伯，喜儿也叫……咱豁出去跟他拼啦！（跟着大锁往后冲去）

〔赵老汉和李栓拉住大锁，王大婶拉住王大春。

王大婶　大春，大春……

李　栓　（劝阻）不行啊，大锁，大春。白纸上写了黑字的呀，杨大叔按了手印的。

王大春　手印？手印还不是他们逼着按的！咱往上告！

大　锁　对！往上告去！

李　栓　咳，上哪里告去？区长，县长，还不是和有钱人一个鼻孔出气，我看这口气能咽下去还是咽下去吧。

大　锁　咽下去？我咽不下去！

王大春　这就没有咱穷人活的啦！（顿足）

赵老汉　（热泪盈眶）大春，大锁，干打雷不中用。时候不早啦，财主家等会儿就要来带人啦，快点收拾收拾，先把死人埋了吧，还能叫喜儿送她爹入土。今天的世道咱们都看得清楚，刀把子攥在他手里，穷人上哪里去说理去？（对喜儿）喜儿，今天这事情都是我们老年人不中用，千错万错，对不起你，孩子……她王大婶子，快收拾收拾给孩子戴上孝吧！

〔众人低头，无语，悲愤，拭泪。

〔穆仁智带两个打手上。

穆仁智　好，爷儿们过年好啊！恭喜恭喜，发财发财！

〔众人一惊。

穆仁智　（一下子看见众人围着的尸首，早已想到八九分，却故作吃惊地）啊？这是……

李　栓　这是老杨。

穆仁智　唔，老杨啊……昨晚上不是还好好的，怎么就……唉，（故表同情）这真是想不到，老杨这么个忠厚人就……（一转）唔，那……咱们大家给帮一把，快给他料理后事吧……唔，喜儿在这里啦，那我看就这样办吧，叫喜儿跟我到东家跟前去磕个头，给她爹求口棺材去，喜儿，走！（上前去拉喜儿）

〔王大春怒不可遏，冲上前向穆仁智举起拳头。穆仁智躲开。

王大春 　早知道你来干什么的了，你不能把喜儿带走！

大　锁 　（也冲上去）你敢……

打手甲 　（以手中匣枪对着王大春、大锁）干什么！不要动！

穆仁智 　（一翻脸）好，那咱们就打开窗子说亮话吧！老杨把喜儿卖给咱们
　　　　少东家啦，这是文书。（掏出文书）老杨按了手印的。天理人情都
　　　　摆在这里……王大春，对不起，今天喜儿是我们少东家的人啦。

王大春 　穆仁智，你不要狗仗人势，欺侮穷人！

穆仁智 　你要怎么着？你还骂我，好小子，走着瞧吧！

赵老汉 　穆先生……这道理也太说不过去了，孩子爹才死了，大年初一就
　　　　来拉人走啊？

穆仁智 　什么叫理？（指文书）这就是理。少管闲事。

王大婶 　穆先生，你叫孩子送她爹入了土再……

穆仁智 　那不行，咱们少东家叫马上把人带去，走……（看情形，又稍缓
　　　　和）唉，其实我也做不得主，有话给少东家说去。唉，不过我看
　　　　好在这以后喜儿就享福了嘛。（又拉喜儿）走吧，喜儿。

王大春
大　锁 　你！（又欲冲上）

　　　　〔打手甲、乙的枪堵住王大春和大锁，王大婶在背后恐惧地拉住
　　　　王大春。

赵老汉 　（暗示地制止着）大春，大锁！

喜　儿 　（从穆仁智手上挣脱，扑到赵老汉和王大婶怀中）大叔！大婶！
　　　　（又扑到死去的杨白劳身上，痛哭）爹！爹……

穆仁智 　（又拉喜儿）咳，喜儿，人死如灯灭，不中用啦。还是走吧！（用
　　　　力拉喜儿）

喜　儿 　（惊恐地挣扎，大呼）大叔！大婶！

王大婶 　穆先生，我求求你，叫孩子给她爹戴个孝吧！

穆仁智 　好，戴个孝！

　　　　〔王大婶回屋中取出白布，缠在喜儿头上。

赵老汉 　（扶住喜儿，向死者，沉痛地）老杨哥！喜儿今儿个不能给你摔
　　　　老盆啦。这都是我们老年人的过，对不起孩子……（向喜儿）喜
　　　　儿，来，给你爹磕头！

177

喜　儿　大叔！大婶。（磕头）

　　　　〔穆仁智拉喜儿下，喜儿哭喊，王大婶跟下。

　　　　〔王大春、大锁欲追，被赵老汉拦住。

赵老汉　大春，大锁！今天是人家的世道，有什么法子？黄家害死了多少
　　　　人啊……咱们记住吧。他黄家总有气数尽的一天！总有一天会改
　　　　朝换代的！（对鸣咽的众人）别哭了，来，把死人埋了吧！

　　　　〔众人抬杨白劳尸下。

　　　　〔音乐奏第三十四曲。

　　　　〔幕闭。

第二幕

第一场

　　　　〔幕启。

　　　　〔大年初一。

　　　　〔地主黄母的佛堂，明灯大烛，香烟缭绕。

　　　　〔黄母捧香上。

　　　　〔音乐奏第三十五曲。

黄　母　昨天世仁说，佃户杨白劳把他闺女送到我家来当丫头，顶了租子
　　　　啦，怎么到这会儿还不来见我？（唱第三十六曲）

　　　　　　　　过新年全家添福老人添寿，

　　　　　　　　这全靠祖上阴德佛爷保佑。

　　　　　　　　捧香进佛堂，

　　　　　　　　高台点明烛，

　　　　　　　　我这里诚心诚意三叩首：

　　　　　　　　一炷香我敬与西天如来，

　　　　　　　　你保佑我家旺财旺多收租；

　　　　　　　　二炷香我敬与南海观音，

　　　　　　　　你保佑我四季平安全家福；

　　　　　　　　三炷香我敬与送子张仙，

你保佑我家门兴旺添人口。

（出门，带门，坐）如今钱不值钱啦，一个丫头顶了几十年的租子。去年倒好，红禄丫头，才是八块钱买来的，北院买来的那个坠儿，才是五块半钱。今年可什么东西都贵啦！

〔穆仁智带喜儿上。

穆仁智 走啊！喜儿！（唱第三十七曲）

你这丫头真是怪，

进门来你为什么不自在？

刚才见了咱的少东家，

你头也不抬，口也不开，

少东家给你一朵花儿，

你也不戴！

这一回去见咱的老太太，

你呀，你呀，你要学个乖！

把脸放欢喜点！

〔喜儿惊怕，呜咽。

穆仁智 别哭啦，老太太生了气，手指头也把你脸上戳几个窟窿！（领喜儿进门）啊，老太太，杨家的闺女——喜儿来给你老人家拜年啦！

黄　母 啊，是老穆啊，进来。

〔穆仁智领喜儿走近黄母。

穆仁智 （对喜儿）给老太太磕头！（推喜儿跪）

黄　母 唔，起来吧。

穆仁智 （拉喜儿）起来，叫老太太看看。

黄　母 唔，孩子模样怪俊的，往过站。

穆仁智 （推喜儿）过来！（拉喜儿过来）

黄　母 啊，手脚还不笨……再往过站。

穆仁智 （对喜儿）过来！（又拉喜儿）

黄　母 孩子还机灵。叫个什么？

〔喜儿不答。

穆仁智 给老太太回话么，叫……叫喜儿。

黄　母 喜儿，唔，是个吉利名字，"喜气临门"。那就不用大改啦。跟红

　　　　　　　福红禄排行，前面添个红字，叫红喜吧。

穆仁智　（对喜儿）谢谢老太太给起名，这以后不叫喜儿，叫红喜啦！

黄　母　孩子多大啦？

　　　　〔喜儿不答。

穆仁智　十七啦。

黄　母　唔，十七啦，好孩子，比红福强多啦，红福真是笤帚疙瘩刻猴儿，人没人样，模没模样。这孩子好，老穆，回头给世仁说，把她留在我跟前使唤啦。

穆仁智　那……（无可奈何，应付地）唔……她还巴不得哩。

黄　母　唉，孩子生在穷家，看叫她爹折磨成个什么样啦，吃没吃，穿没穿的。红喜，这以后到我家来，吃好的，穿好的，你愿意不？

　　　　〔喜儿不答。

穆仁智　（对喜儿）说嘛……愿意，愿意，这是享福来了嘛！

黄　母　看孩子穿的跟叫化子一样。老穆，叫张二家的来给丫头换身衣裳，拿点心给孩子吃。

穆仁智　（向幕内）大升！

　　　　〔大升内声："唔。"

穆仁智　老太太吩咐：叫张二家的给红喜换衣裳，拿点心来给红喜吃！

　　　　〔大升内声："是。回老太太话：北庄上的人来给老太太和少东家拜年来啦。"

黄　母　唔。（起立，对喜儿）红喜，一会儿你张二婶子来给你换衣裳，安排你。（出门）唉！为人生前多行善，阿弥陀佛上西天。

　　　　〔黄母、穆仁智下。

　　　　〔幕内喧闹声："给老太太拜年啦！""给少东家拜年啦！"

喜　儿　（唱第三十八曲）

　　　　　　　唉！爹爹，爹爹啊……

　　　　　　　耳听一片人闹声，

　　　　　　　又是怕来又是惊。

　　　　　　　门上有门门外有门，

　　　　　　　我叫爹爹叫不应。

　　　　　　　谁给爹爹把孝戴？

谁给爹爹摔老盆?

爹爹! 爹爹!

〔大升端盘, 张二婶拿衣上。

大　升　　啊, 这就是那个红喜吧? 红喜, 给, 快吃点心。

张二婶　　饿啦, 吃吧。

大　升　　快, 我还要去招呼客人呢。

〔喜儿一慌张, 打了碟子。

大　升　　(斥责) 看你这人, 不知好歹, 大年初一进门就摔碟子, 我去告诉老太太去!

张二婶　　(制止) 大升, 不要! (拾碎片) 老太太过年正高兴, 不要惹她老人家生气了。孩子才来, 不懂规矩, 饶她这一回。

大　升　　咳, 这丫头。(下)

张二婶　　(向喜儿, 温和地) 红喜, 跟我换衣裳去吧。

〔喜儿疑虑不前。

张二婶　　(劝慰) 孩子, 这不是在自己家, 又不是在自己爹娘跟前, 到人家来得守人家规矩……不要怕, 我是你张二婶子, 也是伺候人家的。以后日子长哩, 有不会做的我教给你, 有话给我说……(扶喜儿走) 走, 跟我换衣裳去。(扶喜儿下)

〔暗转。

第二场

〔一月以后。

〔王大婶家门口。

〔王大春上。

王大春　　(唱第三十九曲)

　　　　　　杨大伯死了一月多,

　　　　　　喜儿在黄家受折磨。

　　　　　　我娘的眼泪流不完,

　　　　　　家里的日月更难过。

　　　　　　仇难报来恨难消,

　　　　　　王大春心中似火烧!

刚才到黄家去看喜儿，

狗腿子守住门我进不了。

（顿足）今儿想偷空去看看喜儿，又叫狗腿子看见了……大锁给我出了个主意，有一天得空把喜儿领上跑出去。可是去过几回啦，见也见不上。昨天黄家逼我还账，说是要不还账就拔锅锁门子，赶我走。今晚上穆仁智又要来。咳！（推门进家）娘！（见无人应）准是又到赵大叔家去啦。回来又是一把鼻涕一把泪的……

〔大锁上。

大　锁　大春！

王大春　谁？

大　锁　我！（近前）我给你说，穆仁智这小子给咱们记上仇啦，刚才我不在家，他到我家把五升高粱种拿去啦，我娘像发疯了一样！哼，这小子有一天碰到咱们手里……（稍停，低声地）喜儿怎么样啦？

王大春　我刚才从黄家回来。不行，还是见不着……一会儿穆仁智就要来拔锅锁门子……

大　锁　怎么，他一会儿就来？（看天色）天黑了……（看门）你娘在不在？

王大春　不在。

大　锁　大春，我看咱们今晚上要出出这口气。

王大春　大锁，你说怎么办？

大　锁　等那小子来了，咱们就……（做手势，向王大春耳语）

王大春　（愤恨地）好！可是就怕万一闹出去，我娘，喜儿……

大　锁　不怕！天黑啦，把那小子弄了拉到北山沟里喂狼去，谁也不知道。（又向王大春耳语）

王大春　好，今晚上，叫他来吧。

〔打更声。

〔王大春、大锁躲开。王大春进房拿出一条绳给大锁。

〔穆仁智歪歪斜斜地醉上。

穆仁智　（唱）天牌呀，地牌呀，

虎头牌呀呼咳，

天牌地牌奴不爱，

　　　　单把那人牌搂在怀……

　　　　（到门口）大春，大春，你这小子怎么还不走啊？拔锅锁门子给我滚蛋！

　　　　〔王大春怒而不语。

穆仁智　你小子想在这儿住一辈子不是？你小子还不死心，今儿个你又到黄家门口蹅摸来啦，你还想喝那碗刷锅水呀！不错，过去喜儿是你媳妇，可今儿喜儿是我们少东家的……啊……丫头了啦。我告诉你：少东家是知道你小子不安好心，少东家说非把你小子除了不可！今儿个你给我腾房子，快滚！

　　　　〔穆仁智越说越逼近王大春。王大春不回答，穆仁智越逼近，王大春越后退。

穆仁智　你小子往哪里走，你怎么不说话？你到哪里去？

　　　　〔大锁从穆仁智后面跃出，一下子抱住穆仁智，把他摔在地下。

穆仁智　（大呼）你是谁？

大　锁　不许叫唤！（对王大春）大春，捂住他的嘴。

　　　　〔穆仁智挣扎。

大　锁　这回你到阎王老爷那里要账去吧！（打穆仁智）

　　　　〔两个黄家打手闻声跑上。

　　　　〔王大春、大锁看人来要跑，但被抓住。王大春打倒一人挣脱跑下。

打手甲　（从地上扶起穆仁智来）穆先生受惊了……

穆仁智　老三，老三，快追，追王大春去！

　　　　〔打手乙追下。

穆仁智　（指大锁）好，大锁，是你，好小子！老刘，把他带回去说话！

　　　　〔大锁踢打着，但终于被打手甲推下。穆仁智随下。

　　　　〔赵老汉门口。

　　　　〔王大春急急跑上。

王大春　（打门）赵大叔，赵大叔！

　　　　〔赵老汉上。

王大春　我娘呢？

赵老汉　大春啊，你娘回去啦。干什么这么慌里慌张的？

王大春	大叔，不好啦！大锁跟我把穆仁智打了，叫人知道了，大锁给人抓住啦，又追我来啦！
赵老汉	（惊，责备）咳！年轻小伙子，光傻大胆不行呀。我早知道你心里憋着一股子气，可是你们也不看今天是什么世道。（决断地）大春！这儿不能待啦，你要快走！
王大春	大叔……
赵老汉	奔西北上走，西北上有活路。快！
王大春	大叔，我娘和喜儿……
赵老汉	有大叔招呼啦，你走吧。有一天世道变了，别忘了回来看看你大叔和你娘！

〔王大春急下。

〔赵老汉进门，下。

〔暗转。

第三场

〔黄家院内。

〔黄世仁提灯笼上。

黄世仁　（唱第四十曲）

黄世仁我命好家富贵，

粮食满仓钱满柜；

穷人家没吃又没穿，

命里注定他该受罪！

牛马不走我用鞭打，

猪羊不死用刀杀；

穷人谁要和我作对，

那就该他倒了霉！

前些日子，关大锁，王大春，抗租不交，还把老穆给打伤了，哼，真是要造反了！你也不想想我黄世仁是谁？老鼠要出洞也要掐算掐算，你跟我作对，还有你的好果子吃么？大锁叫我给送到县上押起来啦。王大春跑了，跑了就跑了吧，我看你是想回也回不来啦！这喜儿么……哈哈……可就是她一来就叫我娘给留下啦，几回都捞摸不到手，叫我干着急……今天到北庄去，朋友请我吃了酒席，心里有些痒痒，趁天黑了，我再去，再下手，哈哈……

〔更鼓敲二下。

黄世仁 （唱第四十一曲）

　　　　耳听得夜来打二更，

　　　　悄步走向娘房中。

　　　　我心中自有好主意，

　　　　指望着今晚好事成。（下）

〔黄母卧房。

〔喜儿捧汤上。

喜　儿 （唱第四十二曲）

　　　　进他家来几个月啊，

　　　　口含黄连过日月啊。

　　　　先是骂来后是打呀，

　　　　一天到晚受折磨啊。

　　　　眼泪流到肚子里呀，

　　　　有话只对二婶子说啊。

（走到黄母床帐左，欲叫又不敢，低声地）老太太……（走到帐右，欲叫更不敢，低声地）老太太……唉！（唱第四十三曲）

　　　　富贵人家难伺候啊，

　　　　前后左右不自主啊。

　　　　一不小心得罪了她呀，

　　　　就怕她要下毒手呀。

黄　母 （帐内声）红喜！那莲子汤熬好了没有？

喜　儿 来了，老太太！（捧汤近前，帐内伸出手来接碗入）

黄　母 （帐内声）怎么这么烫？想把我烫死？死丫头，凉凉去！

喜　儿 （忙把碗取回，唱第四十四曲）

　　　　不知是热还是冷，

　　　　不知怎称她的心。

　　　　又是累来又是困，

刺破了眼皮也不敢打盹……

黄　母　（帐内急呼）汤哪！

喜　儿　来了，老太太！（捧汤近前）

黄　母　（从帐内伸出手来接碗入，怒声）怎么！这么苦的？准是你没把莲子心掐去！你这个死丫头，气死我了。跪下！

喜　儿　（惊）我……我……（跪下）

黄　母　（帐内声）我打你该死的丫头，汤这么苦你能喝？把嘴张开！（帐内伸出烟签子，刺喜儿口）

喜　儿　哎哟！（哭）

〔黄世仁偷上，在门口听。

黄　母　（帐内声）不许哭，烦死人啦！

喜　儿　我，我……（哭）

〔帐内黄母大怒，揭帐出。

黄　母　死丫头！（拿鞭子打喜儿）

〔黄世仁急出，拉开。

黄世仁　娘，娘你先消消气。娘……（把黄母扶到床边）

黄　母　（没好气地）世仁，你怎么来了？（对喜儿）滚起来！

〔喜儿从地上爬起。

黄世仁　娘，你消消气。你这两天身子不是不好吗？红喜又得罪你老人家啦……

黄　母　世仁，天这么晚了，你来做什么？

黄世仁　我来看看娘。还想……还想叫红喜给我做点活儿去。

黄　母　（不悦）红喜还要给我熬汤哪。

黄世仁　唔……（近前）

黄　母　咳，看你这一股子酒味，直冲人。快回去睡吧！

黄世仁　娘……（支吾）是……我……娘，你歇歇抽口烟吧，消消气。

〔黄世仁替黄母烧烟泡。黄母抽烟，黄世仁放下帐子。

黄世仁　（低声向喜儿）红喜，走……走！

喜　儿　（惊惶）少东家，你……

黄　母　（在帐内）世仁，怎么啦，你还没有去睡？

186　黄世仁　娘，我说……（掩饰地）说……红喜手脚还灵便吧？（趁势拉喜

　　　　　儿手）伺候你老人家该……（见喜儿躲，掐喜儿臂）

喜　儿　（痛呼）啊！

　　　　〔黄母怒，揭帐坐起。

黄　母　死丫头，你又发什么疯？

黄世仁　（尴尬地）哎……哎……娘，我看明天还是到镇子上把陈先生请
　　　　来再给你老人家看看病吧。

　　　　〔黄母见状，有怒色，不答理。

　　　　〔张二婶子入，手拿茶壶放黄母床上。

张二婶　（看了看情形）老太太，是红喜又得罪了你老人家啦。（对黄世
　　　　仁）少东家你又来了，天也晚了，也该歇啦！

黄世仁　（不悦，应付地）咳，他张二家的……

张二婶　老太太心里不舒坦，天也晚了……少东家……该回去歇啦！

黄　母　（命令）世仁，快回去睡去！

张二婶　（暗示地把喜儿推开，又急转向黄世仁）唔，少东家，你的灯在
　　　　这里……（递灯）

黄　母　世仁，回去！红喜，给我熬汤！

黄世仁　（半晌，无可奈何地）娘，那你歇吧。（出门，对张二婶）张二家
　　　　的，明儿把我那几件衣裳洗了。

张二婶　是，少东家！

　　　　〔黄世仁下。

　　　　〔张二婶掩门。黄母躺下，张二婶把床帐轻轻放下。

张二婶　（转向喜儿）红喜！来，给老太太把汤熬上！

　　　　〔喜儿起来接碗，张二婶摇手叫她坐，自己替她来熬。

　　　　〔张二婶、喜儿两人收拾，熬汤。

张二婶　（低声、关切地）红喜，怎么又惹老太太生气啦？

喜　儿　（委屈地）她说莲子没摘心，说汤苦，我明明择得干干净净的……

张二婶　（不平地）哼！那是她抽大烟抽得嘴里苦……

黄　母　（帐内声）张二家的，你说什么？

张二婶　（急应声遮掩）唔，我说叫红喜不要哭，怕吵着老太太……

黄　母　（帐内声）唔……

　　　　〔半晌。渐无声。

187

张二婶　（轻声地）红喜，今儿夜饭又没有吃饱吧？（从袖口里取出一个馒头）给，吃吧。

喜　儿　（饥饿地把馒头放入口中，口内剧痛）……哎哟……

张二婶　（惊疑）怎么啦？（看喜儿口内伤痕）……又叫烟签子扎啦？（又悲又愤）唉！一会儿我到厨房里偷着给你熬点汤喝。

喜　儿　（痛苦地）不……不要……不要……

张二婶　（看黄母已睡）老太太睡着了……（坐在喜儿旁边扇火，夜静更深，倾诉愁肠）唉，红喜啊，莲心苦，莲心苦，苦处只有咱们娘儿两个知道。（回忆）唉，我到他家里，还不是因为欠人家的租子还不上，来给人家做活，顶租子。这几年，前前后后我见的也不少啦，像咱们这样的被使唤的丫头子，哪一个不是苦命？（稍停）唔，红喜，二婶子告诉你个事，你可别难受……

喜　儿　（不解地）二婶子，你说……

张二婶　大春和大锁因为东家逼账逼得紧，他俩把穆仁智打了，大锁叫抓起来坐了牢，大春跑了……

喜　儿　（一惊）啊……（哭）

张二婶　（安慰）这事情快有一个月了，我没告诉你，怕你难受……

喜　儿　那……大婶她可怎么过啊！

张二婶　有你赵大叔照顾着。不怕……事情就这样啦，没法子的事，别难受了。大伙儿都是一样啊。就这样苦日子还是要过下去……
　　　　　〔喜儿隐泣。
　　　　　〔三更响。

张二婶　打了三更了……老太太睡着了，少东家这会儿也该歇下啦。红喜，熬好了汤，快回来睡，不要乱跑，二婶子等着你。（下）

喜　儿　（如泣如诉，唱第四十五曲）

　　　　　　　打过了三更夜正深啊，

　　　　　　　喜儿越想越伤心。

　　　　　　　可怜爹爹叫人逼死，

　　　　　　　大春哥又叫人逼出门。

　　　　　　　为什么穷人这样苦啊？

　　　　　　　为什么富人这样狠？

这样的日子怎么过啊,

多会儿才熬完这苦日月啊?

〔半晌。喜儿极困,打盹。汤沸,喜儿一惊,急去端罐,失手打碎汤罐,汤洒地上。

〔黄母鼾声。

喜　儿　(唱第四十六曲)

头发晕来心发慌,

打了罐子洒了汤!

我、我、我闯下了这场大灾祸,

怕只怕这回命难活!

哪里藏来哪里躲?

天哪,天哪,救救我!(跑下)

〔房外回廊。

〔喜儿跑上。

喜　儿　(续唱第四十六曲)

半夜三更看不着,

路又黑来狗又多……

听见背后人追我,

这一回我可逃不脱!

〔迎面黄世仁提灯上,拦住喜儿。

黄世仁　(大喜)哈哈,是你啊,这么巧!红喜,你怎么跑到我这里来啦?

喜　儿　(惊恐地)我……我……(欲走)

黄世仁　(拉住)哎!红喜,给我做个活儿去,我急等着用!来,过来吧!(开门,把喜儿推进,反手插门)

〔黄世仁书房。房里挂有大虎画一张,虎做下俯势。

喜　儿　(大惊)啊!(想抢门而出,被黄世仁推开)

黄世仁　(拉喜儿手不放)红喜!你来吧!(眼里闪着可怕的兽欲的光,推喜儿)来吧!

喜　儿　啊!(挣扎,惊呼)二婶子,二婶子!

黄世仁　你……哎,还叫唤!(堵喜儿口)你跑不了,来吧!(推喜儿入内室,下)

〔五更响。天渐渐转明。

〔暗转。

第四场

〔黄家院内。

〔张二婶急上。

张二婶　红喜！红喜！（唱第四十七曲）

　　　　昨晚上红喜挨打受了惊，

　　　　后二更我陪她到了三更。

　　　　等到了夜深人声静，

　　　　我安排了红喜才回房中。

　　　　天明我起来不见她，

　　　　到处我叫她叫不应！

　　　　红喜！红喜！（下）

〔黄世仁书房外间。

〔喜儿头发蓬松，衣衫不整，面有泪痕，步履艰难上。

喜　儿　（走到门口欲开门，但又退回，唱第四十八曲）

　　　　天哪——

　　　　刀杀我，斧砍我，

　　　　你不该这么糟蹋我！

　　　　自从进了黄家门，

　　　　想不到今天……

　　　　娘生我，爹养我，

　　　　生我养我为什么？

　　　　这，这，这，这叫我怎么有脸去见人？

　　　　这叫我怎么活？

　　　　爹呀！爹呀！我对不起你！大婶，大春哥，我没有脸见你们啦！

　　　　（如癫如痴）

〔半晌，喜儿下了决心，发现屋隅一绳子，取在手中。

〔音乐奏第四十九曲。

190　喜　儿　爹呀！爹呀！我要跟你去啦……（套绳子）

〔张二婶上，在门缝外看见喜儿。

张二婶　（催促）红喜，开门！

　　　　〔喜儿一惊，绳子从颤抖的手中落下。

张二婶　红喜，给你张二婶子开门！快！

　　　　〔喜儿开门，张二婶进门。

喜　儿　（扑在张二婶怀中）二婶子……（哭）

张二婶　红喜！你……

喜　儿　我……我……

张二婶　（看见绳子，落泪）红喜，你怎么想起了这个，可不能啊！不能啊！

喜　儿　二婶子……（哭）

张二婶　孩子，你真糊涂呀，为什么想到这步路，千万不能！

喜　儿　二婶子……我……我不能见人……

张二婶　二婶子知道了。这事……这事只怪我照顾不周到。

喜　儿　二婶子！我活不了啦！

张二婶　孩子！不要说傻话啦。事情到了这一步，说什么也要活着，孩子，你还年轻，还有指望啊！有你二婶子，以后跟你二婶子一块儿过。熬着吧，孩子！总有一天，好给你爹出那口冤气！（扶起喜儿，给她拭泪）不要哭啦，跟我歇歇去吧。

　　　　〔大升上。

大　升　红喜，红喜！（看见喜儿与张二婶）唔，红喜，你在这里！昨晚上你闯下乱子了吧，老太太叫你快去呢！

　　　　〔喜儿惊怕，不语。

张二婶　孩子，去吧！

喜　儿　二婶子……（抱住张二婶不放）

张二婶　红喜，二婶子陪你去。

　　　　〔大升、张二婶、喜儿同下。

　　　　〔幕落。

191

第三幕

第一场

〔幕启。

〔七个月以后。

〔黄母房中。

〔黄世仁、穆仁智拿喜帖上，后随马弁。

〔张二婶从里间抱彩色绸缎上，黄母端茶盅品茶跟上。

〔大升及佣人们忙忙碌碌地穿梭般上下。

〔一团热闹欢乐的空气。

黄世仁　（唱第五十曲）

　　　　　九月的桂花——

众　人　（唱）满院香，

黄世仁　（唱）筹办喜事——

众　人　（唱）全家忙。

穆仁智　我们少东家当了团总又娶亲，真是双喜临门。

黄世仁
黄　母　（唱）上房里忙来——

众　人　（唱）下房里忙，

　　　　　个个忙得喜洋洋！

穆仁智　你看，为了给少东家筹办喜事，全家上上下下大大小小哪一个不
　　　　高兴！

黄　母　（唱）新衣裳、新被子要缝得快——

　　　　〔张二婶和大升把绸缎展开，黄世仁、黄母、穆仁智愉快地赏看。

众　人　（唱）红绸绿缎万花开！

黄　母　（唱）快快量来快快裁，

众　人　（唱）身上有穿有戴，

　　　　　床上有铺有盖，

　　　　　穿的、戴的、铺的、盖的快快做起来！

黄　母　（唱）赶快给亲朋送喜帖，

穆仁智　（唱）我这里提笔快快地写。

黄世仁　县党部孙书记长，刘县长，李团总……

黄　母　耿家楼他七表姨家，他舅舅家……

穆仁智　（唱）写了一张又一张，

　　　　　　　到时候客人来了——

众　人　（唱）有男有女，有老有少。

　　　　　　　有男有女，有老有少，

　　　　　　　满堂笑嚷嚷！

黄　母　张二家的，你去看看下房里衣裳做得怎么样啦。

张二婶　是，老太太。

黄　母　大升，看看酒席预备得怎么样啦。

大　升　是，老太太。

黄　母　老穆，上上下下勤催着点儿！

穆仁智　是，老太太。

众　人　（齐唱第五十曲）

　　　　　　　九月的桂花满院香，

　　　　　　　筹办喜事全家忙。

　　　　　　　单等着好日子到眼前，

　　　　　　　单等着吹吹打打吹吹打打迎新娘！

　　　　〔穆仁智、张二婶、大升及用人等纷纷下。

黄　母　（见众人下，悄声地）世仁，那个事儿到底怎么样啦？

黄世仁　（焦急地）唉，我急得要命，城里那个人贩子还没有来，昨儿又
　　　　派人去找去了！

黄　母　（不满地）哼，看你这个不争气的，闹的这算个什么？还不快一
　　　　点儿想办法！眼看她肚子一天比一天显啦，喜日子也快到啦，这
　　　　个事要不快办，以后闹了出去，咱黄家的门风可就要败坏在她身
　　　　上啦。

黄世仁　是啊，娘。我看这么着吧：这两天先叫老穆把她稳住，不要叫她
　　　　到处乱跑。到时候再找个僻静地方把她锁起来！

黄　母　（赞同）好吧。

〔黄母、黄世仁下。

〔穆仁智上。

穆仁智　（取物欲下，一看）啊，红喜来了。少东家还叫我看着她点儿呢，我看她做什么……（躲到套间内）

〔喜儿提木桶上，身怀有孕，形容憔悴。

喜　儿　（唱第五十一曲）

受罪的日子好难过啊，

压折的树枝石头底下活……

忍辱怕羞眼含泪，

身子难受不能说。

事到如今无路走啊——

没法，只有咬紧牙关，低头过日月啊……（进门放木桶，扶案边歇息）

〔穆仁智由内出。

穆仁智　红喜，干什么来着？

喜　儿　……给老太太送热水。

穆仁智　瞧你高兴的。你知道我干什么来着？

〔喜儿不理。

穆仁智　你瞧瞧这，这是什么？（举喜帖向喜儿）喜帖，办喜事啦！哎，从这几天起上上下下都忙着预备，不用说，你是早就知道啦。这下子你呀……你可该乐了吧？该高兴了吧？该喜欢了吧？（口气转郑重）唔，老太太说了，这几天可不要乱跑……你好好等着吧！（下）

喜　儿　（厌恶，又不解地）你说什么？

〔黄世仁拿喜帖上。

〔喜儿见黄世仁，不语。

黄世仁　（见喜儿，不悦地）红喜，你怎么还跑出来呀？你也不想想到了什么时候啦，你……

〔喜儿压抑不语。

黄世仁　我可给你说下：从这天起，不许你到处乱跑。有活儿到僻静的地方做去，不要在人前里不管不顾地……

喜　儿　（突打断，狠狠地）哼！（目光逼黄世仁，趋前两步，半晌，未语）

黄世仁　（见状，略惊）怎么，你……

〔张二婶从背后的门抱衣料等物出，见状止步，黄世仁、喜儿均未发现。

黄世仁　（稍待，口气一变）哎，红喜，你也不是不知道啊，这日子眼看就要到了。不管过去怎么样，还不就为了这一天吗？你先稳稳心，这几天在屋里待着，不要到处乱跑。我还要忙着去筹办呢。（急下）

喜　儿　（意想不到地，如蒙大耻，如受重击，欲呼又止）你……（不能自持地退了两步）

张二婶　（轻轻近前，温和地）红喜……

喜　儿　（见张二婶，掩饰地，强使自己平静下来）二婶子……

〔哑场片刻。

张二婶　红喜，你累了吧？回屋里歇歇去吧。

喜　儿　（似闻非闻地）唔。

张二婶　红喜，二婶子有话要给你说。走，回咱们屋去。（扶喜儿出门）

〔张二婶、喜儿走入住屋内。张二婶回身关门。

〔少顷。

张二婶　（关切地）红喜……

喜　儿　（不安地）二婶子……

张二婶　二婶子早就有话要给你说，就是这两天忙着人家这事，人多眼杂，说话不方便……

喜　儿　二婶子，你说吧。

张二婶　红喜，你先告诉我，刚才少东家给你说了些什么？

喜　儿　（又羞愧，又愤恨）二婶子……他……（说不出口）

张二婶　（缓慢地）我都听见了。红喜……

喜　儿　（不知如何答对）二婶子……

张二婶　（亲切地）孩子啊，二婶子要把话当面说给你！（唱第五十二曲）

　　　　叫声红喜好孩子，

　　　　二婶子把话说给你。

孩子，千万可不要上人家的当，人家娶的不是你啊……（唱）

195

城里赵家的大闺女，

门当户对，有钱又有势。

唉，孩子啊……

喜　儿　（激愤地，打断）二婶子！你把我看成什么人了！黄世仁他是我的仇人！就是天塌地陷我也忘不了他跟我的冤仇啊。他能害我，能杀我，他可别妄想拿沙子能迷住我的眼！二婶子啊，我就是不明白，他的心到底有多黑？把我害成这个样子还不够，到这会儿还编这个法儿来骗我！

张二婶　（感动地）好孩子！二婶子早就知道你不是个糊涂人。二婶子我不该多你的心。可是红喜，你是不知道啊，他黄家一辈一辈都是人面兽心。好孩子！二婶子疼你，护你，怕叫他们骗了你啊。

喜　儿　哼！二婶子，你看着吧！他黄家别太把道儿走绝了！我就是再没有能耐，也不能再像我爹似的了。杀鸡鸡还能蹬打他几下子哪。哪怕是有一天再把刀架在我脖子上吧，我也要一口咬他一个血印！

张二婶　好！红喜，二婶子知道你是个有志气的孩子！老天爷睁眼，等有一天你出了他黄家门，你大春哥再回来了，总有你们出气的时候。

喜　儿　（激动地）二婶子……

张二婶　红喜……（稍待）会有这么一天的……

喜　儿　（落泪）二婶子……（与张二婶相抱拭泪）

〔幕内急叫声："二婶子！老太太叫你！"

张二婶　他们叫我啦。红喜，你歇一歇，不要出去。一会儿我还有活儿安排你。我一会儿就来。（出门，回身）可别出去啊！（带门下）

〔幕内传来筹办喜事的人们的喧闹声。

〔喜儿坐立不宁，怒火烧心。半晌，忽决然冲出门外，迎面碰见黄世仁上。

〔黄家院内。

喜　儿　（狠狠地）少东家！

黄世仁　（一惊）红喜，你怎么又跑到这里来了？

喜　儿　（逼近）少东家，你……

黄世仁　哎，红喜，快回去吧，这在院子里叫人看见了不好看！

喜　儿　（大声地）黄世仁！

黄世仁　（惊）怎么啦？你是……

喜　儿　三十晚上逼死了我爹，大年初一就把我拉到你家，自进了你们家，你们把我不当人看，把我踩到脚底下，你娘打、骂，（更逼近）你，你，还把我糟蹋！

黄世仁　（急）你，你怎么说起这个来！

喜　儿　（又上前）我身子都有七个月了，你把我害成这样，到这会儿啦，你还骗我！我问你，你安的什么心?!（撕咬黄世仁）

黄世仁　（推倒喜儿）你这死家伙，疯了，你！（挣脱跑下）

喜　儿　（从地上爬起）我跟你们拼啦！我跟你们拼啦！（追下）

　　　　〔暗转。

第二场

　　　　〔黄母房内。

　　　　〔黄世仁急上。

黄世仁　娘，娘……

黄　母　（放下烟枪）怎么啦，世仁？

黄世仁　娘，怪我不好，我没有看住红喜，到这会儿她闹出来啦。

黄　母　（从床上坐起，一惊）怎样闹出来啦？

黄世仁　她在后边追着我来啦，娘你看，到这会儿啦，客人们也快来了，要闹出去那就糟啦！

黄　母　（斥责）哼！你真算会办事！看你到了要弄成个什么样儿？闪开，去叫老穆来！

　　　　〔黄世仁急下。

　　　　〔黄母拿出鞭子，怒目而待。

　　　　〔喜儿跑上。

喜　儿　我跟你们拼啦！（进门）

黄　母　（威严地）死丫头，疯啦！给我跪下！

喜　儿　你！（不跪）

黄　母　（声色俱厉）跪下！

197

〔喜儿怒目而视，恨得发抖。

黄　母　死丫头，你知罪不知罪！我问你，你的肚子哪儿来的？

喜　儿　（意想不到）啊？

黄　母　死丫头！你偷人养汉，败坏我黄家的门风，说，你偷的汉子是谁？说，是谁？

〔穆仁智上，到喜儿身后。

喜　儿　（恨极，大呼）是你儿子！

〔张二婶子急跑上，躲在一门后窥听。

黄　母　（大怒）什么！你血口喷人，诬赖我儿子。你想死啦！（去打喜儿）

喜　儿　（冲上去，狂叫）是你儿子，是你儿子！你们害了我一家，你们黄家没有好人！你们辈辈代代男男女女没有一个是好人，你们偷人养汉……

黄　母　老穆，老穆，快把她的嘴堵上！

〔穆仁智抓住喜儿臂，塞喜儿嘴。

黄　母　快给关到里边套间去，给我打！

〔穆仁智拖喜儿进套间，打喜儿。套间传出鞭打和模糊的惨叫声。

黄　母　（听着鞭打的声音）好，好。哼！反了她啦！今天非把她好好收拾收拾不行！

〔张二婶在门外焦急万分，不知所措。

〔少顷。

黄　母　（取出锁头）老穆，把门给我锁上！

〔穆仁智锁门。黄世仁急急进门。张二婶一躲，又在门外窥听。

黄世仁　（紧张地）娘，到这会儿了，我看想个办法快把她送走吧，客人都快来了，要是闹出去，外人知道了那可糟了！

黄　母　世仁说得对，新媳妇就要来了，要是闹出去叫人家娘家知道了那可不好办……（机密地）老穆，看看门外头有人没有！

〔穆仁智出门看，张二婶躲开；穆仁智进门带门，张二婶又窥听。

穆仁智　没有人。

黄　母　好，说办就办！今儿晚上等人们都睡了，老穆备个牲口连夜把她送走。

黄世仁　对，老穆，你到城里就找那个人贩子，把人交给他，快把她送走，千万不能叫旁人知道。

穆仁智　好，少东家，这事交给我没错。（下）

黄世仁　娘，你老人家也别生气了，到新房里看看他们拾掇得怎样了。

〔黄世仁搀黄母出门。张二婶躲开。黄世仁与黄母下。张二婶急进门。

张二婶　（趁机去开套间门，见门上有锁）钥匙？（到黄母床边偷钥匙，把钥匙拿在手，去开门）

〔大升幕内声："张二婶！"

〔大升上。张二婶藏起钥匙，故作无事。

大　升　张二婶！（进门）唔，张二婶，你在这里。老太太叫你快去看那几件新衣裳样子裁得怎么样了。

张二婶　唔，我就去！

〔大升下。

〔张二婶焦虑万状，无奈，只好走下。

〔穆仁智内声："老高，看你喝成这个样子！"

〔老高内声："少东家办喜事嘛，喝两盅怕什么。"

〔穆仁智内声："快给我备个牲口去，快！"

〔老高内声："天到这时候备牲口干吗？"

〔穆仁智内声："你管哪！快备去！"

〔老高内声："是……"

〔张二婶拿一包馍馍急上，关门。

张二婶　（把馍包置桌上，开里边套间门，急呼）红喜！红喜……（把喜儿扶出，又锁上门，把钥匙放还原处）

张二婶　红喜！（给喜儿解臂上的绳子）红喜，红喜……（把喜儿嘴里塞的东西取出来）红喜！你醒醒！红喜！

喜　儿　（醒过来）你……你是谁？

张二婶　（压低了声音）我是你二婶子！

喜　儿　（感激莫名地）啊？二婶子……（倒在张二婶怀中）

张二婶　红喜！不要说啦，什么我都知道了！（扶起喜儿）你要快走啊！他们要害你啦！

喜　儿　啊？

199

张二婶　他们杀人不见血呀，他们把你卖了，一会儿就来捆你走，你要快走！落到他们手里，一辈子也翻不了身啦！

喜　儿　（恨得咬牙）二婶子，他们……他们！（欲冲出）

张二婶　（拉住喜儿）红喜！别糊涂啦，这会儿你闹不过他们。快走！快出去逃命去。

　　　　〔喜儿不语。

张二婶　出后门，顺后山沟走，我给你把门开开啦，快！（欲带喜儿走）

　　　　〔大升内声："张二婶！张二婶！"

　　　　〔喜儿和张二婶大惊，躲。稍待。叫声远去。

张二婶　（更紧张地）红喜！这回出去啦，可没有你二婶子啦，主意要自己拿。我不能送你了，他们叫我。

喜　儿　二婶子！

张二婶　（从桌上拿起馍包给喜儿）这里有几个馍馍，带在路上好吃。喝水要喝长流水。这回出去了，不管怎么受苦受罪，也要活下去。记住他们怎么害了你一家的，早晚有一天好给你杨家报仇！

喜　儿　二婶子！我记住了！

张二婶　（拿钱给喜儿）这是我攒下的几个钱，带到路上好花。早晚我也要离开他们家，总有一天咱们娘儿俩还会再见面的！

喜　儿　（收钱，感激泪下，向张二婶跪下）二婶子！

张二婶　（急扶喜儿）唉，红喜！起来，快快走！（开门，领喜儿向后门方向跑下）

　　　　〔大升内声："张二婶！张二婶！"

　　　　〔少顷。张二婶从原路回来，安详地走下。

　　　　〔更声响三下。

　　　　〔黄世仁与穆仁智上。

黄世仁　（从黄母床上摸钥匙，开套间的门，发现喜儿已走，一惊）怎么？红喜哪？红喜不见啦！

穆仁智　怎么？

黄世仁　老穆，红喜逃跑啦，后窗户打开啦，她从后窗户跑啦！老穆，快去追，追上去用绳子把她勒死摞到大河里去，省得以后闹出祸来！

〔穆仁智、黄世仁出门。

穆仁智　少东家！她不敢从前门走，咱们从后门追出去！

〔穆仁智、黄世仁追下。

〔暗转。

第三场

〔黄家后门外。

〔喜儿从后门逃出。天上星光闪闪。

喜　儿　（跌倒又爬起，唱第五十三曲）

他们要杀我，

他们要害我，

我逃出虎口，

我逃出狼窝！

娘生我，爹养我，

生我养我我要活，我要活！（跑下）

〔黄世仁、穆仁智拿绳子追上。

黄世仁　老穆，快追！

穆仁智　唔！

黄世仁　顺着这条路追下去，前边是一条大河，她跑不了！

〔穆仁智、黄世仁追下。

〔大山高耸，河水汹涌，河边有苇地。

〔喜儿跑上。

喜　儿　（唱第五十四曲）

向前走，不回头，

我有冤哪，我有仇。

他们害死了我的爹，又害我，

烂了骨头我也记住这冤仇！

〔河水声。

喜　儿　（唱第五十五曲）

耳听见流水哗啦啦地响，

眼见一道大河闪星光。

　　　　大河流水向东去，

　　　　看不见路，我走向哪里？

（惶恐焦急，忽听见背后有人在追赶的声音）哎呀！后边有人追来啦！（一退，一脚陷到河边泥里，拔出脚来，鞋子陷脱，只听得追赶声已近，来不及拾鞋）那边有个苇子地，我快藏起来！

（爬进苇地）

〔黄世仁与穆仁智追上。

黄世仁　老穆，看见没有？

穆仁智　没有！

　　　　〔穆仁智、黄世仁搜寻。

黄世仁　前边就是大河，她跑到哪儿去？

穆仁智　两边山陡，没有路呀。

黄世仁　一个丫头！又有了身子，她能跑到哪里去？

穆仁智　她跑不了！少东家！

　　　　〔穆仁智、黄世仁又搜寻着。

穆仁智　（忽然发现一只鞋子）哎，少东家，这是红喜的鞋子吧？

黄世仁　（接过一看）对，就是她的鞋！

穆仁智　那她是跳河死啦？！

黄世仁　唔，跳河死啦。（放下心来）哼！这是她自己找的。倒省了咱们的事啦。老穆，咱们回去吧，以后有人问，就说她偷了咱家东西跑了，这事不要叫谁知道！

穆仁智　对！

　　　　〔穆仁智、黄世仁从原路走下。

喜　儿　（从苇地里出来，唱第五十六曲）

　　　　想要逼死我，

　　　　瞎了你眼窝！

　　　　舀不干的水，

　　　　扑不灭的火！

　　　　我不死，我要活！

　　　　我要报仇，我要活！

（向万山丛中，急急跑下）

〔幕急落。

第四幕

第一场

〔幕启。

〔1937年的秋天。

〔在山丛中，大河边，距奶奶庙不远。

〔黄昏。夕阳。

〔秋风飒飒，吹着荒草、败叶。

〔赵老汉持放羊鞭子，赶着羊群上。

赵老汉 （唱第五十七曲）

　　　　　过了一年又一年，

　　　　　荒草长在大道边。

　　　　　墙倒屋塌不见人，

　　　　　死的死来散的散。

　　　　　秋风刮来人落泪，

　　　　　河水东流不回还！

（在河边站住，眼望着东流的河水，无限感慨地）唉！日子过得好快啊……喜儿这孩子跳河死了也有三年啦……（在一块石头上坐下来）

〔李栓携带着烧香的物品从一边走上。

李　栓 （看见赵老汉）唔，赵大叔，放羊啊？

赵老汉 唔，李栓，干什么去啊？

李　栓 给白毛仙姑烧香去。

赵老汉 给白毛仙姑烧香？唔，今儿又是十五啦……

李　栓 （在赵老汉旁边坐下来）唉，自打咱这片儿闹出了白毛仙姑，日子也不算短啦……

赵老汉 哼，等着看吧，这世道该有个"讲究"啦！

〔少顷，若有响动。

李　栓　（立起）赵大叔，你听……

赵老汉　（稍待）唉！是旋风刮得草叶响。

李　栓　（平静下来，轻声地）哎，大叔，你没见过吧？

赵老汉　见过什么？

李　栓　白毛仙姑啊。大叔，那回刘老头在杨大伯坟地里碰见过，张四在北山套里打柴也见过，说是一身白，也像妇道的样子，一晃就过去啦。（不寒而栗）

　　　　〔半晌。

赵老汉　（回忆，感慨）咳！白毛仙姑要真有灵，喜儿这一家人的冤仇也该报啦。

李　栓　仙姑保佑吧。（稍待）咳！大叔，不是说那年秋天喜儿叫张……

　　　　〔赵老汉急止之，四顾无人。

李　栓　（放低声音）不是说张二婶放走啦？

赵老汉　咳！一个孩子家跑出来又能怎么样？唉！跳了河啦。

李　栓　（惋惜）唉。（稍停，看天色）大叔，我该去烧香去啦。一会儿怕要变天呢。（向奶奶庙方向走下）

赵老汉　（悲愤，感慨）唉！（唱第五十八曲）

　　　　　　　没头的案子，

　　　　　　　哪有清官断？

　　　　　　　这一笔糊涂账写也写不完！

　　　　　　　白毛仙姑要有灵验——

　　　　　　　屈死的鬼魂要申冤！

　　　　〔张二婶搀扶着王大婶从奶奶庙方向走上。

张二婶　他赵大叔……

赵老汉　唔！他张二婶，他王大婶子。怎么这么远，你们也来烧香啦？

张二婶　咳，他大婶子一定要我陪她来。唉，人心里一有事啊，就怎么也放不下……

王大婶　（哭泣着）他大叔啊……我也不求别的，仙姑有灵，你可叫我那孩子回来呀！一辈子没办过造孽的事呀，你怎么叫我落到这步田地，他大叔，你说这有几年啦，见天价我一合眼，就看见一边站着喜儿，一边站着大春。我说孩子啊，你怎么再也不想娘了吗？

可怜的孩子，一个跳了河，一个跑……（泣不成声）

张二婶　他大婶，你怎么又哭起来啦，（劝慰）别难过，他大婶……

赵老汉　这人死了，想也想不回来啦。再说，光哭又有什么用？哼，喜儿这孩子死了，可死得也算有骨气。大春啊，虽说自打出去到这会儿没有信儿，可总有一天要回来的……

张二婶　是啊，自打我离开他们黄家，就见天价劝他大婶，我说他大婶等着吧，喜儿虽说死了，大春可一定会回来的。别怨命苦，咱老姊妹俩是一样的命，你相帮我，我相帮你，苦撑苦熬咱还是得过下去。

赵老汉　（点头，感慨）过下去，过下去。老天爷总有一天要睁眼的！

〔李栓忽惊上。风声随起。

李　栓　（失色）赵大叔！赵大叔！

赵老汉　怎么啦？

李　栓　来了，来了……

赵老汉
张二婶　什么呀？

李　栓　在庙后头，白……白……一身白……白毛仙姑……

张二婶
赵老汉　（大惊）啊，真的呀？快，快回去……
王大婶

〔李栓、张二婶、王大婶急下，赵老汉赶羊群随下。

〔天空顿黑，雷声隆隆，风雨骤至。

〔幕内唱第五十九曲：

　　　　"雷暴雨来了，

　　　　雷暴雨来了，

　　　　雷暴雨来了，

　　　　雷——暴——雨——来了！

　　　　天昏地又暗，

　　　　响雷又打闪；

　　　　天昏地又暗，

　　　　响雷又打闪，

　　　　　　狂风遍地起，

　　　　　　白毛仙姑下了山！"

　　〔打雷打闪。

　　〔"白毛仙姑"——喜儿，灰白的头发披散着，在暴风雨中奔上。

喜　儿　（唱第六十曲）

　　　　　　下山收些瓜和果，

　　　　　　忽然起了雷暴雨，

　　　　　　山高路滑回不了洞，

　　　　　　奶奶庙里躲一躲。

　　（突然滑倒在地，手里的瓜果落下，急忙捡起）不见太阳的日子苦熬了三年多了……今儿出洞找些玉茭子、山药蛋，再到奶奶庙里偷供献，攒起来好过冬……

　　〔又一阵疾雷大雨。

喜　儿　（唱第六十一曲）

　　　　　　闪电啊！撕开了黑云头，

　　　　　　响雷啊！劈开了天河口！

　　　　　　狂风吹得我眼难开，

　　　　　　大雨打得我头难抬；

　　　　　　蒺藜格针刺破了手，

　　　　　　跌倒在地又爬起来。

　　　　　　咳！不管你打雷打闪、大风大雨，

　　　　　　我咬紧牙关一步一步向前走，

　　　　　　苦日子总会熬到头。

　　（向奶奶庙方向走下）

　　〔穆仁智携灯和雨伞，在雨中奔上。

穆仁智　（唱第六十二曲）

　　　　　　又打雷来又打闪，

　　　　　　转眼只见变了天。

　　　　　　少东家有事进城去，

　　　　　　为什么到这会儿还不回还？！

　　（一声响雷，躲）……唉！这天气呀……真是该着世道要变啦。

前些日子，听说日本鬼子打过了芦沟桥，不几天就占了保定，说不定几天就打到这儿来……唉！少东家就为这事到城里打听信儿去，怎么到这会儿还不回来？（焦急不安，又一阵疾雷，向前探望，不知所措）……唉，这几年庄子上又闹什么"白毛仙姑"，一到晚上三更多天，就鬼哭神嚎。哎呀！这可怎么办?!（不寒而栗，忽见左方有人影，一惊）谁呀？

〔半晌，在黑暗中，黄世仁声："唔——是老穆呀！"

穆仁智 （放下心来）少东家，你可回来啦！

〔黄世仁在风雨中打伞奔上，大升跟上。

穆仁智 少东家，怎么样啦？

黄世仁 老穆！不好啦！（唱第六十三曲）

　　　　前天我起身去县城，

　　　　才到了镇上就听见坏风声。

　　　　日本鬼他把县城占，

　　　　今天我急急忙忙急急忙忙回家中。

穆仁智 （惊住）是真的啊？

大　升 真的啊。

黄世仁 唉，别提啦，日本鬼子又杀人，又放火。我丈人家一家人都落到日本鬼子手里去啦！

穆仁智 （更受惊吓）哎呀！少东家，那咱们可怎么办呀？

黄世仁 （劝慰）老穆，先不要怕！不管他世道怎么变，咱们总得想办法过。走，先回去吧。

〔雷声。大雨更紧。

穆仁智 少东家！你看这雷暴雨越下越大啦，咱们先到奶奶庙躲躲再说吧！

〔穆仁智、大升、黄世仁三人挣扎着，走向奶奶庙方向。

〔喜儿往奶奶庙方向走上，与穆仁智、大升、黄世仁相遇。

〔一道闪光，照出了"白毛仙姑"的影像。

黄世仁 （大惊失色）啊！

〔又一道闪光，喜儿看出是黄世仁。

黄世仁 （大呼）鬼！鬼呀！

〔穆仁智、大升、黄世仁惊呼急躲。

喜　儿　（怒火突起，直扑穆仁智、大升、黄世仁，并把手里所拿供献香果向黄世仁掷去，如长嗥般地）啊——

黄世仁
穆仁智　（一边奔跑逃命，一边惊呼不止）……救命啊！救命……鬼！鬼呀！（狼狈奔下）

〔大升跟随跑下。

〔少顷。

喜　儿　（停住，也半惊半疑地）……鬼？鬼？（四处察看，半晌）唔！你们说我是鬼？（看看自己的头发和身体）唔，我这个样子是不像个人样子啦！（悲愤交集，痛哭失声）这都是黄世仁——你！你把我害成这个样子的啊！你还说我是鬼？！

〔风雨雷电交加。

喜　儿　（唱第六十四曲）

　　　　我是叫你们糟蹋的喜儿啊，

　　　　我——是——人！

〔雷声更响更紧。

喜　儿　（唱）自进了山洞三年多，

　　　　受苦受罪咬牙过。

　　　　白天不敢出来怕见人，

　　　　黑夜出来虎狼多。

　　　　穿的是破布烂草不遮身，

　　　　吃的是庙里的供献、山上的野果，

　　　　我、我、我身上发了白。

　　　　（控诉般地，接唱）

　　　　我也是人生父母养，

　　　　如今变成了这模样。

　　　　这……这都是黄世仁，你、你把我害成这个样的，你还说我是鬼……好！（接唱）

　　　　我就是鬼！

　　　　我是冤死的鬼！

　　　　我是屈死的鬼！

我要撕你们！我要掐你们！我要咬你们哪！（接唱）

　　　啊……（疯狂般地向暴风雨中奔去）

〔大雷大雨。音乐奏第六十五曲。幕内"雷暴雨"合唱继起。喜儿远去。

〔暗转。

第二场

〔次日下午。

〔村头大树下。

〔赵老汉，农民甲、乙，心神不定地走上。

农民甲
赵老汉　（齐唱第六十六曲）
农民乙

　　　　平地里起了一阵风，

　　　　世道大乱不安生。

农民甲　（唱）黄家逼得——

农民甲
赵老汉　（唱）难活命，
农民乙

农民乙　（唱）白毛仙姑——

农民甲
赵老汉　（唱）闹得凶。
农民乙

赵老汉　（唱）日本鬼子打过来，

农民乙甲　（唱）听说打过了保定城。

农民甲　（唱）虎子城里去探风，

农民乙　（唱）为什么还不回家中？

农民甲
赵老汉　（唱）真叫人又急又躁不安宁！
农民乙

真叫人又急又躁不安宁，不安宁！

赵老汉　咳！虎子到城里去了三天啦，怎么还不回来?!

农民甲　该不是碰上日本鬼子了吧?

农民乙　不会有那么快吧……唉！

　　　　〔赵老汉，农民甲、乙顿足不安。

　　　　〔张二婶匆匆上。

张二婶　唔，你们在这里，知道了吧? 出了事啦！

农民甲
赵老汉　（一惊）什么事?
农民乙

张二婶　昨晚上黄世仁从城里回来，到奶奶庙躲雨，碰上鬼啦！

农民甲
赵老汉　（又一惊）真的啊?
农民乙

张二婶　真的嘛，把黄世仁都给吓病啦！

赵老汉　哼！黄家作的罪孽也到了头啦，鬼都出来缠他啦！

张二婶　哎，还听说什么日本鬼子占了县城啦！

农民甲
赵老汉　（大惊）真的呀? 哎呀，这可怎么办啊?
农民乙

赵老汉　（顿足，疾首）怎么虎子还不回来呢?

农民甲　喂，你们看，虎子回来啦！

众　人　（呼喊）虎子！虎子!!

　　　　〔虎子急上。

虎　子　（气喘吁吁）你们都在这里啦，可不好啦！（唱第六十七曲）
　　　　　　日本鬼子占了县城，
　　　　　　中央军败退如山崩！
　　　　　　县长逃，局长溜，
　　　　　　只丢下老百姓无路走。

众　人　（唱）哎呀，只丢下老百姓把灾难受！

虎　子　（唱）镇上退下来中央军，

抢劫打骂又抓人。

还听说鬼子出了城，

杀人放火又奸淫……

众　人　（唱）哎呀，只丢下老百姓没人问！

　　　　　　只丢下老百姓没人问！

　　　　　　（焦急万分）哎呀，这可怎么办呀？

虎　子　（唱）还听说一件大事情，

　　　　　　西边来了一支兵——打的旗号要抗战，

　　　　　　专打日本救咱们老百姓！

　　　　　　听说是一夜能走二百里，

　　　　　　天兵天将一般同——

众　人　（惊奇地）真的呀？

虎　子　（接唱）平型关打了个大胜仗，

　　　　　　打死了鬼子几千人。

　　　　　　一路打，往北开——

众　人　那可是什么队伍呀？

虎　子　（接唱）听说他们就叫八……八路军！

众　人　（不解地，如回声般）什么，八路军？

虎　子　（加重语气）对啦，叫八路军。听说对老百姓可和气啦！

　　　　〔李栓扛着镢头急上。

　　　　〔幕内传来八路军军歌。第六十八曲。

李　栓　（惊慌地）哎哎！快点吧！我刚从地里回来，看见南山上下来队
　　　　伍啦！

众　人　（大惊）怎么？来了队伍啦？

农民甲　该不是日本鬼子吧？

李　栓　不……看样子不像是日本鬼子，是中国队伍。

农民乙　哎呀，那别是败兵吧？

李　栓　也不像是败兵，你们看——

　　　　〔众向李栓指的方向看去。

李　栓　整整齐齐的，打南往北一个劲儿地开……

众　人　（瞭望）啊，人可不少啊！

李　栓　这队伍可怪啦，都是年轻小伙子，头上戴着大草帽子，脚上穿着没有帮儿的鞋。咳，胳膊上还有个"八"字呢！

众　人　（一齐喊出）咳，那该不是八路军吧？

〔幕内军歌声渐高。众人疑惧地眺望。

农民乙　（忽然发现）哎，过来啦，过来啦！

〔王大春内声："哎，老乡——老乡！"

众　人　哎呀，上这儿来啦！快躲躲吧！

〔众惊慌躲下。大锁衣衫褴褛，蓬头垢面，引一个军人——王大春上。

大　锁　大春，你这么一叫不要紧，把他们可吓跑了！哎，大春，刚才在这儿的有一个像是赵大叔……

王大春　那咱们吆呼吆呼吧。

大　锁　（大声地）赵大叔！赵大叔！

王大春　（大声地）赵大叔！

〔半晌。赵老汉等人上，看见了"兵"，不禁吓得倒退几步。

王大春　（上前）赵大叔，不认得啦？我是大春。

大　锁　我是大锁！

众　人　（惊疑地）啊……大春……大锁？（半晌，认出来，狂喜）哎呀！大春！大锁！是你们回来啦呀！！（拥上，齐声欢唱第六十九曲）

　　　　一声，一声响雷青天开！

　　　　天上，天上的星星落下来！

　　　大春
　　　　锁你出去了多少年，

　　　　想不到今天回家来！

〔农民甲上。

农民甲　大春！你娘来啦！

〔王大春迎过去。

众　人　（随着王大春也迎过去，接唱）

　　　　母子们要见面，

　　　　从今得团圆；

212

乡亲们哪个不喜欢，

乡亲们哪个不喜欢！

〔幕内王大婶喊着："大春！大春！"奔上。

王大春　娘！

王大婶　（不敢相认，半晌，扑上去哭起来）大春！我那孩子啊！

王大春　娘！（也禁不住落泪）

众　人　（一部分）王大婶……（慰劝，接唱）

　　　　大婶你别难过。

众　人　（另一部分）大春……（接唱）

　　　　大春你别心酸。

张二婶　大春，别惹你娘难过……

赵老汉　（擦泪）他大婶，别难过啦，大春这不是回来了嘛！

王大婶　（啜泣）唔……不……不……我不难过……（却又哭起来）

赵老汉　唉！（接唱）

　　　　你天天盼，天天念，

　　　　这不是大春到面前？

众　人　（唱）哎呀呀，这该有多喜欢！

张二婶　他大婶，这可到了你喜欢的时候啦！唉……

赵老汉　大春，你说说你怎么回来的吧。

李　栓　大锁，你也说说，你是怎么回来的吧。

王大春
大　锁　对！

王大春　娘，大叔……

大　锁　张二婶子，乡亲们……

王大春
大　锁　（唱第七十曲）

　　　　自从那年离家门，

　　　　黄世仁逼得我无处去投奔
　　　　他把我送到县衙门。

王大春　（唱）跑到山西省，

　　　　我就当了兵。

213

大　锁　（唱）我在那监牢里头受苦情。

王大春　（唱）今天队伍开到前方来，

　　　　　　　坚决抗战打日本！

大　锁　（唱）打进了县城砸开监狱，

　　　　　　　放出了咱们受难的人！

王大春
大　锁　（唱）弟兄们一路就着伴儿走，

　　　　回家看望老母乡亲。

众　人　（向王大春）那你们可是什么队伍呀？

大　锁　（唱）他们这队伍可不一样……

王大春
大　锁　（唱）我他们就是八路军！

众　人　（喜出望外）啊，怎么，你当的就是八路军？（接唱）

　　　　　　　八路军！八路军！

　　　　　　　原来你们就是西边开来的平型关打仗的"天兵天将"八

　　　　　　　路军！

王大春　对，就是共产党领导的八路军，和咱们老百姓是一家人。赵大叔，

　　　　你忘了吗？从前你讲的那个红军，红军就是这会儿的八路军！

赵老汉　啊，你说什么？八路军就是红军？（如梦初醒，惊喜若狂，向众

　　　　人）唔！你们可忘了吗……那天五月十三，关老爷磨刀的那天，

　　　　来到赵家庄的那个红军？想不到啊，想不到啊，九九归一，九九

　　　　归一，红军又回来啦！

王大春　（更正）八路军，八路军回来啦！

众　人　（异口同声地）八路军，八路军回来啦！这世道是真的要——变

　　　　啦，哈哈哈哈！

　　　　〔幕内八路军军歌高唱入云。众人向歌声迎去。

　　　　〔幕落。

第五幕

第一场

〔幕启。

〔1938年，春天。

〔村头大树下，树枝已抽新叶。

〔这里已成为八路军敌后抗日根据地，初升的太阳光照着自卫队放哨的窝棚，旁边的树上挂着识字牌，上边写着"抗日减租"几个字。虎子持着红缨枪在放哨。

虎　子（唱第七十一曲）

春天里打雷第一声，

阴沟里点灯头回明！

自从来了共产党，

穷人们从今要翻身！

哎咳咳，穷人们从今要翻身！

坚持抗战不怕难，

建立民主新政权。

政府下令把租减，

大家伙起来齐心干！

哎咳咳，大家伙儿齐心干！

（兴奋地）哈！可到了咱们穷人翻身的时候啦，大春头年从队伍上调下来，就当了咱们区助理员。正月里改选了村政权。赵大叔当了村长，大锁当了农会主任。上边的公事也下来了，说要减租，闹斗争，给黄世仁算老账……唉，可就是大伙儿还不齐心，还怕黄世仁，又怕什么白毛仙姑，谁也不敢出头。这不，今儿原说开会，我看准又齐不了人！（走向一边瞭望）

〔赵老汉、大锁上。

赵老汉
大　锁（唱第七十二曲）

只要大伙能齐心，

斗争一定能成功。

有咱们政府来做主，

区上今天就来人。

哎咳咳，区上今天就来人。

大　锁　虎子！

虎　子　（回头）唔，大锁……唔，不，（忙改口）农会主任，村长……（笑起来）

赵老汉　（也笑起来）虎子，看见区上来人了没有？

虎　子　（焦急地）还没有哩！

大　锁　呃，说是今天来的，怎么还不来呀。（到一边瞭望）

赵老汉　虎子！这回咱们要闹减租，要斗黄世仁啦！怎么样，小伙子，你敢不敢出来讲话？

虎　子　村长！这你还要问我？要说斗争黄世仁，（竖大拇指）咱是头一份！咳，可光我一个人不行呀，你看吧，这不是，原说今儿开会，可到了这会儿啦，谁也不理这个事儿。哼！我看还是闹不成！

赵老汉　（劝慰）咳！虎子，不要着急，天明，天明还得黑一阵儿呢。今儿区长跟大春就来了，咱们早讨论好办法来啦，不怕他黄世仁捣鬼！小伙子，把劲憋得足足的，等着吧，快啦！

虎　子　行！（满意地一笑）

大　锁　（看着村道上的人影）呃，赵大叔，你看那儿是大春他们吧？

　　　　〔赵老汉、虎子向远处张望。

虎　子　是，是，是大春！还有区长哩！

　　　　〔人影渐近。

虎　子
赵老汉　（兴奋地迎上去）区长！大春！
大　锁

　　　　〔区长与王大春行色匆匆地走上。

虎　子　嗬！大春……唔，不，咱们王助理员也来啦！

　　　　〔王大春拭汗，与虎子相顾一笑。

赵老汉　（向区长）早等了你们老半天啦，怎么才来？

区　长　（拭汗）我跟大春绕了个弯到刘村去了一趟，要不早来啦。

赵老汉　怎么样，我看咱们先到村里办公处去吧？

大　锁　对，先到村里去吧！（向村中走去）

　　　　〔幕内烧香的人群合唱声起。

区　长　（看见走来的人群）啊，这群人是干什么的？

虎　子　（赶上来，不满地）咳！又是给白毛仙姑烧香去的！看，还有穆
　　　　仁智那小子呢。

王大春　（向区长）区长，我看咱们先躲一躲，看看他们怎么样。

赵老汉　对！先到这边来。

　　　　〔众人向一边躲下。虎子也躲到一边。

　　　　〔烧香的老头儿、老婆及农民甲、乙，妇女甲、乙携带香物供献上。

　　　　〔穆仁智跟上。

众　人　（合唱第七十三曲）

　　　　　　　世道大变天下乱，

　　　　　　　黎民百姓多灾难。

　　　　　　　白毛仙姑有灵验，

　　　　　　　保佑咱们得平安。

穆仁智　（鬼鬼祟祟，四顾无人，向众人）哎，你们知道了吧？昨晚上又
　　　　出了事儿啦！

众　人　（一惊）怎么？

穆仁智　白毛仙姑又显了灵啦！（唱第七十四曲）

　　　　　　　昨儿夜半三更天，

　　　　　　　白毛仙姑又把灵来显。

　　　　　　　她说道：青苗不出全，

　　　　　　　天下要大乱，

　　　　　　　黎民百姓遭涂炭，

　　　　　　　到处要死人，

　　　　　　　遍地起狼烟，

　　　　　　　家家户户哭声连天！

众　人　（惊慌失措）哎呀，这可怎么办呀？

穆仁智　（接唱）劝世人：

> 安分又守己，
>
> 多多来积善，
>
> 事不关己莫要你去管。
>
> 神仙庙里多上香，
>
> 才能把性命来保全！

众　人　（祈祷般地）唉，求仙姑保佑吧！

穆仁智　仙姑还说哪……（接唱）

> 八路军，不久长，
>
> 好比那露水见太阳，
>
> 太阳升起露水散，
>
> 八路军眼看就要灭亡。

〔虎子早在穆仁智背后出现。

虎　子　（突然冲上去，夺穆仁智的香烛，扔在地上）穆仁智，你又造什么谣？

穆仁智　（冷不防，语塞）我……我……（欲拾起香烛）

虎　子　滚你的蛋！（把穆仁智一脚踢开，并把香烛踏碎）

〔穆仁智狼狈奔下。

〔众人见势欲走，被虎子拦住。

虎　子　（愤愤地）站住！谁也不能过去！好！叫开会不开，烧香倒有了工夫啦！

众　人　（大为不满，纷纷抗议）虎子，你这是干什么？得罪了仙姑还了得呀？这可不是一个人的事儿呀！

虎　子　（不让人）仙姑，仙姑在哪儿啦？不行，就是不许走！（与众人争吵起来）

〔区长、王大春、赵老汉、大锁等急上。

赵老汉　（急把虎子拉到一旁，制止）虎子……

大　锁　大伙儿不要着急，不要着急……

区　长　对，乡亲们，有话慢慢说。

〔众平息下来。

老　头　唔！区长来啦。

众　人　唔！区长，大春！

区　长　乡亲们，刚才不是说白毛仙姑的事儿吗，那大伙儿说说白毛仙姑倒是怎么个灵法呀。

王大春　是啊，白毛仙姑倒是怎么回事？

老　头　唉，区长，大春！（唱第七十五曲）

　　　　　　　白毛仙姑显神灵，

　　　　　　　到如今已有三年整。

农民甲　（唱）大伙都见过，

　　　　　　　来去无影踪⋯⋯

农民乙　一身白，一晃就过去啦！（接唱）

　　　　　　　常在奶奶庙，

　　　　　　　夜出在三更。

农民丙　（唱）头天上的供，

　　　　　　　第二天收干净。

农民丁　（唱）庙中吐真言，

　　　　　　　句句听得清。

农民戊　可不是吗，她老人家说——（接唱）

　　　　　　　世人罪孽重，

　　　　　　　天下不安宁。

农民己　穆仁智也说过——（接唱）

　　　　　　　白毛仙姑有神灵，

　　　　　　　四方黎民莫胡行。

众　人　（唱）哎呀，怕只怕得罪了仙姑了不成！

虎　子　（再也忍耐不住，大呼）别胡扯啦，白毛仙姑在哪儿啦？我怎么没见过？

众　人　（又与虎子争吵起来）虎子，可怎么那么说呀？这仙姑有灵谁也知道的！你冒犯仙姑叫谁担得起呀！

区　长　（打断，解劝）乡亲们！不要着急，白毛仙姑这事咱们调查调查再说，一定得闹清楚⋯⋯大伙儿去烧香咱们也不拦住大伙儿，不过这两天大伙儿心眼儿里也琢磨琢磨咱们减租的事儿，咱们政府一定给老百姓做主。

王大春　大伙儿想想：咱们那些年受的什么罪？这会儿共产党来了，领导

219

咱们翻身，咱们可一定得起来干啊！

老　头　唔，是的，区长，大春……你们在，我们先走啦！

区　长　好，那过几天再找大伙儿拉谈……

〔烧香的人们相继走下。

区　长　（向赵老汉、大锁）村长，大锁！今天的事儿已经很清楚啦。我们在区上也研究了材料，（低声地）这事可不简单……

王大春　对！这事跟黄世仁有关系！这回区上决定先把白毛仙姑这个事闹清楚……今儿是十五，我看我跟大锁就先到奶奶庙……

区　长　（向赵老汉、大锁）怎么样，你们有什么意见没有？

赵老汉　对，就这么办吧！

大　锁　对，就看今晚上这一下子吧！

区　长　村长，那可得小心点啊！

赵老汉　（兴奋地）那还用说……（走向虎子）虎子，今晚上奶奶庙那边多加小心啊。小伙子，咱们报仇的日子到啦！

王大春　那咱们快回去准备吧。

〔众人疾步走下。

〔虎子持红缨枪走上高处瞭哨。

〔暗转。

第二场

〔晚上。

〔奶奶庙，案上置供献，阴森可怕。

〔王大春带枪，大锁拿着未燃的火把和大刀上。他们走到门口，向周围看了一下，两人耳语，进庙。

〔王大春指一角落示意大锁，两人各寻一角落躲入黑暗中。

〔风声。长明灯在暗中闪烁着可怕的光芒。

〔半晌。

〔王大春从暗中伸出头来窥看，又躲入黑暗中。

〔音乐伴奏不停。

大　锁　（恐怖不安地）大春，大春！

王大春　（制止）嘘——（摆手示意）

〔两人默然。

〔"白毛仙姑"从门外闪进来，疾速地躲入神坛背后。少顷，见无动静，复出收桌上供献。

〔王大春、大锁两人从暗处跃出。

王大春　（大叫）你是谁?

喜　儿　（出其不意地受到袭击，呆住，忽大声一叫，向王大春扑去）啊——

〔王大春开一枪。

〔喜儿手臂中弹跌倒，又爬起，惊慌跑下。

王大春　（向大锁）大锁，快追，快追!

〔王大春、大锁追下。

〔山道上。

〔喜儿抚伤忍痛挣扎跑过，跳沟越涧奔下。

〔王大春、大锁后随追上。

大　锁　呃? 又看不见啦?

王大春　（四面察看，又看地下）……血印子也没有啦?

大　锁　（向下窥看）这下边就是老虎嘴，咱们爬得这么高啦。

王大春　（忽然发现）咳! 大锁，那边像是有个亮儿!

大　锁　呃，像是个山洞啊。

王大春　大锁，追!

〔王大春、大锁跳过山涧。

王大春　大锁，把火把点着!

〔王大春、大锁追下。

〔山洞中。

〔音乐伴奏不断。山风呼叫。

〔小油灯的光亮闪在壁缝中，微弱的光线照出了山洞的阴暗与恐怖，一边堆着柴草、山果、玉茭子、供献等物。

〔喜儿惊慌地从洞口爬进，用石头堵洞口。

〔王大春、大锁上，来到洞外。

王大春　大锁，这里! 这里!

〔王大春、大锁猛力推洞门，轰然一声石头倒落，两人入洞，大锁持火把。

〔喜儿急闪开。

王大春　（持枪向喜儿）你是人是鬼？快说！

大　锁　快说，是人是鬼？

王大春　说，不说我就打死你！

喜　儿　（仇恨激起，狠狠地）我……

王大春　说！说了我就饶了你！

喜　儿　（唱第七十六曲）

　　　　　　我……我……

　　　　（忽然如爆发一般，接唱）

　　　　　　我是人，

　　　　　　我是人！

　　　　　　我有血肉，我有心，

　　　　　　为什么说我不是人？

王大春　你是哪儿的？

喜　儿　（接唱）高山底下苦水河，

　　　　　　我家就在杨格村。

王大春
大　锁　（一惊）那你怎么到这儿来的？

喜　儿　你们黄家害的我！（接唱）

　　　　　　你们害死了我的爹，

　　　　　　大春哥又叫你们逼出门。

　　　　〔王大春、大锁相对惊住。

喜　儿　（接唱）哼！要害我死我偏不死，

　　　　　　来到这山洞安下身。

　　　　　　熬过了一天我石头上面划一道——

　　　　　　划不尽我的千重冤，万重恨，

　　　　　　万恨千仇，千仇万恨，

　　　　　　划到我的骨头——记在我的心！

　　　　　　啊，啊……

　　　　（痛哭失声）哼！你们当是我死了吗？你们，你们想错啦！哈哈

哈哈……（接唱）

> 烈火啊，你们扑不灭，
>
> 大树啊，你们砍不断根！

王大春　到底你叫什么名字？
大　锁

喜　儿　（接唱）我就是山上的大树、野地的火，

> 我就是喜儿啊——不死的人！

王大春　（愕然，怔住）啊?!
大　锁

喜　儿　好！到这会儿你们又来啦，我给你们拼啦！我给你们拼啦！（疯狂地向王大春、大锁扑去）

〔王大春、大锁不知所措，王大春手中的火把燃烧着。

喜　儿　（看见在火把的光亮照耀下的王大春的面孔）啊？你！你！（认出王大春，意外地）你是大春?!（昏倒）

〔王大春、大锁急赶上前，仔细察看。

王大春　（如在梦中）是……是喜儿！（半晌，不知所措，忽见喜儿手臂上的伤痕）啊……（取毛巾为喜儿包扎，感伤莫名，轻声地）喜儿……

大　锁　喜儿！

喜　儿　（伤痛，挣扎，苏醒）啊……（睁开眼睛，看王大春，知道不是恶意，无力地垂下眼帘）

〔音乐伴奏。

〔王大春看着喜儿，看着山洞里的情形，过去的一切都在心中复活起来，不觉热泪夺眶而出……

王大春　（忽然，激愤地）这回什么都明白啦！大锁，快回去告诉区长，把黄世仁"看"起来，叫老陈给县上快打个报告！

大　锁　对！

王大春　喂！再给我娘和张二婶说一声，叫她们拿衣裳来接喜儿回去！

大　锁　对！（疾步走下）

王大春　（对喜儿）喜儿！喜儿！（见喜儿清醒）我们是来救你回去的！

喜　儿　啊……回……回去……（摇头）

王大春　（激动地）喜儿，你不知道，外边的世事变啦，你忘了，那年赵

223

大叔说的那红军，红军这会儿又来啦。这会儿叫八路军。他们来了，咱们穷人要翻了身啦！你出去，咱们好报仇啊！

喜　儿　（半晌，低低地）唔……唔……变……变了……报仇……（点头）唔……报仇……

〔王大春脱下衣裳给喜儿披上，搀喜儿出山洞。

〔天渐渐明了，听见鸟鸣，洞外朝阳灿烂。

〔幕内合唱第七十七曲：

> "太阳出来了，太阳出来了，
>
> 太阳光芒万丈，万丈光芒。
>
> 上下几千年，
>
> 受苦又受难，
>
> 今天看见出了太阳，
>
> 赶走万重黑暗！
>
> 我们的喜儿哪里去了？
>
> 离开我们三四年，
>
> 今天啊——
>
> 我们要把荒山踏破，
>
> 我们要把野洞劈开，
>
> 要把喜儿救出来，
>
> 救出来！"

〔山道上，大锁引区长、王大婶、张二婶、赵老汉等人在合唱声中上。

众　人　喜儿在哪里？在哪里啦？

大　锁　就在那边……哎，你们看！

众　人　喜儿来啦，是喜儿来啦！（迎上去，看见喜儿的样子，不禁呆住）

王大婶　（半晌，走向喜儿）喜儿……

张二婶　（也走上来）喜儿……

赵老汉　……喜儿。

喜　儿　（看见众人的面孔，逐渐认出来，一下子说不出话，半晌，叫出来）赵大叔……张二婶……大婶子……（倒在王大婶怀里痛哭）

〔众人都忍不住落了眼泪。

〔王大婶、张二婶整理喜儿的头发。

区　长　乡亲们！别难过了，今天咱们把喜儿救出来就好了。明天咱们开
　　　　大会斗争黄世仁，给喜儿报仇，出这口气。现在，咱们先回去吧！

众　人　（合唱第七十八曲）

　　　　　　乡亲们同志们莫流泪，

　　　　　　旧社会把人逼成鬼，

　　　　　　新社会把鬼变成人。

　　　　　　救出受难的好姊妹，

　　　　　　新社会把鬼变成人，

　　　　　　救出咱们好姊妹！

〔众人在歌声中挽喜儿下。

〔暗转。

第三场

〔第二天晨，太阳出来。

〔黄家祠堂门口农民大会会场。

〔幕内锣声。

〔幕内人声呐喊："开会喽——到黄家祠堂门口开大会去喽！"

〔幕内合唱第七十九曲：

　　　　　　"千年的仇要报，

　　　　　　万年的冤要申，

　　　　　　逼成鬼的喜儿，

　　　　　　今天要变成人！

　　　　　　压死人的租要减，

　　　　　　长交的粮要还，

　　　　　　永辈子的受苦人，

　　　　　　今天要把身翻！"

〔幕内接唱第八十曲：

　　　　　　"你吸了我们多少血？

　　　　　　你喝了我们多少汗？

　　　　　　你逼了我们多少粮？

你抢了我们多少钱？

你害了我们多少人？

你欺压我们多少年？

今天要跟你把账算，

要跟你把老账算！"

〔无数的农民群众站起来，控诉黄世仁。

〔区长、王大春、赵老汉等站在主席台上。

〔会场周围布满了自卫队员，他们持着红缨枪、大刀。

〔黄世仁戴着母亲的孝，低头站在主席台下。穆仁智躲在桌子脚下。

〔黄世仁刚发完言，跟着来了群众的质问。大会场如沸腾了一般。

农民甲　（唱第八十一曲）

为什么你明减暗不减？

众　人　（唱）为什么你明减暗不减？

农民乙　（唱）为什么你抽地欺压咱？

众　人　（唱）为什么你抽地欺压咱？

农民丙　（唱）为什么你背地造谣言？

众　人　（唱）为什么你背地造谣言？

农民丁　（唱）逼死人你倒不发言！

众　人　（唱）你倒不发言！

你倒不发言！

几个租子几个钱，

你造的孽数不完！

黄世仁你！说话呀！你……

〔黄世仁支吾，欲分辩。众人愤然。

赵老汉　（唱第八十二曲）

黄世仁——你还敢强辩？

你装疯卖傻，你，你……你瞎了眼！

众　人　（唱）瞎了眼，瞎了眼！

王大春　黄世仁，告诉你！（接唱）

如今的世道改变了，

这是咱老百姓掌大权。

众　人　（唱）如今是咱老百姓的天！

　　　　　　　杀人的要偿命，要偿命！

　　　　　　　欠账的要你还，要你还！

　　　　　　　血债一定要你还！

　　　　〔两农妇冲上。

农妇甲乙　（唱第八十三曲）

　　　　　那一年九月天，
　　　　　　　　腊

　　　　　你来逼租子门前，
　　　　　　　要账到

农妇甲　（唱）你把我孩子打了个半死！

农妇乙　（唱）你把我爹的腿打断！

农妇甲乙　（唱）黄世仁哪，黄世仁！

　　　　　　　这笔血债要你还！

众　人　（唱）杀人要偿命，

　　　　　　　欠账要你还，

　　　　　　　血债一定要你还！

　　　　〔农民戊、己冲上。

农民戊　（唱第八十四曲）

　　　　　忘不了我的冤，

农民己　（唱）忘不了我的仇。

农民戊己　（唱）你逼我孩子修水坝，
　　　　　　　兄弟给你盖高楼，

农民己　（唱）我兄弟砸死在高楼下。

农民戊　（唱）我的孩子叫大水冲了走！

农民戊己　（唱）黄世仁哪，黄世仁！

　　　　　　　你造的罪孽到了头！

众　人　（唱）杀人要偿命，

欠账要你还!

血债一定要你还!

(如火如炽,高呼)叫黄世仁说话!黄世仁!你说!

〔黄世仁仍支吾。

赵老汉　(大声地)乡亲们!他不承认,咱不跟他说啦!虎子!去叫喜儿去!

众　人　(呼应)对!叫喜儿去!

〔虎子跑下。

〔黄世仁、穆仁智大惊,目瞪口呆。

一部分农妇　(含泪,唱第八十五曲)

喜儿……

另一部分农妇　(唱)喜儿……

农民们　(唱)喜儿……

喜儿……

农妇们　(唱)可怜的孩子受罪到了头,

受苦的人哪,今天要出头。

众　人　(唱)出了头!出了头!出了头!

〔幕内虎子叫声:"喜儿来啦——"

众　人　(回头望迎喜儿,接唱)

如今是咱老百姓的天!

我们要报仇,要报仇!

我们要申冤,要申冤!

要给喜儿报仇冤!

〔王大婶、张二婶搀喜儿上。喜儿已换了新衣。

众　人　(高呼)我们要给喜儿报仇!我们要给喜儿申冤!

〔喜儿忽然看见黄世仁,疯狂地扑去要撕他,仇恨的火燃烧着
她,使她不能自持,最终倒在王大婶、张二婶怀中。

〔半晌。

赵老汉　(含着泪)孩子,不要难过,这会儿到了你说话的时候啦!

王大春　喜儿,听见了没有?到了咱们说话的时候啦!

喜　儿　(如在梦中)怎么?到……到了……咱们……说话的时候啦?

　众　人　(如雷声突起)对!喜儿!是到了咱们说话的时候啦!

王大婶
张二婶　说吧，孩子！

喜　儿　（唱第八十六曲）

　　　　我说，我说，我要说——

　　　　我有仇来我有冤，

　　　　我的冤仇说不完，说不完。

　　　　高山哪——砍不断，

　　　　海水啊舀不干！

　　　　可怎么天翻身来地打滚，

　　　　仇人今天见了面！

　　　　黄世仁哪，黄世仁！

　　　　千刀万剐心不甘！

众　人　（唱）千刀万剐心不甘！

　　　　千刀万剐心不甘！

　　　　千刀万剐——心不甘！

喜　儿　（第八十七曲）

　　　　那一年哪……（呜咽）

王大婶　（唱）那一年年底三十晚，

喜　儿　（唱）大风大雪鬼门关。

王大婶　（唱）穆仁智催租来到家，

喜　儿
王大婶　（唱）逼死了爹爹，爹爹呀
　　　　　　咱村杨老汉！

众　人　（唱）屈死的人啊，

　　　　屈死的人啊，

　　　　数也数不完！

喜　儿　（唱第八十八曲）

　　　　年初一……年初一……

张二婶　（唱）年初一把喜儿拉进黄家门。

喜　儿　（唱）黄家的苦罪受不尽，

张二婶　（唱）黄世仁起坏心把她奸淫。

农妇们　（震惊，唱）啊?！啊——

喜　儿　（哭声加唱）啊——

张二婶　（唱）到秋天黄世仁要娶亲，

　　　　　　　　要卖喜儿……

喜　儿　（唱）卖我……

张二婶　（唱）进火坑！

喜　儿　（唱）黄世仁哪，黄世仁！

　　　　　　　　你杀人的魔王，

众　人　（唱）吃人的野兽，

　　　　　　　　你的罪孽到了头！

　　　〔众人怒火难遏，冲上去打黄世仁。区长等拦住众人。

区　长　老乡亲们先不要打，叫喜儿说完。

喜　儿　（唱第八十九曲）

　　　　　　　　多亏了，多亏了二婶子把我救，

　　　　　　　　离开黄家出虎口。

　　　　　　　　天又黑啊，

众　人　（唱）……天又黑啊，

喜　儿　（唱）地又暗哪，

众　人　（唱）……地又暗哪，

喜　儿　（唱）天黑地暗我无路走。

众　人　（唱）……你哪里走？

喜　儿　（唱）深山野洞安下身。

　　　　　　　　不见太阳不见人，

　　　　　　　　吃生吃冷吃供献，

　　　　　　　　不像鬼来不像人。

　　　　　　　　水干石烂我不死，

　　　　　　　　苦撑苦熬到如今。

　　　　　　　　想不到今天啊……

王大婶
张二婶　（唱）太阳底下——
农妇们

230　喜　儿　（唱）太阳底下把冤申！

农妇们 （唱）太阳底下把冤申！

众　人 （唱第九十曲）

　　　　如今是咱老百姓的天！

　　　　我们要报仇，要报仇！

　　　　我们要申冤，要申冤！

　　　　要给喜儿报仇冤！

〔众人再也不能制止，冲上打黄世仁、穆仁智。区长等拦住。

区　长 （登到大桌上高呼）老乡亲们！我代表咱们政府同意大家对黄世仁的控诉！我们一定要给喜儿报仇！现在我们先把黄世仁、穆仁智逮捕起来，准备公审法办！

〔群情激昂，欢呼。

〔自卫队把黄世仁、穆仁智绑起。

众　人 （合唱第九十一曲）

　　　　黄世仁——你低了头！

　　　　你发了抖！

　　　　你低了头！

　　　　你发了抖！

　　　　你千年的老封建，

　　　　今天要刨断根！

　　　　你万斤的铁锁链，打得你碎粉粉！（反复）

〔太阳升起，灿烂的阳光照耀着喜儿和沸腾的人群。

众　人 （欢呼，接唱）

　　　　永辈子的受苦人，

　　　　今天要翻身！

　　　　我们要翻身！

　　　　我们要翻身！

　　　　我们——要——翻——身！

〔黄世仁如砍倒的树干一样在群众脚下跪倒。

〔农民群众骄傲地站在太阳光下，无数的手臂高高地举起。

〔幕落。

　　　　　　　　　　　　——剧　终

《白毛女》创作于1945年1月至4月，取材于晋察冀边区"白毛仙姑"的传说。由贺敬之、丁毅执笔，马可、张鲁、瞿维、焕之、向隅、陈紫、刘炽等作曲。1945年4月由延安鲁迅艺术学院戏剧音乐系全体师生为"中共七大会议"在延安中央大礼堂首演，深受广大人民和八路军官兵的喜爱，成为边区最受欢迎、影响最大的剧目之一。导演王大化、舒强、张水华，舞台设计许珂，主演王昆、陈强等。本剧在开展新秧歌运动和秧歌剧创作经验的基础上，采用了民间音乐素材，借鉴了外国歌剧经验，是新中国第一部较成熟的大型新歌剧。它为中国新歌剧的发展开辟了道路，奠定了基础。

作者简介

贺敬之　男，1924出生，山东枣庄人，诗人、剧作家。1942年毕业于延安鲁艺文学系，十五岁参加抗日救国运动，十六岁到延安入鲁迅艺术学院文学系，十七岁加入中国共产党。1945年和丁毅执笔集体创作我国第一部新歌剧《白毛女》，获1951年斯大林文学奖。代表作品有《白毛女》《回延安》《三门峡》《桂林山水歌》《梳妆台》等。

丁　毅　男，原名顾康，1921年出生，山东济南人，剧作家，总政治部文化部顾问。曾获三级独立自由勋章、二级解放勋章。代表作品有新歌剧《白毛女》（与贺敬之合作执笔），1951年获斯大林文学奖。其它作品有《董存瑞》（与丁洪等人合作）、《打击侵略者》（与宋之的、魏巍合作）、《一个志愿军的未婚妻》（与田川合作）等。

· 讽刺剧 ·

升官图

陈白尘

人　物　老头儿——看门的。

闯入者甲——一个流氓、强盗，即假秘书长。

闯入者乙——闯入者甲的同伙，即假知县。

知县太太——即省长夫人。

艾局长——财政局长。

马局长——警察局长。

钟局长——卫生局长。

萧局长——工务局长。

齐局长——教育局长。

马小姐——马局长的妹妹，女秘书，即假知县太太。

知县，秘书长，省长，侍从，老百姓子、丑、寅、卯、辰、巳、午、未，警察一、二、三、四，听差一、二、三、四，男傧相四人，女傧相四人。

序　幕

〔一个凄风苦雨之夜。

〔一所古老的住宅里的一座很敞亮的客厅，但由于夜晚，在一盏如豆的油灯之下，显得空旷而阴暗。陈设简单，显得好久没有人住过了。

〔厅外天井里一片漆黑。

〔左右有两间卧室，门紧闭着。

〔油灯被风吹得摇晃不定。

〔老头儿——须发苍白，佝腰驼背，是年近八十的人了，手持鸡毛掸帚，从右首房间里出来。

老头儿　（用掸帚到处打扫着，一面自己嘀咕）灰沙，灰沙……到处都是灰沙！一天到晚吹不停的灰沙！天吹暗了，地吹黑了，人也吹得迷糊了！（看看天井）不晓得什么时候啦！

〔风声凄厉，电线在哀号着。

老头儿 嗯！风更大了！

〔灯光摇曳。

老头儿 （走近客厅通向天井的落地窗，向天）老天爷！你有个完没有？吹！吹！

〔正当老头儿一扇扇关窗时，随风飘来了卖唱的歌声：

　　　　"说凤阳，

　　　　道凤阳，

　　　　凤阳本是个好地方。

　　　　自从出了朱皇帝，

　　　　十年倒有九年荒！"

〔老头儿侧耳听着，一阵风吹去了歌声，他也恨恨地关上最后一扇窗子。

老头儿 十年九荒！十年九荒！十年九荒也罢了，十年倒整荒了十年！（摇头叹息）

〔远处传来一声女人的惨叫。

老头儿 什么世道啊！（再走近窗子静听，什么也没有了）

〔雨声。

老头儿 哼！又下雨了……这是什么天！什么世道啊！

〔风雨间歇地咆哮着。在那稍微宁静的刹那，又传来一片混乱的叫嚣：里面有呼号，有惨叫，有怒吼，有呻吟，但遥遥得很，风雨一响，又被淹没了。

老头儿 （举起油灯，倾听片刻，为之叹息）世道乱喽……乱喽！

〔当老头儿举着灯火走向对面房间，正想开门时，忽然清脆地响了两枪。

老头儿 （惊慌地立定）又是什么事？（走回来，向外照看了一阵）老天爷，快点天亮吧！

〔又是一阵枪响。

老头儿 难道……今儿夜里都过不去吗……唉！（再向对面房间走去）

〔当老头儿开了门，进去，正转身来掩门之际，通向天井的落地窗被推开一扇，闪进一个人来——闯入者甲，身着玄色长袍，头

235

戴黑铜盆帽，敞着领口，露出雪白衬褂，端着手枪，一面收起一大串钥匙。

〔闯入者甲身后又闪出另一个人来——闯入者乙，短袄裤，头顶破毡帽，肩上背负着偌大一个衣包。

老头儿　（冲出来）谁？

闯入者甲　（关上后面的门窗，端正枪，低声威胁）住口，再出声打死你！

〔闯入者乙躲藏在闯入者甲的身后。

老头儿　（司空见惯，毫不惊奇）唔……二位请坐！

闯入者甲　不许动！

老头儿　哎，二位是客人，我们主人不在家，我这个看门的也得替主人招呼招呼呀！

闯入者甲　（强迫地）不许你动！

老头儿　哎哎，好汉请别动手！我这两根老骨头经不住你一拳的！

闯入者甲　那就少废话！

老头儿　好，好。（坐下）那么二位好汉要些什么？

闯入者甲　要什么？

老头儿　说老实话，我们主人不在家，这儿是被光顾过不知多少次了，值钱的东西早光啦！就是这些笨重家具！

闯入者乙　（向闯入者甲一笑）这老家伙很大方！

闯入者甲　（笑，拍老头儿肩）老头儿！别怕，咱哥儿俩来不是那回事！只借你这儿躲躲风！

闯入者乙　你没听见枪声吗？

老头儿　（看看闯入者乙的衣包）唔！刚才就是你们？

闯入者甲　对！话说明白，咱哥儿俩今晚在这儿躲一夜，天不亮就走，什么也不碰你的。

〔闯入者乙在背后正偷起一个花瓶揣身上。

老头儿　这……这……

闯入者甲　怎么着？

老头儿　二位好汉来了，喜爱什么拿什么，那是没办法的事；可是二位要住在这儿……

闯入者乙 你要咱们哪儿去？外边侦缉队还在……

闯入者甲 （打断闯入者乙）老头儿，怎么样？你说！

老头儿 那人家要说我窝藏……

闯入者甲 （出枪逼之）答应不？

老头儿 （推开枪口）哎，您别急呀！我也没说就不答应！

闯入者乙 你答应不？

老头儿 （看看枪）有这玩意儿，有什么办法呢？

闯入者甲 知道厉害就行！（向闯入者乙）来，用绳子把他捆起来！老头儿，对不起，委屈你一夜。

老头儿 要捆起我？

闯入者甲 不捆你谁敢保险？

老头儿 （冷笑）我说呀二位好汉，我老头子爬不动走不动，您还怕我逃？要说怕我走风，你们又没抢我的拿我的，我犯得着？再说我这条老命，还想活两年，我得罪了您，未必还想活？

闯入者甲 我瞧你也不敢！

老头儿 再说，我老头子既然答应了二位住这儿，好人做到底，我还得给二位把把风，捆起我来不要紧，半夜里有个风吹草动，谁给您报信？

闯入者甲 你会把风？

老头儿 我住在门房里，那儿有根绳子通到这儿，您瞧悬着个铃铛儿，一有事，我将绳子一扯，铃铛儿一响，二位就可以赶紧预备。这儿有门，通到后花园去（指右首房间）；那一间，（指左首房间）是睡房，一条死路，可走不通。

闯入者乙 （商议）就让他去吧？

闯入者甲 老头儿，我不怕你捣鬼！把好风，请你喝杯酒；出毛病，老子可要你的命！

老头儿 （笑）可不是，我这条老命在您手掌心里！

闯入者甲 那就快滚！灯留在这儿！大门关好，机灵点儿，有什么动静先拉铃铛。

老头儿 （迟疑起来）门房里就这一盏灯。不碍事，就让我睡在这椅子上吧。

闯入者甲 这椅子我要睡！去去！你去看门！

237

老头儿　唔唔，我去看门，我还要去看门……铃铛儿就在这儿，有了动
　　　　静，我就这么……（扯了一下）

闯入者甲　得，得！别扯了！

　　　　〔老头儿去了。闯入者甲向天井中张望一眼，即打开右首的房门。

闯入者乙　是通花园的？

　　　　〔闯入者甲又推开左首的门照一照。

闯入者乙　还有床，老大，咱们睡在里边吧。

闯入者甲　伙计，那是条死路，没门！

闯入者乙　那……

闯入者甲　这洋椅还不舒服？（拣张长沙发）我睡这一张。

闯入者乙　也好。

闯入者甲　妈的，这房子倒不坏！

闯入者乙　像个衙门……

闯入者甲　（非笑地）你进过衙门没有？

闯入者乙　（不好意思地）老大，您啦？

闯入者甲　我？（感慨系之地）哼！想当年，我也坐过两年衙门……得，
　　　　好汉不提当年勇！咱们来瞧瞧这票货。（打开包袱，里面塞满衣
　　　　服、首饰、银钱）伙计，今儿运气不坏！你瞧这件线春袍子，全
　　　　新的，还没穿过。（在身前比了一比，不由自主地穿上身试试）
　　　　怎么样，合适吗？

闯入者乙　老大，您这么一打扮，可真有个官派！

闯入者甲　（得意）是嘛！人要衣装，佛要金装！难道做官是天生的？不
　　　　信你穿起两件衣服来，可不就大派了？

闯入者乙　（果然捡起一件长袍，打算试一试，眼睛看着闯入者甲）这一件？

闯入者甲　（制止）得！瞧你身上肮里肮脏的！伙计，别忙，跟我干两
　　　　年，有得你穿的！（收拾起衣包）

闯入者乙　（懊丧）我穿起来也……也不会像样儿！

闯入者甲　你这家伙好没志气！跟着我，将来总有官给你做的！（似乎已
　　　　经有了官气，架子十足地坐下）

闯入者乙　官？（惊讶不已）我都能做官？

闯入者甲　那有什么！有钱就有办法！伙计，我经历得多啦！哼，老子是

时运不济，倒了霉。瞧，再过三年，老子有了个百儿八十万，省长不说，道尹、知县什么的，总买它个把来玩一玩！（燃起烟来，自我陶醉）

闯入者乙　可是我，老大，您看可有这个出息？

闯入者甲　（端详着）伙计，倒不是我当面奉承，你五官端正，天庭饱满，只要时来运转，还怕少了官做？

闯入者乙　（乐得手舞足蹈）老大，您……您……开玩笑！

闯入者甲　（正色）我跟你开玩笑？你去打听看：那些省长、督军什么的，又是什么出身？不是靠钱，就是靠枪杆儿！有几位那猴形儿，简直抵不上你哩！

闯入者乙　（笑得合不拢嘴）您……您……官儿怎么样做呀？

闯入者甲　那有什么！假如有朝一日你真做了官，只要我开导开导你，有个三五天，什么都学会了！

闯入者乙　（不能信任）老大，当真的？

闯入者甲　我还骗你不成？

闯入者乙　可是我……

闯入者甲　（摔了烟）得，别想远了，睡觉吧，四更了！（随身倒在长沙发上）

闯入者乙　是啦，老大。（捡起烟蒂过瘾）

闯入者甲　（呵欠连天）伙计，天不亮就得爬起来走啊，先把这票货弄出城。

闯入者乙　（躺在单人沙发上不断变换位置，企图舒服点）是啦，老大。
（又抽了一口烟）

闯入者甲　打一个蒙眬，就得叫醒我呀！

闯入者乙　嗯。（又换了个躺法）……哦，老大，您看这票货，能值多少钱？

闯入者甲　睡吧！算这些账干吗？

闯入者乙　总值个好几万吧？

闯入者甲　（敷衍地）嗯，嗯。

闯入者乙　一回就是好几万，干上十来回，就是好几十万！……老大，您说有个几十万就可以买个什么？

闯入者甲　（沉沉欲睡）唔……唔……

闯入者乙　哦，知县……还有道尹什么的，还有省长！

闯入者甲　……唔。

闯入者乙　知县……有好大呀？……县太爷，县大老爷，青天大老爷……

（低声地笑了，手中烟蒂掉下了）

〔窗外风雨凄厉。

〔远处惨叫之声不绝。

〔枪声也隐约可闻。

〔灯光昏暗。

〔仿佛有脚步杂沓声。

〔许多人压低嗓子在问："哪儿？哪儿？在哪儿？"

〔暗转。

第一幕

第一场

〔夜晚。

〔依然是序幕里的那间客厅，但由于灯火辉煌，由于少数家具的色彩变换，原有的空旷与阴暗已一变而显得富丽堂皇了。

〔脚步声、询问声继续不断，继续增高。

〔闯入者甲和闯入者乙同时醒了，急忙跳下椅子。

闯入者乙　什么事？什么事？老大。

闯入者甲　快！走那个门，到后花园！

〔闯入者乙背起衣包，与闯入者甲逃进了右首的门。

〔门外追赶扑打之声嚷成一片："打！打！打死他！"

〔通天井的窗门被冲开，知县——好像刚从卧室中逃出，一手提着袍褂，一手提着鞋帽，身上的短衫裤已经被撕成破片，狂奔而入。

〔与知县同时进来的秘书长——身上的长袍马褂也被扯烂了，面色如土，狂奔进来，当即扑倒在地。

〔知县藏到沙发背后，但又觉不妥，想进内室。

240　　秘书长　（在地下爬不起来）知县大人！我完了！

〔门外正在呼噪着："哪儿？哪儿？在哪儿？"

〔一群老百姓，手执棍棒，一拥而入。

〔知县尚欲逃窜，已经为老百姓所包围，于是聚而殴之，一边发出狠毒的咒骂。

老百姓子　你还乱拉壮丁吧？你还买卖壮丁吧？

老百姓丑　打死了算！老子一家人都死在他手里！

老百姓寅　你还刮地皮吗？（按知县头）让你啃地皮！

老百姓卯　还我的谷子来！

老百姓辰　剥掉他的皮！

老百姓巳　打啊！打啊！打死这狗官！

老百姓午　你再来拆我的房子吗？

老百姓未　你还挖人家祖坟吧？

老百姓寅　怎么？断了气？

众老百姓　死啦？死啦？

老百姓寅　走吧！

〔众人又一拥而去。经过秘书长身旁，每人又重重地踢了几脚。

〔右首房门慢慢打开，伸出闯入者甲和闯入者乙的脑袋来。

闯入者乙　（向闯入者甲伸了伸舌头）这是怎么回事？老大。

闯入者甲　（机警地跑过来，搜查一下知县的身上，毫无所得）妈的，一点彩头都没有！

闯入者乙　（跟过来捡起知县的袍褂）老大，这套衣服？（笑，希望允许）

闯入者甲　（不屑地）算你的吧。（又去检查秘书长）

闯入者乙　谢谢您啦，老大！（急忙穿了起来）

闯入者甲　（依然无所获）都是冬天的臭虫！（看闯入者乙）嘿！你倒穿起来啦！

闯入者乙　（干笑）您看，可还……可还像个样儿？

闯入者甲　我说嘛，人要衣装！这可不有个样儿啦？（摘去闯入者乙头上的毡帽）再换上这顶帽子，（捡起知县的呢帽）瞧，官还不是人做的？（将毡帽戴上知县的头，忽然发现）哎呀！伙计！你瞧吧！（抬起知县的上身）这家伙可不像你？简直是一个模子里出来的！

闯入者乙　（惊喜欲狂）当真？（看着知县，摸着自己的脸）

闯入者甲　你说吧，做官的有什么了不起？跟你还不是一样的人？连相貌
　　　　　都一样！

闯入者乙　（傻笑）那我……

　　　　　〔从天井那边跑来两个武装警察。

警察一　报告！

警察二　报告！

　　　　　〔闯入者乙大惊失色，急欲遁去，闯入者甲按住他。

闯入者甲　（镇静地）进来！

　　　　　〔警察一、警察二进入。

警察一　（向闯入者乙敬礼）报告县太爷：奉了马局长命令，听说有乱党
　　　　　来县衙门捣乱，特派小的们来弹压。

闯入者乙　（吓得跌坐在椅中）唔……

闯入者甲　（遮断闯入者乙，对警察）马局长？唔，你们的局长自己怎么
　　　　　不来？这儿出了那么大乱子，县太爷受了惊，都说不出话来了！

警察一　是！马局长已经来了！小的们是跑步来的，所以先到！县太爷受
　　　　　了惊？

闯入者甲　要不是我在这儿，你们县太爷可要吃亏了！瞧你们秘书长不是
　　　　　给打死了？

警察一　是！那一位是？

闯入者甲　（将毡帽压住知县的眉目）这是我打死的一个乱党！唔，你们
　　　　　俩先把这个死尸抬去埋了。

警察一　是！

闯入者甲　（一回头看见闯入者乙的一双光脚板挂在那儿，踢他一下，让
　　　　　他藏起）嘘！

闯入者乙　（惊叫一声）哎！

警察一　大人怎么啦？

闯入者甲　瞧，给乱党追得连皮鞋都掉了。（捡起皮鞋）大人，您进房间
　　　　　去休息一会儿吧。

闯入者乙　（如释重负）好，好，老大！

闯入者甲　什么老大？（暗地里搗闯入者乙一拳，顺势搀扶他向左首房间
　　　　　去）你们快点把尸首抬出去！快！（下）

警察一 是！伙计，来吧！好差事！

警察二 倒霉！县衙门里鬼都没一个？

警察一 还不是跑光了！

警察二 哎，知县太太都没在？

警察一 （暧昧地）还不是跟财政局长在一道？

警察二 （会意地微笑）唔！（看知县）……哎呀！这家伙还没死？

警察一 真的动起来了？

〔警察一、警察二惊惧地跑开。

知　县 你们是谁？……我没有死！

警察一 谁知道你死没死呀？……你是人是鬼呀？

知　县 我是人……我是知县大人呀！

警察一 你是知县大人？这就活见你妈的鬼了！

知　县 真的！我是……

〔闯入者甲冲出。

闯入者甲 怎么的？

警察一 这个死的活了，还说是知县什么的哩！

闯入者甲 对了，就是他动手打县太爷的！抬出去，不管死活，埋掉！
（对着知县脸一巴掌）妈的，死吧！（用手巾塞住知县的嘴）快抬
去埋掉，反正活不成了！快！快！（入左首房间）

警察一 是！伙计，来，快点抬出去！

警察二 就这么半死不活地埋掉？

警察一 快抬走！快抬走！（低声地）活生生的干吗埋掉？抬去卖！卖好
二十万！

警察二 （惊喜）卖去当壮丁？

警察一 快！快！抬到壮丁营去！

〔警察一、警察二抬知县大人下。

〔闯入者甲探头出视，急反身招闯入者乙。

闯入者甲 快快，走吧！

〔闯入者乙穿上了皮鞋，出。

闯入者乙 他们走了？老大。

闯入者甲 快走，快走！再不走要露马脚了！

闰入者乙　（惊喜交集）他们把我当着县太爷！

闰入者甲　得啦，走吧！拆穿了可不好玩儿！（推闰入者乙向右首门去）走，走走，快！

〔天井里有人叫："打死的？好！快去埋掉！埋掉！"

〔接着警察局马局长——身材奇短，但耀武扬威地全副武装着气喘喘地奔上。

马局长　大人！大人！哎呀，您受惊了！您受惊了！（敬礼，再加以握手）您？

〔闰入者乙木然不知所措。

闰入者甲　您是马局长？

马局长　阁下尊姓？哦，刚才抬出去的那个暴徒就是您打死的？

闰入者甲　是的，我是知县大人的老朋友，姓张。大人刚才受惊不小，精神有点儿恍惚，您看，他话都不能说，需要休息才行。（扶闰入者乙，想进左首内室去）

马局长　哦！真的！（连忙打扫沙发）大人这儿休息吧！（过来搀扶闰入者乙）这儿休息！

闰入者甲　（推开马局长）您坐，您坐，我来招呼。（扶闰入者乙坐沙发上，自己夹在马局长前，遮掩着）哦，马局长看见秘书长了？

马局长　（惊叫）哦！秘书长！可怜可怜！被他们打死了？这些乱党！混蛋！混蛋！要重办！重办！（转身向闰入者乙挨近）大人怎样？您没有受到伤吧？

闰入者甲　（遮开）大人受的是内伤，大概是神经出了毛病，看不出。您还是让他休息一会儿吧。

马局长　哎呀，该死该死！我要早知道就好了！把我局里全部警察开来保护，事情不会如此之糟的！这要请大人特别宽恕。……其实这也不能怨卑职，（凑近去，小声地）从昨天早晨起，艾局长拖住我们打牌，一连就打了一百零八圈！卑职是生怕有什么公事，所以提早回家，一到家就听到消息，一听到消息就马上赶来……（四顾）看，到这会儿他们一个都还没有到呢！（看看知县毫无反应）

闰入者甲　是，是……

马局长　所以艾局长这样地爱热闹，实在是太误事，太误大事了！（看看

（知县还是没有反应）

闯入者甲 哦，马局长，秘书长的尸首怎么办？

马局长 这，张先生不用操心！来人！

〔警察三、警察四上。

警察三四 报告！

马局长 把秘书长的尸首抬回他公馆去！说我们各局局长马上就过来商量善后！

警察三四 是！（抬尸身下）

闯入者甲 （企图支开马局长）唔，马局长，目前最要紧的事，是捉拿凶手！您赶快去派警察出动吧！

马局长 （支吾）嗯，嗯，不要紧，不要紧，老百姓跑不了！现在最要紧的是大人的病！嗨，我的心简直乱透了！真是如丧考妣！

闯入者甲 此刻不去捉，到了明天凶手就查不出啦！

马局长 查得出，查得出！查不出把全城的人都杀光！

闯入者甲 那怎么可以！您还是去查一查吧！

马局长 （无可奈何）嗨，张先生既是知县大人的老朋友，也不必瞒您，我此刻怎么去查呀？局子里一共只有六名警察：两名在看家，四名都派到此地来了，哪儿还有人呢？将来我向乡镇长要人，乡镇长向保甲长要人，还怕抓不到人？

闯入者甲 唔，唔……

马局长 还是您来谈一谈出事的经过吧，办案的时候也好做个参考。

闯入者甲 这……等一会儿再谈吧。我看，知县大人精神恍惚，话也不说，还是劳驾去请位医生来吧！

马局长 （恍然）哦！您看，我真乱极了！我真是如丧考妣，什么都忘了！（又走近）大人，我去请钟局长给您瞧病！（转身就跑）

闯入者甲 （紧急命令）伙计！别装了！快走！

闯入者乙 （舍不得了）怎么？就走了？（刚要起身）

〔马局长在天井的声音："哦！好极了！钟局长您来啦！快！快！"

闯入者甲 糟糕！（推闯入者乙躺下）躺下！闭上眼！别动！别开口！

245

〔马局长推着钟局长——卫生局长，五十来岁，一身古老的西装，提着药箱上。

马局长 好了，好了！钟局长来了！张先生，这位是卫生局钟局长。（转对钟局长）这位是知县的老朋友——张先生。今儿全亏有了张先生，打死一个乱党，才救了知县大人。

钟局长 （永远是一副道学家的面孔，冷冰冰地握手）那感谢您啦！（转身向县长）大人！（弯下腰去就动手诊病）

闯入者甲 （大惊）钟局长！等一等！大人睡着了！

钟局长 （严重地）等？怎么能等呢？哪儿受伤了？头部？腰部？胸部？（全身乱摸）

闯入者乙 （被摸得睁开眼，向闯入者甲求救）老大……

闯入者甲 大人，闭上眼休息吧！大人受的是内伤，神经上出了毛病，不能说话。呃，说一两句话也是胡说白道！

钟局长 唔，唔……（切脉，用听筒听）是的，脉搏好快，心跳得厉害，全身都在发抖，这是头脑受了震动，神经受了伤，需要安神静养。

闯入者甲 对！对！对！您说的完全对！请坐！

〔钟局长坐下去马上配药。

马局长 （附耳低声问）不要紧？

钟局长 需要休息几天！

〔外面奔进两个人来，一位是教育局齐局长，不过四十来岁，但暮气沉沉，呵欠连天，含着一根长长的象牙烟嘴。另一位是工务局萧局长，一身笔挺的洋装，油头粉面，顾影自怜，夹着一个大公事皮包。

齐局长
萧 （连声地）大人在哪儿？大人在哪儿？

马局长 （奔去迎接）哎呀！你们这会儿才来！这儿！这儿！

〔钟局长在专心配药。

闯入者甲 （急得搔耳抓头，忽然心肠一硬，低声向闯入者乙警告）不要怕！什么都有我！睡好！装病！

246 **马局长** 你们呀！简直赌昏了头！现在才来！

萧局长　（不服马局长的埋怨）你是四条腿的马呀——一拍就跑，当然快！

马局长　（受了攻击，马上报复）女人是你的命！又给裙带子扣住了？

齐局长　哎，算了，算了，见面就顶！大人怎么样？

马局长　大人今儿受了大惊！现在睡着了。要是等到你们来呀，大人的命早都完了蛋！

萧局长　我说啦，你跑得快呀！

齐局长　（止之）到底是怎么回事？闯下这么大祸？

萧局长　大人，您好些吗？

闯入者甲　二位请坐吧。大人头脑受了震动，神经受了伤，现在话都不能说。刚才钟局长看了，说要好好儿休息，让他睡一会儿吧。

马局长　哦，哦，我忘了介绍。今儿呀，如果不是这位先生在这儿，我们大人早没命了，咱们大伙儿也完了蛋啦！（介绍闯入者甲）这位是张先生，我们知县大人的老朋友。（向闯入者甲）这位是教育局齐局长，这位是工务局萧局长！齐局长是持久战的名将，一口气可以打一百二十圈麻将！这位萧局长是品花能手……

萧局长　（冷酷地）那么你呢？

齐局长　（和解地一笑）别尽在打哈哈！张先生，请问事情到底是怎么发生的？

闯入者甲　（乘机挪了张椅子遮住闯入者乙，坐下）是呀，我正想给诸位报告一下哩！

萧局长　（打量着闯入者甲）哦，张先生，我们少会，您是什么时候到此地的？

闯入者甲　（不防这一手）嗯，我是今晚刚刚到！

萧局长　刚刚到？那真是巧极了！

闯入者甲　是呀。（指闯入者乙）大人和我是二十几年前的老朋友啦！这次路过此地，特地来看他。因为是多年不见，一见面就谈呀谈呀，一直谈了半夜！

萧局长　在他的小书房里？

闯入者甲　嗯，嗯……是的。我们就谈呀，谈呀，无所不谈……

萧局长　（向马局长，暧昧地）知县的"太座"还没有回来？

马局长　问你呀！我是先走的呀！

萧局长　（低声地）我们离开艾公馆也半天了呀！糟糕！老艾也太不像话了！他们躲到哪儿去了？

闯入者甲　我们正谈得痛快，忽然外面吵吵嚷嚷拥进一群人来，嘿，我一看，足有五六百！

马局长　（舌头一伸）五六百？

闯入者甲　总之是数不清的人！有的拿刀，有的拿棍，有的拿枪！

马局长　居然有枪？

闯入者甲　大概是拿来吓人的，也没有子弹。

马局长　嗯。他们进来要干吗呢？

闯入者甲　哪里还讲道理呢？有的嚷："你霸占我房屋，你强占我田地……"

马局长　嗨嗨！（向萧局长）这大概是老兄的德政？

闯入者甲　有的嚷："你买卖壮丁！你包庇烟赌！"

萧局长　这又是阁下的功劳了！

齐局长　何必再斗嘴呢？大家都逃不了！

钟局长　可没有我的事！

萧局长　钟圣人，你将来当然是进圣庙的！

闯入者甲　还有说："侵吞平价米呀，没收平价布呀，开枪打死学生呀！"

齐局长　（自我讥嘲）瞧，这就扯到我身上来了！

闯入者甲　（笑）诸位原谅，我只是听他们胡说的。

萧局长　对，对，他们还骂些什么？难道老艾倒没有份儿？

闯入者甲　自然还有了，说什么苛捐杂税，囤积居奇，私卖烟酒，征粮舞弊……骂了一大堆。

萧局长　这全是他财政局干的！

闯入者甲　七嘴八舌，胡叫胡闹，哪里说得清呢？看见了县太爷，动手就打，可巧兄弟自幼儿练过十八般武艺，刀枪剑戟无所不能，凭他们这批乌合之众，哪还放在眼里？兄弟夺过一根棍棒，一边保护着大人，一只手就杀出重围！见一个，杀一个；见两个，杀一双！只打得他们落花流水，东逃西散！可是兄弟正打得起劲，一回头，我们大人又被他们包围起来了！这一下，兄弟动了火，掏出家伙，（掏出枪来）乒，乒，乒，对天就是三枪！他们还不放手，兄弟对准领头的一个，一家伙甩倒了！这才救出我们的大人，那几百个乱党也就一哄而散了。

马局长　啊啊啊……了不起！了不起！张先生你真是！完全亏了你！否则，我们大伙儿可都完了蛋啦！

萧局长　那么秘书长又是怎么死的呢？

闯入者甲　哦，那是……哎，那只怪知县大人预先没给我介绍，在人乱马翻的时候，我也认不清，就被他们拳打脚踢地打死了！

马局长　我们要替秘书长报仇！

钟局长　（冷冷地）现在先让大人吃药！

闯入者甲　（忙接过来）我来，我来！

〔财政局艾局长，三十多岁的中年人，面团耳肥，一副发福的样子，慌慌张张奔来。

艾局长　糟糕！糟糕！我才知道！我才知道！怎么样了？大人。

萧局长　好，你来了。（拖艾局长到一边）正在吃药，现在不能讲话，神经受了伤了！哎，（努努嘴）"太座"回来没有？你把她拖到哪儿去了？

马局长　（指着艾局长的鼻子）你呀！你呀！

艾局长　（躲闪）少胡说白道！（向闯入者乙）大人！

闯入者甲　大人还需要休息，让他睡吧！

马局长　哦！这位是张先生，我们知县大人的老朋友，刚刚到的。今天的事幸亏有了张先生保驾，否则是不堪设想了！（向闯入者甲）唔，这位是财政局艾局长！我们县里第一等红人！（转对艾局长）我们刚刚听了张先生的报告，真是危险万分，好像一部美国电影！

艾局长　哦哦，请张先生再讲一遍吧！

〔外面的声音："太太回来了！太太回来了！"

马局长　知县太太回来了？

闯入者甲　那么，诸位，我们回避一下吧！他们夫妻间一定要恩爱一番了！

马局长　对！对！我们到书房里去坐一会儿。张先生，你再把经过给艾局长讲一遍。（邀众人去）

闯入者甲　好的，好的。（忽然想起）哦，这杯药还没有吃哩！诸位先请！

〔众人下。

闯入者乙　（得意）怎么，老大？我真成了知县大人哪？

闯入者甲　（泼去药）躺下！别动！你的太太来了！

闯入者乙　那怎么办？怎么办？

闯入者甲　一不做，二不休！你装病！一句话都不许说！到时候我会来救你！（下）

闯入者乙　（哭丧着脸）老大！老大！你别走呀！

〔闯入者甲在外的声音："太太回来了？大人睡着了。"

〔知县太太虽然是三十来岁的人了，却妖艳异常，打扮得像十七八岁的少女一般，急急风式地登场。

知县太太　睡着了？（停步，自己再修饰一下，准备一下，然后一个箭步奔向知县，夸张地悲哀）哎呀！你怎么了？亲爱的，受了惊了？（伏在闯入者乙身上假哭）你看我该死吧，到现在才知道！这些听差的都混蛋，一个都不来通知我！张太太、李太太、王太太她们一定拖着我打麻将，我说我不能打呀，我心里乱得很，一定要出什么事呀！你看……

〔闯入者乙闭目发抖，一言不发。

知县太太　亲爱的，你怎么不理我呀？你哪儿受伤了？膀子？腿？还是头呀？（全身找寻）是胸口？肚子？

〔闯入者乙只好装死，动也不动。

知县太太　亲爱的，你睁开眼看看我呀！怎么，你生气啦？（抱闯入者乙的头使之坐起）我知道你生气，（坐在闯入者乙身旁，拥抱着闯入者乙）谁想打牌呢？她们三缺一，死拖住我不放呀！好，我再也不打牌了！别气了，别气了！（偎着闯入者乙的脸）亲爱的，你已经受了伤了，再生气，看气坏了身体！

〔闯入者乙受宠若惊，目瞪口呆。

知县太太　（哄孩子似的）别气了，说句话吧，我的心难过死了！我的心简直要碎了！

〔闯入者乙又闭上眼。

知县太太　（眼睛一转，撒起娇来）嗯，我知道了，你又在吃醋了，是吧？你看你，做了县太爷还那么小气！（再偎上闯入者乙的脸）得了，得了，别小孩子脾气了，你的病要紧，看气坏了，那我的心就……（发出悲苦之声）我的心就真碎了！

〔闯入者乙如堕五里雾中，飘飘欲仙。

知县太太 （手抚闯入者乙额头）你看你，今儿又没剃胡子？我给你打水来洗洗脸好吧？（站起身来）

〔闯入者乙又闭上眼，仰靠在沙发上。

知县太太 （微愠）你怎么啦？老跟我装死装活的！有什么话你说呀！

〔闯入者乙依然不语。

知县太太 怪了！怪了！你这是什么毛病呀？

〔闯入者甲潜步入。

知县太太 你是真病了，还是……哎呀！（注意辨认）你……

闯入者甲 （在知县太太背后）太太，他不是你的丈夫！

知县太太 （惊跳，转过身来）什么？

闯入者甲 （手枪早抵住知县太太）不许叫！我跟你说。

知县太太 你是谁？

闯入者甲 你别管我是谁！告诉你，你的丈夫已经被乱党打死了！这是我替你找来的冒牌货！

〔闯入者乙睁开眼，贪婪地看着知县太太。

知县太太 （下意识地看闯入者乙一眼）他……

〔闯入者乙无声地傻笑起来。

闯入者甲 你看不像吗？这是千载难逢的好机会！

知县太太 你们打算干吗？

闯入者甲 只要你愿意，咱们可以谈一笔买卖！

知县太太 跟我谈买卖？

闯入者甲 对了。现在，你的丈夫死了，第一，你变成了寡妇，没了男人；第二，以后做不成知县太太，你什么都完了蛋，你想是不是？

〔知县太太沉思。

闯入者甲 如果你不愿意守寡，不愿意丢掉这知县太太的位置，那很容易，你就承认我这位朋友是知县大人，是你的丈夫！

知县太太 这……

闯入者甲 很简单：你答应，什么条件都好商量；不答应，咱们马上从后门出去，什么事都没有！可是从今以后，你就不再是知县太太，而且要守一辈子寡。

知县太太　（看了闯入者乙一眼）可是……如果我只承认一半呢？

闯入者甲　一半？

知县太太　既做买卖就得交代明白：条件可以谈，可是财政局艾局长，他跟我的关系想来你已经知道……

闯入者甲　（恍然大悟）哦！原来你们……

知县太太　如果不干涉我的自由，我可以承认和你这位朋友表面上的关系，承认他是知县大人！至于这条件也好谈。

闯入者甲　（放下枪）好！知县太太，你真痛快！咱们这笔买卖谈成了！

闯入者乙　（大喜，向知县太太）你答应了，你答应（抓知县太太的手）做我的太太？

知县太太　你当着真的？（顺手一巴掌）滚开！

　　　　　〔闯入者乙被击倒椅上。

　　　　　〔艾、马、齐、萧、钟五位局长同时伸进头来。

众　人　怎么啦？

知县太太　（跑过去拥抱闯入者乙）亲爱的，看打死好大的一个蚊子！

众　人　哦！

　　　　　〔暗转。

第二场

　　　　　〔天已经亮了。县衙门里在举行紧急会议。

　　　　　〔会议才开始，全县首脑人物都在座，以及四名警察守卫。不过我们的称呼得变一下了：闯入者甲既已荣任秘书长，而闯入者乙也已公认是知县大人，我们也只得改口了。

知县太太　诸位局长！知县大人要我宣布：现在开会了。我是个女流之辈，本不该干预政事，但我今天不能不出席，替大人说明两件事：第一，昨天夜里，大人受了很重的内伤，脑神经有了病，现在还不能说话，说一两句话还可以，不过嗓子却完全变了……

　　　　　〔假秘书长在知县太太身后徘徊，手枪不时地在显现。

知县太太　所以今天的会议要请张先生代为主持……

艾局长　（大惊）张先生？

〔各位局长面面相觑，县长太太乘人不防，突然将一张纸条塞给艾局长。艾局长躲去一边。

知县太太　对了，大家都知道，昨天夜里的事，如果没有张先生在此地，大人的性命难保。一朝天子一朝臣，知县大人一完蛋，诸位局长还不是树倒猢狲散？哦哦，我不会说话，我是说兔死狐悲！哦，还是不对！我的意思是说，大家也就完了！大人是很感激张先生的，而张先生过去在政界干过十几年，现在秘书长出了缺，所以就请张先生来做我们的秘书长，今天的会议也就请他主持……

艾局长　（看完了纸条，态度一变）对！对！张先生肯来屈就秘书长，真是再好也没有了！

马局长　（跳得更高）拥护！拥护！

齐局长　（点头）当然很好！

萧局长　（鬼祟地拖一拖艾局长）怎么样？

〔艾局长推开萧局长的手，没理他。

〔钟局长木然坐着。假秘书长就乘机发言了。

假秘书长　兄弟本来是路过此地，但知县大人和我是二十多年的老朋友，一定要兄弟帮忙，这叫做却之不恭！……此后都要仰仗各位指教！（敬各人纸烟）

艾局长　哪里，哪里！

马局长　客气，客气！

〔众人附和了一声。

假秘书长　好，为政不在多言。兄弟也不客气了，现在就开会吧。

〔假秘书长向假知县耳语有时，假知县正襟危坐，连连点头。

假知县　开会！讨论……讨论……昨天的事！

〔乘人不备，艾局长又与知县太太交换了几句话。

假秘书长　大人的意思：昨晚乱党捣乱，前秘书长被害，大人受伤，这件事对于大人和秘书长个人没有什么，问题是国家的法纪要紧！知县大人都可以随便殴打，则政府的威信何在？将来的政治那可就不堪设想了！所以这件事要重重地严办！请各位提出办法！

假知县　嗳，各位提办法……

〔知县太太走过来，示意假知县少说话，坐在沙发靠手上。

假知县　（不懂）嗯？（胆战心惊地摸触知县太太的手）

知县太太　（甩脱假知县的手）别动！

〔大家正在交头接耳商量，一惊。

假秘书长　大人，您休息休息吧。

假知县　嗯，嗯……嗯。

马局长　（慷慨陈词）秘书长的意见我绝对拥护！一定要严惩凶手！一定要多多抓些人来，杀！杀！把这些暴徒斩尽杀绝！

齐局长　嗯，嗯，是要重办！否则我们将来人人自危，谁还敢做官？

萧局长　重办当然要重办了，可是第一，凶手逃得无影无踪，马局长打算怎么去抓？第二，乱党有好几百，马局长，你的警察据说全部只有六个人，你怎么抓得了？

马局长　嗯……

齐局长　嗳，这也是，暴徒如此之多，怕也只能杀一儆百了！

马局长　（气呼呼地）我警察少，也不止六个人！萧局长你可不要信口开河！我们办警政可不比你们办工务，可以谎报个十倍二十倍的！

萧局长　（冷笑）那么几倍呢？

齐局长　嗳嗳，你们两位是打算说对口相声怎的？

假秘书长　（连忙接口）两位的意见都对！办，当然要重办！但萧局长的意见也应该考虑：如果多抓多杀，也看我们抓得了、杀得完吗？再说，政治家应该力行王道，也不能专门杀人的！所以我们要重办，并不一定就要杀人！

齐局长　嗯，嗯，有道理！这叫做爱民如子！对！

马局长　我拥护！秘书长这样说法我拥护！

艾局长　我有一个意见：这次暴动——这是一次暴动！在这次暴动里不管有多少人，那些老百姓都是盲从的，可以不必深究！但对于主使的人，那真正的乱党——就是革命党，非严办不可！

假秘书长　（精神集中）是的，是的……

艾局长　据兄弟调查，在昨夜暴动之前，先有两个乱党（目视假秘书长）偷偷地……

假知县　（大惊）偷？偷什么？

　艾局长　大人您别怕，不是偷东西。他两个偷偷地先溜进县衙门，大概后来就是他俩指挥一切！（严重地）这两个乱党可不能轻易放过！
（笑）大人跟秘书长的意见以为如何？

齐局长　对！对！真正的乱党也不能放过！非抓来不可！

假秘书长　昨儿夜里我是看见有两个人在指挥一切，将来捕到，我一定
　　　　　认得！

艾局长　那就对了！现在把这两个乱党丢开不谈，先看对这批盲从的老百
　　　　姓怎么办？

假秘书长　对老百姓要重办！重办！（着力地丢掉香烟蒂）

假知县　（习惯地去捡起烟蒂）对！对！

假秘书长　（慌忙递给假知县一支烟）您要对火？这儿！（替假知县点上
　　　　　火，丢去烟蒂）哦，大人，您的精神好一点了？已经想抽烟了？

假知县　嗯，嗯。

假秘书长　诸位意见怎么样？

马局长　凡是参加暴动的都抓了来，关到我的游民习艺所去做苦工！

萧局长　那你的习艺所又要增加经费了？我的办法是不花钱，抓来的人，
　　　　都罚他们修马路，开水塘！这一来对本县又做了两件建设事业，
　　　　我们现在是建设第一呀！

马局长　好，这一来，你收的那些马路捐、水塘捐、建设捐，又都可以上
　　　　腰包了？

齐局长　建设之首要在于教育！我的意思，重重地罚他们一笔款子，办几
　　　　所学校才是正经！

萧局长　得了！你办的那些学校有什么用？你们那位标准教员把"奮鬥"
　　　　两个字认作"夺门"，将来教育出一批人来，好，"奮鬥"都不
　　　　会，只会"夺"人家的"门"！

艾局长　（抢）不过这一点是对的：应该重重地罚他们一笔款子！至于做
　　　　什么用场，让我财政局来统筹办理！

假秘书长　（轻轻鼓掌）哎，现在大家的意见已一致了！罚款！重重地罚
　　　　　款！至于用途，各局里都可以有一点……

马局长　我拥护秘书长！我警察局要增加一百名警察，这一笔钱正好！

萧局长　我要修八条马路！二十个水塘！正需要款子！

齐局长　那我也不能不办几所学校呀！

255

钟局长　（这才开口）咳咳，咳咳，我……我提议……

艾局长　（打断钟局长）得了，得了，你又是要办医院？我知道！诸位，学校、公路、警察、医院不都有了吗？现在不一定要增加呀。比如警察吧：原来的名额是六十名，可是马局长，你现在实际上只有六名警察，你把六十名补足了额不就成了？学校的经费，公路的建设费……不都是一样？

马局长　（跳起来）我警察局的经费你拨足了没有？

萧局长　哎，艾局长，我的建设捐款让你放了半年大一分，还不够呀？

齐局长　我的教育经费不是被你拿去囤粮食了？

　　　　〔假秘书长看见他们的争斗，自鸣得意起来，向知县太太低声提醒一句。

知县太太　你们吵来吵去，把正事都忘了！前秘书长的丧葬费、知县大人的养伤费，你们都不管了？只管你们的这个费那个费！前秘书长是该死的？知县大人受了那么重的内伤，就白白地受啦？

　　　　〔大家沉默。

假秘书长　哦哦，我倒忘了，这倒是最重要的问题。这笔罚款是什么名义呢？当然是前秘书长的丧葬费和大人的养伤费呀！这两笔费实际上都要支出的，总不能用到别处去呀！不过……（沉思）假如这笔罚款能多收一点呢，大人一定也愿意拿出一些来分配给各局来办点事业的，是吧？大人。

假知县　是的，是的。可是我有多少钱呢？

假秘书长　（制止假知县）对了，这笔罚款是多少数目呢？

齐局长　（呵欠连天地）当然是韩信点兵——多多益善了！三千万！

萧局长　五千万！

马局长　不行！要八千万！

知县太太　几千万够什么？两万万！秘书长的丧葬费和遗族赡养费一万万！知县大人的玉体不比寻常，也要一万万！

假秘书长　好，就遵照太太的吩咐：两万万！昨晚上人数没看清，就算他二百人吧，马局长，你要各乡镇长、各保甲长开会交出二百人来！不交人就交钱，每人定价一百万！不折不扣，克日交清！

马局长　好办法！我拥护！

假秘书长　好，就这么决定了。散会！

艾局长　（大叫）哎！还有问题！这笔罚款应该缴到财政局来！

假秘书长　这不是捐税，是罚款。应该由警察局直接收。马局长，暂时由你负责了，将来再存进财政局的金库吧！好了，（急于结束）散会！散会！

马局长　散会！散会！

　　　　〔众人一哄而散。

艾局长　（愤然）好！

　　　　〔假知县乘着人乱，将花瓶偷起。

钟局长　（声嘶力竭地）诸位！诸位！等一等！我有一件天大的事要报告！

　　　　〔众人只好转身。假知县站在那儿不动。

钟局长　我们城里最近发现了一种传染病，诸位知道么？

知县太太　（惊叫）传染病？

钟局长　传染得很快，最近一个礼拜已经死了一百多人。

知县太太　死的是什么人？

钟局长　当然都是老百姓。

知县太太　唔……（不再紧张了）

钟局长　这种病的名字叫（仿英文发音）"狗来拖"！"狗——来——拖"，意思是一得病马上就死，马上就被狗来拖了去！

艾局长　快点说吧，怎么样呢？

钟局长　马上要预防，要替市民免费打防疫针，要让病人隔离——马上要办十所隔离病院！要征调一百名医生、三百名看护！要……

艾局长　（催众人走）诸位，再会了！再会了！

众　人　（向假知县）大人！再会了，再会了！

马局长　大人！（立正敬礼）再会了！（又过来拉手）

假知县　（木然，伸手，碰花瓶落地）呀！

假秘书长　哎呀！大人，您的病又厉害啦！（向众人解释）神经又失常了！花瓶有什么好玩儿呢？太太，扶大人进去吧！

知县太太　对了，进去睡一会儿吧！

　　　　〔假秘书长、知县太太扶假知县进内室。

艾局长　真是精神失常！（匆匆下）

齐局长　走吧！走吧！（打哈欠）我再也忍不住了！

　　　　〔马、齐、萧三局长下，四警察随下。

钟局长　（捡起医药箱）唉！精神失常，所有的人都精神失常了！（慢慢向
　　　　外走）

　　　　〔艾局长突然回来。

艾局长　哎，钟局长，刚才你说这个"狗来拖"的传染病很厉害？已经死
　　　　了多少人？

钟局长　（兴奋起来）已经死了一百多啦！再传染开去，每天都会死上百
　　　　儿八十的！危险之至！

艾局长　（若有所思）唔，唔……

钟局长　艾局长，你拨笔款子出来吧……

艾局长　是的，唔，我要拨笔款子……

钟局长　先买些防疫药水！

艾局长　（怫然）防疫药水？那能赚好多钱？

钟局长　那你打算买什么？

艾局长　我打算囤积五百口棺材！

钟局长　（大怒而去）哼！

艾局长　神经病！哎！钟局长！那防疫药水什么价钱？行市看涨没有？
　　　　（追下）

　　　　〔知县太太提着皮箱愤愤而出，假知县在后面追来。

假知县　太太，好太太！你别走！你别走……

　　　　〔假秘书长赶出，阻着知县太太的去路。

假秘书长　太太，你不能这么做呀！

知县太太　你这位朋友我受不了！我跟你们是做的买卖，讲的三七分账，
　　　　可没把我自己都卖给他呀！我已经声明在先，我只能跟他维持表
　　　　面上的关系！

假秘书长　是呀！你要搬到小书房去住，这表面上的关系就不好看了呀！

知县太太　我受不了！你看他那副下流相，人前人后，动手动脚，把我当
　　　　作什么？

假秘书长　这是做戏呀，太太！

知县太太　在人背后还要做戏？（决然而去）

假知县　（哭丧着脸）太太！太太！

假秘书长　哭什么？死了妈？

假知县　老大……我不能没有太太呀！

假秘书长　笑话！县太爷还会没有个太太？我给你想办法！这个臭女人算
　　　　　了！你让我来摆布她！

　　　　　〔马局长溜了进来。

马局长　大人！秘书长！

假秘书长　哦，马局长！请坐请坐！

马局长　（试探地）太太怎么啦？又和大人……

假秘书长　嗨，马局长，家丑不可外扬！可是你还会不知道？我们大人的
　　　　　脾气太好了！

马局长　是呀！卑职一向替大人抱不平！这像个什么话！她作威作福，简
　　　　　直不把大人放在眼里！秘书长，您真行！今儿一上任就给了她一
　　　　　手！对！我完全拥护您！

假秘书长　你来得正好，我正想和你谈谈这笔罚款的事，就完全交给你办
　　　　　了！钱决不能再落到他财政局去！你我要团结起来！马局长，我
　　　　　是个正派人，看不惯那些卑鄙行为，我要替我老朋友来澄清吏
　　　　　治，希望你我能够合作！

马局长　哪里！哪里！大人和秘书长有什么吩咐，一定效犬马之劳！
　　　　　哦，您刚才会议上说，让各乡镇保甲交出二百人来，您看是否
　　　　　再增加些？

假秘书长　再增加些？

马局长　我想您的办法太好了，为了一劳永逸，我索性多要一百人！让他
　　　　　们交出三百人来，这就又多了一万万法币！卑职并没有别的意
　　　　　思，还是为了官家。拿这笔钱再增加一些警察，也好充实本县的
　　　　　保卫力量！秘书长的高见？

假秘书长　嗯，马局长的意见是好，让我回头跟大人再仔细商量一下吧。

马局长　是的，是的。（知道不能马上通过）哦，秘书长，我还有一件事
　　　　　想同您商量。（附耳）

假秘书长　是令妹？

马局长　（看一眼假知县）太高攀了吧，秘书长？

259

假秘书长　哪里！哪里！不过，总不能太委屈了令妹呀！

马局长　这个，这个……

假秘书长　我是完全赞成！但我不能让令妹屈居（竖小拇指）此位，我还要想个两全之策！

马局长　那就更感恩不尽了！秘书长，这个媒人自然是您了！（干笑一阵，马上就走）那我告辞了。（对假知县）大人，您休息。（立正，敬礼，但不敢再拉手了）秘书长，一切拜托了。

假秘书长　自当效劳！但是令妹那边……如今婚姻自由，也得征求同意才是。

马局长　当然，当然。可是没有问题，绝对没有问题！

假秘书长　（握住马局长的手）马局长，以后本县的一切情报，都希望老兄随时通知。至于刚才那增加一百人，多弄一万万元的事，也不必再和大人商量了，你酌量办吧！

马局长　（感恩不尽）哦！秘书长！您真是，（拼命地握手，立正，敬礼，立正，敬礼，握手）您真是、您真是我重生父母一般！（匆匆奔下）

假知县　你们在谈什么？

假秘书长　瞧！我叫你别发慌，做了县太爷还怕没有太太？马局长把他妹妹送给你！

假知县　（惊喜得手舞足蹈）真的？真的？

假秘书长　你还没听见？

假知县　（喜极发狂，倒在沙发里翻筋斗）哦！

假秘书长　（制止）哎哎！

　　　　　〔艾局长和知县太太上。

艾局长　（大惊）知县大人在？

　　　　　〔假知县惊惶失措，继见知县太太，不悦，坐下。

假秘书长　（打量着艾局长和知县太太）没有什么，大人在练习国术。哦，艾局长有何见教？莫不是已经找到那两个乱党了？

艾局长　（一笑）那倒不用找，早就在我手掌心里了！

假秘书长　（冷笑）为什么不把他们抓起来？

艾局长　哼，我还不打算就下手。

假秘书长 艾局长，不能抓！现在咱们都得靠他们吃饭！

艾局长 他们也得靠我吃饭，我不让他们做知县，做秘书长，他们就得滚蛋！

假秘书长 老子们拼了不干，你的财政局长又做得成？

艾局长 所以咱们大伙儿是患难相共呀！

假秘书长 这么说还像个话！

艾局长 既共患难，也得共安乐呀！

假秘书长 你要怎样？

艾局长 秘书长是个明白人，还要我说穿？

假秘书长 那么痛快点，谈谈价钱吧！

艾局长 有例可援：知县太太既是分成拆账，我也照办，不过我不能像一个女人那么好欺负，只分三成！

假秘书长 那你要多少？

艾局长 （先指假秘书长，后指自己）四六拆账！

假秘书长 （冷笑）你们要六成？

知县太太 话说清楚：六成是他要的，与我无关。

假秘书长 你，你要三成，你要六成，两份儿取去九成；咱们哥俩儿只落一成？这个知县到底是你们在做，还是我们在做？

艾局长 当然是大家在做！

假秘书长 那咱们让你来干！

艾局长 没有这个瘾头！

假秘书长 那么至多给你一成！

艾局长 （冷笑）一成？

假知县 （跳起来）什么？又给他一成？不干！不干！

艾局长 你干我还不干哩！至少五成五！

假秘书长 一成！

艾局长 五成五！

假秘书长 好，添你一点——一成五！

艾局长 好，让你零头——五成！

假知县 （向假秘书长）不能再添了！

知县太太 （向艾局长）不能再让了！

假知县　你嚷什么？

知县太太　你管着我？

假秘书长　我不能再添了！一成五！

艾局长　我也不能再让！五成！

〔正在激烈斗争之际，马局长狂奔而上。

马局长　不……不……得了！

知县太太　（掩饰）哦，大人，别开玩笑了。（拉着假知县）看马局长有什么事？

马局长　不得……不得了！

假知县　（出乎知县太太意料之外地甩脱手，走向马局长）马局长！

假秘书长　什么事？

马局长　（一边立正敬礼，一边喘息不定）昨儿夜里的乱子，省里已经知道了，省长大人要亲自来视察！马上就到！马上就到！

众　人　（相顾失色）哦！

〔幕急落。

第二幕

第一场

〔两天以后。

〔幕启。因为这间客厅和内室都被指定为省长的行辕，也就更被打扮得华贵了。

〔听差们在布置行辕。县长卧室的门打开了，听差们进出着，有的将知县的东西搬进后花园去，有的将新置家具搬进卧室来，有的在挂字画、悬灯盏，穿进穿出，好不热闹。

假秘书长　（察看一下听差们的工作）快点！快点！你手里捧的什么？

听差一　新做的绣花睡衣。

假秘书长　送到（指内室）里面去，这是给省长大人预备的。

听差一　是。（下）

　假秘书长　你搬的什么？

听差二 县太爷的衣箱。（向通花园的门走去）

假秘书长 县太爷在哪儿？

听差二 正在花厅里。

假秘书长 马秘书——马小姐也在那儿？

听差二 是。

假秘书长 请县太爷进来，说我请！

听差二 是。（下）

〔听差三、听差四抬地毯入。

假秘书长 就铺在客厅里！慢吞吞！慢吞吞！看，一声说省长到了，怎么来得及！

听差三四 是！

〔听差一自内室上。

假秘书长 去看看各位局长来了没有。快请进来。

听差一 是。

假秘书长 这门上（指内室）新配的钥匙呢？

听差一 在这儿，秘书长。

假秘书长 收好。房间布置好了以后，把门锁起来。

听差一 是。（下）

〔假知县和马小姐——马局长之妹，如今是知县女秘书的身份，低头密语，相拥而出。

〔听差相率退出。

马小姐 ……记清楚了：一个五克拉的钻石戒指，一部小汽车，一座洋房……

假知县 （神魂颠倒）唔，唔。"一个五克拉的钻石戒指，一部小汽车，一座洋房"，一定办到！一定办到！这点东西算什么？

假秘书长 （大为不悦）大人，您的演讲词背得怎么样了？

假知县 （一惊）哦，哦，在背，在背！

马小姐 （娇媚地）哟，秘书长，大人的讲演稿，您放心，我一定教得透熟！（掏出稿纸）

假秘书长 马小姐——马秘书，我相信您一定会办得好，可是省长大人说

263

不定什么时候到。一声到了，怕来不及！

马小姐 您放心！大人已经背得差不多了。（冲假知县）大人，您把第二段背给秘书长听听。

假知县 唔，唔……第二段？第二段是——我记起来了："今天欢迎省长大人的第二个意义，就是……就是……就是……"

马小姐 （提醒）"肃清"！

假知县 哦……"就是肃清贪污，建立廉洁政府"！

马小姐 （提示）"省长大人……"

假知县 哦，"省长大人一向是提倡廉洁的，所以本县的官员，都能遵守省长大人的教训，刻苦自持。自本官以下，大家都是一贫如洗，家徒四壁……"。

马小姐 （得意）怎么样？

假秘书长 很好，就是还不很熟。

马小姐 今天一定背熟，您放心！（挟了假知县又密语起来）

假秘书长 那就很好！

〔艾局长进来，稍后是知县太太。

假秘书长 哦，艾局长您来得正好。

假知县 （见知县太太，愤然转身）咱们后花园去。

知县太太 （不愉快）哦，马秘书，马小姐，您真好！

马小姐 （昂然）怎么样？太太。

知县太太 谢谢你，你代替了我不少工作。不过还好，你还记得叫我声"太太"。（笑）

马小姐 （也不示弱）哎，我的记忆力还好，可是别人呀，早都忘了！（拉着假知县坐下）大人，咱们还是来背讲演稿！

知县太太 哼！看你爬到我头上去。（转身出去）

假秘书长 （急扭转气氛）艾局长，我们谈谈吧！省长说不定什么时候到，财政局方面一切都准备好了？

艾局长 （毫不着急）里里外外都粉刷过了，各种统计表都做好了。连勤务都训练过，外表上是毫无问题！

假秘书长 （玩味着）唔，那么，内里呢？

264 艾局长 （故意做作）当然是小问题，金库里有点不敷。

假秘书长　（急）短少好多？

艾局长　秘书长不用着急，数字不大——不过是几千万万。

假秘书长　（跳起来）几千万万？

艾局长　（笑）小数目！

马小姐　记得吗？

假知县　记得！（背）"一个五克拉的钻石戒指，一部小汽车，一座洋房……"是不是？

马小姐　（赞赏）对了！

假秘书长　大人，您请后花园去吧。我们要谈话。（推假知县出）

　　　　　〔假知县和马小姐又神魂颠倒地相拥而下。

假秘书长　（沉默了一会儿之后）艾局长，这笔款子我和大人都不能负责！第一，这是前任的手续。

艾局长　（改正）这不是前任！你们不能只要做官不管欠账！

假秘书长　第二，这笔款子谁证明？

艾局长　当然我证明！我可以到省长面前证明是知县大人挪空了的。

假秘书长　（愤怒地）那一定是你信口胡说！

艾局长　（笑）也许是信口胡说，但秘书长你别生气，我要信口胡说了，你着急有什么用呢？

假秘书长　（愤然坐下）好吧，你有什么条件，说吧！

艾局长　千里求官只为财，您跟大人难道还会带着银子来做官？这几千万万不过是一笔账，我要怎么做就怎么做，秘书长还不明白？

假秘书长　（忍一口气）好了，前天的条件再谈谈吧。

艾局长　我早就说过了，五成！

假秘书长　好了，我再加点，二成！你想想看，太太扣了三成，你扣二成，一共五成；大人和我也只剩下五成，咱们两边已经是平分秋色了！

艾局长　（毫不动摇）五成！一点也不能少！

假秘书长　（忍痛）好，二成五！

艾局长　（冷然）五成，不能少！

假秘书长　好，你先把账面上弄清楚了，我们再谈。

艾局长　那不着急。五成！

假秘书长 （怒）你不能太欺负人！

艾局长 （板着脸）五成！

〔马局长奔上。

马局长 （气喘着）好了，好了，这下差不多了！秘书长！（敬礼）

假秘书长 怎么样？你警察局完全照我的计划做了？（翻计划）

马局长 差不多，差不多了！第一，两百名警察招齐了，全副新武装：黑衣、黑裤、黑绑腿、黑鞋、黑袜、白手套！哎呀，为了二百双白手套，已经把附近五个县城都跑遍了！

假秘书长 人哪儿来的？

马局长 嘿，我的游民习艺所就是基本队伍呀，那里有一百人！今天又派人上街抓讨饭的叫花子，抓了一百个身强力壮的。秘书长说，街上要肃清乞丐，好，你抓他起来往哪儿送呀？我这是一举两得！乞丐抓来当临时警察，临时警察再去抓乞丐，乞丐肃清了，警察也有了呀！

假秘书长 别再扯了，其余的呢？

马局长 都办好了！第二，是士农工商队，除了教育界是齐局长负责……

〔齐局长正好进来。

假秘书长 哦，齐局长，你筹备得怎样？

齐局长 好了，好了。只要一声出发，我全县十二万学生马上集合！学生全体都是童子军服装，一个不少！服装是我统筹办理的，所以异常整齐。新领带、新皮带、新皮鞋，完全是新的。我发了命令，谁不买一套新制服，不许毕业！

马局长 那你的学生可没有我的花头多了！我的农民队，是五万人。每人身穿一式的阴丹士林蓝布衫裤，头戴一式草帽，脚穿一式的草鞋，有一个穿的不一样，要罚他二十万！工人队是一律哔叽的工装衣裤，商人队是一律蓝袍黑马褂，妇女队是一律白色西装，都是五万人一队。妇女队手捧鲜花，其余的每人一面旗子，上面写的是："省长大人万岁万岁万万岁！"

假秘书长 口号呢？

马局长 都训练过了。对省长大人叫万岁万岁万万岁，知县大人是万岁，秘书长和各位局长是千岁。省长车子一到，就大呼口号一千遍，然后整队入城！城里每家住户都关门落锁，每个人都要拿旗子在街上欢迎。不出来欢迎的，罚洋一万元！

〔萧局长入，后面跟着钟局长。

假秘书长　（点头）很好。街道上的布置怎样？

萧局长　街道上可完全是赔本生意了。我动员了上万泥水匠，把每一条街的房屋都整理了：门面一般高，檐口一般齐，窗上一律装上玻璃，墙上一律粉刷白粉，这是表示廉洁坦白！可是门面这么一修理，每家就得十万元。此刻完全是我工务局代办，一个钱还没收哩！

马局长　哼，你好像每次工程都是自己赔了本的！

萧局长　我们工务局可不能像你警察局，动不动抓人关班房呀！

假秘书长　好。马路呢？

萧局长　从车站到县衙门，黄沙铺地，彩棚遮天，五步一个松柏牌坊，十步一个锦缎牌楼！沿街悬灯结彩，包管省长大人看不见一点破烂东西！

假秘书长　唔，好好，可是我们还缺少一些东西。各位办的都够富丽堂皇了，但还没有表示出我们的"建设"！现在是建设第一呀！萧局长，你再动员三十辆大卡车，都装着机器。把电灯厂那些破烂机器都拆下来，装在汽车上，上面写出来：这是建设某某纱厂的，那是建设某某机器厂的，那是建设某某钢铁厂的。另外再动员五十辆大卡车，把破棉花、破报纸装成大包放在汽车上，上面也写出来：这是某某厂的出品，那是某某厂的出品，那又是某某厂的出品。都停在车站旁边，好让省长看见。还有，再动员五十辆客车，在车站开进开出，川流不息，让省长看出我们的交通建设。但是要找几百个假装的乘客，都要身穿西装，手提外国的旅行皮箱，这又要请马局长设法了！

马局长　好的，好的。

萧局长　好，汽车我去办。

假秘书长　还有，齐局长，你的那些学生，要他们练习唱这个欢迎歌。（取出歌谱）马局长，你要……（滔滔不绝地在指示）

萧局长　（拉艾局长到一边密谈）……我发现了一个大秘密！

艾局长　你又找到个女人？

萧局长　（摇头）这个秘密呀，关系你我，关系全城！

艾局长　（惊）到底是什么？

萧局长　（神秘地）知县大人回来了！

艾局长　知县大人！（故装不懂）这是什么话？知县大人在后花园呀！

萧局长　哼！这是个假货！你到现在还没有看出来？我第一天就起了疑心，他跟这个（指假秘书长）家伙都是冒充的！

艾局长　我不能相信！

萧局长　不相信？他现在住在泰安客栈！你看去！他是被人卖了壮丁，弄得狼狈不堪！昨儿进县衙门，被人赶出去，说他是个疯子，这简直是活见鬼！

艾局长　你见了鬼了！那一定是骗子！

萧局长　你才见鬼！我跟他谈过话呀！

艾局长　（敷衍）好，好，你先莫宣传，回头让我去看看，便知真假。

假秘书长　（转向艾局长）艾局长，你的财政局大概是没有什么再准备的了。不过，所有的账都得……（看艾局长）

艾局长　（故意不理）没关系，不着急。

假秘书长　……早点准备好，免得临时抱佛脚。（低声地）好了，刚才那个问题，这个数吧！（竖三个指头）

艾局长　（依然装傻）没关系，不着急哟！

假秘书长　好！（竖三个指头，再五个指头）

艾局长　不着急，不着急！

假秘书长　（愤然）好！（再转向钟局长）钟局长，卫生所的招牌都挂起没有？

钟局长　挂起招牌有什么用呢？没有医生，没有病床，而且也没有病人！

假秘书长　你挂起招牌，我自有办法呀！（转向齐局长）齐局长，你向各学校去借一百二十张单人床，分到十二个卫生所去。马局长，你再找二十四个人，装扮做医生，每个卫生所两位。至于病人……钟局长，你不是说病人很多么？害什么"狗来拖"的？

钟局长　（欣然）给他们治病？

假秘书长　（不悦）你这个书呆子！让他们在病床上睡二十分钟，省长看过就完了！

钟局长　（大惊）那怎么行？"狗来拖"的病是要马上治的，不治就死了！

假秘书长　哦！那不行！那不行！弄些病人来都死在床上怎么行？

马局长　秘书长，还是仿照我的办法吧！

假秘书长　怎么样？

马局长　从县监狱里提出一百二十个囚犯来，去装扮病人，样子既很像，监狱里犯人也少了，正显得我们政减刑轻，不又是一举而两得么？

假秘书长　好！好！好计策！可是犯人要逃走呢？

马局长　那不容易？用铁链子拴在床上！

假秘书长　对！就这么办！

　　〔警察一上。

警察一　报告！

马局长　什么事？

警察一　刚才探马来报：省长大人的车子离此地只有五十里路了！（下）

马局长　哦！

假秘书长　五十里？快！快！快！各位局长！没办完的事，马上去赶办！艾局长，（低声地）好了，这个数。（竖四个指头）

艾局长　不着急！不着急！

　　〔警察一再上。

警察一　报告！

马局长　怎么？

警察一　探马来报：省长大人车子只离四十里了！

假秘书长　快！快！各位局长请吧！马局长，一百个乘客，二十四个医生，一百二十个病人！萧局长，三十辆卡车装机器，五十辆卡车装货，五十辆客车运客！齐局长，一百二十张单人床！还有欢迎歌！钟局长，嗨，你是死人！还有知县大人……大人！大人！

　　〔众人都忙着穿衣服，戴帽子，连声答应。

　　〔假知县与马小姐相拥而出。

　　〔知县太太从天井奔来。

假知县　什么事？什么事？

　　〔警察一又上。

警察一　报告！探马来报：省长车子离城只有三十里了！

269

假知县　哎呀！我的讲演稿子还没有背熟！

马局长　一百个乘客，二十四个医生，一百二十个病人，怎么来得及！怎么来得及！（急得乱转）哦，（向马小姐）妹妹，你说怎么办？

萧局长　一共一百三十部车子！离城只有三十里了！

齐局长　是呀，怎么赶得上！怎么赶得上！

假秘书长　（对艾局长）艾局长！你快点回去呀……好！五成！五成！（举着全手）五成！

艾局长　（霍然而起）好！我去办！我去办！

假知县　（大叫）拿衣裳来！拿衣裳来！

〔四个听差分别捧着鞋、帽、衣、褂上，为假知县换衣。

假秘书长　（大叫）哎呀！不好！

众　人　怎么？

假秘书长　什么都准备好了，可是县衙门里怎么办？科长、科员、书记、雇员，按名额有一百多，此刻只有几个人在办公，怎么行？怎么行？

假知县　让听差、茶房都去办公！

假秘书长　不够呀！哦！有了！各位局长大人，把你们的太太、小姐、少爷、姑爷都请来办公！

假知县　对！对！

假秘书长　马上就办！知县太太以身作则，请你留在衙门里办公！

知县太太　我不干！

假秘书长　马秘书马小姐也留在衙门办公！

马局长　妹妹，你去办公吧！

马小姐　我不干！

假秘书长　以身作则！以身作则！好，临时办公费，每小时一万元！

知县太太　不行！五万元！

马小姐　对！五万元一小时！

众　人　五万元！

假秘书长　好！五万元，就五万元！（转身对众人）诸位！还等什么？走呀！走呀！（连同尚未穿好衣服的假知县，一齐轰出去）快去办公！快到车站接省长呀！

〔众人一哄而下。

〔暗转。

第二场

〔客厅里布置得整洁华贵，内室的门紧闭，通天井的落地长窗也反掩着。

〔台上寂无一人，外面锣鼓齐鸣。

〔四警察上，开窗门入，分列两旁。

〔四听差上，以黄绸铺地，由天井及于客厅，然后侍立两旁。

〔艾、齐、萧、钟四局长上，左右肃立。

〔马局长戎装，挺胸突肚昂然而入，进门后急侧身立正敬礼。

〔假知县及假秘书长侧身前导，引省长——五十岁左右年纪，仪表非凡，严肃端正，上。

〔省长身后跟随着一个侍从，不离左右。

假知县 这就是大人的行辕。

省　长 （立定，注视室内，皱眉）嗯，太华贵了！

假秘书长 这是为大人起居、会客用的，怕有贵客来往。

省　长 我们为官从政的，应该俭以养廉，一切以简朴为是。比如这地毯，很贵吧？

假知县 是的，很贵，很贵。昨天刚用飞机运来的，道地的美国货，价钱是五十八万！

省　长 （大惊）五十八万！太贵！太贵！太贵了！知县，你知道我做省长的每个月才花用多少钱？我的薪金、公费一共才三千二百块钱！那要多少年薪水才买得起一条地毯？

假秘书长 省长大人，您听错了！刚才知县回禀，说是五十八元，不是五十八万。我们知县大人一向口齿不清。

省　长 哦！你们的知县口齿不清？（向众人）是吗？

众　人 是！

省　长 那很便宜！五十八元，我都买得起。真正是价廉物美！知县，再请你替我买一张吧。

假知县 （慌了）哦……

假秘书长　只要省长大人喜爱，那这条地毯就……

省　　长　（严厉地）不不，我是从来不接受任何礼物的！我平生讲究廉洁，最恨的就是贪污！你要送这地毯给我，那不是叫我贪赃吗？

假秘书长　不敢！不敢！小的绝不是这个意思！

省　　长　（向侍从）来！

侍　　从　是！

省　　长　拿五十八元交给知县，让他替我买地毯！不许少给人家一个钱！

侍　　从　是！

省　　长　哦，刚才你致欢迎词——演说的时候，说了什么？我好像听到，"一个五克拉的钻石戒指，一部小汽车，一所洋房"，这是什么意思？

假知县　　那，那……

假秘书长　那本来是知县准备送给大人的礼物。但又知道大人是提倡廉洁的，所以就不敢送了。

省　　长　对！对！送给我，决不收！可是价钱便宜吗？我很想买下来。

假秘书长　是的，很便宜！很便宜！一个钻石戒指，一部小汽车，一座洋房，一共才二百多块钱，也替大人买下来吧。

省　　长　好好。来人，马上替我付钱！

侍　　从　是。

假知县　　请大人到卧室休息吧！

　　　　　〔假知县一转身，分立两旁的人便又列队到卧室门前。

　　　　　〔假知县、假秘书长再侧身于省长之前，准备引导。

　　　　　〔听差一以钥匙开门。

听差一　　哎呀！怎么开不开？（急得满头大汗）奇怪！

听差二　　我来！（打不开）

听差三　　我会开。（也打不开）

听差四　　是这样开的！（依然打不开）

　　　　　〔四警察也跑过来帮忙。

马局长　　让我来！（还是开不开）

　　　　　〔假知县和假秘书长急得满头大汗。

　假知县　　这也是刚刚从美国配来的弹簧锁，所以……

假秘书长 但也都是很便宜的货，所以一下打不开来。

省　长 （面现不悦）怎么会打不开呢？

艾
萧局长 是呀，怎么会打不开呢？
齐

　　〔三位局长都想去一显身手。

艾
萧局长 我来……我来……
齐

假知县 你们都是蠢货！（顿足）看我来！

众　人 （各自挤作一团，叫喊着）我来！

　　　　让我！

　　　　向左开！

　　　　向右开！

　　　　这样开！

　　　　不对！不对……嗯，使劲！使劲！

　　　　不行！让我！

　　　　〔众人你推我，我挤你，闹得不可开交。假秘书长无奈，只好摸
　　　　出一大串钥匙。

假秘书长 看我的！

　　　　〔侍从向省长做了一个眉眼手势。

省　长 （点点头，马上以手护头大叫）哎呀！哎呀！哎呀！我的头要裂
　　　　开啦！

　　　　〔门大开，但众人都惊呆了。

假秘书长 （奔过来）大人怎么啦？

假知县 大人！大……

众　人 （围过来）怎么啦？

侍　从 不得了！不得了！大人又头痛了！

假秘书长 怎么样？

侍　从 大人一发脾气，头就要痛的！大人进去休息吧！（扶起省长向卧
　　　　室去）你们不要进来！大人已经生气了！

假知县　是!

〔侍从扶省长大人入卧室。

〔众人列队门前侍卫。

〔假知县、假秘书长随至门口，被关在门外。

假知县　（转身）怎么得了! 怎么得了! 你们怎么搞的?

假秘书长　（也向各局长生气）怎么搞的? 连一把锁都打不开!

马局长　（回身骂警察）你们这些饭桶! 连锁都不会开!

警察一　（向听差）你们管的什么事!

〔侍从自卧室出。

侍　从　诸位老爷们! 这下可麻烦了!

假秘书长　怎么样，二爷?

侍　从　我们大人这个病是轻易不发的，一发就难办!

钟局长　头痛有什么要紧呢? 让我看看。

马局长　对! 我们钟局长是位名医!

侍　从　哼! 你就是神仙也治不好他的病!

假秘书长　就没法治吗?

侍　从　治法是有，可你们不会相信。这是一种偏方!

假秘书长　我相信! 绝对相信! 二爷，请您指教!

侍　从　好，咱们坐下来谈!

假秘书长　对，坐下谈。

侍　从　秘书长，咱们自己人，用不着那么多人侍候吧?

假秘书长　对! 你们下去!

警察
听差
们　是!（下）

侍　从　我的诸位老爷们，我们省长大人这个病，你们可知道怎么得的?

假秘书长　正要请教!

侍　从　我们大人不能生气，一生气，这个头痛病就得发作! 这回到你们贵县来呀，早就把他气坏了。

假知县　（大惊）哦! 哦……为什么呢?

侍　从　"为什么?" 县太爷，您自己还没有个数? 本地的老百姓早在省里把您告下啦!

假秘书长　他们告了些什么呢?

侍　从　那可多啦!大概总共十大罪状吧:第一,是苛征暴敛,滥收捐
　　　　税;第二,是敲诈勒索,诬良为盗;第三,是包庇走私,贩运烟
　　　　土;第四,是克扣津贴,以饱私囊;第五,是浮报冒领,营私舞
　　　　弊;第六,是假公济私,囤积居奇;第七,是挪用公款,经商图
　　　　利;第八,是贩卖壮丁,得钱买放;第九,是征粮借谷,多收少
　　　　报;第十,是私通乱党,交结匪类!总而言之,所有县太爷会犯
　　　　的罪名,您都犯了!您真是一个模范知县!

假知县　(起立)这……怎么得了?

侍　从　(目视各位局长)而这十大罪状里,每一件都跟局长老爷们有点
　　　　关系!

局长们　(都起立)哦!

侍　从　各位请坐!各位请坐!所以我们省长大人呀,这回到贵县来之
　　　　前,先就一肚皮的气啦!而且动身之前,又听说乱党暴动,捣毁
　　　　了县衙门,这更是气上加气;好,刚才为了这把倒霉的锁,左也
　　　　开不开,右也开不开,他老人家一气,这个病就犯啦!

假秘书长　那么请教,这个偏方到底是几样什么东西呢?

侍　从　很简单,就是一件东西:金条!把金条放在火上熏,熏出烟子
　　　　来,我们大人只要一闻那烟子的气味,马上头就不痛了!

假秘书长　哦!(恍然)那好办!(暗扯假知县)

侍　从　可是病有轻重:有时一根金条就够,有时五根才行。

假秘书长　那怎么分别轻重呢?

侍　从　是这样的:左边头痛,一根金条就够;右边痛,要两根;前脑
　　　　痛,三根;后脑痛,四根;左右前后都痛呢,那就要五根!

假秘书长　唔,唔……唔!

假知县　(问假秘书长)怎么一回事?

假秘书长　哦,我知道了,我知道了,马上就办!(拖假知县到一边去
　　　　耳语)

侍　从　诸位都明白了吧?

钟局长　胡说白道!世界上没有这种怪病,也没有这种治病的怪方法!胡
　　　　说白道!胡说白道!

〔假知县连连点头而去。

假秘书长　诸位都明白了？各自去想办法，替省长大人治病吧。

艾局长　（摇头）好厉害的毛病！

萧局长　天哪！这个病我怎么治得了？怎么治得了呢？

马局长　嗨，只要开着门，都好办！

齐局长　得，看各人运气吧！

〔马、艾、齐、萧四位局长垂头丧气而去，钟局长亦随下。

〔假知县上。听差一捧五根金条及一张收条随上。

假秘书长　二爷，我看省长大人头痛得厉害，一定是左右前后都痛了，这
儿是五根金条，费神给大人治一治吧。还有，地毯五十八元，一
只钻石戒指、一部汽车、一座洋房，一共二百四十二元，连地毯
共三百元，都替大人买下了。这是知县收到大人三百元的收据，
也呈给大人。

侍　从　（拍假秘书长肩）您办事真爽快！（急下）

〔听差一下。

假知县　（苦着脸）老大，这买卖有点不合算。

假秘书长　（低声地）胆子放大些！本大利宽，咱们要钓大鱼！

〔省长偕侍从上。

假知县　大人！

假秘书长　大人贵恙已经告痊了？

省　长　坐，坐，坐！请坐！嗨，我这个人的脾气很简单，遇到不高兴的
事马上就生气，生了气就犯病！可是遇到爽快人、爽快事，只要
一句话，我的病就会好。

假秘书长　是的，只怪小的们办事不力，惹得大人生气生病，罪该万死！

假知县　小的们罪该万死！

省　长　不，不。我提倡廉洁、铲除贪污的意思，不过是要提高行政效
率，什么事要说办就办，一办就好！你们二位都还不错，凭这一
点办事能力，我就不相信那些刁民的控告，他们说你贪污了九千
九百九十九万万之多，我怎么能相信呢？至于说乱党暴动，我想
更没有那回事。刚才进城，看到所有的布置整齐肃穆、秩序井
然，我异常满意。凭这一点，我就不相信发生过什么暴动了。

假秘书长　大人真是明察秋毫!

假知县　大人真是明察秋毫!

省　长　好,下去休息吧。

假秘书长　谢大人恩典!

假知县　谢大人恩典!

〔侍从向假秘书长耳语。

假秘书长　是。

〔假知县、假秘书长下。

省　长　下面是谁?

侍　从　姓艾,是财政局长,最会弄钱的。(敲敲后脑)

省　长　唔!

〔艾局长上。

〔省长立刻抱头闭目。

艾局长　大人睡着了?

侍　从　(制止)嘘!

〔艾局长以手指左边太阳穴。

〔侍从摇头。

〔假知县、假秘书长在窗外窥探。

〔艾局长指右太阳穴。

〔侍从摇头。

〔艾局长指前脑。

〔侍从摇头。

艾局长　(掏出四根金条)这是替大人治病的药。

省　长　(睁眼)得了!你下去吧。财政局的报告和账册我都看了,很好。

艾局长　是,谢谢大人!(退下)

〔不等传唤,马局长就挤进身来。

马局长　卑职求见大人!

侍　从　得,进来吧。大人,这是警察局马局长。(指前脑)

马局长　(立正,敬礼)参见省长大人!卑职是本县警察局长,今儿欢迎大人的盛典,差不多都是卑职一手经办的。在车站领导民众高呼口号的,也是卑职;在马路两旁欢呼万岁的,也是卑职;刚才大人下车，替大人拭去皮鞋上灰尘的，也是卑职；还有……

省　长　嗯，知道了。你的警察局里现在有几名警察？还是六名？

马局长　大人明鉴：在平常时候，实在只有六名警察；但是今天，大人一定看见，起码有二百名！这是卑职体仰大人建设廉洁政治的苦心，卑职是仿行寓兵于农的办法，叫做"寓警于民"。为了节省国库支出，平时六名警察就够了；但是一旦有事，卑职在十分钟之内就可以召集十万人！

省　长　唔，可是我的头还是有点痛！（敲左太阳穴）

马局长　我已经带了药来！（探怀，取出一根金条）

〔省长又敲右太阳穴，等马局长再取出一根金条，省长又敲到前脑了。

马局长　（向侍从交出三根金条，转身）谢大人栽培！卑职来生来世，结草衔环，都不忘大人恩德！（下）

〔萧局长上。

萧局长　卑职参见大人，有机密报告！

省　长　机密？你有什么机密！是不是又要修造马路，拆毁民房？还是大兴土木，想挖人家祖坟？

萧局长　（俯首）卑职知罪，但请大人不要生气，卑职恳请将功折罪，报告一些机密。

省　长　说吧！

〔假知县、假秘书长隐去。

〔萧局长向省长附耳而语。

省　长　唔……唔……他是真正的知县大人？人在哪儿？

萧局长　本来，我让他住泰安客栈——一家旅馆里，可是刚才我去看他，已经不见了。一定有人把他藏起来了。

省　长　（很平静）唔，知道了。

萧局长　卑职恳求大人将功折罪！

省　长　唔……

萧局长　（想逃）卑职告退了！

侍　从　（一把抓住萧局长）你走了？

278　萧局长　是，大人没有吩咐了！

侍　从	没有吩咐了？你看！（向省长竖二指）
省　长	（立刻以手按右太阳穴）哦！好痛！好痛！
萧局长	（只好掏出两根金条）费您的神了！（下）
侍　从	（对省长）走了！别嚷了！下面两位没多大出息了。

〔齐局长、钟局长同上。钟局长携来药箱。

齐局长	拜见大人！
钟局长	省长大人！
省　长	（以手按左太阳穴）唔。
侍　从	刚才大人说了：齐局长，你办的教育太不像话了，怎么让那些教员都一个个饿得面黄肌瘦？听说你克扣了他们的米贴？
齐局长	没有的事，没有的事……
侍　从	还有钟局长，你卫生局的账上有毛病！（翻一账本）这儿账上多支了三元三角三分三厘三！不是为了这些事，我们大人的头早已完全好了！
齐局长	（明知难免，去掏金条）大人只有左边痛了？那是……（向侍从竖一个指头）
钟局长	大人，头痛是没有什么要紧的，让我给您治一治。
省　长	（惊）哦！你做什么？
钟局长	（开药箱）这儿有凡拉蒙，有纽绿丰，有加当……都可以治头痛！
侍　从	你自己大概有毛病吧！告诉过你：大人的病只有用金条熏烟子来治！懂吗？
齐局长	（见势头不对，掏出一根金条送上）二爷，费心！（溜下）
钟局长	胡说白道！世界上没有这种怪病！
侍　从	你才胡说白道！你给大人送药来没有？
钟局长	这就是我的药！（举药箱）
侍　从	我说的这种药！（举金条）
钟局长	那是不科学的！
侍　从	你是个傻瓜！
钟局长	我一点也不傻！
侍　从	那么拿药来！
钟局长	拿去！

侍　　从　拿金条来！

钟局长　胡说白道！

〔假秘书长抢进来。

假秘书长　二爷，您别生气，他是个书呆子。钟局长，您的医道还不行，您那套是外国学来的，不适合中国的特殊国情，懂不懂？（推钟局长出去）

省　　长　简直是一窍不通，这种人怎么能当卫生局长！我要重办！

侍　　从　是！大人休息一会儿吧。

省　　长　（接过全部金条）气死我也！气死我也！（下）

假秘书长　（掏出一根金条）二爷，钟局长不懂事，这是知县大人补送的，请您在大人面前美言两句。

侍　　从　对！您真能干，我跟您去回。（欲下）

假秘书长　是。可是二爷，我再请教您一件事。

侍　　从　不用客气。

假秘书长　我想大人在这儿很寂寞，是不是需要……（附耳）

侍　　从　秘书长，（笑）您真想得周到！刚才大人倒是留意到她了。可是那位小姐姓什么？她愿意吗？

假秘书长　姓刘。她那方面当然没有问题。名义上就是省长大人的秘书，好不好？

侍　　从　好，好。我进去回。（下）

〔假知县原在门外等候着，挨进来。

假秘书长　（向外）快快叫人去请太太进来！说是省长大人请。

〔内声：“是。”

假知县　要她来干吗？

假秘书长　（附耳）……懂吧？

假知县　（惊喜）唔！唔！可是艾局长怎么办？他知道了，又会跟咱们捣蛋吧？

假秘书长　（笑）他？我正要报他的仇！这叫作一计害三贤！我要气死他！听，好像是太太来了，您走开吧！

〔假知县刚走去，知县太太即上。

知县太太　省长请我？

假秘书长　唔！太太请坐！哎呀，我又说错了！此刻我不能叫您知县太太了，应该称呼您刘小姐、刘科长才对。

知县太太　到底什么事？省长要找我？

假秘书长　恭喜您，升官啦！刚才省长大人在办公室里视察的时候，特别注意了您。

知县太太　那是因为你特别介绍了呀！

假秘书长　可是省长先就悄悄问过我："哎，秘书长，那位顶漂亮的小姐是谁？"所以我才敢介绍呀！

知县太太　（其实很得意）谁要你介绍呢！

假秘书长　你看，省长大人说，他这次来少带了一位秘书，要请你当他的私人秘书哩！

知县太太　那，那我不干！我是知县太太呀！

假秘书长　低声一点！此刻再也不能提什么"太太""太太"了，省长大人如果知道您是知县太太，那办我们一个欺君之罪，大家都完了蛋！

知县太太　那我不能把一个知县太太丢了呀！

假秘书长　当然不必丢！等省长大人一离开，您还是知县太太！此刻是将计就计，您既做了刘科长，现在只好当一下省长秘书了。（低声地）再说，您在省长面前替我们做一个耳目，对大家都方便一点呀。知县和各局长一定都要感谢您的——我要他们每人送您二百万！

知县太太　这……我要跟艾局长商量商量看！

假秘书长　对，这件事我跟艾局长说过了。刚才省长大人对艾局长很为不满，您从中也好美言两句呀！

〔侍从上。

侍　从　刘小姐，省长请！

假秘书长　（推知县太太进去）您请去吧！

知县太太　（半推半就）我不，我不。（下）

侍　从　（拍假秘书长肩）老兄，有你的！

假秘书长　大人满意？

侍　从　大人问你：能带了走吗？

假秘书长　这个……（从门缝窥视，转身，窃笑）你看！

〔侍从从门缝窥探。假知县上。

假知县　怎么样了？

侍　从　（掩口而笑）好快！（拖假知县）你看！

〔三人同看、同笑。

假秘书长　这一来，你可以跟马小姐结婚啦！

假知县　（跳起来）对！我可以结婚啦！结婚啦！结婚啦！

侍　从　哎！您别嚷呀！

〔门开，省长大人与知县太太——刘小姐出。

省　长　（大叫）胡说！谁说结婚啦？

〔众人愕然。

省　长　我们刚决定了订婚！

假秘书长　恭喜大人！

假知县　恭喜大人！

侍　从　恭喜大人！

假秘书长　（早向外招手）诸位快来祝贺大人！

〔马、萧、钟、齐、艾五位局长及马小姐一哄而入。

众　人　什么？什么？

假秘书长　省长大人宣布和我们刘科长刘小姐订婚啦！

众　人　（大惊）哦！

艾局长　怎么？

假秘书长　同时，我再宣布我们知县大人和马秘书马小姐也同时订婚！

〔马小姐急投假知县之怀。

马局长　（夸张地）哦！恭喜省长大人！（立正，敬礼，握手）恭喜知县大人！知县夫人！

萧局长　（见机而作）恭喜省长大人，知县大人！

齐局长　（无可无不可）恭喜大人，恭喜大人！

艾局长　（面色铁青）唔，二位大人，恭喜恭喜！

〔假秘书长急忙再祝贺二位大人。假知县也祝贺了省长。省长也祝贺了假知县。

〔艾局长一言不发，拖了钟局长出去。

〔假秘书长急指示侍从注意，侍从点头。

马小姐　刘小姐，我恭喜你了！

知县太太　马小姐，我也恭喜你了！

省　长　（作训话姿态）诸位，我讲过不止一次了，我提倡廉洁政治，其作用在于提高行政效率；提高行政效率，就是任什么事都要办得快，而且办得好！我之所以此刻就宣布和刘小姐订婚，不过是给诸位在办理行政上做一个榜样！要像我一样，办得又快又好！

假秘书长　大人说得好！（举手示意）

众　人　（鼓掌）好！好！

马局长　卑职更要请求大人：给小的们再做一次榜样。

省　长　你是什么意思？

马局长　请大人给卑职们再做个榜样，以最快的速度结婚！

假秘书长　对！马局长的意思很好，请大人宣布。

众　人　好！好！

侍　从　大人，您就答应在下礼拜举行婚礼吧，小的马上去筹备！

省　长　下礼拜？明天就结婚！

马局长　（欢叫）哦！大人，您真伟大！您办事真像闪电一样快，您的意志像钢铁一般坚强！您真是伟大，伟大！伟大得至高无上！至高无上的伟大！（跳起来）

省　长　我办事就是这么直截了当！明天结婚，后天回省，再也不打搅你们了！

假秘书长　（鼓掌）省长大人万岁！

马局长　省长大人万岁，万岁，万万岁！

　　　　〔众人一齐欢呼。

假秘书长　我再宣布：我们知县大人明天也同时结婚！

省　长　好！（鼓掌）

众　人　好！（鼓掌）

　　　　〔艾局长引着一位衣衫不整的客人，即原来那位真的知县狂奔上。钟局长跟上。

艾局长　（气愤不平地）诸位，请看看这是谁？

众　人　呀！

萧局长　（问艾局长）怎么，你把他……

省　长　这是谁?

知　县　省长大人,小的是本县的知县。

省　长　哦! 你是本县的知县?

知　县　回禀大人：这假知县本来是一个乱党,那天晚上当小的被乱党打伤了以后,便被两个警察抬去卖做壮丁,他就冒充了知县。

假知县　大人容禀,小的是真知县! 他才是冒充的!

　　　　〔假秘书长急与侍从耳语。

省　长　你俩都是真的? 有什么证据?

侍　从　启禀大人：知县既有了真假,就不能听他们自己胡说白道,要让别人来证明。

省　长　嗯。那么,各位局长,你们看看,到底谁是真知县?

艾局长　大人! 我找来的这一个是真的!

省　长　你们呢? 说!

　　　　〔局长们相顾默然。

省　长　你们都认不出吗?

知　县　(环顾众人) 马局长、萧局长、齐局长、钟局长,你们怎么都不认识我?

　　　　〔众人都低头回避。

知　县　(发现了知县太太) ……哦! 省长大人,不用别人证明了,卑职的内眷就在此地,她总可以证明了。

省　长　你的太太在这儿? 谁是你的太太?

知　县　(向知县太太) 太太,你可以替我证明呀! 你为什么不讲话?

知县太太　(惊叫) 你是个疯子! 谁是你的太太?

省　长　(大怒) 混账! 这是本大人的太太,你怎么胡说白道! 你们到底认不认得他?

马局长　回禀大人：卑职不认得他!

萧局长　(向艾局长,愤愤然) 卑职不认得这个人!

齐局长　那我也……也不认得。

省　长　(向艾局长愤怒地) 你怎么让一个疯子来侮辱我的太太! 混账! 你想搞什么鬼?

284　艾局长　(见大势已去,态度一变) 回禀大人,小的不敢。他自己说是知县，小的也只好带他进来了。其实小的也分辨不出来。

知　县　（大叫）艾局长！连你都不承认我？

艾局长　（勃然）谁认得你？

省　长　你为什么带他进来？混蛋！

艾局长　是！是！卑职糊涂！

钟局长　（向知县）知县大人，我认得你。可是他们现在神经都有点病！
　　　　你走吧！

省　长　（大怒）钟局长，你胡说什么！

钟局长　大人，我认得他，他是知县！

省　长　（更激怒）他是知县？别人都不承认，就你说他是知县？我看你
　　　　跟他两个都是疯子！

马局长　回禀大人：钟局长实在有点疯病！

钟局长　你们才是疯子！他是真知县呀！

省　长　混账！你们不是讲民主吗？少数服从多数！他是假的！

众　人　对！假的！

省　长　卫生局钟局长神经错乱，办事不力，所办的十二个卫生所完全是
　　　　虚设的，有意欺瞒本官。还有，在他的账上查出一笔毛病，多支
　　　　了三元三角三分三厘三。本官提倡廉洁，决不容许有丝毫贪污存
　　　　在！我要杀一儆百，以儆效尤！来！

侍　从　有！

省　长　把这个冒充的知县和卫生局长一齐带下去，执行枪毙！

侍　从　喳！

〔幕急落。

第三幕

〔次日下午。

〔幕启。客厅里悬灯结彩，愈加辉煌。

〔结婚仪式快要开始了，新娘之一——省长夫人即原来的知县太
太，亦即刘小姐刘科长，在她过去住过的那间内室里化妆。另一
位新娘——马小姐，则在后花园一所洋房里化妆。

〔听差们穿出穿进，女傧相们不时地从两边门里出来要这要那。

〔马局长自天井中奔上。

马局长　新娘子都装扮好了吗？（急急忙忙地去推内室的门）快点吧，还有十分钟！

〔省长夫人内声："不要催！"

马局长　（敢怒而不敢言，低声嘀咕）不催不催，只有十分钟了。（转身再向后花园去）那边新娘子，好了没有？

听差二　快了，快了。（穿堂而过）

马局长　只有十分钟了呀！（下）

〔侍从从天井上。

侍　从　（向内室）省长大人说，请快点了！

〔省长夫人内声："知道了。"

〔侍从打算由天井下，艾局长急上，碰个照面。

侍　从　艾局长，您忙？

艾局长　（急藏手中的大纸包）唔，二爷，您忙！

侍　从　您找谁？

艾局长　哎，我找知县大人。

侍　从　唔。（看一眼）艾局长，请不要弄错了，现在这儿是省长夫人的房间。

艾局长　二爷，不会错，您放心。她是省长夫人了。

侍　从　那就对，艾老爷。（下）

〔马局长上。

马局长　要命，要命，只有五分钟了。（发现艾局长）艾局长您在这儿？……哦，您是向省长夫人请安来了？（笑，从天井下）

艾局长　哎，马局长现在是该你得意了。

〔萧局长自天井潜步上。

萧局长　（鬼祟地）艾局长，传单印好了没有？

艾局长　（将纸包交给萧局长）刚刚才印好，准备去发！哦，你跟秘书长说了没有？

萧局长　还没找到他。

艾局长　快点找他！一定在举行婚礼以前跟他说！我是两套计划：软的

不行再来硬的！传单先别动，要听到我的信号再发。你带来多少人？

萧局长　五十多人！

艾局长　让他们都埋伏在大礼堂四周，听我号令。快去！

〔萧局长急下。

〔艾局长向内室窥探，踟蹰着。

〔假知县着大礼服上。

假知县　快点啦！省长夫人！

艾局长　知县大人，省长夫人还没有装扮好！

假知县　急死人！只有三分钟啦！

艾局长　急什么呢？迟早今天总要结婚的，坐下休息一会儿吧！您今天看了报没有？

假知县　看报？我今天还有心思看报？

艾局长　（掏出一份报递给假知县）大人！今天的报您得看一下，上面有两篇好文章哪！

假知县　什么文章？

艾局长　（笑）您看了再说。

假知县　哎呀！现在哪有工夫看报！秘书长！秘书长！（奔下）

〔内室门开，女傧相引新娘——省长夫人出。

省长夫人　怎么，省长呢？直在催，直在催，省长还没有来！

艾局长　恭喜夫人！

省长夫人　哦……（惊止）

艾局长　怎么，夫人不认识我了？

省长夫人　（向女傧相）你们先进去，替我找一朵花来。

〔女傧相下。

省长夫人　你来干吗？

艾局长　（狠毒地）你好了，你就把我卖了！

省长夫人　我卖了你？前天你为什么把那个死鬼找回来，你想丢我的人？

艾局长　那是因为别人先出卖了你！你上了人家的当啦！

省长夫人　我上了人家的当？我也不是三岁孩子！

艾局长　那你是甘心情愿嫁给老头子？

省长夫人　你要我不明不白地跟你一辈子？

艾局长　那好吧，请你付出点代价！

省长夫人　代价？

艾局长　省长大人娶一位夫人，还能不出点代价？

省长夫人　那你去找他！（愤然欲去）

艾局长　我是找他，可要请你传话。

省长夫人　我不管！

艾局长　唷，那么无情无义呀！告诉你，我连老头子都告下了！

省长夫人　笑话！你告老头子？哪一家法院？

艾局长　法院自然不敢管喽，我有报纸。

省长夫人　报纸？封掉它！谁敢登？

艾局长　尽可以封，可是我会把新闻发到国外去！

　　　　〔省长夫人无言。

艾局长　请你在他面前美言两句吧，嗯！就说报纸上的文章是我写的，看他是不是还我一个价钱？如若不然，咱们还有一手。得，话就说到这儿，静候好音。再见了，省长夫人。（急下）

省长夫人　该死的，你别走呀！

　　　　〔艾局长的声音："省长大人来了！您快点吧，新娘子化妆好了，等着您呢！"

　　　　〔许多人的脚步声。

　　　　〔省长夫人退进内室。

　　　　〔假秘书长引省长上，侍从及男傧相随后。

假秘书长　（回顾）您看他这副神气！我想这篇文章（指报纸）一定是他写的！

侍　从　刚才我就看见他在这儿鬼鬼祟祟的，不知干什么。这文章当然是他搞的！

省　长　好大胆！他到太岁头上来动土了！查明白，干掉他！

侍　从　对，应该永除后患！

假秘书长　那马上抓他起来吧？大人。

省　长　嗨！今天是我大好日子，总不能杀人呀！得，先别管他，结了婚再说！（奔进内室）

〔假知县奔上，后面随着男傧相。

假知县　秘书长，秘书长，你看这报上在骂我们！

假秘书长　您也看见了？

假知县　（拖假秘书长在一边）这家报馆是谁办的？封门，马上封他的门！

假秘书长　马上就封？省长大人说，今儿是好日子，过了今天再说。

假知县　还要等到明天？你瞧，这儿一个"偷"字，这儿又是个"假"字，你说你说，这不是骂你我二人！这一定说咱们是偷——说咱们是假的！

假秘书长　（看报）唔，您说的是这个？这并不是骂我们的，这个"偷"字是一个影片的名字，叫作《偷香窃玉》，这是一部最伟大的美国电影！

假知县　（惊）哦，那个"假"字呢？

假秘书长　这是道尹大人请假的新闻，他请假养病去了，与我们没有关系的，大人！

假知县　（难为情）不行，不行，今天是我结婚的好日子，他们在报上偏偏要用这两个字，一定是有意捣蛋！

〔省长大人急上，同侍从低声商量。

假秘书长　（注意省长动态，心不在焉地）是！是！

假知县　从此以后报纸上不许用这两个字，谁用了就封门！

假秘书长　可是报上另外有两篇文章在骂您和省长大人，您可看见？

假知县　怎么？骂我什么？

假秘书长　人家要打倒您和省长大人啦！

假知县　（怒）打倒我？打倒省长？那还了得！是谁？抓来砍了！

省　长　（点头）嗯，嗯，是要重办！可是呢……

假秘书长　大人，您不能再宽容他了，前天他带那个疯子来冒充知县，您都没有处罚他，所以他更加胆大妄为了。

省　长　可是秘书长，他能够调皮捣蛋，可见得倒很有点本领。有这种本领的人就能做官；而要做官的人，也非有这种本领不可。所以我现在认为他倒是一个人才，应该收服他！

假秘书长　是的，这是大人的远见，不过……

省　长　当然，我也并不是特别赏识他。你们知道，他既能写这篇文章，难道他就不会把这篇文章送到外国去吗？家丑不可外扬，让我们友邦知道这些丑事也是大可不必！

〔马局长奔上。

马局长　快点呀，二位大人，已经过了二十分钟啦！二位大人，快去迎新娘吧！

省　长　好，结婚要紧！

假知县　对！

〔马局长领假知县及男傧相下。

〔省长引男傧相进内室。

〔侍从随省长欲下，假秘书长拉住他。

假秘书长　二爷，省长大人这是什么意思？

侍　从　我们大人是主张"大事化小，小事化无"的，什么事都希望搁得平、放得稳，平平安安过去就得了。

假秘书长　那么大人打算怎么处置他呢？

侍　从　当然还是两面光呀，大家都过得去。

假秘书长　现在怎么能够两面光呢？

侍　从　他攻击省长是假的，只不过是想攻走你们知县。

假秘书长　可是知县只有一个，不是他的就是我们的，省长大人总不能让我们落空呀？

侍　从　（笑）秘书长，刚才报上不是还有一个消息，说本道道尹请假了？

假秘书长　（恍然）哦！（大喜）二爷，您得帮忙！

侍　从　可是我们省长大人头又要痛啦！

假秘书长　那么是前脑？后脑？

侍　从　（不悦）秘书长，这是一个道尹呀！（用手在头上画一圈）双份！

假秘书长　（伸出五指，翻覆）十根？太多了，二爷！

侍　从　现在不必谈，省长大人还要看看动静，如果他拿不出别的花样来，理都不理他！

〔音乐奏婚礼曲。

〔通花园的门和内室的门同时开了，两对新人各领男女傧相出，走向天井去。萧局长自天井飞奔而入。

萧局长　不得了！不得了！大人，停一停！秘书长，不得了！老百姓要暴动!

〔婚礼行列停止了，音乐停止了，省长及假知县奔过来。

〔马局长也从后花园奔出。

假秘书长　暴动?

侍　从　怎么一回事?

萧局长　老百姓混进衙门来了，要暴动!

马局长　萧局长，你是存心丢我的面子，还是开玩笑? 我警察局长怎么会不知道?

〔齐局长并不很热心地走进来。

萧局长　（冷笑）等您知道了，二位大人性命都难保了!

假知县　（大惊）呀! 到底怎么回事?

萧局长　今天客人太多，进进出出，什么人都有，混进来好几百老百姓!

假知县　好几百?

萧局长　是! 有五六百!

马局长　胡说，五六百人怎么没看见?

齐局长　哎哎，你们二位别抬杠，先让他报告!

萧局长　你让齐局长说，是不是来了很多人?

齐局长　我……我没有十分看清楚，我的眼睛有点近视。

萧局长　有许多人暗藏武器，带着手枪，有许多人带着传单标语。齐局长你没看见吗?

齐局长　是的，是的，大概有，我看不清楚。

马局长　你的消息可靠不?

萧局长　（反攻）对了，马局长，算我多事，这当然是你警察局的责任，还是请你去调查一下吧。

省　长　别废话了! 他们打算干什么?

萧局长　（掏出两张标语）大人看，这是我捡来的两张标语。（打开来，一张是"打倒省长"，一张是"打倒知县"）

省　长　他们打算怎么干呢?

萧局长　据说他们等候二位大人行结婚礼的时候，就实行暴动。现在前院、后院、前厅、后厅、大礼堂、后花园，到处都布置的有他们的人!

假知县　（惊惶无主）大人这……这怎么办？

马局长　这一定都是乱党——革命党！把他们抓起来！

假知县　对，对，马上抓起来！

萧局长　当然这又是马局长的差事了！

侍　从　（向省长）大人，这还是一码子事！

省　长　（点头）嗯。（作态）好，他们闹到我面前来了。马上派人来弹压！马局长，你马上可以调动多少武装力量？

马局长　（惊）武装力量？

萧局长　省长大人问你马上能够调动多少人马？

省　长　前天你说十分钟之内可以召集十万人，你这句话有几成可以兑现？

马局长　这……

萧局长　（冷讽）几万人总可以有吧！

省　长　不必客气了，我知道那是一句大话。但有几成呢？有几成说几成！

马局长　（窘急）那……那十万人是可以动员，但不是十分钟之内，卑职恐怕说错了，是十天之内。

省　长　那还说什么！你还想抓人？

假秘书长　大人，我看大事化小，小事化无，也不必大动干戈了！

省　长　对，你的话对，一个政治家绝不能与民为仇，绝不能妄动干戈，我们要以人民的幸福为重，要化干戈为玉帛！

假秘书长　是的，卑职们很能体谅大人为国为民的苦心！

　　　　〔外面忽起吼声，隐隐听到"打倒"之声。

萧局长　哎呀，大人，您听！

假知县　（几乎哭出声来）大人，大人，怎么办？

马局长　（全身发抖）大人这……

　　　　〔吼声又起。

萧局长　这不得了，不得了！

齐局长　这真是不得了！

假知县　大人！

马局长　大人！

省　长　嚷什么！

假秘书长　大人自有办法，你们别乱嚷！

〔第三次吼叫声起。

〔艾局长自天井中慢慢走来。

艾局长　（笑容满面）二位大人，时间已经过了，请去行礼啦！大家都等着吃喜酒哩！

省　长　（镇静地微笑）马上就来了，可是我还在计划一件事。

艾局长　哦，大人有什么计划？

省　长　今天是我和你们知县大人双喜的好日子，我想凑凑热闹，再喜上加喜，让大家痛快一下。可是外面吼叫什么？

艾局长　没有什么，他们是在欢呼大人万岁。

省　长　这声音不大好听，要欢呼万岁让他们叫得清楚一点。

艾局长　是，卑职马上通知他们。可是请大人指示，是什么计划？

省　长　（目视侍从）我现在要宣布一件喜事……

〔侍从目视假秘书长做探询状。假秘书长拍拍胸脯举手做五数，反复两次。

侍　从　（向省长点头）OK！

省　长　好，我是一不做二不休，我再宣布两件喜事，加上我们两对结婚，四件喜事，合并举行。来个事事如意！第一件，本道道尹请假出缺，我升任本县知县做本道道尹！

假知县　（大喜过望）什么？大人！

假秘书长　省长大人升任您做本道道尹，快点叩谢大人！

假知县　（跪倒在地，叩头如捣蒜）叩谢大人！叩谢大人恩典！

省　长　第二件，本县知县既然升任道尹，就以本县财政局艾局长升任本县知县！

艾局长　谢省长大人栽培！

省　长　好了，今天是喜上加喜，四件喜事，合并举行。艾局长——新任知县，你去宣布一下吧。

艾局长　是。（急奔出门外，向外举手为号）

省　长　好了，没有事了，去结婚吧！

〔音乐奏婚礼曲。

〔婚礼行列排好了。

〔省长与侍从耳语，侍从再向假秘书长耳语。

〔外面高叫："省长大人万岁万岁万万岁!"

〔艾局长退让在一边，婚礼行列出发。

〔艾局长向萧局长有所指示，萧局长偕齐局长下。

〔台上仅艾局长与假秘书长留下。

假秘书长 新任知县大人，卑职恭喜您了!

艾局长 （大笑）秘书长，（握手）怎么如此称呼呢？您一定也跟道尹大人升迁了？（打哈哈）我们这叫作不打不相识!（真是惺惺相惜）秘书长，我们都是一家人了!

假秘书长 （大笑）真是不打不相识。大人，您真是（竖大拇指）政界的杰出人才!

艾局长 秘书长，您才了不起，真是宦场中的能手，道尹又被您抢去了。（大笑）

〔二人握手大笑。

〔欢呼声又起。

假秘书长 哦，刚才省长大人吩咐：明天早上，省长就起程回省；道尹大人明天也就启程赴任；知县大人——您明天也好走马上任了。可是（低声地）您今天报上的文章，还有今天这许多布置，对于省长和我们知县大人都有点太难看了，解铃还是系铃人，您得想个办法，让二位大人面子上光彩光彩呀!

艾局长 （笑）秘书长放心，这早在我的计划之中了。我知道省长大人和秘书长都是聪明人，绝不会让我走到极端的。既不走极端，我就得预先布置一条退路。

假秘书长 已经布置好了？

艾局长 我的计划是可战可和，可进可退，可攻可守，而且是可左可右的双轨计划。

〔假秘书长惊疑。

艾局长 说得明白点，就是我拟定了两套计划，同时进行。一面在准备打倒的计划，一面也准备了拥护的计划。省长大人和秘书长懂得我的意思，我就拥护；不理，我就打倒!

假秘书长 哦，（笑）您这真叫三刀两面了!

294　**艾局长** （大笑）……所以我也准备好了拥护计划。比如说：明天在报纸上，就发表这篇（掏出大批文件）拥护省长大人和知县大人的文章，这里是拥护的传单、标语、宣言，这里是拥护大会的口号，这里是拥护大会的提议案……甚至今天我带来的群众，也都带着两件东西：一件是武器，还有一件是拥护的小旗子！

假秘书长 好极了，好极了，那我们今天是不是就可以开一个欢送省长大人和知县大人的群众大会？

艾局长 可以，可以，当然可以。只要把所有拥护的字样改作欢送就行啦！我已经请萧局长去办了！

假秘书长 那就好极了！好极了！我说您是了不起的人才，真是了不起的人才！我们相见恨晚了！

艾局长 （握手）秘书长，我们是英雄识英雄，真是相见恨晚了！

〔音乐奏婚礼曲。

假秘书长 婚礼已经完了？

艾局长 大人他们已经回来了。

〔婚礼行列回来了。

〔马局长、萧局长、齐局长及省长侍从也进来了。

〔于是艾局长、假秘书长及各局长向省长、假知县贺喜，各局长再向艾局长贺喜，省长夫人也向马小姐贺喜。

萧局长 （向艾局长耳语之后）你看，他们已经来了！

〔老百姓子、丑、寅、卯、辰、巳、午、未等上。前面举一面横幅大旗，旗上书："欢送省长大人！欢送知县大人！"十二个大字。每人手中一根童子军式的木棍，棍头上都是写着欢送标语的小旗子。大家列队向客厅走来，后面，留在天井里的还有好多人。

众百姓 欢送省长大人，欢送知县大人！

艾局长 （狂喜）好极了，好极了，你们来得正好！你们是来欢送省长、知县二位大人的？

众百姓 是。

艾局长 那，好极了，好极了！省长大人！道尹大人！因为听说大人们明天就要回省上任，所以老百姓们马上就赶来欢送二位大人！卑职现在正式代表本县各机关、团 体、学校以及全县一百万民众向二位大人表示热烈的欢送！（掏出文稿来）

〔萧局长向老百姓举手示意，众百姓随即鼓掌。

艾局长　卑职来代表民众致欢送词。（读）"省长大人，知县大人，你们是老百姓的伟大救星！"

〔萧局长领头鼓掌。

艾局长　"你们是老百姓的救命恩人呀！"

〔萧局长领头鼓掌。

艾局长　"自从省长、知县莅任以来，我们老百姓好像生活在天堂里一般……"（向萧局长）鼓掌！

〔萧局长又领头鼓掌。

艾局长　"我们每人都住了洋房，我们每人都有了汽车，我们每天都在吃大菜，我们真是丰衣足食、安居乐业呀！"

〔萧局长领着大家鼓掌。

艾局长　"我们感谢二位大人，我们从没受过苛捐杂税的剥削，我们从没受过土豪劣绅的压迫，我们从没受过贪官污吏的敲诈，我们从没受过特务和集中营的威胁。我们从没有——不！我们都有人身的自由、言论的自由，以及一切的自由！这都是二位大人的德政！我们感激二位大人！"

〔萧局长领着拼命地鼓掌。

〔在鼓掌声中，悬在那里的铃铛忽然大响起来。

〔鼓掌声突然停止。

假知县　（大惊）哎呀！

假秘书长　（大惊）哎呀，什么事？

〔就在同时，老百姓手中的横幅大旗翻转来了，变作"打倒省长，打倒知县"八个大字。

〔就在同时，老百姓手中木棍上的纸旗都撕去了，木棍举了起来，每个人都被监视起来。

〔就在同时，艾局长被老百姓从身后一把抓住。

〔两位新娘子惊叫起来。

假秘书长　（掏出手枪，但被背后的老百姓抓住了手）艾局长，你这是怎么一回事？

296　**艾局长**　天哪，我也不知道是怎么一回事呀。

〔天井里一片吼叫。

老百姓子 对不起，你们欺骗了我们，出卖了我们，一会儿要我们来欢送什么，一会儿又要我们来打倒什么，你们这伙混蛋把老百姓当着什么呀？都一起替我滚吧！

艾局长 到哪儿去？

老百姓子 我们，要审判你们！走！

〔众百姓齐声大吼。

众官员 天哪，这可完啦！

〔众百姓抓住每一个官员的后领要拖走，被抓的人都惊叫起来。

假知县 （拖住一个老百姓不放）我不是知县呀！放了我吧！我不是知县呀！放了我吧！我不是知县呀……

〔天井里一片怒吼。

〔暗转。

尾　声

〔序幕后两小时，近黎明。

〔夜色已去，客厅里倒显得整洁简单。

〔铃声不断。

〔闯入者甲躺在长沙发上，酣睡未醒。

〔闯入者乙倒悬在小沙发前，两腿跷在椅上，一只手抓住沙发扶手。

闯入者乙 ……放了我吧，我不是知县呀！放了我吧，我不是知县呀！

〔铃声不断地响。

〔老头儿在窗外看了半晌，手执鸡毛掸帚，推开窗门进来。

老头儿 （微笑着）醒醒呀，二位好汉，铃铛响了！

闯入者乙 （还没醒）……我不是知县呀……

老头儿 （笑着推闯入者乙）谁说你是知县呀？（抓住闯入者乙的衣领摇晃）醒醒呀！铃铛响了！

闯入者乙 （蒙眬地）我不是知县呀！哦，老头儿，是你？

老头儿 唉，是我。走吧，走吧。（拖闯入者乙起来）我知道你不是知县，你不过是个小偷！

闯入者乙 （恍惚）我……是知县呀，而且我已经升了道尹啦！你要干吗？
（坐起来）

老头儿 （笑）你升了道尹了？你说的是什么梦话！

闯入者乙 你怎么不懂？我是官，我原来是知县，今天升了道尹了！

老头儿 （抓住闯入者乙的后领摇晃）你醒醒吧，不知死活的东西，铃铛
响了半天了！

闯入者甲 （惊醒了）什么事？

〔铃又响。

闯入者乙 你别动手，我让你当一个局长好了。

闯入者甲 哎呀，你还在做梦！（猛打闯入者乙一巴掌）快逃呀！衣包！

闯入者乙 （这才醒了）哦！（看看自己衣着）哦……（回顾）哦哦，怎
么啦？

闯入者甲 （将衣包压在闯入者乙的背上）走！（掏出手枪）

〔闯入者甲、闯入者乙先向天井那边走，似有所见，急退回。

闯入者甲 哎呀！

闯入者乙 他们追进来了？

老头儿 我拉了半天铃铛啦！

闯入者甲 少说废话，老狗！

〔闯入者甲、闯入者乙退到通花园门边。老头儿微笑，看着他们。

老头儿 我告诉过你们，走这个门通后花园。

闯入者甲 （端枪警备着天井那一方面，退到门边，反手开开门）快，从
这儿走。

〔可是，门外枪刺如林，直指着他们。

闯入者乙 （转身看见，大叫）哎呀！

〔内声："举手！"

〔闯入者乙举手，衣包落地。

闯入者甲 （举手，转身一看，也退了一步）啊！

〔内声："走！"

老头儿 （笑）走吧！走吧！（用掸帚打扫着沙发）

〔闯入者乙拖起衣包，与闯入者甲在枪刺中下。

〔鸡鸣。

〔阳光出现。

老头儿 （用掸帚到处掸着）鸡叫了，天快亮了！

〔幕落。

——剧　终

　　《升官图》创作于1945年，是中国新文学史上优秀的讽刺喜剧。1946年2月由中华剧艺社首演于重庆江苏同乡会剧场，导演刘郁民，舞台监督李天济，应云卫等参与演出。在观众热烈的掌声和喝彩声中演出了近四十场，随后在上海演出一百多场，场场爆满，而后又在延安上演。《升官图》是一部"怒书"，深受果戈里影响，抒发了作者对腐败的官僚政治和丑恶社会的憎恶。

作者简介

陈白尘　（1908—1994），原名陈增鸿，又名征鸿，笔名墨沙，男，江苏淮阴人，作家、编剧。1930年参加左翼戏剧家联盟，在各地坚持进步的戏剧活动，创作了大量剧本，代表作品有《乱世男女》《鲁迅传》等。对于讽刺喜剧有独到的贡献，被誉为"中国的果戈里"。

·话　剧·

战斗里成长

胡　可

人　物　赵老忠——五十余岁，贫农。

赵铁柱——即赵钢，二十余岁，赵老忠之子，青年农民，后参军
任营长。

赵　妻——二十余岁，赵铁柱之妻。

赵石头——即黑蛋，赵铁柱之子，先是五岁，后是十五岁、十八岁。

杨有德——五十余岁，恶霸地主，后当汉奸及国特要员。

杨耀祖——二十余岁，杨有德之子，流氓，后任日寇警备队中队
长、蒋匪保安第×纵队第×大队长。

（以上人物年龄随各幕相距时间增加）

老　庆——五十余岁，农民。

仓婶子——五十余岁，农妇。

周教导员——三十岁。

四　海——二十岁，通讯员。

双　儿——二十岁，通讯员。

文化教员——二十余岁。

王德钧——老战士，后任班长。

崔大秋——老战士，后任副班长。

老　齐——四十余岁，炊事员。

战士甲、乙、丙、丁、宋德义、团部通讯员、电话员；

伪军甲、乙，匪兵甲、乙、丙、丁、戊、己、庚；

老汉甲、乙，老妇、壮年、青年、妇女、小孩等。

第一幕

第一场

〔幕内声：

“衙门口，朝南开，

有理没钱别进来。"

〔1935年，秋天的傍晚。

〔华北某县城附近一农家。

〔屋里，简单的农具，有门通院内。

〔幕启，场上无人。

〔赵铁柱面色沉郁地上，把铁锨"当啷"一声扔在地下。赵妻抱着黑蛋上。

赵　妻　（奇怪地望着赵铁柱）你怎么啦？奔拉着脸子，又跟谁生气啦？

赵铁柱　（不理，片刻）爹呢？

赵　妻　爹去找老庆大伯去啦，说是要点砒霜回来等着耩地种麦呢，出去可有会子啦！

赵铁柱　（没好气地）耩地种麦？这三亩水地眼看就种不上啦！

赵　妻　怎么？这三亩水地就生生叫杨家霸了去？咱跟他打了这一年官司，莫非就……

赵铁柱　（发火）打官司！打官司！顶个屁的用！

赵　妻　你看你吃了炮药啦？咱们种了十来年的地，他杨家造了张假文书来就能霸了去？爹打算明儿再进城去一趟，要是官司打赢了……

赵铁柱　赢？（爆发地）咱们输啦！（从怀里掏出判决书，在手上用力颤摇着）大衙门口的判决下来啦！咱们输给人家大财主了！

赵　妻　（惊呆）什么！咱们有理的倒输啦？

赵铁柱　（展开判决书，用手击打着）这不是还扣着那大印！我不宰了他们我出不了这口气呀！

〔沉默，屋外有人咳嗽声。

赵　妻　爹回来啦，爹还不知道吧？先别对爹说，他那身子骨儿刚略好一点，要是知道了，病儿又得犯！

〔赵老忠上，抱起黑蛋。

赵　妻　（故作镇静）爹！吃饭吧！

赵老忠　（兴奋地把手里的一包东西交给赵妻）要了点子砒霜，赶明耩地种麦多使上点。黑蛋！你别抓，这不是吃的，这是毒药，快放到那黑罐里去吧！——这天底下真有好人哪！老庆又帮我盘缠钱，这回官司打赢了可不能忘了你老庆大伯！嗨，老庆说得对，输是输不了，要是输，他早下判啦！这高等法院里把这案子压了两个多月，当大官的心眼细着呢！跟包老爷似的，只要咱们有理……

赵铁柱　（憋不住）有理挡不住人家有钱！有钱能使鬼推磨！

赵老忠　（坚信地）有钱挡不住有理！有理走遍天下！天下总有那青天大老爷！

〔赵铁柱欲插言，赵妻示意止之。

赵老忠　青天大老爷看咱庄稼人受制，他也跟着掉眼泪。我知道，有这样的黑脸老包……

赵铁柱　（难耐地）照我说，就不跟他打官司！一把火把他家全烧光！

赵老忠　年幼的人，光图说说痛快，犯法的事可干不得，凡事全凭个理。咱们有文书，私凭文书官凭印，打到北京不怕他。

赵　妻　爹，你歇歇，吃饭吧，饭都凉了。

赵老忠　那是我花二十块现大洋买的地，我一个人也没雇，刮风下雨收拾那井，房都没舍得盖，先收拾那井，这才成了水地。他见卖主死了，造了张假文书，拿出五十吊钱想赎我的！看我赵老忠好欺侮！（咳嗽，颤抖）

〔赵妻急为赵老忠捶背。

赵老忠　我不管你天大的财主，我就要告你！你霸道，有国家的王法管着你呢！我明儿上太原府……

赵铁柱　爹！你不用去告啦！

赵老忠　为什么不去？

赵　妻　（递眼色给赵铁柱）爹身子骨还没好利落，他怕爹再病在外头……

赵老忠　不碍事。咱们一家四口活得了活不了，扳得扳不倒姓杨的，全靠这一趟啦！到这节骨眼儿上，我不能打退堂鼓！（对赵铁柱）你去找你老庆大伯来一趟，我把家里这事儿托付给他。你们年幼，办不了事……

赵铁柱　爹，不用去找啦。

赵　妻　你就去吧！

〔赵铁柱迟疑。

赵　妻　（把黑蛋交给赵铁柱）你跟着爹，我去一趟！（下）

赵老忠　（希望地）官司打赢了好种麦，打了一年官司，花的这钱他杨家得赔给咱！铁柱你说……

赵铁柱　（忍耐不住）爹！法院的判决下来啦！

赵老忠　什么？你说什么？

赵铁柱　判决下来啦！

赵老忠　噢！这三亩水地到了儿是归了咱们啦！

赵铁柱　不，爹！咱们的官司打输啦！

赵老忠　（有如晴天霹雳）什么？输啦？输啦？咱们输啦？

赵铁柱　嗯！地归了杨家不说，咱们还得出钱赔礼！（跺脚）他仗着有钱有势，花钱买的判决！

　〔赵老忠咳嗽，一口痰憋住，赵铁柱给他捶背。

　〔少顷。

赵老忠　（吐出一口痰，喘息）你听谁说的？

赵铁柱　镇子上送信的捎来的，（取出判决书）这不是？还扣着大印，人家在太原又有买卖又有人，还不明摆着花了钱？

赵老忠　（两手颤抖着接过判决书，呆望着）青天大老爷！青天大老爷……（绝望地）杨有德，你坑得我们苦啊！穷人没路走了！我们没路走了！（咳嗽，喘息）

赵铁柱　爹，爹，你躺一会儿，你躺一会儿。

赵老忠　（自语）莫非真绝了我的后路？我五十多岁老头子当真就要了饭？咱们这十几年的光景莫非这就包了估？莫非我就这样地死了？天哪！这就是那官府！这就是那理！这就是那王法！青天大老爷呀！（将判决书撕碎）

黑　蛋　爷爷、爷爷！

赵老忠　哎！你爷爷心眼儿里闷得慌啊！（少顷）铁柱！你去给我打壶酒来！

赵铁柱　爹！你躺会儿吧！你病还没好喝什么酒？

赵老忠　（沉静地）好孩子，喝口酒解解闷气……你老庆大伯为咱忙活了这一阵子，操心受累的，不管是输是赢吧，咱得谢谢人家这一片好心！

　〔赵铁柱持酒瓶下。

赵老忠　（彷徨自语）老天！你看见了吗？三十年哪！辛辛苦苦挣下的光景……我们可是好人哪！……莫非这就是那命？唉！不如死了吧！死了吧！

黑　蛋　（哭）爷爷、爷爷！你不死！

赵老忠　哎！爷爷不死！黑蛋，你到窗台上把那黑罐拿给我……

〔黑蛋跪在炕上，取下黑罐递给赵老忠，然后眼巴巴地望着爷爷从罐里掏出纸包，打开，又眼巴巴地望着爷爷把砒霜吞下。

黑　蛋　爷爷，给我点儿吃！

赵老忠　（爱抚地）黑蛋，你不能吃！（拭泪）黑蛋！（抱起黑蛋，用胡髭吻着他的脸）爷爷先走啦！我两眼一闭，两腿一伸，我走我的啦！（巡视四周）唉！铁柱，谁也顾不了谁啦！

〔赵妻上。

赵　妻　老庆大伯说随后就来。爹！他呢？

赵老忠　我叫他打酒去啦！

赵　妻　爹！你……

赵老忠　你不要管。我心里憋得慌……

〔赵妻点起灯，摆上饭。

〔赵铁柱持酒瓶上。

赵　妻　（悄声）你对爹说啦？

赵铁柱　嗯。

赵老忠　你们都坐下，咱们一家子聚一会儿！你们吃着，我有话对你们说……

〔赵铁柱、赵妻盛饭吃。

赵老忠　（自斟自饮）孩子！你娘命苦，死得早。你爹活了五十三岁，受了一辈子苦，熬到今天……唉！落了个这！你爹对不住你们哪！什么也没给你们留下，留下了一屁股饥荒……（流泪）

赵铁柱　爹！爹！

赵老忠　你爹没本事……可是你爹活得志气！孩子，你们大了，不能给我丢了人。

赵　妻　爹！你怎么啦？

赵老忠　……官司是输给他了！咱们跟杨家这仇可是没完没了呀！

赵铁柱　嗯，爹！

赵老忠　我死后……

赵铁柱　爹，你怎么啦？

赵　妻	爹！今儿晚上你怎么净说这些话呀！
赵老忠	我死后……你们别忘了报咱这仇！孩子，给你爹争回这口气来！我不要你们上坟烧纸，只要给我报了这仇，就是我的好小子！（胸中焦灼难熬，勉力支持）
赵铁柱 赵　妻	爹！爹！你怎么啦？
赵老忠	唉！孩子！你们别难受，你爹活不过今儿晚上了！
赵　妻	（发现罐子和纸包）爹！你吃了——黑蛋他爹！咱爹吃了砒霜！你快去找人哪！爹呀！〔赵铁柱惊慌，反身外出，正碰上进门来的老庆。
赵铁柱	老庆大伯！老庆大伯！
老　庆	嗯嗯！什么？什么事？
赵　妻	我爹吃了砒霜！
老　庆	快！快去镇子上抓药……唉！这是怎么说的！
赵老忠	回来！（呻吟）老庆哥，不用啦！我只要寻死，就不打算再活，回来！不要抓药啦！
老　庆	（见酒瓶，惊）老忠！你喝了酒？
赵老忠	（点头）嗯。
老　庆	（顿足）怎么叫你喝酒呢！（望着在炕上滚动的赵老忠，难受，拉住披衣外出的赵铁柱，绝望地悄声说）喝了酒就没救儿啦！唉，预备后事吧！
赵铁柱 赵　妻	（号哭）爹！爹！〔黑蛋吓哭了。
赵老忠	（打滚）哎呀！烧心哪！给我舀瓢凉水来！（接过赵妻递来的水，饮下）老庆你坐！
老　庆	（落泪，责备地）老忠、老忠！你糊涂啊！你太糊涂啊！人在青山在！你可真不该办出这事情来呀，老忠！
赵老忠	老庆哥！
老　庆	哎，兄弟！你有什么话你就留下吧！
赵老忠	我冤枉啊！我人死，心不死啊！到阎王爷那……我也要告倒他姓

307

杨的呀！

〔室外沉重的脚步声，众人注视门口。

〔杨有德偕子杨耀祖登场。

杨有德　这儿倒挺热闹！赵老忠，你输啦！知道不知道啊？

老　庆　四爷！老忠已经是快死的人啦！吃了砒霜啦！

杨有德　啊！吃砒霜寻死？赵老忠！我趁你还有一口气儿，我要问问你，我问你还告不告？

杨耀祖　我父亲问你话哪！问你还告不告，说呀！

赵老忠　（挣扎坐起）姓杨的！咱们两家没完没了！阳间告不下你，到阴曹地府我也要告你！

杨耀祖　别说废话！

杨有德　赵老忠，你有种再去告！咱们手拉手儿再去过一堂！

杨耀祖　你服不服？不服还可以告到南京最高法院，告到蒋委员长那儿也可以的！我们杨家陪着你！

杨有德　赵老忠！你睁开眼看看咱爷们是谁？区长是我外甥女婿，县长都给我送过匾的。你敢告我？明告诉你，耗灯油也把你耗死了！你懂得这个，死了也不冤！

赵老忠　（呻吟）冤哪！

赵　妻　（对杨有德）杀人也不过是个死罪，我爹没犯死罪吧？临死了你们爷儿俩还不叫他安生吗？

杨有德　你们别拿死一口子人来吓唬咱，咱爷们见得多啦！他死了，你们得把这笔账顶下来！

赵铁柱　（咬牙切齿）姓杨的！你别怕还不了你这笔账！我爹死了，我顶着；我死了，黑蛋顶着！只要赵家死不绝，总忘不了这笔账！

杨有德　好！耀祖，趁他还有口气儿，快把账给他家报报！你们听着！老庆，你也听着！

杨耀祖　（翻开账本）判决书说，"应归还侵占之水地三亩六分九……"

赵老忠　（痉挛）天哪！

赵　妻　爹！爹！（转对杨有德）我求求你！我求求你！

赵铁柱　咱不求他！咱不求他！

杨耀祖　（继续念）"应赔偿诉讼费车马费叁百贰拾伍元整，额外赔偿名誉损失费贰百元，共计伍百贰拾伍元整。"

赵老忠 （挣扎起）孩子！报仇啊！（痛楚地栽倒）

赵铁柱 （爆发地）爹！（失声痛哭）

赵　妻 （同时）爹！（哭）

黑　蛋 （哭）爷爷！

老　庆 （长叹一声）唉！

〔赵铁柱突起立，忍住泪，望着杨有德，悄悄溜到门边，转身下。

老　庆 四爷！这地是归了你们啦，这钱可实在是……你看这一家子，眼下死人都发送不出去，包了估也交不起你这钱哪！

杨有德 你给我滚！你要想充好人，你来替他还账！

老　庆 我……我……我那点家当，你也不是不知道！

杨耀祖 爹！你出了气了吧?

杨有德 这不算完！铁柱不是说啦，他爹的账他顶着，他死了，小杂种顶着！什么时候还不清，什么时候不算拉倒！

老　庆 四爷！我求求你，给他家娘们孩子的留条活路……

杨耀祖 （指赵老忠的死尸）这就是你们的活路！蒋委员长说过，老百姓要安分守己，只要安分守己……

〔忽听人声嘈杂，火光隐隐照在窗上。

杨有德 什么事? 什么事?

杨耀祖 （出门望）爹！不好，咱家失火啦！

杨有德 （急）什么！

杨耀祖 谁干的? 不能放他跑了！

〔杨有德、杨耀祖急下。

赵　妻 （趋尸前）爹！杨家失火啦！爹！你合上眼吧！（起视火光）烧吧！烧吧！越大越好！烧光了他家！烧死他们吧！

老　庆 杨有德造的孽也到头儿啦！该着！该着！（对赵妻）我去托几个人，天塌了也得先把你爹打治得入了土。

赵　妻 老庆大伯！

老　庆 我看碾盘村你们也待不住啦，发送了你爹，商量商量包了估吧！碾盘村不是你一家，全村都在他碾盘底下过哟！我帮不了你们别的，我那口薄棺材，留着自己住的，先让你爹住了吧！唉！

赵　妻　老庆大伯，我们一家子永忘不了你老人家的好处呀！

〔老庆下。

〔赵铁柱匆匆上。

赵铁柱　（喘息未定）快拿给我夹袄！还有我那双鞋……

赵　妻　（惊疑）你！你怎么啦？黑蛋他爹，你怎么啦？你上哪儿来着？

赵铁柱　我！我给他家点了火！快！

赵　妻　（大为震惊）什么？杨家失火是你……

赵铁柱　我，我恨不能把他家一把火全烧光！

赵　妻　（焦灼）你还活不活？

赵铁柱　我走！我走！快拿给我夹袄！

赵　妻　（戚然，把夹袄递给赵铁柱）你上哪儿去呀，倒是？

赵铁柱　天下大着呢！下煤窑、扛长活，再不行当兵！要是掀不倒他杨家大旗杆我就不回来！

赵　妻　（悲痛）你走了，丢下我们娘儿俩，依靠谁呀？

赵铁柱　黑蛋他娘，我留在家里也是死！唉！（望父尸）我要给爹争回这口气！我要报这个仇！

赵　妻　你走吧！（少顷）那咱们这一家子就这么散啦？（哭）

赵铁柱　（伤心）黑蛋他娘，你到俺赵家门也五六年啦，从没过过一天舒心日子。你埋了咱爹，你就前走一步吧！

赵　妻　黑蛋他爹，你不要说这些！你就是十年二十年不回来，我跟黑蛋也等着你。他爹，你可别忘了我们……

赵铁柱　只要我不死，黑蛋他娘！我总得回来！

赵　妻　我等着你，我要饭也得把黑蛋拉扯大，等孩子大了……（哭）黑蛋他爹！咱们还能再见面吗？

赵铁柱　能！总有那么一天……我要是回不来，咱家这仇可就靠黑蛋了！（抱起黑蛋吻着）黑蛋，爹走啦！

黑　蛋　爹！你不走！

赵铁柱　这村你们也待不住，杨家还得找咱的事儿！记住！给黑蛋改个名儿，逃出去吧！

赵　妻　哎！快走吧！

赵铁柱　（欲走，返回，跪倒父尸跟前）爹！爹！铁柱给你报仇去了，铁

柱送不了你的终了！（磕头，立起，头也不回，下）

黑　蛋　　爹！爹！

赵　妻　　（呆呆地）黑蛋、黑蛋，你爹给咱报仇去啦！（一阵心酸，哭了一声，忍住）黑蛋，咱娘儿俩熬着吧！等你长大了，什么就都好啦！

〔光渐暗。

<h2 style="text-align:center">第二场</h2>

〔幕内声：

　　　　"此处不留爷，

　　　　自有留爷处；

　　　　处处不留爷，

　　　　爷去投八路。"

〔十年以后，秋天的傍晚。

〔华北某大城市附近某市镇。

〔低矮、阴暗的草屋，室内有土炕，除锅灶外仅有一领破席、一床破被和几个筐篮盆罐。墙的高处有一个小窗洞，一线阳光正从那洞里斜射进来。

〔光渐明。

〔一个女人正迎着阳光缝补什么东西，她衣衫褴褛，面色憔悴，眼角上嵌了鹰爪似的皱纹，从头发的式样上和声调动作上使我们能够认出她即是赵铁柱的妻子。

〔枪声数响。仓婶子急上，进屋。

仓婶子　　（小声）汉奸们又逮人呢！抓走了十来个，老万家小子、二根子，都叫他们抓走啦，说是搜查八路。哼！净抓些个老百姓！

赵　妻　　（小声）八路又下来啦？

仓婶子　　（秘密地）说是下来啦！多了去啦！（返回门首，望望没人）说是鬼子不行啦！要撤啦！汉奸们折腾吧，有你们受的！（把手里的几件衣裳给赵妻）给！石头他娘！

赵　妻　　什么？

仓婶子　　（笑）又给你揽了活儿来啦！这几件儿衣裳，拆洗拆洗也能挣出一顿饭来，（又掏出几张票子）这是二牛给你的，做棉袄的工钱，钱儿可是不多……

赵　妻　什么多呀少的，都是受苦的穷人。

仓婶子　（掀开锅看了看）石头他娘！石头回来，叫他上我家地里摘几个北瓜，摘点儿豆角儿回来，回头我再给你拿过点山药。你看你们吃的这饭！稀汤寡水，哪像人吃的？

赵　妻　（凄然一笑）这年头掀不开锅的人家多着呢！我们娘儿俩能吃上这，就算不错啦！想起他爷爷刚死那工夫，我们娘儿俩叫财主撵出来，天天串房檐，讨吃要吃，有一顿没一顿的……能熬到这工夫，这就算不容易！

仓婶子　（同情地）谁说不是呀！这十年工夫——有十年了吧，石头他娘！

赵　妻　（想）那会儿石头五岁，这会儿他十五，整十年了。

仓婶子　（感慨）唉！这十年工夫，一个妇道，一个娃娃，没家没业的，生那么闯打过来，也真是不容易呀！

赵　妻　多亏你老人家这么拉扯我们，这几年要不是仓婶子你，我们还不定怎么着呢！这不，住上有顶儿的房；冬天好歹拢把火就冻不死；吃的不济不济，见天有顿米汤喝。这我就挺知足啦！吃的、用的，你老那么帮补我们，你真比我亲老的还亲，我可怎么报答你呀！

仓婶子　快别说这，"官向官、民向民，天下穷人向穷人"，谁也有个遭难的时候。

赵　妻　可你也不是那富有的主儿哟！

仓婶子　（笑）我们老两口好歹还有那么几亩地，怎么也比你好过！这年头就别分你的我的，先挣扎着混下去！等把鬼子打走了，石头也长大成人挑起家来，你也过两天舒心日子……

赵　妻　（苦笑）可就是盼着那一天呢！这几年，老叫人揪着个心，可多咱是个出头的日子呀！

仓婶子　别急，快啦！（悄悄地）听说杜村炮楼昨儿叫八路军给端啦，连大乡公所也给砸啦，你可别跟外人说呀！（欲走）石头呢？

赵　妻　给人收庄稼去啦，这咱还不回来。

仓婶子　回来可叫他去摘点儿来吃！（欲走）

　赵　妻　唉！仓婶子，你等等！我有句话跟你说……

仓婶子　唉！（又坐）你说。

赵　妻　你刚才说的那事儿是真的？

仓婶子　什么事？

赵　妻　八路军是打过来啦？鬼子是要撤？

仓婶子　（悄声）我听我外甥说的，那还假得了？（补充地）他在那边（用手比八字）干着差事哪！

赵　妻　（满意，吞吐地）仓婶子！我昨儿晚上做了一个梦，梦见石头他爹回来了，当了八路军，挎着那武装带，拿着那机关枪，一进门就说："石头！跟你爹烧炮楼去！"接着就去点火，烧得红通通的一片……我醒了，就再也睡不着。我想了又想，我想，（凄然一笑）莫非这是真事？莫非他爹真要回来？

仓婶子　（同情地）不是说有人在边区见过石头他爹吗？

赵　妻　都传说他爹死在阳泉矿上啦，也有人说是在那边见过一个当八路军排长的挺像他。谁知道真假呀？十年也没个信捎回来……

仓婶子　别胡思乱想，你们逃到这村快五年啦，他可不知道，可捎信往哪儿捎呀！

赵　妻　也是。十年哪，仓婶子！你说他还能回来吗？嗯？

仓婶子　（安慰）叫我说能回来！这不是日本鬼子就快完啦，八路军说话就过来。

赵　妻　仓婶子！我这命不济……

仓婶子　什么命不济？我早先也信命，可那天叫我外甥把我说住啦。他说：在边区里头，财主都不敢霸道啦，老百姓的日子都越过越强啦。莫非说边区里的老百姓命就都好？咱们这儿的老百姓命就都不济？我外甥说：边区那方面没有信命的啦，都信毛主席！

赵　妻　毛主席？

仓婶子　（秘密地）别跟外人说，叫炮楼儿上知道可了不得！我走啦，往开想，石头他娘！（下）

　　〔赵妻痴痴地站了一会儿，回去生火热饭。

　　〔赵石头上。黑蛋已长成一个十五岁的少年，他穿着露肉的破衣裳，额上血流不止。

赵　妻　吃饭吧！（突惊叫）哎呀石头！怎么弄的？怎么头上这么多血？

跟谁打架来？叫人打得头破血流的？我天天跟你说，咱们做活吃饭，人家财主家孩子咱们惹不起，你就不听！哎呀，怎么这么大个口子？（急用布给赵石头包扎）

赵石头　我谁也没惹！汉奸把我逮到炮楼儿上打我……

赵　妻　他们为什么逮你？

赵石头　他们非逼着我说跟八路有联络，非说那两个八路是我放走的，我说没那回事。他们就拧住我胳膊拿棍子死打，还拿刺刀伸到我嘴里去吓唬我，我说你挑了我，我也不知道八路的事儿！那个新来的汉奸队长就说："小杂种骨头真硬！扎他一刺刀！"那汉奸就朝我脑门子上拿刺刀一扎！（疼，咬牙忍住）

赵　妻　（搂过赵石头，流泪）唉！这是什么年月！这命就在人家手里攥着，说逮就逮，说杀就杀，（少顷）你倒是怎么得罪炮楼上的啦？

赵石头　我就没惹他！我就是上苇坑里去了一趟。

赵　妻　你上那儿干什么去？

　　　〔赵石头不语。

赵　妻　你对娘说。（去门首望望，没人，返回）石头！跟娘说实在的，娘不生你的气。

赵石头　（迟疑了一下，索性坦白地）娘！我给两个八路指了一下道儿。

赵　妻　（愣住）孩子！你真的？

赵石头　娘！你不是天天盼八路来吗？那两个八路是便衣探子，先探好了才能端炮楼呢！

赵　妻　（爱抚地摸着赵石头的肩）他们打你，拿刺刀扎你，你没说实话？

赵石头　说了实话就没命啦！我胡编了一通，我说我是丁村的，叫王二小，来串亲来的，谁知道什么八路九路呀，这他们才放我走……

赵　妻　（松了口气）好石头！你是怎么碰见八路的？

赵石头　我们歇晌，我上泥坑里洗澡，过来俩人跟我打听炮楼子上有多少人多少枪，多少鬼子多少汉奸，问得可细哩。末了叫我指给他道儿进村来看看，我早看出他们是八路探子，要不怎么穿的山杠子鞋？我就问："你们是干什么的？"他说："八路军！快该端你们炮楼啦！你欢迎不？"我说："早就欢迎啦！你跟我来吧！"我穿上鞋就把他俩领进苇坑啦。回来就碰上汉奸队，问我见没见俩人，我说早往南走了，他们骑上车子追了一阵没有，回来逮的我。

赵　妻　这咱那俩八路还在村里头？

赵石头　（兴奋地）嗯！八路说啦，日本鬼子是秋后的蚂蚱，没什么蹦跶
　　　　头了，八路军这咱一百万人马！这炮楼儿再多点也不经打！端下
　　　　炮楼我非宰了杨麻子！

赵　妻　谁叫杨麻子？

赵石头　就是那个新调来的汉奸队长，就是他叫拿刺刀扎我来。

赵　妻　出去可别乱说呀！

赵石头　嗯。还说日本鬼子他大哥二哥都完蛋啦，光剩下老三小日本啦。
　　　　八路军越打越多，一个劲儿地往外开辟根据地，除了咱们这儿，
　　　　净成了八路的啦！杜村昨儿端啦！你还不知道呢吧，娘？

赵　妻　盼着八路军过来，日子就好过了。

赵石头　娘！我去当八路！

赵　妻　别胡说！石头，你先躺躺！娘给你热口米汤喝！

赵石头　（忽然想起一件事）娘！我爹是叫铁柱儿吗？

赵　妻　（感到突然）嗯。可别跟外人说呀！怎么啦？有信儿啦？

赵石头　不，杨麻子问我来。

赵　妻　杨麻子？这人什么样儿？

赵石头　什么样儿？高个儿、黑脸儿、小胡儿，镶俩金牙，城里新民会会
　　　　长的儿子。娘！你怎么啦？

赵　妻　（面色苍白）他？

赵石头　（奇怪）娘，他是谁？

赵　妻　石头，他怎么问的你？

赵石头　他先看了我一阵，说："小杂种！铁柱儿是你什么人？"

赵　妻　你说呢？

赵石头　我说："铁柱？俺们丁村财主家小子叫铁柱，净打我。"我这么
　　　　说，他不问了。

　　　　〔赵妻叹了口气。

赵石头　娘，你认得杨麻子？

赵　妻　孩子，那是咱的仇人哪！就是他不让咱在村里住，把咱撵了走。
　　　　十冬腊月连床棉被也盖不上，饥一顿饱一顿要了一冬的饭，往后

娘才拾点庄稼，给人帮个忙，挨呀挨呀挨到这个镇子上。娘怕他找寻咱，把你那黑蛋的名儿改了个不起眼的"石头"，心里指望着躲开他们杨家了。谁知道转悠转悠又转到人家手心里来啦。……你爹叫他们逼了走，十年连个信儿也没有。（拭泪）

赵石头　娘，你不要哭，我给你报仇！我养你老！

赵　妻　孩子，咱们这是在刀尖上过日子呀！娘就指望着你哪，往后做个事说个话的可得长个心眼儿，你要是有个好歹可就苦了娘啦！

赵石头　嗯。娘！今天那俩便衣八路说，八路里头哪儿人都有，也有咱们这弯儿的。娘！我爹敢许在八路里头！

赵　妻　别胡说八道的！往后谁问你爹的事，你就说你爹早死在煤窑上啦，啊！

赵石头　唉！

〔仓婶子上。

仓婶子　石头他娘，石头他娘！（见赵石头）哟，石头怎么啦！

赵　妻　唉！真是天上掉下来的灾难！你看，炮楼上硬说他放走八路啦，抓去又是棍子打又是刺刀扎的。仓婶子，什么事？你坐下说……

仓婶子　（秘密地）炮楼上的汉奸搜过来啦！挨门挨户地搜，说是八路便衣进了村，这咱正在张老恒家折腾呢！你们有什么干吗的物件藏一藏吧！

赵　妻　仓婶子，你说我们石头在家里不怕吧！他们见了兴不再打他了吧？

仓婶子　躲一躲吧！小心没大岔。石头，来！跟你仓奶奶来，从后门出去躲一躲！

赵石头　仓奶奶，我不怕他们！

赵　妻　听话孩子，出去躲一躲！

〔仓婶子引赵石头下。

〔远远叫骂声、惨叫声传来。

赵　妻　（自语）这叫什么日子啊！（去烧火热饭）

〔皮鞋声近。伪军甲、乙入，巡视。

伪军甲　（盘问）姓什么？

赵　妻　姓赵。

伪军甲　就你一个妇道？

赵　妻　嗯。

伪军甲　指着什么过日子？

赵　妻　帮人缝缝补补、拆拆洗洗地干个零活儿。

伪军乙　（搜出衣服）这儿怎么有男人衣裳？说实话！你这儿是不是窝藏着八路军？

伪军甲　（对伪军乙）你长着耳朵没有？这不刚说指着给人洗衣裳缝穷过日子的？

〔伪军乙把衣裳一扔，斜了伪军甲一眼。

伪军甲　老弟，积点德吧！都是中国人！（示意走，对内喊）报告队长！这家就一个妇道，指着缝穷过日子，不像是坏人！

〔杨耀祖内声："这么快就搜完啦？妈的给我应付差事儿！"

〔杨耀祖上。此人早已当了汉奸，穿着日本军服、皮鞋，佩着洋刀，样子没有变，只是多了小胡子，并且更加趾高气扬了。他先燃着一支纸烟，火光映着他的脸。

〔赵妻一见大惊，急转回身烧火。

杨耀祖　像这样人家才应当格外仔细！这伙儿穷小子心眼儿里都盼着八路军呢！（问赵妻）你家没别人？

赵　妻　就我一口儿。

杨耀祖　（突然）你家藏着八路，说！说了没事。

赵　妻　唉！我们不知道什么叫八路？不知道。

杨耀祖　（奇怪地）啐！不知道就不知道吧，你老背着个脸儿干什么？又不是没出嫁的大闺女，还怕人看！（命令）回过脸来！（大声）回过脸来！

〔赵妻知躲不过，索性豁出命，仇视地扬起头对着杨耀祖。

杨耀祖　（一见赵妻反倒愣住了）啊？你是……怨不得老背着个脸儿！你是怕我认出你来。哈哈，可到了儿还是叫我认出来了。（冷酷地笑着，踱着步子）你男人呢？发财了吧？没回来看看你？赶明儿给他捎个信，就说杨家大少爷当了皇军警备队的中队长了！庄合房又置了三处，等着他回来点火哪！

赵　妻　（忍耐）你别找寻他，他早死了！

杨耀祖　死啦？哈哈，好！早就该死！有人说他当了八路军，那么说是假

　　　　　　的了!

　　　　　〔赵妻得到了消息,满意地舒了一口气。

杨耀祖　可是你还有个孩子!有十五六了吧?

赵　妻　我孩子也早死了!

杨耀祖　(严厉地)你撒谎!

赵　妻　(恨恨地喊)我的孩子已经叫你们——你不叫我们在碾盘村住,
　　　　把我们撵出来,十冬腊月早把个孩子冻死在破庙里啦!

杨耀祖　这么说你们赵家死绝了?

赵　妻　没死绝!我这不还有一条命!

杨耀祖　你这话要是昨天说,我还信,可是今天出了一桩事,我亲眼看见
　　　　他了。小杂种嘴刁,他说他是丁村的,姓王,我一时糊涂放他走
　　　　了。(狠狠地)今天你说!你的孩子在哪儿?交出来还则罢了,
　　　　要是不交出来,连你也喂了洋狗!

赵　妻　我交出来!在太原东山乱葬岗子上埋着!

杨耀祖　给我打!

　　　　　〔伪军乙应声上,伪军甲推开伪军乙,用枪托打赵妻。

杨耀祖　说!说!(对伪军甲)你怎么一点儿劲也不使?给我!(夺过大枪
　　　　来,抢起,将赵妻打倒)说!

赵　妻　(爬起)死了!

杨耀祖　(又一下)说!

赵　妻　(又倒地)是死了!

　　　　　〔杨耀祖以皮鞭狠狠抽赵妻,赵妻咬牙忍受。

　　　　　〔仓婶子上。

仓婶子　老总!太君!你看在我这个老婆子面上,饶了她,这是个好人!

杨耀祖　(停手)你是她什么人?

仓婶子　街坊邻居!

杨耀祖　(向仓婶子)她家还有什么人?你说实话,不说实话连你也喂了
　　　　洋狗!

仓婶子　对!我们家就我们老两口,他是个拐子。

杨耀祖　她家!谁问你来!

　仓婶子　她家?就她一口儿!

杨耀祖　要是说瞎话呢？

仓婶子　你不是说啦，喂洋狗！

　　　　〔枪声数响。

伪军乙　（慌）枪响！别是八、八……

杨耀祖　八、八！扒你的皮！缴枪的脑瓜子。

伪军甲　慌什么？八路不敢来！

杨耀祖　（斥伪军甲）谁说不敢来！他来咱们顶着打！就是日本完啦咱们
　　　　也不怕，蒋委员长早下来委任状啦！咱们是国军，国军势力非常
　　　　雄厚，怕什么？跟我来！（向赵妻）先留着你这条命！

　　　　〔杨耀祖率伪军甲、乙下。

　　　　〔枪声又数响，仓婶子到门口看他们走远，回身扶起赵妻。

赵　妻　仓婶子！（委屈地哭泣）

仓婶子　石头他娘，你受屈啦！（也拭泪）

赵　妻　仓婶子！我们的路怎么这么窄呀？他是想斩草除根哪！

仓婶子　石头他娘，我看石头在这儿是待不住啦！叫他出去躲避一下吧！
　　　　等八路军把这些杂种收拾了再回来。

赵　妻　仓婶子，我就是舍不得也不行啦！躲了十年也躲不出人家的手心。
　　　　我想开啦！有他没咱，有咱没他！我想叫石头去找八路军……

仓婶子　对呀！不走也得叫他们抓了去，抓了去那还有个好儿？这一片叫
　　　　他们抓去的年轻人还少啊？有个心眼儿的都当了八路军啦！

　　　　〔赵石头冲上。

赵石头　娘，娘！（哭泣）他们打了你？我要宰了那个杨麻子！（少顷）娘！
　　　　我去当八路军！我给你报仇去！

赵　妻　石头，好孩子，别哭！去吧，去当八路军去吧！扳倒了杨家再
　　　　回来！

仓婶子　要走就快走，趁天黑。顺关帝庙后头进苇坑出去吧，杜村就有
　　　　八路！

赵　妻　（给赵石头披上一件衣服）好好跟着八路军，听官长的话。不把
　　　　这些汉奸收拾了，可不兴你回来呀！

赵石头　嗯！（流泪）

赵　妻　别哭，石头！出门在外得像个大人似的，眼看十五六的人啦！出

去学点本事，给你娘报仇，给你爹、给你爷爷报仇！

赵石头　嗯！

赵　妻　娘但得有点法儿不死，娘就挣扎着等你回来。石头，你是咱赵家门的独根苗咧！你爹要是真不在了，可就指望你一个啦！

赵石头　娘，你放心吧！

赵　妻　有顺道人长短捎个信回来，别像你爹，一去就不回头啦！捎上这点钱……

赵石头　嗯！（拭泪）娘，我走啦！（下决心，回头就走，头碰门框，急抚伤口，定了定神，匆匆下）

〔赵妻痴痴地望着赵石头的去向。

仓婶子　石头他娘，你把心放宽一点吧！

赵　妻　（伤心地）石头连一口米汤也没喝！（突然哭出声来）

仓婶子　你想哭就哭一哭吧！

赵　妻　我等他爹等了十年，他爹没回来，孩子又走啦。（少顷，坚定地）我还等，我还等！我总得把那一天等了来！百日阴还有一日晴呢！那一天怎么也得等了来。

〔幕落。

第二幕

〔幕内声：

　　"四海之内皆兄弟，

　　天下人民是一家。"

〔又过了三年，秋天的午后。

〔华北某新解放区的一个村庄，我军某营营部。室内，墙上悬有解放战争形势图、图囊、望远镜、手电筒、大衣等；桌上有电话机。

〔幕启，场上无人。

〔远处的歌声、近处的人声笑声间杂着。

〔歌声由远而近，又由近而远：

　　"我们人民的武装，

　　　就是人民的希望。

　　　　　　枪杆握在手，

　　　　　　仇恨记心上。

　　　　　　人民就是爹娘，

　　　　　　团结就是力量。

　　　　　　人民的武装，

　　　　　　战斗里成长；

　　　　　　人民的武装，

　　　　　　百炼成钢。

　　　　　　红旗来引路，

　　　　　　大军无阻挡。"

　　〔隐约听到"一、二、三、四！"的口号声。

　　〔电话铃响。文化教员跑上，接电话。

文化教员　喂！二大队……我是文化教员。不在呀，喂！我们营长不在呀！你是谁呀？……噢，我们营长参加五连爆破演习去啦，就快回来啦……我们教导员召集全营士兵委员开会呢！……不知道。

　　〔赵钢上，站在门口，向门外说话。

赵　钢　（命令）通知四连、六连，每排派两个人去五连吸收经验！不要找客观理由，这就看干部肯不肯花脑筋去组织！今天五连的连续爆破就不坏，迅速、准确！

文化教员　（对电话）喂！你等一等，我们营长跟你说话啦！（向赵钢）营长，七号跟你说话。

　　〔赵钢走入，接电话。这时，我们看到他就是赵铁柱，他已经改变了他的风度，有了皱纹，胡子楂儿刮得青青的，只是两只大眼还保持着当年的刚毅之色。

赵　钢　喂！七号吗？我是赵钢……嗯……嗯……嗯！（捂住电话）文化教员，找教导员来！帽子戴正。

　　〔文化教员下。

赵　钢　嗯！……嗯！

　　〔幕后声："咱们谁也别犯主观！咱们问问营长！""问就问！"双儿和四海纠缠着上。

双　儿　你问吧！

四　海　营长！（见赵钢打电话，马上住口）

赵　钢　嗯嗯，明天拂晓……准备三天的给养！……病号不能走的……嗯！……什么时候传达？

双　儿　（高兴地跳起来打了四海一拳，悄悄地）有战斗任务啦！

四　海　（笑）你看你欢喜的！

双　儿　（悄悄地）你估计估计这回该打哪儿啦？

四　海　（悄声）我估计……

　　　　〔赵钢回头看了双儿、四海一眼，二人相觑，四海吐舌。

赵　钢　嗯嗯……没别的事儿。（放下电话，兴奋地对双儿和四海假申斥）你估计什么！找文书来。

　　　　〔文化教员上。

赵　钢　不要去了！文化教员，你来写一下通知。团部命令：一、明早四点半起床，五点开饭，六点出发。二、饭后各连重病号到营部集合，送旅部休养所。三、今晚上准备三顿熟给养！再写上一条，今天晚上点名后，以班排为单位向房东告辞道谢，借老乡的东西送还，纪律检查组要切实负起责任。最后一条，连以上干部、士兵委员会主任，晚饭后来营部开会。就照我说的这么写！

　　　　〔文化教员写通知。

四　海　（试探地）营长，又要执行任务啦？

赵　钢　（故意地绷脸，但掩饰不住内心的高兴）啊！晚饭后把老乡借咱们的东西都送还！

四　海　老乡借咱们什么东西呀？

赵　钢　谁说老乡借咱们的东西来？咱们借老乡的东西，一律送还！把东西整理好，什么也不要落下。你再给我丢了茶缸子就不行！

四　海　那两只小白兔儿呢？也带上吧！

赵　钢　（不耐烦）不要啦不要啦，送老乡！打仗要兔子干什么？

双　儿　这回打哪儿呀，营长？

赵　钢　你去估计吧，瞎估计！你们刚才争论的什么呀？

双　儿　对！营长，我们想问你个问题。

赵　钢　什么问题？

双　儿　你有家没有呀，营长？

赵　钢　问这个干什么？

四　海　我们打了个赌，刚才开讨论会，我说革命就不能想家，他说革命就是为的家，越想家越坚决……

双　儿　我没说越想家越坚决。我说，土地改革翻了身，分了地分了房。我为的保卫胜利果实参的军，我有家，我不愿叫蒋介石占我们家，所以我打仗坚决。

四　海　对，我说："咱们营长革命十来年啦，根本就不想家庭的事儿？革命更坚决！"他说："营长没有家，想个屁！"我说："不对！营长有家，就是锻炼得好，不想！"

双　儿　为这打了个赌儿，你做结论吧！

赵　钢　（笑了）我锻炼得不好，粪叉子吃扒糕——差得多呢！要叫我说呀，你们说得都有理，可是都有点儿不完全！

　　　　〔文化教员写毕通知送来给赵钢看。

赵　钢　（看通知）你这个文化教员专会写美术字儿！叫咱大老粗看起来费劲。（盖章）等一等再送，看教导员还有什么补充。

四　海　怎么都有点儿不完全呢？

赵　钢　（问四海）先说你，你有家没有？

四　海　有，我家在湖北，远啦！叫蒋介石抓兵抓出来，爹娘死活不知道。想也没用，我根本不去想！

赵　钢　你愿打回老家去吗？

四　海　那还用问？上级下命令南下，我这就走！

双　儿　敢情说你心眼儿里也想家哟！

四　海　嗯，可是我一点儿家庭观念也没有，我哪回战斗不坚决？

赵　钢　为什么坚决呀？

四　海　为什么，就说吧，华北也需要解放，早解放华北好解放华中华南，要报仇不能着急，一步步地来。再说天下人民是一家，解放哪儿也是为人民服务！

赵　钢　革命不能光想个人的家，你说得对。你要把刚才说的这些也说上，就完全啦！

双　儿　营长，我说的那理由……

赵　钢　（对双儿）保卫胜利果实也一样，你光保卫个人的家？

| 双 儿 | 不，保卫我们全村。不，全边区。不，要解放全中国。 |

双 儿 不，保卫我们全村。不，全边区。不，要解放全中国。

赵 钢 （纠正）要解放全人类！咱们将来还要建立共产主义哪是吧？不光是保卫个人的家。（少停）这是一件大事儿！也不能光靠几个人，毛主席说："组织起来嘛！"

四 海 你这么一说还差不多！

赵 钢 （越说越有兴趣）你想保卫自己的家，你想早早解放华北好去解放你们江南，你才坚决打！不忘这个家，不忘这个仇，对嘛！可是想着自己的家也想着别人的家，把自己跟天下受苦人拧在一块儿，谁的仇也报啦！

双 儿 这就跟那合作社似的，谁都有一股儿。

赵 钢 也兴许解放湖北工夫你未必参加得上，可是解放山西就有你这个湖北人！

双 儿 这就跟那拨工队似的！

四 海 那么说你还是有家啊！

赵 钢 叫我怎么说！原先有家，十三年没有讯，谁知道这工夫有没有。

双 儿 那么，打完了老蒋……

赵 钢 双儿，现在还没打完哪！你倒想叫我退伍啦？（认真地）只要敌人存在，这身军装我是不想往下脱了！

〔周教导员上，兴奋地走进来。他生就一副无忧无虑的样子。

周教导员 （兴奋地）老赵，经过诉苦以后……双儿，搞点水搞点水，要了半天嘴皮子，渴坏啦！

〔双儿下。

周教导员 经过诉苦以后，咱们营这情绪高涨得多啦！（掏出一些零碎纸片）你看，各连的立功计划、挑战书！要是马上来个战斗任务，我敢保险……

赵 钢 （笑）团部刚来电话，有任务，明天出发。

周教导员 啊？昨天团委会上并没有……一定是情况有新的变化。通知下了没有？

赵 钢 （把通知递给周教导员）你看有什么补充的？

周教导员 （飞快地看通知）打哪儿？跟咱们估计的一样吧。很明显嘛！

（盖章）四海——

四 海　有!

周教导员　送通知!

　　　　　〔四海接通知下。

赵　钢　不过有一点咱没估计对,就是任务来得这么早!上级叫咱们抓紧
　　　　一切空隙,一面随时准备战斗,一面进行练兵,要快!要快!上
　　　　级还是看得远哪。

周教导员　哈哈,老赵!这回达到了你的目的啦。

赵　钢　什么目的?

周教导员　解放你的家乡啦!

赵　钢　(一笑)这倒是次要的。刚才通讯员还问我有家没有,谁知道这
　　　　工夫还有没有啊!

周教导员　怎么,你没有家?咱俩搭伙一年多,我可是一回也没听你说过
　　　　个人的历史!诉苦会你也没谈。说说,说说!

赵　钢　我不欢喜翻腾旧事儿!

　　　　　〔双儿提水壶上,斟了两碗,又下。

周教导员　哎!说说,说说!

赵　钢　(像谈论别人的事似的)离开家十三年,给人扛长活,在阳泉下
　　　　煤窑,事变后在车站上当小工,接着就当了八路军。当战士、班
　　　　长、排长、副指导员、连长,上抗日大学受训……对,挂花、住
　　　　院、解放战争,这往后你就都知道啦。

周教导员　不,这我知道。我问你家庭的情况,这会儿。

赵　钢　(触动心事,力求平淡地)十三年前就叫财主家撵出来了,这工夫
　　　　在哪儿也不知道,托人打听也打听不到……也兴许死了。唉!不
　　　　提这些。你琢磨琢磨还有什么事儿该准备的,我有一个决心……

周教导员　你家里还有什么人?

赵　钢　爹早死啦,剩一个老婆一个孩子。不提这些!哎,老周,我有一
　　　　个决心……

周教导员　你跟你老婆感情一定挺好。

赵　钢　你怎么知道?

周教导员　谁给你介绍对象你都关门儿!你等着她。老赵,她一定也等着
　　　　你,你们一定能团圆,你的小娃娃大概也十七八了吧?

赵　钢　大概是十八。老周，不提这些好不好?

周教导员　(抱歉地笑)对!(做一个手势)不提!

赵　钢　我有一个决心，你看看有没有这个可能，我心里这么想……

周教导员　(截住)你先别说，你看我猜得对不对。

赵　钢　(笑)你猜!

周教导员　(抿嘴一笑)你心里想，这回战役非得争取个突击任务!(狡猾地笑)

赵　钢　(斜着个眼睛)我又犯了英雄主义啦，是吧?

周教导员　我可没那么说。哎!咱们担任突击营，条件可是不错:一、诉苦运动以后，全营战斗情绪是旺盛的。(拿起桌上纸片)挑战条件!请战书!二、有充分主攻的经验，加上这次练兵的成绩，基本上掌握了火力掩护、小群突击、单兵爆破的战术。三、什么来?对!干部细心……

赵　钢　这一点还不能说好，只能说有一点进步。

周教导员　并且干部信心和决心都很强。这一点很重要哩!这回去解放你的家乡，你一定特别卖力气……

赵　钢　这一点我不同意!"特别"卖力气，照你这么说，我过去哪一回作战……

周教导员　你别多心!不过我觉得这是有关系的。哎?我说到第几点儿啦?

赵　钢　信心我是有，就是老兵骨干少点儿!新战士和新解放战士主要靠老兵来带领，要是咱每个连给我补充十个老兵，多了不要，每个连十个，问题就都解决啦。

周教导员　我当兵八年，光见补充新兵，没见过补充老兵的。你的想法儿太不实际。

赵　钢　(笑)我接受!

周教导员　我不愁别的，我发愁上级不批准咱们突击。

赵　钢　为什么不批准?

周教导员　上回两次突击任务都是咱们，一、三营没有争取上，很有些意见。战士打不上仗，都说起怪话儿来啦。这回……就怕轮不着咱。

赵　钢　(瞪眼)咱们争取!咱们营老兵们要是打不上仗，那怪话儿更多!老周，写信要求!

周教导员 （诡谲地笑着掏出一封信）已经写好了！你看看……

赵　钢 （满意地）写好你不早拿出来！（看信）

周教导员 刚才在士兵委员会上，各连提出挑战，都要求下回战斗担任主攻，我把大家的意见综合了一下，准备跟你研究的，没想到明天就出发，巧啦！

〔文化教员兴奋地跑上。

文化教员 营长、教导员，咱们营住院的伤号回来啦！

赵　钢 （兴奋）多少？

文化教员 二十五个呢！五连的王德钧、老齐、崔大秋……多啦！

赵　钢 都好了吗？

文化教员 就老齐没好利索，别人都好啦！

赵　钢 （狂喜地拍周教导员肩）老周，这就是给我补充的老兵！你的意见我不接受！

周教导员 （兴奋地）我撤销！

〔室外一片喧嚷声，异常热闹，从中听到：

"伤好啦吗？你们可回来啦！"

"好啦好啦！多亏你们惦记着！"

"真想你们呀！"

"在医院里早待不下去啦！"

"哎哟！我的儿回来啦？可把你爹想坏啦！"

"老活宝，听说你死啦！这不是没死。"

"我呀，且死不了呢！"

"营长呢？教导员呢？"

〔赵钢、周教导员趋门际，背向观众，举手频频还礼。

周教导员 （对外）屋里坐，屋里坐。

赵　钢 （对外喊）告诉司务长！烙饼，搞点肉吃！

〔王德钧、老齐、崔大秋、赵石头相继上。文化教员、四海、双儿跟入。互相握手言欢，极亲热。赵石头比过去高了点，由于穿着军装的关系，比过去整洁而威武多了。

赵　钢 （对四海）四海，买盒烟去！（对周教导员）你别瞪我，就买这一回！（对众人）你们回来得真巧！哎？不是回来你们二十五个吗？

怎么就你们四个？

王德钧　（立起）他们在那边的村休息哪。我们着急，先来啦！（对赵石头）石头，这是赵营长，这是周教导员！

〔赵石头立定敬礼。赵钢、周教导员还礼。

周教导员　走了几天？坐吧！

王德钧　走了两天半。今天赶了五十里，这才算到了家啦！这个村儿真难打听呀！

赵　钢　王德钧，腿好了吗？

王德钧　好了，没伤着骨头。接到你们的慰劳信，说是正诉苦练兵呢，我心里话："得啦！这下子又落了后啦！"要不是伤口化了点儿脓，我早出院啦！

周教导员　王德钧，你们五连给你评了个功知道吧。

王德钧　（故意表示不在乎）唉，提不提的吧，那回要不是挂花下来，那挺重机枪说什么不能叫一营得去！后来我心里话："反正也是叫解放军得了，算啦！"

〔四海持纸烟上，营长分递大家。

老　齐　（正跟双儿开心）在医院里真把人憋闷坏啦！要求了五六回这才叫出院。

赵　钢　老齐，那个敌人不会打枪，要是我，一枪就把你揍死啦！

老　齐　（嬉皮笑脸）死了还行啊？我还想看看共产主义社会哪！

赵　钢　（申斥而无怒意）听说你扒了光膀子一蹦一跳地才打枪哪！那是闹着玩儿的？你还笑！往后你们这当伙夫的不准参加战斗！

老　齐　（立起，瞪大眼一本正经地）我误不了做饭就行吧！你看你这个营长！

赵　钢　不讲战术！打死了谁负责任？

老　齐　我负责任！打死了回来押禁闭，行吧？

赵　钢　（暗笑又绷住脸）你是炊事员，研究着把饭做好就是你对革命尽到责任！你笑，游击作风劲儿！

周教导员　（对崔大秋）你也是五连的？

崔大秋　五连的，崔大秋！

周教导员　好！你是打运城爬城负的伤，对吧？完全好啦？

王德钧　他呀，早好啦，光找队伍找了一个多月，可巧找到我们医院，碰
　　　　上我们这才……

周教导员　就你一个人吗？

崔大秋　打运城，咱们营负伤的同志好了的我们仨人都回来啦。医院里留
　　　　我们参加后方工作，我们不，非回来不行。路过什么县来？地方
　　　　部队也留我们，我们说什么不干，非回前方不行。

周教导员　（感动地）路上受罪了吧，你们？

崔大秋　受罪倒不怕，就是心里着急。在队伍上不觉得，一离开队伍就像
　　　　离开家似的，心里光想队伍，想急了就唱歌……粮票花完了，要
　　　　了两天饭……哪儿也打听不到啊，好容易打听到，又说是早开走
　　　　啦。整整找了一个月零五天，这才到了家啊！

周教导员　（激动地）老赵，你看！是这样的战士……

赵　钢　文化教员，编个稿儿吧，这个题目就叫"想家"，这个家就是部
　　　　队。你们想家，家也想你们！你们是革命的本钱，咱们的宝贝疙
　　　　瘩呀。老周，今天回来二十五个老战士，这够一个排，不！（肯定
　　　　地）这是一个连！你们回来得巧啊，马上就开始新的战斗任务啦！
　　　　〔众人欢呼雀跃。

赵石头　（冒冒失失地）营长，是不是打太原？

赵　钢　（看赵石头）你这小鬼是哪连的？

赵石头　哪连也不是！

赵　钢　嗯？

王德钧　（代为解释）他跟我们一块儿休养的。别看人小，立过功呢！他
　　　　们队伍过黄河啦，他非要跟我来咱们这儿！

赵　钢　哎！那不行啊！咱们不能收留啊！（看周教导员）你看，这个问
　　　　题……

周教导员　请示一下上级好啦！（摇电话）喂！办公室！……刘参谋吗？
　　　　我是二大队！我们这里有一个归队伤员，他们队伍过黄河啦！不
　　　　能归原来建制，他混到我们归队伤员里头一起来啦！就问这个问
　　　　题怎么处理啊？（问赵石头）你叫什么名字？

赵石头　赵石头！

周教导员　喂！叫赵石头啊……（又问赵石头）哪儿人？

赵石头　榆次。

周教导员　喂！榆次人！好好，我等你。

赵　钢　（注意）你是榆次人？什么村儿的？

赵石头　我们家早搬到太原县去啦。没回过榆次，谁知道什么村儿！

周教导员　（不离耳机）你们——老乡？

赵　钢　嗯。（忽然产生一个奇怪的念头）你十几啦？

赵石头　十九。

赵　钢　（摇摇头，哑然失笑，自语）不对，根本没有可能！

赵石头　（认真地）完全有可能！

赵　钢　有什么可能？

赵石头　我说十九岁就是十九岁！怎么没有可能？

赵　钢　（笑）不，我说的是……

周教导员　喂！喂！怎么答复？……好、好。（放下听筒，对赵钢）可以
　　　　　暂时收留，有机会马上送还原建制。

赵石头　（一听急了）营长，我不南下！我就在这儿干啦！

赵　钢　为什么？

赵石头　（看王德钧）我就是奔着打太原才来的，要不呀，哼！

周教导员　你听谁说打太原？毛主席给你打电报啦？

老　齐　老百姓都知道！有的说早打上啦！

赵　钢　（对老齐）你是军队还是老百姓？老百姓还传着说太原解放了呢！
　　　　　你也信？你就会笑！

赵石头　反正我是奔着打太原来的！

周教导员　（笑）你就为了一个打太原？要是不打太原马上南下呢？大家
　　　　　来说！

众　人　（乱糟糟地）跟着走呗！
　　　　　南下就南下！哪儿不是一样？服从命令！

四　海　叫我南下，磕头都干！

赵石头　（势孤，不服气）我娘还受着罪呢！我天大的仇还没报呢！你们
　　　　　没受过那种压迫剥削！

四　海　（耐心地）怎么没受过呢？我家在湖北，比你家更远，报仇更得
　　　　　迟点儿！

赵　钢　（耐心地）你的仇大，我的仇也不小！我爹是叫地主逼死的！

赵石头　我爹叫地主逼跑了，死在外头……丢下我们娘儿俩。（拭泪）

赵　钢　（用上级做解释工作特有的腔调）好喽，这回就要打太原！报你
　　　　的仇——（命令地）你暂时就在营部通讯班工作。

　　　　〔赵石头像是有意见，望望王德钧、望望赵钢。

王德钧　石头，服从命令。哪儿也一样，再说咱们又是一个营，断不了见
　　　　面儿！

四　海　石头，咱们在一块儿！哪是你的背包？（找包）

赵石头　使什么枪？

双　儿　美国枪！司登式。

赵石头　（笑着擦一下眼睛）走！（拔脚就走）

　　　　〔四海和双儿帮赵石头拿背包下，四海向赵石头示意，赵石头返
　　　　回，向赵钢、周教导员敬礼下。

赵　钢　（望赵石头背影）这小家伙一看就知道，打仗是好兵，就是地域
　　　　观念太重。

老　齐　跟我刚参军时候一样。

周教导员　（打趣地）我看你这会儿也一样。

老　齐　（不服地）我觉着这咱进步多啦！

周教导员　人家都当了排长、副连长啦，你还是炊事员！

老　齐　（解嘲地）我是不想当干部，当干部忒操心！炊事员也是革命工
　　　　作呀！你敢说不是革命工作，对吧？（笑）

　　　　〔众人笑。

周教导员　（转向王德钧、崔大秋）王德钧、崔大秋！

王德钧
崔大秋　有！

周教导员　你们要准备当班长、副班长噢！

王德钧　（没料到）教导员！

周教导员　你们老战士责任是重大的，带领新同志保持咱们营的战斗作
　　　　风，完成任务，主要靠你们！有没有信心哪？

崔大秋　有信心是有信心，还得靠上级多领导。

周教导员　王德钧，你呢？

331

王德钧	（笑着）我……我还是当战士吧！
周教导员	怎么？你也嫌当干部操心？跟老齐似的？
王德钧	（如坐针毡）就说当战士，叫我冲就冲！死了也不怕。要叫我指挥别人……叫别人去冲、去伤亡……我总觉着良心上……
赵　钢	良心？这叫什么良心？革命光靠你一个去冲？
王德钧	靠大伙儿！
赵　钢	不要领导，不要指挥？
王德钧	不要指挥那不乱了套啦？
赵　钢	对呀！要谁指挥？要坚强的、有经验的。叫新兵当班长，指挥老兵？你是共产党员吗？
王德钧	是。我服从分配！
赵　钢	共产党员的良心就是人民的利益，什么时候革命需要咱，（有力地）挺身而出，敢负责任！
	〔双儿背司登式枪上。
双　儿	营长、教导员！在房顶上看见归队的快进村啦！
周教导员	咱们欢迎去！
众　人	走！走！
赵　钢	我也去。双儿——
双　儿	有！
赵　钢	看家！注意团结那个新同志呀。
	〔赵钢、周教导员与众人下。
双　儿	（向门外）哎！赵石头同志——
	〔赵石头拿着新发的司登式枪上。
赵石头	（兴奋地）咱们明儿就出发吗？
双　儿	嗯！准备一下吧！你有鞋穿吗？就脚上那一双呀？我给你一双！
	（从桌下拿出一双鞋给赵石头）
	〔四海背司登式枪、手拿一件衬衣上。
四　海	赵石头，送你这件衬衣！
赵石头	你们留着穿吧！我又不是刚入伍，我是老兵。
四　海	革命同志分什么你的我的？谁没有谁穿，对不对？缺什么，说话！
双　儿	你来我们营，有什么不对付的地方勤提点意见。

赵石头 只要打回我们镇子上，逮住杨麻子，什么意见也没有！

四　海 谁叫杨麻子！

赵石头 汉奸！要不是他，我还当不了兵呢！好容易盼着日本投了降回家报仇，可他又当了国民党的官儿。出来三年啦，我娘还不知怎么样呢！

四　海 （偎依着赵石头）你放心，石头！你的仇就是我们的仇，我们帮你报！刚才营长给我们讲得挺明白……

〔赵石头兴奋、感激，聚精会神地听着。

〔渐近的歌声遮掩了他们的谈话。

〔幕落。

第三幕

〔幕内声：

"加强纪律性，

革命无不胜。"

〔幕启。

〔几天以后，下午。

〔华北某敌占城市外围，野外。

〔已被我攻克的敌野战工事，战壕四通八达。略高于战壕处有一个被炮火摧毁的地堡，碉顶整块地掀在一旁，钢筋痉挛地蜷曲着，碉身已只剩下向敌的半面，尚存两个枪眼，可供我瞭望敌方。壕内有几个临时挖就的避弹坑，暂时为我部队休憩所在。附近散乱地堆积着沙袋、木板，敌人遗下的子弹箱、血衣等物。

〔除一个瞭望哨外，战士们正在休息待命。有的在有一句没一句地哼着歌子，一面捆绑炸药；有的在擦枪磨刀，谈笑着。

〔幕启直到幕落，敌机始终在近处和远处盘旋，马达声强而弱、弱而强，间或听到投弹的短促而浑浊的震响和机枪扫射声。人们谁也不去理会，只有特别近时才有人间或向天上看一眼。

崔大秋 这不是？上级把突击任务交给咱们班啦！又领导咱们开了个诸葛亮会，对咱们提的打法也挺同意。上级满足了咱们的要求，咱们也得满足上级的要求。要是完不成任务，可就没脸儿见人啦！

战士甲 副班长你净拣那不好听的说。没问题，保证完成了！

崔大秋 不是我顾虑，我觉得咱们的准备还不够似的！

战士乙 对，要是把地形再看一过儿。哎！有没有熟悉这一片地形的？

战士丙 班长不是去看地形去啦！

崔大秋 班长那人心细，他看了地形，就是不领咱们去看，也得详细传达给咱，这你放心。我觉得咱们把决心再检查一下。昨天晚上光检查了武器跟器材，决心方面讲得太少。

战士甲 没问题！

战士乙 我同意大家一个个地表表决心！

战士丙 报告！我提个意见，你看使得使不得。我觉得咱们开会得找个记录，写成一封信样儿，回答一下人家上级的要求。完啦！

众　人 对！

崔大秋 对！咱们这就开始，离得远点儿，说话定弦儿高点儿，简单扼要点儿！谁先说！

众　人 我说！我说！

〔文化教员屈身跑上，拭汗。

崔大秋 文化教员！参加我们班开会吧！

文化教员 （兴奋地）对！我先给你们念封信吧！这是一营给咱们二营写的。咱们的任务不是突击吗？他们的任务是打正面牵制，二连主攻，他们跟你们连也挑上战啦！

战士甲 跟咱挑战？挑就挑！睛好儿吧你！

战士乙 你念念，什么条件？

文化教员 （读信）"团首长转二营全体同志：为了战役的胜利，为了搭救在蒋、阎匪帮压迫下的人民，替人民报仇雪恨，我们一营愿和你们展开革命竞赛。挑战条件如下：一、发挥军事民主，坚决完成任务。二、保证每个同志服从命令听指挥。三、遵守战场纪律、群众纪律、城市纪律，坚决执行我党政策。四、根据以上条件，我营二连愿和你营五连在这回战斗中比赛！此致敬礼并请回信，一营全体指战员上。"

战士甲 没问题，跟他挑战！回信吧！

文化教员　教导员叫我特别征求你们班的意见！

崔大秋　（大声）咱们敢不敢应战？

众　人　（同声）敢应战！

文化教员　得！这回二营突击任务全看你们啦！我这就写回信。（蹲下，伏在膝头上写信）

　　　　〔赵石头屈身跑上，汗流浃背。

赵石头　（喘口大气）这个地方真难找！转转就转迷糊了。营长叫你们突击班抓紧时间休息，一小时以后就进入阵地，啊！

战士丙　营长他们还看地形儿哪？

战士甲　哎！石头，听说今天要打的这镇子就是你们家。

赵石头　（兴奋起来）看得真真儿的！我拿营长望远镜看了一鼻子！村东关帝庙大旗杆、苇坑，都看得真真儿的，就像起脚下离那个碉堡这么近！恨不得一迈脚就到了。昨儿晚上我一宿没合眼儿，光想……

文化教员　（紧接）光想家啦！

赵石头　哎！可是想家也不开小差！我心眼儿光想：快打吧、快打吧！天怎么还不明啊！谁知道我娘在不在村里，这咱是死了还是活着？我真想回去看看……

崔大秋　你要这咱回去，非光荣地做了俘虏不结！

赵石头　谁说这咱回去？

战士丁　望远镜里照见敌人了不？

赵石头　照得见！照见敌人一群一伙地忽流忽流过来，忽流忽流过去，还有一些老百姓，一个当官的拿棍子一边打一边骂……

文化教员　慢着！望远镜看得远，听得也远吗？

　　　　〔众人笑。

崔大秋　石头！你别打岔，我们开会呢！

赵石头　谁打岔来？崔大秋，这当突击队的事儿，算上我一份儿行不？

众　人　欢迎！欢迎！来吧！

战士甲　（故意地）不行！他算老几？

赵石头　（急眼）怎么？光兴你们当吗？你们包下啦？

文化教员　石头！你别闹啦，人家开会呢！

赵石头　　谁闹来？解放我的家，不叫我参加突击队横竖不行！

文化教员　（耐心地）你就是要下班，也得经过上级批准才行呢！

赵石头　　我早要求了一百遍啦，营长不答复！答复不答复我也得参加突击！

文化教员　石头，可不敢自由行动，你别看营长平常挺随便，打起仗来可
　　　　　　不管你是谁！

战士甲　　找着挨吹哪，那是！

崔大秋　　你看人家一营刚跟咱挑了战，还服从命令听指挥呢！

文化教员　对，你们开会！（对赵石头）石头，咱们走吧！

崔大秋　　哎！文化教员，你参加吧，捎带给我们做个记录！

文化教员　行！

赵石头　　我也参加，歇会儿再走。

崔大秋　　（对众人）这是个表决心大会，每个人都说说自己的决心！

文化教员　（补充地）对，还得说出个理由儿来！比方说，我决心火线入
　　　　　　党，为什么要入党啊？也说说。

众　　人　　对！

崔大秋　　谁打冲锋？

战士甲　　（不假思索）报告！我说！哎，什么题儿来？

赵石头　　叫你说说你的决心！

战士甲　　对！我决心怎么样啊？头一条，服从命令听指挥！不能跟那个人
　　　　　　儿似的，（望望赵石头）叫冲就冲，不管多危险不能讲价钱！别
　　　　　　忙！我还有呢，不立个特功也立个大功！

崔大秋　　说得实际点儿！

战士甲　　怎么不实际呀？我决心哪……你这一说话我忘啦！对！我决心
　　　　　　挑战！

战士乙　　（慢条斯理地）你跟谁挑战哪，倒是？

战士甲　　挑战就挑战嘛！还跟谁？

战士乙　　你总得有个对象呀？

战士甲　　我对象，我对象……（周围看了一遭，指战士乙）我就对象着
　　　　　　你！你这个功臣！

战士乙　　（满不在乎）行！什么条件？

336　　战士甲　　（不假思索）什么条件也行！

战士乙　我提个条件！不能光凭勇敢，得加点技术才行！得沉住气，不能充大胆冒冒失失暴露目标！

战士甲　对！这是我的缺点，我保准改！就跟你挑这一条儿。

战士乙　你完了吧？该我说说啦。我的决心早下定啦，我决心功上加功！不光完成战斗任务，执行政策也得做到好处！不光顾自己立功，我还得带动我们那一组。不是叫说说理由儿吗？我这心里想，打蒋介石是大家伙儿的事，有多大劲儿使多大劲儿！老百姓一年辛辛苦苦不是旱就是涝，还给咱掏着公粮，又出勤务又抬担架，我看比咱也不享福。修铁路的工人，医院里当医生看护的，更累！听说营长、教导员，咱们连长、指导员三宿没睡觉啦。我是个党员，我觉着要不好好完成任务，我谁也对不起，连小米饭也对不起。我就这么个思想。

战士丙　报告，我也啰唆两句儿！

崔大秋　你这个话匣子一打开就没个完，简单扼要点儿！

战士丙　唉！（笑）我这个思想……说对说错的别笑话！你们帮着参谋参谋看是什么"主义"。我战斗经验二五眼，可我也想立个功呀唔的，不论大功小功吧，多少得立他仨俩的。怎么个性质呢？这么个性质：嘿嘿嘿嘿！这不是老蒋也快打完啦，毛主席说还有一年，是吧？要立功得赶紧立，过了这个节气可种不上庄稼啦！等全国胜利了再想立功可就迟啦，对不？将来回到村儿里去，婶子大娘的听说谁谁家小子回来啦，一问："立了个什么功？大功呀小功？""什么功也没立！"——多臊得慌！一说："立了个大功！""怨不得！起小儿我就看你有出息！"这脸上多光彩！一直到老，捋着胡子才对小孩们说哪："你们这好日子哪儿来的？我们打垮蒋介石挣来的！我那年轻时节，参加解放战争，打太原立过大功呢！"那工夫小孩们连蒋介石是个什么物件兴许还不知道呢！嘿嘿嘿嘿！

崔大秋　（学战士丙）嘿嘿嘿嘿！想得倒远！谁接着？宋德义！

宋德义　有！

崔大秋　你说！

战士甲　这得找个翻译！

宋德义　不用翻译！（掏出一个小本儿，翻开）我编了一段子快板，把我的决心各方面种种的意思都提到啦！文化教员，请你替我念念吧！

文化教员 嗬！太好啦！（接过）你们听着："回想当年，好不伤情。自幼受苦，又被抓丁。美国武器，拿在手中。糊里糊涂，替他当兵。残害人民，虐待百姓。得到解放，这才认清。上级领导，实在英明。全体同志，像亲弟兄。诉苦运动，打开脑筋，亲人仇人，这才分清。人生在世，要凭良心。杀敌报仇，立功报恩。写得不好，多多批评。"（望着宋德义，满意地笑着点头）

众　人 好！挺顺嘴，有两下子！

崔大秋 谁接着发表？（指着战士戊）对，你说！简单扼要点儿！

战士戊 （忸怩）我这回寻思着……火线入党光荣……我也不死乞白赖地要求，你们看我战斗上表现，行就行，不行就算，对不对？有缺点批评我，我改。

崔大秋 你是不是要求火线入党？

战士戊 （点头）嗯！

战士乙 哎哎，说理由！

战士戊 理由？没有共产党，我家别说分房分地啦，我看连饭也吃不上，可光我家翻了身也不行，还有那没翻身的呢，像宋德义，像石头，他们家还没翻身哩！共产党为人民利益打仗，我看着好。就这吧，完啦！

崔大秋 对！干巴利落脆儿！

赵石头 我有点意见！有没有我的发言权哪？

崔大秋 说吧！

赵石头 我可是非党员，可我听干部们开会说过，要求入党光为穷人翻身还不行，还得为共产主义社会而奋斗，（对文化教员）是吧，知识分子儿？

战士戊 石头的意见我诚恳接受！我说啦（读去声）！

文化教员 石头补充得挺对，咱们不光为穷人翻身，将来还要走到共产主义社会。

崔大秋 我觉着大家的理由属石头提得好，眼下是为打老蒋闹翻身，归总一句话还是为了将来建设共产主义。咱们今天流血牺牲也不怕，都是有代价的！石头，你也说说你的决心！

赵石头　咱也不归你们班领导，咱也参加不上突击队，立功也立不上，说不说的吧。

文化教员　通讯员一样立功，人家张保顺就是一个典型！

赵石头　咱也不想当典型！

崔大秋　你小子光会说别人！（学赵石头说）为实现共产主义而奋斗！我看你呀！咳咳！

赵石头　你别刺激人！谁不想为实现奋斗而奋斗，不，谁不想为实现共产奋斗而主义！我这嘴，谁不想为实现共产主义而奋斗来？谁不知道那共产主义光明幸福啊？我是说我立不上功，前边就是咱们村，咱娘就在那儿受罪！我不想立功？

崔大秋　得啦得啦，我说错啦！敬礼！（敬礼）

赵石头　（一阵心酸，流下泪来，揉了下眼）我要不立个功，连我娘都对不起！我不想立功？（提起枪就走，下）

战士丙　会开了半拉半，闹了个这。

战士乙　你一句话给说恼啦。

崔大秋　给他赔礼道歉去！（欲走）

文化教员　（制止）甭！他不是恼你！这同志脸皮儿薄，他是找营长去啦！我去说说他。（给崔大秋记录）

崔大秋　找营长干什么？

文化教员　要求当突击队呗，碰了好几回钉子啦！（下）

战士乙　要叫我是营长，我就批准了当突击队！

战士甲　我不同意！那叫极端民主化！

战士丙　军人以服从命令为天职！

战士乙　不，我是说今天打的是他们村儿……

战士甲　（坚持）我不同意！

战士乙　听我说完，我这出发点儿是说，石头对他们村儿地形一定很熟悉，要是做个向导，比咱们瞎子摸鱼强得多啦！

众　人　（鼓掌）对！
　　　　士兵委员，提个意见吧。

崔大秋　对！提个意见！
　　　　〔炮弹落在附近，战壕顶上腾起尘土。

〔王德钧屈身跑上。

王德钧　敌人发现咱们啦，隐蔽点儿！

众　人　班长回来啦！

　　　　怎么样？走不走？

　　　　到时间了不？

王德钧　（擦擦脸上的汗泥）咱班都在吧？注意听着！

崔大秋　（向哨位）虎子，你也听着点！

王德钧　时间不多啦，吃了饭争取先走一步，看看地形去。敌人防守的正面由一营负责啦，咱们的任务是插到敌人屁股后头去。突破前沿以后，按咱们夜里研究的办法打。大家不用顾虑，一排做第二梯队，三排专管输送弹药，咱们就一股劲地朝纵深里发展，能前进一尺不后退一寸！坚决消灭这部分敌人！大家有没有信心？

众　人　（齐声喊）有信心！

王德钧　咱们班的党员、老战士，不用说得多卖把力气，带领新同志，别光顾个人立功。我呢？没当过班长，大姑娘上轿头一回，一切要靠同志们帮助！在战场上，一定要坚决服从命令，听我和副班长、战斗小组长的指挥，大家做到做不到？

众　人　（齐声喊）做到了！

王德钧　这是个抄后路，敌人发觉早就费点事，敌人发觉晚就省点事！咱们要尽可能地减少伤亡，动作要静肃、迅速，这个做到做不到？

众　人　（齐声喊）做到了！

崔大秋　大家想一想各自的立功计划，想一想跟一营的挑战条件，啊！

王德钧　同志们！我命令：我要是伤亡了，第一代理人是副班长，第二代理人是陈玉山。（见战士乙立正）同志们，这个地形是这样……

　　　　〔众战士围拢听班长王德钧讲解地形。

崔大秋　哎！班长，俺们想跟上级提个意见，看你同意不——营长、教导员来啦！

王德钧　敬礼！

　　　　〔众人敬礼。赵钢、周教导员、四海、双儿上，赵钢、周教导员还礼。

340　　周教导员　（看了看四周）这个地方就蛮好嘛！（指地堡）这里可以瞭望！

天黑了再往前挪！

赵　钢　四海！

四　海　有！

赵　钢　通知他们，营指挥所就挪到这个地方来！跑步！

〔四海跑下。

赵　钢　（向远方）那是哪个连的？（发怒地）有交通沟不走偏要走上头！打死了有什么价值！（掏出望远镜三步两步跑上地堡）

〔双儿跟上赵钢。

周教导员　（对王德钧、崔大秋）你们准备得怎么样了？

王德钧　差不多啦！

战士甲　没问题！

周教导员　（对战士甲）你就会说没问题！（坐下来和战士们谈）今天是咱们进入阵地的头一仗啊！准备了两个多月，眼看兄弟部队打胜仗，不用说你们，我这手也早痒痒得受不住了！兄弟部队给咱们打下了这个山头阵地，咱们也不能落了后！今天下午要把劲儿都使出来，把练兵的成绩在实战中运用一下，把我们的战斗立功计划在这次战斗里实现！

战士甲　没问题！

周教导员　你说没问题，我说有问题！问题就在你这股子盲目轻敌劲儿！要完成任务就不能盲目轻敌。敌人虽然没什么战斗力，可是他依靠着坚固的工事就有战斗力呀！这是一伙还乡团改编的，纯粹地主武装！加上阎锡山的欺骗宣传，政治上还是顽强的哩！估计不到这一点就要碰钉子。不能粗心，要讲求战术，打猫要当老虎打。同时要发扬我们一贯的战斗顽强性，接近了敌人就拿刺刀戳他！手榴弹轰他！这是八路军起家的本钱。再顽强的敌人也怕咱们的刺刀、手榴弹！攻进去，坚持！改造工事！准备敌人反扑！等后续部队一上来，马上向前发展！

众　人　放心吧！打得下就守得住！剩一个人也坚持！

周教导员　那就看你们的啦！

赵　钢　（看远方）冒那么大烟！敌人要烧房子！（说话间从地堡处走下）

周教导员　（对赵钢）营长你谈谈吧！

赵　钢　我只向你们突击班讲两点：一、讲技术！避免不必要的伤亡，干部要特别注意，做不到这一点，完成任务也不算完成！二、节省弹药，不许乱扔手榴弹，非到跟前不打。过去许多次失败的教训都是：攻进去啦，敌人很快地反扑，咱们就沉不住气啦，拼命地扔手榴弹哪！后续部队还没运动上去，咱们的手榴弹早打完啦！坚持不住，自动地撤下来！斗争靠坚持，作战也是一样。坚持得住，就能胜利！

王德钧　同志们！这一点做到做不到？

众　人　（齐声喊）做到了！

〔老齐挑饭担子上。

老　齐　开饭开饭！今晚上看你们的啦！看看谁是英雄，谁是狗熊！（见营长、教导员在，住口）

〔众人吃饭。

赵　钢　（看表）吃了饭你们班可以先出发，到刚才看地形的那里看看，你们连随后就到。

崔大秋　（向周教导员、赵钢）我们有个小意见！

周教导员　什么意见？

〔崔大秋低声用手比画着说，仅能偶尔听到"石头""地形"等字音。

战士丙　（与崔大秋提意见同时）老活宝，一块儿去吧！

老　齐　（不满意状）我不去啦！我怕营长吹我！（想了想还是憋不住）营长！

周教导员　（对赵钢）我看可以叫他参加一下！（开始走）

赵　钢　（开始走）可以是可以，不过我考虑一个问题……

老　齐　（高兴地）我这儿先谢谢啦！

赵　钢　谢什么？

老　齐　不是叫我参加战斗呀？

赵　钢　（绷脸）你把你的饭做好再说！——做的什么饭？

老　齐　包子！尝个吧，教导员！不尝个，肉馅儿的！不找你要粮票菜金！

周教导员　（拿了一个包子吃）你们连伙食大有进步啊！往后战斗时候还要多煮点稀饭！你说考虑个什么问题？

赵　钢　我考虑，这小家伙跟我要求过好几回啦，非要下班！每一回我都没有准，这回……

周教导员　（替赵钢说）这回要是准了，你说他会以为他斗争胜利啦！（吃着走着）你爱面子！

赵　钢　（走着）极端民主我最不喜欢！

周教导员　可是我看出，你喜欢他的勇敢顽强劲儿！不行，吃馋啦！我还得吃一个！（返回去拿了一个包子）可是为了战斗的胜利……

〔周教导员吃着与赵钢且谈且走下，双儿跟下。

老　齐　（望着周教导员和赵钢的背影，无可奈何，只好夸张地叹了一口气）唉！（掏出两盒纸烟来）吃完了饭抽烟哪，各位同志！

众　人　哪儿的烟？

老　齐　你管哪儿的？不跟你们要钱儿！

战士甲　是你买的吗？

老　齐　对啦！

王德钧　（诚挚地）你跟我们一样多的津贴费，都是六斤小米，这么慰劳法，我们可不落忍！

老　齐　啧！有什么不落忍的，你们豁着命，土里滚、泥里爬，流血牺牲的，我还不落忍呢！两支烟算什么？快别提！（掏出小烟锅吸烟）

崔大秋　（不由得激昂地喊）老活宝，我们一定拿胜利来回答你的慰劳！

众　人　对！拿胜利回答你！

对！战斗上看吧！

〔众人点火吸烟。电话员架线上。四海上，布置指挥所，插上小红旗。

王德钧　集合！报数！向右转！跟我来！

〔众人走，不知有谁哼着歌子："我们人民的武装，就是人民的希望……"歌声像磁石似的吸着大家，一个两个随声附和，渐渐声音大起来。当他们从老齐身边走过时，有跟他拉手的，有跟他笑的，有跟他打闹的。

老　齐　（一个个地赞美着）好生打！立个功回来！嗬！看这小伙儿……（招手欢送）

〔众人下。歌声渐远，只剩了四海和电话员哼着歌，做着自己的事。

老　齐　（收拾饭担，激动地）你说这蒋介石阎锡山，投降了不就算啦！他偏不！

四　海　（打趣地）你怎么不参加战斗啦？老活宝！

老　齐　（泄气地）营长不是说啦？我这工作岗位重要，离不开！

四　海　这下子你过不上枪瘾啦！

老　齐　你说这话我不同意！谁有打仗的瘾哪？我疯啦？（诚挚地）兄弟！我是每当战斗，看着你们年轻人这股子乐呵劲儿、这股子不怕流血牺牲劲儿，我这老头子就觉着对不起革命似的……

四　海　咱们有什么对不起革命的？

老　齐　是啊！（激动地）一个赛一个，不为升官，不为发财，明知有危险，愣往上冲！前面倒了，后面上去！（一拍大腿，一伸大拇指）嘿！我说这就是中国人那股子正气儿！有这股正气儿，革命要不胜利拿我老齐是问！

〔老齐挑起饭桶欲下。赵石头匆匆上，与老齐撞个满怀。

赵石头　老活宝！他们出发啦？

老　齐　谁？

赵石头　突击队！

老　齐　出发啦！

赵石头　（走）不等我就走！（返回）四海，给我看着背包！

四　海　你干什么去，石头？

赵石头　我参加突击队去！

四　海　谁叫你去的？

赵石头　我自己！（跑下）

老　齐　你呀，算了吧！我都要求不上！（下）

四　海　（想了想不对劲儿，喊）石头！石头！（追下）

电话员　（试机子）喂！喂！二大队呀？好啦！

〔文化教员上。

文化教员　就你一个人？

电话员　四海追石头去啦！

文化教员　石头到了儿是没有命令就自由行动啦！

〔赵钢、周教导员、双儿上。

赵　钢　什么事？（向电话员）要团部！通讯员们呢？

文化教员　四海找石头去啦！

周教导员　石头干什么去啦？

文化教员　可能是想参加突击队，他不是要求了好几回呀！

赵　钢　（不悦）什么？不经我们批准就去啦？不行！双儿！把他叫回来！

双　儿　你们俩不是决定让他参加突击队了吗？

赵　钢　（加重语气）把他叫回来！（生气）不叫他去啦！（去接电话）

　　　〔双儿下。

文化教员　（把写好的信给周教导员）这是给一营的回信。

赵　钢　喂！团部吗？我们已经准备好啦！……已经进入阵地啦！……我感觉到没有多大问题呀！还有什么指示吗？……（听着电话，露出兴奋之色）你们哪一位来呀？……好！

　　　〔与赵钢打电话同时，周教导员看信。四海拉着赵石头上，双儿跟在后头，劝说着。

四　海　（对赵石头）你忘了咱们的立功条件啦？头一条就是服从命令听指挥！

赵石头　我就不服从这一回！报了我的仇怎么都行。不叫我去，我搞不通。

四　海　石头！你忘了咱们上回怎么说的啦？

赵　钢　（放下电话机子，笑着对周教导员）旅长、团长对咱们营抱了很大希望，把咱们鼓励得不轻！他们一会儿可能亲自来，（看表）马上就开始啦！（见赵石头，板起面孔）回来啦？你的事情办得很好啊！典型的无组织无纪律！立正！咱们解放军是有组织的，不是老百姓。老百姓还有组织哩！你为什么不请示一下就自动开了小差？

赵石头　（委屈）营长！你别给我扣帽子，谁开小差啦？……要开小差在医院早开啦，就不到这儿来！这当兵就不兴开小差的！实话说吧——

赵　钢　啊！你还蛮有理！

赵石头　开小差！我要有那思想不是我爹娘养的！

赵　钢　不要骂誓！我问你为什么不请示就下连？

赵石头　我有错误兴批评，对不？不兴侮辱我人格的！

赵　钢　好好，我接受你的批评，我不该给你扣帽子。可是你为什么不请示就自动下连呢？

赵石头　我请示你，你不答复嘛！

周教导员　（一面看信一面插言）不答复也不应当自由行动啊！

赵石头　我也没要求下连，我就要求这一回当突击队！

周教导员　不在一回两回，半回也是错误。你好好反省一下吧，早承认了对你有好处！

赵石头　我没的可反省！我一点儿错也没有！底下就是我的家，我娘死活不知道，是你的家，你不着急啊！

赵　钢　我们马上就要解放你的家嘛！

赵石头　我要报仇！不叫我报仇横竖不行！你知道我们娘儿俩受的那是什么罪呀！……我起小没有爹，我娘要饭养活我。我大了，十四岁上就给人打短工，吃不上喝不上……人家受不了的那罪我们都受了……日本汉奸杨麻子逼得我待不住，当了兵，出来三年……丢下我娘一个人在家里，谁知道……（哭了）

赵　钢　（气消）不要哭！你出来三年没报了仇，我出来十三年啦，仇还没报呢！

赵石头　我怎么比得了你？你是干部！

赵　钢　干部怎么样？干部是战士变的，你将来也有可能当干部！我刚参加队伍时候也像你一样，报仇！报仇！光知道个人眼皮底下这点仇！有仇大家替你报嘛！革命是大家伙的事，懂不懂？

赵石头　那谁不懂啊！

赵　钢　你一个人就能报了仇？你一个人背上你那司登式去试巴试巴！要靠大家，就要组织起来，就要分工！没有后方老百姓支援不行，没有粮食不行，没有民工不行！没有他这个电话员不行，没有我这个干部不行，没有你这个通讯员也不行！懂不懂？

赵石头　那谁不懂啊！

赵　钢　懂！什么人都自由行动起来，没有组织，没有纪律，想干吗干吗，能打胜仗？能报了你的仇？

〔赵石头不语。

赵　钢　记住！纪律就是军队的命根子！没有纪律呀，革命早失败了！懂不懂？

赵石头　那谁不懂啊！

赵　钢　三大纪律第一条是什么？

赵石头　（想了一下）一切行动听指挥！

赵　钢　你们通讯班立功计划头一条是什么？

赵石头　服从命令！

赵　钢　你好好地检讨检讨！

赵石头　（噘着嘴）我不对！我的错误！你们多原谅吧！

赵　钢　还自由行动不？

赵石头　不啦！（拭泪）

赵　钢　赵石头！

赵石头　有！

赵　钢　现在我命令：你去给突击队带路。听他们指挥，不许自由行动！记住，注意隐蔽，你的任务是领路，介绍地形！任务完成后马上回营部。

赵石头　（想不到，破涕为笑）营长！叫我参加突击队啦？

周教导员　（笑了）我说早承认错误对你有好处嘛！

赵石头　我保证坚决完成任务！这就去吧？

赵　钢　任务是什么？说一遍！

赵石头　介绍地形，注意隐蔽，听他们指挥！

赵　钢　跑步去！

〔赵石头精神抖擞，恭而敬之地向赵钢、周教导员敬了一个礼，跑步下。

周教导员　这个小鬼脾气非常顽强。

赵　钢　所以我还是欢喜他的。（看表）时间到啦，老周，这儿交给你啦！我到五连去。通讯员！

四　海　有！

赵　钢　跟我来！

〔赵钢、四海下。炮声、炮弹从头上呼啸而过。

周教导员　文化教员！你负责包扎所，到你的岗位上去！（接电话）喂！

喂！喂！

〔幕落。

第四幕

〔幕内声:

　　　　"人民的武装,

　　　　　战斗里成长。"

〔紧接第三幕。傍晚。

〔华北某敌占城市外围某乡,村边。

〔一道极厚的土围墙。墙的正中有一寨门,已用沙袋堵塞,仅留
一窄小道通达村外;寨门右沿墙有几个单人掩体,有土阶可上
下;寨门左为一地堡,堡口用沙袋围了个弧形。

〔幕启。

〔烟雾弥漫。炮声、机枪声、嘈杂的人声。

〔匪兵甲、乙、丙驱赶群众从寨门孔道入。群众号叫着,挣扎回
顾,匪兵拦阻殴打。

匪兵甲　妈的!谁想回去谁就是"伪装"!走!走!不走就毙你这儿!

群　　众　(嘈杂地)你们烧了我们的房子,可我们一家大小住什么呀!我求
求你们迟一会儿再点火!我娘还在里头没出来哪!她是个瞎子!
你们修修好!给我留下那间破房吧!

　　　　老总老总!你总得让我拿出个铺的盖的呀!

匪兵乙　你们的房子对咱们打仗有妨碍,妨碍射击!这叫扫清射界!

匪兵甲　跟他们没那么多废话,走!走!我看你们都是"伪装分子"!(用
枪托打人)不走毙你这儿!

匪兵乙　你们的房子对咱们有妨碍!要是不烧,就成了共军的踏脚石啦!
要是把你们全镇子占了,共产党可是又杀人又放火!

　　　　〔火光突起,黑烟翻卷直上。群众中有人大叫:"点着火啦!"紧
接着一个女人尖叫一声,向孔道冲去,群众跟随着拥去,匪兵们
拦挡不住。匪兵甲开枪,群众惊惧止步。一个女人栽倒在寨口沙
袋上,头倒垂下来。

匪兵甲　跑!谁还跑!

　　　　〔匪兵们向右侧敬礼。杨耀祖率一帮匪兵匆匆从右上。此人气势

与第一幕同，唯服装已"美化"。

杨耀祖　（神情暴躁不安，声音急促）你们是二中队吗？（指匪兵乙）告诉你们队长！就说我的命令！这个地方没有敌情顾虑，工事也很坚固，可以留一个分队！其余两个分队叫他亲自率领，马上带到村东三中队右翼的工事里抵抗。回来！告诉他，就说我的命令！给我死守！共军打炮不要紧，你们可以钻在地道里！共军一不打炮，马上回到阵地！共军突进来不许退！马上组织反冲锋！谁要退就地正法！

〔匪兵乙下。

杨耀祖　（回头指匪兵丁）告诉队副！再打电话给总队部！催催增援部队！我们这个大队防线太长！共军的炮火很厉害！妈的，要紧时候飞机就不来啦！

〔匪兵丁下。

杨耀祖　（指匪兵戊）告诉特务连！马上派人把老爷子送到马庄去！就说我的命令！

〔匪兵戊下。

杨耀祖　你们听着！有我无匪，有匪无我！死了也不能投降共军，共军先甜后辣，早不杀你晚杀你！谁要想投降，就给我就地正法！有"铁军基干"没有？（匪兵甲立正）要特别卖把力气，将来有赏！谁是"伪装"，谁动摇军心，先斩后奏！

群　众　杨队长！你修修好！放我们回去吧！
　　　　　我娘还在里头哪！烧死在里头啦！

杨耀祖　这些人是干什么的！

匪兵甲　报告！这是外边的老百姓，为烧他们的房子……

杨耀祖　（斩钉截铁）一律烧光！

匪兵甲　（对群众）听见了没有？

杨耀祖　在这紧急关头，你们来捣乱！（咬牙切齿）你们这就是"伪装"！"匪谍"！我把你们一个个地——（掏枪）

〔匪兵乙从右跑上。

匪兵乙　报、报、报告！共军炮打得厉害，中队长被打死啦！弟兄们眼看顶不住了，一个班投降啦！有的往下撤！队副叫快、快……增援！

杨耀祖　没有增援！你去告诉督战队！谁退，拿机枪突突他！……总队扔

　　　　　　　下咱们就不管啦!

　　　　　　　〔匪兵丁跑上。

匪兵丁　　报告! 黄队副说,总队也受着共军攻击,抽不出部队来,叫你死
　　　　　　　守! 与阵地共存亡!

杨耀祖　　(暴躁)死守! 死守! 这叫守死! 好! 我亲自指挥,走! (欲下)

　　　　　　　〔群众哭叫哀求。

杨耀祖　　滚! 滚! (命令匪兵甲)把他们押走! 再捣乱就枪毙! ……有我
　　　　　　　无匪! 有匪无我!

　　　　　　　〔杨耀祖率部分匪兵匆匆从右侧下。匪兵甲、丙呵斥着驱赶群众自左
　　　　　　　下。赵妻走得慢,被匪兵甲用枪托击倒在地。仓婶子急过来搀扶。

匪兵甲　　跟上、跟上!

仓婶子　　老总你修修好! 这是个半病子的人哪! 别打她啦!

匪兵甲　　(回顾)跟上! 谁要跑就地正法! (下)

仓婶子　　(搀起赵妻)石头他娘!

赵　妻　　仓婶子! 你别顾我啦!

仓婶子　　别说那个,只要咱们人活着! 总有熬出来的时候! (扶赵妻从左下)

　　　　　　　〔机枪声、手榴弹声紧。

　　　　　　　〔杨耀祖率数匪兵从右退上。

杨耀祖　　(神色仓皇)叫他们给我反冲锋! 叫他们给我反冲锋! 剩一个人
　　　　　　　也得冲! 死也给我死在那儿! (指匪兵丁)告诉一中队派一个排
　　　　　　　迂回到敌人侧面去抵抗! 再坚持半小时增援就到! (看表,颓丧
　　　　　　　地坐在墙下)

　　　　　　　〔匪兵丁下。

　　　　　　　〔杨有德一边喊着:"耀祖! 耀祖!"一边惊惶地跑上。他的胡子
　　　　　　　白了,可是更显胖了,眼皮和两颊的肥肉松弛地下垂着。他穿一
　　　　　　　件中山服,挂着国民党证章和金表链,却又是戴的军帽,底下扎
　　　　　　　裤脚。手提一支撸子枪,装束非驴非马。

杨有德　　(喘着气)耀祖、耀祖! 怎、怎、怎么样?

杨耀祖　　爹! 你还没走?

杨有德　　怎、怎、怎么走得出去? 南边也有了共军啦!

350　杨耀祖　　(一惊)什么? 南边……

杨有德　耀祖，放毒气吧！放毒气吧！

杨耀祖　不行！不顺风！再说共军在高处……

杨有德　那就快点儿往外突！

杨耀祖　爹！你快去换便衣！

〔正惊慌失措间，左侧轰然巨响，烟尘滚滚而过，众匪惊悸奔突。

杨耀祖　（视左方，竭力镇静）不要乱不要乱！怎么回事？

〔匪兵丙从左上。手榴弹声。

匪兵丙　共军从南边打进来啦，刚才这是炸药！

杨耀祖　你别走！你跟老爷子去找老百姓换换便衣，找小道奔马庄！大大有赏！去！

杨有德　（颤抖不已）大大有赏！大大有赏！（拉着匪兵丙，蹒跚逃下）

杨耀祖　（疯狂地）机枪！机枪！掉过头来，封锁住这儿！你们一个排留在这儿坚守！无论如何不叫敌人冲过来！（指匪兵乙）马上把三中队调回来，集中在关帝庙！快！（顿足）糟糕，让共军从南边进来啦！

〔地堡里匪兵庚出，把机枪掉过头对左。杨耀祖率众匪兵从右逃下。左方传来“缴枪不杀”声。匪兵庚突然发射了一梭子机枪，手榴弹在台上爆炸，匪兵庚毙命。我军战士们冲上，战士甲登上地堡，把机枪掉过头向右射击。赵石头把红旗插上地堡后欲冲，被王德钧止住。

王德钧　回来！隐蔽！你去跟后头联络！同志们，手榴弹准备好！听我口令再打排子手榴弹！

〔机枪声、步枪声急，台上沙袋崩起泥土。

王德钧　蹲下！注意同志们！说扔一块儿扔！一、二！

〔众人投弹。轰响，敌人乱叫声。

战士甲　冲吧！敌人退啦！

战士乙　缴枪不杀！不要给反动派卖命啦！

〔四海冲上。

四　海　（伏在沙袋上）后头上来啦，叫你们再向纵深里打！营长说四连六连已经兜到东南上去啦，叫你们向关帝庙压缩，不叫敌人跑喽！（说完，倒在沙袋上）

王德钧　四海！四海带花啦！救急包，救急包！

赵石头	我有！（过来搀起四海，为之包扎伤口）
王德钧	石头，你快把四海包扎好背下去！
赵石头	（有意见）班长！我……
王德钧	同志们！准备好刺刀手榴弹！记住立功条件，坚决消灭敌人！第一组跃进！
崔大秋	别忘了节省弹药！

〔众人跃进下。手榴弹声、口号声，赵石头为四海包扎。远远冲锋号声、枪声和叫声传来。以下赵石头与四海谈话之间，我军战士陆续冲杀过场。

四　海	石头，别管我！你快去消灭敌人！
赵石头	班长命令我招呼你！四海，你到后方好好休养吧，我给你报仇！
四　海	别管我，别管我！
赵石头	你别说话啦！
四　海	这是我的一封家信，将来打到我的家，你告诉我爹娘！（掏出信给赵石头）
赵石头	四海！四海！你别说这些话！（接过信）
四　海	（又掏出一个小纸包）石头……这是我的钱……我要是牺牲了……你交给教导员，就说我交的党费！
赵石头	（接过）唉！四海，别说这！你的伤不要紧！（屈身背四海，呼）四海！四海！（松了手，跪姿）四海！（垂首拭泪，突跺脚，大叫）四海，我替你报仇！（拾起四海枪，冲下）

〔冲锋号急吹。

〔舞台全黑，一线曙光。

〔人群的黑影，嘈杂的声音。舞台渐明。战士们和老乡们一簇簇地攀谈着，群众争着向战士们倾诉。

老汉甲	要是你们再不来呀！我那房就全烧光啦！亏了你们来才把那火扑灭呀！
老汉乙	你们再不来我们就没命喽！
仓婶子	石头他娘，你那心也往开里舒展舒展！这不是那救苦救难的解放军来啦吗？
赵　妻	（深沉地）真是盼星星盼月亮啊！我这两眼都快盼瞎啦！

老汉甲　你们来得太晚啦！

青　年　喝水吧同志们！（用铁壶给战士们斟水）

战士甲　自己动手吧！（解碗喝水）

老汉乙　我这老头子活到今天，就是死了也不冤啦！

老　妇　这罪算是受到头儿啦！好日子也开了头儿啦！

小　孩　叔叔！叔叔！我娘叫他们打死啦！

战士乙　小兄弟，别哭！我们给你报仇！

赵　妻　都逮住了吗，这些"国军"？可不能饶了他们呀！

战士丙　除了打死的统统俘虏啦！光我们班就俘虏了三十多。多啦！不光这个村，马庄、双塔寺，一块儿打的！再打进太原去，你们这儿就再也受不着他们的压迫剥削啦！

赵　妻　（亲热地）同志！我那孩子也在你们这解放军里头，他是大前年参加的，说是在第一纵队……你们知道吗？他叫……

战士丙　第一纵队？早南下啦！过黄河那边去啦！咳，哪儿也是一样！我是河北人，这不到了你们这儿来啦！你孩子也是有功之臣哪！

赵　妻　我明白！我明白！谁能光守在个人家门上啊！不把"国军"打完了，咱们也没好日子过！

　　　　〔双儿上。

双　儿　你们班长呢？王德钧、崔大秋，带你们班的人照相去！

王德钧　照什么相？

双　儿　别装傻啦！营长说啦，你们班立了集体功，你个人另外立个功！快走吧，旅部摄影干事等着你们哪！

　　　　〔一青年抓一匪兵上。

青　年　同志！给你们抓了个活的！这家伙藏在我们山药窖里头啦！

老汉甲　（对匪兵）你们那威风呢！还打我们不？还骂我们不？还烧我们房子不？我非……（欲打）

王德钧　（拦）大伯！别打他，不是我们不叫你们出气，解放军的政策，他们不论官兵，只要放下武器，就宽待他了，他们也都是"编组"抓去的老百姓！算账要找大汉奸大恶霸！死心眼儿的反动派！

赵　妻　同志！像杨麻子跟他参可说什么不能饶啊！

群　众　（骚动）你们可别叫杨麻子跑了啊！那是个活阎王！杀人无其数啦！

老汉乙　逮住杨麻子可不能饶啊！

老　妇　还有杨有德那老家伙！"自白转生"可把我们制坏啦！我那孩子就死在他手里啦！

仓婶子　同志！杨家爷儿俩可在这一片造下大孽啦！杀人、烧房！逮住凌迟刀剐也不解气呀！

〔战士押俘虏一队过场。

青　年　（跑上去把杨有德从俘虏群中拖出来）这就是杨有德！杨麻子他爹！

〔群众一拥而上，战士们拦阻着。

赵　妻　（见杨有德，发疯似的）杨有德！杨有德！（往前挤，被拦住）你叫我看看他不行啊！（挤到杨有德跟前，颤抖，一屁股坐在地上）天哪！（哭）

仓婶子　（恳求地）好同志！你们叫她打两巴掌吧！也叫她出出这一辈子的气吧！

老汉甲　同志！这是从刀尖上爬过来的人哪！

青　年　没说的！（一跃而上，按倒杨有德）跪下吧，你！

赵　妻　（大哭）老天！我怎么会有今天哪！

仓婶子　石头他娘，别光哭，你倒是打他呀！打呀！

老　妇　不怕啦！有人撑腰啦！这不是咱们解放军！

赵　妻　（忽然立起，拉住杨有德）杨有德！杨有德！你看这是谁！你看这是谁！（疯狂地）我今儿可不怕你了啊！（大哭）杨有德！杨有德！你害得我一家子好苦啊！

仓婶子　石头他娘，你倒是打呀！打他呀！

赵　妻　（哭）我打死你也出不了这口气呀！（举手打，又无力地落下来）

〔赵石头精神抖擞地挎"司登式"上。

赵石头　（对一战士）你们几连？叫你们把俘虏统统送到关帝庙里去集合！快吧！

〔俘虏被押下。

赵石头　哎，这是干什么的？（对群众）乡亲们，不要打了！等交人民法庭……（抓住赵妻的胳膊）

仓婶子　（惊喜得叫出来）这不是石头？石头他娘，你们石头回来啦！

赵　妻　（茫然四顾）啊？石头！石头！他在哪儿哪？

赵石头　（意想不到）娘！仓奶奶！

仓婶子　石头他娘，这不是你们石头！（欢喜地拭泪）

群　众　（惊喜，感动）石头！

你回来啦！叫你娘啊！

赵　妻　（突然抱住赵石头，哭）我的亲孩子啊！咱们娘儿俩还有今天！这一天到了，盼来了！

赵石头　（流泪）娘！（不知说什么好，强笑）娘！（又想哭）你别难受！我这不是在你跟前吗？你看！我们解放军同志多着哪！二三百万都是给咱报仇来的！娘！杨麻子呢？

群　众　（骚动）咦！杨麻子呢？杨麻子呢？

〔人丛中回答："见阎王啦！"

群　众　死啦？唉！怎么叫他死了呢！

赵　妻　杨麻子死啦！叫解放军打死啦！好孩子！快谢谢你们同志们吧！

老汉甲　好人总有好报啊！

老汉乙　你这个孩子是有功的人啦！多亏当了解放军！要不怎么会有今儿个？

赵　妻　仓婶子！石头，快来谢谢你仓奶奶！

赵石头　仓奶奶！

仓婶子　哎！不兴哭啦！咱们都该欢喜欢喜啦！解放军救了咱们大伙儿的命，这是个大喜的日子，你们娘儿俩也该回家去欢喜欢喜啦！

赵石头　仓奶奶，我还有任务。娘，我还得去找营长跟教导员呢！我要不请假回了家，就犯了纪律啦，我们解放军纪律可严呢！这不，我们营长跟教导员来啦！

〔赵钢、周教导员且谈且上，战士们敬礼。

赵　钢　（正谈得起劲，还礼）敌人的工事数这边坚固，这回选择突破口要是再偏东一点就更有利……哎？你们还不去照相？快去吧！

〔王德钧、崔大秋率本班战士下。

周教导员　石头，这下子达到目的了吧？报了仇了吧？

赵石头　报啦！……不，没报，四海的仇还没报呢！

周教导员　（沉痛）四海是一个很好的同志，一个好党员，我们应当向他学习！

| 赵　钢 | 革命嘛，就免不了伤亡！四海的牺牲是值得的，四海是光荣的！ |
| 赵石头 | 娘！这是我们周教导员，这是我们赵营长，（对赵钢、周教导员）这是我娘。 |

〔赵钢与赵妻对视，双方都受到极大的震动。

赵石头	娘！你怎么啦？
赵　妻	石头！你们营长也姓赵？
赵石头	嗯！
赵　钢	你……（上前）你是黑蛋他娘？
赵　妻	哦！是你？

〔赵石头惊讶地望了望母亲，望望赵钢。周教导员、双儿和群众都莫名其妙了。

周教导员	老赵，这是怎么档子事？把人闹糊涂啦！
仓婶子	石头他娘，这就是石头他爹？
赵石头	我爹？
赵　钢	（激动地）你怎么搬到这儿来的？我出来十三年，我没有忘了你，没忘了那仇！我虽然对不住你，可是……我还是对得住你的！这话怎么说呢？今天……这太好啦！你怎么熬过的这十三年？嗯？
赵　妻	石头没跟你说过吗？
赵　钢	（望赵石头）石头，你就是黑蛋吗？
赵　妻	怕杨家知道，改了个名字。（对赵石头）石头，这就是你爹！
周教导员	（恍然大悟）哎——呀！这么一档子事呀！

〔群众感叹，纷纷议论。

| 周教导员 | 现在这种关系……石头，就更得好好服从命令啦！ |

〔赵石头难为情地笑了。

周教导员	现在看起来，石头在某些方面还是很像你的，打仗那股子勇敢劲儿，脾气那股子倔巴劲儿……（对赵石头命令）石头，娘也找见啦，爹也找见啦！往后可不兴闹情绪啦！
赵石头	是。
赵　妻	这些年我们娘儿俩可多亏他仓奶奶！要没她老人家，我们饿也饿死了！

赵　钢　（对仓婶子）老大娘，拿什么来谢谢你老人家呢！往后多打几个胜仗，多立几个功！彻底消灭敌人，叫你们早过上安生日子，来谢你吧！

仓婶子　唉！你们才是那头一份的功臣哪！全中国的黎民百姓都记着你们的功德啊！

赵　钢　石头十九啦？我老记得黑蛋该是十八岁，我记错啦！

赵　妻　你没记错！是十八岁！

赵　钢　石头刚来那天我问过他的，他说十九……

赵石头　参军第二年，我怕精兵简政把我精简喽，我多报了一岁。

赵　钢　为报仇什么也不顾！（对赵妻）杨有德还在碾盘村吗？这个仇我是要报的！

赵　妻　杨有德？你看身后头那个人是谁？

　　　　〔群众又围上杨有德。

老汉乙　营长，杨家爷儿俩可不能轻饶啊！真是奸淫烧杀，无恶不作呀！这一片可叫他们糟蹋苦啦！

赵　妻　（对杨有德）杨有德！杨有德！你睁开眼看看！（指赵钢）你认得他吗？你还认得他吗？

　　　　〔杨有德早吓得面如土色了。

赵　钢　杨有德！你还认得铁柱吗？十三年，我爹欠你的账还没还清哩！教导员！我真想……（突然挥拳欲打，旋又克制下来踱开去）

群　众　咱们打死他！

　　　　打！打！

　　　　他杀了那么些人，打死也不屈！

　　　　凌迟刀剐！

　　　　〔群众一面说一面拥上，周教导员拦住大家。

周教导员　乡亲们、乡亲们！别忙，这个老家伙一定交大家来处理！我们把他交给政府，由政府召集你们这好几个村的老百姓开人民法庭来审他，叫大家伙儿都出出气！你们说好不好！

群　众　好！就那么办吧！

　　　　好！

周教导员　通讯员！

双　儿　有！

周教导员　把他送到团部，说这是杨有德，大特务大恶霸，多找两个人押着，不要叫他死了，死了就不值钱啦！

〔双儿呵斥着用枪对准杨有德，监押下。

〔团部通讯员跑上。

团部通讯员　报告！团部命令！（递给赵钢通知）

赵石头　教导员，（掏出一个小纸包）这是四海交的党费！

周教导员　（接过）石头，四海跟营长两年啦！今后你来接替他的工作。

赵石头　（犹豫）教导员……我想……你看我够不够格儿？

〔赵钢把通知递给周教导员。

团部通讯员　没别的事吧？（敬礼下）

赵　钢　（看表，对台右）王力发！通知各连，听号音在村北集合！（喜形于色，对周教导员）准备连续战斗！今天赶到齐家营，可能有新任务！

〔赵钢回过头来，深沉地望着赵妻，慢慢走近，说不出话来。赵妻难过地望着赵钢。赵石头走近母亲，母亲抱住儿子。

赵石头　娘……回来再看你吧……娘！你别难过！不把敌人彻底消灭了，咱们还是安生不了。打仗是大家伙儿的事，这么些同志帮咱们报仇，咱们也得帮大家报仇！这会儿江南的老百姓还都没解放呢……四海的仇也交给我了！

赵　妻　石头！

赵　钢　（对赵妻）革命就是这个样子，敌人不彻底消灭，我们就要继续战斗到底！还得坚持，你等了我十三年，可是我还不能放下枪。枪杆儿是好东西，早先咱爹打官司那会儿，吃亏的是穷人没有枪杆儿。这会儿有了枪杆，就不能放下。（对仓婶子）老大娘，你再照顾她几天，我们部队上要好生谢谢你呢！

仓婶子　你们是为国为民的功臣，说什么谢！（对赵妻）石头他娘，他们爷儿俩做得对呀！

赵　妻　（对仓婶子，感激地）我知道，我知道石头跟他爹做得对。可是我心里头，（悠然长叹）十三年啦，仓婶子！

　赵石头　娘！

赵　妻　　（忍住泪，蓦回头）石头、他爹，你们去吧！我不拉着你们，我只要见着你们，我心里头就亮堂啦！我明白，好日子在后头。你们可好生打！把那些坏蛋"国军"统统收拾干净，一个也别剩啊！

周教导员　　大嫂！打完这一仗回来，派个牲口来接你，到我们营上住些日子，也跟营长好生说说你们那知心话儿，我买酒，给你们一家子庆祝一下。

群　众　　营长！你放心吧！

　　　　　石头他娘有我们村里来照顾啦！

周教导员　　那就麻烦你们啦！

赵　钢　　通讯员！

赵石头　　有！

赵　钢　　叫司号员吹集合号。

赵石头　　是！（敬礼下）

　　　　　〔集合号声，周教导员、赵钢向右走。群众送。

　　　　　〔歌声起：

　　　　　　　"我们人民的武装，

　　　　　　　　就是人民的希望……"

　　　　　〔幕落。

　　　　　　　　　　　　　　　　　　　　　　　——剧　终

　　　《战斗里成长》完成于1949年，前身是胡可等人于1948年集体创作的宣传剧《生铁炼成钢》，表现了主人公赵石头从农民成长为革命战士的曲折过程。1950年春节，由北京军区文工团首演于北京大华电影院，导演刘佳。后被各军队文工团不断演出，并在最早与新中国建交的苏联、阿尔巴尼亚等国翻译、演出。1956年，在文化部举办的"第一届全国话剧观摩演出大会"上，此剧获得一等奖，后被八一电影制片厂搬上大银幕，严寄洲导演。

作者简介

胡　可（1921—2019），男，满族，山东青州人。原解放军艺术学院院长，1939年加入中国共产党，长期从事文艺宣传工作。抗日战争和解放战争期间，先后创作了多幕儿童剧《清明节》、多幕话剧《戎冠秀》、独幕话剧《枪》《喜相逢》等。新中国成立后，又创作了话剧《战斗里成长》《英雄的阵地》《战线南移》《槐树庄》等反映部队和农村生活的剧本。

·评 剧·

刘巧儿

王 雁

时　间　抗日战争时期某一年的春天。

地　点　陕甘宁边区的一个村子。

人　物　刘巧儿——女，十九岁。

　　　　刘彦贵——男，四十岁，刘巧儿的父亲。

　　　　刘媒婆——女，四十岁，媒人。

　　　　王寿昌——男，四十八岁，老财主。

　　　　赵金才——男，五十岁，老农民。

　　　　赵柱儿——男，二十岁，变工队长，赵金才的儿子。

　　　　锁　儿——男，十五六岁，变工队员。

　　　　栓　子——男，二十岁，变工队员。

　　　　老　马——男，三十多岁，变工队员。

　　　　李大婶——女，四十多岁，妇女主任。

　　　　石裁判员——男，三十岁。

　　　　马专员——男，五十多岁。

　　　　老　胡——男，五十多岁。

　　　　妞　子——女，变工队员。

　　　　助理员——男，区政府工作人员。

　　　　乡　长——男，四十多岁。

　　　　张金魁——男，县政府警卫员。

　　　　小　香——女青年。

　　　　石　头——男青年。

　　　　长青婆——农村老婆婆。

　　　　众变工队员、群众。

第一场

〔抗日战争时期某一年的春天，一天夜里。

〔陕甘宁边区的一个村子里，刘媒婆的家。

〔幕启。

〔二道幕前。王寿昌手提灯笼，鬼鬼祟祟地上。

王寿昌　（数板）自幼儿、自幼儿生来我的嘴头馋，

吃喝嫖赌抽大烟。

见了女人我嬉皮笑脸，

看见穷人我把眼瞪圆。

我祖上可真露过脸，

几辈子在朝做大官。

家有田地十几顷，

房产也有几十间。

那一天大街上闲游逛，

看见刘巧儿站在门前。

只见她漆黑的头发似墨染，

眼大嘴小脸蛋儿圆。

我刚要张嘴跟她说话，

不料想她小脸一绷把门关。

自从那天见过一面，

我茶不思来饭懒咽，

急得我直劲打转转。

常言道，有钱能买鬼推磨，

灶王上天也能把好话言。

不怕她刘巧儿不乐意，

架不住大爷我肯花钱。

去找刘媒婆想主意，

不娶刘巧儿我心不甘、心不甘。

我王寿昌，本村的财主。现在八路军抗日，实行减租减息，我们这儿变成边区了。唉！我今年都快五十岁了，打我老婆一死，一直就打着光棍，高不成、低不就，就凭我这么大的家业，居然会没人愿意跟我，愣说不上一房媳妇，你说气人不气人。那一天我在大街上闲逛，看见刘彦贵的闺女刘巧儿站在门口。这孩子长得甭提多俊了。我有心把她娶过来，可又怕人家不乐意。我们东街

有个刘媒婆，这娘儿们舌尖嘴巧，能说会道，死人她都能给说活了，我不免找她去想个主意。（唱）

> 王寿昌我暗暗喜在心，
>
> 去找那刘媒婆前去提亲。
>
> 低头不语朝前进——

〔刘媒婆低着头上，被王寿昌撞倒。

刘媒婆 （接唱）一边摔倒一个大活人。

　　　　谁这么走道不长眼睛？（划火柴一照）哟！这不是王财东吗？

王寿昌 是你呀，快点着灯！我的拐棍哪？

〔刘媒婆拾起拐棍递给王寿昌。

王寿昌 怎么这么巧，就跟你撞上了呢？

刘媒婆 哟，王财东，没碰着啊？

王寿昌 不要紧，不要紧！没撞疼了你呀？

刘媒婆 不要紧。这要是别人，我非骂他个狗血喷头不可！走道都不长眼睛，愣往我们妇道人家身上走，不定安着什么坏心眼儿哪！撞上您王财东，那是我刘媒婆的福气。

王寿昌 什么话一到你嘴里，就听着那么顺耳朵。

刘媒婆 黑灯瞎火的，您要上哪儿去呀？

王寿昌 我呀，我就是要找你去。

刘媒婆 您找我？您瞧，这十字路口说话不方便，先到我家里去吧。来！

〔圆场。

〔二道幕启。刘媒婆开门，与王寿昌一起进屋。

刘媒婆 我跟您说，我们这茅屋草舍的可比不上您那府上，您可多包涵点呀！

王寿昌 老街旧邻的，还客气什么！你也坐下呀。

刘媒婆 行啦，我站着吧。您瞧我们这儿什么都不方便。

王寿昌 行啦，我这带着呢。（取出纸烟）来，你也抽一根。

刘媒婆 哟，这是怎么说的，哪有礼从外来的呀。

王寿昌 别客气啦。

刘媒婆 那我谢谢啦！（点烟）

王寿昌 你这是要上哪儿去呀？

刘媒婆　我去给人家说媒去。咱们这地方，哪年我不说他几十个呀！哪儿有大姑娘、小寡妇，我肚子里都背得滚瓜烂熟的，谁找我说媒，准保一说一个成。

王寿昌　你这套本事，我早就知道，要不今天我就找你来啦。可是不知道你肯不肯给我办？

刘媒婆　哟，您瞧您说到哪儿去啦！我办不到的甭说，只要我能办到的，我一定尽力给您办。

王寿昌　我想叫你给我办办刘巧儿。

刘媒婆　（语气加重）刘巧儿？

王寿昌　啊，就是刘彦贵的闺女刘巧儿，你看这门亲事怎么样？

刘媒婆　（笑）哟，您都这么大岁数了，子孙满堂的，怎么还娶个十八九岁的小媳妇呀？站在一块儿，您不怕儿媳妇、孙子笑话吗？哟！（大笑）

王寿昌　（唱）听一言来把话发，

　　　　　　叫一声刘妈妈细听根芽。

　　　　　　你先别嫌我的岁数大，

　　　　　　你不会说我是二十七八。

刘媒婆　（唱）就算我说您不大也不行，

　　　　　　人家刘巧儿已经有了婆家。

王寿昌　（唱）听说刘巧儿有了婆家，

　　　　　　急得我眼前发黑浑身发麻。

　　　　　　刘巧儿的对象是哪一个？

　　　　　　但不知许给了哪一家？

刘媒婆　（唱）就是那离咱们这儿不远的赵家庄的老赵家。

　　　　　　赵金才的儿子叫赵柱儿，

　　　　　　人家年轻又帅气，

　　　　　　还是个积极分子，人人都夸。

　　　　　　人家小两口从小把亲订，

　　　　　　听说最近要结亲成家。

王寿昌　（唱）一盆凉水迎头浇下，

　　　　　　急得我王寿昌没有办法。

（低头寻思）

刘媒婆　（唱）我一见王财东把头低下，

走至近前把话答，

这件事情我倒能办——

王寿昌　你怎么办？

刘媒婆　啊……

王寿昌　你倒是说呀！

刘媒婆　嗯……

王寿昌　你倒是快说呀！（唱）

你吞吞吐吐所为什么？

刘媒婆　（唱）就是那刘巧儿她爹是个老财迷，

爱喝酒，爱把钱花。

要想办妥这门亲事，

除非多把财礼钱花。

王寿昌　（唱）花钱多少我不怕，

只要把刘巧儿娶到我的家。

赵刘两家把亲订下，

你说抓瞎不抓瞎？

刘媒婆　（唱）就是这事不大好办哪，

只急得刘媒婆汗往下滴答。

王寿昌　哎，我问你，他们是从小订婚，后来长大了，见过面没有啊？

刘媒婆　听说没有见过面。

王寿昌　好，只要没有见过面，这件事情就还有救。

刘媒婆　怎么有救啊？

王寿昌　你来，我告诉你，（耳语）你瞧我这个主意怎么样？凭你这两片子嘴，再多许给刘巧儿他爹两个钱，就不怕拆不散他们两家的婚事。

刘媒婆　哟，那够多缺德呀！

王寿昌　得啦，别"老虎戴念珠——假充善人"了。只要你给办好了，我一定重谢你。

366　刘媒婆　好。咱们可是丑话说在前头，这档子事要办妥了，您可得多破费点呀!

王寿昌 没说的。（取出钱来）这是一点儿小意思，你先收着，事成之后，我再给你。

刘媒婆 不用，不用，这不是显着我太小气了吗?

王寿昌 你就先收着吧，别客气啦。

刘媒婆 那我就先借您点花。事，我一定尽力给您办，您先回府听信吧。

王寿昌 好。我可全托付你啦，越快越好。

刘媒婆 您放心吧，我马上就去。

〔王寿昌下，刘媒婆送出。

刘媒婆 （唱）这件事我一定尽力去办，

赚的钱准够我花半年。

我先花俩钱打上两瓶好酒，

去找那刘彦贵谈一谈。

干什么也要先把本钱下，

没有大食想钓大鱼也枉然。

我东家走来西家串，

专管说媒把线牵。

配好配坏我不管，

混吃混喝混些个洋钱。（下）

〔二道幕落。

第二场

〔前场后一日的中午。

〔刘巧儿的家。

〔二道幕启。

〔阳光照在窗子上，刘巧儿正坐在炕上纺线。

刘巧儿 （唱）巧儿我生来手儿勤，

织布纺线都认真。

养蚕抽丝搞生产，

线子纺得细又匀。

我的爹不该从小儿给我把亲订，

我跟柱儿不认识怎能够遂我的心？

思前想后，主意拿稳，

等爹爹回家来叫他去退亲。

坐在房中我把线纺——

〔刘彦贵挑着杂货担子上。

刘彦贵　（接唱）迤逦歪斜转回家门。

这几瓶白干酒真有劲，

喝得我，头重脚轻脑袋发晕。

刘媒婆请我吃的饭，

她劝我跟赵家去退婚。

把女儿嫁给王财主，

多少彩礼都遂我的心。

王寿昌虽然岁数大，

家里头有钱日子省心。

巧儿若是把头点，

从今后我就是财主的老丈人。（进门）

刘巧儿　爹，您回来了。

刘彦贵　（唱）进门放下了杂货担，

（放下货担，接唱）

坐在一旁假作伤心。

唉！

刘巧儿　（唱）您往日回来微微笑，

今日为何恼在心。

莫非说做买卖赔了本？

莫非说在外边得罪人？

〔刘彦贵摇摇头。

刘巧儿　（唱）您有什么为难事，

快对女儿我说原因。

刘彦贵　（唱）未曾说话我假掉眼泪，

孩子！（接唱）

　　　　你爹我实在不是人。

　　　　唉，孩子，我可把你给害苦了！

刘巧儿　什么事您把我害苦了？

刘彦贵　唉，甭提了！我这一辈子就养你这么一个，从你妈一死，我就把你许给赵家庄赵老汉的儿子赵柱儿了。实指望你们夫妻年貌相当，结亲成家，也了却我一档子心愿。那孩子小时候还蛮好的，谁知道他长大了……

刘巧儿　他长大了怎么啦？

刘彦贵　孩子，你就别问啦，你听了也是堵心。

刘巧儿　爹，他长大了到底怎么啦？您快说呀！

刘彦贵　你听了可不许着急！

刘巧儿　瞧您这啰唆劲儿！

刘彦贵　你听我说：那赵柱儿长大了，嘴歪腿瘸眼还斜。他长得好坏还在其次，他好吃懒做，人家都叫他二流子！你想，我这不是害苦了你了吗？

刘巧儿　爹，你也不用难过，你不说，我也要跟您提了。这门亲事从小儿是您给我订的，我跟他没见过面，根本我就不同意。咱们边区现在实行婚姻自主，我要跟他家退亲！

刘彦贵　退亲？（唱）

　　　　　　我跟那赵老汉有交情，

　　　　　　红口白牙把亲许，

　　　　　　退亲的话儿叫我怎么提？

刘巧儿　（唱）这样的包办婚姻我就是不同意，

　　　　　　我不管，什么是交情，什么是亲戚。

　　　　（白）你要是怕伤了交情啊！（接唱）

　　　　　　娶我的那一天，除非是您去，反正我不去！

刘彦贵　我去？那像话吗？（唱）

　　　　　　你从小死了妈，爹我拉扯你，

　　　　　　什么事都由你我没有不依。

　　　　　　要不然我就到赵家庄上去，

　　　　　　见了那赵老汉再做商议。

刘巧儿 还商量什么，非退不可！

刘彦贵 你说退，咱就退！

刘巧儿 爹！你看天还早哪，你现在就去一趟吧。

刘彦贵 现在就去？

刘巧儿 啊！

刘彦贵 （唱）急忙走出房门外——

刘巧儿 爹！到了那儿慢慢跟他们说，千万别着急。

刘彦贵 哎，我不着急！（接唱）

　　　心里头喜欢，面带着急。（下）

刘巧儿 （唱）但愿他去退亲一帆风顺，

　　　也免得我为此事日夜担心。（下）

　　〔二道幕落。

第三场

　　〔紧接前场。

　　〔赵家庄村外和区政府。

　　〔二道幕前，赵家庄村外。刘彦贵上。

刘彦贵 （数板）没费三言并两语，

　　　巧儿催我去退亲。

　　　常言道养儿养女防备老，

　　　巧儿应该嫁给个有钱的人。

　　　我聘闺女为的是图彩礼，

　　　王财东有钱正对我的心。

　　　见着赵老汉就这么讲，

　　　我就说我女儿她不愿意跟你们。

　　　赵老汉是个火性子，

　　　见火就着准犯犟劲。

　　　叨叨念念走得快，

　　　不觉来到赵家村。

　　　那旁正来了赵老汉，

　　　　迎上前去我喊一声。

　　　　喂，赵亲家，你好啊？

　　　　〔赵金才内声："谁呀？"

刘彦贵　你连我都不认识了？我是刘彦贵。

　　　　〔赵金才上。

赵金才　哦，原来是亲家。你瞧我这份眼力，真是越老越不中用了。今天怎么有工夫到我们庄上来啦？

刘彦贵　卖东西转到这儿了。

赵金才　好，咱们找个地方坐坐吧。

刘彦贵　对，咱们老哥俩坐下聊聊。

赵金才　亲家，你看，就在这大树下面吧，这儿还凉快点儿。

刘彦贵　你比我岁数大，你先坐下吧。

赵金才　（坐下）亲家，我新装的烟，你来一袋尝尝。

刘彦贵　行了，我这也带着哪。

赵金才　亲家，你的买卖不错呀？

刘彦贵　托你的福，反正动弹着点，总比闲着强。多少挣个"嚼谷"。你今年的庄稼怎样啊？

赵金才　不错。我打算着，今年秋收打下粮食来，好好地给孩子们把喜事办了，也就了却咱们一档子心愿啦。

刘彦贵　唉，亲家。我早就想跟你说，贵贱见不着你。今天你也提到这儿了，提起这件事，总觉得对不起你。

赵金才　咳，亲家，你这是说到哪儿去了？虽然孩子们还没过门，可是咱们也是亲家呀！咱们还有什么对得起对不起的？

刘彦贵　你越是这么说，我就越觉得对不起你，你刚才不是提要办喜事吗？

赵金才　啊。

刘彦贵　这事不提是一肚子气，要提就得两肚子气！

赵金才　这话是什么意思？

刘彦贵　你想，当初咱们做亲，是两厢情愿。你有个儿子，我呢，有个闺女，年貌相当，这周围都说这是一门子好亲事。

赵金才　是呀，要不我就说今年秋收，咱们得热热闹闹地办个喜事啦。

刘彦贵　不是我拦亲家你的高兴，"雨水下大，事情变卦"。常言说："儿大不由爷，女大不由娘。"没想到这闺女大了，就不服管了，她这会儿闹起不愿意来了，说是婚姻自主，她看不起柱儿。

赵金才　嗯？我们柱儿不瞎不瘸，生产劳动样样积极，哪一点惹她不满意了呢？

刘彦贵　就是呀，我也是这么说。我说：柱儿这孩子可是个好孩子，真是打着灯笼都找不着。再说，你也可以自己到赵家庄去看看，虽不能包你满意，也绝不会落你的包涵。就这么一说，你猜怎么着，亲家？

赵金才　怎么着，她还说什么呀？

刘彦贵　好，她就闹死闹活，说我不民主，非到区上去自己办退婚手续不可！我狠狠地骂了她一顿。我说：你活着是赵家人，死也是赵家鬼。可是我又一想，我要是硬逼她到你家来，她不好好地跟你们过日子，今天抛米，明天撒面；今天抬杠，明天拌嘴。万一把亲家你气个好歹的，我不是把你们这一家挺"火爆"的日子给搅了吗？唉！亲家，所以这两天急得我吃不能吃，喝不想喝。你看，夜里睡不着觉，把眼都急红了。你说，这可怎么办？唉！

赵金才　亲家，你也用不着这么大急，既然你女儿说什么也不愿意跟我们柱儿，就别勉强了，再说我们柱儿又不是除了她再说不上媳妇！

刘彦贵　亲家！（数板）

　　　　　亲家的脾气也太大，

　　　　　这件事情还由不了她。

　　　　　你跟我到我家里去，

　　　　　咱们哥儿俩劝劝她。

赵金才　（数板）听一言怒气发，

　　　　　再叫亲家细听根芽。

　　　　　既然你闺女瞧不起我们赵柱儿，

　　　　　我们柱儿也瞧不起她。

　　　　　当初订婚是咱们俩，

　　　　　不必合计，亲事算吹啦！

刘彦贵　（唱）我就知道你得埋怨，

　　　　　我着急比你在先。

咱们都是这种脾气，

就是能折不能弯。

亲事退了也倒好，

省得给你找麻烦。

区政府去办退婚证，

交给她，叫她远走高飞别把我沾。

闺女我算不要了，

咱们的交情还像从前。

你儿子要把媳妇娶，

有什么困难跟我谈。

多了我可办不到，

小小不言我能添。

赵金才　得了，你别说了，咱们快到区上去吧！

刘彦贵　好！

赵金才　（唱）两人说罢区上去，

刘彦贵　（唱）刘彦贵紧紧地后面跟。

赵金才　（唱）赵老汉我越想越有气，

刘彦贵　（唱）刘彦贵暗暗地喜在心。

赵金才　（唱）心中有事脚下快，

刘彦贵　（唱）不觉来到区政府的门。

〔二道幕启。

〔区政府办公室，助理员正在写字。

赵金才　助理员，助理员！

助理员　你们老哥俩有什么要紧的事，跑得这么急呀？快坐下，快坐下休息休息。

赵金才　给我开个退婚证。

助理员　谁跟谁退婚呀？

赵金才　我俩退婚！

助理员　啊？你俩退的什么婚哪？

赵金才　我给家里的人退婚。

助理员　赵老汉，你这么大岁数了，还退的哪门子婚呢？刘掌柜，你怎么

373

也不劝劝他？

赵金才　唉！满不对。我这么大岁数还退的哪门子婚？我是给我儿子赵柱儿退婚来了。

助理员　噢，我说呢，你儿子退婚，怎么不叫他本人来呀？

刘彦贵　助理员，他们没过门的小两口，有点儿磨不开，不好意思来，所以我俩来了。我们这次退婚是干干脆脆，绝没有什么问题。是吧，亲家？

赵金才　对了，都同意。给退婚证吧！

助理员　赵老汉，你先别着急。刘掌柜，当初你两家订亲是怎么订的？

赵金才　我们是从小做的娃娃亲。

助理员　他们长大了以后见过面没有啊？

赵金才　没见过。

助理员　这就难怪了。这种从小由老人包办订的亲事就是不合理，退了正好，不然结了亲，夫妻感情也不会好。

赵金才　助理员，你别说啦。亲事不是已经吹了吗？你就快开退婚证吧！

助理员　好。（唱）

　　　　　　　我忙把退婚手续办，

　　　　　　　退婚证霎时就写完。

　　　　　　　这次退婚两情愿，

　　　　　　　手印印在纸上边。

　　　　啊，刘掌柜、赵老汉，你们按个手印吧。

　　　　〔赵金才、刘彦贵按手印。

助理员　（唱）一张交给刘彦贵，

　　　　　　　一张交给赵老汉。

　　　　　　　今天手续办完毕，

　　　　　　　回家好好种庄田。（下）

　　　　〔赵金才、刘彦贵手拿退婚证，走出区政府。

赵金才　（唱）退婚证据接在手，

刘彦贵　（唱）刘彦贵才把心放宽。

赵金才　（唱）有道是人争一口气，

刘彦贵　（唱）手续办好心里喜欢。

亲家，虽说咱们两家退了婚，咱们哥俩还是二两棉花絮个眼镜，只厚不薄。闲着的时候，到我家去串个门儿，咱们喝二两。

赵金才 咱们穷庄稼人高攀不上！（下）

刘彦贵 就照你那话说去吧，打算镥子儿不花，娶个大姑娘呀？你真是做梦娶媳妇，想了一个美！这婚也退了，我去找刘媒婆，商量商量跟王财主要彩礼去。（唱）

> 刘彦贵心中喜洋洋！
>
> 我养女儿沾了光。
>
> 赵老汉上了我的当，
>
> 他怎知刘彦贵两副心肠。
>
> 急急忙忙往前走，
>
> 见了那刘媒婆细做商量。（下）

〔二道幕落。

第四场

〔前场后一日的白天。

〔村外。

〔二道幕前，刘媒婆上。

刘媒婆 （数板）赶脚，赶脚的仗着两条腿，

> 说媒的全仗一张嘴。
>
> 傻小子我能说他灵，
>
> 丑闺女我能说她美。
>
> 只要你认头肯花钱，
>
> 好姑娘嫁个大烟鬼，大烟鬼。

没想到，刘巧儿这档子事这么容易，三言两语，不但跟赵家退了婚，跟王财主的婚事也说妥了。这回我给王财主办了这件大事，往后的日子就不着急了。王财主还是急茬儿，今天下订，后天就要娶亲。今天是下订之期，我把这彩礼给老财迷送一半，我先闹他一半花花再说。（唱）

> 说媒全仗着这两片嘴，

吃喝穿戴不费难。

这一匹绸来一匹缎，

红红绿绿青与蓝。

从今后四季的衣服不缺少，

吃喝穿戴有了靠山。（下）

〔暗转。

第五场

〔前场的翌日早晨。

〔村外小桥旁。

〔二道幕启。王寿昌上。

王寿昌 （唱）王寿昌村前闲游逛，

想不到我年迈人又做新郎。

明天就把巧儿娶，

怎不叫人喜笑非常。

欢天喜地把小桥上，

看看四处的好风光。

我这里抬头用目望，

那边正来了巧儿姑娘。

她左手拿着一缕线，

右手挎着一个小竹筐。

一定是合作社前去交线，

等她到来问端详。

明天就要把她来娶，

问问她爱穿啥衣裳。

下了小桥把她等，

等她到来叙叙家常。

〔刘巧儿手挎竹篮上。

刘巧儿 （唱）巧儿我自幼儿许配赵家，

我和柱儿不认识我怎能嫁他呀。

> 我的爹在区上已经把亲退呀，
>
> 这一回我可要自己找婆家呀。
>
> 上一次劳模会上我爱上人一个呀，
>
> 他的名字叫赵振华。
>
> 都选他做模范，人人都把他夸呀。
>
> 从那天看见他我心里就放不下呀，
>
> 因此上我偷偷地就爱上他呀！
>
> 但愿这个年轻的人哪他也把我爱呀，
>
> 过了门儿，他劳动，我生产，又织布，纺棉花。
>
> 我们学文化，他帮助我，我帮助他，
>
> 争一对模范夫妻立业成家呀。
>
> 来到了桥下边我用目观看哪，
>
> 河边的绿草配着大红花呀。
>
> 河里的青蛙它呱呱呱地叫啊，
>
> 树上的鸟儿它是叽叽喳喳呀。
>
> 我挎着小篮儿忙把桥上呀，
>
> 合作社交线我再领棉花。

王寿昌　巧儿！

刘巧儿　真倒霉，又碰上这个烟鬼！（想往回走，又一想，还是过桥）

王寿昌　（拦住刘巧儿）巧儿，你上哪儿去呀？

刘巧儿　你管得着吗?!

王寿昌　听说你纺线纺得很好，拿来我看一看。（动手翻看）

刘巧儿　放下！狗爪子，别脏了我的线！

王寿昌　巧儿，纺线有什么用啊？这也发不了财。你看我——（唱）

> 不下地来不流汗，
>
> 家里的粮食就堆成了山。
>
> 你看我穿的是绫罗绸缎，
>
> 腰里头装的是大洋钱。

刘巧儿　（听不顺耳，调皮地讽刺）当然喽，你们是财东家，有的是吃喝，可以吃了睡，睡了吃，跟臭母猪一样，踢你一脚都不动弹！

王寿昌　巧儿，你们年轻女孩子，懂得什么，这才叫享福哪！

刘巧儿　哼，抽大烟，耍大钱，好吃懒做，就没个好下场，到后来你连稀粥都喝不上！（调皮地）我看你连二流子都不如，简直就是饭桶！

王寿昌　怎么？巧儿，你说我是饭桶？哈哈……你别走，咱们谈谈。巧儿，我要是饭桶，你不成了饭桶的老婆了吗？

刘巧儿　（气愤地）王寿昌，你别胡说八道的！

王寿昌　怎么胡说？你还不知道哪，你爹已经把你许给我了，刘媒婆保的媒，昨天过的礼，明天就要娶到我家去啦。

刘巧儿　（晴天霹雳，万万出乎意料，气极）啊！原来这几天刘媒婆到我家是给你保媒呀？

王寿昌　不错，就是我！哈哈……

刘巧儿　呸！（打了王寿昌一个嘴巴，唱）

　　　　　　闻听此言好气恼，

　　　　　　巧儿心中似火烧。（急下）

王寿昌　巧儿！这丫头真厉害呀，明天把你娶到我家，就由我由不了你了。（唱）

　　　　　　巧儿这丫头太无情，

　　　　　　怕的是夜长噩梦生。

　　　　　　乱麻要用快刀斩，

　　　　　　早早下手不留情。（下）

〔二道幕落。

第六场

〔紧接前场。

〔村外。

〔二道幕前。

〔刘巧儿内唱："一口气跑出了五六里——"悲愤焦急地上。

刘巧儿　（接唱）浑身颤抖泪淋淋。

　　　　　　王寿昌的臭名谁不晓，

　　　　　　大利放债坑害穷人。

　　　　　　我的爹怎能把我来卖，

难道说他生成的铁石心。

回家去把爹爹问。

〔李大婶上，与刘巧儿撞在一起。

李大婶	这不是巧儿吗？

刘巧儿 李大婶！（哭）

李大婶 巧儿，你哭得像泪人似的，谁欺负你啦？跟大婶说，我一定给你做主。

刘巧儿 李大婶——（唱）

巧儿我越想越伤心，

李大婶听我呀说原因。

方才我见着王寿昌的面，

他说我爹背着我跟他订了亲。

大婶呀我的亲妈死得太早，

李大婶您疼我比亲妈还要亲。

没想到我爹他要把我卖，

眼看着大祸临在了我的身。

李大婶 （唱）刘彦贵做事心肠狠，

巧儿呀，你不必着急，不要伤心。

我一定找你爹把他责问，

决不叫王寿昌如意称心。

刘巧儿 （唱）我不能让我爹把我卖，

我不能嫁给这样人。

要是我爹不应允，

巧儿我一定跟他拼。

我爹要是逼我嫁人，我就不活了！

李大婶 姑娘家寻死，那是过去旧社会的事。现在有咱们边区政府给咱们做主，你要再有这个心思，可就傻了。

刘巧儿 那我可怎么办呢？

李大婶 唉，你不用着急，大婶我是这个乡的妇女主任，你们村里的事我也该管。今天正好，乡长到地里来开会，你跟大婶一块儿去。当面跟乡长把这件事说说，问乡长该怎么办！

刘巧儿　跟乡长当面谈？

李大婶　啊！

刘巧儿　您跟乡长说吧，我先回去。

李大婶　你回到家里，爷儿俩见了面准得吵架，来！你帮助大婶，把饭给武工队送到地里，咱们娘儿俩一块儿去找乡长，怎么样？

刘巧儿　好！我跟您去。

李大婶　哎！这多痛快。到了地里，找着乡长，咱俩跟他说。（与刘巧儿下）

〔暗转。

第七场

〔紧接前场。

〔麦地里。

〔二道幕启。赵柱儿、栓子、锁儿、老马、小香正在麦地里锄草。

众　人　（唱）一把把锄头闪银光，

　　　　　锄倒了野草麦苗儿强。

　　　　　变工队，锄草忙，

　　　　　锄草莫把麦苗儿伤，

　　　　　说说笑笑，说说笑笑又把歌儿唱。

（向远方锄草，隐去）

〔妞子跑上。

妞　子　喂，柱儿队长！

〔赵柱儿从地里走出来。

赵柱儿　什么事呀，妞子？

妞　子　我们女组跟你们男组挑战，你们敢应战吗？

赵柱儿　锁儿、栓子，女组跟咱们男组挑战，咱们怎么样？

〔内应声："跟她们应战。"

赵柱儿　好，我们应战！

妞　子　好啦！（跑下）

〔妞子内声："喂！柱儿队长跟咱们应战了！咱们干哪！"

〔赵柱儿跑下。

〔李大婶挑饭。刘巧儿担水随上。

李大婶　（唱）李大婶到村外前来送饭，

刘巧儿　（唱）巧儿我肩挑水跟在后边。

李大婶　（唱）青年的歌声连连不断，

刘巧儿　（唱）人家高兴我心酸。

李大婶　巧儿，到了，放下歇一歇。喂，赵柱儿！

　　　　〔赵柱儿应声上，锁儿随上。

赵柱儿　哎，大婶！您给送饭来啦？

李大婶　啊，累不累啊？

赵柱儿　不累！

李大婶　可别累着！

锁　儿　大婶，您放心吧，你瞧我们柱儿队长壮得小牛似的，一个就顶仨。

李大婶　先吃饭吧！

赵柱儿　这就来！（喊）喂！李大婶给咱们送饭来啦，咱们先吃饭吧！

　　　　〔老马、栓子、妞子、小香等上。

刘巧儿　（唱）巧儿我心中暗惊讶，

　　　　　　　却原来赵柱儿就是赵振华。

　　　　　　　恨我爹他不该说假话，

　　　　　　　把一段好姻缘阴错阳差。

　　　　　　　跟赵家我已然退了亲事，

　　　　　　　到如今我怎能再说爱他？

　　　　　　　若不然跟大婶说了实话——

　　　　　　大婶，您来。

李大婶　有事吗？

刘巧儿　我……

李大婶　你怎么啦？

刘巧儿　（接唱）话到口难出唇羞羞答答。

李大婶　（唱）叫我来为什么又不说话，

　　　　　　　吞吞吐吐为什么？

刘巧儿　大婶，我认识他！

李大婶　你说的是赵柱儿呀？

刘巧儿	他不是叫赵振华吗？怎么又叫赵柱儿呀？
李大婶	是呀，他学名叫赵振华，小名叫柱儿。巧儿！（唱）
	你怎么知道他叫赵振华？
刘巧儿	（唱）劳模会上我看见过他！
	那一天他身穿蓝布裤、白布褂，
	在胸前戴着一朵大红花。
	响应变工是他讲的话——
李大婶	（唱）你怎么啦？
刘巧儿	没怎么。
李大婶	（唱）为什么你这样把他夸？
	巧儿呀，你跟大婶说句老实话，
	是不是你心里爱上了他？
刘巧儿	（唱）怎么能说退就退，说嫁就嫁。
李大婶	（唱）那怕什么？
	包办的婚姻根本不合法，
	这一次是你们自己当家。
	你愿意我叫他，你们谈谈话，
	又何必这样的羞羞答答。
刘巧儿	我……
李大婶	愿意不愿意？你倒是说句痛快话呀！
刘巧儿	大婶，要是他不愿意……
李大婶	咳。干吗这么前怕狼后怕虎的？他不愿意，就算咱们没说，你在这儿再好好地想想。我先把你们的事，跟乡长商量商量去。你听我的回话。
刘巧儿	大婶，您可快回来啊！
李大婶	我一会儿就来。（下）
	〔众人吃饭，栓子、锁儿看看刘巧儿，低声议论。
老　马	柱儿，你看那个女的是谁？
赵柱儿	我不认识。
锁　儿	是谁家的姑娘长得这么俊？
老　马	她就是刘巧儿。

众　人　啊？是巧儿？你怎么不早说呀？

赵柱儿　什么？是她？

栓　子　听说你们退了婚啦？

老　马　据说，他爹要把她嫁给王寿昌——那个老东西！

赵柱儿　什么？她要跟王寿昌？

锁　儿　没出息的东西！

老　马　别说了，叫她听见不好。

锁　儿　怕什么的？我还要说！

赵柱儿　锁儿，别要你那三青子脾气啦！快吃吧，吃完好干活。

老　马　走啦，走啦，干活去啦！

〔老马、赵柱儿、锁儿、栓子、小香陆续下地干活。

刘巧儿　（唱）众乡亲冷言冷语地把我议论，

　　　　　　臊得我刘巧儿无处容身。

　　　　　　一霎时只觉得面红耳热，

　　　　　　满腹的委屈有口难分。（欲走）

〔李大婶上。

李大婶　巧儿，你上哪儿去呀？

刘巧儿　大婶，我要回去啦。

李大婶　哎，你瞧你这丫头，大婶刚跟乡长商量好，他说叫我问问你俩是
　　　　不是愿意。

刘巧儿　大婶，咱们别提这个了！

李大婶　咳，这怕什么的！新社会主张婚姻自主，你怎么还是这样的封
　　　　建哪？

刘巧儿　大婶，不是我封建，是他们……

李大婶　他们怎么啦？

刘巧儿　他们都在说我……

李大婶　我当为了什么呢，原来是你怕他们说你呀。咳，那有什么！结婚
　　　　是你俩的事，碍着他们什么相干啦！

刘巧儿　我……

李大婶　行了，别你呀我呀的啦！年轻轻的人，干什么一点儿不痛快，还
　　　　不如我这半大老婆子呢！

383

刘巧儿　不是，大婶。

李大婶　唉，别这不是那不是的啦！你不愿意过去，我叫他过来。

〔刘巧儿向李大婶耳语。

李大婶　唉，这么两句话，大婶还不会说？你就放心吧。（喊）柱儿，你过来！大婶有要紧的事跟你商量，来！

〔栓子拉赵柱儿上。

栓　子　柱儿哥，李大婶叫你哪。看样子，巧儿要跟你当面锣对面鼓，快过去吧！

赵柱儿　大婶，你叫我有事吗？

李大婶　大侄子，你知道她是谁吗？

赵柱儿　听老马说她就是刘巧儿，退了就算了。

李大婶　对！大侄子，你听我说——（唱）

　　　　退婚的那个柱儿她不爱，

　　　　她心中爱上了劳模会上的赵振华。

赵柱儿　（唱）听说巧儿爱我赵振华，

　　　　我也喜欢她，叫我怎么回答？

　　　　大婶，她不是要嫁王寿昌吗？

李大婶　大侄子，你可不能乱说，（唱）

　　　　刘彦贵贪财卖女心毒辣，

　　　　这件事怎能怪巧儿她！

　　　　巧儿她心里有数眼力不差，

　　　　她喜爱勤劳的小伙子，

　　　　不贪图王家的富贵荣华。

　　　　她的爹做买卖整天不在家，

　　　　家里的事情全靠巧儿她！

　　　　挑水做饭养猪垫圈一有空儿就学文化，

　　　　缝缝补补洗洗涮涮养蚕织布纺棉花。

　　　　全村的人提起她，

　　　　都说她是个好女娃。

赵柱儿　（唱）我听说巧儿劳动是好手，

　　　　怕的是……

李大婶　（唱）怕什么？

赵柱儿　（唱）怕的是我有点配不上她。

李大婶　（唱）你们两个今天见了面，

　　　　　　　好好谈谈话。

　　　　　　　过去的婚姻，父母包办，根本不合法，

　　　　　　　愿你们重打朵儿重开花。

　　　　　　巧儿，你说话呀！

刘巧儿　（唱）上一次本是父母包办，

　　　　　　　这一次是咱们自己当家。

　　　　　　　过去的婚约不能算……

李大婶　说，你愿意不愿意呀？

刘巧儿　（唱）我愿意不愿意……（推李大婶）

李大婶　柱儿，你愿意不愿意呀？

赵柱儿　（唱）我愿意不愿意……（推李大婶）

李大婶　巧儿，你说呀！

刘巧儿　（唱）您去问问他！

李大婶　柱儿，你说呀！

赵柱儿　（唱）您去问问她！

李大婶　唉！我也是老糊涂啦！有什么话你俩当面说吧！我有点儿事，一
　　　　会儿就回来。

赵柱儿　大婶，您别走！

刘巧儿　大婶！

　　　　〔李大婶下，赵柱儿、刘巧儿追，转身碰面。

赵柱儿　（唱）一见大婶扬长去，

刘巧儿　（唱）巧儿……

赵柱儿　（唱）柱儿……

刘巧儿
赵柱儿　（唱）暗着急。

刘巧儿　（唱）眼前的事儿叫我怎么说，

　　　　　　　今后的话儿叫我怎么提？

赵柱儿　（唱）悔不该说话太无理，

悔不该对她瞎猜疑。

走向前叫巧儿太对不起你!

刘巧儿　（唱）咱们是谁跟谁何必太客气。

赵柱儿　（唱）我和你重订婚约你可愿意?

刘巧儿　（唱）我要是不愿意也不叫大婶提。

赵柱儿　（唱）你愿意来我愿意,

刘巧儿　（唱）两相情愿配夫妻。

赵柱儿　（唱）一言为定坚持到底,

刘巧儿　（唱）风吹浪打志不移。

自己的事情可要自己拿主意,

旁人要干涉宁死也不依。

王寿昌明天就要把我娶,

赵柱儿　（唱）去找乡长来处理。

刘巧儿　（唱）最好是你赶快把我接出去,

也免得事变卦后悔来不及。

赵柱儿　好!

〔栓子、锁儿走了过来。

栓　子　（唱）只顾你们小两口把情话叙,

锁　儿　（唱）不知道我俩多么着急。

刘巧儿　（唱）羞羞答答急忙躲避,（羞下）

赵柱儿　（唱）这件事情真是问题。

〔李大婶上。

李大婶　巧儿哪儿去了?

栓　子　我俩一露面就把她羞跑了。

李大婶　谁叫你们搅和来着,那么明天的事怎么办呢?

赵柱儿　是呀,刚提到王寿昌,这俩冒失鬼就把巧儿给脿跑了。

李大婶　柱儿呀!（唱）

既然你两人都乐意,

这件事不能再迟疑。

明天我就到巧儿家里去,

去找那老酒鬼讲讲道理。

〔变工队员上。

男队员 （唱）你一言来我一语，

　　　　　都替巧儿抱委屈。

女队员 （唱）咱们见着老东西的面，

　　　　　抽他筋来剥他的皮！

〔赵金才上。

赵金才 （唱）乡长说刘彦贵要把巧儿卖，

　　　　　不由得赵金才把脸气白。

　　　　　似这样欺负人谁能忍耐，

　　　　　这一次我定要给他个厉害！

　　　　　巧儿在哪儿哪？巧儿在哪儿哪？

李大婶 我刚才回来，她就走了。你怎么知道她在这儿？

赵金才 我听乡长说的。刘彦贵太不是东西了，竟敢卖起女儿来了！不揍

　　　　他一顿，简直出不了这口气！

李大婶 巧儿跟我说，明天王寿昌就要娶她，那怎么办哪？

赵柱儿 巧儿说，最好赶快想法子先把她救出来。

赵金才 她大婶，巧儿这次怎么会愿意跟我们柱儿？

李大婶 她在上次劳模会上就看上柱儿。今天见了面，就叫我跟柱儿提了。

赵金才 柱儿你怎么样？

栓　子 他早乐意了，小两口连亲都订了。

赵金才 既然你俩愿意，今儿个晚上，我上巧儿家去，我说什么也得把巧

　　　　儿救出来。

锁　儿 对！

李大婶 老大哥，那可不行啊，还是先找乡长商量商量吧！你这个火性脾

　　　　气，半夜三更地跑到刘家去，闯出祸来，那可怎么办呢？

赵金才 唉，你放心吧！（唱）

　　　　　巧儿柱儿有感情，

　　　　　我前去救她能成功。

　　　　　刘彦贵敢把巧儿卖，

　　　　　不把他揍蒙我的气不平！

　　　　走，锁儿、栓子、石头跟我准备准备去。（下）

锁　儿　走，走！

〔锁儿、栓子、石头要走，被赵柱儿阻止。

李大婶　哎，他大叔，赵大叔！你先别着急，咱们再商量商量！咳，这么大岁数，怎么还是炮筒子脾气呀！

赵柱儿　李大婶，您先劝劝他去。（向众人）咱们先把地里的活儿收拾完了再说不行吗？

众　人　对，收拾完了再说。

〔幕落。

第八场

〔前场的当天晚上。

〔刘彦贵家外边的路上。

〔二道幕前。刘彦贵上。

刘彦贵　（唱）心神不定朝前走，

　　　　　　　越想越觉得不对头。

慢着！今儿巧儿回来，一句话不说，不知道她心里存着什么主意。明天就要出门子了，我还是小心为妙。正是：（念）

　　　　　　　为当财主老丈人，

　　　　　　　费尽老刘一片心。

　　　　　　　千万今晚别出事，

　　　　　　　小心谨慎我得早关门。（下）

〔暗转。

第九场

〔同前场。

〔村外大路上。

〔二道幕前。赵金才手拿灯笼上。

赵金才　栓子、锁儿、石头，走啊！

〔栓子、锁儿、石头上。

赵金才 （唱）黑夜之间出了村，

锁　儿 （唱）一路奔跑脚步轻。

赵金才 （唱）进村之后要谨慎，

栓　子 （唱）莫要惊动众乡亲。

〔众人下。老胡上。

老　胡 （唱）忽听门外有人声，

　　　　　　有几个人影看不清。

　　　　　　赵老汉拿着灯一个，

　　　　　　半夜出来为何情？

三更半夜的，赵金才这伙儿人，这是上哪儿去呀？噢，听说赵老汉跟刘彦贵为儿女亲事闹过别扭，别是找碴打架去了吧。不行，我得去找乡长去。（唱）

　　　　　　边区里的老百姓，

　　　　　　维持地方有责任。

　　　　　　事到跟前不过问，

　　　　　　闹出人命事不轻。（下）

〔暗转。

第十场

〔二道幕启。

〔刘彦贵的家，露出房一角，窗上有灯光。

〔刘彦贵内声："巧儿，天不早了，该睡了！明天你还得早起哪。"

〔赵金才领锁儿、栓子、石头同上。

赵金才 来，来，到了，就是这家。

栓　子 小心有狗。

锁　儿 不要紧，我带着馒头哪，有狗我就扔给它一个。

赵金才 锁子，你跳进去，把门开开。

〔锁儿跳墙，开门，众人进院内。

赵金才 （向石头）你瞧着人！栓子，你到窗户下叫巧儿出来！

栓　子 （走到窗下）巧儿，巧儿！

〔刘巧儿内声："谁呀？"

栓　子　我是栓子，是李大婶叫我来的。

〔刘巧儿内声："李大婶叫你来干什么呀？"

栓　子　怕你明天叫王寿昌给娶了去，我跟赵大叔来接你到李大婶家去。

〔刘巧儿内声："好，我收拾收拾就来。"

〔刘彦贵内声："巧儿，你跟谁说话啦？"

栓　子　快走！

〔刘巧儿拿包袱上。

赵金才　快走吧！

〔栓子、石头拉刘巧儿下。刘彦贵上。

刘彦贵　那是谁？啊？啊？你们抢人？来人啦！

〔刘彦贵扯住赵金才，二人厮打。锁儿推倒刘彦贵，拉赵金才下。

刘彦贵　哎哟，打死人喽！

〔乡长、老胡同上，见刘彦贵在地上挣扎。

老　胡　咦？老刘？

乡　长　（扶起刘彦贵）刘彦贵，你这是怎么啦？

刘彦贵　乡长，你来得好，咱们村里闹出人命啦。

乡　长　怎么回事？你慢慢说。

刘彦贵　（夸大其词地）赵金才那个老混蛋，带着一伙儿人前来抢亲。他把我老头子按在地上拳打脚踢，差点儿没打死。乡长，快把我闺女追回来！我拿菜刀去。

乡　长　刘彦贵，赵金才不对，咱们批评他！有事咱们好好商量着办。

刘彦贵　（不满意，气势汹汹地）乡长，你是给公家办事的，心眼儿可得搁在当中，你看我叫人打了个半死，你还护持他。你不把巧儿给我追回来，我就碰死在你这儿！（故作要撞的姿态）

老　胡　你这是做什么？乡长又没得罪你。

刘彦贵　（耍赖不过，变了口气）好，你们不管就算了，我到政府告他去！这还了得，简直成了土匪了！

乡　长　打官司，你卖女儿就不犯法了？

老　胡　老刘，我看你们两家就结了亲吧。他们小两口又都乐意，够多好啊！你说老赵打了你两下，我看叫他当着众人给你赔个礼也就是了。

刘彦贵 哼，我看你说的倒比唱的还好听！谁跟他结亲？他给老子来了这么一手，这亲事越发做不成了！我要不到政府告他去，我刘彦贵就不是人养的！（下）

老　胡 老刘、老刘！这人真没办法！

乡　长 老胡，算了！让他告去吧。我看咱们要紧的还是多找些乡亲，了解了解情况，也好帮助政府解决这个问题。

老　胡 好吧。

乡　长 来，咱们把屋门替他锁上。（与老胡同下）

〔二道幕落。

第十一场

〔接前场。

〔县政府裁判员办公室。

〔二道幕启。石裁判员手拿一张状子上。

石裁判员 （唱）看状子不由人心中生气，

　　　　　　这一件抢亲案真是稀奇。

　　　　　　似这样胡乱行目无法纪，

　　　　　　简直是耍野蛮不讲道理。

　　　在边区居然会发生这样的事情，这简直是扰乱地方，目无法纪！张金魁！

〔张金魁内声："有。"

石裁判员 把刘彦贵叫进来。

〔张金魁内声："刘彦贵！"

〔刘彦贵上，见了石裁判员恭恭敬敬地一鞠躬。

石裁判员 你是刘彦贵？

刘彦贵 （力装恭顺有礼）是。

石裁判员 你把赵金才抢人的事情，从头到尾说一遍，不要害怕，咱们边区抗日民主政府是给老百姓办事的。

刘彦贵 裁判员，我可是个老实人，不会说话，你听我说——（唱）

　　　　　　　　　半夜三更天未明，

　　　　　　　　　赵金才跳墙开了门。

　　　　　　　　　几个强盗把门进，

　　　　　　　　　就在院里抢走人。

石裁判员　赵金才和抢亲的人拿什么武器？你们两个怎样打起来的？

刘彦贵　（唱）有的手拿棍和棒，

　　　　　　　　　别的家伙看不真。

　　　　　　　　　我刚出门来探望，

　　　　　　　　　一棍子打在我的身，

　　　　　　　　　脚又踢来拳又打，

　　　　　　　　　打得我浑身血淋淋。

石裁判员　手拿武器，抢人打人，真是违法乱纪！你们两家原来有什么仇恨吗？

刘彦贵　咳，全是我女儿不愿意跟他儿子结亲，他怀恨在心，就下了毒手。（唱）

　　　　　　　　　我女儿不愿意和柱儿结亲，

　　　　　　　　　区政府已经退了婚，

　　　　　　　　　谁想那赵金才心中怀恨，

　　　　　　　　　带邻居和亲友前来抢人。

石裁判员　前次在区上解除婚约是不是双方同意？办过手续没有？

刘彦贵　怎么没办过！赵金才亲自认可的，退婚证还在我身上装着哩。

石裁判员　让我查查。（查案卷）不错，既然同意退了婚，现在又以武力强迫成亲，这就是破坏政府婚姻自主的法令。

刘彦贵　对，简直跟土匪一样。（带哭腔）裁判员，我这么一辈子，就守着这一个女儿，我女儿要是有个三长两短，可就要了我的老命了。

石裁判员　你也不要难过，现在咱们边区抗日民主政府主张婚姻自主，绝不会让赵家把你女儿霸占去。（向外）张金魁，把赵金才叫进来！

　　〔张金魁内声："赵金才！"

　　〔赵金才上。

392　　**石裁判员**　你是赵金才吗？

赵金才 啊。

石裁判员 抢人的事是怎么一回事？

赵金才 （硬邦邦的态度）就是那么一回事。刘彦贵把我儿媳妇卖了，我就带着人又把她救回来了。

石裁判员 你知道，深更半夜，跳进别人家里打人，还抢了人家的女儿，是犯法的吗？

赵金才 打人是我的不对，刘巧儿她愿意做我家的儿媳妇怎么能算抢呢？

刘彦贵 赵金才，咱们可是散了亲的，你看，这是退婚证。我有一份，你也有一份，咱们是"有文不斗口"，你可不能胡赖。

赵金才 什么？这回是巧儿她愿意跟我们柱儿。过去的退婚证管什么用？

石裁判员 就是巧儿愿意，你也应该到政府来讲道理。你不来政府，半夜三更领着一伙儿人去抢，这不是违反法令吗？

赵金才 我没抢。

石裁判员 你没抢，干什么刘彦贵告你行抢呢？

赵金才 他狗嘴里还吐得出象牙来？他包办巧儿亲事，你们就不管吗？

石裁判员 （向刘彦贵）你是不是包办了巧儿的亲事？你老老实实地说。

刘彦贵 我的好裁判员！现在的女子都开通了，我包办管什么用？这都是他抢人理屈了，才编了这么一套瞎话。要是我包办巧儿的婚姻，叫天打雷击！

石裁判员 赵金才，过去解除婚约的时候你也同意了，你怎么又动武抢人呢？这是你亲手画的押，你自己看看。

赵金才 裁判员，你听着——（唱）

上次退亲事我承认，

这一次巧儿柱儿自己订亲。

刘彦贵贪财又把女儿卖，

因此我才去救人。

如果这样把案子判，

那老百姓谁还敢娶亲？

明明是刘彦贵把巧儿卖给王寿昌，你们就不管吗？

刘彦贵 （从旁煽动）咳！看，看，对裁判员说话，还是这个态度！（向石裁判员）你想想，抢人的时候，打我轻得了吗？

赵金才　（气势汹汹地）我打你，你没打我？哼，没把你的腿打瘸了就是
　　　　　便宜！（唱）

　　　　　　　　我打你来你也打了我，

　　　　　　　　光说一面之词与理不合。

　　　　　　　　你怎样贪图彩礼把女儿卖，

　　　　　　　　当着裁判员快把实话说。

石裁判员　（厉声制止）赵金才，你违犯了法令，犯了罪，怎么到了政
　　　　　府，还这么气势汹汹？

赵金才　我打了人是我不对，别的罪我没犯。他拿女儿做买卖，政府就不
　　　　办他吗？

石裁判员　他也有罪，不过比你轻。（一停）现在你们两个都不要吵，先
　　　　　到下边去，等我把柱儿、巧儿传来问明之后，再判决，你们先下
　　　　　去吧。

　　　　　〔刘彦贵、赵金才下。

石裁判员　（向外）张金魁，把赵柱儿叫来！

　　　　　〔张金魁内声："赵柱儿！"

　　　　　〔赵柱儿上。

石裁判员　你是赵柱儿吗？

赵柱儿　是。

石裁判员　你知道夜里去别人家抢人，还打了人，是违反政府法令的吗？

赵柱儿　你听我说！（唱）

　　　　　　　　我爹本是烈火性，

　　　　　　　　一听说卖巧儿怒气冲。

　　　　　　　　夜里救人他要去，

　　　　　　　　这件事我也不赞成。

　　　　　　　　好说歹说把他劝，

　　　　　　　　苦苦劝他他不听。

　　　　　　　　虽说打人犯法令，

　　　　　　　　全怪那刘彦贵卖他的亲生。

石裁判员　不管赵金才抢人这事你同意不同意，你们总是动武了，强迫巧
　　　　　儿，这在法律上是不允许的。

赵柱儿　怎么是强迫的，她愿意嫁给我嘛。

石裁判员　（摇头）她愿意？为什么你们过去还要退婚呢?

赵柱儿　（生气地）裁判员，上次那件亲事是父母包办的，当然应该退。这回是我们自己做主订的亲，你问问巧儿，要是她不愿意跟我，就算我强迫她，杀了我的头我也情愿。

石裁判员　好，你先下去。

　　　〔赵柱儿下。

石裁判员　（向外）张金魁，把刘巧儿叫来。

　　　〔张金魁内声："刘巧儿。"

　　　〔刘巧儿上。

石裁判员　你是刘巧儿呀?

刘巧儿　是。

石裁判员　你不是和赵柱儿退过亲吗? 怎么赵柱儿还口口声声说你愿意嫁给他呢?

刘巧儿　唉，裁判员！（唱）

　　　　　当初的婚姻是父母包办，

　　　　　因此我才跟他退了亲。

　　　　　这一次本是我们当面订，

　　　　　他愿意我愿意就应该结婚。

石裁判员　可是你是被抢来的，你要知道。

刘巧儿　（强硬地）不管是不是抢来的，反正我愿意嫁给他，他愿意娶我，就是裁判员也不能给我们断散。

石裁判员　就是你愿意了，这样的亲事我也不能批准，都这么抢起亲来，还成什么样子。你被抢之后住在哪里?

刘巧儿　怕我爹卖我，那天晚上就住在李大婶家里。

石裁判员　好，你还住在那儿，听候传讯，你先下去吧。（向外）张金魁，带赵金才、刘彦贵。

刘巧儿　裁判员，反正跟柱儿我是跟定了，裁判员你不能给我们断散！（下）

　　　〔张金魁内声："赵金才、刘彦贵！"

　　　〔刘彦贵、赵金才上。

石裁判员　听候宣判：赵金才，你深更半夜聚众抢人，判你监禁三个月。

刘彦贵出卖亲女，判你苦工三个月。赵柱儿、刘巧儿的婚约，过去既然早在区政府自愿退过婚，这次又用武力把人抢走，既不合法律手续，又违反政府法令，应归无效。要是人人都像你们这样子，那成了什么体统了。

赵金才 （急了，抗议）你这是怎么断的？巧儿愿意跟我们柱儿嘛！这怎么叫强迫的，判我监禁，我不服！

石裁判员 这还是从轻处理呢！至少巧儿，这种强迫成婚在法律上是不能批准的，你要是不同意，可以上诉，这也不是最后判决。（向刘彦贵）你有什么意见？

刘彦贵 我没什么意见。只要裁判员把我的巧儿断回来，你说怎么办，就怎么办。

〔张金魁手拿意见书上。

张金魁 裁判员，这是群众送来的意见书。

石裁判员 噢。（在桌上开条子）先把他俩带下去。

张金魁 是。（带赵金才、刘彦贵下）

石裁判员 嗯？……分明是赵家聚众抢亲，怎么这些群众纷纷写意见书，要求政府批准巧儿和柱儿结婚呢？这到底是怎么回事？

张金魁 裁判员，马专员来了。

石裁判员 马专员来了，那太好了。

〔马专员上。

马专员 石裁判员。

石裁判员 马专员您来了，路上辛苦了！

马专员 没什么，你们很忙吧。

石裁判员 忙倒不算怎么忙，就是李县长出去开会，我们这里发生了一件抢亲案，闹得满城风雨，很不好处理。

马专员 我就是为这件事跑来的，事情的经过怎么样呢？

石裁判员 其实，事情谈起来也很简单。刘巧儿和赵柱儿，从小由父母包办订了亲，后来双方同意，在区上又办了退婚手续。没想到，赵金才仗着人多，黑夜之间，打了刘彦贵，抢走刘巧儿，分明是强迫成亲，这样的做法，政府当然不能允许。可是部分群众，又写来意见书，要求政府批准巧儿和柱儿的婚姻。您说，这案子该怎么断才好？

马专员　你问过巧儿和柱儿本人的意见吗？（看意见书）

石裁判员　巧儿倒是一口咬定非跟赵柱儿不可，可是，要是政府批准他俩结婚，那不等于承认抢亲是合法的吗？所以，我宣布巧儿和柱儿的婚约无效了。

马专员　裁判员！（唱）

　　　　　　婚姻问题不一般，

　　　　　　终身大事非等闲。

　　　　　　本人的态度是关键，

　　　　　　怎么能够轻易宣判拆散姻缘。

石裁判员　那，您说该怎么办？

马专员　（唱）既然是群众纷纷提意见，

　　　　　　那我们就应该去到群众中间。

　　　　　　正面反面都听都看，

　　　　　　分析研究寻根求源。

　　　　　　经过调查再做判断，

　　　　　　才能够避免错判防止简单。

石裁判员　噢。

马专员　（唱）要牢记我党的群众路线，

　　　　　　相信群众依靠群众才能万全。

　　　　　　偏听偏信有偏见，

　　　　　　就容易简单武断犯主观。

　　　　　　这案件既然是轰动全县，

　　　　　　就应该发动群众广泛动员。

　　　　　　召开大会公开裁判——

石裁判员　什么？还要召开群众大会，公开裁判？

马专员　对！（接唱）

　　　　　　教育群众，把政策宣传。

石裁判员　那好吧！专员说怎么办就怎么办，明天咱们就到群众中去。

马专员　既然你同意这样做，那我们马上就到群众中去！

石裁判员　您一路辛苦，也该休息休息，再……

马专员　我们是人民的勤务员，应该及时解决群众的问题。这样，我马上
　　　　到赵庄去先找干部群众开开调查会！

石裁判员　那我到李庄去。

马专员　好！我们分头调查，然后一块儿分析研究！

　　　　〔马专员、石裁判员下。

　　　　〔二道幕落。

第十二场

　　　　〔前场后一两天。

　　　　〔村头和老胡家。

　　　　〔二道幕前。

　　　　〔栓子、锁儿上。

栓　子　（唱）听说来了马专员，

锁　儿　（唱）百姓人人心喜欢。

栓　子　（唱）但愿案子重新审判，

锁　儿　（唱）巧儿柱儿得团圆。

　　　　〔老马上。

锁　儿　老马大叔，你怎么这么闲在呀？

老　马　麦子割完了，刚吃完饭，出来转转。

锁　儿　你没听说呀？

老　马　听说什么？

栓　子　马专员上咱们村来了。

老　马　什么马专员来了？

锁　儿　今天晚上到老胡家去。

老　马　找老胡干什么？

栓　子　为了巧儿和柱儿的事。

老　马　是吗？

锁　儿　我俩想去听听，看能不能把巧儿断给柱儿。我们柱儿哥，为了这
　　　　件事，整天无精打采，话都不想说。

老　马　那咱们一块儿去。马专员来了，我可得见见。

栓　子　走。

　　　　　〔二道幕启。

锁　儿　到了。大爷，大爷！

　　　　　〔老胡内声："谁呀？"上。

锁　儿　专员来了。

　　　　　〔马专员、李乡长同上。

老　胡　哟，专员来了，快进屋里坐下。乡长、老马、栓子，你们来了，里面坐、里面坐。（收拾地下的活儿，掏钱）锁儿，你到合作社买盒纸烟来，要好的。

马专员　不用买烟，我有这个。（掏出烟袋）

老　胡　专员，到我们这里来，又没个好招待。（推锁儿）快去，快去。

马专员　等一等，先不忙着去买烟。你看谁家和巧儿熟啊？找来一块儿谈谈。

老　胡　（和老马商量）找谁好？

栓　子　就找李大婶吧。

乡　长　好！

锁　儿　那我买完烟就去找李大婶。（下）

马专员　我们有个别干部，有时候处理问题可能犯主观，断案子不一定能使大家满意。我今天来，就是想把巧儿这件事情的前因后果弄清楚，咱们随便谈谈。

乡　长　专员，老百姓的眼睛是亮的，大家知道个一清二楚，你听我说！（唱）

　　　　　　　刘彦贵做事实可恨，

　　　　　　　贪图彩礼太狠心。

　　　　　　　勾结媒婆卖亲女，

　　　　　　　把巧儿卖进地主门。

栓　子　这里面是王寿昌那个老家伙出的坏，刘媒婆给跑的腿。

　　　　　〔锁儿、李大婶、小香上。

锁　儿　大婶，快点走啊。

栓　子　咳，小香。你干什么来啦？

小　香　你管哪！不许我们来吗？

李大婶	这虽是巧儿和柱儿的事，大家都很关心，所以小香和妞子都想来听听。专员，您好啊！
老　胡	快坐下，快坐下！抽烟，抽烟！专员，抽这个。（递上香烟）
马专员	一样嘛。
老　胡	抽吧。
马专员	当初刘家和赵家怎么退的亲呢？
栓　子	这事李大婶知道，叫李大婶说吧。
李大婶	专员，这事我倒知道。（唱）

　　　　他们两人自幼儿订下亲，

　　　　巧儿她反对包办才退了婚。

　　　　刘彦贵做事太可恨，

　　　　贪图彩礼把巧儿卖给旁人。

老　胡　老醉鬼，一下子就钻在钱眼里，把巧儿卖给老财王寿昌了。专员，您听我说——（唱）

　　　　财主从中暗捣乱，

　　　　媒婆穿针两头瞒。

　　　　醉鬼财迷心窍变，

　　　　哪管巧儿受艰难。

锁　儿　专员，王寿昌这老家伙，他上面是这个（做抽大烟状），下面是这个（做拐腿状）。

乡　长　别乱说。

栓　子　那还不说他。专员，这个老家伙，心眼儿可坏透了。以前对我们租户大斗进、小斗出，可叫他把人害苦了。

李大婶　专员，你想想，巧儿怎么愿意跟这样的人呢？（唱）

　　　　王寿昌今年四十八，

　　　　毛扎扎的胡子一大揸。

　　　　巧儿今年十九岁，

　　　　青春少女一枝花。

　　　　巧儿她要把王寿昌嫁，

　　　　好比那粪上插鲜花。

400　　她的爹贪财心毒辣，

这事难坏巧儿她。

马专员　那么，后来怎么又发生了抢人的事呢？巧儿的态度怎么样？

李大婶　这事也是凑巧，那天正赶上柱儿领着变工队来我家锄草，这样他俩在地里见着面啦。

栓　子　巧儿在劳模会上见过柱儿，柱儿早就听说巧儿劳动好，小两口一见面就中了意。巧儿说，我死也要嫁给他。

〔众人笑。

老　马　那是当然喽。人嘛，好吃懒做，流里流气，谁不讨厌！像柱儿年轻力壮，又精明又能干，他和巧儿配成对，可正是金娃配银娃，西葫芦配南瓜，再好也没有了！

锁　儿　（调皮地）不怕不识货，就怕货比货！

马专员　巧儿跟柱儿，两个人感情怎么样？

栓　子　可好着哪！（唱）

　　　　柱儿本是好劳动，

　　　　巧儿纺线也出名。

锁　儿　（唱）男耕女织同劳动，

　　　　牛郎配了个织女星。

栓　子　（唱）无情的天河中间隔，

　　　　小两口相恩爱不能相逢。

乡　长　专员！（唱）

　　　　刘彦贵不该卖亲女！

老　胡　（唱）赵金才打人也理屈。

李大婶　（唱）老子不对该处理，

　　　　不该拆散小夫妻。

　　　　裁判员断案我们不同意，

　　　　老百姓个个气不息。

　　　　意见书写了十几张，

　　　　要求专员重新处理。

小　香　（唱）要支持刘巧儿婚姻胜利，

　　　　这件事跟妇女全有关系。

　　　　请专员要慎重多加考虑，

让他们成一对美满夫妻。

马专员　根据刚才大家说的，巧儿跟柱儿上次退婚是经双方同意的。后来巧儿见着柱儿之后，两个人订亲也是出于双方自愿？

众　人　对啦！

马专员　妇女主任，你要注意这个问题，父母给女儿订亲是不合理的，这样的婚姻当然应该退。因为父母包办的婚姻，夫妻之间的感情是不会美满的。要想使婚姻美满，首先就要婚姻自主。这一次，巧儿跟柱儿是自己订的亲，这才是婚姻自主。另外，还要告诉大家，不要认为巧儿这次见了柱儿也喜欢，就觉得父母给订的亲碰巧了也有好的，就认为用不着反对父母包办自己的婚姻，那就错了。

李大婶　这话我早就跟她们说过了。

小　香　专员，您就放心吧。李大婶跟我们都提了，我们自己的婚姻大事，绝不叫别人包办，一定要争取婚姻自主。

马专员　好。今天有劳你们众位，我回去开个会讨论这个问题。

锁　儿　专员，你是专员嘛，你还做不了主？你说把巧儿该断给谁，就断给谁，还开会做什么呀？

马专员　（笑）现在是民主政权，希望大家多提意见，一块儿商议，这件事也不能只让我一个人做主。

栓　子　专员叫我们提意见，这个案子一定能断好。

老　马　对，有专员做主，你们还不放心？

马专员　你们在吧，我回去了。

　　　　〔众人送马专员、乡长出。

马专员　咱们明天再谈吧。巧儿住在哪儿？我还想和她本人谈谈。

李大婶　巧儿住在我家。

马专员　那明天我再找她去谈吧。

乡　长　明天我领您去。

　　　　〔马专员、乡长下。

老　胡　专员慢走。（向众人）哎，咱边区到底是民主政府，看咱们专员为了咱老百姓的事多辛苦，大热天还东跑西跑的，来向咱们调查。这要是旧社会呀，"个个衙门朝南开，有理无钱难进来"，谁有这么大的耐心管这些闲事？

老　马　（唱）民主政府为人民，

乡　长　（唱）处理问题费苦心。

众　人　（唱）但愿案子重新审，

　　　　　　　巧儿柱儿结成亲。

老　胡　你们都走啦？

众　人　咱们明天听信。（下）

老　胡　（自语）这件事有马专员出面就好办了。（下）

　　　　　〔二道幕落。

第十三场

　　　　　〔前场的第二天。

　　　　　〔桑园。

　　　　　〔二道幕启。一棵棵绿油油的桑树，后面衬着红色的晚霞，刘巧
　　　　　儿穿着一条浅蓝的围裙，提着一个小篮在采桑叶。

刘巧儿　（唱）巧儿我采桑叶来养蚕，

　　　　　　　蚕作茧儿把自己缠。

　　　　　　　恨我爹他不该把婚姻包办，

　　　　　　　怨只怨断案不公拆散了姻缘。

　　　　　　　那一日裁判员错断了案，

　　　　　　　为什么还不见政府来传？

　　　　　　　愁得我饭到口难往下咽，

　　　　　　　急得我睡梦里心神不安。

　　　　　　　众乡亲全怕我们夫妻离散，

　　　　　　　意见书十几张送给了专员。

　　　　　　　但愿得马专员按公而断——

　　　　　〔乡长、马专员上。

乡　长　（接唱）巧儿采桑在那边。

　　　　　巧儿，马专员来啦！

刘巧儿　专员，我爹爹可把我害苦了！（唱）

我日日夜夜把您盼，

见了您好似拨云见青天。

裁判员断案我不服判，

因此上求专员来成全。

乡　长　巧儿，有什么话，你就跟马专员说吧。

马专员　巧儿，我来了。你有什么话，就痛痛快快说吧。

刘巧儿　专员哪，我爹可把我给害苦了。（唱）

我的爹，他不该包办婚姻，

狠心肠图钱财无有人情。

我跟柱儿从小把亲订，

因此上我才跟他退了婚。

马专员　现在你为什么又要嫁给赵柱儿呢？

刘巧儿　（唱）我爱他身强力壮能劳动，

我爱他下地生产真是有本领。

我爱他能写能算他的文化好，

回家来他能给我做先生。

我爱他会说爱笑会歌唱，

他要是唱起歌来呀，大人小孩全都爱听。

我爱他来他也爱我，

我们两个相爱不愿离分。

马专员您可不能够给我们断散，

您若是断散了那可不行。

马专员　巧儿，这婚姻大事可不是闹着玩的，你可要多考虑考虑。

刘巧儿　（痛苦地，唱）

我这三番四次表过心，

为什么马专员还是不认真。

我暗地里怨来暗地恨，

为什么退了婚再不能成亲？

我对专员再发誓愿，

巧儿我至死不嫁旁人。

　　　　专员，我话也说尽了，反正无论如何不能给我们断散了。

马专员　你刚才说的话都是真心话吗？

刘巧儿　都是真的，一句也没撒谎。

马专员　要是当着大伙儿你也这么说吗？

刘巧儿　再有多少人我也敢这样说。

马专员　不会反悔吗？

刘巧儿　就是死了也不变心。

马专员　（愉快地）好，我们今天就谈到这里吧。

刘巧儿　专员，我跟您把话全说了，您倒是给我个回话呀！

马专员　不要着急，到时候我会告诉你！

刘巧儿　您今儿告诉我行不行？

马专员　明天开个群众大会，开会的时候，我会派人来叫你的。（下）

刘巧儿　（叹了一口气，唱）

盼星星、盼月亮，盼来了马专员，

为什么他不信我的肺腑之言。

莫不是退了婚哪难以美满，

莫不是打了人哪再不能够团圆；

莫不是意见书他还未见，

莫不是怕对不起呀糊涂的裁判员？

莫不是我的爹他暗地里捣乱，

噢，莫不是怕邻居们说些个闲言？

左也思右也想啊难遂心愿，

我只得耐着性儿等到明天。（下）

〔二道幕落。

第十四场

〔前场的第二天。

〔乡政府的院落。

〔二道幕启。乡长和栓子、锁儿等正匆匆地搬着凳子，布置会场。

栓　子　乡长，今天开会，人准少不了吧？

乡　长　那可不是。

405

〔老胡上。

老　胡　哎，乡长，我来搬吧。

乡　长　行了，行了。

栓　子　锁儿，别聊了，快帮忙搬搬凳子。

锁　儿　好。（搬凳子）没有了吧？

栓　子　够了吧？

乡　长　够了，差不多了。

〔老马上。

老　马　乡长。

乡　长　老马，你早来了。

老　胡　专员来了吗？

乡　长　早来了，在屋里等着哪。

〔李大婶同长青婆上。

老　胡
乡　长　妇女主任、长青大妈都来啦！

李大婶
长青婆　来啦！你们早来啦。

锁　儿　哟，长青大妈也来啦！

长青婆　你小猴崽子能来，我就不能来吗？

李大婶　这是咱们老百姓的事，大家都想听听专员断案子呢。

〔刘媒婆上。

刘媒婆　哟，什么事这么吱吱喳喳的，真热闹啊！好像三月八娘娘庙赶会
　　　　似的。咦，妇女主任和长青婆你们都来啦？

李大婶　哼！（厌恶地不理刘媒婆）

刘媒婆　（拉着栓子）喂，栓子你过来，我问问你：专员今天真的要来吗？

栓　子　怎么不来呀？咱们专员又不拿架子。

刘媒婆　哟，这可是一件大事，我还没看见过专员是什么样儿呢，你瞧我
　　　　把这件新衣服都穿来了。

锁　儿　哼，老妖精！

〔刘媒婆追着锁儿跑，众人大笑。王寿昌上，大家都不理他。

　王寿昌　刘妈妈也来啦？

刘媒婆　嗷，王财东你来得早啊，快到这边坐吧。

王寿昌　好好，你也坐下。

〔群众上，互相招呼。赵金才上，众人热烈招呼。刘彦贵上，众人冷冷地对他。马专员、石裁判员上。

乡　长　专员来了，专员来了！

〔众人热烈地鼓掌欢迎。

乡　长　专员，这里坐。

石裁判员　（向乡长）人都来齐了吗？咱们开会吧。

乡　长　齐了。老乡们听说专员亲自来审案子，都要来听听！

石裁判员　好，大家讨论，现在就开会吧。

乡　长　（大声地）乡亲们安静一点儿，听裁判员讲话。

石裁判员　赵金才，你可以坐到这儿来。乡亲们，今天我们开个群众大会来处理赵、刘两家的婚姻纠纷。这个案子经过专员调查研究，在专员指示下，要重新断得公平合理。今天这个会是群众大会，谁有意见，都可以发表。刘彦贵、赵金才，有意见可以说。

刘彦贵　专员，您听我说——（唱）

　　　　尊声专员您听真，

　　　　赵金才做事太欺人。

　　　　深更半夜把人抢，

　　　　抢去我的女儿罪不轻。

　　　　裁判员罚他他不服判，

　　　　判他五年才算公平。

赵金才　（唱）黑夜打人我不该，

　　　　只为你嫌贫爱富贪钱财。

　　　　谁不说你的心眼坏，

　　　　竟拿女儿做买卖。

栓　子　（唱）你这醉鬼没理性，

　　　　前后包办她婚姻。

　　　　贪财卖女无情分，

　　　　你脸比城墙厚几分。

刘媒婆　（唱）你这小猴崽子少主见，

　　　　　　　今天会上少发言。

　　　　　　　巧儿不爱穷光蛋，

　　　　　　　嫁给王家有吃穿。

　　　　　　　这件事情她情愿，

　　　　　　　与你有的什么相干？

李大婶　（唱）谁说巧儿愿意嫁给他，

　　　　　　　都是你胡言乱语瞎喳喳。

　　　　　　　你们大家看看他，（指王寿昌）

　　　　　　　今年已经四十八。

　　　　　　　好吃懒做不务正，

　　　　　　　腿又瘸来脸又麻。（指刘媒婆）

　　　　　　　你巴结财主真不假，

　　　　　　　勾结醉鬼欺骗了巧儿她。

　　　　　　　颠倒是非把财主捧，

　　　　　　　今天会上你少把言发。

刘彦贵　（唱）媒婆说话并不差，

　　　　　　　柱儿从小是个傻瓜。

　　　　　　　不会写来不会算，

　　　　　　　呆头呆脑不懂啥。

　　　　　　　巧儿不愿嫁给他，

　　　　　　　就嫌他光会种地务庄稼。

李大婶　你说巧儿不愿嫁给他？好，你等着，我把巧儿找来跟你对证对证！（下）

赵金才　你说我们柱儿傻？柱儿，你过来！

栓　子　柱儿哥，过来！（对刘彦贵）你看看他哪一点傻？

赵柱儿　（唱）小看劳动才是傻，

　　　　　　　不种庄稼吃什么？

栓　子　（唱）柱儿本是好劳动，

　　　　　　　变工队内人人夸。

　妞　子　（唱）巧儿纺线真不假，

这对婚姻好配搭。

王寿昌　（数板）众位听我说句话，

娶媳妇的道理我全背下。

奉送彩礼老规矩，

这件事情我可没做差。

所有的彩礼和绸纱，

刘彦贵他可全收下。

前世的姻缘早已定，

巧儿应该断与咱。

老　胡　（唱）什么叫前世姻缘早有定？

王寿昌说话理不通。

封建迷信要打倒，

捆人的绳子埋人的坑。

锁　儿　王寿昌，你还要脸不要？仗着你有钱，就想买人哪？

栓　子　看把你美得什么相！

长青婆　癞蛤蟆想吃天鹅肉！

刘媒婆　狗拿耗子多管闲事！

刘彦贵　（唱）儿女的亲事由爹妈，

哪容旁人乱把话搭。

巧儿与王家把亲订，

有婚有证我当家。

众　人　（唱）刘彦贵封建脑筋实可恨，

贪图彩礼卖女娃。

反对拿儿女做买卖，

打倒包办婚姻的老章法。

石裁判员　乡亲们！（唱）

乡亲们讲得句句真，

婚姻自主靠本人。

快把巧儿叫来问，

众人面前说原因。

众　人　巧儿怎么还不来呀？

妞　子　巧儿来啦！

众　人　巧儿来啦，巧儿来啦！

　　　　〔刘巧儿随李大婶上。

李大婶　巧儿，这婚姻大事可不能害臊！俗话说得好：收不下好庄稼一季
　　　　子，嫁不着好丈夫一辈子。你自己可得拿定主意呀！

众妇女　（唱）巧儿呀，巧儿呀，
　　　　　　　　咱们都是女儿家。
　　　　　　　　过去的苦处受得够，
　　　　　　　　生死婚姻自己不能当家。
　　　　　　　　如今妇女解放了，
　　　　　　　　铲除封建靠大家。
　　　　　　　　谁要把婚姻自主来侵犯，
　　　　　　　　坚决斗争反对他。

刘巧儿　（唱）姐妹说话我听真，
　　　　　　　句句金石记在心。
　　　　　　　婚姻自主要争取，
　　　　　　　自己事怎能够靠别人。
　　　　　　　我爹他贪财卖女心肠狠！

众　人　（唱）要求政府来处分。

刘巧儿　（唱）回身我再把王寿昌叫，
　　　　　　　你本是封建的老祸根，
　　　　　　　把妇女不当人随便买卖，
　　　　　　　多少人葬送在强迫婚姻。
　　　　　　　这样的人就该受政府审判！

众　人　（唱）铲除掉封建根莫要放松。

刘巧儿　（唱）刘媒婆东撞西骗害妇女，

众　人　（唱）彻底改造做新人。

刘巧儿　（唱）我跟柱儿两情愿，
　　　　　　　他愿意我喜欢义重情深。
　　　　　　　赵柱儿，劳动好，
　　　　　　　我坚决要跟他配成婚姻。

赵柱儿 （唱）男女都要齐劳动，

　　　　　　巧儿说的是真情。

　　　　　　她不再把旁人嫁，

　　　　　　没有巧儿我不成亲。

马专员 乡亲们，今天根据大家的意见，要重新裁判。（向石裁判员）请
　　　你裁判吧。

石裁判员 （唱）赵金才不该把人打，

　　　　　　　旁人解劝你不听。

　　　　　　　深刻检讨去反省，

　　　　　　　以后做事要慎重。

　　　　　　　刘彦贵出卖亲生女，

　　　　　　　贪图钱财太狠心。

　　　　　　　劳动当中去改造，

　　　　　　　所收彩礼要完全退清。

　　　　　　　王寿昌不该把人买，

　　　　　　　狠心拆散好婚姻。

　　　　　　　彩礼没收归公用，

　　　　　　　罪恶查明再定刑。

　　　　　　　媒婆素日不劳动，

　　　　　　　乡长督促她去务农。

　　　　　　　巧儿柱儿两情愿，

　　　　　　　自然应该把亲成。

　　　　　　　婚后男女去劳动，

　　　　　　　做一对模范夫妻劳动英雄。

　　　　　　　这样裁判对不对？

　　　　　　　大家赞成不赞成？

众　人 （唱）公平公平实公平，

　　　　　　大家赞成都赞成！

马专员 巧儿、柱儿，我祝你们婚姻美满，斗争胜利！

众　人 （唱）对对对，祝你们成一对模范夫妻，

　　　　　　男和女齐劳动努力学习。

婚姻事要自主靠自己争取，

新社会新妇女不受人欺。

巧儿和柱儿斗争得胜利，

要感谢共产党，

感谢毛主席！

〔幕落。

——剧　终

《刘巧儿》根据袁静剧本《刘巧告状》和韩起祥说书《刘巧团圆》改编，1950年初由凤鸣社首演。集体改编，王雁执笔。首演者有新凤霞、张德福、赵丽蓉等，为新凤霞的代表剧目，并由她演出拍成电影戏曲片。

作者简介

王　雁　（1924—2016），男，戏曲编导。代表作品有《赵氏孤儿》《秦香莲》《年年有余》《楚宫恨》《赤桑镇》《大红袍》《海瑞罢官》《望江亭》《珍妃》《秋瑾》《碧波仙子》《文姬归汉》《党的女儿》《草原烽火》《画龙点睛》等，评剧《刘巧儿》获文化部剧本奖（1960年），评剧《张羽煮海》获第一届全国戏曲观摩导演奖（1955年）。

将相和

翁偶虹　王颉竹

人　物　秦王，胡伤，魏冉，白起，公子悝，公子市，王龁，蒙敖，司马
　　　　梗，司马错，赵王，赵胜，缪贤，虞卿，李克，业旦，傅豹，廉
　　　　颇，蔺相如，李牧，贾凌，郭盛，李诚，傅让，酒保，秦国大太
　　　　监，太监，赵国大太监，太监，秦国将官、校尉、长枪手、守城
　　　　吏，赵国将官、大刀手、马童、中军，齐国使臣，楚国使臣，燕
　　　　国使臣，魏国使臣，家院、车夫、门官。

第一场

〔幕启。

〔四将持兵刃随四大纛"急急风"上。

〔"朝天子"。四秦兵、四太监、魏冉、白起、公子悝、公子市、
王龁、蒙敖、司马梗、司马错、秦王上。

秦　王　（唱【粉蝶儿】）

　　　　　　将勇兵强，

　　　　　　列国中俺为长，

　　　　　　谁敢反抗。

　　　　（念）为臣不易为君难，

　　　　　　张仪幸而入函关。

　　　　　　六国合纵今已破，

　　　　　　只须兵马出岐山。

　　　　孤，秦王嬴稷。承兄基业，国富兵强，有吞并六国之意。为此操
　　　　练人马，待机而动。我也曾命胡伤打探六国消息，未见回报。

　　　　〔胡伤内声："走啊！"上。

胡　伤　胡伤见驾。大王千岁！

秦　王　平身。

胡　伤　千千岁。

　秦　王　命你打探六国消息，怎么样了？

胡 伤	启奏大王，今有赵国，命廉颇为将，东破齐邦，军威大振。
秦 王	哦！那赵邦如此猖狂，哪里容得！待孤统领兵将一战灭赵。
魏 冉	且慢！廉颇英勇，不可妄动刀兵；且试赵国强弱，再做定夺。
秦 王	卿家有何妙策？
魏 冉	臣闻赵国得了和氏之璧，可命胡伤呈递国书，以十五连城，换取此璧。
秦 王	小小璧玉，怎值十五连城？
魏 冉	诓璧是真，换城是假。赵若献璧，乃惧怕我邦，不难臣服；若是不献，再去征讨，方算出师有名。
秦 王	此计甚好。胡伤，命你去至赵邦，呈递国书，以十五连城换取和氏之璧。
胡 伤	遵旨。（下）
秦 王	众卿。
众 人	臣在。
秦 王	想俺西秦，威震列国，小小赵邦，不敢抗命也。

〔起牌子。众人下。

〔幕落。

第二场

〔幕启。

〔傅豹、赵胜、李克、缪贤、业旦、虞卿同上。

众 人	（念【点绛唇】） 平分三晋， 韩魏无能， 辅贤君，独挡西秦， 各把才能尽。
赵 胜	平原君赵胜。
缪 贤	宦者令缪贤。
业 旦	上卿业旦。
虞 卿	上大夫虞卿。

傅 豹		大司马傅豹。
李 克		下大夫李克。
缪 贤		众位大人请了！
众 人		请了！
缪 贤		今有上将军廉颇征战齐邦，得胜还朝。少时大王登殿，你我把本启奏。
众 人		就依公公，分班伺候。

〔【小开门】。四太监、大太监、赵王上。

赵　王　（引）七国争雄，干戈动，戎马不宁。

众　人　臣等见驾大王千岁。

赵　王　平身。

众　人　千千岁。

赵　王　（念）坐居邯郸瞰平原，

　　　　　　　齐燕赵魏紧相连。

　　　　　　　虎狼之秦常为患，

　　　　　　　暗图六国不得安。

　　　　孤，赵王。上将军廉颇，东战齐邦，未见捷报。众卿有本早奏。

缪　贤　启大王，今有上将军廉颇，征战齐邦，得胜还朝，兵马离都门不远。

赵　王　老将军又获全胜，孤当迎接郊外。众卿随孤前往。

缪　贤
众　人　　遵旨。

〔吹打。众人同下。

〔幕落。

第三场

〔过场。

〔吹打"急急风"。八耀武旗、四将、大纛上。马童翻上，廉颇上。

廉　颇　哈哈，哈哈，啊哈哈哈……

　　　　　〔众人同下。

第四场

〔幕启。

〔吹打。赵王等人返上。廉颇等上。

赵　王　老将军！吃杯得胜酒。

〔赵王赐酒，廉颇下马摘剑谢酒。

赵　王　随孤来呀！哈哈……（挽廉颇手）

众　人　老将军。

〔众人同下。

〔赵王等人、廉颇上，入座。

廉　颇　老臣有何德能，敢劳大王迎接郊外！

赵　王　老将军功高盖世，孤理当如此。

廉　颇　折煞老臣了！

赵　王　内侍，吩咐偏殿设筵，与老将军贺功。

廉　颇　谢大王！

赵　王　众卿陪宴。

众　人　臣等陪宴。

赵　王　摆驾偏殿。

〔吹打。众人同下。

〔赵王内声："老将军请饮。"

〔廉颇内声："大王请。"

〔【江儿水】。

〔赵王内声："众卿再饮一杯。"

〔众人内声："臣等酒已够了。"

〔赵王内声："众卿各自回府。"

〔众人内声："请驾还宫。"

〔【江儿水】合头。廉颇、缪贤等人同上。

缪　贤　老将军，此番征战齐邦，得胜还朝，真是可喜可贺！我有意奉请
　　　　老将军与列位大人明日到舍下畅饮一番，不知可肯赏光吗？

廉　颇　打搅不当。

缪　贤　如此，列位大人、老将军，明日千万请早到。

众　人　请！

〔众人同下。

〔幕落。

第五场

〔幕启。

〔蔺相如内咳，上。

蔺相如　（念）胸怀策略身何羡，

腹有诗书气自华。

卑人蔺相如，在缪贤大人府下做客。咳，想我胸怀大志，屈居人下，腹有良谋，未得国用。只得暂忍一时，待机而动。适才闻得主人宴客，不免廊下伺候。

〔笛子【小开门】。缪贤上。

蔺相如　参见大人。

缪　贤　罢了！你看，时候不早了，怎么还不来呢？

蔺相如　想必就来。

缪　贤　在此伺候着。

〔门官暗上。

〔傅豹、虞卿、业旦、李克、赵胜、廉颇等上，同进内。

缪　贤　老将军！老将军请来上座罢。

廉　颇　不敢，列公请来上座。

众　人　不敢，老将军请来上座。

缪　贤　老将军何必这么客气呢！

廉　颇　如此，有僭了。

缪　贤　理当啊！

廉　颇　看酒来，待俺与列公把盏。

众　人　这就不敢。

缪　贤　请坐吧！

　众　人　请！

〔细吹打。众人入座。蔺相如暗下。

缪　贤　（敬酒）列位大人请！

众　人　请！

　　　　〔【园林好】。

缪　贤　老将军，此番征战齐邦，得胜还朝，真是可喜可贺。何不将战场
　　　　功绩，述说一遍，我等洗耳恭听。

众　人　是啊，我等洗耳恭听。

廉　颇　列公不嫌絮烦，待某叙说一遍哪！（离座，边唱边舞，唱【油
　　　　葫芦】）

　　　　　　恁说什么征战边塞把兵排，

　　　　　　列旌旗，展雄才。

　　　　　　俺兀的不是太平时受用毛锥客，

　　　　　　我也曾挽戈环甲开边塞。

　　　　　　怎知有那风云呼吁真厉害，

　　　　　　今日个端的奏凯来！

　　　　　　今日个八方泰，

　　　　　　恁大将军巍巍虎威可也如天大！

众　人　啊！

廉　颇　（接唱）这虎儿，这威儿，

　　　　　　有谁人与恁敢浪揣！

众　人　请！

　　　　〔门官上。

门　官　启大人，圣旨下。

众　人　一同接旨。

　　　　〔门官下。大太监捧旨上。

大太监　圣旨下，跪！今有秦使胡伤，呈递国书，要以十五连城，换取我
　　　　国和氏之璧。大王有旨，请诸位大人上殿议事。

众　人　遵旨！

　　　　〔大太监下。蔺相如暗上。

廉　颇　众位大人！想那秦王，以十五连城换取和氏之璧，分明是诈。待
　　　　俺启奏大王，统领人马出击咸阳。

虞　卿	且慢！啊，老将军！我国征战齐邦，奏凯方回，兵将多有疲劳；若与敌交战，恐难取胜。老将军三思！
廉　颇	难道说这和氏之璧，就白白地送与秦邦？
众　人	这……
廉　颇	白白地送与秦邦不成？
众　人	这个……
蔺相如	啊，列位大人，我有一言，不知当讲不当讲？
众　人	你且讲来。
蔺相如	列位大人，为今之计，莫若差一智勇双全之人，捧璧入秦。秦若交出十五连城，将玉璧留秦；倘若有诈，护璧而回。使那秦邦狡计不得其逞，也叫他知我赵国有人。列位以为如何？
虞　卿	此言虽是，虎狼之秦，哪个敢往？
蔺相如	相如不才，情愿捧璧前往。
廉　颇	你是何人，出此狂言？
蔺相如	舍人蔺相如。
廉　颇	什么？
缪　贤	啊，老将军，这是我府中的舍人，名唤蔺相如。
廉　颇	啊哈哈哈……小小的舍人，焉能担此国家大事？岂不是狂言，狂言哪！
蔺相如	啊，老将军，岂不知十步之内，必有芳草。
廉　颇	嘿嘿，原来是个书呆子呀！
虞　卿	大家不必多论，见了大王，再做商议。
廉　颇	一同上殿！
众　人	请。
	〔众人同下。
缪　贤	蔺相如，捧璧入秦，可有性命之忧啊。你有这个胆子吗？
蔺相如	卑人赤心报国，生死置之度外，何言"胆量"二字？
缪　贤	那么，你就随我上朝，若有机会，待咱家保举于你。
蔺相如	谢大人！
缪　贤	随咱家来。
	〔蔺相如与缪贤同下。

〔幕落。

第六场

〔幕启。

〔四太监、大太监、赵王上。

赵　王　（唱【西皮摇板】）

　　　　　秦王做事多狂妄——

〔"扫头"。傅豹、业旦、赵胜、李克、廉颇、缪贤、虞卿上。

众　人　臣等见驾，大王千岁。

赵　王　众卿平身。

众　人　千千岁。

赵　王　众卿，今有秦使胡伤，呈递国书，要以十五连城换取寡人和氏之璧。众卿有何对策？

廉　颇　启大王，想这和氏之璧，乃我国之至宝，岂能白白送与秦邦？

虞　卿　臣启大王，若不将玉璧换城，秦必有所借口。倘若发兵前来，难免又受刀兵之苦。依臣愚见，可命一忠勇之士，怀璧入秦。秦若还城，将玉璧留秦；倘若有诈，护璧而归，方为两全。

赵　王　卿言甚是。不知哪位爱卿前往？

众　人　这个……（彼此对看）

赵　王　老将军以为如何？

廉　颇　启大王，若命老臣披坚执锐，驰骋疆场，万死不辞！此番使秦，全凭机警折冲，老臣口齿拙钝，恐难胜任。

赵　王　如此说来，我国无人矣？

缪　贤　启大王，臣府有一舍人，名唤蔺相如，此人才多智广，可当此任。

赵　王　小小舍人，焉能当此重任。

缪　贤　何不将他宣上殿来，试问一番。

赵　王　将他唤上殿来，寡人试问。

缪　贤　遵旨。大王有旨，蔺相如上殿哪！

　　　　〔蔺相如内声："领旨！"上。

蔺相如　智勇非舌辩，立志报家邦。（进殿）蔺相如，叩见大王千岁！

赵　王　先生平身。

蔺相如　千千岁!

赵　王　缪卿奏道：先生乃忠义之士。孤有一事，问计于你。

蔺相如　大王有何训谕?

赵　王　今有秦使胡伤，呈递国书，要以十五连城换取寡人和氏之璧，孤允是不允?

蔺相如　启大王：想那秦王以十五连城，换取我国和氏之璧，可算得价高值厚。倘不与秦交换，理屈在我，只怕惹起刀兵。大王三思!

赵　王　先生之言甚是。孤欲得一人，护璧入秦，先生能否前往?

蔺相如　相如不才，愿护璧前往。

赵　王　好，我来问你，秦国若交出十五连城——

蔺相如　臣将玉璧留秦。

赵　王　倘若有诈，

蔺相如　臣请完璧归赵。

赵　王　怎么讲?

蔺相如　完璧归赵。

赵　王　哈哈哈!（唱【西皮摇板】）

先生说话有志量，

封卿大夫在朝堂;

内侍快将璧奉上——

〔太监捧璧上，蔺相如接璧。

赵　王　业旦!

业　旦　臣在。

赵　王　（接唱）你随大夫去秦邦。

业　旦　领旨!

蔺相如　谢大王!（唱【西皮摇板】）

臣不学勇聂政刺客孟浪，

臣不学那苏秦游说六邦。

好男儿有志量报国为上——

〔业旦下。蔺相如出殿。

　蔺相如　（接唱）自有那妙计儿归报大王。（下）

赵　王　（唱【西皮摇板】）

　　　　　　好一个蔺相如才多智广——

众　人　请驾回宫。

　　　　〔四太监、大太监、赵王下。

虞　卿　（接唱）我朝中又添了一个栋梁。

廉　颇　（接唱）我不信这书生有此胆量。

缪　贤　（接唱）荐贤能也算我脸上生光。

廉　颇　未必成功！

　　　　〔众人同下。

　　　　〔幕落。

第七场

　　　　〔幕启。

　　　　〔四大铠、四长枪手、王龁、蒙骜上。

王　龁　（唱）奉主之命函关上，

蒙　骜　（唱）迎接赵使显豪强。

王　龁　（唱）儿郎个个俱精壮，

蒙　骜　（唱）管叫来人心胆慌。

　　　　〔蔺相如内声："马来。"

　　　　〔一旗牌背国书持节，业旦背玉匣，与蔺相如同上。

蔺相如　（唱【西皮流水】）

　　　　　　奉王旨意到秦邦，

　　　　　　登山涉水马蹄忙。

　　　　　　耳听得金鼓"咚咚"震天响，

　　　　　　不觉来到了秦国边疆。

　　　　　　看关头旌旗招展刀枪明又亮，

　　　　　　儿郎个个逞豪强。

　　　　　　大摇大摆我就往内闯——

蒙　骜　咳！什么人关头乱闯？

　　　　〔众人喝威，蒙骜等拔剑。蔺相如向业旦示意。

423

业　旦　赵国使臣蔺相如在此。

蒙　敖　你就是赵国使臣蔺相如，敢是为献璧而来？

蔺相如　既已知晓，何必再问。

蒙　敖　好。既为献璧而来，请你进关。你要仔细了，你要打点了！

蔺相如　哼！（唱【西皮摇板】）

　　　　　　果然暴秦似虎狼，

　　　　　　这般地待人成何样！

　　　　　　相如哪放在心肠，

　　　　　　少陪少陪我头前往，

　　　　（转唱【散板】）

　　　　　　似这样迎接宾客我实不敢当。

　　　　（下）

王　龁　嘿！（唱）

　　　　　　只说他到此魂魄丧，

蒙　敖　（唱）倒叫他人笑一场！

　　　　嘿！

　　　　〔王龁与蒙敖同下。

　　　　〔幕落。

第八场

　　　　〔幕启。

　　　　〔四太监、二秦臣、大太监、秦王上。

秦　王　（唱【西皮摇板】）

　　　　　　争城夺地无人挡，

　　　　（接唱【快板】）

　　　　　　七雄之中孤最强。

　　　　　　我命胡伤赵国往——

　　　　（接唱【摇板】）

　　　　　　暗查军情定弱强。

424　　　　〔胡伤上。

胡　伤　胡伤参见大王！

秦　王　平身。

胡　伤　谢大王！

秦　王　孤命你赵国下书，怎么样了？

胡　伤　恭喜大王！贺喜大王！

秦　王　喜从何来？

胡　伤　今有赵国使臣蔺相如捧璧前来。

秦　王　大夫之功！

胡　伤　大王洪福！

秦　王　命赵国使臣蔺相如捧璧上殿。

胡　伤　领旨。大王有旨，赵国使臣蔺相如捧璧上殿。

　　　　〔蔺相如内声：“嗯哼！”上。

蔺相如　（唱【西皮流水】）

　　　　　　　听得传旨把我宣，

　　　　　　　相如捧璧到殿前。

　　　　　　　站在金阙用目看，

　　　　　　　秦王倨傲逞威严。

　　　　　　　暂把怒火胸前按，

　　　　　　　章台之下把王参。

　　　　蔺相如参见大王。

秦　王　大夫免礼，请座！

蔺相如　谢大王！

秦　王　大夫，和氏之璧可曾带到？

蔺相如　客臣带到了。

秦　王　呈上来，孤王一观。

蔺相如　大王请看。（呈璧）

秦　王　（看璧）真乃好宝贝呀！哈哈……（唱【西皮散板】）

　　　　　　　宝璧无瑕世罕见——

　　　　众卿观赏！

众　人　（接唱）避尘耀彩非等闲。

秦　王　内侍，将此璧传至后宫，与众美人观赏，多加小心。

425

〔太监下。

众　人　大王今得此璧，乃统一天下之祥兆也。臣等敬祝大王万岁，万万岁！

〔【三枪】。太监上。

太　监　启奏大王，众美人观看宝璧，欢呼我主万岁，万万岁！

秦　王　如此看来，孤得此璧，真乃统一天下之祥兆也！哈哈……

蔺相如　哦……（唱【西皮流水】）

相如殿下细端详，

秦王起意甚不良。

低下头来暗思想——

心中自有好主张。

大王，这和氏之璧，虽称天下至宝，怎奈上面还有斑瑕，大王可曾看见否？

秦　王　哦，还有斑瑕？

蔺相如　还有斑瑕。

秦　王　在哪里？大夫与孤指来。

蔺相如　好，就在这里。

秦　王　在哪里？

蔺相如　（取璧于手）在这里。嘿嘿！宝璧又重回赵人之手也！

秦　王　啊！你不指出斑瑕，反将宝璧收起，敢是戏耍孤王不成！

蔺相如　大王！这和氏之璧，天下至宝也。寡君得王手书，以十五连城换取此璧。我朝文武都说道：秦国自负其强，诓璧是真，换城是假。那时相如言道：布衣之交尚不相欺，何况大王乃万乘之君，岂能以骗诈行事！我家大王容臣所奏，斋戒五日，授璧于臣，捧献前来。今大王坐而受璧，甚为无礼，显无换城之意，故而收璧入怀。何言"戏耍"二字？

秦　王　这个……（"叫头"）蔺相如！竟敢欺藐孤王！武士，将璧夺回！

蔺相如　且慢！虎狼之秦，列国皆知。大王此举，臣早已料就。再来逼迫，你来看：拼着我这项上人头，与此璧同碎于殿柱之上！

〔蔺相如撞柱，胡伤阻拦。

426　秦　王　慢来！慢来！孤乃万乘之君，焉能相欺于你。

蔺相如　如此，快将十五连城，与璧两相交换。

秦　王　这个……你先将璧献上，难道孤王还抵赖不成？

蔺相如　（冷笑）秦为七国之首，自不失信于人。大王欲受此璧，也须斋
　　　　戒五日，然后约请列国使臣到此，同观受璧。大王意下如何？

秦　王　啊！好！孤就斋戒五日，然后受璧。你暂归馆驿去吧！

蔺相如　谢大王！（唱【西皮快板】）

　　　　　　秦王做事多奸巧，

　　　　　　怎能中他计笼牢，

　　　　　　我把大事安排好，

　　　　　　宝璧终须还我朝。

　　　　　　施罢一礼微微笑，

　　　　　　我心中自有妙计高。（下）

众　人　（唱【西皮摇板】）

　　　　　　此人无礼真狂妄。

秦　王　（唱【西皮摇板】）

　　　　　　璧在他手怎用强，

　　　　　　他今身入天罗网。

　　　　退班！（接唱）

　　　　　　宝璧定然归我邦。（与众人同下）

　　　　〔暗转。

第九场

〔蔺相如"水底鱼"上，业旦迎上。

业　旦　大夫回来了，献璧之事如何？

蔺相如　哎呀大夫啊！我看秦王十分奸诈，诓璧是真，换城是假。我如今
　　　　已设计将璧取回，大夫先行送璧回赵如何？

业　旦　当得效劳。

蔺相如　待我修本。（【三枪】，修本）本章在此，将璧带好，快快改扮，
　　　　混出城去！

业　旦　遵命。（下）

蔺相如　正是——

　　　　　　宝璧安然归赵邦，

　　　　　　忘死舍生抗秦王。（下）

　　　〔幕落。

第十场

　　　〔幕启。

　　　〔【香柳娘】。四军士，燕、齐、楚、魏四使臣上，后随四大纛。

齐　使　齐国使臣王烛。

楚　使　楚国使臣黄歇。

燕　使　燕国使臣骑劫。

魏　使　魏国使臣晋鄙。

齐　使　列位请了！今有秦王相召，章台之上同看和氏之璧。你我一同前
　　　　往。

众　人　请！

　　　〔【香柳娘】接吹打。众人圆场。

　　　〔一守城吏暗上。

守城吏　迎接列国使臣。

　　　〔业旦改扮怀璧趁机出城。城吏拱手相让四使臣，轰业旦下。众
　　　　人进城，同下。

　　　〔幕落。

第十一场

　　　〔二幕前，大太监上。

太　监　列国使臣到，章台看奇珍。大王有旨，命列国使节，同至章台，
　　　　观看和氏之璧，我不免章台伺候便了。（下）

　　　〔二幕启。秦王、四国使臣、公子悝、魏冉、胡伤、白起在场上。
　　　　【急三枪】。

428　秦　王　众位使节。

四国使臣 大王。

秦　王 孤新得和氏之璧，特请列国使节前来观看。

四国使臣 我等瞻仰。

秦　王 内侍，唤赵国使臣蔺相如捧璧来见。

〔大太监内喊："赵国使臣蔺相如捧璧晋见。"

〔蔺相如内声："来也！"内唱【西皮倒板】："遣璧已归五日整——"上。

蔺相如 （接唱【西皮原板】）

　　　　孤身拒暴在秦廷。

　　　　整冠束带殿堂进，

　　　　阶前斧钺照眼明。

　　　　文官故意威风凛，

（转唱【西皮快板】）

　　　　武将装出虎狼形。

　　　　秦王高坐假恭敬，

　　　　那旁陪定众使臣。

　　　　心中妙计安排定，

　　　　照常施礼见暴君。

客臣参见大王。

秦　王 罢了。孤已斋戒五日，今当吉期，特请列国使节前来观赏。快快将璧献上。

蔺相如 慢来慢来！大王先取十五连城，我们两下抵换。

秦　王 哎！小小玉璧，怎值十五连城？你出此言，其情可恼！

蔺相如 （自语）嘿嘿！果然如此。（"叫头"）大王！前者客臣见大王只有受璧之意，并无换城之心，前三日已命人送璧回国。如今这玉璧呀！早已安然归赵了！

秦　王 （惊）啊！内侍与我搜来！

〔太监搜蔺相如身。

太　监 身旁无璧。

秦　王 起过了！（"叫头"）蔺相如！竟敢欺藐孤王，你可知我秦邦的厉害！

蔺相如 嗯，我今来者不怕，这怕者不来！

429

| 秦　王 | 你死在面前，还敢倔强！——武士们！将油鼎抬上来！ |
| 众　人 | 啊！ |

〔"急急风"。四校尉抬上油鼎。【风入松】牌子。

秦　王	蔺相如，你还不献出宝璧吗？
蔺相如	（冷笑）嘿嘿嘿……
秦　王	你为何发笑？
蔺相如	我笑你秦国真乃残暴之邦也。（唱【西皮快板】）

　　　　图霸首先行德政，

　　　　背信负约是暴君。

　　　　和氏之璧当奉敬，

　　　　快快交出十五城。

| 秦　王 | 住了！（唱【西皮散板】） |

　　　　鼎镬当前还任性，

　　　　敢把大言欺寡人。

　　　　殿前武士速拿定！

　　　　拿下了！

〔四校尉拟架住蔺相如。

| 蔺相如 | 闪开了！啊，列公啊！（接唱【西皮散板】） |

　　　　相告列国使节听，

　　　　秦邦本是犬戎性。

　　　　他把列国不当人，

　　　　列公把我做借镜，

　　　　看一看秦邦这残暴君。

　　　　罢！（接唱）

　　　　我这里脱袍不惜命——

　　　　（九锤半，脱衣，接唱）

　　　　哪怕性命付埃尘，

　　　　拼着一死扑油鼎！

〔"急急风"。蔺相如扑向油鼎。众校尉从旁作势，欲将其投入。

| 秦　王 | 蔺大夫—— |
| 蔺相如 | 秦大王。 |

秦　王　蔺相如。

蔺相如　暴君嬴稷。

秦　王　你看，眼前何物？

蔺相如　不过是烹人的油鼎。

秦　王　难道说你不怕死？

蔺相如　捐躯报国。

秦　王　献出宝璧，我饶你不死。

蔺相如　宝璧吗？（冷笑）早已安然归赵了啊！哈哈……

秦　王　呀！（接唱）

　　　　　　如此气节使人惊，

　　　　　　至死无悔真可敬！

众校尉　嘚！

秦　王　（接唱）快快拦住蔺先生。

　　　　〔吹打。四校尉放开蔺相如。蔺相如下，四校尉抬油鼎随下。

四国众使臣　赵国使臣甚是无礼，今得大王宽恕，真乃仁德之君！

秦　王　夸奖了。

四国众使臣　仁德之君。

秦　王　夸奖了啊！哈哈……

　　　　〔蔺相如换好衣服上。

蔺相如　客臣言语冒犯，多有得罪！

秦　王　大夫说哪里话来！孤性情粗暴，今见大夫视死如归，不胜钦佩！
　　　　就请大夫暂回赵邦，城璧之事，容后再议。你就请回去吧！

蔺相如　谢大王。（出殿）正是——

　　　　　　男儿报国忠为上，

　　　　　　完璧归赵抗秦王。（下）

四国使臣　我等告退。

秦　王　孤王免送。

　　　　〔吹打。四国使臣下。

白　起　（"叫头"）大王！大王未曾得璧，反被蔺相如戏耍一场，为何放
　　　　他回赵？

秦　王　你等哪里知道，当着使节面前，若是将他杀死，岂不被列国咒骂

孤王，于秦不利。

白　起　难道就罢了不成？

魏　冉　臣有一计，可雪此耻。

秦　王　有何妙计？

魏　冉　就在渑池，设下衣冠之会，命胡伤约请赵王，假作修好。赵王不来，起兵征讨。他若来时，交出玉璧，放他回国；他若不献，将他拿下，岂不一举两得。

秦　王　此计甚好。胡伤！命你再至赵邦，约会赵王，渑池相会，两国修好。

胡　伤　领旨。

秦　王　正是——

　　　　　　渑池会上设罗网——

众秦臣　假作和约擒赵王。

　　　〔众人同下。

　　　〔幕落。

第十二场

　　　〔幕启。

　　　〔业旦、太监甲【水底鱼】分上。

太　监　大夫回来了，待咱家与你转奏。

业　旦　有劳了。

　　　〔太监击钟。四小太监、赵王上。

业　旦　参见大王。

赵　王　平身，卿家回来了。

业　旦　回来了。

赵　王　入秦之事如何？

业　旦　那秦王诓璧是真，换城是假。蔺大夫命我改扮贫人模样，将璧带回，大王请看。（奉璧）

赵　王　将璧收藏后宫。

432　太　监　遵旨。（捧璧，下）

业　旦　蔺大夫还有奏折呈上。

赵　王　呈上来。（观奏折）蔺大夫真乃智勇之士也，不知他在秦安危如何？

业　旦　恐怕凶多吉少。

赵　王　急煞寡人了。

〔太监乙急上，进殿。

太监乙　蔺大夫回朝。

赵　王　快快有请！

〔吹打。蔺相如上，进殿，见赵王。

赵　王　卿家怎样逃出虎口？

蔺相如　大王容奏。（【三枪】）

赵　王　好啊！（唱【西皮摇板】）

　　　　好一个蔺大夫忠勇可表，

　　　　孤封你做上卿辅佐在朝。

蔺相如　谢大王！（唱【西皮摇板】）

　　　　今日里做上卿并非荣耀，

　　　　从今后报国家志远心高。（下）

〔虞卿、胡伤上。

虞　卿　（唱【西皮摇板】）

　　　　秦使二次国书到，

胡　伤　（接唱）见了赵王且奉交。

虞　卿　臣启大王，秦使二次呈递国书。

胡　伤　客臣参见大王，国书呈上。

赵　王　呈上来，馆驿安歇。

胡　伤　谢大王。（下）

赵　王　（看书）唔呵呀！原来秦王约孤渑池相会，两国修好。吓！大夫，传孤旨意，明日早朝，召集文武，商议此事。退班。（下）

〔虞卿下，众人同下。

〔幕落。

第十三场

〔幕前。

〔四军士、廉颇上。

廉　颇　（唱【西皮摇板】）

相如小儿真侥幸，

全凭口巧与舌能，

位封上卿多宠信，

倒叫老夫气难平！

〔中军上。

中　军　启禀老将军，今有秦使前来，约请我主渑池赴会，大王有旨，宣老将军上朝议事。

廉　颇　带马伺候！（唱【西皮摇板】）

且到朝房相议论。

〔四军士同走"圆场"。蔺相如上。

蔺相如　（接唱）抬头只见老将军。

〔四军士暗下。

蔺相如　蔺相如参见老将军。

廉　颇　罢了，急急忙忙，意欲何往？

蔺相如　秦国差来使臣，约请大王渑池相会，故而上殿奏本。

廉　颇　哽，既然如此，随老夫上朝。

蔺相如　老将军请。

〔"五击头"，"双进门"。

〔幕启。四太监、赵王、虞卿、缪贤、赵胜、傅豹在场上。

廉　颇
蔺相如　臣等见驾，大王千岁。

赵　王　平身。

廉　颇
蔺相如　千千岁。

赵　王　众卿，今有秦王遣使前来，约请寡人渑池相会，两国修好，众卿之见，怎样回复？

廉　颇　臣启大王，秦王多诈，渑池之会，必然明设酒宴，暗藏刀兵。我
　　　　要不往，示彼以弱，此事还要仔细商量，不可鲁莽。

蔺相如　臣启大王，秦以礼来，我国当以礼往。既然窥知其意，多所准
　　　　备，料然无事。

廉　颇　蔺大夫言之有理，此番前去，必须文保大王，武防不测。就命李
　　　　牧带领精兵，随驾渑池，老臣统领大军，屯扎界口。倘若秦邦有
　　　　诈，老臣率领满朝文武，先立太子为君，誓死抗秦。

赵　王　老将军谋虑周到，我邦之幸也。就命蔺、虞二卿随孤赴会，老将
　　　　军快快提兵调将去吧。

廉　颇　遵旨！（出殿）正是——
　　　　　　　　肝脑涂地当报效——（下）

众　人　提防渑池动枪刀！
　　　　〔众人分下。
　　　　〔幕落。

第十四场

　　　　〔幕启。
　　　　〔四赵兵、李牧上，"起霸"。

李　牧　（念）旌旗耀日马蹄骄，
　　　　　　　　气吐虹霓万丈高。
　　　　　　　　一声叱咤如龙啸，
　　　　　　　　要把秦王试宝刀。

　　　　俺，李牧，奉了赵王之命，镇守代州一带。今有秦国，约请我
　　　　王，渑池赴会，不知上将军，有何策划？正是：
　　　　　　　　为民怀赤胆，
　　　　　　　　正义保家邦。
　　　　〔中军持令旗上。

中　军　李牧听令。

李　牧　接令。

435

中　军　今有大王渑池赴会，命你挑选精兵，保驾前往。（下）

李　牧　得令。众将走上！

〔五赵将上。

五赵将　参见将军。

李　牧　整齐队伍，听我令下。

众兵将　啊！

李　牧　今有秦王，约请我主，渑池赴会。明为和好，只恐暗藏刀兵。上将军命我等保驾前往，你等必须人人奋勇，个个当先。这第一阵，准备长枪手；第二阵，准备削刀手；第三阵，准备弓箭手；第四阵，准备斧钺手。若遇不测，必须人人镇静，处处提防，万众一心，协力杀贼。国家荣辱，社稷存亡，在此一会也。

〔【风入松】。耍令旗。

〔内声：“大王到。”

李　牧　有请。

〔吹打。四太监、虞卿、蔺相如、赵王上，过场，下。

李　牧　带马！

〔李牧等人同下。

〔幕落。

第十五场

〔幕启。

〔吹打。四太监、魏冉、公子悍、白起、秦王上，四太监、赵王、蔺相如、虞卿随上。

赵　王　啊，秦王！

秦　王　赵王来了。

赵　王　来了。

秦　王　来了啊！哈哈……赵王请。

赵　王　大王先行。

〔秦王欲先行。

蔺相如　（急趋前）啊，大王！

秦　王　哦，大夫也来了。

蔺相如　前番多有得罪。

秦　王　岂敢。

蔺相如　多有得罪。

秦　王　岂敢哪！哈哈……

〔蔺相如乘势让赵王先行。赵王下。

蔺相如　啊，大王先行。

秦　王　大夫先行。

〔蔺相如下。

秦　王　（嗒然丧气地）嘿！（率众下）

〔"急急风"，李牧率四将上，白起率四将迎上。"双收"。李牧先下，白起随下。

〔幕落。

第十六场

〔幕启。

〔秦王、赵王分坐二桌。秦、赵臣、太监，分侍立身后。

秦　王　请！

赵　王　请！

〔【三枪】。

秦　王　多蒙赵王不吝玉趾，渑池会上增光匪浅。

赵　王　岂敢。承蒙秦王使命，敢不如约而至。

秦　王　赵王之言，真乃和悦之情。内侍看酒。

〔大太监各奉酒。

秦　王　请！

〔【泣颜回】。秦王、赵王饮酒。

〔"急急风"。四将、李牧、四长枪手、白起分上，"双收"，下。

赵　王
秦　王　何事喧哗？

魏 冉 虞 卿	赵 秦	兵喧哗。
秦 王 赵 王		哦，哦，是了！（对看神色）
秦 王		赵王请！

〔【泣颜回·二段】。秦王、赵王饮酒。

秦　王　闻得赵王素喜音律，携得宝瑟在此，烦君与孤奏上一曲，料无推却。

赵　王　这……

蔺相如　啊！大王，秦王既不嫌弃，鼓瑟何妨。

秦　王　着啊！逢场作乐，鼓瑟何妨！来，将瑟奉上。

〔魏冉捧瑟交蔺相如，蔺相如转呈赵王。赵王鼓瑟。【回回曲·头子】。

〔奏毕，赵王有羞态，秦王等大笑。

秦　王　哎呀妙啊！孤闻赵之始祖，烈侯好音，今赵王鼓瑟，不失家传。（向魏冉）魏卿，可将今日之事记于史册。

魏　冉　遵旨。（书写）"秦二十七年春三月，秦王、赵王会于渑池，秦王命赵王鼓瑟。"

秦　王
秦　臣　　啊！哈哈哈。

蔺相如　啊！（唱【西皮摇板】）

　　　　秦王做事好无礼，

　　　　分明把我赵国欺。

　　　　低下头来生一计，

有了——（接唱）

　　　　来而不往礼非齐。

（取缶）啊！大王，寡君闻得大王，善奏秦声，臣奉上瓦缶，请大王击之，以相欢乐。

秦　王　（怫然）孤乃堂堂秦王，焉能击此瓦缶？你出此言，分明藐视孤家。蔺相如，你的胆量忒大了！

438　蔺相如　（叫头）大王！看今日大王之意，分明以强欺弱。今日若不击缶，俺蔺相如……

秦　王　怎么样？（站起）

蔺相如　拼了我这项上之血，要污溅大王的脸上！我蔺相如说得出就做得出。大王你请啊！你请啊！你请来击缶！

秦　王　（无可奈何）哈哈哈！大夫何必如此，逢场取乐，有何不可！呈上来，待寡人击缶。

〔蔺相如交缶与魏冉，魏冉再转呈秦王。

秦　王　哎呀。瓦缶啊！瓦缶！你荣沾孤的玉指，借了蔺相如的光了啊。

〔秦王击缶，赵王等人笑。

蔺相如　今日秦王击缶，亦当载于史册。

虞　卿　是。（书写）"赵十九年春三月，赵王、秦王会于渑池，赵王命秦王击缶。"

〔赵王等人笑。

秦　王　（强笑）啊哈哈……（唱【西皮原板】）

　　　　　我这里假恭敬忙赔礼貌，

　　　　　蔺相如他那里又逞英豪；

　　　　　我叫他来鼓瑟原为取笑，

　　　　　又谁知他叫孤击缶一遭。

蔺相如　（接唱）蔺相如暗思忖吉凶难料，

　　　　　渑池会上杀气高；

　　　　　两国君臣假谈笑，

　　　　　（转唱【二六】）

　　　　　各有心机暗隐韬。

　　　　　转面来再对秦王道，

　　　　　（转唱【快板】）

　　　　　尊声大王听根苗：

　　　　　既是两国修和好，

　　　　　快来歃血定邦交。

秦　王　魏卿向前。

魏　冉　啊！大夫，今日秦赵两国，修约和好，请赵献上五城，以为庆贺。

赵　王　这个……（看蔺相如）

蔺相如	好，好，好。区区五城，自当献上，但只一件……
魏 冉	哪一件？
蔺相如	来而不往，非为礼也！你邦就该献上咸阳，以为庆贺。
魏 冉	这个……（看秦王）
秦 王	住了，咸阳乃是我国之都城，焉能献于你邦？
蔺相如	却又来！五城乃我朝之重镇，焉能送于你国！
秦 王	哽！你可知我秦邦的厉害？
蔺相如	怎么讲？
秦 王	秦邦的厉害。
蔺相如	（冷笑）嘿嘿……秦邦的厉害，我在油鼎之上，早已领教过了！
秦 王	哎呀呀……蔺相如！你不提起，孤家倒也忘怀了。今日在这渑池会上，快快献上和氏之璧！如若不然，你君臣难回赵邦。来呀，孤将赵王强留了！
	〔“急急风”。四大刀手、李牧、四长枪手、白起两边上。
蔺相如	（“一望两望”，冷笑）哈哈哈！
秦 王	你为何发笑？
蔺相如	大王此举，是颠而又狂，尊而又大。渑池之会明为和好，暗藏杀机。我朝君臣，早已料就，离朝之前，戎机策定。李牧将军保驾前来，廉颇老将屯扎界口，一个个擦拳摩掌，准备对敌。大王若嫌这渑池会不热闹，来，来，来！叫他们战上几百个回合，我们也好玩耍玩耍！
秦 王	慢来慢来！孤乃一句戏言，兵丁们撤下！（与魏冉做神气）啊！赵王！孤有意命白起将军，舞剑一回，以助酒兴。啊！白将军舞剑上来！
白 起	遵旨。
蔺相如	且慢，一人舞剑，有何趣味！我国李牧将军在此，可以陪伴白将军，对舞上来。
秦 王	嘿。
白 起 李 牧	献丑了。

〔白起与李牧二人舞剑，“四边静”互架住。

秦　王　拿下了！

〔秦王原人同下。

蔺相如　寡君告辞了！

〔"乱锤"。赵王原人急下。

〔李牧架住秦兵，下。众追下。

〔幕落。

第十七场

〔赵四将、四卒上。

〔赵王等原人过场下。四长枪手、白起追上，李牧与白起起打。李牧败下，白起追下。

第十八场

〔"急急风"。八耀武旗，廉颇持大刀上。四将报信。

〔赵王等原人，李牧过场，下。

〔"倒脱靴"。四长枪手、白起追上，与廉颇架住。

白　起　何人挡住去路？

廉　颇　老将廉颇！

白　起　看枪！

〔起打，秦将纷纷被杀死，白起败下。

廉　颇　人马回国。

众　人　啊！

〔廉颇亮相下，众人同下。

第十九场

〔幕启。

〔【香柳娘】，接吹打。四赵兵、赵胜、缪贤、傅豹上。

〔四太监、虞卿、蔺相如、李牧、赵王上。赵王入座。

廉　颇　启大王，秦国人马俱被老臣杀退了。

赵　王　老将军之功。

廉　颇　我主洪福。

赵　王　众卿！孤此番渑池赴会，多亏蔺爱卿智勇多谋，老将军英勇无敌，使那秦邦不敢逞强。孤有此文武二贤，我赵国无忧矣！

蔺相如　启大王，此番渑池赴会，全仗老将军之力，为臣何功之有！

廉　颇　唔……（得意地捋须）

赵　王　老将军，孤赐你十城二十邑，彩缎百匹。

廉　颇　谢大王。

赵　王　李将军封为中军大夫之职。

李　牧　谢大王。

赵　王　蔺卿，封为首相，执掌朝班。

廉　颇　且慢！臣启大王，想这首相之位，非同小可，望大王三思而行！

蔺相如　是啊，为臣区区庸才，怎能当此重任，还望大王另选贤能。

赵　王　卿家说哪里话来？是你首次入秦，完璧归赵；渑池会上，为国增光。似你这样经天纬地之才，孤若不重用，焉能招揽天下贤士。卿家不必推却，就将辰渊阁改为丞相府。内侍，看冠带侍候。（唱）

　　　　　卿家大才当重任，

　　　　　可算国家栋梁臣。

蔺相如　谢大王。（唱【西皮摇板】）

　　　　　今日里封首相身当重任，

　　　　　怕只怕怒恼了白发将军。（下）

赵　王　（唱【西皮散板】）

　　　　　众爱卿且回府鞍马劳顿。

　　　　退班！

　　　〔赵王、众太监同下。

　　　〔众臣分下。场上留廉颇。

廉　颇　（接唱【西皮散板】）

　　　　　倒叫老夫气难平，

　　　　　人来带马回府进。

442　　　〔四军士上。廉颇上马，"圆场"下马，进府。军士暗下。

廉　颇　唉！（接唱）

越思越想怒气生。

（"叫头"）且住，想俺廉颇自随大王以来，东挡西杀，南征北战。一败齐国，拔取晋阳；再败燕国，攻克五城。征战沙场，千辛万苦，渴饮刀头血，倦来马上眠；朝朝谋策略，夜夜不得安，拼却性命，才得上将之位。今相如小儿，依仗口巧舌能，封为首相，位居老夫之上，其情可恼！哎呀扎！哎呀扎！扎扎……

〔贾凌、郭盛上。

贾　凌　启禀老将军，蔺大夫拜相以后，举国称贺，我朝文武，轮流请宴，如今奔平原君府上而去，这个威风可真不小啊！

廉　颇　怎么讲？

贾　凌　这个威风可真不小啊！

廉　颇　扎扎扎……（"叫头"）且住，老夫在朝一日，岂容那孺子猖狂！家将，随定老夫，去至长街，拦挡他的去路，备马伺候。

贾　凌　是。

〔四军士分上。

廉　颇　（唱【西皮快板】）

相如小儿封首相，

不由得老夫怒满腔，

非是俺无有容人量，

屈身孺子脸无光。

此一番长街把路挡，

要把那孺子羞一场，

人来带路长街往。（上马，"圆场"）

〔众人内喊："我等参拜丞相！"

〔蔺相如内声："众位父老免礼。啊哈哈哈！"

廉　颇　啊？（接唱【西皮快板】）

又听百姓闹嚷嚷，

勒马停蹄把路挡，

（转唱【西皮散板】）

等他到来羞辱一场。

〔蔺相如内声："车辆直奔赵府！"

〔四军士执仪仗，院子、李诚、傅让、车夫、蔺相如乘车上。

蔺相如 （唱【西皮摇板】）

　　别过了众父老赵府而往，

　　众文武齐款待我荣耀非常。

　　叫人来你与我忙催车辆——

众　人 哦！

李　诚 老将军挡道。

蔺相如 呀！（接唱）

　　老将军挡去路所为哪桩？

嗯！（接唱）

　　叫人来回车辆转入小巷。

〔蔺相如等原人下。

贾　凌 老将军，他们转入小巷而去。

廉　颇 哽！（接唱【西皮散板】）

　　相如小儿他着了慌，

　　再到小巷把路挡。

小巷等他！

〔廉颇等原人走"圆场"。

廉　颇 （接唱）看是谁个弱，哪个强！

等候了！

〔蔺相如等原人上。

李　诚 老将军挡道啊！

蔺相如 （惊，唱【西皮流水】）

　　听说小巷又被挡，

　　分明是廉颇要逞强。

　　有心与他把理讲……

不可！（转唱【西皮快板】）

　　得罪老将理不当。

　　我二人争强来较量，

　　岂不是因私把公伤！

非是相如无胆量，

我为国，保家邦，

转怒为笑再相让。

〔蔺相如等原人，廉颇等原人转场。

李　诚　老将军挡道！

蔺相如　呀！（接唱【西皮快板】）

两次三番为哪桩？

依仗年迈功劳广，

这样的欺人理不当。

罢罢罢怒气忍心上，

怕的是手足相残于国有伤。

罢宴回府。

众　人　罢宴回府。

〔蔺相如等原人下。

贾　凌　老将军，他们罢宴回府啦！

廉　颇　（一望）哈哈哈……（唱【西皮散板】）

相如被我吓破了胆，

三番两次不敢前；

暂且息怒回府转——

（圆场，下马，进门）

〔四军士暗下。

廉　颇　（接唱）余怒未消心不甘。

二位先生，适才某在长街之上，三次断路，那蔺相如竟然不敢向

前。看来这个孺子，也自惧怕老夫了！

贾　凌　当然喽。凭老将军这名气，威震列国，他也不能不怕呀！

廉　颇　哽！从今以后，尔等在外，遇着他的门客，不要退让，自有老夫

做主。

贾　凌　是啦。

廉　颇　正是——

非是老夫气量浅，

怎能容忍小儿男。

〔廉颇与贾凌同下。

〔幕落。

第二十场

〔幕启。

〔虞卿内声："走啊!"上。

虞　卿　（唱【西皮散板】）

　　　　　秦邦三次用计巧,

　　　　　鼓动齐国攻我朝。

　　　　　将相不和心焦躁——

　　　　有请大王!

〔四太监、赵王上。

赵　王　（接唱）卿家何事皱眉梢?

虞　卿　大王,大事不好了!

赵　王　何事惊慌?

虞　卿　秦邦又弄诡计,鼓动齐国,前来犯我。

赵　王　哎!我朝文有相如,武有廉颇,何惧于他。

虞　卿　这个……

〔大太监甲上。

大太监甲　蔺丞相有本呈上。

赵　王　呈上来。（看本章）"臣闻秦邦鼓动齐国前来犯我,可命李牧率领
　　　　人马,东面挡齐,老将军举兵屯扎界口,西防秦兵,料然无事。"
　　　　哎呀呀,好一个蔺丞相他已然知道了。

〔大太监乙上。

大太监乙　老将军有本呈上。

赵　王　呈上来。（看本章）"臣闻秦邦,命齐国前来伐我,此乃诡计。老
　　　　臣率领大兵,屯扎界口,西挡秦兵,再命李牧前去迎敌,料然无
　　　　事。"哎呀呀!老将军也知道了。

虞　卿　啊!大王,可知他二人呈递本章之意否?

赵　王　莫非将相不和,不愿同朝对面吗?

虞 卿	大王所见不差。
赵 王	如此说来我赵国之不幸也！唉！
虞 卿	大王不必忧虑，臣愿劝说他二人早日和好就是。
赵 王	哎呀卿家呀！赵国安危，都在他二人身上，卿家你快快地去吧！
虞 卿	臣遵旨。（唱【西皮散板】）

　　　　急忙忙去劝说将相和好——（下）

赵 王	（接唱）也免得我赵国再受煎熬。

　　　退班。

　　　〔赵王与众人同下。

　　　〔幕落。

第二十一场

　　　〔幕启。

　　　〔蔺相如内唱【二黄倒板】："忧国事费心机深思苦想——"与李
　　　　诚、傅让上。

蔺相如	（接唱【回龙】）

　　　　都只为廉颇老将自逞刚强，闷坏衷肠。

　　（接唱【二黄原板】）

　　　　列国中唯我邦独把秦挡，

　　　　全凭着文和武共保家邦。

　　　　回朝来赏功劳金殿封相，

　　　　老将军气量狭与我参商。

　　　　为此事终朝挂怀好叫我心中不爽，

　　　　怎能够劝老将回转心肠。

　　　咳！

李 诚	丞相长叹，莫非是为那廉颇老将军三次挡道，心中不快吗？
蔺相如	三次挡道倒还事小，怕的是我们文武不和，被外邦闻知，于我国不利呀！
李　诚 傅　让	哎呀！这也说得是。

447

| 蔺相如 | 你们日后若遇将军府的门客，必须谦让一二，千万不要因小失大。 |
| 李 诚 | 我等遵命。 |

〔内声："虞大夫到。"〕

| 蔺相如 | 有请。 |
| 李 诚
傅 让 | 有请。 |

〔虞卿上。〕

| 虞 卿 | 金殿领圣命，来见智谋人。丞相。 |
| 蔺相如 | 大夫。 |

〔虞卿与蔺相如同笑，进门。〕

蔺相如	大夫光临，必有见教！
虞 卿	请问丞相，因何数日未朝？
蔺相如	这……偶得小恙，故尔未朝。
虞 卿	说什么偶得小恙，莫非与老将军不和？
蔺相如	大夫何出此言？
虞 卿	如今齐国犯我边境，你二人各递本章，不愿同朝会面，岂不是失和了吗？
蔺相如	咳！怎能提到"失和"二字。我恐遇到老将军，激怒于他，有些不便。
虞 卿	啊，丞相，何惧老将军之甚耶？
蔺相如	大夫，你也道我惧怕那老将军吗？
虞 卿	朝中文武俱是这样言讲啊！
蔺相如	请问大夫，廉颇老将军的厉害比那秦王如何？
虞 卿	秦王凶狠，列国惧怕，老将军焉能比得！
蔺相如	着啊。虎狼之秦，我尚且不惧，又怕那老将军何来呢！
虞 卿	既然如此，长街之上，为何三次退让？
蔺相如	请问大夫，那虎狼之秦可有吞并我赵国之意？
虞 卿	本有此意。
蔺相如	他为何不兴兵前来？
虞 卿	只为我赵国有人。
蔺相如	人是哪个？

虞　卿	丞相与老将军。
蔺相如	是啊！我二人一日在朝，那秦王就不敢公然进犯；我二人倘若失和，秦邦乘机而至。赵国的宗庙社稷，岂不是旦夕不保！我把国事看重，私事不去计较，情愿让廉颇，不愿亡赵国！
虞　卿	哦！（唱【二黄摇板】）

<blockquote>
好一位贤明蔺丞相，

保国家怎能叫手足残伤；

辞丞相急忙忙出府而往——
</blockquote>

蔺相如	哪里去？
虞　卿	丞相！（接唱）

<blockquote>
见了那老将军劝说一场。
</blockquote>

蔺相如	（接唱）倘若是老将军他肯相原谅，

<blockquote>
蔺相如过府去问一问安康。
</blockquote>

虞　卿	（接唱）凭真诚讲大义打动老将——

<blockquote>
告辞了！（下）
</blockquote>

蔺相如	（接唱）但愿得化却了暗礁冰霜。（下）

〔幕落。

第二十二场

〔幕启。

〔李诚内声："嗯咳！"

〔李诚、傅让上。

李　诚	（念）廉颇做事太张狂，
傅　让	（念）长街挡路为哪桩？
李　诚	（念）丞相宽宏把他让，
傅　让	（念）不愧国家一栋梁。
李　诚	老弟！
傅　让	老兄！
李　诚	咱们丞相嘱咐的话，可别忘了，若遇廉颇将军府下的门客，必须谦让一二。

傅　让	可是的，堂堂的蔺丞相，为什么那么惧怕那老将军哪？
李　诚	不是怕廉颇将军，怕的是将相不和，于国家不利。
傅　让	原来如此。咱们且到酒馆沽饮几杯。
李　诚	言得极是。请！（向内）酒保快来。

〔酒保上。

酒　保	来啦，来啦！二位客官，请来上座。

〔李诚、傅让进内，坐正中桌。

李　诚	好酒取来。
酒　保	好酒一壶啊，一壶。

〔酒保取托盘盛酒壶、酒盏。

〔贾凌、郭盛内念【南锣】："将军门下有威风——"上，分念【南锣】。

贾　凌	（念）蔺相如太不通，
郭　盛	（念）倚仗唇舌立大功；
贾　凌	（念）封首相，
郭　盛	（念）在朝中，
贾　凌	（念）廉颇老将怎能容！
贾　凌 郭　盛	（念）且到酒肆饮几盅。
贾　凌	到了酒馆啦，咱们喝两盅去。酒保，酒保！

〔酒保上。

酒　保	来啦，来啦，二位喝酒吗？
贾　凌	可有上座？
酒　保	上座有人占啦。
贾　凌	什么上座下座的，有个地方就成。
酒　保	得，您二位这边吧！
贾　凌	好好，挺豁亮的。请吧，请吧！（见李诚、傅让）慢着，慢着！酒保过来，过来！上座叫谁占啦？
酒　保	蔺丞相府上嗒！
贾　凌	怎么着？蔺丞相府上嗒？
酒　保	大概你也认识吧？

贾　凌　谁认识他们哪！我说伙计，要是别人占了上座，还算罢啦。丞相府上的占啦，我们可有点儿不甘心，趁早给我们腾下来。

酒　保　二位，你别不讲理呀！茶馆酒肆，也有个先来后到啊！

贾　凌　哈哈！你这是瞧不起我们哪！告诉你说，我们是将军府上嗒。

酒　保　将军府，丞相府，都是朋友，何必如此哪？

贾　凌　什么？谁跟他们是朋友，趁早叫他们腾下来，请我们哥儿们到上座。

酒　保　二位，您这不是叫我为难吗？

　　　　〔李诚、傅让对视。

李　诚　啊，二位义士不必生气，酒保也不必为难。来，来，来，请上座，请上座，我们移到旁座也就是啦。

贾　凌　哎，算你们通达时务。

酒　保　（向李诚、傅让）二位如此退让，我可就依实啦。

李　诚　没关系，没关系，这又算得了什么哪。

　　　　〔酒保移酒菜到旁桌上。李诚、傅让改坐到旁座。

酒　保　（向贾凌、郭盛）得啦，你们二位请上座吧！

贾　凌　嗯，将军府上的就该上座，这是他们聪明。老弟你瞧，我们坐在这儿才够个样子。哪像他们，猴戴帽子，没个人样儿。

酒　保　（自语）嘿，好大的口气！

贾　凌　酒保！

酒　保　二位要什么酒菜？

贾　凌　一壶好酒，两碟好菜。

酒　保　是啦。（欲下）

李　诚　酒保这里来。

酒　保　二位用点什么？

李　诚　他们二位要了什么啦？

酒　保　要一壶酒，两碟菜。

李　诚　你给他们再配上两碟菜，算在我们的账上。

酒　保　那干什么？

李　诚　不必多说，叫你预备，你就快预备去得啦。

酒　保　是啦。这二位这叫什么脾气呀！伙计们！好酒一壶，好菜四碟

451

啊!（取酒、菜送到贾凌、郭盛桌上）

贾　凌　我说酒保儿，我们要的是两碟菜，怎么来了四碟，难道是你们柜上外敬的吗？

酒　保　小买卖，没有外敬。那两碟菜，有人候了。

贾　凌　谁候了？

酒　保　是他们二位给钱。

贾　凌　谁给钱？

酒　保　他们二位。

贾　凌　他们给钱？

酒　保　不错。

郭　盛　我说贾先生，他们丞相府怕咱们老将军，他们就该怕咱们，孝敬咱们两盘菜，那还不是应当的吗？喝着，喝着！

贾　凌　要说他们丞相怕咱们将军，那倒是应当嗒！

郭　盛　怎么呢？

贾　凌　你进府日子浅，知道的事情不多，从前那位蔺丞相原是缪太监府里的一个舍人。舍人你懂得不懂得呀？

郭　盛　舍人不就是跟咱们一样吗？

贾　凌　哪儿比得了咱们哪！想当初，他在缪太监府里，不过是混碗饭吃，扫地打杂儿，伺候酒筵，都是他的事。有一次，咱们老将军得胜还朝，缪太监宴请咱们老将军，那蔺相如还跪在地下给咱们老将军敬酒哪！

郭　盛　哎呀！好一个蔺丞相，敢情是这样儿的出身哪！

贾　凌　啊，这就难怪咱们老将军瞧不起他啦！出身微贱哪！喝着，喝着！

郭　盛　喝着，喝着！

　　　　〔贾凌、郭盛饮酒。

傅　让　李先生，您瞧，咱们这两碟菜敬的，他们反来谈论起咱们丞相来啦。

李　诚　别跟他们一般见识。喝酒，喝酒。

傅　让　我就有点不服气，这个闷心酒，我喝不下去。

李　诚　说就让他说去。你忘了咱们丞相嘱咐咱们话啦？小不忍则乱大谋啊！

傅　让　不错，咱们丞相真是个好人嗒。

李　诚　人往高处走，水往低处流，咱们应当跟着丞相学。喝着，喝着。

　　　　〔李诚、傅让饮酒。

郭　盛　我说贾先生，你刚才说蔺丞相是那样的出身，他怎么会做了丞相呢？

贾　凌　咳！还不是人走时运马走膘，骆驼单走罗锅桥。也是他一时幸运，糊里糊涂的就做了丞相啦！要不怎么咱们老将军始终不服他哪！

郭　盛　那当然喽！要说咱们老将军，东挡西杀，南征北战，在战场上，你一刀，我一枪……

贾　凌　往哪儿枪啊？

郭　盛　我这是比画哪！立下十大汗马功劳，才做了赵国的上将军。凭一个舍人出身，倚仗嘴巧舌能，就封了丞相。不用说老将军，就是我，也不服啊！

贾　凌　咳！说来说去，还算蔺丞相他聪明。他知道自己出身不高，功劳不大，所以老将军三番两次羞辱于他，他不敢逞强，只有退让啊！

郭　盛　据我瞧，不但蔺丞相聪明，就是他手底下的人，也够机灵嗒。

贾　凌　怎么呢？

郭　盛　你瞧啊！这两碟菜，不是他们乖乖儿地孝敬咱们的吗？

贾　凌　你小点声说，（故意大声地）别让人家听见！

郭　盛　别让他们听见？难道说咱们哥们还怕他们不成？也不是说大话，借给他们点胆子，也不敢跟咱们说三道四嗒呀！喝着，喝着。

　　　　〔贾凌、郭盛饮酒。

傅　让　李先生，这酒我可喝不下去啦！他们真是大言欺人哪，你甭管，我得问问他们去！

李　诚　别莽撞，别莽撞！待我上前。（出位）啊，二位先生请过来。

贾　凌　干什么？又给我们敬菜来了？

李　诚　朋友相交，小小的酒菜，算不了什么！二位请过来，有几句话咱们谈谈。

贾　凌
郭　盛　怎么？要打架？外边，不含糊！（站起来）

李 诚	不是的。方才听二位之言，我们要请教请教。

〔贾凌、郭盛出座。

贾 凌	甭绕弯儿了，有什么话你说吧。

李 诚	二位说，我家丞相出身舍人，没有什么功劳，你们可知道完璧归赵、扑油鼎的事情吗？

贾 凌	扑油鼎，那算得了什么，那是他活腻啦！

李 诚	咳！你别那么说！想那秦王用十五连城，诓取我国和氏之璧，满朝文武，没有人敢捧璧入秦；亏了我们丞相，到了秦廷，一见那秦王，诓璧是真，换城是假，我们丞相机智权变，当时将宝璧取回，急速命人送回我国，又单人独自面见秦王；那秦王大怒，当时抬上烹人的油鼎，若不献璧就把我们丞相烹炸而死；那时我家丞相毫无惧色，侃侃而谈，据理争辩，问得那秦王张口结舌，无话可答，不敢再强暴无礼，丞相安然回国，称得起是忠心赤胆、智勇双全。这不是奇功一件吗？

贾 凌	就算这是功劳。就这功劳，就封丞相呀！

李 诚	还有哪！

贾 凌	你再往下说。

李 诚	那秦王一计不成，又生二计，约请大王渑池赴会，明为和好，暗藏刀兵。在酒席筵前，他叫咱们大王鼓瑟取乐，分明是取笑赵国，我家丞相义正辞严，力逼那秦王击缶，这才争回了体面，秦邦不敢逞强。要不是蔺丞相正气凌云，智勇包天，咱们赵国早被秦邦看作无用之辈，兴兵侵扰啦！到了那个时候，咱们的宗庙社稷哪能保全哪！

贾 凌	照你这么一说，这蔺丞相的胆量可不小哪！

李 诚	本来嘛，他老人家，智勇双全，胆识过人！要不然就能封为丞相了吗！

郭 盛	这话又不对啦，蔺丞相如此英雄，为什么单怕我们廉颇老将军哪？

李 诚	哈哈……二位好不明白呀！我家丞相并非惧怕廉颇老将军，他怕的是将相不和，国家之害，所以蔺丞相三番两次地退让老将军。不用说我们丞相，就是我们哥儿们，常听蔺丞相的嘱咐，对于你们诸位也是谦恭退让，为的是不计私仇，要以国家社稷

为重啊！

贾 凌
郭 盛　哎呀！是这么回子事啊！

贾 凌　听义士之言，我二人如梦方醒。国家为重，岂有自相误会、私闹意气之理。我们此番回去，必须多多劝告老将军，别再跟蔺丞相闹别扭啦！

李 诚　二位若能说得老将军回心转意，与我们丞相早日和好，真是赵国之幸。我这儿给您行礼，拜托您多受累啦！

贾 凌　哎呀！岂敢，岂敢！刚才言语之间，多有冒犯，我们知错认错，我给您磕一个吧。

李 诚　哎呀！岂敢，岂敢！二位深明大义，真乃通达之士，我给您磕一个吧。

贾 凌　岂敢，岂敢！从今以后，你我弟兄，要多亲多近，我们还要多多地请教哪！酒保，把他们二位的酒钱，记在我们的账上！

李 诚　不，不，不！有言在先，还是记在我们的账上。

贾 凌　不，不，不！记在我们的账上。

李 诚　记在我们账上。

贾 凌　这么一说，我们就依实啦！

李 诚　正是——

> 今日喝了一壶酒，
> 从今都是好朋友！

贾 凌
郭 盛　二位再见啦！

李 诚　再见啦！

贾 凌　二位仁兄请！

李 诚　不敢！二位仁兄请！

贾 凌　来，来，来！挽手而行！哈哈哈……

李 诚　哈哈哈……

〔四人挽手下。

〔幕落。

第二十三场

〔幕启。

〔廉颇上。

廉　颇　（唱【二黄原板】）

老廉颇在府中心下暗想，

想起了封相事闷转愁肠；

蔺相如小孺子未曾把功勋立上，

一旦间封首相位压朝堂。

想此事不由人气往上撞……

（接【小拉子】，夹白）想老夫东挡齐国，西抗强秦，立下盖世之功。那相如小儿，不过是口巧舌能，侥幸成功，如今封为首相，位居老夫之上，真真气煞人也！（垛头，接唱【碰板】）

怨君王有偏向，

埋没了功臣乱封赏，

思来想去，叫老夫怒满胸膛。

（接【小拉子】，夹白）想前者，长街之上，挡他的去路，那相如小儿，竟自不敢向前，分明惧怕于我。相如呀，相如！老夫在朝一日，管叫你做不得太平丞相也。（接唱【二黄散板】）

为此事终日里心中不爽，

誓不与小孺子并立朝堂。

〔贾凌、郭盛上。

贾　凌　启禀老将军，适才我二人在街前饮酒，偶遇蔺府的门客，我等故意与他吵闹，谁知他等再三退让。他们言道：蔺丞相并非惧怕老将军，只因国家为重，怕的是将相不和。依我们的拙见，老将军与蔺丞相就该和好的为是。

廉　颇　哎！要俺与那蔺相如和好，是万万不能！

郭　盛　望将军还要三……

廉　颇　嗯——

〔内声："虞大夫到。"

贾　凌　虞大夫到!

廉　颇　有请。

贾　凌　是。有请虞大夫!

　　　　〔贾凌、郭盛下。虞卿上。

虞　卿　老将军!

廉　颇　虞大夫!

　　　　〔虞卿与廉颇同笑,进内。

廉　颇　大夫到此,有何贵干?

虞　卿　老将军数日未朝,敢莫是身体不爽吗?

廉　颇　唉!廉颇虽老,我这钢筋铁骨,却还不老。奏本不朝,为了一人。

虞　卿　莫非为了蔺丞相?

廉　颇　啊!什么丞相!大夫此话休再提起!

虞　卿　啊!老将军,想那蔺相如有功于赵国,人人敬重啊!

廉　颇　侥幸成功!

虞　卿　那蔺丞相胆识过人,老将军不可轻视于他呀!

廉　颇　依老夫看来,不过是个懦弱的书生!

虞　卿　何以见得?

廉　颇　老夫在长街之上,三次挡他的去路,他为何就不敢向前?

虞　卿　你道他三次不敢向前,是惧怕老将军你吗?

廉　颇　(得意地)嗯!

虞　卿　哎!请问老将军,那秦王可有吞并我赵国之意?

廉　颇　有的。

虞　卿　他为何不兴兵前来?

廉　颇　你道为何?

虞　卿　他不敢进犯者,怕的是我赵国二人。

廉　颇　哪二人?

虞　卿　老将军与那蔺丞相!

廉　颇　哎!那蔺相如是甚等样人,怎能与老夫相提并论!

虞　卿　老将军此言差矣!

廉　颇　何差?

虞　卿　想那蔺丞相首次入秦,完璧归赵,油鼎在前而不惧;渑池会上,理屈秦王，强他击缶。那时，兵似兵山，将如将海，他尚且不惧，难道说他惧怕老将军不成？他不过怕的是将相不和，国家之害呀！想你二人，一文一武，一将一相，同心辅赵，秦兵不敢犯界；倘若你二人一旦失和，秦人乘机而至，不动刀兵，便可灭赵！那时赵国的宗庙无存，社稷不保，这误国之罪，应在哪一个的身上？

廉　颇　这……

虞　卿　那蔺丞相也曾对我言讲：他以国事为重，不计私愤，情愿让将军，不愿亡赵国！

廉　颇　呀！（唱【二黄散板】）

　　　　　一番话问得我无有话讲，

　　　　　惊醒了老廉颇大梦黄粱；

　　　　　低下头口问心暗自思想……

（心中焦急，出门，低头寻思）

　　　　　好一似刀割肉箭刺胸膛。

且住！听虞大夫一番言论，我是如梦方醒；将相不和，乃国家之害，倘被秦邦闻之，乘机进犯，这赵国的宗庙何在？社稷何存？廉颇呀！廉颇！你身为上将军，不以国事为重，只念私事小愤，这误国殃民之罪，尽在你一人的身上。你问心何安？于心何忍？哎呀这……这……唉！（乱锤）

虞　卿　老将军，人非圣贤，孰能无过！只要老将军回心转意与蔺丞相和好，那蔺丞相言道，还要亲自过府与将军赔礼呢。

廉　颇　哎呀大夫啊！这都是廉颇一人之错，怎敢劳动丞相过府赔礼！待俺身背荆杖，亲到相府赔罪便了。（唱）

　　　　　我心中愧对蔺丞相，

　　　　　赔礼认罪走一场。（下）

虞　卿　（一望）看老将军回心转意，亲往相府赔礼！将相和好，我不免回复我主便了。（"扫头"下）

〔幕落。

第二十四场

〔幕启。

〔蔺相如执书上。

蔺相如　（唱【二黄摇板】）

　　　　每日里思国事愁眉难放，

　　　　都只为虎狼秦暗算我邦。

〔李诚、傅让急上。

李　诚
傅　让　启禀丞相，老将军单身一人，闯进相府！

蔺相如　怎么，老将军他……来了吗？带路前厅！

〔廉颇负荆上，与蔺相如见面。

蔺相如　老将军你……这是何意？

〔李诚、傅让互示意，暗下。

廉　颇　哎呀，丞相啊！俺廉颇胸襟狭小，不该蔑视贤才，得罪了丞相。如今身背荆杖，到府请罪，望丞相念在同朝的分儿上，打也打得，罚也罚得，还望你多多地训教哪……（哭跪）

蔺相如　（大惊，趋步向前，跪，唱【二黄散板】）

　　　　见此情不由我伤心泪降，

　　　　我与你秉忠心同在朝堂；

　　　　让将军为的是国家为上，

　　　　怕的是我们文武不和手足相伤！

　　　　你本是大义人心胸宽广，

　　　　蔺相如敬重你忠勇无双！

廉　颇　（唱）从今后你就是我的师尊一样。

蔺相如　（唱）你是我老哥哥……

廉　颇　（唱）愧不敢当！

蔺相如　（唱）保国家我凭文，

廉　颇　（唱）我凭武，

蔺相如 廉　颇	（唱）忠心秉上。

〔"急急风"。李诚、傅让引赵胜、缪贤、虞卿、傅豹上。

众　人　（接唱）从今后将相和，

　　　　　　国富民强。

　　　　且喜将相好，乃是我赵国之幸也。

蔺相如　就在我府中设宴，与老将军、列位大人痛饮。正是——

　　　　　　文武同心喜事多，

众　人　（念）哪怕秦邦动干戈。

廉　颇　（念）负荆请罪赎前过，

众　人　（念）国泰民安将相和。（唱【尾声】）

　　　　　　文武同心宏才展，

　　　　　　国家富强是所愿，

　　　　　　将相和好万民欢！

〔众人同下。

〔幕落。

——剧　终

《将相和》由翁偶虹、王颉竹在京剧旧本《完璧归赵》《渑池会》《负荆请罪》的基础上创作，完成于1950年，同年由新中国实验京剧团的李少春、袁世海和太平京剧社的谭富英、裘盛戎分饰蔺相如、廉颇，在天津、北京同时上演。

作者简介

翁偶虹　（1908—1994），男，北京人，京剧剧作家、评论家、脸谱研究家，中央文史馆馆员，一生共创作戏曲剧本一百三十八部。1939年，为程砚秋编写《锁麟囊》，使之成为程派巅峰之作。1949年后，成为中国京剧院专业编剧和顾问，其编写（含合作）的《野猪林》《将相和》《高亮赶水》《大闹天宫》《李逵探母》《响马传》《白面郎君》《红灯记》等剧目，已经成为流传广泛的经典剧目。

王颉竹　（1902—1974），原名王炳铎，男，河北景县（今属吴桥）人。创作改编的京剧有《将相和》《西门豹》《荆钗记》《战渭南》《金田风雷》《神海蜊》《南方来信》《春到喀隆湾》等。另，创作改编的剧本有《和亲记》《唐王纳谏》《赵盼儿》《唇亡齿寒》《千万不要忘记》等。

·豫　剧·

花木兰

陈宪章　王景中

人　物　花木兰——巾帼英雄。

花木惠——木兰之姐。

花　弧——木兰之父。

花　母——木兰之母。

花木隶——木兰之弟。

王　福——投军壮士。

周　明——投军壮士。

孙继安——投军壮士。

刘　忠——投军壮士。

贺廷玉——元帅。

李将军——贺廷玉之部下。

张将军——贺廷玉之部下。

突力子——番王。

番　将——突力子之部下。

地保、探马、中军、番兵、贺兵若干。

第一场　犯边

〔幕启。

〔突力子、八番兵过场。

突力子　（唱）兴兵犯中原，

率雄师，

斩将夺关！

入帝都，

一统江山！

俺，突力子。自孤兴兵以来，逢州夺州，遇县抢县，好不喜煞人

也！呵呵、哈哈哈！巴图鲁！

　众番兵　喳！

突力子　抖擞精神，杀!

众番兵　杀!

　　　　〔贺廷玉率兵迎上。

贺廷玉　马前可是突力子?

突力子　然!

贺廷玉　我朝未曾亏负尔等，屡次兴兵犯界是何道理?

突力子　只因我国地瘠民贫，欲借你国土地养兵千载，用毕交还!

贺廷玉　一派胡言，看枪!（开打）

　　　　〔双方会阵，贺廷玉败下，高悬免战牌。

　　　　〔正兵四人、二将上，站门。贺廷玉急上。

贺廷玉　哎呀且住，突力子长矛锋利，骑兵骁勇，本帅战他不过，如何是
　　　　好?……嗯，有了，李将军听令。

李将军　在。

贺廷玉　命你派人火速回朝奏请圣上，征募乡勇，不得有误!

李将军　得令。（下）

贺廷玉　众将官，严加防守，准备操练兵马。

　　　　〔贺廷玉与众将官下。

　　　　〔幕落。

第二场　机房

　　　　〔二幕前。地保打锣带军帖上。

地　保　哎——强敌压境，边关吃紧，应征之人，准备从军喽!

　　　　〔刘忠上，看见地保欲溜。

地　保　哎，刘忠——

刘　忠　啊，地保大爷! 你忙你的，我有事，改日谈!（转身就走）

地　保　嗯，慢走慢走! 现在就谈。你的名字，也在上面，快快入伍，不
　　　　能迟延!

刘　忠　啊! 入伍……我新娶的媳妇可咋办呢?

地　保　这我可管不着。哎，强兵压境，边关吃紧……（下）

刘　忠　这咋办呀? 我媳妇咋办呢? 唉!（垂头丧气，下）

〔二幕启。

〔慢板音乐声中，花木兰上。

花木兰　（唱）这几日老爹爹疾病好转，

　　　　　　　举家人才都把心事放宽。

　　　　　　　且偷闲来机房穿梭织布，

　　　　　　　但愿得二爹娘长寿百年。

〔地保上。

地　保　花弧在家吗？花弧在家吗？

花木兰　（开门）地保到来有何公干？

地　保　啊，姑娘，花弧是你什么人？

花木兰　是我的爹爹。

地　保　啊，这里有紧急军帖，要你父速速应征！（递帖）

花木兰　（接军帖阅，一惊）哎呀！他已年老，早已退役了啊！

地　保　可有儿子代替？

花木兰　我无有兄长，只有一个弟弟，年纪还小。爹爹年老多病，这便如
　　　　何是好！

地　保　边关吃紧！还是叫你父赶快应征去吧。（下）

花木兰　地保！地保！（见地保已去，转入沉思，念）

　　　　　　　强敌压边境，

　　　　　　　国家要征兵。

　　　　　　　爹爹无大儿，

　　　　　　　木兰无长兄。

　　　　　　　怎好叫老人家万里远征啊！

　　　　（唱）适方才那地保来把帖送，

　　　　　　　为什么军帖上还有父名？

　　　　　　　老爹爹近几年衰老多病，

　　　　　　　怎能够到边关去把贼平？

　　　　　　　我有心替爹爹前去上阵，

　　　　　　　怎奈我是女子难以从征。

花木兰哪，花木兰，父母平日夸你智勇双全，有男子的气概。今
日之事，难道你、你、你就无有主意了吗？（沉思）唉！（做阵前

杀敌动作，先喜后忧，看见女装，又转入沉思）唉！

〔花木惠暗上。

花木惠　（学花木兰表情）唉！

花木兰　姐姐来了。

花木惠　妹妹，你为何背地里叹气呀？

花木兰　我嘛……

花木惠　妹妹，我来这里，未听得纺织之声，却见你唉声叹气。有什么心事，快快与姐姐讲来！

花木兰　这心事嘛……

花木惠　我明白了，男大当婚，女大当嫁。妹妹大了，心事自然地就多了。

花木兰　我却不信，妹妹虽大，还能大过姐姐吗？

花木惠　你这丫头，不说实话！

花木兰　姐姐哪里知道，适才地保到来，言讲突力子侵犯边境，爹爹的名字还在军籍。想他老人家年老多病，怎经得起那征战之苦！

花木惠　哎呀，这便如何是好呢？

花木兰　姐姐，我倒有一个主意。

花木惠　妹妹，你有什么主意？

花木兰　我……我要见了爹娘再讲。

花木惠　你这丫头！

〔花木兰与花木惠圆场。转景。

〔花木兰、花木惠见爹娘。

〔花弧、花母、花木隶上。

花　弧　女儿……

花木惠　爹爹，妹妹刚在门外，接来了军帖一道。

花　弧　军帖上写的什么？

花木兰　爹爹请看。

花　弧　（接军帖阅）啊！

花　母　上边说些什么？

花　弧　边关告急，国家征兵，老汉名在军籍，叫我急速应征入伍。

花木惠　母亲，我爹爹去不得呀！

花　母　是呀，像你年老多病，怎能阵前交锋？是万万去不得的！

花　弧　啊呃！哪里话来，我想"国家兴亡，匹夫有责"，若是一个个贪
　　　　生怕死，只图安乐，可知国破之后，阖家老小，也难得保存。待
　　　　我立刻准备，应征入伍。（发喘）

花木兰　爹爹之言固然不错，只是爹爹年老多病，怎经得起那征战之苦！

花　弧　哎呀！事到如今，也顾不得许多了。

花木隶　爹爹，我不叫你去呀！

花木兰　爹爹年迈，兄弟年幼，女儿情愿女扮男装，顶替我兄弟的名字，
　　　　就说花木隶替父从军。爹娘，你看如何？

花　母　你说什么？

花木兰　女扮男装，代父从军。

花　弧　那怎能使得。

花　母　你莫讲疯话。

花木惠　（嘲笑地）妹妹，原来就是这个主意呀！

花木隶　（赞成地）姐姐，好主意呀！

　　　　〔外面地保的声音："花弧在家吗？花弧在家吗？"上。

地　保　（推开院门进入院内）花弧在哪里？

花　弧　（与家人闻声齐出）花弧在此，地保有话请讲。

地　保　花弧听着，二次传令：军情紧急，限定入伍之人，速速准备战袍
　　　　战马、铠甲兵器，连夜赶赴边关，不得迟误！

花　弧　知道了。

花　母　啊！地保，他已年老退役，且又体弱多病，实实不能上阵杀敌，
　　　　还请地保好言上告，就免征了吧！

地　保　这是朝廷的王法，谁敢违抗。

花　弧　俺花弧随后就到。

地　保　速速准备，入伍去吧！（下）

　　　　〔全家默无一语，转入草堂。

花木兰　爹爹，如今军情紧急，快快答应女儿应征了吧！

花　弧　万万不可。

花　母　知道女儿的孝心也就是了。

花木兰　母亲啊！女儿自幼跟随爹爹学会了许多兵法武艺，如今大敌当
　　　　前，我不将它施展出来，学它何用？况爹爹年老多病，正是女儿

尽孝尽忠之时，这女子领兵杀敌，自古有之。

花　母　我却不信。

花木惠　女子领兵打仗可有哪几人呢？

花木兰　你听啊！（用力拍了花木惠一下）

花木惠　哎呀！你这个丫头。

花木兰　（唱）爹姐且慢阻儿行，

女儿言来听分明：

吴宫美人曾演阵，

秦风女子善知兵。

冯氏西羌威远震，

荀娘年幼救危城，

这巾帼英雄留美名！

儿愿替爹爹去从征。

花　母　儿啊，你学的那点武艺，怎能比得上古人哪？

花　弧　是呀！这千军万马之中，杀敌制胜是要凭胆量武艺的。

花木兰　爹爹的武艺如何呢？

花　弧　为父身经百战，杀敌如麻，冲锋陷阵，是来者不惧！

花木兰　女儿的武艺，纵然比不上那古人，料不在爹爹之下。

花　弧　有道是：老将出马，一个顶俩。岂是你女流可比！

花木兰　女儿情愿与爹爹当面比试比试。

花　弧　初生犊儿不怕虎。

花木兰　敢与爹爹见高低。

花　弧　木惠取宝剑来。

花木惠　是。

花木兰　且慢！爹爹，女儿要比得过呢？

花　弧　让儿前去。比不过呢？

花木兰　比不过……

花　弧　这"从军"二字，休再出口。

花木兰　爹爹你说话……

花　弧　算话。

花木兰　说一……

469

花　弧　不二。

花木隶　姐姐，我给你取宝剑去。

〔花木惠与花木隶取剑上，将剑分给花弧和花木兰。花木兰向爹爹虚晃一剑。

花　弧　慢来、慢来，待为父准备准备。（转身突刺花木兰一剑）

花木兰　爹爹，你不是说要准备准备吗？

花　弧　我要试试儿的眼力如何。

〔花木兰、花木惠相顾而笑。父女二人开始比武，花弧渐不支，花木兰面不改色。

花　母　木兰，你要慢一点。

花　弧　儿啊，今天你我父女着实地比来，你要来呀。

花木兰　爹爹，你来呀！

〔花木兰与花弧对剑，花弧败倒，众人搀扶。

花　母　木兰！

花木兰　爹爹！

花　母　老爷。

花　弧　我是老了。

花木隶　爹爹，俺姐姐赢了！

花　弧　儿的武艺倒是不错。

花木兰　爹娘可该答应女儿了吧！

花　母　可惜你是个女孩儿家……

花木惠　终日与男子共事，那还了得。

花　母　叫娘如何舍儿得下，咱不去！不去！

花木兰　母亲，你舍不得年轻力壮的女儿，难道你就舍得年老多病的爹爹吗？

花　母　这……哎！难坏为娘了！

花　弧　还是整顿行装，让老夫前往！

花　母　唉！你是去不得！她也不能去！（同时拉住花弧与花木兰）

花木兰　爹娘啊，女儿只因爹爹年迈，兄弟年幼，才要女扮男装，代父从军。如今话也说尽了，武也比过了，还是不让女儿前去。可惜俺为国不能尽忠，为父不能尽孝，俺木兰实实枉为人也！不如女儿我……（取剑佯作自刎状）

花　弧　女儿……
花　母

花木惠　（急拦阻）妹妹！

花木隶　姐姐！

花　弧　木兰，你既有忠孝之心，我二老也不阻拦于你。为父的盔甲还
　　　　在，快去披挂起来，待为父一看。

花木兰　女儿遵命！（拉花木惠、花木隶下）

花　母　一个女孩儿家，会被人看破的呀，去不得！

花　弧　我看儿的胆量武艺，此去料无妨碍，（劝花母）待我去至长街，
　　　　买来鞍鞯、骏马，送儿登程。（下）
　　　　〔幕落。

第三场　练兵

〔幕启。

〔贺廷玉与张将军上。

贺廷玉　（唱）雁门关打一仗落落大败，
　　　　　　　众贼兵似虎狼盖地而来。
　　　　　　　亲眼见众将士血流如海，
　　　　　　　亲眼见众黎民受罪遭灾；
　　　　　　　亲眼见边关上寇旗飘摆，
　　　　　　　亲眼见国土沦丧我心痛哀。
　　　　　　　无奈何免战牌高悬寨外，
　　　　　　　为的是把贼人锋锐避开。
　　　　　　　我这里十万火急请人马，
　　　　　　　重整军紧习武再把阵排。
　　　　　　　敌有长矛能饰阵，
　　　　　　　我为破阵练盾牌；
　　　　　　　敌有骑兵马腿快，
　　　　　　　我练刀砍马腿栽。
　　　　　　　针锋相对古训在，

反败为胜是英才。

今日忍辱练人马，

明日卷土再重来。

为国负重关山外，

不消灭突力子，

我誓死不离烽火台，

碧血黄沙把忠骨埋！

张将军！

张将军 有。

贺廷玉 操演上来！

张将军 啊！操演上来。

〔众将士上，操练藤牌刀、藤牌刀破枪阵。

贺廷玉 （观毕甚喜）继续操练！

〔众将士继续操练中，幕落。

第四场　别家

〔二幕外。花弧上。

花　弧 （唱）木兰女生来多孝顺，

一心代父去从军。

女扮男装果英俊，

武艺高来智超群。

此番入伍上战场，

她的娘担心我放心。

东市买来了高头马，

祝女儿马到成功把敌擒。

（拴马进屋）

〔二幕启。

〔花木惠扶花母上。

花　母 老爷回来了。

472 **花　弧** 女儿可曾改扮齐备？

〔花木隶边喊边上。

花木隶　俺姐姐扮好了，扮好了！姐姐，你快来呀！

〔花木兰戎装上，羞怯不肯向前。

花木兰　见过爹娘。

花　弧　女儿打扮起来，倒有个男子气概。见了元帅，可会施礼？

花木兰　女儿我会施礼。

花　弧　施来我看！

花木兰　爹爹请看：元帅在上，花木兰参见元帅。（侧身一拜，女态毕露）

花　弧　唉，错了！错了！

花木兰　怎么错了？

花　弧　待为父教导于你：我儿进得帐去，先整冠，后掸尘：元帅在上，
　　　　末将花木隶参见元帅！（撩袍下跪）

花木兰　罢了！

花　弧　唉！

花木兰　哦！儿学会了。

花　弧　试试我看。

花木兰　见了元帅，先整冠，后掸尘：元帅在上，花木隶参见元帅！

花　弧　帐下听点！

花木兰　是！（互视而笑）

花　弧　儿去得了。

花　母　怎么她去得了？

花木兰　多谢爹娘。

花　弧　儿呀，来来来，宝剑与儿带上，登程去吧。

花木兰　女儿遵命。

〔花弧与花木兰圆场，送行。二幕闭。

〔全家送至村头，依依不舍。

花木兰　送儿千里，终有一别，请爹娘姐弟回去了吧！

花木隶　姐姐，你真走啦！（上前拉住花木兰）

花　弧　儿啊！你代父从军，镇守边关，要好好听从号令，英勇杀敌，等
　　　　待河山收复，你要早日返回呀！

花　母　儿啊！今日一去，不知何日才能回来？（放声哭）

花木兰　　爹娘啊！（唱）

　　　　　　　　劝爹娘莫难过村头站稳，

　　　　　　　　女儿有几句话告禀双亲。

　　　　　　　　咱今日可不把旁人来恨，

　　　　　　　　恨只恨突力子残害黎民。

　　　　　　　　若非是突力子兴兵内侵，

　　　　　　　　女儿我怎能够远离家门。

　　　　　　　　儿既然替爹爹前去上阵，

　　　　　　　　望二老切莫要为儿担心。

　　　　　　　　但愿得此一去旗开得胜，

　　　　　　　　平了贼儿回家再孝双亲。

花　母　　儿呀，此去从军，千万要处处小心，一时一刻也不敢大意。

花木兰　　母亲放心吧，女儿记下了。

花木惠　　妹妹！（唱）

　　　　　　　　妹出外少说话逢酒莫饮，

　　　　　　　　处处要谨防备无赖小人。

　　　　　　　　家中事都由你的姐姐担任，

　　　　　　　　孝父母勤纺织我尽力尽心。

　　　　　　　　平了贼莫忘了双亲多病，

　　　　　　　　妹妹呀，你要早早转回家门！

花木隶　　姐姐！（唱）

　　　　　　　　我送姐姐去打仗，

　　　　　　　　盼望你多打胜仗早还乡。

　　　　　　　　到那时全家迎接村头上，

　　　　　　　　好姐姐我与你杀猪宰羊。

花木兰　　好弟弟呀，你在家可要好好读书、习武，千万不要惹二老生气呀！

花木隶　　姐姐你放心吧！

花木兰　　姐姐，妹妹走后，二老爹娘你要替我多多尽孝。

花木惠　　妹妹，你放心去吧！

花　弧　　儿呀，上马去吧！

474　花　母　　儿呀，今日一去，你可知道"儿行千里母担忧"，莫叫娘朝夕挂

念。(泪下，难以抑制)

花木兰　母亲呀！(唱)

　　　　　　老母亲再莫要悲伤难忍，

　　　　　　娘说的句句话儿记在了心。

　　　　　　此一去我定要处处谨慎，

　　　　　　你的儿本领好武艺超群。

　　　　　　或一年或半载边疆平稳，

　　　　　　平了贼儿定要一刻也不停，

　　　　　　快马加鞭转回家门，

　　　　　　我孝敬双亲！

　　　　〔在音乐声中道别。

花　弧　儿啊，莫误了军情大事，快快登程去吧！

花木兰　是。

花　母　儿呀，娘说的话，你记住了吗？

花木兰　母亲放心，女儿都记住了！

花木惠　妹妹，一路珍重！

花木兰　爹爹、母亲哪，在家好好保重身体，女儿我要……拜别了！(下)

花木隶　姐姐！

花　母　木兰！

　　　　〔全家送下，呼唤声不断。

　　　　〔幕落。

第五场　征途

　　　　〔二幕前。王福、周明、孙继安上。

王　福
周　明　(唱)可恨突贼来侵犯，
孙继安　　　　扰乱黎民不得安。

　　　　〔刘忠内喊："诸位慢走！"上。

刘　忠　诸位，咱们歇歇再走吧。

王　福　看天色不早，还是赶路要紧。

刘　忠	你慌什么？你不累，马可累了。我看咱还是休息休息再走吧。
孙继安	有道是：羽书如火急。
王　福	策马莫停蹄。
周　明	好，咱们一同马上加鞭。（与众人同下）
刘　忠	哎，等等我。（下）

〔二幕启。

〔花木兰趟马上。

花木兰　（唱）拜别爹娘离家园，

爹娘的言语我记心间。

挥长鞭催战马追风掣电，

为杀敌扮男装赶赴阵前。

要学那大丈夫英雄好汉，

但愿得此一去不露红颜。

提缰催马往前赶，

马恋水草不肯向前。

想俺花木兰改名花木隶，替父从军。一路之上披星戴月，过了黄河又渡黑水，耳旁只听河水潺潺，这爹娘唤儿的声音已听不见了！

〔幕内，马嘶叫声。

花木兰　啊，何处传来胡马嘶鸣？哎呀！如今军情紧急，岂能容我在此思念双亲，待我上马登程……

〔刘忠内喊："壮士慢走！慢走！"

〔刘忠、王福、孙继安、周明等先后上。

刘　忠	壮士慢走，咱们歇息歇息再走吧！
花木兰	这……
孙继安	请问壮士你敢是赴前线应征去的吗？
花木兰	正是。看天色不早，我要先行一步。（意在摆脱交谈）
刘　忠	我们也是应征去的。
王　福	咱们何不结伴同行。
花木兰	结伴同行……
周　明	请问壮士尊姓大名？
花木兰	在下花木隶，延安府尚义村人氏。

王　福	啊，花壮士！失敬了。
花木兰	请问众位尊姓大名？
王　福	我名王福。
周　明	周明。
孙继安	孙继安。
刘　忠	我叫刘忠。
花木兰	失敬了。
孙继安	咱们还是同乡哩。
刘　忠	反正都是苦命人呗！
周　明	你又在胡言乱语了！花壮士请来前行。
花木兰	还是众位前行。
周　明	咱们一同上马。（上马）
花木兰	哦，刘大哥前行。
刘　忠	（唱）催战马往前赶越赶越远，

　　　　　　　过一山又一山惹人心烦。

　　　　　　　思爹娘想妻子路远难见，

　　　　　　　不由我一阵阵愁上眉尖。（站住）

| 孙继安 | 你怎么又不走了？ |
| 刘　忠 | 众位，你们没有一路观看！ |

| 孙继安
周　明
王　福
花木兰 | 看什么？ |

刘　忠	你们看这村庄之内，家家户户老少团圆，谁像我们远离家乡，去到战场。这离前方不远，打起仗来还不知是死是活，叫我看倒不如慢点走，倒可以……
王　福	就你贪生怕死！
刘　忠	谁不怕死。
周　明	刘大哥，你要知道，有国才能有家！
孙继安	是啊，人人奋勇杀敌，国家强盛起来，才能保得住田园家产，老少团圆。

477

刘　忠　（问花木兰）为什么别人都可以在家团圆，偏叫咱们出来打仗？

花木兰　刘大哥此言差矣！

刘　忠　我怎么差啦？

花木兰　恁听啊！（唱）

　　　　　　　　刘大哥再莫要这样盘算，

　　　　　　　　你怎知村庄内家家团圆？

　　　　　　　　边关的兵和将千千万万，

　　　　　　　　谁无有老和少田产庄园。

　　　　　　　　若都是恋家乡不肯出战，

　　　　　　　　怕战火早烧到咱的门前！

孙继安　（唱）花壮士一番话你可听见，

　　　　　　　　好男儿杀敌寇一马当先。

王　福　（唱）你不要恋家乡把妻儿思念，

周　明　（唱）刘大哥莫乱想快马加鞭。

刘　忠　（唱）不是我恋家乡不肯出战，

　　　　　　　　去打仗怕的是命难保全。

　　　　　　　　为什么倒霉的事，唉！

　　　　　　　　都叫咱男人来干？

　　　　　　　　女子们在家中坐享清闲。

花木兰　（唱）听他讲罢我暗思念，

　　　　　　　　男女的事情我少交谈。

　　　　　　　　刘大哥一声唤，

　　　　　　　　路上少把是非搬。

　　　　　　　　咱们从军去作战，

　　　　　　　　可管她清闲不清闲。

　　　　　　　　咱们还是赶路要紧！

王　福　你少说闲话！

刘　忠　闲话？我这是闲话？依我看，女子们比咱多占多大便宜！

花木兰　怎见得呢？

刘　忠　你想啊，这天下苦事都叫我们男子做了，这女子们成天在家清吃
　　　　坐穿，她们不是占了大便宜吗？

花木兰　此言又不对了！

刘　忠　我怎么又不对了？

花木兰　你听啊！（唱）

<blockquote>

刘大哥讲话理太偏，

谁说女子享清闲。

男子打仗到边关，

女子纺织在家园。

白天去种地，

夜晚来纺棉。

不分昼夜辛勤把活干，

将士们才能有这吃和穿。

你要不相信，

请往咱身上看，

咱们的鞋和袜，

还有衣和衫，

千针万线可都是她们连呐！

有许多女英雄，

也把功劳建。

为国杀敌代代出英贤，

这女子们哪一点不如儿男？

</blockquote>

刘　忠　（自觉理屈）欸……

周　明　欸……（反问刘忠）无理了吧？
王　福

刘　忠　欸！（自觉理屈，转愁为喜）花壮士你说得对，你说得真对！咱
　　　　们走吧！

花木兰　咱们走。

　　　　〔战鼓声。

刘　忠　众位壮士，是那里战鼓齐鸣，杀声震耳！

花木兰　一同杀上前去！

　　　　〔众人同下。

　　　　〔幕落。

479

第六场　救帅

〔幕启。

〔贺廷玉领兵先上。

〔突力子领兵迎上，贺廷玉与突力子双方兵将摆开阵势。

〔双方交战，贺廷玉败，突力子追，下。

〔四番兵上。花木兰随后上，与番兵交锋。混战。

李将军　元帅被围，快去解救！（下）

〔三个番兵用枪逼贺廷玉一人，贺廷玉已精疲力竭不能抵抗。

〔花木兰和张、李将军领兵上。花木兰与番兵混战。花木兰打败
　　突力子，欲追……

贺廷玉　小将莫追！中军听令。

中　军　在。

贺廷玉　传令下去，鸣金收兵。

花木兰　啊，元帅，敌兵败退，正好乘胜追杀，为何鸣金收兵？

贺廷玉　壮士有所不知，突力子诡计多端，善用骑兵，胜者集群，败者四
　　散。今日敌骑未乱，防中诡计。请问壮士尊姓大名。

花木兰　在下花木隶。

贺廷玉　花木隶……好一个英雄少年！

〔探马上。

探　马　报！禀元帅。

贺廷玉　讲。

探　马　突力子率领番兵又杀回来了。

贺廷玉　再探。

〔探马下。

贺廷玉　张、李二位将军听令。

张
李　将军　在！

贺廷玉　张将军率领一支人马，多带钩镰长枪，埋伏山左；李将军率领一
　　支人马，多带弓箭藤牌，埋伏山右。

张_{将军}
李　　得令！（下）

贺廷玉　花壮士！

花木兰　在！

贺廷玉　随定本帅迎敌者！（与花木兰同下）

〔突力子败阵后上。

突力子　且住，眼看孤家要生擒那贺廷玉，哪里来了一员小将，杀得孤家
　　　　落落大败。哎呀，这……有了，我不免退回大营，重整人马再来
　　　　擒他。儿郎们——

众将士　（无力地）有！

突力子　退回营寨，好好防守！

〔众番兵做狼狈相，下。

〔幕落。

第七场　巡营

〔幕启。

〔十二年后。花木兰戎装上。率周明、王福巡查营寨。

花木兰　（唱）子时到与众将巡营瞭哨，

　　　　　　　征战中十二载未脱战袍。

〔群鸟鸣叫。

花木兰　（接唱）夜深时为什么宿鸟惊叫？

　　　　　　　纷纷地向南飞所为哪条？

　　　　这黑夜之间，宿鸟自北而起是何缘故？（思顾）想必是今夜敌兵
　　　　偷营，一路之上，马蹄声响才将宿鸟惊起。周明听令！

周　明　在！

花木兰　速速传令本营人马，人披甲、马备鞍，听候号令不得迟误！

周　明　遵令！

花木兰　王福随我一同禀报元帅。（下）

〔二更鼓响，贺廷玉与两位将军正在研究军情，察看地图。

〔花木兰上。

花木兰 参见元帅。

贺廷玉 花将军黑夜之间，进帐何事？

花木兰 末将有紧急军情禀告元帅！

贺廷玉 讲。

花木兰 方才末将巡营瞭哨，见群鸟自北飞来。想是敌兵前来偷营，一路之上马蹄声响，才将林鸟惊起。请元帅早做准备。

贺廷玉 花将军深知兵法，所料不错，依你之见……

花木兰 待末将带领本部人马，埋伏在松林之内，放过敌兵。再请元帅腾出空营一座，吩咐三军们四面围杀，来他个瓮中捉鳖，大功可成！

贺廷玉 好！将军之计正合我意。花将军听令！

花木兰 在！

贺廷玉 命你带领本部人马照计行事。

花木兰 得令！

贺廷玉 二位将军听令！

张李将军 在！

贺廷玉 吩咐众将偃旗息鼓，松林埋伏，但听本帅击鼓为号，四出冲杀，不得有误。

张李将军 遵命！（下）

〔幕落。

第八场 破敌

〔幕启。

〔突力子领兵夜袭，匍匐前进。

突力子 儿郎们，速速前进。

〔到营寨。

众番兵 空营一座。

突力子 呀！四下必有埋伏，急速收兵！

〔突力子与番兵已被包围。

〔突力子退，花木兰领兵追击。

〔双方混战。

〔番兵射箭中花木兰左膀。

孙继安　花将军中箭了。

〔花木兰左臂中箭，孙继安从身上撕一布带为其绑上。

孙继安　花将军身受箭伤就该急速回营。

花木兰　小小箭伤算得什么！三军们，随我追赶那突力子！（追下）

〔突力子退至悬崖，无路逃避，花木兰穷追不舍。

〔突力子被花木兰打下马后获擒。

花木兰　将突力子押回营寨，请元帅发落。（押突力子下）

〔幕落。

第九场　提亲

〔二幕前。

〔贺廷玉率军士抬礼品上。

贺廷玉　（唱）沙场上征战十二年，

　　　　　　　扫平敌寇社稷安。

　　　　　　　痛惜伤我忠良将，

　　　　　　　慰劳木隶到帐前。

〔二幕启。

众军士　（喊）元帅到。

〔花木兰上。

花木兰　参见元帅！

贺廷玉　快快请起，花将军箭伤如何？

花木兰　箭伤么，不妨事。元帅请！

〔花木兰随贺廷玉进帐，坐下。

贺廷玉　将军擒了突力子，夺了营寨，从此边关平静，是奇功一件哪！

花木兰　功在元帅运筹帷幄，末将小功实在不足道也。

贺廷玉　不必过谦，本帅不日班师回朝，还要奏明天子，为将军升官加爵。

花木兰　啊——元帅……

贺廷玉	（打断花木兰）花将军，本帅有一心事久未明言，今日要面告将军。
花木兰	元帅请讲。
贺廷玉	将军坐下，哈哈哈……十余年来，将军苦战强敌，出生入死，忠心报国，令人十分见爱。本帅一生戎马，两鬓斑白，膝下只有一个女儿，尚未婚配……愿许将军为婚，不知将军意下如何？
花木兰	这……哟……（佯作伤疼站起）
贺廷玉	将军怎么样了？（趋前）
花木兰	箭伤发作，哎哟哟，疼痛难忍！
贺廷玉	（信以为真）啊……将军多多保重，好生将养。
花木兰	（旁唱）元帅做事太不对，
	不该亲口来做媒。
	木兰我怎把那千金配，
	叫我难允又难推。
贺廷玉	将军？
花木兰	元帅见爱，乃末将之幸，只是身在军中……
贺廷玉	啊！如今寇患已平，非同往昔了。
花木兰	只是还有父母之命。
贺廷玉	这……
花木兰	元帅，末将也有心事禀告。
贺廷玉	将军请讲，将军请讲！
花木兰	（唱）愿借明驼千里足，
	准许木隶还故乡。
贺廷玉	怎么？你要返故里吗？
花木兰	（唱）一来省亲二养病，
	婚姻之事禀高堂。
贺廷玉	好！好！好！准假就是。
花木兰	元帅在天子面前，千万莫提起末将的姓名。三五日，我便归去了。
贺廷玉	将军大功哪能不报，等你荣归之时，本帅还要亲来送你呀！
花木兰	岂敢、岂敢！
贺廷玉	（去而复返）这小女的婚事你要……
花木兰	哎哟！哎哟……（装作伤疼）

贺廷玉	将军保重，本帅去了。
花木兰	（呻吟声中）送元帅。
贺廷玉	免。哈哈哈……（下）
花木兰	（转回帐内，唱）

> 用巧计哄元帅出帐去了，
>
> 羞得俺花木兰脸上发烧。
>
> 我低下头仔细看，
>
> 我自己好笑，
>
> 我是个女孩家啊怎把亲招。
>
> 真木隶假木隶我自己知晓，
>
> 在军营十二载我未露分毫。
>
> 贺元帅准我探亲恩德不小，
>
> 花木兰要快马还乡把爹娘瞧。

（做纺棉织布动作）

〔音乐伴奏，结合花木兰纺织动作的节奏。

花木兰　（唱）举家人听说心花放，

> 不知道该怎样欢乐可该怎样忙。
>
> 爹娘迎儿在那村头上，
>
> 弟弟为我宰猪羊。
>
> 姐姐想必还是当年样，
>
> 她拉住木兰问短长。
>
> 爹问问女，女问问娘，
>
> 举家人欢欢乐乐回草堂。
>
> 开我的东阁门，
>
> 坐我的西阁床。
>
> 脱我的战时袍，
>
> 着我的旧时裳。
>
> 当窗理云鬓，
>
> 勤纺勤织我孝敬二爹娘，
>
> 花将军又变成花家的女郎！

中军。

中　军　在。

花木兰　与我准备行装，明日就返故里。

中　军　是。（与花木兰同下）

　　　　〔幕落。

第十场　思兰

　　　　〔幕启。

　　　　〔花木惠搀花母上。

花　母　（唱）木兰从军十二年，

　　　　　　　　我日日夜夜总挂牵。

　　　　　　　　想女盼女难相见，

　　　　　　　　不知她何日方能把家还？

　　　　　　木惠，今天是几月几日了？

花木惠　（忽悟母意，佯作不知）我记不清了。

花　母　你记不清，我倒记得清。十二年前的今天，就是你那木兰妹妹替
　　　　你父从军的日子呀！（不觉潸然泪下）

花木惠　母亲哪！（上前解劝，唱）

　　　　　　　　劝母亲请把心放宽，

　　　　　　　　木兰妹就要凯歌还。

　　　　　　〔花弧上。

花　弧　（唱）木兰儿立功喜报频频传，

　　　　　　　　马上咱全家就团圆。

　　　　　　　　你快把泪眼变笑脸，

　　　　　　　　迎接咱为国争光的女儿——花木兰。

花　母　此话当真？

花　弧　真的！真的！

花　母　（转忧为喜）都是你的好教养啊！

花　弧　木惠，快快打酒，我要与你母亲痛饮几杯。

花木惠　是。

　　　　　　〔花木隶急上。

花木隶　母亲，有喜呀，有喜呀！

　　　　　〔以下节奏转快。

花　母　欸，有什么喜呀？

花木隶　刚才公差到来，言说花大将军凯旋，就要进庄来了！

花木惠　真的？

花木隶　姐姐不信，请看喜报。

花　母　（见报大喜）真的，我女儿回来了！

花木隶　爹爹赶快准备，我去接俺姐姐去啦！（跑下）

花　母　我那女儿回来了！（下而复上，喜出望外）木惠，赶快收拾去吧。

花木惠　欸！

花　母　回来！先去打开东阁门，再去收拾好她的西阁床！

花木惠　（去而复返）是。

花　母　回来、回来，把梳妆台给她摆好！

花木惠　（去而复返）记下了。

花　母　回来、回来……

花木惠　（去而复返）我都记下了。

　　　　　〔花木隶边喊边上。

花木隶　爹爹、爹爹！我那姐姐已经进庄来了，快快迎接去吧，你们快
　　　　点吧！

　　　　　〔全家迎下。

　　　　　〔幕落。

第十一场　荣归

　　　　　〔幕启。

　　　　　〔王福、周明、孙继安、刘忠上。

王　福
周　明
孙继安　（唱）在边关十二载身经百战，
刘　忠
　　　　　　　今日里封官爵大家喜欢。

刘　忠　众位兄弟，咱们回得朝来，升官加职，此乃大家之喜呀！

王　福　咱们是一喜，花将军就是双喜临门了！

孙继安　你说的是元帅军营提亲之事吗？

王　福　正是。

孙继安　我看此事，很难说得一定呀！

王　福
周　明　怎见得呢？
孙继安
刘　忠

孙继安　你们想啊，上次元帅军营提亲，花将军借着箭伤，支支吾吾，他
　　　　就没有爽快地答应。我看他准是另有心事……

周　明　说不定花将军已经有了意中人了吧！

孙继安　对！这次元帅远道而来，说不定又要徒劳往返了呀！

刘　忠　这事你倒想错了，花将军的事，我老刘最清楚。

周　明
孙继安　你怎么最清楚啊？
王　福

刘　忠　你们想啊，咱与花将军军中生活一十二载，早晚提起男女之事，
　　　　他总是一言不发。依我看来，花将军推托婚事，不是心中不愿，
　　　　而是他脸皮太薄！

孙继安　是与不是，到了那里一看便知。啊！来此已是尚义村。

王　福
周　明
孙继安　请元帅。
刘　忠

　　　　〔贺廷玉上。

贺廷玉　（念）爱才惜将把婿选，
　　　　　　　晓行夜宿奔阳光。

刘　忠　禀元帅，来到尚义村。

贺廷玉　花府去者。

　　　　〔圆场。

488　刘　忠　禀元帅，来到花府。

贺廷玉	往里去传。（下）
刘　忠	是！（抬头看见花弧出迎）欸，花老英雄，元帅到！
花　弧	快快迎接、快快迎接！

　　〔贺廷玉与刘忠、王福上。后面有礼物抬进。

　　〔花母出来迎接。

花　弧	花弧参见元帅。
贺廷玉	罢了，你是花老将军？
花　弧	元帅。
花　母	（上前施礼）见过元帅。
贺廷玉	老夫人。你们的好花木隶呀！
花　弧	元帅夸奖了。
贺廷玉	好将军哪！（与花弧同笑）
花　弧	好说了，请。

　　〔贺廷玉、花弧、花母一同走进草堂。刘忠、王福等人跟进。

花　弧	请坐。
贺廷玉	请坐。将礼物抬进来。
花　弧	不敢、不敢！
贺廷玉	收下，收下！花老将军，令郎为国立功，圣上封他为尚书郎之职。
花　弧	此乃国家洪福，元帅众将之功。
贺廷玉	好说了，好说了，本帅奉旨到此，一来是看望于他，二来嘛……
刘　忠	（看贺廷玉不言，难于开口，向前拉起花弧）花老将军，元帅有一千金，才貌双全，愿许与花将军为婚，不知花老将军意下如何？
花　弧	这……
贺廷玉	（上前）花将军箭伤如何？
花　弧	箭伤嘛……
花　母	早就好了。
花　弧	（考虑应付之计）只是他又感受风寒，未曾起床。
花　母	……只是他又感受风寒，感受风寒了。
贺廷玉	待本帅床前探病。
花　弧	慢来、慢来，那如何使得，还是不见也罢。
贺廷玉	一定要见。

| 花　弧 | 怎么？你一定要见，待我唤来。（思考着下，唤花木隶） |
| | 木隶前来！ |

〔花木隶上。

花木隶　爹爹唤我何事呀？

花　弧　快来见过元帅。贺元帅唤你，儿要小心去见。

花木隶　（进屋）花木隶参见元帅。（跪下）

贺廷玉　罢了。（上前扶起）花……不像啊！

花　弧　这就是花木隶。

贺廷玉　错了，错了！老英雄，本帅要见那个阵前的花木隶，花将军！

花　弧　阵前的那个花木隶，这……（没法，只好再去）我去唤他来。

贺廷玉　（站起）唤他前来！

花　母　元帅请坐。

〔贺廷玉坐下。

〔花母示意花木隶下去。花木隶下。

花　弧　木兰。

〔花木兰内应："爹爹。"

花　弧　贺元帅亲来看你，不要害羞，你要来呀！

〔花木兰着女装上。

花木兰　爹爹。

花　弧　（唱）贺元帅再三地来把儿问，

花木兰　（唱）脱去了连环甲换上罗裙。

　　　　　　　羞惭惭我只把这客厅来进，

　　　　　　　谅元帅认不得儿是那阵前的将军。

　　　　（上前施礼）参见元帅！

贺廷玉　（忙上前扶起花木兰）罢了，花……（一愣，发怒）花木隶乃一
　　　　堂堂男子，你为何叫一女子来见，是何道理！

花　弧　这就是那阵前的花……

贺廷玉　花什么？

花木兰　（效男子声音）元帅！

〔贺廷玉闻听惊奇。刘忠、王福闻声惊奇，点头称像。

　众　将　（仔细一看）像呀！

刘　忠　就是他，就是他！

〔众将士喜形于色。

花木兰　（唱）花木兰羞答答施礼拜上，

尊一声贺元帅细听端详。

阵前的花木隶就是末将，

我原名叫花木兰是个女郎。

都只为边关紧、军情急征兵选将，

我的父在军籍该保边疆。

见军帖不由我愁在心上，

父年迈弟年幼怎抵虎狼。

满怀的忠孝心烈火一样，

要替父去从军不容商量。

我的娘疼女儿她苦苦阻挡，

说木兰我发了疯言语癫狂。

为从军比古人我好说好讲，

为从军设妙计女扮男装。

为从军与爹爹比剑较量，

胆量高武艺强喜坏了高堂。

他二老因此上才把心来放，

花木兰改木隶我的元帅呀，你莫怪我荒唐。

贺廷玉　啊！竟有此事。

花木兰　（唱）自那日才改扮乔装男子，

越千山涉万水亲赴戎机。

在军阵常担心哪，我是个女子，

举止间时时刻刻怕在心里。

偏偏地在军阵中箭伤臂，

蒙元帅来探病又把亲来提。

那时我借箭伤装腔作势，

险些间露出来女儿痕迹。

随元帅十二载转回故里！

收拾起纺织台，穿上我的旧时衣！

491

贺廷玉　花老英雄，花将军真算是一位巾帼英雄，令人敬佩！

花　弧　夸奖了。

花木兰　（唱）望元帅回朝去奏明此事，

　　　　　　　哪一日有外患我再去杀敌！

贺廷玉　（唱）听她言我暗思想，

　　　　　　　想不到女子也能上战场！

　　　　　　　杀敌寇保边疆男女一样，

　　　　　　　花将军真算得忠孝双全，万古流芳！

花　弧　元帅，请到后堂饮筵。

花木兰　请！

众　人　请！

　　　　〔幕落。

——剧　终

　　　《花木兰》根据马少波创作的京剧剧本《木兰从军》改编而成。1951年香玉剧社（河南豫剧一团前身）首演，同年豫剧大师常香玉率香玉剧社进行义演，为常香玉的代表剧目。

作者简介

陈宪章　（1917—2000），男，河南郑州人，戏剧家。1951年与常香玉一起率香玉剧社巡演，为中国人民志愿军捐献"香玉剧社号"战斗机。创作改编了古装戏《花木兰》《白蛇传》《拷红》《破洪州》《五世请缨》等，现代戏《志愿军未婚妻》《冰山春水》《柳河湾》等一批优秀剧目，与常香玉共同创立了豫剧常派艺术。

王景中　（1919—2007），男，河南长葛人，剧作家，曾任常香玉剧社编导委员会主任、河南豫剧院剧目组组长。编写了《柳花蝉》《金碧霞》两剧，整理了《老羊山》《梁山伯与祝英台》《封神榜》《挡马》《大保国》《白玉杯》等传统戏，与陈宪章合作移植加工整理的《花木兰》《白蛇传》《拷红》等成为豫剧长期保留剧目。

· 眉户剧 ·

梁秋燕

黄俊耀

时　间　1952年春天。

地　点　陕西省华县某农村。

人　物　梁秋燕——十九岁，思想进步的农村姑娘。性情刚直、聪明活泼，
　　　　　　　　遇事就能想下主意。

　　　　刘春生——二十二岁，聪明进步的青年农民，梁秋燕的爱人。

　　　　刘二嫂——二十八岁，村妇女组长。思想进步，有办事能力，对
　　　　　　　　人热情，爱说爱笑。

　　　　梁大婶——五十岁，梁秋燕的妈。勤劳善良，感到翻身后的愉
　　　　　　　　快，但思想上还有些封建残余。

　　　　梁老大——五十五岁，梁秋燕之父。勤劳忠厚，性情耿直，固执
　　　　　　　　倔强，满意解放后翻身的光景，但思想落后，反对婚
　　　　　　　　姻自主。

　　　　梁小成——二十七岁，梁秋燕的哥哥。老实纯朴、精干、勤劳。

　　　　张菊莲——二十四岁，聪明善良的农村妇女，梁小成的爱人。

　　　　田区长——五十岁，热情，有工作能力，原则性强。

　　　　董学民——十六岁，学生，梁秋燕以前订下的小女婿，不满包办
　　　　　　　　的婚姻，懂得一些道理。

　　　　侯下山——四十八岁，董家的媒人，做小生意的，有点流气。

　　　　董　母——四十岁，董学民的母亲。为人世故，生活习惯浮
　　　　　　　　华，是商人之妻。

第一场　情投意合

〔幕启。

〔梁秋燕愉快地上。

梁秋燕　（唱【软月调】）

　　　　阳春儿天，

　　　　秋燕去田间。

　　　　慰劳军属把菜剜，

　　　　样样事我要走在前边。

　　　　人家英雄上了前线，

　　　　为保卫咱们的好田园。

　　　　金字光荣匾，

　　　　功臣的门上悬，

　　　　把我们美名儿天下传。（转唱【五更】）

　　　　手提上竹篮篮，

　　　　又拿着铁铲铲，

　　　　虽然说野菜儿不出钱，

　　　　总算是娃娃们心一片。

　　　　菜叶儿搓绿面，

　　　　小蒜儿卷芝卷，

　　　　油勺儿吃去香又甜，

　　　　保管他一见就喜欢。（转唱【岗调】）

　　　　秋燕只觉心里喜，

　　　　放大脚步走得急。

　　　　二嫂说和我一同去，

　　　　约会好等她在这里。

　　〔刘二嫂上。

刘二嫂　（唱【戏秋千一串铃】）

　　　　春风儿吹来天呀么天气暖——

　　　　秋燕！

梁秋燕　呀！二嫂，咱们快走！

刘二嫂　走。

梁秋燕
刘二嫂　（唱）咱二人寻菜去呀去田间。

刘二嫂　（唱）回头看，

　　　　　　哟！你今日好打扮。

梁秋燕　（诧异，唱）

　　　　这平平常常，嫂嫂你为何出此言。

495

刘二嫂　（唱）白羊肚子手巾花牡丹，

黑油油头发双辫辫。

绿裤子，粉红衫，

桃红袜袜实在鲜。

梁秋燕　（唱）这是我纺织闹生产，

自己劳动自己穿。

刘二嫂　（唱）偏扣扣鞋大脚片，

有红有白真体面。

能织布，能纺线，

能绣花，能做饭，

地里劳动不让他们男子汉。

千金难买好心眼，

见人不笑不言传。

这娃长得没弹嫌，

近来就有点心不安。

哪个男子有识见，

娶上这个好媳妇，

哼！（唱）

管叫他和和气气美美能过一百年。

〔梁秋燕不好意思地越走越快。

刘二嫂　（唱）叫妹妹你慢点，

梁秋燕　（唱）二嫂子你莫麻缠。（回头招手）

刘二嫂　（唱）把我赶得气儿喘，

你越走越快越发欢。

梁秋燕
刘二嫂　（唱）哎——

姐妹二人把菜剜，

麦苗儿一片一片，看呀么看不完，

绿茸茸遍地接住了天。

刘二嫂　（唱）菜籽花儿黄，

496　梁秋燕　（唱）菜籽花儿香。

刘二嫂	（唱）豌豆叶儿肥，
梁秋燕	（唱）豌豆叶儿胖。
刘二嫂	（唱）肥胖胖，
梁秋燕	（唱）绿汪汪。

梁秋燕 刘二嫂	（唱）黄浪浪浪喷喷香。 再也不怕遭年荒。

〔梁秋燕好像发现什么似的看。

刘二嫂 （唱）问妹妹这是啥心肠？

梁秋燕 嫂嫂呀！（唱）

　　　　你何不看看那方。

刘二嫂 哟！（明白了）

〔刘春生幕后唱【摘南瓜】：

　　　"春天里，对对燕儿齐飞来，

　　　姐儿们，提上篮篮挑菜来。"

刘二嫂 秋燕，你和春生的事，谈好了没有？

梁秋燕 没有。

刘二嫂 嗯！靠不住没有。

梁秋燕 真的没有。二嫂，我还能哄你么！

刘二嫂 （不信）嗯！

梁秋燕 呀！二嫂，你看一天虽然说常在一起学习呀，开会呀，心里都有意思，可满没说过。二嫂你给我说么！

刘二嫂 哟，看这是啥事么，我还能替你说。我说了人家要批评我是包办呢。对，你俩今天就说明叫响。

梁秋燕 呀！这倒咋说呀？

刘二嫂 嗯！不说，不说了那咱们走。（故意拉梁秋燕，见她不走）走！

〔幕后刘春生的歌声由远而近：

　　　"新社会，穷人翻身闹土改。"

刘二嫂 （做鬼脸逗梁秋燕）对咧，对咧！再不要脊背痒抓腔子咧，早就看见了。来！到这儿来。

〔刘春生不好意思地上。

刘春生 二嫂，你挖菜哩！

497

刘二嫂	噢。
刘春生	我地里这菜美得很，长得又肥又大。快来！到这里来！
刘二嫂	对。秋燕，走！（拉梁秋燕）
刘春生	二嫂，你看我地里这荠儿菜油勺勺，长得又肥又大。（把一把菜放在刘二嫂篮内）
刘二嫂	哎呀！平常见了二嫂都罢了，今天见了二嫂咋这么亲热！
刘春生	（趁机把一把菜扔到梁秋燕篮内，被刘二嫂看见，不好意思）哎，不说咧，不说咧！看这荠儿菜，我给你锄，你快拾！
刘二嫂	给我锄。
刘春生	二嫂，你看我这庄稼长得咋个样？
刘二嫂	哎，你这麦子、豌豆、菜子呀，都长得比别人的庄稼分外好！也不知道"咋抽"着哩。
刘春生	一样的庄稼在人做哩。我早晨起来得早，到地里又锄……
刘二嫂	对咧，对咧！谁不知道你是劳动模范哩！
刘春生	谁跟你说这哩。
刘二嫂	对，不说咧。春生！
刘春生	咋哩？
刘二嫂	你把麦收了种啥呀？
刘春生	麦收了种谷，谷收了种豌豆呀！
梁秋燕	哼！我看你这主意就不对。
刘二嫂	哎呀！看人家种庄稼的人还不如你？
刘春生	那你说种啥呀？
梁秋燕	我说还是种棉花好。
刘春生	种棉花？（故意诉说困难，想让梁秋燕知道他家急需要人）唉！棉花又要锄，又要打掐，我家里就满没有人么……
梁秋燕	没人？嗯！那往后咱们……
刘二嫂	哎！看看、看……

〔刘春生、梁秋燕不好意思地急转身，各做各的活儿。

刘二嫂	（唱【岗调】）

　　　　你二人好比双飞燕，

　　　　单等着双双展翅的那一天。

〔刘春生、梁秋燕互看，偷笑。

刘二嫂　（唱）他二人感情赛蜜甜，

　　　　　　　今天正好把心思谈。

　　　　　　　是是是，明白了，

　　　　　　　我在这里不方便。（望远处）

　　　　　　　看看那是谁？

梁秋燕　（唱）爱花和桂仙。

刘二嫂　（唱）春生和秋燕，

　　　　　　　我去到那边，

　　　　　　　我找她二人有话谈。

　　　　　我寻找她俩有点事，你们先谈，我一会儿就来了。

刘春生　（故意）二嫂，有啥事回去再谈么！

刘二嫂　不，我有要紧事呢！

梁秋燕
刘春生　有啥要紧事，晌午回去说还不是一样的。

刘二嫂　不行！说了一会儿就来咧。（提篮欲走）

梁秋燕　那我和你一起去。

刘二嫂　不不不，我一会儿就来了，你们等我一会儿，我不久停……

刘春生　对对对，那你去了一会儿就来！

刘二嫂　噢。

梁秋燕　二嫂，那你快来啊！

刘二嫂　对！对！（欲走）

梁秋燕　快来啊！

刘二嫂　（远答）对！

　　　　〔刘春生和梁秋燕互看，没有什么话说，笑了。刘春生用锄挑过
　　　　梁秋燕的菜篮给她锄菜。梁秋燕用不安的神情打量刘春生，发现
　　　　他的坎肩烂了一点，趁此开口。

梁秋燕　春生——

刘春生　嗯。

梁秋燕　把你的坎肩脱下来，我给你拿回去补一补。

刘春生　对。（脱坎肩递给梁秋燕）秋燕——

梁秋燕	嗯。
刘春生	你不是说你有话要给我说么？
梁秋燕	那你不是说你也有话要给我说么？你先说！
刘春生	你先说！
梁秋燕	你先说，我不知道说啥呀？（将坎肩放在篮内）
刘春生	（稍停，没话找话）秋燕，你吃了饭没有？
梁秋燕	嗯！吃了。不吃饭我还能到地里来么！
刘春生	秋燕——
梁秋燕	嗯！
刘春生	（吞吞吐吐地）你的主意咋个想？
梁秋燕	我都给你说了么。我要努力学习进步，争取做一个青年团员，你说好不好？
刘春生	好！（害羞地），不！你把我的话听错了。
梁秋燕	啥？错了，你说我的主意不对么？
刘春生	当然对着哩。
梁秋燕	对着哩，那就好。
刘春生	秋燕——
梁秋燕	嗯！
刘春生	我前些日子问二嫂来，人家二嫂说你好着哩。
梁秋燕	你看这二嫂，我也没害病，当然好着哩。
刘春生	不是，我不是说那……
梁秋燕	那你到底是说啥哩？
刘春生	（急得没办法）我是说……
梁秋燕	（唱【采花】）

> 他想说话不开口，
>
> 说明白他怕把人丢。
>
> 我有心给他说清楚，
>
> 只觉得脸红有点儿羞。（转唱【岗调】）
>
> 好的办法我没有——（不安地）

刘春生	（唱）难道说就这样把场收？（转唱【剪尖花】）

> 秋燕对我有情意，

我有心把婚姻当面提。

又怕她不愿意，

不成了丢人哩。

（急，没办法）

梁秋燕　（唱）巧言从旁先提起，

摸一摸他是啥心思。

有句话儿要问你，

咱二人谈问题。（转唱【银纽丝】）

说得好了你莫喜，

不好了也莫要发脾气。

刘春生　（唱）你莫要多疑，

尽管说你的，

我绝不给你发脾气。

梁秋燕　（唱【采花】）

话到嘴边留几句，

摸摸头来整整衣。

咋个说出才合体，

咋个开口咋个提？（转唱【岗调】）

我给他先装个媒人的样，

假意儿指东又道西。

春生！

刘春生　嗯！

梁秋燕　看你穿的这一身，就不像个翻身人的样子！

刘春生　（明白其意，故装）哎，没人给我做么！

梁秋燕　那你不会寻上个人么？（故意逼问）

刘春生　哎！没办法么！

梁秋燕　没办法？那，那我给你寻个人。

刘春生　你给我寻个人？

梁秋燕　嗯。

刘春生　（唱【岗调】）

你说的话儿是啥心意，

501

梁秋燕 （接唱【劳子】）

> 我给你寻找个做饭的。
>
> 这个人儿好心底，
>
> 做了饭还能缝新衣。
>
> 我问你同意不同意？

刘春生 （唱【岗调】）

> 我是一个受苦的，
>
> 只有衣服能遮体，
>
> 哎，你说的话儿就不对题。

梁秋燕 （唱【岗调】）

> 不对题咱们再商议，
>
> 我给你当个说媒的。
>
> 这里有一个好闺女，
>
> 介绍给你当媳妇。
>
> 过几天你就把她娶，（转唱【黄龙滚尾】）
>
> 她给你洗锅、做饭、抱鸡、扫院，一同下地，劳动生产，
>
> 欢欢喜喜，喜喜欢欢，又缝新衣……

你看咋样？

刘春生 （唱【岗调】）

> 她早就知道我的心理，
>
> 故意儿指东又道西。
>
> 你说的这个人儿我满意，
>
> 先谢谢你这个说媒的。（敬礼）
>
> 你说她的名字叫个啥？
>
> 看人家愿意不愿意。

梁秋燕 （唱【慢诉】）

> 这个人常常和我把话叙，
>
> 嗯！她的眼头真不低。
>
> 她的眼里只有一个你，
>
> 要和你做一辈辈好夫妻。

刘春生 （唱【岗调】）

做夫妻这是件天大的事，

你说下假话我不依。

梁秋燕　（唱）假若是你怕她有二意，

我敢给你保险哩。

刘春生　你给我保险！（唱）

假若万一有问题，

梁秋燕　（唱）那你就寻我说媒的。

刘春生　对对对！我就寻你这个说媒的。

梁秋燕　（唱【岗调】）

你不要担心胡思虑，

我没有本领就不敢提。

刘春生　对！你给我说这个人叫啥名字？

梁秋燕　（唱【岗调】）

名字先不能告诉你，

只怕惹旁人说是非。

刘春生　唉，不要紧，你说你的。

梁秋燕　不能给你说么！

刘春生　不能说？对！对！对！不说了拉倒，反正到那一天我就要寻你媒
人的麻烦哩！

梁秋燕　那一天到底是哪一天？

刘春生　那一天就是那一天。

梁秋燕　哪一天？

刘春生　　（唱【慢戏秋千一串铃】）
梁秋燕

那一天，那呀那一天，

相亲相爱多呀多喜欢。

刘春生　（唱）咱二人竞赛闹生产，

梁秋燕　（唱）看谁落后谁占了先。

刘春生　（唱）我给咱争取个劳动英雄，

梁秋燕　（唱）我给咱争取个模范团员。

刘春生　（唱）互助组农闲了把脚赶，

梁秋燕　（唱）家中事我给咱来照看。

刘春生　（唱）挣下钱我拿回家交你管，

梁秋燕　（唱）我缝下新衣给你穿。

刘春生　（唱）地里的犁、耧、耙、耱我包揽，

梁秋燕　（唱）棉花的摘、锄、打、掐我承担。

刘春生　（唱）小叫驴拉耧，嘚——喂胡打欢，

梁秋燕　（唱）我给你拉驴把耧牵。

刘春生
梁秋燕　（唱【岗调】）

　　　　　　劳动能把世事变，

　　　　　　小生产变成大庄园。

刘春生　（唱）咳，那时候遍地是机器轰轰轰轰轰轰轰轰轰轰满地转。

刘春生
梁秋燕　（唱）有汽车，有医院，

　　　　　　常洗澡把新衣换。

　　　　　　里边咱有电影院，

　　　　　　娃娃有学校把书念。

　　　　　　合作社买啥真方便，

　　　　　　东西又好又省钱。

刘春生　（唱）到庄外，你再看，

　　　　　　铺天盖地的好庄田。

　　　　　　枣儿红得真耀眼，

梁秋燕　（唱）西瓜梨瓜香又甜。

刘春生　（唱）石榴咧开了大红嘴，

梁秋燕　（唱）苹果大得赛冰盘。

刘春生　（唱）梨儿黄，皮儿薄，

梁秋燕　（唱）葡萄结得吊串串。

刘春生
梁秋燕　（唱）生活幸福又美满，

　　　　　　劳动的光芒万万年。

　　　　　　哎咳，咳，咳，咳！

咱夫妻喜欢喜欢真喜欢。

〔刘二嫂上。

刘二嫂　看！看你俩，八字还没见一撇呢！可道"咱夫妻"上了。

梁秋燕　（害羞，急，笑打刘二嫂）哎呀，二嫂！

〔刘二嫂、梁秋燕与刘春生都忍不住笑起来。

刘二嫂　看你俩说啥悄悄话，都不怕人听见了！

刘春生　二嫂，谁说啥悄悄话来。

梁秋燕　二嫂，你来也不给人早早答个声，把人吓了一跳。

刘二嫂　哟，还把妹妹吓了一跳，那我不知道你正说悄悄话么！

梁秋燕　闭嘴，闭嘴，不许再说！

刘二嫂　不说咧。来来来，你俩给二嫂磕个头。

刘春生　二嫂，饶了吧！

梁秋燕　二嫂，饶了！到那一天……哪怕给你……

刘二嫂　那一天，到底是哪一天？

梁秋燕　看你——

刘二嫂　看我——（唱【采花】）

　　　　　　你二人感情好好好，

　　　　　　单等着喜鹊儿搭天桥。

　　　　　　我二嫂好比月下佬，

　　　　　　引织女牛郎度鹊桥。

　　　　　　菜籽开花铺地黄，

　　　　　　你戴枝花儿做新郎。

　　　　　　菜籽开花朵朵香，

　　　　　　你戴枝花儿做新娘。

　　　　　　新郎新娘情意长，

　　　　　　对着嫂嫂拜天地。（转唱【戏秋千一串铃】）

　　　　　　那一天那呀那一天，

　　　　　　你欢他乐结成双。

　　　　　　请二嫂要吃饭，

　　　　　　炒猪肉，打鸡蛋，

　　　　　　你烧火，你擀面，

咱们吃上个团圆饭。

客人来了满一院，

要要房闹房笑连天。

叫春生和秋燕，

看你们喜欢不喜欢。

刘春生
梁秋燕　（唱）唉唉哟！那一天大家喜欢。
刘二婶

〔幕落。

第二场　说理

〔二道幕前。梁老大上。

梁老大　（唱【岗调】）

女儿秋燕她不听话，

背地里有人说闲话。

一时气恼梁老大，

回家要说秋燕她妈！（下）

〔二道幕启。

〔梁秋燕家。梁大婶上。

梁大婶　（高兴地，唱【五更】）

红日挂高空，

只觉暖烘烘。

风调雨顺五谷丰登，

好光景慢慢儿就来临。（转唱【银纽丝】）

二月里来草青青，

我老婆也算有福分。

男孩叫小成，

生得倒聪明，

不言不语好劳动。

女儿秋燕更是俊，

识字班里是第一名。

织布和纺线，

样样都精通，

懂得道理真聪明。

只有一事不顺心，

小成的媳妇无踪影。

没有合适对象，

常常心不宁，

唉！何一日才能去了我心里这疙瘩病！

〔梁老大上。

梁老大　（唱【银纽丝】）

低头不语进了家，

梁大婶　（唱）秋燕爹你恼的为了啥？

梁老大　（唱）你还有脸问，

真把人丢扎，

不由我生气把你骂。

嗯！你……就说把你也算个人啊！

梁大婶　啥事么？

梁老大　啥事！你还有脸问么？就说你还有脸问么？嗯！你把人羞都羞死了！

梁大婶　哎呀，看呀！你回来不问东长西短的就是个发凶，到底为啥的？你说，你说么！

梁老大　为啥的！为啥的！就为你的！为啥的！

梁大婶　唉！（唱【劳子】）

他高高兴兴出门去，

气势汹汹转回家。

莫不是和谁吵了架，

他生气我拿笑脸答。

对对对，就算是我把你得罪下咧！不要生气，来来来，你先抽烟。（取来火绳给梁老大点烟，被梁老大一把抢过去）嗯！好我个你哩，你害的啥病，你说么！（接唱【慢西京】）

507

你的脾气大得很，

一辈子把人欺侮扎。

今日里到底为了啥，

脊背痒你何必把腔子抓。

梁老大　（唱【山茶花】）

刘大伯，张大妈，

挤眉弄眼说闲话。

越听叫人气越大，

嗯！把粮食叫你白糟蹋。

梁大婶　你胡说！（唱【太平调】）

我的年纪这么大，

永远没人说闲话。

你像疯子把人胡打骂，

像一阵黄风胡乱刮。

梁老大　（唱【山茶花】）

秋燕如今这么大，

把娃惯得不像话。

说什么开会学文化，

东跑西跑不在家。

由着她嘴说咋就咋，

难道你不怕人笑话？

梁大婶　（唱【紧诉】）

女儿家也应当学文化，

开会也不算犯什么法。

人夸奖秋燕是好娃，

你偏偏说她不像话。

梁老大　（唱）她和春生常谈话，

不知道唧唧咕咕说的啥。

今天在地里看见她，

又和春生嘻嘻哈哈。

这就是你生的好乖娃，

老年人都骂你没家法。

梁大婶　（唱）闲里闲话我不怕，

哪怕他旁人胡疙瘩①。

咱的娃娃咱知道，

一辈子她也不会瞎②。

谁说闲话把嘴打，

说下的闲话叫风刮。

梁老大　（唱）你把你女子给我打，

再不许出门关在家。

梁大婶　（唱【岗调】）

你叫我打来我偏不打，

我娃受屈我心疼她。

梁老大　好，你心疼她，人常说："教子不孝父的过，养女不贤娘的错。"总是你不好，你如果有家法些，把她整天关在家里，看旁人可给我说啥！以后再不许她出去上学开会，给我丢人败姓去咧！

梁大婶　你能你管去，我管不了。我的娃我知道，谁爱说啥叫他只管说去！

梁老大　好！看你把娃惯得上天呀！你四五十岁咧，你看你说的话像人不像人？人家旁人背后说闲话哩，你没说把你娃指教指教，也算你是娃的妈哩。你，呸！真把人羞死了！

梁大婶　唉！（难过）我不好！你这老子好你该指教么！你叫我打娃哩，我娃做下啥见不得人的坏事咧？嗯！谁要是给我娃再捏造地胡说，我还不答应哩！唉，你不记得小成以前给人拉长工不在家，娃为咱的光景，一天鸡叫起半夜睡，和男子汉一样豁出命地给你做活哩，歇也不歇。唉，再说长下这么大，娃没有和你要钱买过一苗针，我看咱这女子不瞎，也对得起你这老子。我跟上你苦了几十年，给你生养的儿是儿、女是女，娃娃都长成人了，我有啥对不起你的哩？你说！

梁老大　啊！对对，你好，你好！

---

① 胡疙瘩：叨叨。

② 瞎：坏的意思。

梁大婶	不好么！好还叫你骂哩？女子，女子从小就叫你卖（指与董家订婚，收了彩礼）了；小子，小子今年都二十六七岁的人咧，你给我娃还没娶上媳妇。你好么，你还怕不好！
梁老大	这就是你的说辞么？（自觉无理）
梁大婶	你不给我娃娶媳妇，你心里打算咋哩？
梁老大	唉！你看你，这都不是胡说么？该是解放以前咱穷得娶不起。如今没有个合适对象，是我舍不得给娃娶么？
	〔梁小成上。
梁小成	（高兴地）妈！妈！
梁大婶	成儿你回来了。
梁老大	你们互助组给刘三把井打成了么？
梁小成	成啦！爹，连锄地、打井、打墙，我十七个工，分了十万元（旧币）。给！（递钱）
梁老大	给你妈叫放下，（示意梁小成把钱给梁大婶）你也留几个么！
梁小成	我不要。爹！快晌午端了，你还不到集上去？
梁老大	去呀！
梁小成	爹！你集上回来给我买些纸，再买一支笔，叫我也先试学着写一写字。认得几个字满不会写。
梁老大	对！爹给你买上。
梁小成	爹！明天互助组说好给咱家拉粪哩。
梁大婶	我娃一天太忙了，你们该歇几天再拉么。
梁老大	对！你歇上几天，那是种棉花地，再迟几天也不要紧。成儿，你打算给咱那地里咋种呀？
梁小成	我看光上几车粪还不行，再买些肥料放上，两边种几行芝麻，再种几把子西瓜小瓜。
梁老大	瓜就不种了，费工夫，娃娃们又糟蹋。
梁小成	不种？不种不惹下你秋燕么，给种上几把子不要紧。
梁大婶	（对梁老大）娃要种了你就叫他种去。（对梁小成）我娃你饿了么？叫妈给你收拾饭去。
梁小成	不！不饿！（不语）妈！妈！我……
梁大婶	啥？

梁老大　看这娃，有啥你说么！

梁小成　有件事情，咱们商量商量。

梁大婶　对！你给妈说啊！

梁老大　（大声）啥事，你说么！

梁大婶　哎呀！你给娃说话鼓得那么大的劲……啥事？你给妈说。

〔梁小成不好意思说。

梁老大　是不是你们互助组这几天还要轧一梁油？

梁小成　（不好意思地）不是。

梁大婶　成儿，妈问你句话，趁你爹也在这里。我听人说，你和张家坡张瑞祥的女儿说了几次话，是不是？

梁小成　（有点儿怕梁老大）就是这事。

梁老大　张瑞祥的女儿，就是嫁给王家岔的吗？

梁大婶　就是。

梁老大　（不同意）那是个寡妇！

梁大婶　这个人我打听过，织布、下地、做饭，样样都能成。二十多岁的样子，是不是？

梁小成　二十四咧！

梁老大　我也听人说过，这个人还行，就是……

梁小成　爹！新社会也不讲究那些，咱只说能过光景，咱是图人哩。

梁大婶　还新社会呢？就是旧社会娶寡妇的人也太多了。再说咱小成也不小了！你想……过去是因为咱穷，把娃耽搁得这么大咧！如今还敢再三心二意么？你爹！

梁老大　那你娘们俩说……

梁大婶　好你哩，你再不要能咧，咱梁家这一门人要紧。

梁老大　对！就按你娘俩儿的话来。

梁大婶　娃长得也到得人前面，就看人家愿意不愿意？

梁小成　本人倒愿意，就是她的婆家不甘心，想使些钱。

梁老大　看看看，我就说不花钱不能行，看咋着呢！既是这样，娃呀，咱走正路。你再不要去和她亲自说话，小心旁人说是是非非的，名声不好。我找你长庚叔去，这事他办合适。爹这次也就豁出来了，看他可能要多少彩礼？

梁小成	爹，你不要管，这我俩是自愿的，包办婚姻犯政策着哩。
梁老大	好娃哩，你再不要瓜咧！我比你想得周到得多，出钱买下的可靠、放心。你不出钱，人家可有人出呢，我给咱办去！
梁小成	你先不要忙，缓几天再说么……
梁大婶	你听娃说……
梁老大	不！你这女人，娃娃家不懂事务，寡妇门前是非多，锣鼓长了没好戏，这号子事越快越好。
梁小成	爹，这事你不要管，你不要忙么，这是我们俩自愿的。你……
梁老大	我不要管？好娃哩，你妈常常哭哭啼啼地和我闹事哩，爹给你寻不下个媳妇能急疯了，我不管还行吗？（欲下）
梁大婶	成儿，你爹这也是为你好，他要去了你就叫他去。看他能想个啥法子。他给你办不了事，可也坏不了事。
梁小成	不行，不行么！这事他咋能说么……
梁老大	娃娃家……（下）
梁大婶	你叫他去，给……成儿你把钱带在身上，你用时方便一点儿。
梁小成	我不要。
梁大婶	瓜呆子呀，你拿上有用呢！
梁小成	妈！你先不要给旁人说，不成了丢人的。
梁大婶	对！妈不说，你在呀！秋燕回来了，妈晌午给你包饺子吃啊！（为梁小成打土，整理衣服）〔梁秋燕提篮子上。
梁秋燕	（愉快地）妈！妈！（见梁小成）哥！回来了，你今年种棉花，可不要忘了给我种……
梁小成	去去去！没事，没事！
梁秋燕	嗯？
梁小成	嗯啥！爹不让种，今年你可吃不成瓜。
梁秋燕	你不给我种，我可要跟你闹事呢！
梁大婶	燕儿给你哥把新衫子换上。
梁秋燕	咦！这又不逢年不过节，可换的新衣服咋呀？
梁大婶	有用哩！你哥……
梁小成	妈，你……（不让梁大婶说）

梁秋燕　咳！猜着了，猜着了，张菊莲！

梁大婶　（示意）你小声些！

　　　　〔梁秋燕会意地下，取衣复上。

梁秋燕　（帮梁小成穿）哥！我还要给你做双新鞋呢！

梁大婶　对！给你哥做上双新鞋。

梁秋燕　哥！你等一下。（跑下）

　　　　〔梁秋燕复上。梁大婶表示默认。

梁秋燕　妈！看！（唱【采花】）

　　　　　　这双袜子给她送，

　　　　　　你不说她就心里明。

　　　　　　你有意她有情，

　　　　　　丝线穿上了绣花针。

　　　　　　小花手帕给她用，

　　　　　　外带一个小镜镜。

　　　　　　镜镜虽小放光明，

　　　　　　她照照镜儿露笑容。（转唱【岗调】）

　　　　　　再给妹妹捎个话，

　　　　　　你就说我问候嫂嫂可喜欢！

梁小成　再不要多嘴，快放下去！

梁秋燕　放到哪里去呀么？

梁大婶　放到妈柜里去。

梁秋燕　放到你柜里人家取时不方便。

梁大婶　那放到你箱子去。

梁秋燕　我不要，我嫌麻烦。

梁小成　那不要了摔到大路上去。

梁秋燕　还吓我呢！对对对，你摔去！去去。

梁大婶　快放下去。

梁秋燕　那叫人家放么，人家想放到哪里就放到哪里，想啥时候取就啥时候取么。

梁小成　嗯！（吓唬梁秋燕，欲打）我把你……

梁大婶　快放下，再不要淘气。

梁秋燕	啊呀，啊呀！看我妈，刚说有个媳妇还没到家里呢，说话劲也大咧，声音也不对咧，再不要淘气了！（学梁大婶兴奋的样子）
梁大婶	呀！这女子……

〔梁大婶、梁秋燕、梁小成哈哈大笑。

梁小成 妈，我给咱担水去。

梁大婶 对，担去。

〔梁小成挑着担子哼着调子下。

梁秋燕 （愉快地唱【小四景】）

满院桃杏花齐开放，

哥哥不久做新郎。

新郎骑马娶新娘，

新郎新娘住新房。

喜得哥哥把歌儿唱，

喜得秋燕上下忙。

妈妈满面笑，

喜得不开腔。

梁大婶 （唱【契子】）

你给咱们先扫院，

把家中收拾净净干。

梁秋燕 （唱）对对对我给咱来扫院，

挽起了衣袖把水端。（下）

梁大婶 （唱【采花】）

老婆越活越高兴，

高兴只觉年纪轻。

坐在这里把菜择，

顺手儿拿过菜篮篮。

菜叶儿能做绿菜面，

小蒜儿能卷芝麻卷。

又省钱又新鲜，

吃起来一定味道儿甜。（转唱【岗调】）

择得净净送军属，

管叫他高兴又喜欢。（转唱【银纽丝】）

> 一把一把上下翻，
>
> 篮篮内摸着棉哇哇。
>
> 取出仔细看，
>
> 是个烂坎肩，

秋燕！秋燕！（接唱）

> 问秋燕篮篮内装谁的烂坎肩？

秋燕，这是谁的烂坎肩？

〔梁秋燕闻声上。

梁秋燕　（手足无措，又慌又脸红）嗯……

梁大婶　这是啥么？

梁秋燕　是，是，（说不出口）嗯……

梁大婶　谁的么？（有点儿生气）

梁秋燕　（狼狈地）嗯……

梁大婶　看这娃，你咋哩？你和谁寻菜去的？

梁秋燕　和……我刘二嫂。（猛然，计上心来）唉！妈，看你把人问得急的，这是我二嫂娘家兄弟的坎肩，她说她忙得给她娃缝衣服呢，叫我帮她补一补。

梁大婶　你不把它提到手里，和菜压在一起看脏也不脏！

梁秋燕　你看它黑黑的，可不脏，干净着哩！（放在桌上又觉不对，拿起）妈，你说脏了，我给它洗一下，对不对？

梁大婶　你不嫌麻烦了，你洗去。

梁秋燕　这可麻烦啥哩？这能费多少工夫吗？这做起来快！（动手就拆，拆了就洗，背着梁大婶吐舌做鬼脸，唱【岗调】）

> 几乎儿叫妈妈看出破绽，
>
> 问得我脸红不自然。

梁大婶　唉！（疑视，不高兴，唱【岗调】）

> 我一见坎肩心不满，
>
> 恐怕是这女子有弊端。
>
> 怪道来老头子把我埋怨，
>
> 怪道来旁人说闲言。

我要拿好话从旁劝，

大闺女理应当在娘跟前。

也免得旁人说长道短，

也免得旁人说娘不贤。

梁秋燕 （唱【十里堆】）

给他的衣服使过洋碱，

洗得净净给他穿。

把水扭干又拍展，

红日头一会儿就晒干。（搭晒坎肩）

我不知咋个成习惯，

见了他话儿就说不完。（转唱【岗调】）

顺手儿取出针和线，

说不出有多喜欢。

（将一个线头用牙咬住，手拿一头叫梁大婶钩中间）妈，钩住！
钩住！

梁大婶 我钩不了，你自己做去。

梁秋燕 嗯，看你哟！

〔梁秋燕把线硬放在梁大婶手指上，见梁大婶不愿意地钩住，自
己配合曲子做捻线等动作。

梁大婶 唉！秋燕——

梁秋燕 嗯？

梁大婶 听妈说。我娃你已经不小了，什么事都懂咧，从今以后你再不要
出去。就在咱家里坐在妈跟前做活，也该给你准备做几件衣服了。

梁秋燕 嗯！妈！你说的这话是……是不是嫌我一天出去开会学习？

梁大婶 唉！好娃哩，人常说，女大十二不离娘，你今年都十九岁的人
咧，一步不小心，旁人说出闲话来。娃呀！你一辈子不要想在人
前能抬得起头、说得起话。你刘大伯呀，你张大妈，都说闲话
哩，你的名声近来可不大好！

梁秋燕 妈！我不明白你是说啥呢？

梁大婶 我娃你再不敢糊涂么。本来么，闺女大了和男人们一天开会呀、
说话呀，嘻嘻哈哈就是不合规矩。

梁秋燕　和男人开会说话是应当的，也不犯法么！

梁大婶　不犯法！你爹看不惯，把我又骂又说的，嫌我不指教你。

梁秋燕　他看不惯，那是他脑筋不对！

梁大婶　唉！瓜呆子，你常出去开会，别人说了好多闲话，这叫人家董家湾你婆家知道了，你以后咋能有脸进人家的门么？

梁秋燕　啊！妈！（忍泪，气恨地）妈！我给你说过几次咧，你怎么还说叫我嫁到董家湾去呢？我，我不愿意！

梁大婶　（吃惊地）咦！呀呀！看这娃咋说下这话么？

梁秋燕　那你咋说下咽话么？

梁大婶　再不敢乱说么！

梁秋燕　我不，我不！

梁大婶　唉！不了还能行么？好娃哩！解放以前咱把人家董家湾的麦子都吃咧，中间还夹着你干爹这媒人，咱以前给人家把话都说定了。你爹一辈子办事说一不二，这为你的事，叫你爹和人家倒嘴赖舌说话，叫人笑话不要紧，这就对不起人家！

梁秋燕　那你和我爹还常说爱我，这就是爱我么？我不，我不！

梁大婶　唉！好娃哩，事情已经到了这步田地啦，一碗水泼到地下揽不起来了。听妈说，我娃你受点委屈算了去！

梁秋燕　啊，受点委屈算了？（哭）妈！妈！你记不记我……我三姨的下场？

梁大婶　啊！你三姨，唉！

梁秋燕　我外爷没良心，把我三姨硬逼得嫁到王家岔，后来过不成日子就跳井死了。妈！你难过不难过？

梁大婶　唉！你三姨就是太苦命，太可怜了。

梁秋燕　你和我爹为吃了人家的麦，硬把我往死里逼，你对麦比你娃还看得值钱。我跟你们也算苦熬了多少年，没料想你们还要逼得我走这条路。妈！妈！

梁大婶　秋燕，唉！我娃再不敢胡想。妈还能不爱你么？

梁秋燕　不！我的主意定咧，杀了我也不到他董家去。我也看出来了，你们不愿意叫我好好活人，把我不逼死你们心不甘！咱就往政府里闹，看谁受批评受处罚呀！

梁大婶	唉！好娃哩，你和你爹还闹事呀么？
梁秋燕	我爹他为了钱，不管我的死活，他心里没我这女子。我……我也就说我没有这娘家。（哭）妈！你再看着我生气，我……我以后再……再也不进咱家的门来了！
梁大婶	秋燕，秋燕！我娃你……
梁秋燕	妈！（倒在梁大婶怀里哭）
梁大婶	啊！秋燕，秋燕！你连妈都不管了吗？我对你兄妹……我对你兄妹……我、我……
梁秋燕	妈！我爱你，我不愿到董家湾去。（滚白）我不愿到董家湾去……妈妈……妈妈……我的妈妈……我为了咱家光景，跟你们苦了一场，我只说妈妈爱我……爹爹也爱我……没料想，到了今日，你们不叫我好好活人，硬逼我死……
梁大婶	秋燕、秋燕……我娃不要难过，听妈与你讲来……（唱【倒慢西京】） 你是妈的好闺女， 我娃明白懂道理。 你不要伤心太着急， 有妈在总不能叫你受屈。 既然是嫁董家你不愿意， 自己事你自己总有主意。 你爹爹回家来和他商议， 和董家退了亲咱再不提。
梁秋燕	（唱）假若是我爹他要执意， 我要到政府讲道理。
梁大婶	（唱）父女们也不要伤了和气， 慢慢儿商量你莫急。 用了钱哪怕咱退彩礼， 用了他东西退东西。
	〔刘二嫂上。
刘二嫂	大婶、大婶！
梁大婶	你二嫂，你来。

刘二嫂　哟！这咋哩？可哭的咋呢？大婶，可是你又说娃咧？我给你说，咱秋燕就是个好娃，你看谁不夸娃呢！

梁大婶　没啥，没啥。你二嫂，你快坐下，坐下。没啥，人家……（给刘二嫂耳语）

刘二嫂　噢！看这娃，不愿去就不去，慢慢商量么，哭的顶啥呢？大婶，这是慰劳军属的菜么？

梁大婶　是的呀！你今日寻的这好菜，又绿又肥的。

刘二嫂　呀，看我大婶齐整地择也择净了。嗯！你娘俩儿真是"手儿巧、心肠好"，这一回又是个呱呱叫。

梁大婶　哟！你二嫂就是会说话，看热闹的哟！

刘二嫂　看你把我夸得呀，今晌午都能多吃两碗饭。

梁大婶　（笑）你二嫂，秋燕给你兄弟补的坎肩还没做成呢！人家给你洗了。

刘二嫂　咦！啥坎肩？

梁大婶　嗯？秋燕说是你叫……

梁秋燕　就是这么，还不是你，（给刘二嫂示意）叫我帮忙你缝补缝补么？

刘二嫂　（领会）噢！看呀，我还没老可倒糊涂了。嗯！这明明是个背心么，可说是个坎肩？你这一坎把我可给坎住了。

梁大婶　是你兄弟的么？

刘二嫂　嗯！是我二兄弟的，大兄弟的比这还大。对！叫给我缝呀！

梁大婶　（看了看，莫名其妙地长叹一口气）唉！

刘二嫂　（示意梁秋燕）嗯，对！大婶，我看你娘们俩今天心里都不宽展，叫我给你帮忙做饭去。

梁大婶　不！不！不！你二嫂，你忙着哩！我去做。

刘二嫂　不忙，不忙。你来，我还有话要跟你说哩！

梁大婶　对！那么走，今天你也在我家吃顿饭，你娃他爹该不会恼么？

刘二嫂　人家上集去咧。

梁大婶　对！你二嫂，你来！（下）

刘二嫂　对！（看了看没人，对梁秋燕）咋哩？

梁秋燕　又提董家湾的事呢！

刘二嫂　不要紧，大婶好说话，咱俩合伙再劝一劝！

梁秋燕　对！

刘二嫂	秋燕，你把大婶择净这菜送给张大妈，把我这给李大伯。我到东头把爱花、桂仙叫上给长庚叔家一篮，梁善庆家一篮。再给他们说，这虽然是野菜，也不值啥钱，这也是咱妇女们一点心。
梁秋燕	对！哎，二嫂，你把这先给我拿回去。
刘二嫂	看你不给嫂子说清，可说是给我兄弟的……
梁秋燕	嘘！（与刘二嫂分下）
	〔幕落。

第三场　约会

〔幕启。

〔张家坡村外。张菊莲正在这里等梁小成。她已经受过不少折磨，像是受创伤未愈之人。现在知道婚姻有希望，很愉快。

张菊莲　（唱【岗调】）

　　　　冰消雪散春来临，

　　　　遍地发绿气象新。

　　　　旧社会我把罪受尽，

　　　　如今我也能翻身。（转唱【采花】）

　　　　小成几次对我讲，

　　　　他对菊莲有了心。

　　　　我嘴难说来心应允，

　　　　我看他是个精干的人。

　　　　我二人前年就相识，

　　　　从此慢慢有情分。

　　　　前天又见小成面，

　　　　约好今天来谈心。

　　　　为了他我到村外等，

　　　　假装着做活来散心。

　　　　左手儿拿着花花布，

　　　　右手儿拿着缝衣的针。

（给梁小成做背心，转唱【十里堆】）

像是个衫子缺少袖，

这是哥哥的花背心。

一片布四角把云云上，

本是菊莲的小罩裙。

他穿着背心心有劲，

我穿着罩裙有精神。（转唱【岗调】）

没人我把背心做，

有人装着做罩裙。

大路上来来往往人不断，

偏偏不见我的知心人。

莫不是他突然得疾病，

既有病也应该让我知情；

莫不是他一时错行路径，

我不看村西望望村东。

却怎么东西南北无踪影，

难道说他把我不放在心。

左等右等等不见，

菊莲我心乱没精神。

〔梁小成上。

梁小成　（唱）我和菊莲约会妥，

　　　　　　来到她娘家张家坡。

哎！

张菊莲　你……（笑）

梁小成　菊莲，今天互助组开会，我来得迟了。

张菊莲　谁管你来得迟不迟！架子还蛮大……

梁小成　这就麻烦你，叫你跑到这儿等来了。

张菊莲　嗯！看把你看了个高，我是做针线活散心来了，谁在等你哩！

梁小成　不等我，那你做啥哩？

张菊莲　啊呀！看你说的我都不能在这儿转一转？啥还没见啥哩，可管起

　　　　人来了。

梁小成　谁管你哩？我是随便和你说笑哩！菊莲，王家岔你婆婆说通说

不通？

张菊莲　唉！别提了。

梁小成　咋呢，不行么？

张菊莲　不是。我爹跟人家商量去了，咻死老婆说："嗯！谁要我媳妇非三十石麦不行，我给她要个娃叫她守节呀！"我说："看把你的梦错做了着，如今可不是从前了，你想把我咋折磨就咋折磨呢！"

梁小成　这老婆真是个封建老顽固，只管宣传婚姻要自主呢，她就像满没听见。

张菊莲　哼！她就不愿听好话么！

梁小成　婚姻法上规定得明白，不许干涉寡妇婚姻自由，谁干涉寡妇婚姻，谁犯法。寡妇应当……

张菊莲　嗯！

梁小成　对，以后不叫咧！菊莲，咱们的事到底咋办呢？

张菊莲　你说么！

梁小成　这要你自己坚决拿主意呢。自己一坚决，谁也挡不住！

张菊莲　我没说的，就看你。

梁小成　没说的，你的主意坚决了没有？

张菊莲　看你把人逼得，你叫人给你说啥么？

梁小成　我是说咱们心要定，想法子总要由咱们，不能由她。

张菊莲　对！那这样办，你到我家去，给我妈把婚姻法的道理再说一说。

梁小成　我怎么能到你家去。你说么！

张菊莲　我满不会说，你走么！

梁小成　现在我咋能好意思去么？

张菊莲　不！从咱们认识以后，我妈还说叫我给你做上个啥。后来咱们只管见面，我怕给你做了有闲话。你走，你走，她认得你。（拉梁小成）

梁小成　这你不是难着我么？

张菊莲　哎呀！看你这么不大方，还说我呢！

梁小成　对！走！豁住落个脸红。走！

张菊莲　不忙，不忙，你就这样去么？

　梁小成　咋哩？

张菊莲　哎呀！你真是没心眼，你多少拿上些人情，该好见面么！

梁小成　我不知道该拿些啥？你给咱说么！

张菊莲　对！我纺线织布挣了些钱，你先拿上到东村合作社里买些挂面，再……买上条毛巾。我这有钱哩，你拿上。（欲掏钱）

梁小成　不！不！我有钱，我有钱。（掏出钱）这不是吗？我还给你……

张菊莲　啥？

梁小成　你一看就知道了！（唱【岗调】）

　　　　　这一点东西送菊莲，

　　　　　请你收下莫要嫌。

张菊莲　（唱）这东西虽少千金难换，

　　　　　双手儿接来我不敢嫌。

　　　　　呀！我还把你当粗心的人呢，你……

梁小成　这是人家……（想说实情，又止）对，我走了！

张菊莲　你快点儿来，我在家门口等你着哩！

梁小成　对！（愉快地下）

张菊莲　（唱【劳子】）

　　　　　买东西人儿有心眼，

　　　　　件件都把情意连。

　　　　　这个手帕儿真好看，

　　　　　他叫我把过去的苦难眼泪都擦干。（转唱【点点花】）

　　　　　这双袜子真鲜艳，

　　　　　穿起来去他们梁家塬。

　　　　　这镜子就像是八月十五月儿圆，

　　　　　美满的夫妻永团圆。

　　　　　绣花针，细丝线，

　　　　　线线都在针上穿。

　　　　　针上穿，针上穿，

　　　　　小成爱上张菊莲。

　　　　　哎……他爱我张菊莲。（愉快地下）

〔幕落。

第四场　透信

〔二道幕前，刘春生与梁秋燕从两边上。

刘春生　（唱【岗调】）

　　　　在集上我见了侯下山，

　　　　梁大叔和他把话谈；

　　　　前边好像是秋燕，

　　　　我要把这话对她言。（挡住梁秋燕）

梁秋燕　咦，春生，我正寻你哩！

刘春生　我也是正寻你哩！

梁秋燕　咋哩？

刘春生　我有话给你说。

梁秋燕　啥话？你说！（把缝好的坎肩拿出来给刘春生穿上）

刘春生　前天我在集上碰见侯下山和梁大叔叽叽咕咕说你的事哩。

梁秋燕　叫他们说去，我心里有主意呢，不怕……

刘春生　不！我看这事不对，侯下山和梁大叔唧唧咕咕说是卖牛呀！卖地呀……

梁秋燕　嗯，卖牛呀，卖地呀，唉！我爹真老糊涂啦。

刘春生　你说咋办呀？

梁秋燕　对！你先把我哥叫回来，他就闹不成啦。

刘春生　你哥在哪里呢？

梁秋燕　在王家岔给王四家打墙哩。

刘春生　对，我现在就去。

梁秋燕　你们快回来！我等你着。

刘春生　嗯。

梁秋燕　快点儿！

刘春生　噢。（与梁秋燕分下）

　　　　〔幕落。

第五场　送钱

〔幕启。

〔董学民家中。

董　母　（唱【太平年】）

　　　　　　　我在家中把家管，

　　　　　　　娃他爹经商在西安。

　　　　　　　我娃学民把书念，

　　　　　　　解放以前订姻缘。

　　　　　　　媳妇名叫梁秋燕，

　　　　　　　媒人就是他姑夫侯下山。

　　　　　　　梁家催着把喜事办，

　　　　　　　他言说放下有麻烦。（转唱【岗调】）

　　　　　　　只要他给我梁秋燕，

　　　　　　　我家里缺人不缺钱。

〔侯下山上。

侯下山　你妗子，你妗子！

董　母　哟！你姑夫来了，快坐下。你吸烟。

侯下山　你妗子，（边吸烟边说）我昨天给你说的那话你看咋样？

董　母　你姑夫，咱是图人哩，我就看中了秋燕了。

侯下山　我是说梁家还要十石麦子哩，看你行不行？

董　母　你姑夫，只要他能马上给咱人，只要能称心地给我娃娶个好媳妇，这事你看着办去。前几天他爹刚从西安捎回来的二百万元，你拿上。再剩的等把日子订了，结婚证割了，再好给他。能少了再少上些，我亲家咿人心就太狠了。

侯下山　对！我办去，保管叫你满意就对了。

董　母　你姑夫，我要打发人到街上割上些肉，灌些酒，等你晚上回来咱们再好说话。

侯下山　对！哎，你叫再买些烟卷，买些白糖。

董　母　对！咿都能办到，你把帖匣子都拿上，捎马背上，长袍穿上，礼帽戴上，也要像个媒人的样子嘛！

侯下山　啐啐！悄悄地"顿齐捏严"，莫说你这女人家蛮不识时务，你看公家宣传婚姻法上了劲咧！你还敢大闹，这不是寻的招祸么？

董　母　那你悄悄拿上等到了他家里再穿。（唱【五更】）

　　　　　取来了黑礼帽，

　　　　　还有黑长袍。

　　　　　二百万元你要拿好，

　　　　　红帖匣莫让人看着了。

侯下山　（唱）侯下山心里笑，

　　　　　这几天能吃好。

　　　　　你的媳妇心灵手又巧，

　　　　　多出钱你也划得着。

董　母　（唱）你姑夫你快走，

侯下山　（唱）你妗子莫担忧。

董　母　（唱）小心谨慎不敢把风露，

侯下山　（唱）我办事绝不能把人丢。（转唱【岗调】）

　　　　　辞别你妗子出门外，（下）

董　母　（接唱）只盼你喜去喜回来。

　　　　　这时候娃他爹偏不在，

　　　　　办喜事还要我来安排。（下）

　　　　〔幕落。

第六场　商量

　　　　〔二道幕前，梁秋燕上。

梁秋燕　（唱【岗调】）

　　　　　春生一去不见面，

　　　　　秋燕只觉心不安。

　　　　〔刘春生上。

刘春生　秋燕！

梁秋燕　（唱）我把你等了大半天，

左等右等不见还。

刘春生 （唱）跑得我满头出大汗，

和你哥谈了大半天。

梁秋燕 你才回来，见我哥来没有？

刘春生 见哩，见哩。他的主意和咱们一样，他说下午就回来啦。

梁秋燕 这一下就好啦，（长叹一口气）看把人急得……

刘春生 不对、不对！秋燕，我在半路上碰见侯下山鬼鬼祟祟地到咱村里来啦，一定是到你家里去了。

梁秋燕 对！我回去看一下。

刘春生 秋燕，我看咱还是到政府把结婚证割了再说。

梁秋燕 你先不要急，我回去看一下。看我爹向董家湾要了多少钱，咱先把事情弄清楚了再去么！

刘春生 他们不给你说了，可怎么办呢？

梁秋燕 不，你不要怕，我心里有主意呢！我先回去看一下。

刘春生 对，那你回去看一下。（与梁秋燕分下）

〔幕落。

第七场　斗理

〔幕启。

〔梁秋燕家。

〔梁老大不安地急上。

梁老大 （唱【五更】）

日头偏了西，

叫人真着急。

他和我商量得好好的，

还不来叫人心怀疑！

没信用的侯亲家——

〔侯下山上。

侯下山 （接唱）跑得我两腿乏。

进门先叫亲家你在家，

梁老大　（唱）双手儿接过捎马马。

侯下山　（唱）我这里先作揖，

梁老大　（唱）连忙以礼答。

侯下山　（唱）顺手儿取出红呀红帖匣，

　　　　　　　给彩礼票子一百八。

梁老大　（唱）就多亏你干大，

侯下山　（唱）不客气都是自家。

梁老大　（唱）忙取烟袋秋燕妈打热茶——

　　　　　　　秋燕妈，秋燕妈，亲家来了，你把茶壶拿来。（接唱）

　　　　　　　叫亲家你先快坐下。

侯下山　（唱）哎！咋不见娃娃？

梁老大　（唱）哈哈！他们都不在家。

　　　　　　　秋燕去开会，小成把墙打，

　　　　　　　他兄妹二人都不在家。

〔梁大婶上。

梁大婶　（唱）心里只觉烦，

　　　　　　　强说些家常话。

　　　　　　　亲家你来啦快快喝茶，

　　　　　　　亲家母娃娃们都好吗？

侯下山　（唱）给亲家母先贺喜！

梁大婶　（唱）快坐下快坐下，

　　　　　　　你们坐下慢慢拉话。

梁老大　（唱）你快去倒酒把鸡蛋打。

梁大婶　对！你坐。（下）

梁老大　（唱）这事就多亏你，

　　　　　　　办得没麻达。

侯下山　（唱）为咱娃跑腿这都不算啥，

梁老大　（唱）好亲家把你就劳累扎。

侯下山　（唱【银纽丝】）

　　　　　　　说劳累来真劳累，

　　　　　　　可不是我来把牛吹。

这事遇别人，

你要吃大亏。

我给你办了个美，

干净没累赘。

票子一百八，

外带三石麦，

为咱娃为亲家我不说劳累不劳累。

亲家，今天咱就把话说到头里，说好就订日子。你把我亲家母也叫来，咱们当面说定，省得再……

梁老大 不，不用。女人家不懂事，给你说不到点上，咱们说订就订咧。女孩儿家，迟早总是人家的一口人，娃出嫁了老人们也就心安了。

侯下山 对！哈哈！我亲家到底是懂事的人么！这个……（暗示梁老大出门看有没有人）

梁老大 没啥，你说啊！

侯下山 亲家，这是一百八十万元先交给你，三石麦你到董胜合粮栈去装，看咋样？

梁老大 对。

〔梁秋燕内声："妈！"高兴地上，见梁老大和侯下山，疑心。

侯下山 秋燕回来了？

梁老大 看这娃，连你干大也不认得了！

侯下山 不要紧，娃娃家忘咧。几年不见这么大了，好好好……

梁老大 秋燕，再倒些茶去！

梁秋燕 （唱【银纽丝】）

为什么他见我慌里慌张？

鬼头鬼脑装大方。

今日到我家，

他没安好心肠。

我一问妈妈心里亮。（下）

侯下山 （唱）这事不敢有了麻烦，

你趁着风儿把船扳。

梁老大 （唱）我有老主意，

你不要熬煎。

侯下山 （唱）你好言好语把娃劝！

〔梁秋燕复上。

梁秋燕 （唱【岗调】）

妈妈长吁又短叹，

低着头儿不言传。

巧言巧语来试探，

听他们的话味儿我观容颜。

侯下山 （唱【岗调】）

我给她先提董家湾，

把她的心事探一探。

秋燕，干大给你说下董家湾的对象。你姨家也在董家湾，你常去，也见过，你看咴对象事，好吗？人家……

梁老大 秋燕你如今也不小咧，该懂事的人了，就是爹从前给你说下的董家，人家这阵要人哩！

侯下山 秋燕，学民你见过没？

梁秋燕 （气愤地）见过！

侯下山 好啊！再没有那么灵、那么亲的娃了。人家他爹在西安做生意哩，可不缺钱……

梁秋燕 不缺钱，也没见他给了我爹多少钱！

侯下山 看这娃，给了，给了么，不给还行？

梁秋燕 给了？到底给了多少？

侯下山 看看看，对，干大给你说了你可千万不敢给旁人说，这事只有咱和董家知道。

梁秋燕 嗯！

侯下山 今天就给了你爹一百八十万，还有三石麦子没装，连解放以前吃了人家的麦、用了的钱，合起来有五六百万元哩，还少？不少么！

梁老大 亲家，我看……

侯下山 那是这样，亲家！（拉梁老大近前）你也不要再争纠，顶多赶你的话来就对了。我回去明天准割结婚证，你和娃再说一说，我看

娃是明白娃，听你说哩。那就准定咧！你在。（下）

梁老大　对！准定咧！

梁秋燕　啊！定啦？

梁老大　噢！这阵就准定了。

梁秋燕　爹，我不！（忍住愤怒）我不愿意，我不愿意。（顿足）

梁老大　看你这娃，刚才你也在当面哩！

梁秋燕　刚才我就没有说我愿意么！

梁老大　看这娃，这……这都不是胡说么？

梁秋燕　不，不！我不愿意，就不愿意。不么！

梁老大　秋燕我娃你也不小咧，听爹的话么。如今咱和人家定咧不愿意还
　　　　　行？我娃再不敢胡说啊！听爹的话。

梁秋燕　就不么，就不么！（急得要发疯）

梁老大　哎！再不敢淘气么！（唱【慢西京】）

　　　　　　　　叫秋燕你往长远看，

　　　　　　　　哪家闺女不嫁男？

梁秋燕　（唱）闺女大了要出嫁，

　　　　　　　　这些道理我了然。

梁老大　（唱）为拉养儿女我心操烂，

　　　　　　　　为你们我常是泪涟涟。

　　　　　　　　少衣穿来缺米面，

　　　　　　　　好容易拉养你到今天。

梁秋燕　（唱）爹爹一辈子受苦难，

　　　　　　　　想起这些来我心痛酸。

梁老大　（唱）那你就应当听父劝，

梁秋燕　（唱）爹说得对了我不为难。

梁老大　（唱）为你的亲事我常盘算，

　　　　　　　　只恐你缺吃少穿受熬煎。

　　　　　　　　这边挑了那边选，

　　　　　　　　才挑选下董家湾。

梁秋燕　（唱）我的亲事你莫管，

　　　　　　　　我不愿嫁董家湾。

梁老大 （唱）董家湾里有家产，

　　　　　　一辈子不会受饥寒。

梁秋燕 （唱）你莫管来你莫管，（转唱【紧诉】）

　　　　　　提起董家来我心烦。

梁老大 （唱）世上的亲事父母管，

　　　　　　人人都生女又养男。

梁秋燕 （唱）如今世事大改变，

　　　　　　男女都有平等权。

梁老大 （唱）世上的女儿千千万，

　　　　　　哪家女儿不嫁男。

梁秋燕 （唱）自己婚姻自己管，

　　　　　　自己做主自己喜欢。

梁老大 （唱）女儿都由父母管，

　　　　　　从古到今几千年。

梁秋燕 （唱【长城】）

　　　　　　几千年，几千年，

　　　　　　几千年妇女受可怜！

　　　　　　多少妇女把命断，

　　　　　　多少妇女泪涟涟！

　　　　　　你纵然说得天花转，

　　　　　　我不愿嫁董家湾。

　　　　　　骨肉之情你不怜念，

　　　　　　你把我当牛马卖银钱。

爹！你不要把我逼得太狠了，我是舍不得让你老人家生气，要不然闹到政府，你的钱使不成事小，政府还要处罚你！

梁老大 你放屁！就说我把你养活大，你翅膀硬咧，上天呀？这事非由我办不可！

梁秋燕 那我就寻区长告状去！

梁老大 你寻区长，我砸坏你的腿，看你去！

梁秋燕 我就要寻区长，你看！

532　**梁老大** 你滚蛋！（唱【紧诉】）

贼种女子你胆子大，

你把老子活气煞。

你随便和男子去说话，

叫人骂我没家法。

梁秋燕　（唱）你的脑筋太封建，

你咏家法是封建的法。

和男人为啥不能说话？

我并没有把坏事做下。

梁老大　（唱）旁人背地里说闲话，

说得我脸红起疙瘩。

梁秋燕　（唱）只怪你爱听坏闲话，

你脸红我也没办法！

梁老大　（唱）你不听话我就要打，

梁秋燕　（唱）打死还是个不嫁他！

梁老大　（唱）恨不过我把你打，

梁家不要你这号娃！（打梁秋燕）

〔梁大婶上，拦挡在梁秋燕与梁老大之间。

梁老大　就说你一天给我丢人败姓地和春生在一起嘻嘻哈哈……你到底做些啥？你说，你说！

梁秋燕　啊！爹！爹！你说啥？你说啥？

梁老大　呸！我说你不要脸！

梁秋燕　（含恨反抗）爹！爹！

梁老大　你不要叫我爹！我梁家不要你这女子。（又欲打梁秋燕）

梁大婶　（拦住梁老大）死老汉，你疯了么？你打不成，你打不成！

梁老大　贼女子，你听话不听？你活是人家董家的人，死是董家的鬼。我把你拉也要拉到董家去，抬也要抬去。你说！你说！

梁秋燕　爹，你叫我说啥？

梁老大　董家湾你愿意不愿意？说！

梁秋燕　我不愿意！

梁老大　啊！你不愿意？你再说，你再说！（威吓梁秋燕）

梁秋燕　（坚决地）不愿意，就是不愿意，不愿意！

梁老大　（拿起帚把打梁秋燕）贼女子，你犟，你犟！

梁大婶　死老汉，死老汉！（把梁老大推倒在地，拼命地保护梁秋燕）

　　　　〔梁秋燕把帚把夺来狠狠地摔远。

梁大婶　打娃是个办法么？你把娃打死留你一个活着！看你像人不像人！

梁秋燕　我寻区长去呀！

梁老大　你敢去！你敢去！（又欲打梁秋燕）

梁大婶　老东西，我看这日子过不成咧！不要说我娃，我也不愿意。秋燕你不要怕，妈给你做主，由了他咧！

梁老大　啊！（气急）对……你娘们是一条心，我不是这屋里人。怪我不该给娃订媳妇，我走，你们过！

梁大婶　你就不怕人笑话吗？听我说……（唱【慢西京】）

　　　　　　女儿总是咱亲养，

　　　　　　她痛哭难道你就不心伤。

　　　　　　这一旁女儿泪两行，

　　　　　　那一旁老头子怒气满腔。

　　　　　　我有心把老汉说上几句，

　　　　　　只怕火上加油更难下场。

　　　　　　无奈了把女儿来指教，

　　　　哎！（接唱）

　　　　　　尘世上哪有个不疼女的娘。

　　　　　　左难右难无法想，（绕板）

　　　　　　忽然间想起好主张。（转唱【快西京】）

　　　　　　要拿假话把他哄，

　　　　　　再和女儿作商量。

　　　　（给梁秋燕耳语）秋燕，你这挨刀子女子也不好，看把你爹气得，你还不给我滚回去！（推梁秋燕，同下）

梁老大　哎！（唱）

　　　　　　这女子生来性子硬，

　　　　　　顶得我一阵阵好心疼。

　　　　　　虽然说又打又是骂，

　　　　　　亲骨肉怎能没有情。

又只怕事不成闹出人命，

亲生亲养我心疼。

如不然她要自由我答应，

（想了想）唉！（接唱）

没有钱给小成怎定亲！

〔梁大婶复上。

梁大婶　哎哟哟！这一下好了，娃愿意了！

梁老大　啊！她……

梁大婶　（唱）刚才我亲自把她问，

你的话儿她愿听。

娃愿意你就该心高兴，

休息休息养精神。

梁老大　（对内）你愿意了啊？

梁大婶　愿意了就对咧，你叫娃说啥哩。

梁老大　（唱【劳子】）

怕只怕娃娃家有变动，

倒不如早叫她过了门。

去董家叫人来割结婚证，

了结了这件大事情。

你收拾收拾，我叫董家去，今天就割结婚证。你到区上，可一定要说是自愿的啊！

梁大婶　哎！你爹先不要忙。

梁老大　嗯！你知道个啥么！（急下）

梁大婶　你爹！你爹！（向前赶了几步，着急地，唱【岗调】）

我拿假话把他哄，

他把假话当真情。（手足无措）

〔梁秋燕上。

梁秋燕　（在门口看）妈！（唱【劳子】）

要哄咱就得往底哄，

不到时候不吭声。

咱们捏严要拿稳，

到政府再和他辩真情。

〔梁小成上。

梁小成 妈！妈！

梁大婶 成儿，我娃回来啦！哎！

梁秋燕 哥！你才回来，爹……爹把我硬往死里逼哩！（哭）

梁小成 秋燕！不要哭！你不要怕，哥和你一块儿到政府去。不愿意还是个不愿意，由不了他。妈！我爹他糊涂哩，你也不管？

梁大婶 哎！好娃哩，人家知道咱娘们不愿意，人家把我哄咧！我至如今都不知道人家把牛卖了多少，寻董家湾要了多少钱。

梁小成 我长庚叔的媒人，说把牛卖了一百二，寻董家湾要了一百八十万，都给了张菊莲她婆家了，菊莲也不满意！我俩是自愿的，谁叫他出钱买么，唉！

梁大婶 这……咋办呀？（想）对！秋燕快把你刘二嫂叫来，你二嫂会办事！

梁秋燕 对！（急下）

梁大婶 快来！

梁小成 为买这头牛，我这几年给人拉长工打短工，黑夜白天身上汗水不干，刚辛辛苦苦好容易买了头牛，把它卖啦！妈，我长这么大，咱家喂过牲口没有？刚刚翻了身有碗饭吃，可倒忘了受难过的日子咧。不！叫他给我把我的牛拉回来！卖了牛这庄稼马上就种不成啦，这光景倒咋过呀么！

梁大婶 唉！妈也知道你舍不得你的牛，秋燕也哭死闹活的。你爹……唉，不听人说么！

梁小成 我知道秋燕不愿意，这是人家自己的事，应当由人家自己做主，他可管的做啥！唉，真……

〔刘二嫂上。

刘二嫂 大婶！大婶！

梁大婶 你二嫂，这事你知道咧么？

刘二嫂 知道咧，秋燕给我说咧，我叫她寻春生商量商量先到区政府去。小成，你给嫂子说实话，你看人家菊莲有决心跟你么？

536 梁小成 昨天下午我还见来，本人坚决得很哩！就是婆家不甘心……

刘二嫂　咱不管他旁人不旁人，只要本人坚决，这事就好办。

梁大婶　你二嫂，你快说这咋办呀？

刘二嫂　对！就这么办，这事离不了我长庚叔，他是媒人，咱们找长庚叔和菊莲说好，再找乡长写信到区上领结婚证，也许今天就能把媳妇给你引回来。

梁大婶　哎呀，这就要你……

刘二嫂　唉！这还要看人家张菊莲呢！咱们再说也不顶事。

梁小成　对，走！妈，秋燕的事不能由着我爹，就叫人家自己做主去。

梁大婶　对！我早说由人家自己去！你爹……

刘二嫂　不说咧！大婶，你把主意拿定，对我大叔要说几句，千万不能听他的话。

梁大婶　对！你二嫂，这事就全靠你哩！

刘二嫂　这是人家俩自主自愿的么。不说咧，快走！快走！（和梁小成下）

梁大婶　唉！（送梁小成、刘二嫂下，长出一口气，担心地下）

〔幕落。

第八场　叮咛

〔幕启。

〔村外大路上。

〔梁老大、侯下山上。

梁老大　（唱【岗调】）

你和我亲家母村外等，

我去叫秋燕咱们一块儿行。

亲家，你们在村外等一下，我到屋把娃叫上立刻就到。

侯下山　哈……对！对！我们马上就到，你先去叫娃。哈……亲家，事到如今了，千万不敢有绊挡。

梁老大　你放心，我说好了。没说好我就不敢来。（下）

侯下山　对、对、对！（唱【岗调】）

她妗子出钱二百万，

梁家只见了一百八。

> 下山我办事本领大，
>
> 二十万票子手中拿。
>
> 她妗子夸我会说话，
>
> 梁家说多亏他侯干大。

你妗子，你妗子！把娃叫上快走。

〔董母内声："学民！学民！这娃跑到哪里去了？"上。

董　　母　快走，快走！不见娃咧！唉，这咋办呀？

侯下山　不见娃咧？

董　　母　（唱【剪尖花】）

> 学民这娃真淘气，

侯下山　（唱）这么好的媳妇不愿意。

> 真真的没出息！

董　　母　（唱）咳……活活地急死人！

> 如不然咱先到政府里去——

侯下山　不行，不行！

董　　母　（唱）就说娃娃们都愿意。

侯下山　（唱）哄不过丢人哩，

> 本人不去使不得。

董　　母　那你说咱咋办？唉！快去寻娃去。

〔董学民上。

董　　母　（愉快地）学民，学民——唉！看这娃你在这儿哩，叫我大声叫呢。（拉董学民）快走，快走！

董学民　做啥哩？

侯下山　唉，看这娃！你还不知道做啥呀？你妈给你说了半年，你还问我做啥呢？快走！

董学民　那你和我妈两人去就行了么！

侯下山　看这娃！这……这不是胡说哩么？这是啥事么，我们为老人的还能替你？快快快！

董　　母　唉！就说你贼挨刀子的啊！你还讲究上学读书懂道理。嗯！

侯下山　把书满念到鼻子里边去咧，这……

538　董学民　那人家正学习着哩，你……

董　母　你挨了刀子的，再胡说我可打哩！（给董学民掸土）把妈和你姑夫说的话记牢，到那儿去可千万不敢胡说。

董学民　婚姻法宣传的道理，你一点儿也没听，还捣鬼违反政策呢！

董　母　啊？你再胡说，妈我活不成了。妈这到底是为谁的么？唉！你……

侯下山　看看看，把你妈都气成啥咧，再不敢……听姑夫说！学民，你把你妈给你说的话记牢，今年不大不小整整二十岁，并不是父母媒人包办，是自由恋爱，男女双方都情愿结为百年之好。你爱她思想进步劳动好，她爱你聪明伶俐学习好。啊！这……

（唱【紧诉】）

　　　　　　区长若还把你问，

　　　　　　你就说并不是父母包办买卖婚。

　　　　　　自由恋爱两情愿，

　　　　　　姑夫不过是介绍人。

　　　　　　你今年刚刚二十岁，

　　　　　　万不敢结结巴巴丢了人。

董学民　（想了想）对！走。

侯下山　对，快走！小心人家梁家等咱着。

董　母　我娃到底懂道理，把你姑夫的话记下，快走！

〔董母、侯下山、董学民同下。

〔幕落。

第九场　起程

〔幕启。

〔梁秋燕家。梁老大上。

梁老大　（唱【五更】）

　　　　　　梁老大回家中，

　　　　　　把她妈叫一声……

秋燕妈——

〔梁大婶上。

梁老大　（唱）叫娃快收拾去割结婚证，

侯亲家他们在村外等。

梁大婶 （唱）唉！他还在做睡梦，

不知道啥心情。

梁老大 （唱）叫娃快收拾不敢久停，

不要让人家不高兴。

梁大婶 （唱）你把牛卖了，

小成要发疯。

气得娃说这光景过不成，

急得双脚跺得噔噔噔！

梁老大 胡说！他难过哩，他跺脚哩，我这倒为了谁？就娃娃不知道啥胡说呢！你也跟上娃胡说哩？

梁大婶 我胡说哩？你该和娃商量商量么！

梁老大 我活了五六十岁，啥还不知道，女子家就是要在家从父母。给娃订媳妇，人常说："父欠子的妻"，这是理所当然的事，这还有啥商量头呢？

梁大婶 唉！你那老脑筋如今使不得咧，那些道理如今满成了见不得人的话咧！

梁老大 再不要胡说，你见不得人？是做下贼咧？如今把牛也卖了，把人家董家湾的钱也用的给娃订了媳妇咧，再不能说啥咧，一句话说到了，是沟也得跳到底。秋燕呢？

梁大婶 我不知道！

梁老大 快快快，人家董家湾的人在村外等着哩！

梁大婶 等着哩，不见娃你叫我咋呀？

梁老大 啊！不见咧！秋燕，秋燕！（到处寻找，没发现刘春生、梁秋燕在外偷听，急切地）你在屋里，你是做啥的么？你给我赶快把娃寻回来！不见娃，这今天就不得下台！（急躁）

梁大婶 你和我要娃哩，你把我娃打跑了。我也急得寻不着娃，你快给我找娃去……

梁老大 你寻来没寻么？

梁大婶 寻了几十个来回，寻不着么。

梁老大 你到村里问了么？

梁大婶	问也问不着。
梁老大	啊！这……啊！（担心地）这女子……这……把我硬往死的逼哩么。这……（惊骇）我把董家都叫来咧！这给人咋张口呢么？这……（急躁）
梁大婶	你给他董家湾家说，这事办不成得了，叫他们另打主意啊！
梁老大	对！我给人家说去，叫再缓几天。你……快寻娃去，唉！（下）〔梁秋燕、刘春生上。
梁秋燕	妈！你刚才和我爹说的话，我都听见了，我要到政府去呀！
刘春生	大婶，这事不到政府去不行了！
梁大婶	对！这事如今不到政府不行咧！只靠咱也劝不下他，把他哄到政府去，你的主意你拿么。春生听大婶说，你可千万不要和你大叔争吵。好娃哩，今后日子还长着哩！
刘春生	大婶……你放心！我听你的话。
梁秋燕	春生，那你走小路先去，我走大路看爹去。
刘春生	对！大婶你也去。
梁大婶	好娃哩，我不去还行么！
刘春生	大婶，那你一会儿就来。（下）
梁大婶	噢，你先去。（对梁秋燕）你去，你去看一下你爹。
梁秋燕	妈你放心，总不让我爹受他们的气！（下）
梁大婶	对！你快去。（下）〔幕落。

第十场　空喜

〔幕启。

〔去区政府的路上。

〔董母、侯下山、董学民上。

董　母　（唱【剪尖花】）

急急忙忙向前进，

远远望见一个人。

侯下山　（唱）这个人儿不用问，

他是梁家你亲家。

董　母　（唱）为何只有他一个？

　　　　　　　　他女儿不见后边跟。

侯下山　（唱）她妗子莫担心，

　　　　　　　　一见就知原因。

　　　　　　把娃领上快走。

　　　　　　〔梁老大上。

梁老大　（唱）气得我两眼直冒火，

侯下山　（唱）为什么只来你一个？

梁老大　（唱）这事咱们明天办，

　　　　　　　　娃突然有病不方便。

董　母　（唱【紧诉】）

　　　　　　　　本人不来事难办，

侯下山　（唱）是不是还想巧要钱，

董　母　唉！看……（唱）

　　　　　　　　哪怕多给上一半石，

　　　　　　　　今日就把手续办理完。

梁老大　（唱）今天的确有困难，

　　　　　　　　我不是寻你巧要钱。

　　　　　　亲家，这事今天确实是办不成，哪怕咱把钱先给人家，你看……

侯下山　（唱）秋燕愿意我亲眼见，

　　　　　　　　她喜喜欢欢开了言。

　　　　　　　　对学民问长又问短，

　　　　　　　　你突然变卦理不端。

　　　　　　亲家，这不行啊！不行，不行！

董　母　亲家！你把钱都使了么。（唱）

　　　　　　　　如今的婚姻讲自愿，

　　　　　　　　亲家你做事有了偏。

　　　　　　　　嫁我家秋燕是自愿，

　　　　　　　　你不能光是为了钱。

542　　梁老大　（唱）急得我浑身出冷汗，

叫人羞口咬牙关。

侯下山　（唱【山茶花】）

　　　　看看、看那边来了梁秋燕，

　　　　看起来还怪你爱钱。

　　咳！看咋着哩？来咧，来咧。

　　〔梁秋燕上。

梁老大　啊！你……（对梁秋燕）你做啥去咧？

梁秋燕　爹！我妈说，叫我跟你到区上去！

梁老大　你到区上？（不相信地）嗯！到区上做啥呀？

侯下山　领结婚证呀么！

梁秋燕　噢，是领结婚证去呀！

侯下山　啊！亲家你这人蛮不对劲么……你说娃病了，娃娃自动地来咧！你还有啥说的哩？咳！你看这不是怪事么？秋燕，这是董家湾你母亲，这是学民，（见董学民、梁秋燕互不理）噢！你们认得？认得我就不说咧。秋燕，区长问你，你咋说呀？

梁秋燕　（唱【岗调】）

　　　　我的心里有主见，

　　　　到政府你一看就了然。

侯下山　看这娃，你准备好，小心区长把你问住了着。

梁秋燕　（唱）我就说婚姻讲自愿，

　　　　反对包办图银钱！

侯下山　咳！着、着、着，说得好，说得好！哈，这娃就是懂道理。你妗子……

董　母　（唱【银纽丝】）

　　　　我娃心灵口巧真能干，

　　　　说出的话儿赛蜜甜。

　　　　此事如人愿，

　　　　叫人好喜欢。

　　　　顺手儿取出五万元，（转唱【岗调】）

　　　　这是妈的心一片。

　　　　你爱啥买啥随便玩。

给！拿上！

侯下山 拿上，拿上，咿是你妈一点儿心，你拿上。

梁老大 （见梁秋燕不接）看这娃，你妈给你哩，你就拿上么。

董　母 我娃你拿上，是妈一点心么。（递给梁秋燕）

梁老大 （唱【岗调】）

　　　　　大约是她妈把她劝，

　　　　　这一下我才把心放宽。

侯下山 （唱）我说娃娃们是情愿，

　　　　　你妗子应当更喜欢。

董　母 秋燕！妈就是看中你咧！（唱【劳子】）

　　　　　办完事咱到合作社，

　　　　　你心里爱啥对妈言。

　　　　　绸绸缎缎任你选，

　　　　　红绿花布任你穿。

　　　　　好媳妇，好秋燕，

　　　　　你是妈的亲蛋蛋。

　　　　　做媳妇可不能开会把书念，

　　　　　少出门外少开言。

　　　　　不要你织布和纺线，

　　　　　咱家里不愁吃和穿。

梁秋燕 （唱）这些道理我都懂，

　　　　　是是非非我了然。

侯下山 哈！好好好，你妗子真会指教娃娃……看人家指教的娃娃就是好。（笑）

董　母 看我娃乖的哟！

梁老大 唉！有时候也淘气哩，做活还可以咧！

侯下山 （唱）单等你们把喜事办，

　　　　　应当把媒人谢一番。

梁老大
董　母 （唱）那一天给媒人摆酒宴，

侯下山 （唱）还要和你妗子亲家，二鸿喜、三大元划几拳。

董　母　（唱）拜罢天地到庭院，

　　　　　　　小两口叩头……

　　　　　　　你姑父，

侯下山　（唱）你妗子，

董　母　（唱）你坐上边。

侯下山　哈！那当然么，那还少得下么！

梁老大　哎！亲家我看天不早咧，咱快走。

侯下山　亲家，咱只有一个女子，到那一天，可要给娃……

梁老大　当然的，那还用说。

侯下山　你妗子，咱只有一个娃娃，那一天总要……

董　母　对！你放心，咱不小气……（下）

侯下山　哈哈……

　　　　　〔董母、侯下山、梁老大三人笑。梁秋燕、董学民不满地下。

　　　　　〔幕落。

第十一场　双喜

　　　　　〔幕启。

　　　　　〔区政府里，刘春生正向田区长说什么。

　　　　　〔董母、梁老大等上。

董　母
梁老大　区长，区长！

田区长　噢！正要找你们，你们来啦！好好好，快坐下，坐下！老梁，地
　　　　都锄完了没有？

梁老大　完了，完了。

田区长　今年庄稼怎么样？看样子……

梁老大　就看三月里能不能下场好雨，眼下地里看去蛮没说的，就是好！

董　母　区长！我们是给娃娃办喜事呢，娃娃家见了区长不惯，不会说
　　　　话……请区长给娃娃割上个结婚证。

田区长　领结婚证要本人都愿意才行啊！

梁老大 侯下山 董 母	愿意，愿意，不愿意还能到区上来么！
田区长	年龄还要合格！
侯下山 董 母	年龄都正好。（唱【劳子】）

　　　　董学民和梁秋燕，

　　　　自幼儿常在一起玩。

　　　　男女双方都自愿，

　　　　自由恋爱好几年。

梁老大	（唱【岗调】）

　　　　秋燕今年十九岁，

董 母	（唱）学民是整整二十岁绝不瞒。
田区长	（唱）是不是父母来包办，
侯下山	（唱）自主自愿我是证见。
田区长	如今这结婚，可要真正男女双方都自愿呢！包办买卖可犯法着呢！
侯下山	那是当然的么。区长你放心，这事没错儿，这完完全全是他们本人真正出于自愿的啊！
刘春生	区长！他说得不对。
侯下山	唉……看看看，如今咱们是实行婚姻自主呢，你叫本人说么，旁人谁说，都不顶事，本人说下没乱子！
田区长	对！咱就叫本人说啊！
侯下山	着么，这是一句正经话。
刘春生	不行，区长……
侯下山	唉！看看看，这是人民政府么，还能乱来？你叫本人说么，这……怪事！
田区长	对！你两人说，是不是自愿的？
侯下山	对么，还是叫本人说么！
田区长	对，你们说。
梁秋燕	区长！（唱【快西京】）

　　　　忍住眼泪叫区长，

　　　　　　　我挨打受气有冤枉。

　　　　　　　侯下山这人不务正，

　　　　　　　说媒犯法弄钱粮。

　　　　　　　我的爹爹太封建，

　　　　　　　他把我当牛马卖钱粮。

　　　　　　　婚姻自主他不让，

　　　　　　　硬逼我嫁董家不应当。

梁老大　　（唱【紧诉刀】）

　　　　　　　贼女子……你快滚回去，

　　　　　　　谁叫你给胡说丢人哩?

梁秋燕　　（唱）婚姻是我的终身事，

　　　　　　　我要自己拿主意。

侯下山　　（唱）董家湾有的水旱地，

　　　　　　　又是一个好女婿。

田区长　　（唱）婚姻不能论穷富，

　　　　　　　要男女双方自愿的。

梁秋燕　　（唱）我不稀罕他董家富，

　　　　　　　刘家再穷我愿意。

侯下山　　（唱）你爹这都是为了你，

　　　　　　　昧良心说话把人屈。

梁秋燕　　（唱）侯下山这人没面皮，

　　　　　　　谁请你来给我说媒的?

　　　　　　　害得我挨打又受气，

　　　　　　　说媒犯法惹是非。

刘春生　　（唱）区长我来提意见，

　　　　　　　侯下山应当罚劳役。

侯下山
董　母　　哎!（唱）

　　　　　　　这事咋能冒出来你?

　　　　　　　这娃娃算个做啥的?

田区长　　（唱【紧诉】）

547

> 新社会咱们讲真理，
>
> 谁都能把意见提。（转唱【劳子】）
>
> 你不劳动耕田地，
>
> 好吃懒做没出息。
>
> 整天游来又摆去，
>
> 谁叫你说媒犯法律？

　　侯下山，你不好好劳动过光景，一天净弄这些没名堂的事。说媒犯法，搬弄是非。我给你说，政府这一回可要处罚你哩！

侯下山　唉，好区长呢！这当初他们都愿意，说得好好的，这阵可不知道是咋个弄着哩……你叫我学民说，这是人家本人么！

董　母　对，你叫我娃说。

董学民　区长！我说——

田区长　对，你说。

董学民　我今年才十六岁咧，这婚姻完全是他和我妈包办的，我就坚决不同意！

董　母　啊！这……死挨刀子娃，你咋说下这话么！唉，我把你挨刀子的……你跑到这儿给我脸上抹黑来咧！我把你……（欲打董学民，被众人挡住）

刘春生　不能打，有理你说么！

董　母　我打我娃，谁也管不了。

刘春生　这是人民政府，不是你家里！

侯下山　唉！区长你看么，由于他春生从中挑拨哩，因此上秋燕才把心变咧。

刘春生　你胡说！

梁秋燕　谁也没挑拨，我自己不愿意！

侯下山　我知道你两个人是一个鼻子孔出气哩，你叫她妗子和我亲家说么！看他们当初是不是自愿的？

董　母
梁老大　那当然么，话要说当初哩，咱不能给人胡说。区长，这我们都自愿，不能怪人家媒人！

梁秋燕　你们自愿，你们自愿才不顶事！

梁老大	你给我滚！
田区长	老梁，咱政府只管宣传婚姻法哩，这对大家男男女女老老少少都好么。你怎么连这些道理还想不开？
梁老大	区长，咱今天把话赶到这儿咧，我实在憋不住咧，说出来你对我批评也罢，处罚也罢，我是非说不可了。
田区长	对！你说——
梁老大	我说咱们共产党人民政府啥都好，就是这婚姻法呀，婚姻自主，这个……
田区长	婚姻自主不好，是不是？
梁老大	那看对谁呢？
田区长	你说对谁呢？
梁老大	我把女儿叫人家白白地自由着去，咱这穷人家的娃，为啥自由不下个媳妇哩？
田区长	哎，老梁，话可不能这么说！咋能说把女儿叫人家白白地自由去咧。你看，在旧社会里咱们谁家都卖女哩，可是哪一家是靠卖女发财的！人家有钱人娶了媳妇，把媳妇根本就不当人看，又是打，又是骂，多少妇女叫人家活活地折磨死咧！如今咱们翻了身，翻身就要翻个彻底，再不能包办婚姻叫儿女们受委屈咧。你可说咱的娃自由不下个媳妇，我问你：你们前庄老刘的娃，还有张家湾张木匠，人家不都是自主的婚姻？你看人家高高兴兴日子过得多好。这你又不是不知道么！我看这都是你对婚姻自主的好处道理还没想通，回头咱们慢慢再谈。现在根据实行婚姻自主的原则，结婚要男女双方完全出于自愿，任何第三者不能加以强迫干涉；他们本人刚才也表示了态度，所以根据法律和他们本人的意见，梁秋燕和董学民的婚约关系，应当予以解除！
侯下山 董　母	唉，区长！娃娃家不知道啥，他们是胡说哩！
田区长	不能这么说。刚才你们说男女双方都是自愿的，他们本人的意见，你们也听着了吧？你们违反了婚姻法，又来瞒哄政府，政府是不能答应的！这婚事多少彩礼？

侯下山 董　母	这是解放以前订的，当时多少给了点彩礼，如今没有给。
田区长	不会吧！
侯下山	不信了，你调查么！
田区长	哼！调查？调查出来怎么办？
侯下山 董　母	那……依法处理么！
梁秋燕	区长！
侯下山	明明没有么，你这娃……
梁秋燕	明明有！
梁老大	你给我滚！
田区长	你叫她说么！秋燕，你说。
梁秋燕	区长，昨天就给了一百八十万元，还有三石还是五石麦子没装哩！
董　母	啊，一百八？
田区长	一百八十万元，嗯！
董　母	对！瞎了咱就赶瞎了办，你们还打算讹人呀么？明明要了我二百万元么，为啥说一百八呢？啊！我不是傻瓜，连数儿都不识了么？
梁老大	一百八倒是一百八……
董　母	二百！二百！
侯下山	（暗拉董母）你妗子，你这人咋糊涂得很，你再不要吵，我完了给你还二十万元算咧！
董　母	还有哩，还有哩。
梁秋燕	还有刚才在路上给了我五万元，是不是？（唱【岗调】） 　　　　你拿钱把我买不转， 　　　　我爱的劳动不爱钱。 　　　　我有一双劳动手， 　　　　只要我劳动不缺钱。 　　　　这五万元我不要， 　　　　你拿回去买绸缎自己穿。
田区长	哼！（冷笑，唱【岗调】） 　　　　夫妻们恩爱讲情感，

情感里不能夹杂着钱。

你以为钱能把她心买转，

新社会的娃娃不简单。

这件事情就结案，

谁还有话可以谈。

好，这件事情就这么办。至于彩礼退多少，罚多少，我明天同你们乡长、村长到你们村再研究处理。侯下山，明天你也来，在一起解决你的问题。你们谁还有啥意见要说？

侯下山　唉！说啥哩，回。

田区长　对！你们先回去。老梁，你到后边房子先坐一坐，我还有话要和你谈谈。

侯下山　唉！回，回！

董　母　唉！回么！

董学民　看看看，我说不行，不行，你们非说行。看！

董　母　嗯！说你妈的个腿哩！

董学民　那我不愿意么。

侯下山　唉！你不愿意，为什么不早说，你跑到这儿是……

董　母　你不愿意，你早说嘛！（欲打董学民，没打上）

侯下山　没见过这一种娃！我给你说，就说你……唉！你！唉……

〔董母、侯下山、董学民下，梁老大随下。

梁秋燕　（不好意思）区长，我们还有个意见——

田区长　哈哈，我知道你们还有意见。对，你们说吧！

梁秋燕　（看刘春生）你说。

刘春生　（看梁秋燕）你说。

梁秋燕　你说！

刘春生　你说么！

〔梁老大复上，在窗外听。

田区长　谁说都一样。（对梁秋燕）你就说么！新社会的娃娃还封建呢！

梁秋燕　区长——

刘春生　给我们割上个结婚证！

田区长　割结婚证，能成。

551

梁老大	（进屋）嗯！你给我往回滚，再不要丢人咧！你眼瞎咧？你都不看，眼睁睁往沟里跳呢么？
刘春生	梁大叔，我知道你嫌我穷，你也是穷人么！大叔……
梁老大	没有你说的。
梁秋燕	爹！这是我自己的事，我的主意定了，这事要由我的哩！
梁老大	由不了你！
梁秋燕	就要由我！
梁老大	就由不了你，咱先看。
梁秋燕	就要由我，你先看。
田区长	老梁，你这不是胡闹哩！这是犯法的，你明白么？如今有了婚姻法，她完全有权利主持自己的婚姻大事，任何人不能干涉。再说这是人家娃娃自己的事，咱们当老人的为啥要这样子。老梁，我给你说，我同意，我完全同意这俩娃结婚。
梁老大	你……你！
田区长	我同意！我马上就给他们割结婚证。
梁老大	啊？你……你……（看看田区长又指梁秋燕，气得说不出话）我……我……对！你没有我这老子，我也不要你这女，从此后你滚远，一辈子再不要上我的门来！

〔梁老大气得向外走，梁秋燕、刘春生、田区长急上前阻拦住。

田区长	哎，老梁，不要这样。来来来，坐下，咱们慢慢谈。
梁秋燕	爹！（唱【慢西京】）

> 叫爹爹你莫要生气叫骂，
>
> 何必和女儿我结为冤家？（转唱【西京】）
>
> 爹爹你年纪这么大，
>
> 为儿女一辈子劳累扎。
>
> 我不好爹爹你把儿打骂，
>
> 你怎能不让我再去咱家。
>
> 老爹爹年迈人我放心不下，
>
> 我还要常常去看你老人家。
>
> 秋燕我本是爹的亲娃娃，
>
> 气得我哭啼啼，叫声妈妈！

妈！

田区长　　（唱【五更】）

　　　　　　秋燕你是好娃娃，

　　　　　　这事都怪你爹他。

　　　　　　老梁今日做事实在差，

　　　　　　亲骨肉你就不心疼她？

〔梁大婶内喊："秋燕，秋燕！"上。

梁大婶　　（进屋）秋燕……

梁秋燕　　妈！

梁大婶　　（唱【五更】）

　　　　　　开言我叫区长，

　　　　　　我有几句话。

　　　　　　这事千万不能由了他，

　　　　　　应当由娃娃把主意拿。

田区长　　对对对，还是秋燕妈说得对！老梁你听我说——（唱【劳子】）

　　　　　　封建的婚姻要铲除，

　　　　　　包办买卖是瞎主意。

　　　　　　逼死了多少好妇女，

　　　　　　有多少好姊妹们受了委屈。

　　　　　　人人都要生儿养女，

　　　　　　为儿女老人们费尽心机。

　　　　　　儿女们好了老人心里喜，

　　　　　　不好了也要难过哩。

　　　　　　娃婚姻自主是正理，

　　　　　　莫阻挡你应当笑嘻嘻。

　　　　　　父还是父，女还是女，

　　　　　　欢欢乐乐结了局。

　　　　　　你若是不讲理要执意，

　　　　　　按政策办事不能由你。

　　　　　　从此后父女们伤了和气，

　　　　　　亲骨肉反结成冤家仇敌。（转唱【岗调】）

他两情两愿两相爱，

也免得咱们挂心怀。

刘春生　（唱）梁大叔莫嫌我家穷，

我保证能过好光景。

田区长　哎，对么！

梁大婶　（唱【岗调】）

你应当为他们高兴，

也免得父女们太伤情。

田区长　对对，对么。老梁！（唱【岗调】）

这些道理你应当懂，

骨肉之间心连心。

到如今你就该风平浪静，

和娃娃好好计划过光景。

老梁想开了没有？

梁老大　（唱【岗调】）

不买卖包办倒也罢，

大家说对了我也没啥。

低下头儿仔细想，

解不了我心里的大疙瘩。

田区长　老梁，你心里那疙瘩不大，我给你慢慢解！

梁老大　不大？这是我一辈子天大的事，还不大？唉！你解不了我的心病！

田区长　说不定！

梁老大　唉！你有啥法子呢？

田区长　也许我能……

　　　　〔刘二嫂、张菊莲、梁小成同上。

刘二嫂　区长，区长！你看这一对儿夫妻合适不合适？

田区长　（喜）啊！小成。

梁小成　区长！

　　　　〔众人互相招呼，梁老大莫名其妙。

刘二嫂　区长！这是三乡乡长写的一封信，快快给割结婚证啊！来！我给你们介绍介绍。菊莲，这是咱们的区长，这是你妈，这是你爹。

嗯！还有一个好妹妹哩，这是我们村里识字班的学习模范。哟！秋燕，快叫嫂嫂么，如今不叫还等啥的哩。唉！忘咧，忘咧，春生，如今你也要叫嫂嫂呢！快！快叫！

〔梁秋燕拉张菊莲手，很亲密。刘春生不自然地笑。梁小成有点羞。梁老大觉悟，但没法开口。田区长看信。梁大婶说不出的喜悦。

田区长 嗯！好好，（对张菊莲）乡长这信上说，你这几年受了不少的折磨，他有官僚主义的缺点，没有很好地管你这事，请示区上批评他，同意你俩结婚。哎！你俩是什么时候认识的，都愿意么？

张菊莲
梁小成 愿意！区长，你说我两个成吗？

田区长 能成，能成！小成这娃是个好小伙子，爱劳动、爱生产，这是你的好丈夫么！这还有啥说的。来来来，我马上给你们发结婚证。

刘二嫂 菊莲，你看区长给你们发结婚证呢！你应当笑起来才对！

梁大婶 菊莲，来！叫妈看我娃恓惶地受了几年罪，妈今后要把你当我的亲生女儿看待哩！

田区长 哎！老梁，你说应当给小成和菊莲割结婚证吗？你同意他俩结婚吗？

〔梁老大不自然，不知说什么好。

田区长 来！小成，菊莲，给你俩结婚证。老梁，你看应当给他俩（指刘春生、梁秋燕）割结婚证吗？你同意他俩结婚吗？（见梁老大不语）春生、秋燕，来，给你俩结婚证。哎，老梁，你说你心里还有啥解不开的疙瘩哩？

梁老大 唉，好区长哩！（感动地流泪）我是人么，我还能看不明白么？我……咱们共产党，人民政府（哭）婚姻自主……好！好！就是好！这一下，我一家人都好了。就是叫我娃，叫我娃受屈了……（哭，紧拉梁秋燕袖，好像要说对不起）

梁秋燕 爹！

梁老大 秋燕，叫我娃受屈了！

梁秋燕 怪我把爹气得……

梁老大　春生，唉！（表示对不起）

刘春生　梁大叔，怪我年轻人知识浅，把道理没说明白，惹得你老人家生气。

田区长　老梁，还是娃娃说得对，你想开了就好，大家和政府都欢迎你进步。娃还是自己的娃，和娃娃和和气气、欢欢乐乐把这场喜事办了去。我知道你把牛卖咧，又花了不少的钱，耽误了生产，这都是不对的。回头咱们再慢慢谈。

梁大婶　你看呀，区长倒为啥的么？

刘二嫂　对么。大叔，今天儿子、女儿都领了结婚证咧，你应当高高兴兴哈哈大笑才对么！

田区长　对对对，老梁，今天可不能不说不笑，你啥时候给这两对小夫妻办喜事呀？我们大家还要去给你贺喜，吃你的喜酒哩！

刘二嫂　大叔，再过几年保管你们抱上白胖白胖的小孙孙、小外孙，把你老两口都要喜糊涂了哩！

梁大婶　你二嫂就是会说笑。

刘二嫂　（唱【岗调】）

　　　　给大叔大婶先恭喜，

　　　　祝你们全家得团聚。

　　　　二恭喜给儿女们办喜事，

　　　　再恭喜两对儿新夫妻。（转唱【山茶花】）

　　　　说个喜，道个喜，

　　　　媳妇儿女都欢喜。

　　　　你添个喜，她生个喜，

　　　　左一个喜，右一个喜，

　　　　有大喜，有小喜。

　　　　喜得你全家笑嘻嘻，

　　　　咱看热闹不热闹！

众　人　（唱【戏秋千】）

　　　　自主的婚姻多呀多喜欢，

田区长
刘二嫂　（唱）两对儿新夫妻站呀站人前！

众　人　（唱）打倒了老封建，

　　　　　　　破除了人包办。

田区长
梁大婶　（唱）儿女们再不受屈冤，
梁老大

众　人　（唱）妇女们彻底把身翻！

梁秋燕
刘春生
张菊莲　（唱）咱们竞赛闹呀闹生产，
梁小成

刘二嫂
田区长　（唱）努力学习思想要健全。

众　人　（唱）建设新中国，

　　　　　　　咱们来承担。

刘春生
梁小成　（唱）我们民兵多训练，

　　　　　　　严防坏人保家园！

梁秋燕
张菊莲　（唱）哝儿呀争模范，

　　　　　　　样样事都不落后边。

田区长
刘二嫂　（唱）我们干部带头干，

梁老大　（唱）我老汉也要赛青年。

众　人　（唱）男女老少大家干，

　　　　　　　增产运动闹翻天。

　　　　　　　永远跟着毛主席，

　　　　　　　幸福生活万万年。

　　　　　　　万万年，多喜欢，

　　　　　　　咱们要争取那一天。

　　　　　　　新中国儿女们幸福无边，

　　　　　　　普天下变成了幸福乐园。

众　人　区长你在，我们走咧。

田区长　好。老梁，你要欢欢喜喜地把这场喜事办好。

　　　　　〔众人和田区长握手告别。田区长送到门口，大家愉快地笑下。

　　　　　〔幕落。

——剧　终

　　《梁秋燕》创作于1951年，原名《婚姻自主》，1951年由渭南文工团排演，修改后改为《梁秋燕》，1953年修改后由西北戏曲研究院排演，导演任国保、宋英山、张云，主要演员有李瑞芳、张亚丽、吴德、任永华、杨淑琴、王群英、李开茂等。

作者简介

黄俊耀　(1917—2001)，男，陕西澄城人，戏曲编剧。1938年赴延安，同年加入中国共产党，1962年加入中国作家协会，曾任陕西省戏曲研究院院长。著有戏曲剧本《阎王寨》《解忧公主》《两颗铃》(合作)、《游西湖》(合作)、《女巡案》等。眉户剧《粮食》获1956年剧本创作一等奖，《梁秋燕》获1983年全国农村读物发行数量第一名。